红牛湖

岳亚东 · 著

黄河出版传媒集团
宁夏人民出版社

图书在版编目(CIP)数据

红牛湖 / 岳亚东著. —银川：宁夏人民出版社，2016.12
ISBN 978-7-227-06570-8

Ⅰ.①红…　Ⅱ.①岳…　Ⅲ.①长篇小说—中国—当代
Ⅳ.①I247.5

中国版本图书馆 CIP 数据核字(2017)第 000014 号

红牛湖　　岳亚东　著

责任编辑　杨　皎
封面设计　岳亚东
责任印制　肖　艳

黄河出版传媒集团
宁夏人民出版社　出版发行

出 版 人　王杨宝
地　　址　宁夏银川市北京东路 139 号出版大厦(750001)
网　　址　http://www.nxpph.com　http://www.yrpubm.com
网上书店　http://shop126547358.taobao.com　http://www.hh-book.com
电子信箱　nxrmcbs@126.com　renminshe@yrpubm.com
邮购电话　0951-5019391　5052104
经　　销　全国新华书店
印刷装订　宁夏银报印务有限公司
印刷委托书号　(宁)0004004

开　本　720 mm×980 mm　1/16
印　张　26
字　数　400 千字
版　次　2017 年 1 月第 1 版
印　次　2017 年 1 月第 1 次印刷
书　号　ISBN 978-7-227-06570-8
定　价　48.80 元

引子

这里是一个古老的地方。西边有一座大山，叫西山；东边有一条大河，叫黄河。大山与大河之间，一马平川，古代是蒙古人的牧场。清雍正年间，皇上忽然看中了这个地方，于是令蒙古人东渡黄河而牧，在这片平川上开出一条大灌渠，以资农耕。因为是皇上下令开的渠，大渠遂命名为黄龙渠。黄龙渠水灌溉着川地的肥田沃土，年年仓廪盈实，岁岁五谷丰登，老百姓感念皇恩浩荡，给这片从来没有名字的地方起了一个名字——黄龙川。黄龙渠自渠口逶迤而来，奔流而下，于末梢复归黄河。大渠梢段侧畔，有一个村庄。民国35年，黄河发大水，周围村落田亩滩地一片汪洋，唯有这个村子借助土梁高地围堰抗洪而幸免于难，村子里的人相安无事。水退之后，这个荒村野梁便有了一个名字，叫宁家梁子。

宁家梁子以西有一个方圆十余里的盐碱滩，长年积水，终成一湖，地处村西，曰西滩湖。湖中有一深潭，曰蛟龙潭。相传，潭中水深无底，冰凉阴森，水中匿一蛟龙，专食湖边牲灵，甚而伤及村民。忽一日，有一牛涉水食草，此牛毛色通红，二目如炬，四蹄如钵，双角似剑。蛟龙出水袭牛，红牛奋起相斗，一时水波腾跃，湖水涨天。龙牛力斗半日，不分高下，红牛一声巨吼，猛然奋起，双角刺瞎蛟龙双目，血水染红湖水。蛟龙毙，红牛遂不知去向。自此之后，湖面平顺，人畜安宁，西滩水湖遂改称红牛湖。

故事，就发生于此地。

第一章

宁家梁子以宁姓人为主，其中有一户人家，户主叫宁家祥，因能识文断字，人称宁先生。宁先生有一子叫宁奇，咱们就先从宁奇说起。

宁奇来到这个世界上，最重要的两个人莫过于他爹宁先生和他妈宁夫人，如果论第三者谁最重要，那么理所当然应当是他的五婶。这么说有一个重要的原因，是他来到这个世界之后第一个见到的人是他五婶，因为是五婶接的生。

事情还远远不止于此。

自此之后，他和五婶便有了拉不折扯不断的缘分，可以说，在宁奇的一生中，曾经和她发生过异乎寻常的关系，所以毫不夸张地说，宁奇的生命和五婶休戚相关，或者说，没有五婶，他就活不到今天。

那么，就得再从五婶说起。

事情是这样的。当年宁奇妈生宁奇的时候难产，是宁奇他爹宁家祥提了水桶爬上房去一瓢接着一瓢地从烟囱往下浇水，浇水的同时一声接着一声地叫生，最终请来了老娘婆生拉硬拽地把宁奇给拽出来了。那个老娘婆不是别人，正是五婶。是她蹲在炕头上整整守了大半天，直到宁奇出生；是她看着宁奇刚生下来那会儿浑身青紫没有哭声没有一丝儿气息，她一看他满口的黄水，二话没说嘴对嘴将里面的黄水全部吮吸干净，才让宁奇得以为这个世界奉献了第一声啼哭。从排解难产到畅通呼吸，如果哪一个环节少了五婶，恐怕都很难预测事情的后果。

但是，宁奇的麻烦事远远没有结束。

断脐带的时候五婶发现宁奇的脐带跟别的孩子大不一样，人家的脐带都是顺溜溜的，而他的脐带紧紧绕在一起，拧得像一截上了劲的麻绳。于是五婶边拍屁股边骂："没见过这么倒手的娃娃，在娘胎里都不得消停，长大了也是个不省事的货。"

骂归骂，她的手并没有停，她细心地不厌其烦地将脐带理顺，然后才动了剪子。是她让宁奇真正意义上离开了母体，成为这个世界一个独立的人。也就是五婶的这最后一道工序，让这个世界不仅增添了一个鲜活的生命，而且增添了一个鲜活的名字——宁奇。宁奇者，"拧脐"是也。只因为他的脐带是拧在一起的，所以老宁家的人给孩子起名字完全随了乡风民俗,不但因事因情,而且因了谐音。

旧时称接生的人为老娘婆,五婶便是宁家梁子名副其实的老娘婆。但是称五婶是老娘婆千万不要以为五婶是那种满脸皱纹又裹了小脚的老太太，她虽然干的是老娘婆的活计,但是那时候的五婶充其量才是个小媳妇。还有,见了五婶接生的驾轻就熟和处变不惊,千万不要以为她是个身经百战,用自己的切身经历总结出经验的专业接生员,其实她自己是个从来都没生过孩子的女人,也没有谁去言传身教带她入门,完全是无师自通。所以宁家梁子的人都搞不明白,她一个阅历未深未曾经历的年轻女人居然有那么大的胆量有那么好的手段，干了那老娘婆都害怕的营生。

世上的事真的是借口传言，后来发生在宁奇身上的几件事正应了五婶的那句话,他果真像她所说的那样一出世就是个不省事的货。

两岁那年宁奇出疹子,出得满身红遍。出疹子伴随着高烧烧得他迷迷糊糊,命悬一线。宁奇妈害了怕。她让他爹赶紧去把五婶叫过来。不大工夫,五婶来了,她像个接诊的先生,先摸了宁奇的头然后翻看全身,然后拍拍手说:“黏粥就菜,啥事不碍。”

宁奇妈问:“娃娃都成了这个样子,怎么会啥事不碍呢?”

五婶说:“没事的,娃娃在出迷疹子,出完了就好了。”

宁奇妈忧心忡忡地问:“娃娃都烧得不睁眼睛了,你还有心思溜寡嘴。你给我说句实话,不会出啥麻达吧?”

五婶说:“四嫂子我给你讲,浑身出了疹子不怕,最怕的是疹子出不来或者出不全,千万别让毒向内里走了,如果那样麻烦就大了。现在既然出来了,就不会有啥事了。”

宁奇妈又侦问一句:“果真不会有事?”

五婶说:“我说不会有事就是不会有事的,怎么不相信人呢。不过我看这疹子还没有出全,为了保险一些,我得给娃娃表一表。”

她的话十分肯定,肯定得像个行医的先生。

她将随身带来的东西摆开,开始给宁奇表疹子。一阵忙活之后,她对宁奇他爹说:“四哥人都称你宁先生,有一件粗鲁活你能干不能干?”

宁先生说:“那要看是啥活。”

五婶说:“自然是给娃娃治病的活了。”

宁先生说:“既然这样,能干也得干,不能干也得干。说吧,啥事。”

五婶说:“你现在去,到猪圈里接些猪尿来。”

宁先生问:“接那干啥?”

五婶瞅他一眼:“让你接你就接,哪里那么多拉沓子话。”

宁先生再也没敢多问一句,端只破碗进了猪圈。

到了猪圈他才发现,弟媳妇给他出了一个天大的难题。猪见有人进了圈先是一阵惊慌,绕着他满圈兜圈子,人根本近不到跟前,更不要指望把碗接到尿屎头子跟前。他蹲在圈里和猪对峙着。

五婶在屋里长等不见短等不见,口中骂一声:“跌死在猪圈里了”,跳下炕风风火火来到猪圈。看见宁先生痴痴地蹲在那里,她跳入圈里从他手里夺过碗说:“真是指屁吹灯呢,指望你明天早晨也接不上一点点尿。”

宁先生嘟哝一句:“人都侵不到跟前,你让我咋办。”

五婶说:“说起来你还是个书理人,你就不会动动脑子。”

宁先生问:“跟这畜生咋动脑子?”

五婶说一声:“让开!”

宁先生跳出猪圈,五婶舀一瓢泔水倒进猪盆,“唠唠唠”喊了几声,那猪便过来喝那泔水。五婶将手伸进猪的后腿缝里轻轻地抓挠,那猪边哼哼边摇着尾巴,十分惬意放松的样子。不大功夫,它开始抖动着尿屎出溜出溜地尿尿,五婶赶紧将碗伸进去,毫不费力的将猪尿接了出来。

五婶回到屋里,将那尿液强行给宁奇灌进嘴里。看着宁奇在那里撒泼打滚地哭,宁先生两口子心疼死了。五婶却跟没事人似的说:“好了,这回就可以将没出全的疹子全部表出来了。”

果然,几天以后宁奇结了一身的干痂,痂疤褪掉以后他的病完全好了。

5岁那年,宁奇突然没来由地发起高烧,烧得一个劲地说胡话。当时宁先生正好不在家,宁奇妈把一切办法都想遍了就是不见起色。这时候她想起了五婶,可是一想起她用的那些给娃娃灌猪尿的手段,便不敢去叫五婶。但是眼见的孩子的病越来越重,最终,没有办法的办法还是离不了五婶。

五婶过来一看,再摸摸宁奇的头,连声说:“头烧是鬼烫的,肚疼是尿胀的,娃娃让鬼烫了，肯定是让鬼烫了。”

“让鬼烫了？哪里的鬼烫了？”宁奇的妈问。

五婶问她：“这几天这娃娃去过哪里，干过啥事情，你一件一件给我说清楚，我就知道是哪里的鬼烫了。”

宁奇妈战战进兢兢，边想边说，一一作了回答。

五婶把她说的话细细斟酌一番，似乎对宁奇所得罪的鬼有了一个初步的判断。她让宁奇妈拿来三根筷子端来半碗水，将筷子拢在一起淋些水之后立在碗中。她口中念念有词，对着那虚无的鬼开始祷告。

最后她念道：“天灵灵地灵灵，敬鬼鬼敬神神。鬼鬼神神都敬到，放了我的小人人。各路鬼神听我言，如果是你你就站住，我给你烧高香泼糖茶你受用了快些走。你看你把娃娃整得不当活的，把娃娃放了吧。”看她那煞有介事的样子，宁奇妈抖得很厉害，好像她面前真的有一个恶鬼站在那里。

念叨完之后她撒开手，那三根筷子竟然稳稳立在水碗中。只见五婶抄起菜刀，向那筷子横砍过去。只听得“咔嚓”一声，筷子飞落在地。她开始焚香磕头泼了糖茶，复回到炕上将手掌在宁奇头上盘旋着，口中还是念念有词。

这叫送头，其实际意义就是送鬼。

念叨了一会儿，五婶说：“鬼已经打发走了，让娃娃睡着吧。以后要把娃娃管好，再冲犯了什么鬼神麻烦就大了。”

宁奇妈诺诺连声。此时在她眼里五婶已然不是她的妯娌，她整个就是一个脱了凡胎的大仙。五婶出门走了几步又踅了回来，她让她拿来一根纳鞋底的大针，先在灯头上烧了，然后将宁奇的10个手指头挨个儿放了血，方才离去。

五婶前脚刚离开，宁先生回来了。宁奇妈把宁奇得病和五婶看病的事详详细细向他描述了一番，宁先生只说了一句：“你就由着她在那里胡折腾吧。”

宁奇妈说：“你不要不当回事，人家神着呢。”

宁先生也是个不放闲的人，他对她的表疹子送头那一套根本没往心里去。他说：“都是些糊弄人的玩意，你还当了真了。”

他的话让宁奇妈大惑不解。

不管怎么说，宁奇居然烧退了，病好了。

这些事情，宁奇长大以后他妈全都对他说了，不知道说了多少遍，所以，自从宁奇记事以后，就觉得五婶很神奇也很神秘，甚至让他有些敬畏。

宁家在宁家梁子是个大户，宁奇的太爷爷养的儿子多，传下来的支脉也多。五婶的公爹和宁奇的爷爷也就是宁先生的爹是亲哥俩，而五婶的男人在平辈人中排行老五，所以宁奇称他五大，她自然称之为五婶。宁家梁子不知道何年何月流传下一个乡俗，就是在辈份的称呼上往往会给某人冠之以一个很大众化的公共身份。为了讲得透彻，不妨举例说明。比方说五婶，她虽然比宁奇大了一辈，但是似乎她比宁家梁子所有的人都大了一辈，反正整个宁家梁子的男女老少都称呼她五婶，无论长幼尊卑。

要说五婶两口子的结合纯粹属于老夫少妻的那一类，她男人也就是宁奇的五大，也就是村里人都称呼的五大的宁家元，年龄比她大了两轮，两个人都属虎，五大比五婶整整大 24 岁。五大长得很老面，五婶长得很年轻，如果两个人走在一起，不明底细的人都会以为他们是父女俩。

这可能就是五婶在宁家梁子年龄不大辈分大的根本原因。

有了老夫的衬托，作为少妻的五婶看上去很风光。其实五婶的身世很苦。她的祖籍是甘肃民勤人，13 岁那年，跟着她爹要饭来到宁家梁子。那天晚上，她爹得了急症死在药王庙里，她吓得坐在庙门的台阶上哭了一夜。第二天，是五大的爹也就是全村人都称呼的老三爷出面带着人把她爹掩埋了，又把她领回家来，一直在他家养大。据说五婶在老家是念过书的，后来日子过不下去断了学，所以，五婶虽然是个要饭的出身，人却是个精灵人。

五大的情况是尽人皆知的。

宁家梁子的人不但知道他当过兵上过抗美援朝的战场，还知道他的裤裆让美国鬼子的炮弹皮炸了一个大长口子。不知道那一炮弹伤了哪个零件，反正退伍回乡之后，人已经是个废人。在五婶之前五大曾经娶过两个媳妇，都是因为美国鬼子那该死的一炮弹，让他没有本事拴住女人，都先后离他而去。老三爷为儿子的事寝食难安，更主要的是眼看着要断了这一脉香火的事犯了大愁。也是急火攻心，后来居然愁得一病不起，竟发展到水米不进，病入膏肓的地步。临咽气的时候，他拉着五婶的手一个劲地流眼泪。

出于报恩，五婶跪在老三爷的炕头前，当着老人的面和五大一起磕了头拜了天地，老汉方才撒手人寰。完全可以想象，五婶在做出这样一个决定的时候，一定是很为难的，从那一刻起，她一定已经做好了守活寡的思想准备。夫妻二人同枕共眠的那些日子里，她温顺得像个绵羊，任凭五大的摆布和呵斥。她为了要给老宁家生下个一男半女，每天晚上首先把自己脱得精光，然后再去搓摩五大那不争气的东西。但是五大毫无反应，这让她一次又一次地失望，一次又一次流出伤心的眼泪。为了报恩，她竭尽全力做了自己应该做的那一半，只能把剩下的一半留给了五大。

对于一个缠绵女人送来的百般柔情五大不但没有丝毫的欢愉和享受，更多的是一个又一个通宵达旦的煎熬。五大在经过一段时期的折磨后彻底死了心，他的性格也随之发生了很大的变化。他由希望变成失望，再由失望变成恼怒或者说恼羞成怒。他不知道在恼怒自己还是在恼怒五婶，反正他不给五婶好言语、好脸色，反而变着法儿找她的茬，他再也不钻五婶的被窝，也不许五婶钻进他的被窝。他希望他的行为能激怒五婶像前两个婆姨那样弃他而去，但是五婶一直坚守着那盘炕，最终的结果是五婶到现在也没生过孩子。

但是五婶有五婶的活法。

五婶把所有的苦楚都埋在心底里，把所有的眼泪都咽进肚子里，留在世人面前的全都是满身的光鲜和满脸的喜色。

五婶留给宁家梁子人的印象首先是俊俏。五婶很注重穿戴和打扮，穿新衣的时候自不必说，即便是穿补补丁的衣裳，她的补丁也和别人的不一样。她的补丁补得很讲究，裤子的双膝破了她会补成长方的形状，但是四个角必须窝得很圆滑，针线也很讲究。如果只有一个膝盖破了，她会把没破的那一边也补得一模一样，按现如今的话说那叫对称。她的补丁各自有各自的形状，不同的形状会放在恰如其分的位置上。她的屁股补得最讲究，她会补出一个桃尖向下的大桃子来，让两半桃形正好罩住两个圆圆的屁股蛋子，桃尖儿顺裆钻了进去，会让那些骚根男人产生出许多联想，追在屁股后面瞟她的裆。年轻的时候她的头上永远打着一个用红头绳挽的花花结，很打眼也很好看，似乎与她的年龄和辈分有些不太相称，但是她把这东西看得很重，一时一刻也没缺。

五婶天生的 手好针线。白打正式嫁给宁家元之后，宁奇的爹妈便对她十分地关爱也十分地看重，五婶自然也就把他们当作亲人。她为他们家的大人娃娃做鞋、缝衣服，还做了许多细活。她给他们绣了一对枕头顶子，为他们二人每人绣了一双袜垫，那些花喜色得跟真花一样，他们贵气地放在那里看，后来只把枕头顶子缝了，袜垫却一直没舍得沾脚。露了这一手，她已然让宁家梁子的人刮目相看了好长时间。

为了这一手好针线，五婶有两个从不离身的物件，一个是右手中指上戴的顶针子，一个是左腋窝下戴的针扎子。经年不绝的使用，将那铜制的顶针子搓摩得铮明光亮，像是黄金一般。所以那已经不单纯是一件实用品，而成为一件精美的首饰。然而，这枚小小的顶针子的作用绝不仅限于此。女人磨面筛箩的时候，顶针子会磕碰箩筛筐子发出悦耳而有节奏的声响，这音响就是一曲曲优美的乐章，除却磨坊的寂寞。还有，顶针子磕碰箩筐产生的震动，会使面粉漏筛的速度加快，让漫长的过程缩短许多。

五婶的针扎子是宁家梁子绝无仅有的。这里所说的绝无仅有不是说只有她一人戴了那玩意儿，而是说她的针扎子的做工无比精妙，无人可与之媲美。针扎子不大，只有一寸来长，下大上小，是一个悬钟的形状。针扎子由两部分组成，外面是个套子，里面是个芯子。芯子犹如一个舌头，里面装了棉花，大针小针都扎在那只舌头上面，这就是称之为针扎子的来头。外套是用来保护内芯的，但它的功能更多的是装饰。五婶在这方寸之地绣了荷花、鸳鸯、莲子、水纹，绣工精湛，栩栩如生。走起路来，那东西甩前飘后，引得男人女人都忍不住会多看几眼。

宁奇上小学的时候很单纯。那个年代，似乎所有的事物都泾渭分明，非好即坏、非红即黑、非对即错，没有中间地带，就连唱歌这件普通的再不能普通的事情，也被打上时代的烙印。这个烙印很明显，要么是红歌，要么是黑歌，非此即彼。作为学生是必须唱红歌的，在众多的红歌里，有一首歌深深印在他的记忆里，是“社会主义好……帝国主义夹着尾巴逃跑了”那一首。这是主旋律，因此把其他歌曲都冲淡到记忆之外的世界里去了。

可是那个时代还有一种与主旋律很不合拍的旋律让人们同样记得很清楚，虽然只是偷偷摸摸地唱，但是让人不能忘怀。这种歌自然被划入黑歌的行列里，只能在无人的地方独唱独赏，或者和十分可靠的人一起唱。宁家梁子最会唱这种歌的就是五婶，她的嘴里老爱唱些小曲，听的时间长了，原来那东西全是些有滋有味的曲子。

五婶就这么把自己打扮得很喜色,嘴里老有哼不完的小曲。严格地讲,她不属于那种在一个正式的场合将一首歌从头至尾通唱一遍的民间歌手, 她经常会边走边唱,而且每曲直哼那么一两句,没听过她把一首曲子从头到尾唱完整的。时间长了,她给村里的人留下了这样一个印象:纯粹就是一个啥都会唱啥都不会唱的现世宝。

一群学生放学回家,一路唱着歌:

社会主义好,社会主义好,
社会主义国家人民地位高。
…………

五婶迎面走来,嘴里哼哼着:

干妹子好来实在是好,
走起路来就像水上漂。
…………

她走路飘飘的,好像曲子里的那个干妹子。

宁奇他们一帮孩子都住了声,用一种奇异羡慕的眼光看着她。

她也住了声,用一种不屑一顾的眼光看着这帮学生。

学生们的奇异是她竟然胆敢在大庭广众之下唱出与时代不合拍的曲子来,她的不屑一顾则不得而知,可能是因为这帮屁孩儿没有经历、没有阅历也没有资格去欣赏她那充满真情实感的歌曲吧,还是她对形势的满不在乎?

她很可能会这么想。

他们就这么对视了一会儿,各走各的。

五婶刚离开两步便又哼上了:

正月里来,贴对子,

干哥想起了干妹子。

…………

她扭着屁股飘出好远，还能听到哼哼唧唧的声音。

不过在宁奇听来，五婶的嗓音确实很好听，哼出来的曲子甜甜的，直往人的心里头钻。他踅回身来挡在五婶面前说："五婶你唱曲子真好听，再给我们唱一个行吗？"

一群孩子都追了过来，叽叽喳喳附和着。

五婶仍然用不屑一顾的目光看着他们，看了半天说："小屁孩儿，屁股上的屎铃当都没刮干净，听的啥酸曲子，一面子玩泥蛋去。"

宁奇不依不饶地纠缠住她，所有的孩子都围了上来，把她困在中心，让她无法脱身。

五婶正在绘声绘色地唱，一看李枢密从那边走了过来，立马住了声，扭着屁股走了。

李枢密边招手边喊："五婶你站住，别走啊。"

五婶站住，但是没问他也没看他。

李枢密来到她跟前，嬉皮笑脸地说："五婶的酸曲子唱得那么好听，都酸到人的心里头了。再唱一个吧。"

五婶说："尽在那里瞎造谣。谁唱酸曲子了？"

李枢密说："五婶你就别瞒了，刚才我都听见了，你唱的《小上坟》对不对？"

五婶立刻有些紧张："我没唱，我就是没唱。"

李枢密说："五婶你先别紧张，我是不会告密的，你放心吧。其实我就是想听你唱曲子，再没有别的意思。怎么样，再给我唱一个吧。"

五婶说："刚唱完，以后想听起早一点。"

李枢密缠住五婶，根本不让她走。

五婶没办法，清了清嗓子说："那就给你唱一个吧。"

她唱道：

货郎子本是个有心人，

挑上个担担子出了门。
东庄走来西庄过，
吆喝一声卖杂货。
要啥货来有啥货，
还有针线胭脂盒。
货郎子哥呀货郎子哥，
快把那担担子往下落。
…………

五婶正唱得起劲，李枢密截住说："唱个荤的，这个没味道。"

五婶说："我没有荤的，想听荤的自己唱去。"

李枢密说："你不想唱也行，我唱就我唱。咱们依了那句话，我唱你听，挣上供养平分。"

看着李枢密嬉皮笑脸的样子，五婶没答话。

李枢密开唱：

睡到了半夜里做了一个梦，
梦见那五哥哥上了我的身。
一阵阵痒来一阵阵痛，
好像那个蜜蜂子叮。

唱完以后，他用色溜溜的眼睛瞟着五婶。

五婶丢给他一瞥鄙夷的目光，问道："唱完了？"

李枢密说："唱完了。"

五婶说："唱完了我该走了。"

李枢密赶紧拦在她面前说："五婶你别走呀，忙个啥劲嘛，不想唱曲子我不强求，坐下说说话还不行吗？"

五婶说："眼看到了上工的时候，误了工你给我记工分啊？"

李枢密连忙说："只要五婶陪着我说话，记个十来八分对我来说还不是小菜一碟。”

五婶说：“当个烂干记工员都这么大的胆子，再升个一官半职还不把天捅个大窟窿。”

李枢密说：“这也就是对你五婶，对别人我才不呢。”

李枢密说完，像轰鸡轰猪一般轰走宁奇他们一帮孩子，这才站在五婶对面，神神叨叨地说：“五婶我给你说个谜谜子你猜，猜不中了燕雀子嘴歪。”

五婶说：“狗嘴里吐不出象牙，量估你那臭嘴里也冒不出啥好东西来，想谝就谝呗。”

李枢密说：“肯定是好东西，不信你听着。”

五婶爱答不理。

他说：“壶壶不大，口口朝下。若要想喝，双腿跪下。”

说完，李枢密很得意地看着五婶。

五婶说：“说来说去，还不是你那臭嘴。”

李枢密无端地自取其辱，并不罢休。他说：“我再给你说一个。冬不冻冰夏不臭，口口朝下水不漏……”

他还要往下说，五婶打断说：“离了你那臭嘴还能不能整出点新鲜玩意来！”

李枢密想了想，说道：“那好，我就给你说一个四大香行不行？”

五婶没有回答，只用眼睛瞅他一下。

不反对就是默许。李枢密说：“小炒的羊肉大炖的鸡，开了笼的包子满了月……”

他没把最后一个字说出来，两只眼睛直勾勾地看着五婶。

五婶说：“那好，我给你说一个四大臭：茅坑里的石头染缸里的水，拉了屎的屁股李枢密的嘴。”

说完，很得意地看着李枢密。

第二章

李枢密明明知道五婶在损他，但是他根本不生气。他说：“五婶你半天转着弯地把我这张臭嘴说得一无是处，我不在乎。但是我还是想对你说点实话。”

五婶用奇异的眼光打量着他，说道:“我不相信你这张臭嘴里能吐出什么干净的东西来。”

李枢密说:“香臭我把话说了，香了你往心里去，臭了你就当我放了个屁，总行了吧？”

五婶说:“想说你就说吧，别把你的气卵子憋下来。”

李枢密说:“我觉着，其实人活在世上就那么回事，怎么高兴怎么来。你就说这男人和女人，和谁高兴还不是高兴，活他个春秋四季，为啥要死秋(求)一季呢。叫我说，一个女人，也不要把你那东西看得太贵重了。俗话说得好，拔掉萝卜有眼眼在，摘掉茄子有秆秆在，你那东西长年累月的闲着也是闲着，没人用你就不怕捂臭了？”

五婶用鼻子嗤了一声说:“拉屎的不急，吃屎的着的哪门子急？”

李枢密讨了个没趣，张口还要说话，五婶抢住话头说:“你就别费口舌了，老娘不是那个货，别想往老娘腿上坐。”

五婶说完，竟自走了。

宁奇他们上小学那会儿上课的时间少，劳动特别多，学校动不动停了课组织集体劳动，回到家里则必须参加生产队的义务劳动。和大人们一起干活就得看大人们的行为，看大人们眼色，难免听到大人们说那些似懂非懂的话。宁家梁子的人里面，首数李枢密的串话最多。他这个人经常爱在公众面前说笑话，到了五婶面前他别的不说，只爱说那句:“年老莫娶少年妻，归根结底是别人的。”他的话经常会招来五婶一顿臭骂，他好像经常乐于说这话，乐于挨这骂一般，反反复复地重复着。

千万不要以为这个李枢密是什么官职。“枢密”这个词在黄龙川这一带的方言里有一个特殊的含义，它绝不是指古代朝廷里作为枢密的那一级官员，而是专门给那些集长相困难和洋相众多于一身的人的一个美称。李枢密就具备了这样的综合条件。李枢密是生产队里的会计兼记工员，算得上是队里的权威人士之一，所以，只有他敢跟五婶开这样的玩笑，别人是断断不敢的。

宁家梁子有许多能人，但最日能的首数李枢密。大家服气李枢密的日能是因为人家有本事亮在那里，不服不行。三年前人家婆姨大年初一生了个男娃，叫大虎；第二年大年初一又生了个男娃，叫二虎；第三年腊月里婆姨又临了月，肚子疼了三天硬是没生出来，不迟不早，偏偏又憋到大年初一这一天生下个男娃。三娃生下来，宁家梁子的人编腾出一个歇后语：李日能的婆姨——太能夹了。前面有了大虎二虎，老三自然叫了三虎。

按理说娃娃是婆姨生的，论本事应该属于人家，可是宁家梁子的人不说李枢密的婆姨有多日能，把功劳全都记在李枢密的头上。于是李枢密便有了另一个大号——李日能。

其实，在这之前李日能就已经日能了一把。

李枢密小年学了个锔匠，靠祖上传下来的一把金刚钻走村串户，锔缸钉碗挣几个零花钱。有一天，他到刘寡妇家锔缸，无意中看上了刘寡妇家的闺女，这一看上不打紧，让这位锔匠师傅割舍不下。于是他一边干活一边打着主意，突然一失手，一锤敲碎了人家的大缸。

李枢密忙不迭地赔不是，刘寡妇不依不饶让他赔缸，姑娘看看锔匠再看看她妈看看她妈再看看锔匠，一直插不上嘴。李枢密满口满应："大妈你消消气，我一定赔你的缸，我给你赔个新缸钱。"

刘寡妇伸出手说："拿来。"

李枢密赔上笑脸说："钱我一定赔，但是手头一下子拿不出那么多，得陆续送过来。"

刘寡妇说："不行！"

姑娘拉住刘寡妇说："妈你怎么了，人家把话都说到这个份上了你还不依不饶，想逼出人命啊！"

刘寡妇当时哑了。

李枢密言而有信，隔三差五到刘家送几个散碎钱，刘寡妇一五一十收了。日子长了她还会给他倒一缸子茶甚至盛一碗饭吃，有一次赶上下雨天，她留他在家住了一夜。她压根儿也没想到，这是人家接触她家闺女自造的由头，是设下的一个局。直到有一天她发现闺女的肚子吹了气出了怀，这才着了忙。但是生米已经做成了熟饭，刘寡妇只能将苦水往肚子里咽，眼睁睁看着这个看似憨厚的锔匠把自己女儿领着走了。

李日能这三年头上生下 3 个小子的杰作可能产生的最佳效益是 3 个孩子的生日好过，年年一起过，少了许多麻烦。其实不然，只怨这 3 个黑头小子生不逢时，那是一个连肚子都吃不饱的年代，谁有心思过生日。好在出生的年代不好但时辰不错，每年大虎二虎三虎初一穷富能吃一顿扁食，哪怕没肉全是胡萝卜馅，那也是最丰盛的生日大餐。

娃娃这东西只愁养不愁长，转眼间3个光屁股孩子缝住了裤裆，大虎上学了。大虎这孩子天生是块念书的料，不贪耍不赖学不拖拉作业，从一年级念到五年级成绩一直排在第一位。老师夸同学夸，夸得李日能心里美滋滋的。他暗自盘算：看来我李日能又该日能一把了，等大虎升到县里的中学那就是城市户，是城市户那就能吃上国库粮，能吃上国库粮咱李家就光彩，那可是宁家梁子的第一个。

那天，太阳落山已经好大的工夫，天渐渐暗下来，还不见大虎回来。李日能有些着急，满庄撂巷地去找，但是没有。他问那些学生娃娃，都说没见。天完全黑下来，大虎还不见面，李枢密开始着了慌。他呼喊着，沿着走学的小路狂奔。月光下，渠边上兀立着一株毛头树，形孤影单。李枢密走过去，看见树下有一个黑影。他紧跑几步，那树干上倚坐着一个人，睡得呼呼的。

李枢密推着那人喊："大虎大虎你快醒醒，怎么在这里睡着了。"

大虎醒了，惺忪地看着他爹，忽然"哇"的一声哭了。李枢密慌了，急忙问："娃你这是咋了，赶紧给爹说。"

大虎呜咽许久，抽抽搭搭说："我的书念不成了。"

李枢密摇着他问："念得好生生的，怎么突然念不成了，到底出了啥事？"

大虎说："我在班里年龄最大，被下放了。"

李枢密追问："下放到哪里了？"

"还能下放到哪里，回生产队劳动。"大虎拉着哭腔。

那一年大办农业大办粮食要下放的事早就宣传了，李枢密听在耳朵里扔在脑勺子后面压根就没当回事，没想到这一锤砸在他的头上。这一夜李枢密彻夜未眠，他辗转反侧，想了一招又一招，招招都是自己想出来又被自己拆了，全都行不通。但是他不死心，他不相信，世上还有能难倒我李日能的事情？天塌了可以，但是大虎不念书不行。想来想去他总算想到了下放的关键，那就是年龄那就是户口。

第二天一早，他匆匆向公社走，他边走边想，觉得这条漫长的路今天突然短了许多，走都没好好走就到了。他站在公社的小街上举目四望，人民公社的牌匾很威严，他退了回来。不知不觉踅进供销社，把烟酒茶糖看了个遍问了个遍，最后买了两盒纸烟，在手里掂了掂装进兜里，挺起胸脯出了商店。

张文书正趴在桌子上造表册，门轻轻开了。门缝里夹着一颗人头，那颗人头正龇着牙向他笑。他很恶心这号人，凡是来公社喊困难要救济的都这副德行，像从野地里飞进来的绿头苍蝇，轰都轰不走。他对着人头挥挥手："快滚快滚，别在这里打烂干主意。"

门缝里的人头并没有很快就滚，反而伸出一只手来。那只手里捏着两盒烟，蓝色的烟纸，是"大前门"。张文书迟疑一刻，突然一声喝："有话进来说，别夹在门缝里。"

李枢密一个惊喜，直接来到桌前。他把烟放到桌子上，只是嘿嘿地笑。张文书问："你到底有啥事？"

李枢密又勉强嘿嘿两声："给领导添麻烦了。"

张文书有些不耐烦："赶紧说，不看我正忙着呢吗？不过我告诉你，今年的救济款早就发下去了，如果要救济，趁早走人。"

李枢密说："我不要救济。"

张文书很好奇地看着他，问他："你是不是前两年那个谎报产量的李队长？"

李枢密有些尴尬，随即说："那年月大家都浮夸又不是我一个人，领导你就别臊我的毛了。"

"那你这是来干啥？"张文书有些糊涂。

李枢密伸手指着表册说："其实屁大个事，在你领导手里也就是改个洋码字，不费吹灰之力的。"

张文书问："改什么洋码字？"

李枢密上前把烟放在抽屉里，这才说出为大虎改户口上出生年月能让娃娃继续读书的事。他把户口本放在桌子上，眼睛殷殷地看着张文书。张文书说："这是档案，怎么能随便改呢？"

李枢密似乎大彻大悟，连忙回话："我知道这是党按下来的事，可是你也是党，只要你稍微抬抬手娃娃也就过去了。我懂得'马靠缰绳猴跳圈，人没笼头拿纸拴'这个道理，可是规矩是死的人是活的，再说了，大办农业也不缺他一个人，你说对吧？"

张文书显得很为难，最终说了句："对谁都不能说。"

李枢密诺诺连声:“知道,知道。”

大虎上了中学,李枢密果然风光无限。

大虎吃了3年的国家供应粮,李枢密整整日能了3年,这3年他走路胸脯挺得很高,脚步轻飘飘的似乎吃国库粮的不是大虎而是他李枢密。他不止一次在乡亲们面前描绘大虎的前程,初中念完念高中,高中念完念大学,大学毕业就是国家干部,国家干部就拿工资就坐小轿车,谁都比不上。大家说到时候你就更日能了。他知道这是揶揄但是他不在乎,依然陶醉在人们的哄笑声中。

忽然有一天大虎卷着铺盖回了家,这让他很是吃惊。他惊问大虎:“这是怎么回事?”

“停课了。”

“为啥停课了?”

“停课闹革命。”

“那你为啥不闹革命?”

“人家都串联去了,我不想去。”

“那你回来干啥?”

“干活挣工分。”

李枢密很长一段时间没说一句话。

人往高处走水往低处流,他不知道这龟孙子是怎么想的。但是有一点他敢肯定,3个黑头小子当中,还是大虎最懂事也最孝顺,每个星期天回来,他都会帮着家里干不少的活。大虎很疼爱他们老两口,他不止一次说,他不想念书了,要回来挣工分,爹妈太苦了。还有,他每次回家都带回一个白面馍馍,这在宁家梁子可是稀罕物。李枢密见人就喧,这是儿子吃国库粮得来的。他李枢密能在众人面前摆活的,也就是这国库里的白面蒸的馍馍,确切地讲,他在宁家梁子就靠这白面馍馍日能了3年。

大虎第二天就开始挣工分了。

三伏刚过,天还是毒热毒热的。刚收完麦子的茬子田要赶快上粪赶快淌水赶快种秋庄稼,种的迟了就应了那句话:“处暑不出头,刮来喂老牛。”大虎被派去赶小胶车拉粪,他跟大人赛着干。这一天,浑身的汗没干过,他比别人多拉了3车。收了工大家围在社房子记工分,大人们都记8分,大虎只记了7分。大虎想说什么,嘴唇只轻微动了一下止住,回头便走。

李枢密一把拉住大虎说:“咱不走,咱得跟他理论理论。”

他摆出一副老记工员的架势指着记工员的鼻子问:“你会不会当记工员?”

记工员问:“我怎么不会当了?”

李枢密质问:“我们家大虎一车不少拉,凭什么给他记7分?”

记工员不紧不慢解释:“这还给他多记了6厘呢,按8成劳动力计算,顶多八八六分四厘。本来应该四舍五入记6分我觉得这娃娃干得不错自作主张记了7分了,你还嫌少。”

李枢密怔一怔,随即问:“谁给他定的8成劳动力?”

记工员说:“这是政策,凡是年龄达不到18岁的都是8成或8成以下,你不是不知道。”

李枢密说:“我们家大虎和你们家锁子同年出生都属虎,你家锁子18,这你不会不知道吧?”

记工员神秘一笑:“有些事你不会也不知道吧?”

两人沉默。

记工员说:“实在不行问队长去。”

问什么队长呢?他李枢密曾经就当过队长,这条政策是他坚持执行过的。让他想不通的是,到头来自己编的破筐扣到了自己头上。

李枢密痛苦极了。

人最大的痛苦是有口难辩。

现在他后悔死了,后悔自己为了显摆日能把人家张文书安顿的话抛到脑勺子后面,千不该万不该,他不该在乡亲们面前暄他如何用两盒大前门买通张文书、把儿子年龄改小,不但没下放而且上了中学那件日能事。现在人人都知道大虎的年龄是改小的,但户口就是户口,那是板上钉钉的事,谁也改变不了。现场就有几个小人看他的笑话解他的恨,看你李日能还日能不日能。

他一跺脚走出人群。

他知道,政策就是一块铁板,谁也动不了。这就意味着,大虎至少要当两年的8成劳动力。按照实际年龄,他今年足足18,可是当年为了保险起见,他给他一下改小了两岁,跟新年一个年龄。

他边走边算账，一天少一分、一个月少 30 分、一年少 365 分、两年就少挣 730 分，那可是 73 个劳动日啊！就按一个劳动日一块钱计算，两年下来就少挣七八十块钱。不算不知道一算吓一跳，这个数目太吓人了。这样下去还了得？损失太大了，太大了！更要命的是，大虎在这种同工不同酬的压力下要整整受两年的磨难，娃娃的心里会憋屈坏的。

他有些心疼。

他突然有一种负罪感，觉得对不起儿子。

一家人都睡了，李枢密还坐在炕头上抽烟。生硬而连绵的旱烟弥漫了整个房间，炕上不时传出几声咳嗽。大虎伸出头说："爹，快睡吧，别抽了。"

李枢密在炕沿上磕掉烟灰，长长地叹一口气。他深情地看着大虎，口中喃喃道："爹给你改户口，完全是为了上学，谁能想到会带来这么多的麻烦事。"

大虎没吭声。

他又长叹一声。

"娃娃呀，"他语重心长地说，"别看咱现在少挣几分工，可是 3 年的中学咱们上了，咱们不但念了书，还吃了 3 年的国库粮，宁家梁子除了宁奇，有谁能和咱们比。一想起这些我就觉得咱们值了，咱们犯不着和他们计较。"

大虎说："爹你想到哪里去了，我回家这是响应号召回乡务农立志耕耘，在农村这广阔天地里炼一颗红心，谁计较工分了。"

李枢密"嚓"的一声又点着了烟抽将起来。抽了两口复又磕掉，喃喃道："不计较就好。扣工分扣钱让他们扣去，让他们扣了钱买药吃买棺材买老衣去。这件事是爹考虑得不周全，你可要想开些。"

没有回应。

"爹对不住你。"

没有回应。

李枢密仔细看，大虎睡得呼呼的。

转眼到了秋天，宁家梁子一片金黄。麦子打完了，交完了公粮到了分口粮的时候。宁家梁子今年好收成，口粮可以吃到上面规定的最高标准，每人 414 斤。每年这个时候是庄户人最喜庆的时刻，几乎全家人都要上场，打麦场人头攒动，吵吵嚷嚷好不热闹。肩扛的驴驮的车拉的还有自行车推的，人们调动一切手段一律一溜小跑，生怕让人抢了去似的。

全队社员都分完了，李枢密一算，他家少了一个人的口粮。他风风火火去找队长理论。队长说："没错，是你家大虎人回来了户口没转回来，没户口不占口粮。"

李枢密二话没说攥住队长的脖领子要去公社评理，被众人拉开。李枢密跳着骂："我把你个吃人贼，羊还有一把马莲呢，一个大活人你不分口粮。今天爹们把话撂在这里，你敢不给我儿子分粮，爹们就背了铺盖睡在你们家吃，爹们如果干不出来，就是你婆姨养的。"

宁家梁子的人谁都知道李日能是个说得出做得出的人，队长嘴上硬着，心里显然有些发憷。他撂下一句话："咱好脚不踏臭狗屎。"双手背在屁股上走了。

走了半截他喊来会计耳语几句，会计连连点头。

事情的结果让李枢密又满足又不满足，满足的是大虎的口粮分了，说明他队长惹不起我，他屈服了；不满足的是人家只认户口，仍然按娃娃标准分了，分了360斤，而且是下行的秕谷子烂芝麻。口粮按户口走，这是政策，他李日能再日能也改变不了。人家给他下行的粮食明知道那是队长使的坏，但那也是粮食，他有口难辩。

掂量得失，李枢密还是咽不下这口气。

李枢密3天没出门，想了3天3夜，他做出一个重大决定。

李枢密来到公社。

现在的公社是造反派掌权，张文书他们那帮老干部全都靠边站了。他先在大院内转了一圈，然后漫步来到张文书的办公室门前。办公室的门大开着，一个戴着红袖标的革命干部正在搬弄档案柜。李枢密慢慢进了屋，伸手就去搬东西。干部好诧异，问道："你是谁？"

"我是革命群众。"李枢密答。

"你是哪个组织的？"

"我是无产阶级司令部的。"

"你要干啥？"

"我要革命。"

革命干部看来有些糊涂，他停下手，仔细打量起他来。

李枢密说:“我就是想为革命做些工作,今天正好赶上了,这些活就让我干吧。”

不等对方表态,李枢密手脚麻利地干了起来。

档案柜很快搬完了,革命干部拍拍手说:“你可以走了。”

李枢密并没有立马离开的意思,一声不响立在那里。那人没再搭理他,取下一摞红纸,摊在地上刷标语。李枢密赶紧上前一步,他刷一张他取一张,配合得十分默契。刷完之后革命干部立起身来,长长地伸了一个懒腰。

李枢密开口了:“领导你告诉我这些标语往哪儿贴,剩下的事我来做,你就别管了。”

革命干部用温和的眼光看着他,脸上第一次露出笑容。

谁也不会想到,一双扛犁曳耙的手贴起标语来会那么利索,李枢密没费多大力气便将公社内外贴了个一片红。革命干部走过来,连连称赞。李枢密憨厚一笑:“能为革命做点工作,我觉得光荣。”

突然他脚下一滑,从凳子上摔了下来。

革命干部急忙跑过来,只见他紧闭双眼,没有一丝儿气息。他扶起他大喊:“来人呀!来人呀!”

公社的人七手八脚把李枢密抬进医院。

他苏醒了,睁眼望着周围的人。革命干部问:“你想说什么?”

他双眼直视墙上的毛主席像,艰难地呼唤:“毛主席万岁!”

众人随着他呼唤。

“你哪里人?”

他摇头。

“让你家里人来好吗?”

他摇头。

病房里的人都轻轻摇头,渐渐散去。

李枢密没有大碍,没伤骨头没伤筋,能吃能睡。3天来,都是革命干部侍候着他,形影不离。第一天,他怀着一种对无产阶级革命战士无比崇敬的心情心甘情愿地为他端吃端喝端屎端尿,第二天,他开始用审视的眼光揣测他的病情甚至于揣测他革命的动机甚至于揣测那为了革命摔的一跤是真摔还是假摔。因为能检查到的地方都检查了，无法检查的是他的脑袋，他只说他头疼。如果真如医生说的有可能是脑震荡，那麻烦就大了，他躺在医院里的时间将遥遥无期。可是那天他看得清清楚楚，他的头根本就没有着地。

他现在急待解决的，是让他出院。

他说："医生说你的病好得差不多了，昨天晚上革委会研究了，给你一些钱作为营养补助，送你回家休养，你看怎么样？"

李枢密从床上跳起来："什么？给钱？你们太小看我了，我革命就是为钱吗？"

革命干部又一次肃然起敬，却也十分茫然。

"你有什么要求吗？"革命干部试探着问。

李枢密想一想说："说有也有，说没有也没有。"

革命干部问："你这话什么意思？"

李枢密说："说没有，是因为革命战士不应该向组织提任何要求；说有，是因为我有一个革命要求。"

"什么要求？"革命干部追问。

"是这样的，"李枢密清清嗓子说，"我们是反修防修的第一线，修正主义侵犯我国，我想送儿子当兵，做一名光荣的中国人民解放军战士保家卫国。"

革命干部说："这个要求好啊，回头我给征兵办公室说一声，保证你儿子入伍。"

李枢密说："多谢领导，我这就出院，把儿子领来你看。"

革命干部一听喜出望外："你先出院，儿子就不用看了。"

可是李枢密坐在床上，丝毫没有出院的意思。

"还有什么事么？"他问他。

没回应。

"有事你说。"

没回应。

革命干部急了，在病房里来来回回踱步。

李枢密终于开了口："领导你帮人帮到底，你还得帮我一个忙。"

"帮什么？"

"是这么回事，儿子身高体壮，就是年龄差了1岁，请你把户口给改一下。"李枢密终于说了出来。

革命干部说:“户口怎么可以随便改呢? ”

李枢密一听,二话不说拉起被子躺倒。

病房里静极了,只能听到李枢密的喘息声,这声音越来越急促,渐渐变成了呻吟。

革命干部一阵思索,说道:“你起来吧,我给你办。”

改完了户口,李枢密要找的第一个人就是队长。他把户口本往他面前一拍,神气十足。他要找的第二个人是大虎,他向儿子绘声绘色地描述了他糊弄革委会干部的全过程,很有些得意忘形。

说者无意,听者有心,没想到大虎听完之后真的动了当兵的念头,而且决计要参军。这大大出乎李枢密的意料。他说:“大虎你听爹说,爹费了九牛二虎的力气把你的户口改回来,咱大虎“大年三十蒸馍馍,蒸(争)的是一口气”。咱要让那些小人们看看,咱家大虎照样挣十成的工分,照样分大人的口粮。至于说当兵,那是爹编的谎话,你怎么当真了呢。”

大虎说:“爹你说出去的话就是泼出去的水,那是收不回来的。”

李枢密说:“我到公社就那么一说,谁还来追查啊。”

大虎说:“追查倒是没人追查,可是你已经庄前庄后撒了个遍,全村人都知道了,你让我今后怎么做人啊。”

李枢密苦口婆心说了半天,终究没能让儿子回心转意。他开始后悔,早知今日何必当初,眼睁睁把一个壮劳力推出了家门。

一个月以后大虎穿上军装走了。

第 三 章

对于当时的一帮屁孩儿们来说,李枢密说的那句“年老莫娶少年妻,归根结底是别人的”是一句很艰深晦涩的话。你想嘛,老年娶了少年妻,娶便娶了,咋就归根结底成了别人的?这让他们着实不理解又十分渴望理解。五婶的恼而不怒骂而不恨,和李枢密的乐此不疲一以贯之更让宁奇费解。直到有一天发生的一件偶然的事情,他方才朦朦胧胧地好像感觉到了什么,但是究竟是什么,他又什么也说不清楚。

放了暑假之后生产队让宁奇放牛,那天他在渠里摸鱼,上来一看牛都跑进了玉米田。他着了忙,慌慌张张向玉米田跑去。就在他急忙赶牛的时候,正好碰见五婶和队长吴绪绪神色慌张地从玉米地里走出来。宁奇非常害怕,但是已经躲闪不及。他低了头规规矩矩站在那里,准备接受队长的呵斥和责骂。奇怪的是,平日里凶拉巴叽的吴队长并没有拦住他侦问他为什么把牛放到田里啃了庄稼,人家看都没看他一眼便急匆匆地离开了玉米地。五婶只是和他打了个招呼,也慌慌张张地去了。

从那以后五婶对宁奇出奇得好。因为吴队长给她派的是全队最吃香的活,是大食堂的管理员,所以她有权力也有机会经常会偷偷摸摸塞给宁奇一个淀粉馍馍或者蔓茎萝卜之类的,宁奇便对五婶感激死了。

有一天五婶看着宁奇吃东西的时候,摸着他的头问:“你看五婶怎么样?”

宁奇回答说:“五婶真好。”

五婶又问:“五婶对你好不好?”

宁奇说:“五婶对我特别好。”

五婶接着问:“那你对五婶应该咋样?”

宁奇不假思索地回答:“我也要对五婶好。”

“怎么个好法?”五婶问。

宁奇想了想说:“等我将来长大了挣了钱,就给五婶买好吃的。”

“那你现在怎么对五婶好呢?”五婶问。

“我听五婶的话,五婶让我咋样我就咋样。”宁奇答。

为了能将五婶给予的幸福生活持续下去,宁奇的回答自然是五婶最需要的也是她最爱听的。

这样的问题重复提问了若干次之后,有一次五婶突然很神秘地问:“你发现了五婶啥事没有?”

宁奇摇摇头。

她又追问:“那天在玉米田里你看见五婶干啥事了没有?”

宁奇还是摇摇头。

五婶接着问:“那你估计五婶在玉米田里会干啥事?”

宁奇回答说:“进玉米田里无非就是尿尿拉屎呗,还能干啥?”

五婶不再追问,看来她放心了。

可是紧接着她似乎还是不放心,问宁奇道:“那你看见我尿尿了没有?”

宁奇摇摇头说:“没看见。”

说完宁奇对着她的脸看,他觉得她的这个问题有些奇怪。五婶再没有追问,从脸上的表情他能看得出,这次她真的放心了。

她又给了宁奇一个馍馍说:“不管看见没看见,那次的事对谁也不要提起,行吗?”

宁奇啃一嘴馍馍说:“保证不说。”

为了这件事宁奇想了好长时间,肚子饿了的时候想得更多。

好奇是儿童的天性,为了一泡尿的事让五婶三番五次地问,不能不引起宁奇的好奇。五婶对他还是一如既往的好,然而她对他越好他越觉得玉米地是一个隐藏神秘的地方,他很想知道那里到底发生了什么,为什么会让五婶如此牵肠挂肚。于是他心中产生了一个念头,一个不探个究竟誓不罢休的念头。

这一天,趁着大人们吃晌午饭的时候宁奇溜出家门专门去了一趟玉米地。今天他给自己确定了一个目标,他的目标是去落实吴队长和五婶尿尿的痕迹,顺便看看二者之间的距离究竟有多远。他想,也许通过二者之间的距离会发现点别的什么东西。他在地里走了几个来回都没有发现有尿尿的痕迹,更别说拉屎。他站在玉米地里,听那微风吹得玉米叶子沙沙地响,他一脸迷茫。

宁奇自个站在玉米地里撒了一泡尿,返身往回走。忽然,他看见旁边在玉米长得最茂盛的地方出现了一块空地。他慢慢走过去,对着那块空地细细地看。很显然,那块空地并不是不长庄稼,而是人为制造出来的一块空地,玉米秆子被砍倒平铺在地上,玉米叶子平展展地铺在上面,覆得很光,一看就知道是人睡过觉的地方。

一想到睡觉宁奇立刻想到一个问题,这地方五婶睡过还是吴绪绪睡过?忽然他联想到另一件事,莫非两个人一起睡过?想到这里让他突然心跳不已,这一下他终于明白五婶为啥对他那么好的原因。

按理说大人们干啥事也轮不上一个局外的娃娃心跳不已,可是这件事太大了，不跳是万万不可能的，这件事发生在谁的身上都应该跳，况且就发生在五婶身上。

这里面有个原因。

那个年代在人们的脑海里法治观念是极其严厉而淡薄的，对于一个正常人而言，脑子里印下的最严厉的法律似乎只有两条，一条是不能说反动话，另一条是不能乱搞男女关系，其他皆可忽略不计。一旦触犯了这两条法律，轻则判刑进劳改队，重则引来杀身之祸。在一个接着一个的运动中，不仅是大人，就是这些小学生娃娃们，也没少亲眼看见过有人因为发生男女关系被批斗、被吊打的惨烈场景，也常常听到因为不正当男女关系丢了性命的消息。

宁奇怔怔地站在玉米地里，一时间身上汗津津的，这会儿，他的脑子里全是男女关系，他似乎看到五婶被批斗被吊打被送进劳改队的情景，他已经意识到了问题的严重性。他后悔死了，他后悔自己不应该长了腿来这趟玉米地，更不应该发现这个犯罪的现场。

一想起五婶给了他那么多的好处，他的心情越发地沉重起来。玉米叶子依然沙沙作响，他直觉得宁家梁子的男女老少正从四面八方围拢过来，正一步步向这个现场逼近。出于感恩，他毅然决定大义凛然一把，就是要把发现五婶和吴绪绪从玉米地里出来以及玉米地空地上的事统统烂在肚子里，对谁都不能说，包括他的爹妈。

然而事情往往就是这样，你越是不愿想它越往你的脑子里钻，越是想让它烂掉它越是不烂，而且大有生根发芽要从地里冒出来的势头。几天来，这件事居然成了宁奇的一块心病，这心病没日没夜地纠缠着他，让他割舍不去。他居然会天天为他们提心吊胆，他最担心地是五婶和吴队长继续干那不可告人的勾当，最担心他们会被除他以外的任何人撞见。他甚至担心，有人会发现那块用玉米的杆和叶铺就的光软的地铺，那样麻烦同样也会闹大的。

这种担心时时噬咬着宁奇的心，几天的苦思冥想之后他终于做出一个决断，他要去拆除那个地铺。这样做他总结出 3 个好处，其一是可以给五婶他们一个警示：你们的事情已经被人发现，千万不敢再往下做。其二是他神不知鬼不觉地做了，不至于伤了他们两个在宁家梁子最有脸面的人的脸面。其三他觉得最重要，那就是从此以后他们在玉米田里曾经干过的事永远不会被别人知道。

过了几天,宁奇果真去了趟玉米地。

玉米是一种合理密植的作物,玉米棵子留得很密,挺拔的玉米秆子支撑着肥硕的玉米叶子,几乎占据了田地里的所有空间。眼下正是玉米扬花的季节,玉米的穗头上挂着续续吊吊的白色花粉,腰间斜插的刚刚孕育出的棒子吐出白生生紫茵茵的嫩缨,看上去那么水灵。天气闷热,一丝儿风也没有,玉米叶子纹丝不动。宁奇的心悬悬的,他蹑手蹑脚潜行到玉米地边。走进玉米地,他的心跳得非常厉害,他伏下身子,几乎以半匍匐的姿势前行,顺着玉米地的沟垄往前爬。

快爬到那块空地的时候,忽然间,他听到两种奇怪的声音,一种是男人粗犷的喘息声,一种是女人痛苦的呻吟声。他被这声音惊呆了。他一动不动地趴在地垄里,不敢前进也不敢后退。他不知道那块空地上究竟发生了什么,但是他从那粗犷的喘息中似乎能隐隐约约看得见吴队长那粗壮的身影,似乎能从那痛苦呻吟的娇柔中看见五婶扭动的腰肢。

玉米地里的蚊子多得出奇也大得出奇。蚊子们肆虐地叮咬和不敢动手拍打的折磨让宁奇打了撤退的主意。可是不知为什么他居然咬紧牙关坚持着,原封不动地趴在那里,像是生了根。

起风了,是微风,玉米叶子开始轻轻地响。喘息和呻吟终于停了下来,一切都安静下来之后便是一阵窃窃私语,但是宁奇听得很真切。

"都干了多少次了,咋还怀不上?"这是五婶的声音。

吴队长说:"就说呢。我可是把吃奶的劲都使上了,哪一次都没有放空枪啊!你说对吧。"

"唉……"是五婶一声长长的叹息。

吴队长安慰她:"只要工夫深,铁杵磨成针,再来。"

五婶说:"可是就这么偷偷摸摸提心吊胆的,一旦……"

吴队长说:"你放心,不会被人发现的。"

五婶说:"我怕的是万一。不过我真的不甘心。"

吴队长问:"那你说说,问题究竟出在哪里了呢?"

五婶说:"就说呢。"

吴队长说:"我琢磨着,不能光怨五大的家伙不行,说不上你这本来就是一块不长苗的碱田呢。"

接下来是一阵沉默。

接下来是两声叹息。

接下来是五婶低低的抽泣。

那一年开春是春打寒。人说春打寒冻半年,这话虽然有点玄乎,但是到了三月,天气仍然很冷,好像和冬天没有什么两样。这一天宁家梁子来了两个要饭的,一个中年男子领着一个男孩儿,抱着膀子挨门乞讨。白天在宁家梁子要了一圈,要到五婶家她格外开恩,让他们吃了饭又给了一碗黄米,目送他们走出院门。她的慷慨可能只有她自个儿明白,因为她听出他们是甘肃口音,再就是她本身就是要饭出身的,到了晚上再也没有去处,父子二人便宿在村头的药王庙里。五婶收了工正好从庙门口经过,斜了脚踅了进去,看见大殿中央生着一堆柴火,大人和娃娃伸着手烤火。

她问那男人:“天气这么冷,大人好将就,不怕把娃娃冻坏了?”

男人说:“好我的大嫂呢,出门在外,能将就就将就,能对付就对付,好歹还有四道子墙挡风。多谢你了。”

五婶摇摇头,叹一口气,走出庙门。

回到家里,她的心一直惦记着药王庙里那一对父子,那孩子一对忽闪忽闪的大眼睛好像一直在她面前闪动。睡下后她迷迷糊糊做了一个梦,梦见那男人冻死在庙门口,那孩子趴在男人身上哭。后来那男孩儿变成了她,她趴在那男人身上哭,只到把她哭醒。

五婶一个激灵醒过来,发现自己已经浑身是汗。她呆呆地坐在那里,忽然穿好衣服,出了家门直向药王庙走去。父子俩正肉挨着肉蜷缩在破庙里,见五婶半夜三更进来以为是在做梦,直到她把他们领进家门在暖暖的炕头上睡了一夜,这才知道遇上了活菩萨。第二天一早,父子二人千恩万谢,就要离去。五婶问:“你们打算到哪里去?”

男人说:“要饭的讨吃,走到哪里要到哪里,哪里有个方向。要上一圈度过春荒,还得转回家里。”

五婶问:“老家在哪里?”

“甘肃武威。”男人说。

五婶说："你也是甘肃人？"

"是啊！这里还有谁是甘肃人？"男人眼里放着光芒。

五婶赶紧说："没有没有，我说的是前两天来了个要饭的，也是甘肃人。"

"噢！"男人显得很失望。

五婶又问："你的家里还有啥人？还准备回去吗？"

男人说："去年开春他妈连病带饿走了，家里一个人也没了。出门要饭是没有办法的办法，最终还得转了回去。金窝银窝，不如自己的狗窝。生就的穷命，没法子。"

五婶轻轻抚摸着孩子的头说："大人受苦受罪不说，多心疼的娃娃，让人看着不当活的。"

男人对孩子说："还不赶紧给恩人磕个头。"

五婶赶紧拦住："够可怜的了，快别折腾娃娃了。"

她想了想说："我有个想法，不知道能不能张口。"

男人说："你是我们的大恩人，有啥不好张口的。"

五婶顿一顿说："我想着，我想着把这孩子留在我这里，我给你领养着，你一个人转去，别让娃娃跟着受罪了。"

"这个……"男人面有难色。

五婶说："你放心，我会像亲儿子一样照顾他的。"

男人想了想，说道："多谢恩人的好心，我还是带他走吧，不能给你添麻烦。"说完，拉起孩子便走。

五婶用失望的眼神目送他们走出院门。忽然，她追出去拦住男人问："你想不想在这里落户？"

男人问："你们能收留我吗？"

五婶想了想说："一般情况是不收留外来户的。不过手艺人可以商量。我问你，你有没有啥手艺？哪怕是会编筐、会搓草绳、会打芭子都行。"

小男孩嘴快："我爹是木匠。"

五婶摸着孩子的头说："你一个大男人长期领着个孩子走村串户要饭也不是个办法，我想去跟队长商量商量，让你在我们村落个户算了，你看怎么样。"

男人一听，二话没说拉着孩子趴下就磕头。五婶赶紧拉起他们说："我这才是个想法，队长答应不答应还不知道呢。”

男人的嘴唇颤抖着说：“答应不答应我们都得给你磕响头，让我看，你就是观世音菩萨显灵了。”

后来的事办得很顺利，宁家梁子正好缺木匠，五婶给吴队长一说，就让他们顺顺当当落了户。男人刚来没有房舍，暂时借住在五婶家废弃的磨坊里。一切安顿停当，男人向五婶提出一个要求，他要让儿子把五婶认干妈。这话一说出来，五婶喜出望外，她让干儿子磕了头，领着他扯了一身新衣裳。

这男人姓景，宁家梁子的人叫他景木匠。景木匠的儿子叫景万荣，刚来那会儿村里的娃娃欺生，不叫名字都喊他景求子。五婶让宁奇带着他入了学，正好和宁奇是同班同学。新来乍到，宁奇处处罩着他护着他，天天和他一起上下学一起写作业，景求子一直对他心存感激。

那个年代的生活很穷很苦，但是作为少年的学生娃娃们却穷苦而且快乐着。娃娃的天性是爱打堆儿，白天打堆儿玩乏了晚上总爱打堆儿地睡在一起，反正家家有一盘通间的大土炕，不愁没有睡觉的地方。有一天晚上，写完作业，景求子非要留宁奇住在他家，后来干脆约了三四个娃娃在他家挤了一炕，景木匠把炕烧得热热的，一点儿也不嫌麻烦。

景木匠住的磨坊和五婶的住房是斜对面，从窗洞看出去，院子里的一切看得一清二楚。那天夜里大明月亮，月光笼罩着村庄，宁家梁子安详入睡。半夜时分一泡尿将宁奇憋醒了但是他有些赖床，不对应该是赖炕，他怯乎初春季节的冰凉，宁愿把那一泡尿憋到极限。他就这么一直睁着眼睛躺在那里，睁着眼听小伙伴们的鼻息和景木匠如雷的鼾声。忽然他听见五婶的门敲了几下，一个低沉的声音呼唤着，是让五婶开门。尽管那人把声音压得很低，但是在寂静的夜晚里听得十分真切。

五婶家里就她一个人睡，五大是饲养员长年住在饲养房里，只有每天的三顿饭回家来吃。宁奇想，五大白天都懒得回家，怎么会深更半夜往家里跑？如果不是五大，那么这个人会是谁呢？一想起玉米地，他第一个想到的是队长吴绪绪。

几番敲击几番呼唤没有动静，那人又走过去敲窗子。

宁奇蹑手蹑脚翻身起来趴在窗洞上往外看，看见一个人站在五婶的窗前边敲边说：“五婶你过来，我又不是干喘的，这里有10斤粮票，都是全国粮票，给你，接住。”

他把粮票从窗洞塞了进去。

屋里一点儿声音也没有。

一会儿工夫就见几张粮票从窗洞里飘出来，传出一声低沉的声音：“滚！”

宁奇听得很清楚，那是五婶的声音。

那人并没有滚，他捡起地上的粮票在窗前伫立良久，又在兜里摸索了半天摸出些东西出来和那些粮票一并塞进窗洞说：“这里还有丈二布票都给你，你就把门开开让我进去吧。”

屋里仍然没有声音。

那人的手长久地伸着一直没有抽出来，大概是等待着接纳。忽然间，只听得“啊呀”一声大叫，那人用左手抱住右手跳得很高，然后狼狈逃窜。他的叫声很惨，在空寂的黑夜里听得十分刺耳。

月亮依旧皎洁，村庄依然酣睡，一切很快又恢复了平静。

那年月每天早晚都有两次早请示晚汇报，是雷打不动的。其实请示和汇报虽然有对象，但是那对象是崇高伟大而虚无的，所以看似庄严的请示汇报，例行的无非是政治学习。每天的早学习除了全队的大人之外要求小学生也必须参加，同样雷打不动。第二天早学习的时候，宁奇有了一个重大发现，他发现李枢密的右手上戴着一个白色的手套，而左手什么都没戴，就像一个人只长了一只耳朵，看上去岔里岔巴的。吴队长带领大家学习完之后派了工，社员们各自去干各自的活。

五婶走到李枢密跟前很好奇地问：“都到了春天了还戴上个白手套，洋不洋土不土的，我说你这是装的哪门子烧包啊？”

李枢密若无其事地说：“昨天晚上不小心跌了一跤戳到耙齿子上，手上受了点轻伤。”他很勉强地龇了龇牙，算是笑了。

五婶又说：“哦，我还以为唱《红灯记》和李玉和对暗号呢。”

李枢密把手背到身后去，又把牙龇了龇。

五婶走过去拉过那只戴着白手套的手，煞有介事地问：“不咋的吧？不行赶快到医院看看，别让伤口发了炎感染了，把小伤染大发了就麻烦了。”

李枢密连声说：“多谢五婶关心。伤是轻伤，不咋的不咋的，碍不了事的。”说完赶紧离开。

不料五婶一声唤:“李会计停停,话还没说完,先别忙着走啊!”

李枢密转回头,客客气气地问:“五婶你还有啥事?”

五婶从衣兜里掏出一个小纸包交到他手上说:“这是上次借你的布票和粮票,一直没有还你。你点一点,看对不对。”

这一次李枢密的脸微微红了一下,连声说:“你先用着,不当紧,不当紧。”

五婶说:“是你的啥时候都是你的,是我的啥时候都是我的,谁也拿不走。你还是当面点一点的好。”

李枢密嘴里虽然说不当紧,手却接过那纸包说:“不用点不用点,信不过别人还能信不过你五婶。”说完,逃命似的离开了。

宁奇认认真真地看完他们表演的全过程,看着他们渐渐远去的身影在那里发呆。他联想起从昨天夜里到今天早晨发生的一切,这会儿他的脑子里全是问号,一个也解不开。但是五婶和李枢密之间发生的事似乎让宁奇搞懂了,昨天晚上的整个过程可能就是书上所说的求爱。李枢密的求爱虽然以失败告终,然而他们之间的较量却让他大开了眼界,大人们的若无其事和煞有介事也太若无其事太煞有介事了,居然装得跟没事的人一样。

难道这就是爱情?难道人们就是这样追求爱情的?

这次亲眼目睹了因为爱情而引发的流血事件让宁奇一下子长大了许多,后来他考上了初中,和景万荣一起离开了那个温馨的磨坊和神秘的小院。这期间有3年的时间他离开了宁家梁子,但是五婶和李枢密、五婶和吴绪绪之间的那点事儿却让他一直忘却不了,经常挂在心上。

第四章

3年的时间并不算太长,宁奇上完了初中不得不再次卷起铺盖回了宁家梁子。宁家梁子仅有的两个中学生一起回了家,和宁奇一起回来的,还有李大虎。宁家梁子村边排水沟里的水仍然不舍昼夜地流淌着,红柳梁子的红柳依然盛开着粉嘟嘟的碎花,马莲滩的马莲花依然连着片绽放着醉人的蓝香,芨芨淌子的芨芨草依然茂盛地生长。

宁奇回乡务农,大虎参了军。

大虎参军之后没留下什么,只留下一块“光荣军属”的牌匾,李枢密将它高高挂在门楣上。

这一天大虎来了一封信,说他在部队挺好,具体工作是喂猪。李枢密接到信先是一阵激动,看完信之后变了颜色,顿时就像掉在凉水缸里,一句话都不说。家里人围住他问什么情况,他只说了 3 个字:“好着呢。”

三虎伸手要看那信,他一巴掌拍下他的手说:“娃娃懂个屁,滚蛋!”

李枢密收到儿子信的消息很快在村子里传开了,人们见了他免不了问长问短。

“大虎在哪里当兵?”

“中苏边境。”

“什么地方?”

“离珍宝岛不远。”

“什么兵种?”

“国防军。”

凡遇到这一类的问题李枢密的回答都很简练,答完即离,跟往常不同,这种时候丝毫不暄。

大虎在部队里,李枢密的心一直悬着,他一咬牙,去了部队。

养猪场建在山根下,背风向阳,地势平坦。猪舍整整齐齐,一字排开。大虎带着他参观了一圈,最后走进一个仔猪舍。猪舍里很温暖,打扫得干干净净。大虎一下去,一群雪白细嫩的猪仔向他围拢过来。他拍拍这个摸摸那个,像侍弄自己的孩子。他灌好奶壶,挨个地给它们喂奶,口中不停地唠叨:“别急别抢,谁也饿不着。”

这是一群失去了母亲的小猪。

一年以后,大虎因为猪养得好菜种得好立了三等功。李枢密接到喜报扬在手上挨家挨户地宣扬,说他家大虎立了大功。他说大虎作战如何如何勇敢,还负了伤。乡亲们纷纷竖起大拇哥:“咱宁家梁子出了个战斗英雄。”

李枢密一脸自豪。

这种自豪他一直维持了3年，当大虎背着背包复了员，这自豪就像刮来的，一阵风，从他脸上消失得无影无踪。他突然觉得他没脸见人，更重要的是他把儿子的名声也搞坏了。

大虎一回来就有不少人围住他打听和苏修打仗的事情。他反复地向乡亲们解释："我没和苏修打仗，我就在部队喂了3年猪。"他越这么说人家越不相信，反而觉得他十分谦虚十分稳重，而且身上一定隐藏着许多军事秘密。

大虎就地让乡亲们高看了一眼。

大虎复员回来后十分随和，犁田耙地娶妻生子，日子也算过得安稳。实行责任制以后他突然萌生出一个想法，年轻轻的应该干点什么。干什么呢?想来想去还是干他的老本行——养猪。

大虎的养猪场规模不大，但猪养得很在行，不但出栏周期短，而且饲料配制和防疫都做得很好，猪们无灾无病，养一头是一头。没几年便成了万元户，又过了几年成了乡里的致富带头人。这期间他爹李枢密一直在猪场打杂，儿子的许多做法他不但没见过也没听过，直到这会儿他的心才有点平顺，他觉得儿子3年的兵没白当。

这一天，大虎忽然跑到村长家，说他要承包宁家梁子的荒滩。这些荒滩虽然盐碱大些，但还是生长着不少植物。他大致测算了一下，总面积近千亩。村长许久注视着他，问道："你不咋吧？"

大虎说："我不咋好着呢。"

村长说："你承包了碱滩卖碱蒿呢还是卖红柳呢？"

大虎说："你只要承包给我，干啥你就别管了，你就说答应不答应。"

"包几年？"

"30年。"

"交费吗？"

"当然交。"

过了两天签了合同，大虎承包了耕地以外的所有荒滩，每年象征性地交1000元承包费。

大虎贷了款，大规模的开荒洗碱植树植草开始了。人进碱退，艰苦奋斗了3年，宁家梁子的荒滩不见了，村庄大地全部被绿色覆盖了。树长高了草长绿了他开始养牛，养黄牛卖肉养奶牛卖奶，饲料饲草自给自足，事业蒸蒸日上。直到这时宁家梁子的人似乎才醒过来，大虎原来有这么大的心思。

村长来到奶牛场，场里场外巡视了一番，对着大虎怪怪地笑。大虎被他笑得心里发虚，问村长：“你笑啥？”

村长说：“你小子真糊涂还是假糊涂。”

大虎更加糊涂。

村长说：“你靠荒滩发了这么大的财，交那么点承包费你心里踏实啊?你总不能被窝里放屁——独吞吧。”

大虎说：“这事我想过了。”

村长问：“你怎么想的？”

大虎说：“我李大虎靠荒滩致富决不能忘了宁家梁子的乡亲们，我要带他们共同致富。”

村长说：“乡亲致富那都是后话，我只问眼下这承包费咋办。”

大虎不明白，问道：“村长你的意思呢？”

村长踌躇起来。

“我的意思是……”村长打量着大虎。

“村长你直说。”大虎一脸诚恳。

“我的意思是，”村长说，“这事可以公事公办也可以公事私了。”

“什么意思？”大虎有些迷糊。

村长说：“公事公办嘛，像你如今这么大的产业，每年少说也得交个两三万。”

“那公事私了呢？”大虎追问。

村长说：“公事私了嘛，拿出万儿八千来就行了，把村委会的成员打发打发，堵堵嘴。”

大虎总算听明白了。

他说：“那我们就公事公办吧。”

村长很奇怪地看着他。

大虎说：“这事我已经想好了，开过年以后，我每年至少拿出十万元来扶持乡亲们。”

村长大惊：“你怎么扶持？”

大虎说:“我买了奶牛无偿提供给各家各户饲养,奶交到我这里,我集中销售,收入归他们。”

村长瞪大眼睛:“真的?”

大虎憨厚一笑:“可不真的。”

大虎是个说话算数的人,没用上 3 年时间,宁家梁子的村民家家饲养奶牛,成立了一个奶牛养殖合作社,大虎当了社长。这期间李枢密一天也没消停,他似乎比大虎更忙。他挨家挨户地串门子,指手画脚地说张家的牛瘦了李家的奶少了,挑了人家一世界的毛病,最终要表达的意思是我们家大虎费了那么多心血花了那么多钱扶持大家发家致富,你们一定要上心喂上心养,养好了发了财千万别忘了是谁的功劳。

在这种车轱辘式的唠叨中他获得了一个信息,那就是现任村长心很脏很贪,村民们暗地里商量着要把他拉下来。他还得到一个信息是自己的儿子在群众中的威信很高,村民要通过民主选举的方式,把大虎抬上去。

最近李枢密突然不串门子了,三天两头爱往乡政府跑。忽然有一天,他跑到县城来找小儿子三虎。三虎上完警校分到县公安局,管户籍。三虎问:“爹今天进城办啥事来了?”

李枢密把户口本和大虎的身份证往桌子上一拍:“把这个给老子办了。”

三虎不解:“这个好好地办啥呀?”

李枢密说:“把你大哥的户口改过来。”

三虎问:“为啥要改?”

“不为啥。”李枢密口气很冲。

三虎再问:“不为啥那为啥要改?”

“让你改你就改,哪儿那么多废话!”李枢密吼了。

三虎再不作声,半天才说:“爹这事办不成,这是违纪的。”

李枢密歪着头问:“别人不能办老子也不行?”

三虎说:“这是规定,谁也不行。”

李枢密跳起来问:“你是不是党员?”

三虎说:“是啊,怎么了?”

李枢密问:“共产党最讲什么?”

三虎说:“讲得多了,我哪里说得过来。”

李枢密问:“你们党的干部是不是要讲实事求是?”

三虎说:“是啊,怎么了?”

李枢密再问:“那你大哥哪年出生的你知道吧?”

三虎说:“我知道,怎么了?”

“知道就好,你看看这上面的出生年月是哪一年?”李枢密把户口本推过去。

三虎看完,一句话也说不出来。

李枢密放缓了口气说:“三虎你就办吧,咱不图别的,为了全村的父老乡亲违一次纪,值得。”

三虎张大了嘴问:“这跟全村的父老乡亲有啥关系?”

李枢密说:“是这么回事。咱们村的村长是个脏官,乡亲们要把他抬掉,让大虎上。前两天我到乡上打听了,村长要民主选举。”

三虎说:“选就选呗,凭我大哥的威望不会有问题的。”

李枢密说:“这我知道,可是人家对年龄也有要求,超过45岁不考虑。按实际年龄,你大哥今年正好45岁,可户口本和身份证上是47岁,超了两岁。唉,都怨我,那年当兵的时候不改就好了。”

三虎终于听明白了。

他一个劲抠头。

半天他轻声说一句:“爹你先回吧。”

李枢密吃了定心丸,他的儿子他知道,有了这句话,就算答应了。他转身回家,刚出门又踅了回来说:“为了保险起见,再往小改改。”

村民大会开得很成功,大家一致推举大虎当了村长。大虎果然不负众望,把个宁家梁子搞了个热火朝天。他先是成立奶业服务公司,接着是盖起一套白墙红瓦的村部。村部和公司紧挨着,公司和养殖场紧挨着,大虎吃住都在公司。

今年的冬天好像比往年要冷,初冬下了一场薄雪,覆盖着田野沟渠,覆盖着房舍圈棚。太阳天天白灿灿的没点火力,似乎没有能力消融那遗留的残雪。西北风一阵紧似一阵的刮,刮得电线“呜呜”地叫。俗话说,黄风怕日落,这风一直刮到天黑,不但没有减弱,反而更加凶猛起来。大虎走出办公室,打着手电向饲养场走去。突然,他看见圈墙边上的电线杆刮倒了,紧跟着闪出一串刺眼的火花。没等他反应过来，圈棚着火了。他大喊几声："救火了！救火了！"直向大火冲去。

大虎脱了大衣奋力扑火，火焰借助风势越烧越旺，向所有的圈棚迅速蔓延。他已经无法控制火势。他稍定一定神，纵身跳下圈棚冲向牛舍，逐个拉开牛栏，将奶牛驱赶出栏。来到预产棚，那头荷兰花不知道啥时候产下一头花牛犊，正在温馨地舔舐，根本不理会将要到来的灾难。这是今年从国外引进的一批优良品种，是场里的宝贝。

他拉开门栏，上前赶牛，不料那头十分温顺的荷兰花突然暴怒起来，它双目圆睁，双耳立竖，双鼻喷气，四蹄扬土，护住牛犊，直瞪着大虎。此时的荷兰花全身心地只护牛犊，平日的养育之情全然不顾。

看来要赶走荷兰花已经成为一件很困难的事情，大虎想，现在只要让牛犊离开牛舍，它才肯出牛舍，那样母子才能得救。一阵对峙之后，他瞅准一个机会，向牛犊扑过去，他要抢出小牛，让大牛尾追而来。不料荷兰花早有准备，没等到他靠近便一头顶去，将他顶出两三米远。大虎倚在墙边，一口接着一口喘气，这会儿他感觉胸脯像压了一扇磨盘，气不够用，腔子疼得厉害。

火越着越猛，草木燃烧的爆裂声、嘈杂的呼喊声和救火车尖厉的嘶叫声响成一片，杂乱的声音中有一个声音很清晰："大虎！大虎！大虎……"

火已经烧到牛舍，棚沿不断掉落火屎火棒。大虎深深吸了一口气，又一次向牛犊冲去。大牛又一次向他顶来，他死死抱住牛犊，向门口爬去。荷兰花的进攻更加猛烈，它顶他、踩他、踢他，他已经遍体鳞伤。爬到门槛，他已经没有一丝力气，他攒足了劲，猛然一推，将牛犊推出门槛。他一阵眩晕。当他苏醒过来的时候，看见小牛战战兢兢立了起来，荷兰花依偎在它身边，缓缓向场外走去。

饲养场变成了一片火海，预产房变成一个火洞。一场大风刮来，火洞轰然崩塌。

大虎去了，宁家梁子一片悲哀。

李枢密倒了，水米不进，一夜之间头发全白了。二虎和三虎守着他，整天整夜淌眼泪。

乡上的领导来看望李枢密，一阵嘘寒问暖一阵安慰，问他有什么要求。他一个劲地摇头。他说："人都走了，还要求啥呢。我们家大虎也是组织上的人了，一切听组织安排。"

领导说："这你放心，我们要召开一个隆重的追悼会，县上领导也来，电视台也来，要大力宣传大虎的事迹。"

李枢密说："多谢了。不过，有一件事我得给组织讲明白，不管悼词怎么写档案怎么记，墓碑上一定要刻大虎的真实年龄。"

领导说："没问题。"

李枢密郑重其事地说："大虎出生在丙寅年正月初一。"

第五章

又一个春天到来的时候，宁家梁子复苏了。房前屋后的树木全都披上了绿色的盛装，宁家园子里杏花红了李花白，李花尚未褪尽，果花又粉通通开成一片。成群的蜂们蝶们不知一夜之间从哪里钻了出来，在花间匆忙而悠闲地翻飞着。

中央开了一个大会，是一个让农民高兴的大会。人们的脸上有了笑容，人与人之间不争不斗，人们的心也平和起来。

要说宁家梁子变化最大的是宁奇的家。先是宁奇通过考试被录用为国家教师，成了名副其实的国家干部。后来他爹宁先生的帽子摘了，成为一名真正意义上的人民群众。

去学校报到上班的前一天宁奇专门去了一趟五婶的家。五婶的头上虽然有了白发，但气色出奇得好。她拉着宁奇的手说："从小看大，3岁知老，有出息的啥时候都有出息。过去虽然没念完书，那全是政策造成的，现在总算是给咱老宁家争了气。"宁奇说："五婶说得对，我一定好好干。不过五婶你要多保重，上了年纪的人，一定要注意身体。"

五婶说："你放心，老娘的身体好着呢。政策好了，劲也有处使了。我的事业已经开了头，五婶带你参观参观。"

五婶领着宁奇，看了猪圈又看羊圈，看了鸡窝又看兔舍，她养了十几头猪和几十只羊，满圈欢奔乱跳。

宁奇问："五婶你都这把年纪了，又是种田又是搞养殖你能忙得过来吗？"

五婶对着五大说："靠我一个人肯定忙不过来，我就想着，不给这个老不死的找点干的我怕便宜了他。"

五大手里提一条赶羊的鞭子,只在那里嘿嘿地傻笑。

宁奇对五大说:“五婶真能干。”

五大说:“说句良心话,她这个人只要收了心走上正路,那可是一身的本事。”

五婶对着五大瞪了半天,说道:“嫁给你一辈子,就听你说了这么一句人话。”

五大只粗粗出了一口气,再也没说一句话。

报到那天,景万荣一直把宁奇送出村口。走上大路,两个人还是依依不舍,景万荣送了一程又一程,一直送到红牛湖边。宁奇停住说:“万荣,别送了,回去吧。”

四目相向,谁也没说一句话。

宁奇说:“送君千里,终有一别。临别时我送你一句话:鼓起勇气,施展才华的新时代到来了。”

景万荣说:“这次能录用为国家教师,你给哥们争了气,也给我们长了志气。你放心,我景求子不混出个人样来,我就无脸见你。”

景万荣用殷殷的目光看着他,目送他渐渐远去。

上班以后宁奇就像插进木头缝里的楔子,只有往里钻的工夫没有往出退的时间。每星期只能回一次家,回来以后便抓紧一切时间干自家的农活,所以虽然住在一个村子,他很少去五婶家。后来他举家搬进城里,又很少回宁家梁子,所以见五婶的机会更少了。忽然有一天他在家看电视,从县电视台的《致富窗口》栏目中听到了对薛兰英发家致富的报道。

五婶的名字就叫薛兰英。

画面出来了。没错,就是五婶。她虽然头发花白,但是精神头十足,声音洪亮,每说出一句话都铮铮作响。她虽然是一个农家妇女,但是她谈话自如,一点儿也不怯镜头。她对着麦克风的一番慷慨陈述十分感人,这让宁奇又回想起过去那个火红的年代,那个火红年代中火红的五婶。

镜头随着五婶的陈述切到了宁家园子。

宁家园子是宁奇爷爷老哥俩亲手栽下的果树,至今已有近百年的历史。宁奇还在队上劳动的时候,每进一次果园他都会有一种别样的感情。他十分惋惜,那些树已经成了老树,结下的果子就像那五六十岁的老妇人生下的孩子一般,不长身段不长肉,结的梨像沙果子,沙果子像枣子,枣子像沙枣子。不仅果子小，果肉缺了糖分缺了水分，吃起来发柴。还是在宁奇准备离家进城的那一年，生产队就曾经有过好几次砍树还田的动议，但是在五大的极力阻拦下一直未能付诸行动。好几年没进宁家园子，在宁奇的意念中，宁家园子恐怕早已经灰飞烟灭，不复存在了。

电视里的果园分明是宁家园子，熟悉的围墙熟悉的园中小屋历历在目。然而满园果树郁郁葱葱，硕果累累，这让宁奇大吃了一惊。

这是宁家园子吗？他对着画面自问。

不错，是宁家园子，千真万确。更让宁奇不可思议的是，宁家园子里栽的全是沙果子树，而镜头里出现的，全都是又大又红的苹果！

宁奇瞪大了眼睛，仔细听那播音员的声音："薛兰英大娘自从实行联产承包责任制以后就承包了生产队的果园。承包以后，她以顽强的毅力和过人的胆识对果园进行了大胆的改造。她请来了林业技术人员，将原来的老果树全部嫁接成优质苹果树，又在果园荒地里新栽植果林几十亩，目前果园面积已达到近百亩，而且老树新林全部挂果。据初步测算，薛兰英大娘仅林果一项，年收入将超过10万元。薛大娘人老志不老，在宁家梁子这个名不见经传的小村子里闯出了一条致富路，为乡亲们带了个好头。"

镜头已经切换了，宁奇的两只眼睛还直直地瞪着电视，他真的想再多看几眼五婶那容光焕发的光辉形象。

五婶一出名，后来电视上隔三差五便能看到有关薛兰英的报道。宁奇也逐渐养成了一个习惯，每天晚上按时按点，看完了中央台的新闻联播必看地方台的新闻节目。五婶已经拴住了他的心。

这一天宁奇刚一踏进家门，妻子白兰芳拉住他说："快来看快来看，五婶又上电视了。"

宁奇并不着急，随口说道："五婶现在已经成了新闻人物，上电视那都是三六九的事，乍呼个啥劲嘛！"

他越不着急白兰芳越着急，说道："今天和以往不一样，五婶今天在唱曲子。"

宁奇笑了："老都老了，唱的哪门子的曲子。"

白兰芳硬把他拽到电视面前说："不信你看。"

宁奇一看，果然是五婶在唱曲子。

他先是一愣，然后坐下细细地听：

…………

一个鸡蛋两头光，
担上个担子游四方。
各州各县都走遍，
从来没走过王家庄。
…………

这曲子宁奇小时候听她哼过，他的脑子里依稀留着印象。

王家庄有个王大娘，
她有三个好姑娘。
大姑娘名叫人人爱，
二姑娘名叫十里香。
三姑娘名字起得好，
名字叫个水汪汪。
…………

宁奇想起来了，这曲子的名字好像叫《大钉缸》。

王大娘正在炕上坐，
忽听钉缸的闹嚷嚷。
鹞子翻身下了炕，
迈开金莲往前闯。
走了一百单八步，
裤裆还在炕沿上。
…………

五婶声情并茂，已然完全进入角色，似乎旁若无人。

锤子虽然钉着缸，
眼睛溜着仨姑娘。
抬头看看人人爱，
回头看看十里香。
左看右看看不够，
最好看的是水汪汪。
不料想，
走了锤子打了缸，
钉缸的师傅着了慌。
…………

宁奇怎么也不相信，多少年过去了，五婶居然还能把唱词记得如此清楚。

五婶的曲子并没有终结：

王大娘一看不愿意，
提起裤裆开了腔：
打了旧缸赔新缸，
新缸没有我的旧缸光。
赔我个新缸我不要，
我的旧缸抹着抹着光。
…………

宁奇隐约记得，《大钉缸》作为一支民间小曲，曾经有许多人传唱，但是像五婶这样完完整整地唱下来，而且有一个较为完整的故事情节，这还是第一次。

五婶唱完了《大钉缸》，镜头切到了主持人。

主持人说："感谢薛兰英大妈接受我们《文化天地》栏目的采访。最近，本栏目正在会同有关单位和部门做非物质文化遗产的收集和整理工作，大妈为我们提供了许多有价值的材料，我代表栏目组，再一次向大妈表示感谢。下面，请大妈再为我们唱一段《王婆骂鸡》。"

镜头再一次切换到五婶。

她说:“下面,我为大家唱一段《王婆骂鸡》,唱得不好,请大家原谅。”

她唱道:

王婆我今年六十七,
刚刚丢了只老母鸡。
别怪老娘我讲不依,
现在我开始骂这鸡,
看你还能沉得住气。

下面改成快板:

小伙子偷吃了老娘的鸡,
一辈子别想找婆姨。
丫头偷吃了老娘的鸡,
脱掉裤子都没人娶。
媳妇偷吃了老娘的鸡,
养个娃娃没鸡鸡。
汉子偷吃了老娘的鸡,
家里的婆姨是别人的。
老汉偷吃了老娘的鸡,
死了没有烧纸的。
老婆子偷吃了老娘的鸡,
身底淌脓又生蛆。
…………

王婆把男女老少骂了个遍,下面开始骂工种行业:

木匠偷吃了老娘的鸡,

斧头砍进骨头里。
铁匠偷吃了老娘的鸡，
火星子溅到眼窝里。
泥石匠偷吃了老娘的鸡，
一头从墙上栽下地。
船家偷吃了老娘的鸡，
船到河心就漏底。
…………

王婆为了一只鸡几乎把整个社会上的人翻了个底朝天，只骂得天昏地暗，日月无光，似乎世界上已然没有半个好人。

宁奇听完之后笑了。

白兰芳问："一个人偷着失笑啥呢？"

宁奇说："我是在笑，像王婆如此恶毒的骂法，哪个人偷了鸡又能咽得下去呢？"

白兰芳附和道："也就是。"

宁奇突然产生了一个想法，对白兰芳说："要不我们抽个时间，回一趟宁家梁子，我很想去看看五婶。"

白兰芳说："你整天忙得屁股不落家，我早就想回去一趟了。"

哪天回呢？宁奇暗自思量。

就在宁奇计划着回一趟老家的时候，忽然有一天五婶托人带给他一个帖子，带信的人说请他回去参加她举行的一个重大庆典，是什么庆典帖子上没写清楚。拿着请帖宁奇纳了半天的闷，五婶既要请人又不说明，他不知道她的这里头搞得什么名堂。他拿了帖子给白兰芳看，白兰芳说："乡下人能给你送个请帖就不简单了，你还让她写多清楚。"

宁奇虽然好些年没见着五婶的面，但是有关她的消息还是会经常传到他的耳朵里，许多是从报纸和电视上看到的。她有很多头衔，什么女强人什么致富能手什么三八红旗手什么巾帼建功英雄，有关女人的溢美之词几乎都用到了她的头上。总而言之，一句话，她有钱了她致富了，她是靠发展规模养殖和林果业发的财。这会儿他估计她可能要成立一个公司什么的，于是决定回去一趟。

秋高气爽，今天好天气。走在高高的排水沟(湃)上，宁家梁子就在眼前。宁奇向五婶家的方向瞭望，那里只有绿树环抱着农舍，一切显得十分安宁。他再向果园望去，那里只有一片沉寂的绿色，看不到有人的活动。

他有些纳闷。

再往前走，便到了村头路口，他停车步行。人还没进村子，就能听到此起彼伏的震天雷和经久不息的鞭炮声。锣鼓的声音从村子中传出，传得很远很远。一踏进村子，就发现了庆典的场面。这场面很大，人头攒动彩旗飘扬，四面八方来的人向一个方向聚拢过去。宁奇立定脚步静静地看了一会儿，并没看出什么名堂。他随着人流走过去，那个方向就是原先建药王庙的地方。那里是多年荒芜的一片废墟，到那里干什么呢？他的脑子里带着一个大大的问号让人流裹挟着向前走，拐过一个墙角，前面豁然开朗，庆典的会场就设在药王庙的旧址上，那里已经赫然矗立起一座金碧辉煌的寺庙。庙门悬挂一块鎏金大匾，上书“药王庙”3个大字。

原来这里在举办一场庙会！

宁奇走出人流，找了一块僻静的地方细细思忖着。没有别人，肯定是五婶，因为，目前的宁家梁子，也只有五婶有这个经济实力。现在他总算明白了五婶的良苦用心，她是怕写明白了办庙会的事他不会回来。既然如此，作为一个国家干部，这样的活动参与呢还是不参与呢？他有些踌躇。

五婶在人群中跑前跑后，张罗着庙会。见宁奇来了，她兴冲冲来到他面前，紧紧拉着他的手问：“怎么样？没想到吧？”

宁奇埋怨道：“五婶你说你干的啥事，这么大的事情你应该给我说清楚，弄得我一点思想准备都没有。”

五婶看着他不住气地笑。

宁奇问：“你笑什么？”

五婶说：“想不到你小子这么精的人也让我忽悠回来了。你现在身为国家干部，我怕说明了你小子不回来。”

宁奇说：“这是老家的大事，怎么会不回来呢。”

其实宁奇心里最清楚，他当着五婶的面说了一通口是心非的话。他嘴里这么说是为了取悦五婶，心里想的则是另外一个结果，如果那天果真收到的是庙会的帖子，回来不回来确实还很难说。

庙会进入了高潮，一帮和尚居士们诵经已毕，开始转经。宁奇惊奇地发现，当今农村居然有那么多信奉佛教的人，那些人头戴僧帽身着僧袍，有男有女排成一队随着大师逶迤而行，阵势着实壮观。转经完了供佛，供佛完了进斋。上了布施的善男信女们人人手持一张用斋的斋券，拥挤在斋房门口争相领取斋饭。他们不是因为饥饿，他们是争抢着吃了这斋饭祈求佛祖和药王爷爷保佑他们消灾祛病，身体安康。宁奇也上了布施，取出斋券准备上前领取斋饭，这时候五婶拉着他的胳膊走出会场。

宁奇问："这是要到哪里去？"

五婶说："到了吃饭的时候，不能让咱们的干部饿肚子啊，自然要把你领到一个吃饭的地方去。"

宁奇指着庙院里吃斋饭的人说："放着现成的斋饭不吃，还找那麻烦干啥？"

五婶神秘一笑说："不麻烦，不麻烦。"

宁奇跟着五婶走出庙院，他们上了车，车子向村外开去。车上了大路一直走，向红牛湖的方向驶去。五婶的神神秘秘让宁奇的心一直悬在那里，他不知道她把他带到这片荒凉的大滩里来干什么。宁奇边走边看，眼前的一切是那样的熟悉又生疏，油然勾起了他无尽的回忆。他正在漫无边际地回味着，车子戛然停下。就听五婶说了一声："到了，下车吧。"

宁奇猛然一个愣怔，跟着五婶下了车。他在原地立定，先向周围扫视一番。这地方他知道，过去是一个汪积碱水的臭水坑，他们小时候常在这里耍水摸鱼。后来挖了鱼池，因为经营不善逐年萧条。

现在臭水坑不见了，鱼池不见了，取而代之的是一片清澈明净的水湖。湖面清波荡漾，一群群雪白的鸭子和大鹅游荡在水面上，不时扑棱几下翅膀，溅起一片水花。许多水鸟在湖面上空盘旋，随后落在水中，和那些鹅鸭们一起悠闲地游荡。湖中芦苇丛丛，湖边垂柳依依，景色十分宜人。湖边平地上盖了一长溜农家住宅，一色的青瓦白墙。房舍前面有两座凉亭，凉亭中间用一条长廊连接。房舍和亭廊全是仿古建筑，做工十分精致，古色古香。

显然，这是一处新开发的旅游景区。

走近景区，首先来到一个充了气的大红拱门前，拱门上张贴着一副会标："红牛湖农家乐旅游区开业庆典”。拱门后面升腾着几个硕大的气球,气球下方悬垂着长长的祝贺条幅,在微风中飘荡。

宁奇在拱门前伫立良久,回头问五婶:“这是怎么回事?”

五婶指着会标说:“你不认得字呀?”

宁奇又问:“我是问,这旅游区是谁搞的?”

五婶只是笑,不做回答。

笑完了她才说:“谁搞的并不重要,重要的是这个开发项目既然已经在咱们的家乡落了脚,咱们就要尽心尽力地把它搞好,搞出点名堂来。咱们不但让开发区获得良好的经济效益,还要带动家乡经济的发展,让乡亲们都富起来。”

宁奇久久审视着五婶,感慨地说:“你说得太好了。”

五婶说:“你们是知书达理的人,又是天南海北跑过的人,经得多见得广,见过大世面。五婶把你请回来就是想请你走走看看,给参谋参谋,多提提意见。”

这时走过来一个女服务员,她问五婶:“客人已经到齐了,请问董事长,啥时候入席。”

五婶说:“不着急,回头就来。”

宁奇吃了一惊:“五婶真是的,赖呱子打在斗子里——慎了个稳。原来你就是开发区的董事长?”

五婶并不作答,只是微微一笑。

绕过一排青堂瓦舍的农家小院,呈现在眼前的是3座蒙古包。洁白的毡包坐落在绿色的草坪上,俨然来到了蒙古草原。包后不远处是一个木栅羊栏,里面圈养着洁白的良种山羊。宁奇刚要开口问,五婶指着圈羊说:“那里圈的都是手指羊。”

宁奇问:“手指羊?手指羊是啥品种?”

五婶说:“这你也不懂。手指羊就是让游客自主选羊,看上哪个指哪个,指了哪个宰哪个。这里的羊现指现宰,现宰现炖,现炖现吃,绝对新鲜。”

宁奇长出了一口气:“原来是这样。”

这时候从蒙古包里传出美妙的琴声,和着旋律,一阵甜美悠扬的草原歌声从蒙古包里传了过来。听着美妙的歌声宁奇突然想起一件事,他问五婶:“五婶你是不是天天都唱歌?”

五婶说："傻小子尽说傻话，你见过谁家老太婆唱歌的？"

宁奇说："五婶你就别骗人了，你不但唱歌，还把歌唱到电视上去了，你以为我不知道。"

五婶笑着说："你说的是那件事啊。是这么回事，那天他们电视台男的女的来了三四个，非要缠着我唱小曲子不行。我说那都是些见不得人的陈芝麻烂谷子，再说多少年不唱了早忘光了。他们不依不饶，非得把那些东西说成宝贝，说是要挖掘。最后没办法，硬逼着鸭子上架，我就想到哪里唱到哪里。后来没想到人家在电视上放了，丢人现眼的，臊死人了。"

宁奇说："那节目我看了，唱得棒极了。"

她像是想起了什么，问宁奇："你说那些年轻人怪不怪，放着大娘放着五婶不叫，非得叫我飞姨？"

宁奇想了想，"扑哧"笑了。

五婶问："你笑啥？"

宁奇说："人家不是叫你飞姨，人家那叫非遗，说全了就是非物质文化遗产。"

五婶似乎明白了，似乎还不太明白，稀里糊涂说了一句："过去的事就不管他了，走吧。"

五婶带着宁奇绕到湖的东北角上，那里很清静。湖里有一座栈桥，从湖边一直伸向湖中。栈桥尽头是一个凉亭，3 个头戴草帽的人在那里垂钓，是那样的悠闲自得。再往前走，便是一片茂密的红柳林。这地方宁奇是知道的，原先长的全是碱蒿，但是里面野鸭子很多，小时候他们没少在这里捡鸟蛋。走进红柳林，但见树棵子里全是雪白的鸡，有跑的有站的，更多地在四处觅食。

五婶指着那些鸡说："这都是我们专门引进的草原鸡，不喂饲料，全靠自己找食吃。所以你看这些鸡，虽然个头不算大，但是肉很瓷实，味道特别香，是你们城里人最爱吃的绿色食品。"

宁奇又是一番感慨："看来五婶真是动了大心思。"

五婶把他带到一处铁丝网围栏的地方，围栏里全是兔子。五婶说："这是我们饲养的獭兔，肉质鲜嫩，皮毛珍贵，抢手得很。"

宁奇看那些獭兔与当地兔种有很大差异，久久不忍离去。

红柳林中间有一块空地，三面盖了房子，也是一律的白墙青瓦，但是门窗十分别致。所有的门窗都加了一个漂亮的包套,圆角穹顶,一色的阿拉伯风格。宁奇看着这些房舍,一步也动弹不得,他怎么也不能相信,昔日荒蛮之地,今天竟然能改变成这般模样。

五婶介绍说:"这里偏僻,我们专门开发了一个回族旅游区,清一色的回民服务员,用餐用水全部按穆斯林的风俗来。"

宁奇说:"真是想得太周到了。"

一阵湖风吹来,五婶满头的银丝在微风中抖动。

他们在院子里说着话,从屋里出来一位服务员。她来到五婶面前说:"董事长来了,里边请。"

五婶一抬手,对宁奇说:"请吧。"

宁奇正要抬腿,只听那服务员说:"宁大哥,你怎么到了这里?"

宁奇看着那服务员,突然问:"色旦子?你怎么到了这里?"

一时间,6只惊愕的眼睛互相看着,3个人都陷入谜团之中。

宁奇先问色旦子:"谁把你介绍到这里来的?"

色旦子说:"我看了招聘广告来的,董事长招聘了我。"

宁奇又问:"家里人都好吧?"

色旦子说:"全托了大哥你的福,孩子大学快毕业了,我到红牛湖应聘来了,她爹也过来了。"

宁奇问:"阿里子他好吗?他来干啥工作?"

色旦子说:"多亏了董事长,看他是个残疾人,专门给他安排了一个宰鸡宰羊的活,干得挺顺心的。"

她用感激的眼光看着五婶说:"天下还是好人多啊!"

这两个人的一番对话,把五婶彻底搞糊涂了。她问宁奇:"你们是啥时候认识的?"

宁奇说:"算起来已经有20多年了。"

她又转过头问色旦子:"你怎么没告诉我?"

色旦子微笑着说:"董事长你不是也没问过我吗?"

五婶又问宁奇:"她是回民你是汉民,你们是怎么认识的?"

宁奇说:"怎么说呢,让我说,这全都是缘分。"

五婶更好奇:“人家两口子和你相隔着几百里路,是怎么认识的?”

宁奇说:“这话说起来就长了,慢慢给你讲吧。”

五婶非要刨根问底,她说:“长话短说,我今天一定要听。”

宁奇想了想,问五婶:“我们生大女儿的时候你接生了吗?”

“没有。”五婶说。

“在哪里生的你还记得不记得?”宁奇问。

五婶想了想说:“记得,好像是在市医院生的。”

宁奇说:“我们就是那时候认识的。”

五婶让色旦子提来两把椅子,两人坐下说:“那你说来五婶听听。”

宁奇说:“那是20年前的事了……”

第六章

时间回到20年前。

市妇幼保健所的大门紧闭着。宁奇抬头看看天,城里的天一片灰蒙蒙的,日头虽然冒过了楼顶,却也没有乡下的日头那么鲜亮,好像蒙了一脸的灰。从日头的高度看,时间应该过了九点。

妻子白兰芳挺着大肚子站在门口,她坐不下身子,只能在门前焦急地挪着步。其实宁奇比她更焦急,但是他得装出不急不躁的样子,一遍又一遍地安慰她:“再等等,再等等,没事的。”

如果从出发的时间算起,他们已经折腾了至少有四五个小时了。五更天的时候白兰芳开始喊肚子疼,宁奇急急忙忙敲开五婶家的门,一路小跑把五婶拽了过来。五婶一看白兰芳的肚子大得吓人,再看两只脚,肿得像发了面的蒸馍,一按一个坑。五婶情知事情紧急,她万万不敢接这活计,催着宁奇赶紧往市里送。宁奇不敢怠慢,立刻收拾了东西往市里走。从宁家梁子到市里整整30里路,道路是石子儿路,是宁奇用自行车把她驮过来的。等到了市里,两个人都像从水里捞出来的一般,浑身湿透了。

从五更天白兰芳猛然喊肚子疼那一阵开始这疼痛就没有停止过,他们盼望已久但又十分紧张的时刻终于到来了，她到了预产期。这会儿白兰芳头上的汗依然漉漉地淌着，鬓角的头发紧贴在脸上，嘴唇有些发白。第一次来到这庄严而陌生的地方，肚子疼仅仅是一个方面，没有结果的无边无沿的等待和未知吉凶的后果带给她的紧张才是更主要的原因。

好不容易来了人。

好不容易开了门。

一帮邋邋遢遢的女人掺和着两三个男人懒懒散散走进大门，他们扫都不扫一眼候诊的病人，高昂着头走进各自的房间。就诊的人们把目光全都投向诊室，又是一阵充满希望的急切的等待。那些白色的房子似乎很神秘也很神奇，等她们从房间里走出来的时候人的模样完全变了，一个个身上穿着白大褂头戴白帽，他们精神振作，转眼间全都变成了飒爽英姿的白衣天使。

宁奇扶着白兰芳，慌忙围了过去。

她们根本没有理睬他们，她们径直来到挂满语录和标语的前厅，面对正中央的领袖像整整齐齐站成3排，神情异常庄严肃穆而且十分凝重。一个领导模样的女人起了头，领着大家齐声背诵：

领导我们事业的核心力量是中国共产党，指导我们思想的理论基础是马克思列宁主义。

…………

救死扶伤，实行革命的人道主义。

…………

下定决心，不怕牺牲，排除万难，去争取胜利。

…………

宁奇十分佩服她们的背功，他们一口气背了几十条语录居然没有看书也没发现有一处出错，而且声音整齐如一，全部说的是不太标准的普通话。

他扶妻子慢慢坐在条椅上，无奈地看着她一声接着一声地呻吟。

语录的背诵继续着。

忽然，宁奇的目光被另一个极其微弱的呻吟声吸引了过去。循声望去，对面的条椅上坐着两个人，他们比宁奇他们来得还要早一些。那也是一男一女，准确地说，是一个大男孩带着一个小女孩。从相貌上看得出那男孩绝对没上20岁，女孩最多也就十六七岁。但是宁奇敢打保票，那女孩已经是媳妇。他之所以这样判断不仅仅是因为她挺了个大肚子，而是她头上那顶象征性的标志——白帽子。

她是回民？

他们是回民？

他们结婚了吗？

宁奇百无聊赖，随心所欲地猜测着这些毫无意义的问题。

神圣的集体背诵终于结束了，大夫们各自走进各自的诊室，开始就诊。一个大夫喊："马彩花！"

没人应声。

"马彩花！"

还是没人应声。

大夫又喊了两声，仍然无人答应。候诊的人陪诊的人你看看我我看看你，最后将目光落到那两个回民身上。那男的似乎猛然顿悟，对女的说："好像是在喊你。"

女的好像方才醒悟过来，赶紧起身进了诊室。

不大工夫她返了回来，声音怯怯地对男的说："人家大夫说了，让你也进去。"

男的先是一愣，随后说："给女人做检查，我进去干啥？我不去。"

女的低声咕哝一句："反正人家说必须要男人去，男人不去人家不给检查。"

男的无可奈何，跟随女人进了诊室。

紧接着就听见诊室里传出严厉的的盘问声："姓名？"

"阿里子。"男的答。

"阿里子？什么阿里子？"大夫问。

男的赶紧改口："我叫哈德金。"

"年龄？"

"19。"

她转问女的："姓名？"

女的回答:“小名色旦子,官名马彩花。”

“年龄?”大夫继续问。

…………

“年龄?”

…………

“我问你的年龄呢,聋了?”大夫开始发脾气。

女的不说话,男的轻声说:“17。”

候诊的人们被这审问的声音吸引着,纷纷聚在诊室门口,等待着审问的结果。

大夫仔细端详着色旦子,她说:“看来你们肯定是没结婚怀的孩子,如果属实,这属于不合法婚姻,这样的孕妇我们不会接诊的,你们回去吧。”

她向外面喊:“下一个!”

宁奇他们挂的是第二个号,没等到喊姓名,他已经搀扶着白兰芳走进诊室,规规矩矩站在那里。但是马彩花并没有离开患者的坐凳,他们只好站着等。大夫又一次呵斥他们离开,她哭了,两只瘦小而稚嫩的手紧挽在一起。宁奇发现,她的腿在微微发抖。

那个自称阿里子的大男孩说:“我们结婚了,我们是合法婚姻,大夫请你给她检查吧。”

大夫说:“17岁能结婚吗?哪条法律规定的?哄鬼去吧。”

阿里子急了:“我们真的结婚了,我可以向伟大领袖发誓。”

大夫说:“那好,我问你,你说你结婚了,谁可以证明?”

阿里子本能地扫视着诊室内外的人,所有的人全是陌生人。他有些着急,脱口说:“我们都请阿訇老人家念过尼卡哈①了,只要念了尼卡哈,那就是最大的权威,也是最好的证明。”

大夫说:“阿訇念了不错,但是那仅仅是宗教仪式而已,那能证明什么呢?现在,唯一能证明你们合法婚姻的是革委会颁发的结婚证书,你能拿出来吗?”

---

①尼卡哈:回族婚俗。阿拉伯语音译词。原意为“结婚”、“婚姻”。回族男女双方结婚之日,要请阿訇举行念尼卡哈仪式,阿訇念完经后,当众用波斯语和阿拉伯语问双方是否愿意和对方结合。参见何克俭、杨万宝编著:《回族穆斯林常用语手册》,宁夏人民出版社,2003年,第99页。

两人无语，默默地低下了头。

他们的情况大夫是无论如何也理解不了的，原因是她根本不懂回民。

回民早婚，在那些居地偏远经济文化相对落后的地区，这种年龄结婚算不得什么稀罕事，这类不合法的事实婚姻在民间有它的合法性，这是见怪不怪的事。阿里子说得没错，就回民结婚而言，阿訇念了才是至关重要的事情，其他均可以忽略不计。这些风俗习惯宁奇是略知一二的，他在心中诅咒一句：真是狗拿耗子——多管闲事！

内心的诅咒并不能解决色旦子的就诊和他们急切的等待，很显然，他们是无法拿出结婚证的，这就意味着，色旦子是无法接受检查的。然而她已经到了非查不可的时候，因为她除了肚皮大的和那瘦弱的身体无法成比例之外，她的脚还肿得很厉害，她的脚已经无法穿鞋，那双条绒鞋是踏倒后根穿的。

在整个近乎审问的过程中，宁奇的目光一直没有离开那个叫色旦子的女人，他无法想象，她那瘦小的身材是怎样支撑起那硕大的肚子的。现在，她比先前抖得更厉害，他看她几次想抱那男的又不好意思，他想她这阵儿一定很害怕。男的被大夫一阵诘责早已低下了头，一句话也说不出来，一副无可奈何的样子。

在这样一个特殊的环境里，宁奇知道自己的分量。尽管他是一个农民到了这城里他算不得什么显眼的人物，但是与面前这一对小夫妻相比，他居然觉得自己是强者他们是弱者，他不由得对他们产生了怜悯之心。

这种怜悯给他壮了壮胆。

他上前一步说："大夫要不这样，你先给她检查，至于结婚证的事让他后面给你送来你看行不行。"

大夫很不高兴地瞪了他一眼："这是牵涉到无产阶级革命路线和党的政策的重大问题，在大是大非面前你的原则性跑到哪里去了？出了问题谁负责？"

宁奇准备向她解释，但是她并没有给他解释的机会。她开始审查他："你是干什么的？"

宁奇说："我是来陪家属检查的。"

她很不耐烦："谁问你这个了？我问你是干什么工作的。"

宁奇说："我，我是个农民。"

"什么成分？"大夫用一双饱含革命警惕的眼光盯着他。

宁奇想都没想,说道:“贫农,怎么了?”

这是他第一次在公众的场合隐瞒了自己的阶级成分,但是他一点儿也不心虚,而且底气很足,甚至有些理直气壮。

大夫口气稍稍放缓说:“贫下中农是革命的中坚力量,你自己连是非黑白都分不清楚,我真不知道你们那里的革命是怎么搞的,你的革命警惕跑到哪里去了?”

宁奇憋了一早晨的毛火在这一刻熊熊燃烧起来,好在这毛火燃烧在胸膛里,并没有喷发出来。他强咽下一口唾沫,然后说:“大夫同志,你能毫不留情地指出我的错误,这是对我的极大帮助,有利于我思想的改造,我很高兴也很感谢。作为白衣战士,你们的职责是很高尚而神圣的,我十分钦佩。在当今阶级斗争十分复杂的情况下你们能把好关站好岗,我更钦佩。”

说完这番话连他自己也不明白,他心中积攒好了的那一堆埋汰大夫的话为何没有出口,而口中说出来的话居然与心中的话背道而驰,纯粹言不由衷。

他突然觉得自己的灵魂很龌龊。

他暗自问自己,我还是我吗?

但是,她那张一直保持革命警惕的脸终于松弛了下来。

看来这顶高帽子她戴得极其舒服。宁奇窃喜。

“伟大领袖教导我们说:救死扶伤,实行革命的人道主义。伟大领袖又教导我们说:我们都是来自五湖四海,为了一个共同的革命目标走到一起来了。我们队伍中的人都要互相关心,互相爱护,互相帮助。”宁奇背了两段语录。

她挪挪屁股,想站起来。

宁奇说:“他们不就是没带手续嘛,我想这是他们的疏忽,绝对不是有意的。对不对?”宁奇转过头问阿里子。

阿里子赶紧接住话头:“就是的,就是的。”

宁奇又说:“我认为,这是个重大的政治问题,一定要严肃对待。但是,面对特殊情况应该灵活处理。咱们经常讲活学活用,咱们首先考虑的应该是实行革命的人道主义,应该先查病你说对不对?你看她这么瘦弱的身子挺着那么大一个肚子,脚肿得就跟起面馍馍一样,肯定有大毛病。生孩子是人命关天的事,一旦出了问题,这个责任谁来承担?”

女大夫开始沉思。

宁奇对着阿里子说："完了记着把结婚证给大夫送过来。"

说完，向他挤挤眼睛。

阿里子诚惶诚恐，嘴里"啊啊"着，一句话也说不出来。

宁奇的这个台阶铺得很管用也很及时，大夫看了看色旦子，起身往检查室走去，边走边说："进来查吧。"

检查的结果很不好，色旦子的水肿是一种叫先兆子痫的病症。宁奇不知道这病对于生孩子有什么影响，反正大夫说得很严重：立即住院，刻不容缓。

有了前面的铺垫，白兰芳的检查格外顺利。宁奇带着妻子检查完以后走出诊室，发现阿里子和色旦子两个人还没有走。他上前问："人家不是说让你立即住院的，怎么还在这里？"

阿里子说："我们在等你。"

宁奇问："等我做啥？"

阿里子说："大哥今天多亏了你，不是你出面说情我们肯定查不上，我们等着感谢你，我们两口子不知道该怎样感谢你才是。"

宁奇笑着说："这有什么好感谢的，有病本来就应该查的。赶紧住院去吧，要不我们一起走，我们也去住院。"

两个人眼睛突然一亮，像是遇到了救星。

刚走出大门他们又停下来，阿里子说："大哥还有一件事。"

宁奇停住问："还有什么事？"

阿里子有些不好意思："你还得帮我一个忙。"

宁奇问："帮啥忙你说。"

阿里子说："你刚才说随后让我把结婚证给人家送过来，实话告诉你，我们根本就没有那东西，你说我把啥送给人家。我想请你再给大夫说说，能不能不送。"

宁奇听完"扑哧"一笑，用指头点着他说："你呀你呀，你真是老实到家了。"

阿里子和色旦子大睁着 4 只眼睛大张着两个嘴巴，等待着他的教训。

宁奇说："今天的事她本来就是狗拿耗子多管闲事，按你们回民的话叫多绕了一把馓子。为了能给色旦子检查我也就是随口那么一说，给你找个理由给她铺个台阶罢了，出了这道门槛谁还认识谁呀。她是哪路的神仙，给她送的哪门子的结婚证。赶紧走吧。"

他一脸茫然地跟着宁奇，向市医院走去。

市医院的住院手续办得很顺利，十二点以前，白兰芳和色旦子同时住进了市医院的妇产科，而且同住在一个病房里。

医院和所有的单位一样，歌声嘹亮红旗招展，一派革命的大好形势。然而走进病房一看，这里的医疗条件很差，应该说十分地差。就说她们住的这个病房，一个大房间里塞了13张病床，13张床上躺着13个产妇，另外，还有至少13个人陪床。这样，就有20多个人挤在一个房间里，包括宁奇和阿里子。在一个有限的空间里挤进这么多人，室内的空气十分混浊，再加上消毒的来苏水味和女人排泄物的腥臊味，让人感到窒息。

这还不算。

进了妇产科宁奇突然有了一个关于女人的重大发现，他发现城里的女人平时打扮得漂亮而且尊贵，那尊贵的身子碰不得摸不得，就连看一眼都得偷偷摸摸的，谁也不敢明目张胆地对着女人看。但是，只要她们进了妇产科便如入无人之境，她们天不怕地不怕，似乎对什么都无所顾忌。她们需要大小便的时候不管屋里有没有外人，也不管有男人还是女人，脱下裤子就办，硕大的屁股明打亮腔地亮在那里，旁若无人。尿尿的时候更加放肆，一点儿也不懂得收敛，那刺耳的声音好像能把尿盆冲出窟窿来。

宁奇实在无法忍受，整天像躲避瘟疫一样逃避这尴尬的无奈，只要白兰芳不需要他的时候，所有的时间他都会蹲在走廊里。阿里子比他更难受，每次遇到这种情况他便赶紧放下手里的活面壁而立，直到那些声音停止，才缓缓转过身来。但是他无法像宁奇那样蹲在走廊里，因为色旦子吊着针，随时需要有人照顾。

阿里子好像看出了宁奇的顾忌，对他说："大哥你如果难受了就到街上转去，大嫂这边我给你照看着，你就放心去吧。"

宁奇说："没事的，将就几天就完了。"

别看他嘴里谦让着，心里巴不得能有如此的好事，于是每每半推半就，逃跑似的离开医院。

夜幕降临，病房里逐渐安静下来。

色旦子和白兰芳都睡了，宁奇约了阿里子走出医院。路灯虽然有些昏暗，但是外面的空气清新极了，他们走在街上，有一种走出牢狱般的解脱感。他们边走边聊，不知不觉来到黄河边。坐在高高的防洪堤上，看着月色下黄河的粼粼波光，就像置身于一个美妙的梦幻世界。回首西望，巍峨的大山已经被掩埋在无边的黑暗中，取而代之的，是灯影映照下煤矿那高高的矸石山，隐约可以看见那高大的天轮永无休止地旋转着。偶尔传来一声汽笛的长鸣，随之而来的是运煤的火车空空哐哐的喘息声，由近而远，直到消逝。

月光下，阿里子诉说着自己的身世。

阿里子是回民，但不是当地回民，老家在南部山区。前两年招工来到矿上，干的是下井工。临出门的时候就订了娃娃亲，去年家中再三催促，他回老家完了婚，婚后把媳妇带来矿上。

他给宁奇讲了许多背井离乡举目无亲的艰难，讲了许多孤身奋斗的辛酸。他说，你是我遇到的最好的人。他突然说："大哥我想跟你交个朋友，行吗？"

宁奇笑着说："我们早就是朋友了，你觉得不是吗？"

"就是的，就是的。"阿里子连声地说。

宁奇拉着他的手说："我们因女人相识，因孩子结缘，只不过我们所从事的工作不同。不过这不要紧，今后有什么为难的地方，只要不嫌弃我这个农民大哥，尽管找我就是了。"

他激动地紧握住宁奇的手，深情地叫了一声："大哥……"

两天以后宁奇当了爹，白兰芳的生产很顺利，是个千金，然而色旦子的生产充满艰险。

虽然住进医院之后一直输液消肿，但是直到进产房之前她的肿还没有完全消尽。产科大夫对阿里子说："生产过程中她很可能发生抽风，一旦抽起来三四个小伙子也按不住，而且会有生命危险。你要有足够的思想准备。"

色旦子又在微微发抖，阿里子脸上淌着汗水，两眼直对着宁奇，眼光里发射出的全是求救的信号。

宁奇想安慰他一番，但是他不懂生孩子的事，一时插不进嘴来。看那大夫走了，他拍拍阿里子的肩膀说："兄弟你听我说，医生说话向来都是那么悬，放心吧，不会有事的，快陪着去吧。"

阿里子拉着宁奇的手说："大哥你和我一起去，我很害怕。"

宁奇只好跟着他，一直陪他到产房门口。

色旦子进了产房，不大工夫产房门又开了，从里面走出一个护士指着阿里子说："你进来！"

阿里子诧异地问："我进去干什么？"

护士说："你爱人是高危生产，家属必须在场，你要了解生产的全过程，出现紧急情况你得拿主意，你得签字，明白吗？"

此时他已经大汗淋漓，双腿颤抖，几乎要跌坐在地上。他看看护士又看看宁奇，看看宁奇又看看护士，央求道："我能不能不进去？"

护士的口气很坚定："不行！这是规定，必须进去。"

阿里子为难极了，两手抱住头蹲在那里，不说话也不动窝。护士站在他对面训斥："我就不明白了，自己的媳妇生孩子，害的哪门子羞，早知道羞就别结婚别怀孩子！"

阿里子慢慢抬起头，转向宁奇说："要不大哥你和我一起进去，如果真的抽起来咱俩一起按。"

宁奇啼笑皆非。

他想这阿里子一定是急昏了头，产房是什么场合，是哪个男人都可以随便进随便看的？但是他又不忍心很直接地拒绝他。他说："那地方人家不允许我进我也不能进去，但是我向你保证，我一定在这里守着，一步也不会离开，啥时候需要我啥时候进去，你就放心地去吧。"

阿里子显得很失望，带着疑虑的眼神窥窥探探走进病房。

宁奇一直在走廊里踱着步，他感觉时间过得异常地漫长。他为色旦子担心，不知她是否顺利。他也为阿里子捏了一把汗，他能够想象得出此时他的紧张他的羞涩他的提心吊胆搅混在一起的复杂心情。他想，现在他在里面一定汗流浃背，度时如年。

产房的门终于开了，阿里子从里面走出来，果然汗水淋漓。宁奇急忙走上前问："怎么样？还顺利吗？"

他高兴地说："没啥大问题，就是剪了一刀。"

宁奇解释说："那是断脐，每个人都要剪的。"

阿里子有些吞吞吐吐："不是，我说的不是断脐。"

宁奇有些奇怪，追问道："那是什么剪了一刀？"

阿里子忽然不好意思起来："就是……就是那地方呗。"

宁奇突然明白过来，随之他也不好意思起来，只到这时他才觉得，自己的问题提得太没水平甚至于有些下流。

他赶紧岔开话题："男的女的？"

阿里子的情绪顿时跌落下来，他叹一口气说："女的。"

是的，当了父亲以后并没有给阿里子带来欢乐，随之而来的是无尽的烦恼。首先是精神上的不悦，他和他的全家盼望的男孩生成了女孩。这件事对他和他的父母很重要，他觉得他好像做错了事一样，他觉得他向父母没法交代。其次是物质上的匮缺。色旦子没有奶，他每天得拿着供应证排了长队去买来奶粉，然后冲了奶粉像灌小羊羔一样给孩子灌奶，热了不行凉了不行，吃多了不行吃少了也不行，整得他十分狼狈。

白兰芳说："把孩子抱过来，我给她喂。"

色旦子说："大嫂你的奶水也不富余，别弄得两个孩子都吃不饱。"

白兰芳说："没事的，吃一口是一口，小姐妹俩分散着吃吧。"

色旦子将孩子送到她怀里，脸上第一次出现幸福的笑容。

然而这些都不是最重要的，给阿里子带来的最大麻烦就是那该死的一剪子。

动了剪子之后，缝合的伤口每天得用消毒液清洗几次。因为是集体病房，众目睽睽之下色旦子死活不愿意让护士掀开她的被子。为此护士一遍又一遍地给她做工作，一遍又一遍地以邻床的病友给她打比方给她做解释，但是无论怎样开导都没用，说多了说急了她便嘤嘤地哭。当护士的耐心达到极限的时候，她终于发怒了："护理了多少产妇就没见过你这样的，小小年纪居然这么封建这么顽固。我告诉你，女人的东西到了外面是当紧的东西，进了医院什么都不是，充其量就是人的一个器官，不要看得太当紧了。我问你，命当紧还是羞当紧？你知道不消毒会带来什么后果吗？那里要发炎要感染，感染了是会要命的，你懂吗？"

色旦子哭得更厉害了。

护士将消毒液和棉球扔在床头柜上对着满屋的人宣布："大家都看见了，我的话说完了，我的责任尽到了，出了问题我概不负责。"说完，甩门走了。

病房里的人七嘴八舌都在数落色旦子，阿里子双手抱头蹲在墙根下，一句话也不说。等到大家的声浪平息之后，宁奇拉一把阿里子说："你出来一下，我有话对你说。"

在走廊里，宁奇十分诚恳地对他进行了劝导："我说兄弟，这件事非同小可，万万不可马虎。刚才护士的态度虽然不好，但是人家的话那就是科学，必须得认真对待。"

他问宁奇："大哥那你说咋办呢？"

宁奇想了想说："我想，她怕别人看总不会怕自己的男人看吧。"

阿里子问："大哥你什么意思？"

宁奇说："我的意思你还不明白吗？看来现在只有你来洗了，其他别无选择。"

"可是她不让掀被子，我怎么洗？"他反问道。

宁奇说："你傻呀，不让掀被子你就不会钻进被子里去洗。"

他犯难了，不说洗也不说不洗，只用手去抠头。

宁奇催促道："去呀，还磨蹭什么。"

阿里子问："如果她不愿意咋办？"

宁奇有些生气："你干都没干怎么知道她不愿意？我就不相信，你钻进去她还能把你蹬出来不成？这事也得我教呀？"

阿里子确实很为难。

他想了想对宁奇说："那好吧，我得先回趟家。"

宁奇问："回家干什么？"

阿里子说："到时候你就知道了。"

时间不长阿里子急匆匆回到医院，他的手里提着下井的矿帽，矿帽上安着矿灯。

宁奇迎上去问："拿这东西干啥？"

阿里子说："照亮。"

说完，很不情愿地进了病房。

他来到病床边，附在色旦子的耳边嘀咕了两句，很艰难地端起了消毒液。他走到她的脚边，先戴好矿帽打开矿灯，然后轻轻掀起被子，然后慢慢钻了进去。被子蒙住了他的头，人们不知道他在被窝里怎样完成了清洗消毒的工作，只能看到被子在不停地蠕动。

面对阿里子的举动宁奇猛然想起照相馆里的照相师傅，他有些忍俊不禁笑出声来。不料这笑声一出，带起一片更大的笑声，原来病房里的人都在全神贯注地看，可能他们也都想到了头顶黑布的照相师傅。如果是这样的话，那么这笑声便是会心的笑。从时间上判断，阿里子的清洗很草率。只有两分钟的时间，他便在人们的笑声中爬出被窝，扔下消毒液疾步逃出病房，好长时间没有回来。

第七章

10天以后，他们同时出院。看着她那尚未成熟已为人母的尴尬和瘦弱单薄的身材，宁奇真的很担心这一对回民小夫妻的今后和未来。走出医院大门，宁奇和阿里子依依不舍。色旦子怀里抱着孩子，紧紧依傍着白兰芳，像是一对亲姐妹。阿里子已经把绳子拴在了宁奇的架子车上，一定坚持要帮助他把白兰芳送回去，因为条件所限，宁奇只能用自行车吊了一辆架子车拉人回去。宁奇坚持没有让他送。他知道他的心情，阿里子是真心诚意的。但是他必须拒绝他的这番美意，因为他不知道宁奇此时的心情，他除了眷恋之情之外，更多的是对这一对小夫妻的同情。在医院相处的日日夜夜里，每每看到他羞涩木讷没有主见的样子，心中便有一种异样的感觉。

自从医院一别，一个城里一个乡下，宁奇再也没有听到有关阿里子和色旦子的消息，以至于这一对回族小夫妻几乎淡出了他的记忆。让宁奇没有想到的是，8年后他居然和阿里子奇迹般地相遇了，而且，他们的第二次相遇是在一个十分特殊的场合。

这一年召开的全市年终总结表彰大会上，宁奇和阿里子一起站在了领奖台上，宁奇被评为教育战线的先进工作者，而阿里子则是工业战线的先进工作者。戴上大红花以后两个人都认出了对方，他们欣喜若狂到有些忘乎所以的程度，在台上便紧紧拥抱在一起，全然不顾身边的一切。机敏的记者没有放过这个热烈的场面，紧接着闪光灯啪啪闪烁，抢下了这个感人的镜头。后来他们的照片居然登了报纸，文字标题是《群英会上哥俩好》。图文并茂，留下一个永久的纪念。

这8年间阿里子的变化很大，个子长高了也长结实了，最主要的变化是他的落落大方，不再那样内向那样木讷羞涩。他非常健谈，问这说那，健谈得让宁奇居然无法插嘴。

宁奇问："你现在具体干什么工作？"

阿里子回答："在井下采煤，一线工人。"

宁奇说："刚才介绍你的事迹的时候，我听你好像当了采煤队的队长。"

阿里子说："队长不队长就那么回事，升了井谁回谁的家，到了井下都是一帮黑兄弟，彼此彼此。当了队长无非是多操点心多受点苦罢了，再没有什么特殊的。"

宁奇说："那你这几年混得不错啊！"

阿里子说："大哥抬举我了。说句心里话，咱阿里子拼死拼活地干图什么？一不图当官，二不图戴大红花。国家给咱们发工资分房子，咱们得对得起自己的良心。我没有别的本事，就是会挖煤，我这一辈子就交给了矿山。人家都说我们煤矿工人像煤炭，燃烧了自己温暖了别人。我阿里子没有那么高的境界，我就抱定一个信念，每天多挖煤，我要为煤炭事业贡献我的一份力量。"

面对阿里子的豪言壮语，宁奇感触良多。如果说，过去他对"工人阶级是领导阶级"这句话只是停留在概念里，那么现在听完阿里子的一番表白，他对这句话有了更深层次的理解。

宁奇又问："那色旦子呢？"

阿里子回答："她也有工作，安排在矿灯房上班。"

宁奇接着问："孩子还好吧？"

阿里子说："孩子很好很健康，已经上了小学。"

走出会场两个人就要分手，阿里子紧紧拉住宁奇的手死活不让他走，一定要拽着他到他家里吃顿饭。宁奇说："我非常想到你家里去，很想去看看弟妹和孩子，但是今天去不了。"

阿里子问："为什么？"

宁奇笑着说："你升上了采煤队长，大哥我也升了官。"

"啥官？"阿里子急急地问。

宁奇还是微笑着："主任。"

"好啊！"阿里子有些眉飞色舞。

“好什么好，”宁奇说：“是班主任。一旦当了班主任，那就得操心学生，从早到晚，那真叫瞎子拉驴——步步不丢手。”

阿里子好像听明白了：“原来是这么回事。”

宁奇说：“就因为当了这个班主任，今天我必须得回去。你想，一个班的学生等着我上课，所以今天去不成你家了。”

阿里子还是不依，宁奇只好告诉他：“兄弟你不要着急，我马上也准备调到城里了，到时候在城里安了家，今后见面就方便了。见面的日子多的是，就怕把你们家的门槛要踏断呢。”

听了这话，阿里子这才依依不舍，怏怏地和宁奇告了别。

这次和阿里子见面之后宁奇忽然有了一个嗜好，他把市报看得很当紧，其实不为别的，就想寻读有关阿里子的报道。阿里子果真没有辜负宁奇的一片苦心，他和他的采煤队屡创佳绩，经常上报。从报纸上，宁奇对他的工作有了一定的了解，总体上讲，他干得很棒。阿里子的荣耀随着煤炭的产量在不断攀升，这种荣耀在他们这个因煤而兴因煤而名的城市里是至高无上的。

当了校长以后宁奇的时间稍有充裕，家也迁到了城里。他和白兰芳不止一次地谈起过阿里子和色旦子，他们一直计划着哪一天带着孩子去看看阿里子一家。忽然有一天他在报纸上看到了阿里子的照片，图题是《英雄本色》。阿里子成了英雄？高兴之余他赶紧看报道的文字。原来是两天前掌子面发生冒顶事故，他为了保护工友的安全而奋不顾身冲了上去，工友得救了，他被坍塌的石块砸在身上，左腿被砸断。

宁奇扔下报纸，第一反应是赶紧往医院跑，在重症监护室他见到了阿里子。病房里挂满了锦旗和大红花，桌子上摆着许多慰问品。病房里静悄悄的，宁奇轻轻推开门，看见阿里子一条腿打着石膏悬吊在空中，只有色旦子一个人孤零零守在床边。

见宁奇进来，两个人都感到十分诧异。阿里子艰难地挪动着身子，极力想让自己坐起来。宁奇紧走两步扶住他说：“躺好了，千万不要动。”

宁奇问他：“怎么样？伤得不重吧？”

阿里子满口豪气：“不受点伤叫什么煤矿工人，没事的。”

“伤口还疼吗？”宁奇问。

阿里子说："不疼！"

宁奇再问他："伤口都处理好了？"

阿里子咬紧牙关使劲抬了抬腿说："处理好了。大夫说了，一点问题都没有。"

宁奇仍然有些不放心，问他："伤好了以后身体不会留下啥残疾吧？"

阿里子大大咧咧地说："没——事！"

这时候色旦子开口了："3块钱买了个鸭子，浑身的肉煮烂就是嘴煮不烂，啥时候嘴都是硬的。"

宁奇问："你这话什么意思？"

色旦子说："你别听他胡说八道，到了这种程度还说没事呢，两条腿都已经残废了，看你今后的日子怎么过？"

阿里子回了她一句："尽在那里瞎乍呼，头掉了不就是坐个碗大的疤吗，有啥大不了的？"

宁奇最关心的是实际问题。他说："如果真的残废了那可是大事情，丝毫马虎不得。不过弟妹讲的也是实话，精神归精神物质归物质，今后的生活确实需要面对许多实际问题。"

阿里子指着墙上的锦旗说："你们好好看一看，受了一点伤，组织上就给了我这么多的荣誉，把咱都当成功臣供养在这里，今后的生活能没人管吗？兵来将挡水来土掩，没有翻不过的山也没有过不去的河，我才不去考虑那些事呢。"

宁奇给他掖掖被子，试探着问："据你了解，假如一旦残废了，以后按照规定应该有哪些抚恤？"

阿里子说："我才懒得去问那些问题呢，显得咱太没有水平。"

宁奇说："关系到你的切身利益，不问能行吗？"

阿里子说："我嫌丢人。"

色旦子说："你一不偷人二不抢人，丢的啥人？"

阿里子说："我现在治病有公家付钱，营养有公家提供，病好了就出院上班，抚的哪门子恤？不要，一分钱都不要！"

色旦子说："上面有框子，下面有样子，红头文件放在那里，抚恤金的规定放在那里，别人能要，咱们凭什么不要？"

阿里子有些不耐烦："给你说了多少遍了，别人是别人，咱们是咱们，这些年的红旗呀标兵呀模范呀先进呀白树立了？我能和普通人一样向国家向组织伸手要抚恤金吗？咱工人阶级的本色哪里去了？”

色旦子气呼呼顶了一句：“模范先进能顶米还是能顶面呢？”

眼看着阿里子就要发火，宁奇赶紧夹在中间说：“不说这些了，咱们说说你今后的打算。”

阿里子毫不迟疑地说：“一出院马上回我的掌子面，我要带着我的采煤队再创高产，再上一个新台阶。”

宁奇说：“腿都这样子咋上掌子面。”

阿里子说：“腿断了有手，手断了有头，只要有一条命，就要战斗到底，只要有我阿里子在，就不能让我们标杆采煤队的红旗倒下去。”

他的豪情壮志深深打动了宁奇，此时此刻，他打内心里更加信服那句话：工人阶级是领导阶级。

色旦子“嗤”一声鼻子，提起暖壶出了门。

光阴荏苒，一晃又是几年。

这一天宁奇到市教育局开会，下了车在街上走。猛抬头，看见街对面新开张了一个门面，门面上挂了一条蓝布做的幌子，上面写着“色旦子清真羊杂碎”。他停住脚步，对着“色旦子”三个字看了很久。

难道是她？

不会吧，回民叫色旦子的人太多太多了。尽管心里这么想，但是宁奇仍然放心不下。他目视许久，迈步穿街而过，慢慢走进饭馆。饭馆并不算大但是收拾得很干净，从外面看窗明几净，进了屋地拖得能照见人。宁奇随便找一个座位坐下，刚坐定，一个系着围裙的中年女人就过来提壶沏茶。女人沏完茶问：“请问这位先生吃点什么？”

宁奇随口说：“来一碗羊杂碎。”

女人应一声“好嘞”，回身去了。忽然她回过头对着宁奇一个劲地看，看了半天突然说：“大哥是你啊！今天怎么有闲工夫到我的小店来了，多长时间没见了，太意外了！”

宁奇非常吃惊，抬头认真地看她。没错，就是她，是色旦子。让他更为吃惊的是，她现在这么开放，他真不敢相信色旦子居然敢在大庭广众之下大声和他打招呼，这句话是从那个羞涩的连人都不敢看的色旦子口中说出来的。

宁奇随口搭讪两句，直奔主题。他问道："你不是在矿灯房里上班吗，怎么上街卖起羊杂碎来了？"

色旦子说："矿上改制，我们两个都下岗了。她爹腿残疾动不了，一点办法都没有。不怕大哥你笑话，现在家里的日子过得真是捏住鼻子救气呢，我再不谋点生路全家人吃什么？"

宁奇问："下岗有下岗的安置，再说阿里子也是因公负伤，难道就没人管了吗？"

色旦子说："管倒是有人管，可是每月给的那仨瓜俩枣是救命钱，刚够买粮买菜的，有时还发不及时。你算算，买了房子要还贷款，娃娃上学也要花钱，每天早晨一睁眼睛，各里四处全是花钱的地方，愁都把人愁死了。"

宁奇问："家里有这么大的困难为啥不给我打个电话呢？"

色旦子说："想到了。前一个阶段我就想着找找大哥你，看能不能在学校里给我安排个勤杂工啥的。"

宁奇问："那你为啥不去？"

色旦子说："话刚一出口，就被人家数落了一顿。"

宁奇喃喃道："这个阿里子，太直了，真的把我当成外人了。"

他们的谈话被拥入的一帮食客打断了，色旦子赶紧去招呼新来的食客，宁奇的目光却一直没有离开色旦子的身影。看着她那热情的招待和麻利的身手，让他想了许多许多。他无法相信，难道这就是当年那个孱弱的只会流泪的女子？难道就是她这瘦弱的身体在支撑着一个贫困的家庭？

离开杂碎店，宁奇匆匆向市政府赶去。来到政府大楼门前，他被一伙黑压压的人群挡住去路。这里面有男的有女的有老的有少的，足有一百来号人。他们杂乱无章吵吵嚷嚷，和门口的保安理论着什么。4个保安边解释边将人群向后推，几个年轻人执意硬闯政府大楼，大有矛盾激化之势。

进楼的路被堵住了，宁奇只好站在外围静观事态的发展。他终于听明白了，这是一群下岗工人，他们是到政府集体上访的。这几年，像这种集体上访的事他见的多了，早已经见怪不怪，他不愿意听更不愿意介入。看看已到了开会的时间，他绕过人群，试图从保安身后挤过去进入大楼。就在进楼的一瞬间他眼角的余光捕捉到一个熟悉的面孔，回头一看果然是他。

是阿里子。

阿里子夹在人群中间，他坐着一架轮椅，轮椅的后面捆着一个印着花条纹的编织袋，那袋子鼓鼓囊囊的，不知道装的什么东西。这会儿他正高声大嗓子地跟保安吼叫，他的情绪十分激动，屁股一次又一次从轮椅上撂了起来，有几次差点儿跌坐在地上。

宁奇拨开人群走到他面前问："你怎么到了这里，这到底是怎么回事？"

阿里子看见他先是一愣，然后拉住宁奇的手说："大哥你来了，你给评评这个理。企业改制，改来改去改到我们工人头上来了，国有煤矿归了'资本家'，工人成了没娘的孩子。年轻力壮的留了矿，老弱病残一鞭子吆了，统统滚蛋。说是安置，给几个养老金就算打发了，还说是买断。你看看我们这些人，养老保险没人交，医疗保险没人管，下岗工人拉家带口过日子，别说日子过得有多富足，就连吃饭看病都成了问题，你说我们不找政府找谁？"

不知是宁奇衣冠楚楚的缘故还是他书生气十足的样子，抑或是他腋下夹了一个公文包，致使这些人把他当作政府官员，呼啦一下围了上来，将他围在核心。上访的人们七嘴八舌朝着他嚷嚷，让他无法应对。他环视一周，看来想抽身是不可能了。面对眼前的阵势，如果不说几句话是无法脱身的。可是，遇到这种情况他能说什么呢？

看着愤怒的人群宁奇只好向众人压压手说："请大家不要激动，有话慢慢讲，有事慢慢办，我相信，政府不会不管你们的，通过努力，问题终究会得到解决的。"

没等他把话说完，一个愣头小伙子挤到他面前指着他的鼻子质问："你们这些当官的真是站着说话不腰疼，真是饱汉子不知道饿汉子饥，骑驴不知道空走的。你们一天吃香的喝辣的，尿尿漂的是油花子，放屁喷的是肉渣子，我们锅都揭不开，凭什么慢慢来？"

有两颗唾沫星子飞溅到宁奇脸上，他掏出纸巾擦掉。

宁奇一时间陷入极度的困顿之中。在群情激愤的情况下，他没有办法跟他理论也没有必要跟他理论。

他不得不回过头来，面对阿里子说："兄弟你听大哥一句话，问题是客观存在的，可是这样做不是解决问题的办法。你们对政府有看法有要求是正常的，这些问题完全可以通过上访的办法去解决，这是你们的合法权益。但是群众上访是有渠道有程序的，你得先把你们的意见集中起来形成材料递交到信访办公室，通过信访办公室逐级上报，最终才能够得到顺利解决。”

阿里子说：“这些我们都懂。我们完全按这些程序做了，3个月过去了，不但问题没解决，连个答复也没有。问得紧了，这个部门推到那个部门，这个领导推给那个领导，皮球踢了一大圈，最后一点问题都没有解决。大哥你以为我们不懂程序，你以为我们愿意这么做？”

他指着周围的人说：“他家，老婆病在床上没钱治，眼睁睁看着病情一天天加重；他家，儿子困在大学里没有钱，准备退学回家；他家，一家6口人挤在一孔建矿初期修建的破窑洞里，儿子订婚3年媳妇娶不进家门……这些人在矿上出生入死干了大半辈子，没有功劳也有苦劳吧。”阿里子眼眶噙满了泪水。

这时候那个愣头小伙子又插嘴说：“谁苦都没有咱们队长苦，他光说别人就是不说自己。”

阿里子用手势制止了他。

阿里子伸手从车后面拿过那只编织袋，解开袋口提起袋子一抖，一堆金光灿烂的获奖证书抖落一地。他拿起一本深情地抚摸着，猛然向地面砸了下去。他再也无法抑制自己的情感，流下一串辛酸的眼泪。

他们的这一次见面就这样在泪水中结束了。

那天的会开了一整天，那一天，宁奇的脑子乱得跟一锅粥一样，里面装得全是阿里子满地金红的奖状和满面辛酸的眼泪。

开完会他准备到阿里子家里去一趟，忽然，手机响了，是白兰芳：“会开完了吗？”

“完了。”

“那你赶快回来吧。”白兰芳说。

“有事吗？”

电话里传来白兰芳的抽泣声。

宁奇急急忙住回到家里，屋里冷冷清清，白兰芳没有做饭，一个人坐在那里流眼泪。

宁奇走上前去轻声问："埋了吗？"

"埋了。"她说。

"家里都安顿好了吗？"他又问。

"好啥呀，死的死掉了，活的活不成，真不知道今后的日子该怎么过。"妻子又在揩眼泪。

看她这副伤心的模样，他不好再问下去。

今天早晨他和白兰芳一起出的门，宁奇去教育局开会，她去了乡下。白兰芳有一个表哥在乡下，这几年田种得不错，攒了点钱给儿子买了一辆农用汽车跑运输，小日子过得还算安稳。儿子很吃苦也很争气，没过3年不但把车钱挣了回来，最近谈了个对象还在城里买了一套房子，准备年底结婚。没想到的是，3天前这小子跟几个朋友喝完酒开车回家，醉眼蒙眬间居然将一辆手扶拖拉机撞翻栽进了路沟。这是一起恶性事故，损失惨重，手扶拖拉机车毁人亡，他也从风挡玻璃冲了出来，撞在路坡的一棵树上，当场死亡。

白兰芳今天到乡下去就是参加这孩子的葬礼。

白兰芳说得不错，死的死掉了，活的活不成。这次事故她表哥失去了一辆汽车，失去了一个儿子，也就是说，老两口失去的是一辈子的心血和全部希望。然而事情远远不止这些，因为他儿子是酒后驾驶，是要承担事故的全部责任。也就是说，他们除却自身的巨大损失，还需要赔偿对方的手扶拖拉机和一笔昂贵的命价。

白兰芳揩一把眼泪说："表哥说了，这两天可能要来找你，他手上还有一件难办的事请你帮忙。"

"还有啥事？"宁奇问。

白兰芳说："出了这么大的事，天都捣上窟窿了，还能有啥事，他需要一大笔钱。"

"听你这意思他是向我们借钱？你盘算盘算，看看能帮多少。"宁奇很痛快地表了态。

白兰芳说："钱是肯定得借给他的，可是他的窟窿太大了，光靠借钱恐怕解决不了问题。"

宁奇问道："那他找我帮啥忙呢？"

白兰芳说:“他说要把城里买的那套房子退掉,拿买房子的钱给人家赔偿。”

宁奇想了想说:“这倒是个办法,反正人去了婚结不成了房子也用不着了,决定退那就退呗。”

白兰芳长叹一声说:“事情哪里有你说得那么容易呢。”

宁奇说:“一手交房一手退钱,这有啥难的。”

白兰芳说:“事情是这样的。房子的价格是 20 万,在这之前他已经给人家交了两万元的定金,说好了结婚前把全部房款付清。现在两万元的定金在人家房主手里,要退房并不难,可是按照约定那定金就打了水漂,人家肯定不会退给他的。”

宁奇问:“那怎么会呢?”

白兰芳说:“那怎么不会?那是定金呀,而且买的是回民的房子,更不可能退给他了。你在回民地区待了那么长时间,这个规矩你应该懂得的。”

妻子的话让他想起一件事。

黄龙川一带乡下兴集市,集市贸易又以回民最为活跃。在长年的交易活动中产生了一种市场职业者,叫牙行。这种人懂行情善经营,能说会道八面玲珑,是促成交易的好手。牙行们还承担着中间人的角色,双方的交易促成后他们会得到些抽头。

别看牙行是自发的民间活动者,但是他们有一套严格的规定。比如,既已出手的东西再不能允许他人添钱讹买,既已交了定钱就等于成交,是绝对不得反悔的,若有一方违约,定钱概不退还,等等。这种规矩政府没有立法,但在民间有着极强的实际效力,任何人不得违反。与汉民相比,回民遵守这些乡规民约会更自觉、更严格。

也就是说,表哥想要定钱的难度加大了,或者说根本没有可能。

宁奇将手指插进头发里,陷入一阵沉思。

第八章

这一天早晨刚上班,高三(1)班的班主任刘老师慌慌张张来到校长办公室向宁奇汇报:“宁校长,我们班的哈丽可能辍学了。”

“哈丽？什么原因？”宁奇感到很突然。

刘老师说：“什么原因还搞不请楚，反正她已经两天没有到校上课了，没请假也没打招呼。我在同学中做过调查，都说哈丽很可能要退学。马上就要面临高考，哈丽退学的问题学校必须认真对待。”

刘老师说得不错，因为宁奇心里明白，哈丽虽然是一名普通学生，但是在黄龙中学占据着举足轻重的地位。她是重点班里的尖子生，而且是尖子里的尖子，今年重点高校的招生录取全指望她。在高考激烈竞争的今天，她决定着学校的声望，决定着学校的荣誉，她就是学校的一张王牌。这些年为了高考升学率宁奇没有少动脑筋，他出台了一系列优惠政策吸引优秀生源，其中一条是成绩优秀的少数民族学生可以免除学费。哈丽本来家住市里，但是因为家庭困难不得不到这所县城中学就读。

事关重大，宁奇不得不放下手头的所有事情，在刘老师的带领下向哈丽家匆匆赶去。

哈丽的家住在工人新村，虽然是楼房，但因为是一楼，室内的光线比较阴暗，屋里的空气也不流通，散发着一股霉湿的味道。敲开门，家里就哈丽一个人，老师和校长的同时到来让她感到十分意外。但是她似乎预料到将要发生的事情，她看上去很沉稳，没有丝毫的慌乱。宁奇没有问话，先开始慢慢巡视室内。室内的陈设很简单，除了必需的生活用品，占主导地位的是四周墙面上数不清的奖状。忽然，一幅照片定格在他的瞳孔里，那幅照片上有他。他急忙走近前细看，正是他和阿里子戴着大红花拥抱在一起的那一张。

宁奇回头看看哈丽，再转头看看照片，慢慢问：“你爸爸叫啥？”

“叫哈德金。”她的声音很低。

“你妈叫啥？”宁奇再问。

“叫马彩花。”声音仍然很低。

宁奇看着她，忽然回头问刘老师：“这一切你为什么不告诉我？”

刘老师一时不知所云。

“那你认识我吗？”宁奇问哈丽，两眼直视着她。

“认识，你是我们校长。”她显然答非所问。

“你知道我和你爸你妈的关系吗？”宁奇跟着问。

她不言语。

“你爸你妈没告诉你吗？”宁奇紧追不舍。

她仍然不言语。

宁奇声音变得严厉起来，问道：“你告诉我，他们为什么不把我和他们的关系告诉你？”

“告诉了，他们不让我告诉你。”她的声音低到了最低限度。

宁奇一阵激动，在屋子里转了两圈。

“你爸爸呢？”

“去了医院。”

“那你妈呢？”

“住院了。”

他急切地问：“什么病？”

她不说话，只在那里淌眼泪。

宁奇扶住她的双肩不停地摇：“哈丽你快告诉我，你妈到底得的什么病？”

她长哭一声：“乳——腺——癌——”

他们急速赶到医院，色旦子躺在病床上，手上吊着针，阿里子的轮椅紧靠在床边，他坐在轮椅里睡了过去。

色旦子看他们3个人一起进来，先是一惊，然后是对哈丽一连串的诘问：“谁让你把我的事告诉大爹的？谁让你把他们带来的？给你安顿的话都忘光了吗？”

哈丽委屈地站在一边，一句话也不说。

宁奇走到病床前，对着色旦子一顿数落：“你怎么会埋怨孩子呢？我问你，我们的关系你为什么不让哈丽告诉我？家里出了这么大的事为什么不让我知道？哈丽辍学的事为什么不和我商量？”

宁奇突然发现他有些愤怒，他尽量压低声音，但是他无法压抑胸中的烈火。

色旦子低下头，开始流眼泪。

阿里子已经醒了，对宁奇说：“大哥你别生气，我们想过了，告诉了你，你肯定不会不管的。可是，你管理着那么大一所学校，贫困的学生不知道有多少，你有你的难处，能给哈丽免了学费我们已经感激不尽了，我们怎么能再给你放为难呢。”

“说一千道一万，也不该让孩子辍学啊！”宁奇仍然愤愤地。

阿里子说："哈丽的书不是不念，念了也没用，一旦考上大学，还是上不起。到了那个时候，就会比这阵子更难受。再说……"

"再说什么？"

"再说，再说现在不是家里遇到点困难事吗，等我们把这阵子扛过去了，书还是要念的。"阿里子讷讷地说。

"你混蛋！"宁奇彻底暴怒了，"人生在世，谁家还没有点难事？可是我告诉你们，纵有千难万难，孩子的书必须得念。我现在正式通知你们，从今天开始，哈丽的事不用你们管，完全由我来负责，直到考入大学，将大学念完！"

阿里子说："大哥你的好意我们领了，可是这事万万做不成。"

"为啥做不成？"宁奇质问他。

阿里子说："你想，你的女儿今年也要考大学，家里就你一个人挣工资，一个人养活一家人，你的家里也紧啊！"

色旦子说："她爹说得对，这事做不得。两个娃娃我们必须保一个，不能牵扯得都上不好。要是为了我们的孩子让你的女儿受了影响，你让我们的心怎么安生？"

她又在抹眼泪。

宁奇又气又急，在病房里踱着步。此刻他的脑子很乱，他再也拿不出说服他们的理由。哈丽端一把凳子放在他面前说："校长你坐下休息一会儿。"

不知是出于感激还是激动，说话的时候，她的眼里闪着泪光。宁奇不由自主伸过手，轻轻抚摩她的头。她是个多么优秀又多么懂事的孩子啊！他内心一阵感叹。忽然他有了一种异样的感觉，他觉得他似乎是在抚摩着自己的女儿，感觉是那样亲切。这种感觉一经产生便开始发酵，迅速膨胀起来。这种膨胀促使他的脑子里萌生出一个很奇怪的主意，他没有给自己留有任何斟酌的时间，决定立即实行。

宁奇转过身正色对他们说："哈丽必须跟我回校！"

阿里子说："事情我都讲清楚了，我就不明白了，大哥你为啥死抓住哈丽的事不放呢？"

宁奇定一定神，郑重其事地说："事已至此，我要对你们透露一个隐藏了18年的秘密。"

"什么秘密？"阿里子和色旦子齐声问。

宁奇一字一顿:“哈丽是我的女儿! ”

他的话一出口,病房里所有的人都凝固在那里,哈丽看看她妈又看看她爸,最后将疑虑的目光落在宁奇的脸上。

宁奇开始对他们娓娓地讲述一个故事:“你们的孩子刚生下来的时候没奶,白兰芳给她喂过奶。后来我看她身体瘦弱饿得可怜,就到育婴室偷偷掉了包。开始我只是想瞒着你大嫂让孩子能吃上奶,没想到到了出院的时候孩子已经长大,再也没有办法调送回去。这件事埋在我心里整整 18 年,我本不打算说出去,可是哈丽已经到了这一步,我不能不说了。今天,我要把我的女儿领回去,我要名正言顺地供给她上学。”

两口子一脸惊愕,一句话也说不出来。

宁奇又说:“我刚才认真想了一遍,这件事猛一听有些突然,似乎有些难以接受,其实细细想想未必不是一件好事。”

“好事? ”两口子眼睛瞪得溜圆。

宁奇笑笑说:“你们想想,你们领了我的孩子我又领了你们的孩子,我们每人不就有两个女儿了? 你们说,这是不是好事? ”

突然,哈丽“哇”的一声哭了起来,然后转身向门外跑去。

宁奇给刘老师使个眼色,他跟着他出了门。宁奇附在刘老师的耳朵上如此这般地安顿了一番,他点点头追了过去。

刘老师追出住院部, 哈丽正在一棵树下哭泣。他递给她一张手纸说:“别哭了,坐下,坐下听老师给你讲。”

他拉哈丽坐在花池子的矮墙上。

他问道:“哈丽你给老师说句实话,校长这个人好不好? ”

哈丽点点头。

他又问:“那你告诉老师,你喜不喜欢校长? ”

哈丽稍一迟疑,又点了点头。

刘老师说:“如果校长真的是你的亲生父亲你喜欢他吗? ”

哈丽抬眼望着刘老师,并没有正面回答他,只是说:“我觉得,这不是一个简单的喜欢不喜欢的问题。”

刘老师问:“那是什么问题? ”

哈丽说:“这个现实我无法接受。”

刘老师猛然问:“假如校长刚才说的是谎话你还喜欢他吗?”

哈丽一脸惊愕。

刘老师说:“我说的不是假设,是真的。我告诉你,校长刚才说的是假话,是他编造的一个美丽的谎言。”

哈丽站起身来:“真的?他为什么要那样做?”

刘老师语重心长地说:“这就是校长的良苦用心啊。他既不想让你失学,又要想治好你妈的病,无奈之下,这也是不得已而为之。”

哈丽越发不解:“那他为什么非得要编造这样一个谎言?”

刘老师说:“知子莫如父,你的父母你应该最了解。你们家庭虽然十分困难,但是他们宁愿固守清贫;你们家的日子虽然过得紧巴,但是他们要靠自己的双手创造财富。他们不愿意给别人添麻烦,也不愿意接受别人的帮助,更不愿意接受别人的施舍。所以说,如果不编出这么一个谎言,资助你上学几乎是不可能的,他们是无论如何不会接受的。”

“原来是这样!”哈丽轻声惊叹。

“我还要告诉你,”刘老师接着说:“关于校长资助你的问题你不要有过重的心理负担,因为这不仅仅是校长的个人行为,而是通过行政手段,通过社会力量加以解决,所以你们根本不用担心他女儿的上学问题。”

哈丽热泪盈眶,向着病房的方向轻声说:“宁伯伯,谢谢您。”

刘老师说:“哈丽我问你,如果现在校长让你帮他一个忙,你愿意吗?”

哈丽坚定地说:“我愿意。”

“那好,”刘老师说:“从现在开始,你要认你这个校长爸爸,直到你大学毕业。在此期间你必须在你父母面前保密,能做到吗?”

哈丽想一想说:“能!”

刘老师笑着说:“拉勾。”

哈丽伸出指头说:“拉勾!”

宁奇送走刘老师返身再进病房的时候,色旦子哭起来:“天啊!怎么会是这样?”

宁奇赶紧说:“弟妹你先别哭,听我把话说完。”

色旦子抽泣半天,总算住了声。

宁奇说:“刚才那是我当着哈丽的面编造的一番谎话,看样子你们还当真了?”

阿里子着急问:“你为啥要哄她?你就不怕伤害她?”

宁奇笑着说:“这你就不懂了吧,这叫美丽的谎言,我玩的这是心理学。”

“心理学?”两人异口同声问。

宁奇说:“是的,是心理学。哈丽是你们的亲生女儿,她是一个很懂事的孩子,从小受家庭熏陶,她有很强的自尊心和很强的独立意识。她不愿接受别人的帮助更不可能接受别人的施舍,所以我资助她上大学她会有很大的心理障碍,或者说,她根本就不会接受。刚才是没办法的情况下想出来的急办法,虽然是下策,但是也能为我的资助找到一个理由。好在这样的谎言最多维持三四年,时间不会太长。我在想,当谜底揭开的那一天,她是会原谅我的。”

“原来如此。”阿里子长长出了一口气。

“但是,”宁奇说:“这需要你们的配合。”

阿里子连声说:“我们配合,我们一定配合!大哥你说,怎么配合?”

宁奇说:“很简单。改天两家人坐在一起吃顿饭,当着大家的面把话挑明了,只要你们认账就行。”

阿里子很迟疑:“我们好说,只怕两个孩子和嫂子……”

宁奇说:“这你放心,有我呢。”

宁奇说这番话的时候,色旦子早已经泪流满面。

阿里子说:“大哥,你为啥对我们这么好呢?你让我们怎样报答你呢?”说着,他从轮椅上滚落下来,就要跪在他的面前。

宁奇赶忙上前接住。

突然,从门外闯进一个人来,不由分说跪在地上磕起头来。屋里的人被眼前发生的事搞懵了。

宁奇赶紧拉起那人说:“这位大哥你先起来,有话慢慢说。”

那人坚持长跪不起,宁奇费了好大的劲才拉起那人。待那人抬起头来,惊得他一句话也说不出来。

宁奇问:“表哥?你怎么到了这里?”

他看见宁奇也是一惊,随即说道:“兄弟是来给我说情的吧,那我告诉你,什么也别说了,我这辈子算是遇上好人了。”说着话,掏出一沓子钱便往色旦子手里塞。

这人不是别人,正是白兰芳的表哥。

宁奇问阿里子:“这到底是怎么回事?”

阿里子淡淡一笑说:“其实也没有啥事。”

宁奇又回头问表哥,表哥滔滔不绝说出事情的真相。

表哥买的正是阿里子的房子,只到此时宁奇才搞明白,阿里子卖房子是事出无奈。

表哥不想麻烦宁奇,他抱着试探的心情自己找到医院里来。打心底里说,他压根儿就没有指望把那两万元定钱都要回来,他的目的是来向他们诉说一番,他要将他家的不幸告诉他们,哪怕能求得他们一丁点儿的同情,能或多或少退他一些钱都感恩不尽。现在对于他们家来说,百八十块都不算小数目。

他果然诉说了,他的诉说令他们很意外也很为难。急等着派用场的钱没了指望,退了房子则意味着色旦子将中断治疗,同时将中断女儿的学业。他们又一次陷入十分困顿的境地。

阿里子让他先出去一下,容他们商量商量。他没有争辩也没有乞求,转身走出病房。

10分钟过去了,没有动静;20分钟过去了,没有动静;半个小时过去了,病房的门仍然紧闭着。这是他意料中的事,人家说的“商量”其实就是一种打发。他怀着倾诉后的通畅和失望后的憋屈开始往回挪动脚步。就在他将要离开医院的时候,色旦子从后面赶过来喊住了他。她手上拿着一个小布袋,他认识,这是他送定钱时装钱的布袋,这布袋是银行送给他的,上面印着银行的字。然而当初送来的时候是鼓的,现在却是瘪的。

色旦子很平静地告诉他:“把你的东西装好,早点回去吧。”

她帮他把布袋折叠好装进内兜,又将衣襟掖掖系紧了扣子,返身回了病房。

回到家里他掏出布袋,觉得里面好像有什么东西。他急忙打开布袋,从里面掉出一张纸来,他看那纸,是一张两万元的活期存折。他的手开始发抖,他突然觉得有些发晕,他甚至怀疑这是在做梦。他把那张存折足足看了一根烟的工夫,然后一刻也没有停留,返身进了城。他直奔银行取出一万块钱,他要把这钱交给这一对好心人。

表哥还在坚持,色旦子还在推让。

阿里子说:“大哥你把这钱收起来,你听我说。回民信的是主,汉民信的是天,我们虽然信仰不同,但是有一点是共同的,那就是人活在世上最要紧的是要讲良心。不错,我们确实有难处,可是你的难处更大,没有难处你也不会做这种反悔的事。两万块定钱本来就是你的,在我们的交易没有成功之前永远是你的,这是受法律保护的。大哥你说对吧。”

看着这一对诚实的夫妻,宁奇还能说什么呢?

但是他还是说了。

他对表哥说:“困难是暂时的,一切都会过去的。”

他又对色旦子说:“弟妹的病不必担心,我刚才来的时候问过大夫,你的化验单已经出来了,确诊结论,肿瘤属于良性,只要做了手术什么问题都不会有的。”

他俩相互对视,脸上露出笑容。

“不过……”宁奇故意卖个关子。

“不过什么?”色旦子追问。

“不过,到时候你要好好配合大夫和护士,再不要害得兄弟出那照相的洋相噢。”

“哈哈哈哈……”俩人开怀大笑。

表哥发话了。他说:“本来我给儿子在农村盖了一套房子,但是为了赶形势,找对象不得不在城里买楼房。儿子走了,房子也闲下了。这样,出了院以后你们如果不嫌弃就搬到农村住我的房子。我的家在红牛湖边,最近上头规划要在那里挖湖,说是还要开发旅游区。我听说弟妹原先是开馆子的,在旅游区开个清真餐厅,生意一定错不了。”

没等他二人表态,宁奇一拍大腿说:“好啊!就这么定了。”

一阵清风吹来,撩开窗帘,一股沙枣花的香味扑面而来。

窗外,一帘黄花。

宁奇说:“我看这样,为了表兄的问题顺利解决,为了祝弟妹早日康复,为了哈丽重归校园,今天由我做东,咱们一起到饭店聚一聚,好好庆贺庆贺,怎么样?”

“好!”三个人一起响应。

表兄说:“聚可以,这客必须我请!”

“必须我们请!”阿里子和色旦子异口同声。

宁奇说:“你们都别争了。你们都等着花钱,必须我来。”

回到家里,已是夜深人静时分。白兰芳已经睡了,宁奇轻轻开门轻轻来到书房,他没有开灯,一个人静静地坐在那里。窗外一帘月光,大明的月光把影影绰绰的树阴投射在窗帘上,飘飘摇摇,似晃动的云。他的思绪随着这树影晃动着,顷刻间,那一张张生动的面孔浮现在眼前,和着那树影一起晃动起来。色旦子的忍耐、阿里子的窘迫、哈丽的放弃,这一切的一切,不得不让他重新认识这个熟悉而陌生的家庭。一想起老表兄跪地感恩的那一刻,他的心灵又一次震撼了。是啊,就是这样一个贫困交加的家庭,就是这样一对难中求助的夫妻,他们首先想到的,却是他人的难处。

他不知道坐了多久,轻轻走进卧室。白兰芳睡得不是很熟,她翻了个身,发出轻轻的叹息声。他知道,这几天她的心情一直很纠结,对逝者的思念和对生者的担忧煎熬着她,让她痛苦不堪。他轻轻推推她:“你醒醒。”

白兰芳睁开惺忪的眼睛,问他:“什么事?”

宁奇说:“好事。表兄的问题解决了!”

“是吗?怎么解决的?”白兰芳猛地坐了起来。

宁奇将色旦子退还定金的事备细讲了一遍,白兰芳感慨万端:“真是遇上好人了!”

“不过,”宁奇说:“真是按下葫芦浮起瓢,老表兄的问题解决了,难处全放到阿里子家里了。”

“阿里子家里怎么了?”白兰芳急急地问。

宁奇又将色旦子住院和哈丽辍学的事备细说了一遍,白兰芳叹一口气:“这才是麻绳赶到细处断,简直要人的命呀。”

她突然抓住宁奇的手,语重心长地说:“老头子,自从你当上领导以后,我一直没有拖过你的后腿。为了不影响你的工作,我向来没在你面前张过口。今天,我第一次求求你,无论如何要让哈丽把学上完。我说句不应该说的话,公家的钱咱们一分不沾 毛不贪,但是你想办法拿点出来,让哈丽先上学。退后一步讲,将来上头一旦追究下来,咱们认了。”

宁奇说:“哈丽的事我正在积极想办法,应该问题不大。现在还有一个不太好解决的问题,恐怕需要你的配合。”

白兰芳说:“只要哈丽能上学,你让我怎么配合都行。”

宁奇把他在医院编织的那个美丽的谎言说给她，白兰芳先是一惊。紧接着“咯咯咯”笑了起来:“亏你想得出来。”

笑完了她说:“没问题,我就认她这个女儿。”

第二天一上班,宁奇要做的第一件事情就是到县教育局去找何局长。经过一夜的思考,他已经拟订了一个初步方案,他要以学校的名义设立一个特优特困生助学基金,专门资助那些贫困学生。但是,单靠学校的力量远远不足,这需要政府和社会力量的支持。当下亟待解决的是,需要教育主管部门审批。

他站在局长办公室门前,轻轻叩门。

屋内传出一个声音:“请进！”

宁奇轻轻推门进屋,何局长正在埋头看一份文件,头也没顾得抬。他向沙发一伸手:“请坐！”

宁奇慢慢坐在沙发上,静静地等。何局长看完文件,抬起头来。一看见是宁奇,他急忙从椅子上跳起来,扑到宁奇面前说:“是宁老哥啊,多长时间没见你了,你不来我还正想去找你呢。”

宁奇说:“我知道局长工作很忙,所以不敢随便打扰,还望局长多多原谅。”

何局长板起面孔说:“我说你别一口一个局长好不好,咱哥俩是啥关系,那样称呼显得太生分了,以后不许这样叫了。”

宁奇说:“本来嘛。”

他上前递给何局长一根烟,何局长接过烟,打着火给他送了上去。宁奇连连摆手道:“我不抽烟你又不是不知道,你抽吧。”

何局长有些生气:“你不抽烟给我递的什么烟?以后少给我来这一套!说,是不是有什么事?”

宁奇尴尬一笑说:“今天来想向领导汇报一个情况。”

何局长说:“又来了。”

宁奇歉然一笑:“习惯了。是这样,最近我遇到了一件很头疼的事,我琢磨了很长时间,已经有了一个初步想法但是还吃不准,特此来向领导请示的。”

何局长问:“什么头疼事？”

宁奇说:“是这样的。我们学校有一个特困生,父母下岗,母亲又有病住院,家庭十分困难无法继续上学。这孩子是个品学兼优的好学生,马上面临高考。她叫哈丽，是个回民，她的困难不仅仅在眼前，而是今后的大学四年。我的意思是……”

何局长打断他的话说:“算了别说了,我给你表个态。既然你已经琢磨了很长时间,说明你是经过深思熟虑的,你的意思就是我的意思,一切按你的意思办。我们的出发点是帮贫助困,我们的落脚点是想尽一切办法保证学生正常上学。我只要你的巩固率和升学率,具体事宜你完全可以自主决定。这样,回去以后你写一个报告报到局里,我签字就行了。”

宁奇说:“这么大的事,又是第一次办,我的意思还是向你详细汇报一下的好。”

何局长说:“我明白你的意思,助学需要拿钱对不对?今天来是借着汇报之名到我这里伸手要钱来了,对不对？”

宁奇有些不好意思,笑而不答。

何局长说:“用多少钱你在报告里写清楚,我尽最大努力,这总满意了吧。”

宁奇如释重负,说一声:“谢谢局长”,起身就要离去。

何局长说:“你先别急着走,我正好有事找你。”

宁奇立定,问道:“请问局长有何吩咐？”

何局长说:“现在你来得正好,咱俩一起去一趟咱们的老根据地怎么样？”

“哪个老根据地？”宁奇问。

“自然是河阳中学。”何局长说。

宁奇问:“你去了办公事,我跟了去干什么？”

何局长说:“咱们一起去看看王校长,顺便和你们商量一件事情。”

宁奇问:“和我们商量？商量啥事？”

何局长神秘一笑:“肯定是好事,到了地方你就知道了。”

何局长说完,将宁奇生拉硬拽下了楼,把他推上了汽车。

第九章

出了县城,汽车奔驰在去往河阳的大道上。乘车奔驰的感觉好极了,尤其是走在这条宁奇不知道走了多少遍的乡下公路上。现在,道路早已经改变了模样,路基不但加宽了加高了,而且铺上了沥青。路两旁是夹道的林木,笔直的钻天杨直插蓝天,树木枝繁叶茂,把大道装扮成一条绿色的长廊。奔驰在这样的大道上,故地重游,宁奇看着那些既熟悉又陌生的景物,一时百感交集。

来到河阳中学大门口,他们下了车。宁奇并没有马上迈进校门,他站在校门口,深情地看着这所地处偏远的少数民族地区的乡村中学。想当年,他就是从这里走上教学岗位,在这个偏僻的地方艰苦奋斗了8个春秋。他就是从这里进步从这里提高,一步一个脚印走到今天。校园里,一排排崭新的校舍代替了老旧的房屋,校园正中,已然坐落着一座办公楼,在这个乡村小镇显得那么突兀,显然有些鹤立鸡群。此时此刻,当他再一次站在这里的时候,内心感到十分亲切。睹物思人,现在他最想见到的就是王学礼校长。

步入校园,王校长健步向他们迎来,老远就喊:“欢迎欢迎!欢迎领导来我校检查指导工作!”

何局长迎了上去,紧紧握住王校长的手说:“王校长千万不敢这么说,在我们面前,您才是名副其实的老领导呢。”

王校长笑着说:“这是哪里的话,此一时彼一时嘛。”

何局长说:“你啥时候都是我们的师长,你的培育之恩我们是永远不会忘记的。”

宁奇附和说:“何局长说得对,忘记了王校长就意味着背叛。”

一句话,说得3个人哈哈大笑起来。

3个人寒暄一气,进屋坐定。何局长从车里取下一包茶叶放在王校长面前说:“这是上次出差从外地带的,一直没机会给你送过来,是专门孝敬您老人家的。”

王校长说:“领导能来看看就够给面子了,还带什么东西。”

何局长连声说:“应该的,应该的。”

何局长的敬茶和几句“应该的”,反倒搞得宁奇十分尴尬。

何局长的话很快进入正题:“今天来没有别的事，主要是想和老领导商量一下教育考察的事。”

王校长说:“教育考察的事你们局里定就行了,和我商量个啥?”

何局长一脸微笑,笑得很神秘也很深沉。

王校长问:“到哪里考察?”

何局长说:“到云南。”

王校长又问:“准备去多少人?”

何局长说:“人不会太多,但是你们两个人是必定的人选。我今天来就是专门靠定你,你走,我们的考察团成行,你不走,只能取消这次活动。”

王校长想了想说:“这就不对了。我老了,考察不考察无所谓,应该把重点放在年轻人身上,千万不要因为我影响了整体活动。”

宁奇问:“说了半天,那你去还是不去?”

王校长说:“我看我就不去了。”

何局长问:“为什么?”

王校长说:“第一,我年龄大,腰来腿不来的,行动不便;第二,学校还有些事需要抓紧办理,暂时离不开;第三,我一身的毛病,经常吃药不太方便。”

何局长说:“你说的这些问题都不是问题。说老实话,这次活动是专门为你安排的。你大半辈子守在这偏乡僻壤,培养了那么多学生带出了那么多老师,许多都已经成才,干着大事业。而你,从来没有离开学校,连个飞机都没见过。所以,无论从哪个方面讲,也应该安排你出去放松放松,开开眼界了。至于说工作嘛,我相信你会安排得很妥当的。其他的我想更不是问题。”

何局长说完,静候王校长的回音。

王校长一口接着一口地抽烟,显得很为难。

何局长向宁奇使个眼色,宁奇心领神会。他说:“王校长你就别犹豫了,无论于公于私,都应该出去开开眼界。再说了,这也是何局长一番美意,咱们就领了这份情,走吧。”

看来宁奇的“咱们”二字起了作用,王校长站起身来,开始在地上踱步。他看看宁奇又看看何局长，还是没有表态。

何局长笑着说："当然，这次活动还有一层意思，就是听说老领导最近又要高升了，我安排的这次活动其实就是一个提前送行的仪式，以后恐怕就没有机会孝敬您老人家了。我想，这个面子你还是要给的。"

王校长说："你就不要道听途说了，那些全都是小道消息。升不升见了红头文件才算数，没影子的事。"

何局长说："天上无云不下雨，河里无风不起浪，考察回来，你就等着走马上任吧。"

何局长说完，又向宁奇使一个眼色。

宁奇劝王校长："何局长把话都说到这个份上了，你就给人家一个面子，让我也跟着沾沾光。再说了，人家陈胜吴广还讲个'苟富贵，无相忘'呢，你将来升迁了，我们还得指望你提携呢。"

王校长慢慢说："你们让我再想想，完了给你一个答复。"

何局长一挥手："想什么想，就这么定了。"

王校长叫王学礼，和宁奇有以下的关系。

第一层是学友关系。当年他们在一个中学读书，宁奇上初三的时候人家是高三，算得同校但算不得同窗，论起来他应该是宁奇的老学兄。第二层关系是领导和属下的关系。当年他们同年毕业，人家高中毕业上了大学、大学又毕了业当了教师，后来又当了校长，宁奇初中毕业回乡务农，立志耕耘，一头扎在广阔天地里耕了十几年的耘。直到拨乱反正之后他才有机会报考国家教师，录用后正好分配在老王的学校也就是这所河阳中学。当时老王是校长，他便是他手下的兵。第三层关系是同僚关系。在老王的栽培下宁奇后来混出个人模人样来，一步一个台阶往上爬，后来居上，居然也当上了黄龙中学的校长，现如今和老王并驾齐驱。

这么多年来宁奇一直念着老王的好。刚当老师那会儿他虽然三十岁出了头但仍然是个新兵蛋子，知识是有一点却不会讲课，纯粹属于茶壶里煮饺子有货倒不出来的那一类货色，况且，十几年的荒废剩下的货也不是太多。来到河阳中学，老王是最同情最关心他的一个，他不厌其烦地教他帮他，一次又一次地鼓励他，几乎是手把手把他送上讲台。后来宁奇有了一点成绩，他上蹿下跳力报力举，让他获得了市一级的模范班主任，这让宁奇高兴得想都不敢想。谁知道老王比获奖的人还高兴，那次他陪着宁奇开完表彰大会回来，自己掏了钱买了酒大摆酒宴，让全校老师庆祝了一个通宵。

那一次，老王醉了。

这样的事不光是对宁奇，对他人对自己对学校他都这样，他把荣誉看得比生命还重要，这是人所共知的事实。

最让宁奇感动的是他家盖房子的那一次。

宁奇本身就会泥瓦匠，在生产队抽不出劳动力的情况下，他决定自己亲自动手来完成这一项在农村尚算做宏伟的工程。前期的工作全是他利用课余时间和白兰芳干的，墙砌好了泥抹完了，到了最后也是最关键的一环卡了壳。上房泥的时候，他两个人无能为力，这些活人手少了是无法进行的。生产队的壮劳力全都上了专业队，家里只剩老弱病残，想请个帮忙的人都没有。老王知道了这件事之后突然做出一个决定，星期六这一天从早自习开始上课中间不休息上完五节课后放学，他亲自率领所有的老师直奔宁家梁子而来。大家扔下车子抄起家伙和泥的和泥、上房的上房，呼隆闪电般干将起来。

老王的这一招让宁奇很感动也很吃惊，然而有比他更吃惊的，那就是宁家梁子的父老乡亲。他们不知不觉都集结到宁奇的家，指手画脚像看稀罕物一样看这一群教书先生，他们要亲眼见证，看他们一双双拿笔的手如何拿起沉重的泥鳅，如何完成这既技术又体力的活计。

老王干活很在行也很卖力，在他的指挥下上房泥的工程有条不紊地推进着。五婶来到宁奇身边问："听说你们校长也在里面，到底是哪一个？"

宁奇没有直接告诉她，他卖了个关子说："五婶你猜。"

五婶几乎猜完了所有的人，唯独没有猜老王。其实这不能怪五婶缺乏判断力，怪只怪老王。一来他年龄最大，二来他穿戴最旧，三来他正好站在房檐口的泥头上，扔上房的泥溅得他满头满脸满身全是，已经没有了人的形状，只有那顶鸭舌帽像个完整的物件。因此，这副尊容的确无法与一校之长的头衔相吻合。

在河阳中学老王把一碗水端得很平，他对所有的人都一视同仁，对谁都是那样关心那样爱护又那样严格要求。可是在大家的眼中，沾了老王最大的光的似乎只有两个人，一个是宁奇，另外一个就是何局长何利华。

何利华和宁奇都是老王的学弟，只是上中学那会儿宁奇在一班何利华在二班。巧的是，若干年之后何利华也来到了河阳中学，他们又都成了老王的兵。老王对何利华的栽培和关爱一点儿也不比宁奇少，何利华也很上进，宁奇当班主任他也当班主任，宁奇当语文教研组长他当数学教研组长，宁奇当教导主任他当政教主任。不过他俩也算给老王争了气，最后都出息了。

之所以说老王对何利华的关爱一点儿也不比宁奇少是有根据的。如果说老王对于宁奇是在帮助他关心他，那么对于何利华而言，他的第二次生命是老王给的，也就是说，老王之于何利华有救命之恩。记得那是宁奇到河阳中学第二年的一个晚上，雨从中午下起来一直没停，瓢泼大雨像从天上往下倒的一般。临睡觉的时候，何利华忽然喊肚子疼，说话间疼得在床上滚开了毛蛋。所有的人都着了慌，最着慌的莫过于老王。他二话没说背起何利华冲出门，宁奇在何利华背上扔了一块毯子，跟随老王钻进风雨中。

农村的路全是土路，一下雨就成了泥淖，老王深一脚浅一脚地往前赶，始终保持着小跑的步子。一路上他滑倒了爬起来，爬起来又摔倒，几乎是跌着跤来到公社卫生院的。卫生院里只有一名值班大夫，是个新分来的小姑娘，看何利华疼成那个样子她先吓呆了，一推手，让他们赶紧往县医院送。

事情容不得丝毫的迟疑，老王背起何利华又一次冲进风雨中。中途宁奇向他要过几次人，他要来替换替换他，他坚持不放。说老实话，那会儿老王即便把何利华放到宁奇的背上，他真的不敢保证他究竟能坚持多远。让宁奇想不到的是，平时文静安详的老王怎么会有如此强健的体力，以至于让他这个自恃在广阔天地锻炼了十几年的壮汉竟然在人家负重他空行的情况下赶得气喘吁吁。

赶到县医院已是半夜时分，医生诊断为急性阑尾炎，需要立即手术。这种手术算不上大手术，没有用太长的时间就结束了，但是危险性很大，按医生的话说，如果再晚到个把小时，病人的后果是很难预料的。何利华推出手术室的时候，老王突然晕倒了，医院又一次投入了对老王的抢救。

何利华出生在一个贫穷的农民家庭，父母目不识丁却愿意倾家荡产供养他上学，等到何利华完成学业，父母因为贫病交加早早离开了人世。何利华虽然参加了工作却落得个举目无亲，而老王，则成了他唯一的亲人。是老王，积极为他牵线搭桥，促成了他和本校一位女教师的婚姻；是老王，在学校礼堂为他张罗了隆重的婚礼；是老王，帮他提供了一套住房安家立业；是老王的爱人，一直把他的孩子领到能上小学。

那年头衡量一所中学办学质量的标准只有一个，那就是升学率。老王治校，自始至终把升学率的每一个百分点看得比命都贵重。因此，像宁奇以及备受老王关爱的何利华们报答老王不需要什么经济和物质上的表示，唯一的做法就是千方百计提高教学质量，千方百计提高升学率。在后来的连续8年间，他们所在的那所名不见经传的乡村中学升学率位居全县榜首，一时名声大振。于是，老王顺理成章地成了教育界乃至全县的焦点人物。

在实施教育强县的战略决策中，黄龙县的领导层似乎从老王身上得到了启示，开了半夜会作出了一项重大决策，撤销黄龙县所有的高中，举全县之力建立一所寄宿制完全高中，以集中优势资源，全面提高教学质量。会上一并提出了校长人选，没有别人，就是老王。

人们当时的理解是，这所高中就是为老王建的。

兴建学校的工作在紧锣密鼓地进行着，然而，当组织部门考察结束后找老王谈话的时候，老王异乎寻常地低调。他没有说一句感谢组织信任之类的客套话，也没有向组织表什么决心说出什么豪言壮语，而是向组织提出了一个近乎无理的要求。他要求组织上要提拔使用他多年辛勤培养出来的优秀人才，他坚决不去当那个校长。理由是，他们的能力都比他强，而且年轻有为，前途无量。

老王具体推荐的人选就是宁奇和何利华。好在这两个人当时在教育界已是小有名气的人，经过几番周折，最后组织任命，让宁奇当了县中也就是黄龙中学的校长；何利华提拔为县教育局副局长。但是人家何利华比宁奇有出息，没过几年便转了正，坐上了局长的交椅。

在一起的时候，宁奇和老王何利华3个人是最铁的铁哥们，即便何利华当了局长宁奇也当了校长，这种“铁”劲非但没有减弱，他们对老王反而更加敬重。他俩从心目中已经把老王当做了他们的大哥，他们3人形成了一个由县教育局长、完全高中校长和普通中学校长形成的铁三角，这在教育界已经成为人所共知的事实。何利华当了局长不忘老王，他时常报着一颗感恩之心请他们吃饭请他们喝酒，宁奇跟着老王，自觉得这种吃喝很心安理得。

赴云南的教育考察活动很快成行，考察团一行6人，轻车简从。除宁奇和老王之外，还有3位德高望重的校长：黄校长、刘校长、李校长。考察团由何利华带队。

坐了一天半夜的火车他们到达西安，然后由西安乘飞机飞往昆明。飞机从西安起飞已经是晚上八点半。这次航班是夜航，飞机冲出跑道飞上天空，只有十几分钟的时间便将地面上灿烂的灯火抛在九霄云外，一头扎进茫茫夜空。舷窗外漆黑一片，只有偶尔可见的地面灯光萤火虫般闪烁几下，剩下的便是沉闷而单调的机器的轰鸣。

无边的黑暗让人迷茫也让人恐惧，乘客们大都将头枕在座椅上眯起眼睛消磨这乏味的旅程。然而考察团的人却都显得极其兴奋，人人都倾身探头看那无边的黑暗，尽享着黑暗带来的诱惑。这里面有个原因，他们6个人都是第一次坐飞机，包括何利华。

老王和宁奇并排坐着，他不看窗外也不看同伴，手托着下巴一直在沉思，似乎还有些心神不定。后来他显得有些烦躁，掀起平时轻易不去打动的鸭舌帽一个劲地抠那谢了顶的脑门，不时伴随一声叹息。

宁奇轻声问："怎么了，是不是烟瘾闹的？"

老王摇摇头说："不是。"

"那是不是哪里不舒服？"宁奇又问。

老王回答道："不是。"

"是不是有啥心事？"宁奇再问。

老王回答："也不是。"

随即他又改口说："不完全是。"

宁奇很纳闷，这个老王，今天这是怎么了。

飞机又飞了一个时辰，老王还是沉默着，不时叹一口气，仍然很焦虑的样子。宁奇实在忍不住，又问："你肯定心里有啥事，别人不好说，对我也保密呀？"

老王说："其实也没有啥大不了的。我算计着这阵子学校该下晚自习了。"

"那又怎么了？"宁奇不明白。

老王说："每天下晚自习到就寝这段时间学校最乱也最容易出问题，只有把学生安顿的就寝了才安心，不在学校总有点放心不下。"

天啊！原来就为这事。

听完老王的话并没有唤起宁奇对他这种以校为家尽职尽责精神的感动，反而有些啼笑皆非。

他压下性子说："组织上好不容易安排咱们出来一次，咱们就放宽了心潇潇洒洒走他一回，想那么多干啥？"

"习惯成自然，由不住人。"老王说。

宁奇有些生气："你就不想想，你走了还有副校长，还有班子成员，人家各司其职，啥事都会操心好的，你以为离了你地球就不转了。"

说完以后，宁奇突然觉得这话说得有些过重，尽管他在努力把握分寸，还是自觉不自觉地把对老王的不满情绪流露了出来。他偷偷瞄了老王一眼，好在老王并没有对他这句带有打击性质的话做出什么明显的反应，但是情绪还是那么低沉。

宁奇想找个话题安慰安慰老王，随口问了一句："两个姑娘都安置了吗？"

老王漫不经心地说："一没送钱二没掌权，往哪里安置？"

老王说的是实话，一个中学的校长，充其量就是个大头教师，在处理人际关系上只能和学校那些教师打交道，在协调人事关系上没有任何可以利用的资本，所以想给孩子安排一份工作谈何容易。

宁奇想缓冲一下气氛，把谈话搞得活跃一下，于是不无调侃地说："说句不中听的话，你这人啥都好，就是太老实也太认真。我就不相信，你管辖着那么大一所中学，塞进一两个人有啥难的，叫我说根本不成问题，你啊……"

他再没有往下说。

老王毫不犹豫地说："你认识我老王也不是一天两天，你也不想想，我老王能那样做吗？那样做了还是我老王吗？"

宁奇一看老王有些生气，随即换了个话题问："那天听何局长说，要提拔你当副县长，主管教育工作，真要那样就好了。"

宁奇所说的"就好了"倒不是因为老王升了官地位高了，而是专门指的是手中有了权便有利于他安置两个女儿。他对老王最了解，老王最疼爱他的两个女儿，女儿在家待业是他最大的心病。

老王的回答很原则："没见着红头文件的话，都属于小道消息。再说了，即便有那回事，还得通过考察，公示，最后才能拍板，那得有一套程序。我还要告诉你，这次考察过程中不要对任何人提起。”

宁奇说:“我又不是3岁的小孩,还用你嘱咐啊!”

这虽然是一句随口的话,但确有其事。

上面有一个精神,强调领导班子“四化”,其中一化是知识化。为了班子搭配更趋合理,经县委常委会研究,决定推荐王学礼进班子,职务是副县长。推荐的理由是老王具备以下条件:他是这个县资格最老的“文化大革命”前的本科大学生,而且是一次学历,所以若论学历,老王是最硬的;老王在全县教育界资格最老,贡献最大,所以影响力也最大;老王有多年基层管理经验,而且成果突出,让他主管全县教育是最合适的人选。但是还有一“化”,就是年轻化。尽管老王的身上全是闪光点,然而有那么一点对他是很不利的,就是年龄稍显大了一些。考虑到班子年轻化的问题,于是教育局长何利华也纳入考察范畴。

为了让老王有个好心情,宁奇说了句很没有原则且很没有把握的话:“这次回去以后,如果你觉得不便出面的话,要不先让孩子到我的学校里干临时工。我那里学生食堂还有打扫宿舍楼都能安置,等以后有了机会再做考虑你看咋样?”

老王听完并没有露出任何的惊喜,漫不经心地说:“我不能干的事让你去干,你把我老王看成啥人了?”

宁奇知道老王的脾气,再说下去不但不会改变气氛,还会把气氛闹得更僵,于是便住了嘴。

到昆明以后,他们方才发现这次活动根本不是什么考察学习,组织单位收了报名费之后,只给每人发了一袋材料,其余的活动全部移交给旅行社。第二天上午他们办完了一切手续,下午便乘坐旅游大巴去往西双版纳,开始了他们的旅游。大家怀着疑惑的心情互相对望着,不时瞄一眼何利华,何利华安之若素,似乎这才是此次考察的本真。

西双版纳果然名不虚传,游完神秘的热带雨林游植物园,看完美丽的孔雀看大象,观赏完雄伟壮观的石林游民族风情园,对于黄土高原上走来的6条汉子而言,一切都那么新奇那么刺激那么目不暇接。他们在赞叹大自然的奇妙之余更赞叹人类的伟大,是的,彩云之南是美丽的,然而,是人让西双版纳变得更美也更加神奇,西双版纳的人更美。

在何局长的带领和运筹下他们玩得很开心而且很和谐。说心里话,大家都对何局长很感激，每个人的心里都很亮晶，这次考察没有他的提议和努力，恐怕是很难成行的。对于他们这些围着五尺讲台吃了大半辈子粉笔灰的人来讲，没有何局长他们这辈子恐怕都出不了校园坐不了飞机，至于什么云南什么西双版纳，想都不敢想。现在虽然在外旅游，但是他们心中早把感激之情化作了一股力量，就是这次考察回去，要更加努力地工作，作为对何局长的报答。

第十章

来到西双版纳，他们游览的重点是民族风情园，这里除了傣族、彝族、苗族、黎族等少数民族的歌舞表演与民俗展示之外，还有泰国人妖和大象表演，这些表演在过去的日子里闻所未闻见所未见，真格是让这帮人大开了眼界。从表演场出来，他们游到一个叫《傣女沐浴》的大型文艺表演大厅门口，看着门口那幅巨大而艳丽的广告牌，他们的脚步停了下来。

从广告内容上看，这个文艺表演属于歌舞类，表现的是一群傣族少女在湖边沐浴时的欢乐情景。因此，门票价格十分昂贵，每场只表演半个小时，每张票价却高达 80 元。80 元，在当时是一个很了不起的数字，几乎是他们这些人月薪的一半。

看完广告以后他们五个人指手画脚议论一通，但是都没有发表意见，大家都把目光投向何局长。何局长看了看广告牌，然后把大家叫到一起说：“怎么样，想看不想看？”

大家齐声说：“想看。”

何局长说：“想看那就买票看吧。”

于是他们一起往售票处走去。

老王忽然停住说：“谁想去谁去，反正我不去。”

这是考察团第一次出现意见分歧，而且来得这么突然，大家止住脚步，全都怔在那里。大家又一次将目光投向何利华，何利华一个劲地抽烟，一言不发。后来不知为什么，大家的目光全都集中在宁奇脸上，包括何利华。宁奇明白他们的意思，老王的话也就他能说。

为了打破僵局，宁奇走到老王跟前说："我说王校长，咱们出来一次不容易，你就别心疼钱了，再说又不让你掏腰包。"

老王一脸正色说："谁说我心疼钱了？告诉你们，这根本就不是钱不钱的问题。"

何利华问："那是啥问题？"

老王说道："好我的何大局长，你是带队的领导，按说这个关你应该要把严的，你怎么反倒问起我来了。"

何利华好像有些不解，问道："把关？把什么关？"

老王歪着脖子说："我问你，你带出来的这5个人是干啥的？"

何利华更加不解："是校长，是教书的，怎么了？"

老王说："校长是干啥的？是教书育人的人，是为人师表的人。你带着我们进了这么肮脏的地方，让我们接受这淫秽色彩的污染，你回去以后怎样向组织汇报？你让我们回去怎样面对学生，如何面对老师？"

老王的话像寒冬腊月的一盆凉水，把大家浇得僵在那里。

何利华不再说什么，看得出，他在犹豫。

他又点燃一根烟，独自抽着，其他人面露不悦之色。大家就这么僵着。很显然，老王无形中把自己推到了众人的对立面上，这样僵下去对他是很不利的。这一切宁奇都看在眼里，他暗暗为老王捏一把汗。为了不至于让老王过于被动，他要为老王解围，他要为何利华解难，他要想办法打破这个僵局。

宁奇围着老王转了一圈，停在他对面说："王校长，我对这件事可是有不同的看法，不知你想不想听？"

老王没好气地说："我又没堵住你的嘴。"

宁奇说："我觉得凡事都得一分为二地去看。就我们而言，应该抛却杂念，正确地对待这件事情。"

老王两眼紧盯住他，等待下文。

宁奇指着周围的人群说："咱们再看看这些看表演的游客，谁能保证是教师身份的人只有我6人呢？人家能看我们为啥就不能看呢？"

几个校长七嘴八舌："宁校长说得有道理。"

"校长也是人嘛。"

“本来嘛。”

何利华踱着步，踅了几个来回之后愤然扔了烟头又将其踩灭，扔下一句“自由行动”，扭头向售票口走去。

舞台上，12 个穿着华丽服饰的傣族姑娘在柔美的灯光下婀娜轻盈，甜歌曼舞。播放的音乐十分美妙动人，翩翩舞蹈十分感人，可谓一场高水平的专业演出。灯光的设计也极具梦幻色彩，舞台上不停地变换着亮度和色调，让人眼花缭乱。随着灯光的变化，少女们在边歌边舞中一层层脱去衣裙，最后只剩下三点。她们的皮肤光滑细腻，身材十分美妙，长长的黑发柔软光亮，胜过华丽的盛装。灯光随着剧情的深入不断变化着，剧情一步步推向高潮，而灯光却一步步变得越来越暗。她们渐次步入水池，洗发淋身，欢笑嬉戏，乐成一片。

这一刻，大厅里在一阵近乎窒息的沉寂之后，突然掌声四起，欢声雷动，口哨声呐喊声响成一片。

歌舞结束之后，灯光突然暗下。3 分钟之后，演出大厅突然灯火通明，12 位少女还原盛装，一字儿排开上台谢幕。观众欢呼鼓掌，起立退场，人们似乎还沉浸在梦幻般的情景中，一步一回头不忍离去，退场的速度十分缓慢。

忽然有一个人慌慌张张拨开人群使劲地往外挤，看上去似乎有什么当紧的事要办。宁奇一看那人戴一顶蓝色的鸭舌帽，便将目光锁定在他身上，再仔细看去，居然让他大大吃了一惊。

难道是他?

他紧走几步靠了过去更加仔细地看，千真万确，果然是他——是老王。宁奇拨开人群努力向老王挤了过去，就在张口打招呼的那一刻他忽然改了主意。他想了想，觉得还是不打招呼的好。他猜测，他肯定是禁不住好奇的诱惑偷偷摸摸进来又偷偷摸摸溜出去的，他的匆匆离场无非是在掩人耳目。他既然蒙骗了我我就假装一次受骗者，捅破了反而会让他难堪。

宁奇止住了脚步，目送老王挤出歌舞厅。

走出歌舞厅宁奇看见老王已经坐在远处的台阶上抽烟，摆出一副耐心等待而又若无其事的样子。另外 3 位校长也已经出场，扎在一推，指手画脚地说着笑话。宁奇向他们走了过去，那 3 个人见他过来，立马住了声。

宁奇上前问：“哥几个刚才还笑得满脸灿烂，怎么见了我哑了?莫不是看了傣女沐浴产生了啥想法，策划什么不可告人的勾当不成？”

3个人笑而不答。

宁奇指着他们说：“对我保密是不是？看我怎么收拾你们！”说着就要动手。黄校长赶紧拦住他，神秘兮兮地说：“我们有一个特大发现。”

“什么发现？”宁奇问。

郭校长说：“天机不可泄漏。”

宁奇不屑一顾：“无非是看了衣着暴露的女人，有什么可发现的，你们哪个没见过女人。”

黄校长说：“不是，我们发现的不是女人，是老王。”

“老王怎么了？”宁奇有些明知故问。

黄校长说：“老王也进去看了，嘴张得大大的，脖子伸得像个长颈鹿，眼珠子眼看掉了出来，看得比谁都当紧。”

李校长说：“看上去道貌岸然，摆出一副正人君子的模样，其实……”

宁奇赶紧打断他的话说：“是吗？不会吧，别给老王造谣了。”

黄校长有些急眼：“孙子骗你，不信你问问他俩。”

看来大家都知道了。

于是宁奇对他们说：“既然是这样，就不要对老王再说什么了，他这个人就这样，一本正经了一辈子，咱们就给他留点面子吧。麻雀都有瓜子大的脸呢，况且是老王。答应我吧，就算这个面子是给我的。”

黄校长说：“这种人，就应该当着面端到脸上，好好臊臊他的毛，好像全世界就他一个人是革命者似的。”

宁奇费了好大的劲才把大家的愤愤不平按捺下去。这时何利华走过来，他们一齐住了声。

当天晚上他们入住西双版纳的一个宾馆，宁奇和老王住一个房间。时间已经很晚了，老王还没有要睡的意思，一根接着一根抽烟。从他的表情里，宁奇能揣测出，他很可能是发现大家已经发现了他白天的行为而为之忐忑不安。这有什么大不了的？他很想劝劝他。但是他还是不愿捅破这层窗户纸，他还报着一丝儿侥幸，兴许老王尚没有发现大家的发现呢。

第二天去的地方是中缅边境上的一个镇子,叫勐拉。

勐拉属于缅甸,有许多中国人在那里做生意。导游一路上不停地介绍着勐拉,让大家对这个边陲小镇有了一个初步的了解。这个镇子虽然不大,但是名气不小,因为地处三国交界,所以号称“金三角”,也是个三不管的地方。之所以称之为金三角,是因为这是一座十分繁荣的边贸小城,是冒险家的乐园。因此,这里除了正当的边境贸易之外,还经营赌场和妓院,据说贩毒也十分猖獗。

进入小镇,旅游大巴径直停在街边一个玉器店门口,导游招呼游客们下车,然后直接把他们带进店里。玉器店的店面很大,设施也很豪华,除了琳琅满目的玉器商品之外,周围还设了许多茶座,专供顾客喝茶。导游让大家稍等片刻,先一步走进店铺,跟一个老板模样的人嘀咕了两句什么,将一个纸单交在他手上。老板将那纸单稍事浏览,招呼大家进入茶座。不大工夫他走进何局长一行的茶座,几句客套之后,老板十分殷勤地为他们一一沏了茶,又开始点烟。

老板随口问道:“各位辛苦了,请问各位领导从何处来?”

老王嘴快,说道:“宁夏。”

那人突然眼睛一亮:“宁夏?宁夏什么地方?”

“宁夏大北营。”还是老王回答。

“大北营?大北营有个黄龙县你们知道不知道?”那人似乎十分关切,问话的语气非常急切。

老王说:“黄龙县正是我们的县城,我们都是黄龙县的人。这么说你知道我们那地方?”

那人起身走过来,紧紧握住老王的手激烈地晃动着:“亲人啊,亲人!我终于见到亲人了。”

他向外面喊了一声,应声走进一个小姐来,他让她把刚才沏好一口也没喝的茶全部倒进了脸盆,重新沏最好的茶。

他的举动把他们几个搞懵了。

小姐忙着沏茶,老板开始讲述他的身世。

“我姓马,我们家祖上就是宁夏大北营人,老家就在黄龙县。新中国成立前,我父亲给国民党当兵,部队打散之后各奔东西,自谋生路。新中国成立以后流落到这个地方,娶妻生子定居下来。那时候太穷,我爹天天思念家乡却无法还乡。后来我父亲做些小生意，苦心经营，滚雪球一样慢慢发展，打拼了一辈子总算混出个样子来。现在多了不敢吹，资产至少两个亿。”

老王瞪大了眼睛，所有的人都非常吃惊。

马老板看了看大家说：“吃惊了是吧？其实在勐拉有几个亿资产的人多了。你们知道为什么吗？”

“为什么？”老王迫不及待地问。

马老板笑着说：“咱们都是自家人，说出来不怕你们笑话。人说马无夜草不肥，人无横财不富。”他突然压低声音说：“我们家全靠贩毒发的财。”

何利华微微皱了一下眉头，很快平静如初，只管抽他的烟。

马老板接着说：“功成名就之后老爷子洗手不干了，现在上了年纪，全部事业都交给了我。老爷子现在最大的心愿就是思念家乡，一时半会回不去，就想见见家乡人，说说家乡话。今天恰好你们来了，我就可以给他圆这个心愿了。”

马老板显得十分兴奋。

宁奇心里打一个问号，有这么多钱，现如今交通这么方便，回一趟老家成什么问题？

这时候老王问道：“怎么个圆法？”

马老板说：“我已经计划好了，今天中午我设宴招待你们，我现在就派车把老爷子请过来，你们陪着他好好喝喝酒拉拉家常，我想应该没啥问题吧。”

何利华说：“马老板的心意我们领了，我看宴请就免了，因为我们是集体行动，必须随团活动。”

马老板说：“各位领导不必顾虑，旅行团和我很熟，离团的事我去给他们说。宴请完之后，旅行团你们就别随了，后面的行程全部由我来负责。你们统统坐我的皇冠，坐旅游大巴多受罪啊。”

宁奇几乎屏着呼吸在听他的表白，然而他的心里又浮出一个疑问：宁夏云南远隔千山万水，天下果然会有这等巧事？

何利华正准备说什么，这时候马老板对侍立的小姐说：“赶快去把那六副最好的镯子拿上来。”

小姐应声而去，不大工夫用一个精美的盘子端来 6 只精美的锦盒。马老板小心翼翼地一一打开盒子，里面放的全是玉石镯子。他拿起一只镯子说：“这些都是我的镇店之宝，全是上等的缅甸玉制成。这种玉叫冰玉，是极品中的极品，每一只都价值连城。”

大家将目光聚于玉镯，老王蠢蠢欲动，几次想拿起来看，却将伸出去的手又缩了回来。

马老板说：“对家乡人我不敢说半句假话，如果哪位领导不相信，我可以当场做一个实验，看完之后你们就知道这玉石有多么宝贵。”

老王向前探探身子说：“那你就让我们开开眼界。”

马老板说声：“好的”，他问老王：“你想试哪一只，随便挑一个。”

老王随手拿出一只镯子交给马老板。只见他先从裤腰里抽出衬衣，用自己白衬衣的衣襟将镯子裹了，然后打着了火机用火去点燃衬衫，衬衫完好无损。

一帮人惊呆了。

老王的眼睛一直没有离开那只镯子，自言自语道：“这么宝贵的东西，得多少钱啊！”

马老板笑着说：“我前面已经说了，价值连城。”

老王啧啧连声。

马老板将镯子小心翼翼地放回盒子问：“各位看没看上这货？”

老王说：“货是没说的，就是……”

马老板笑问：“就是不知道价格对不对？嫌贵了是不是？怕吃不倒是不是？”

老王只是憨憨地笑。

马老板说：“这不要紧。既然是家乡人来了，我就得尽尽我的地主之谊，这 6 只镯子每人送你们 1 只，做个纪念。”

他们又一次惊呆了。

何利华连连摆手：“这不行的，这不行的。”

“我就知道领导不敢收。”马老板又说：“听说你们那边反腐败搞得很严格，各位肯定都是领导干部，我不能因为只顾了表达自己的心意而毁了各位的前程。这样，这镯子外卖价格至少是 20 万元，你们象征性的交点费，我给你们出具发票，这样既不算贪污也不算受贿，你们看如何？”

对于这突如其来的美事，所有的人一时无法反应。

老王试探着问：“你说的象征性是多少？”

马老板说:“我的意思是每副出 800 元,有个意思就行了。”

老王开始摸衣兜。

事情发展到这个地步,大大出乎宁奇的意料之外。现在他不知道其他人怎么想,反正他总觉得这样的好事太离奇也太传奇,这样大的价格反差反而让人心里不踏实。当着老板的面他无法将自己的疑虑告诉其他人更无法商量又无法咨询,于是他借故上洗手间,在雅座外面溜达了一圈。

随着旅行团的陆续到来,各个茶座里都已经坐满了人,每个茶座里都有专人招待,喋喋不休地在推介产品。在经过一个茶座门口的时候,他听见一个声音正激动地说:“今天好不容易见到家乡的人来了,老爷子思乡心切,今天中午我宴请大家,请你们无论如何陪老爷子吃顿饭……”

宁奇突然什么都明白了,是个骗局,肯定是个骗局!

他立刻返身进屋,对着他们一帮人喊道:“快走快走,人家都已经上了车,导游催呢。”边说边给他们挤眼睛。

何利华首先站起来,其他的人也陆续站了起来。这期间老王一直把玩那镯子,有些爱不释手,宁奇的挤眉弄眼他全然不知。宁奇上去拉了他一把:“快走快走!”

老王不但没有走的意思,反而对马老板说:“这镯子我要了,可是我有两个女儿,一副镯子……”

后面的话没说出来,他等老板的下文。

没想到老板很痛快地说:“可怜天下父母心啊,难得你有这番美意,那我就成全你,送你个双份。”

说着,已将两只锦盒交到老王的手上。

老王也不含糊,刷刷刷点了 1600 元交到老板手上,谁拦都拦不住。

游完勐拉他们原路返回,一直回到昆明。这一路老王出奇得开心,谈笑风生,如沐春风。吃晚饭的时候,何利华说:“今天给你们安排一场小酒,咱们大家乐和乐和。”

老王第一个叫好。

何利华笑着说:“我说王校长,这次出来好事全都让你碰上了,按说理应你请客才对。”

老王付之一笑,笑得十分灿烂。

不知道其他人怎么看,反正宁奇已经听出了何利华的弦外之音,那里面带着对老王的揶揄,尤其那“全都”二字,内涵是极丰富的。这个“全都”里面,除却玉器老板“赠送”了一对价值连城的镯子之外,恐怕还有偷偷摸摸欣赏傣女沐浴的成分。还有,在游览民族风情园的时候,老王曾经被阿诗玛的绣球击中而后被 4 名靓丽女子簇拥上了绣楼,而后披红挂彩当了一回阿牛哥和阿诗玛,拜了一回天地,最后让人家讨走 100 钱。

那场酒喝得很痛快。因为他们的旅游即将结束也就意味着考察活动的即将结束,按日程明天就该打道回府,大家都很轻松。大家使劲地给何利华敬酒,把满腔的感激之情都溶入这酒盅里。何利华也不推辞,凡是敬酒来者不拒。喝到高兴处,他突然向大家提出一个问题:“你们说说,这次出来玩得开心不开心?”

大家齐声唤:“开心!”

黄校长突然说出一句话来:“开心是开心,就是时间太短了一些。”

何利华笑着说:“考察的时间是定死的,谁也不敢擅自延长,不过完全可以在行程上打打主意。”

何利华的话说的大家有些丈二和尚摸不着头脑,一个个半张着嘴看着他。

他说:“你们想想,回家走哪条路线更好一些。”

他的提问很突然且大大出乎大家的意料之外,以至于让他们一时反应不过来,几个人面面相觑,居然无人作答。

何利华笑着说:“我没有别的意思,我的意思是出来一趟不容易,最好不走回头路。”

他的话一出口,大家先是一愣,随即像捣疯了马蜂窝,七嘴八舌嚷嚷不休,喝酒的气氛骤然冷了下来。

老王没有参与嚷嚷,拉一把宁奇说:“回房休息。”

回到房间以后老王并没有休息,他从包里掏出锦盒先端详一会儿,又打开盒子取出镯子换着手地把玩起来。他把两只镯子翻过来调过去地看,漾溢出一脸的幸福。看着看着他忽然冒出一个想法,他要像马老板那样光亮一把。他从裤腰里拉出衬衫,将那镯子包裹起来,“叭”的一声打着了火机。宁奇正准备拦挡,火苗已经触到了衣服上。

让人意想不到的一幕出现了,衬衫着火了。

老王慌忙拍打火苗,慌乱间镯子掉在地上,顿时摔成三截。他懊丧到了极点,捡起断玉痴痴地看,嘴里喃喃地说:“怎么会是这样呢。”

他将三截断玉翻来覆去地拼接着,忽然问宁奇:“你说这东西还能粘住吗?”

宁奇捡起一截在灯下细细地看那断裂的碴口,他发现,里面的材质和表皮的镀层有明显的分离层的印迹,很显然,这镯子是两种材料合成的。他又掏出指甲刀在断裂处轻轻刮了几下,便刮下不少白色的粉末。

宁奇做这一切的时候老王一直不眨眼地看着,看到这种结果,他知道自己上了大当。他面对断玉呆呆发怔,突然他愤怒了,他不但摔了手里的一截,还拿起完好的那只狠狠砸在地上,砸得粉碎。

他一头跌躺在床上,呼呼喘着粗气。

第十一章

老王上了这么大的当,宁奇的心情并不比他轻松。他痛恨老板的卑鄙,痛恨老板的黑心黑肝,痛恨老板设下如此的陷阱专门捉弄那些爱贪小便宜的老实人。看着老王悲愤欲绝的样子,他油然生出一丝哀其不幸、怒其不争的酸楚,他也陷入深深的自责之中。他真后悔,明明知道是一个骗局,当时为什么不从老王手里夺下镯子强行将他架出店门呢?现在回过头来再想这件事,说老实话,他当时是存了一些侥幸心理的,虽然知道其中有诈,但顶多是价格欺诈而已,绝对没有想到他们会拿了一文不值的合成材料来冒充什么价值连城的玉石。

宁奇对老王说:“俗话说得好,吃亏的人常在世,破了财还免灾呢,没啥大不了的,就当作 10 个月没开工资白干了。再说了,上当受骗的又不是你一个人。”

老王猛然翻身坐起来对宁奇说:“这件事到此为止,再不许你提这件事。还有,这事对谁都不能说,记住了?”

宁奇想了想说:“记住了。”

宁奇拿来笤帚将满地的碎玉打扫干净。刚放下笤帚,何利华几个来到他们房间,商定明天返程的路线。他们已经拟订了一个初步方案,现在特此过来征求老王和宁奇的意见。何利华说:“经过商量,大家的初步意见是从昆明到桂林、再到广州、再到杭州、再到上海,然后从上海回家,你们两个人看怎么样?”

宁奇心中窃喜,嘴上却说:“服从组织安排,我没意见。”

对于何利华的意见老王既没点头也没摇头。

何利华问老王:“你啥意见?”

老王说:“我不同意。”

“为什么?”何利华问。

老王说:“不为什么,就因为咱们6个人都是领导干部,违纪违规的事坚决不能干。”

何利华问:“这怎么跟违纪违规扯到一起了?”

老王说:“我一直觉得,我们这次的所谓考察学习本质就是一次巧立名目的公款旅游,在这件事情上我们已经违了纪,如果再按你们设计的路线走下去,那叫什么?那叫公费周游中国,性质更加严重。”

老王的上纲上线让大家很反感也很恼火,宁奇从他们的眼神里能看得出来。

大家把期待的目光集中在何利华的脸上。

何利华扫视一眼,一脸的严肃。

他的讲话郑重其事,严肃得像在开会:“既然大家的意见有分歧,后面的行动路线我暂不表态。”

他扫视一圈,接着说:“但是,我首先得说明一个问题,这次的考察活动是经局委会研究,报县政府批准的。研究的依据是云南教育学会发来的学术研讨会邀请函,至于具体活动如何安排全是学会的事,不是我们能够左右的。所以,这次的出行,是一次非常正规的教育考察活动。在这个重大原则问题上,不允许任何人信口开河说三道四,我们必须有明确的认识,必须有统一的口径。”

老王低下了头。

何利华接着说:“大家的心情我能理解,但是,王校长的话也要引起我们足够的重视。我说个初步意见,我原则上同意大多数人的意见,至于经费问题嘛,从现在开始,以后的行程单独计算,回去之后局里研究,该如何处理就如何处理。”

他的话刚落音,大家一起喊道:“好!”

老王的脸色很难看。

大家从何局长的话里读懂了两层意思，第一是他很同意这条路线或者说这就是他的本意，只是把话讲得原则了一些；第二是临行之前他就有足够的经费准备，否则，没有资金支撑的表态是乏力的。

一行人兴致勃勃赶到桂林，谁知天公不作美，一连几天的阴雨，见不到一丝儿阳光。但是，这样的天气丝毫没有影响这里奇峰异水的美丽景色和他们兴致勃勃的情绪。他们虽然不曾看到艳阳高照下的桂林山水是如何的妖艳娇美，只是这烟雨朦胧的漓江上如梦如幻的奇异景观，早已让人陶醉。

然而老王不快，他的脸一直像漓江上的天空一样阴沉着，不笑也不说。他似乎对桂林甲天下的山水没有一丁点儿感触，整天像个木头人一般，坐似泥胎，立似木桩。宁奇发现，他时不时紧皱双眉，用拳头顶着腹部，脸上流露出隐隐的痛苦之情。

难道他生病了？

在离开桂林的头一天晚上，吃完饭老王便回到房间，将身子重重砸在床上。宁奇问："你哪里不舒服？"

老王答："没有。"

宁奇又问："你是不是病了？"

老王说："没有。"

他斜躺在铺上，忽然吟出一首古诗：

死去元知万事空，
但悲不见九州同。
王师北定中原日，
家祭无忘告乃翁。

这是陆游的《示儿》诗，表达的是诗人空有报国之心而壮志未酬的遗憾。此时此刻此情此景，他老王吟诵此诗示谁？他的壮志何在？他的憾事何存？简直莫名其妙！

宁奇揣测着老王，老王一副心事重重的样子。

宁奇轻声问:“是不是还为镯子的事生气呢?”

老王没有提镯子的事,不无感慨地说:“你说人活一辈子图啥呢?轰轰烈烈兢兢业业一场,到头来还不是一场空。”

宁奇笑问:“你今天这是咋了,怎么这么悲观?”

老王说:“不悲观又能怎么样呢?”

宁奇安慰道:“现在有一句流行语,叫作一切向前看。事业家庭有些磕磕绊绊那都是很正常的事,但那些都是暂时的,一切都会好起来的。”

老王翻起身来,点着一根烟狠狠抽了一口说:“有一件事我不知道应不应该告诉你。”

宁奇说:“如果你还信任我的话,我希望你能告诉我,我倒不是想从你这里获取多少消息,我是怕憋在心里把你憋出毛病来。如果你觉得没那个必要,也不必强求。”

老王注视了他老半天,嘱咐道:“我可以告诉你,不过你不可以告诉任何人。”

宁奇说:“你了解我又不是一天两天了,你就放心吧。”

老王一直把手里的烟抽完,将烟屁股按在烟灰缸里,他下意识地向门口看了一眼,才慢慢说道:“我有一种感觉,总觉得这次出来心里很不踏实。”

宁奇问:“怎么,又放心不下学校了吧?”

老王很平淡地说:“惦记学校那是自然的。按说在哪里也是干工作,可是我就是放心不下我辛辛苦苦经营起来的事业和没有做完的事情,舍不得离开。”

宁奇问:“学校好好的,还有啥没干完的事情。再说了,人活一辈子,只要不下巴子朝天,啥时候能把事情干完?”

老王喃喃道:“多少年没有操场,学生都在马路上跑操,操场刚垫起来个拐角,好好垫一年就成功了。校围墙的基础下完,墙刚砌到半道,还有……”

宁奇打断他说:“你先别说学校的事,我怎么听着好像你话中有话,把你想说的话都说出来。”

老王说:“这次回去我很可能要离开学校,到政府去上班。”

宁奇高兴极了:“好事呀!值得祝贺。”

老王忧心忡忡地说:“谁知道后面会怎么样呢?”

宁奇说:“还会怎么样呢,给官就做,给钱就拿,名正言顺,合情合理。至于学校的事嘛，自古以来说得好，铁打的衙门流水的官，走个穿红的来个挂绿的，组织上一定会安排合适人选的，你就安安心心走马上任吧。”

老王好长时间没有说话，一个劲地抽烟。

老王这人有个毛病，或者可以称之为优点，那就是凡事没有百分之百的把握他是不会告诉别人的。多少年来，他的这毛病可能宁奇最了解，因此按他的理解，当副县长这事已经是十拿九稳的事，肯定是有关领导找他谈过话他也表过态，否则他不会告诉任何人的。

这一夜他们扯了很久，宁奇真的为老王高兴。

到了广州他们遇到了一个意想不到的问题，断了经费。本来钱是足够的，但是为了安全起见，出发前何利华将考察经费全都打在一张信用卡上，一路上花多少取多少，非常方便。当时刚时兴信用卡，运作机制尚不完善，虽然一路畅通无阻，但是到了广州却一分钱都取不出来。对于出门在外的人而言，没钱就等于断了炊，莫说参观游览，连住店都成了问题。情急之下何利华好说歹说把几个人的身份证押在了服务台上，他们才得以在一家宾馆安顿下来。

晚上何利华召集大家开了个会，主要议题是让大家将身上的钱凑起来，如果凑够去往杭州的火车票，那么即刻动身去杭州。何利华说，到了杭州就能取出钱来，有了钱我们就成了活水里的鱼，不能在这里干晒着。事情的结果很令人失望，因为这次是公费考察，事先又没有绕道的计划，所以大家带来的钱在昆明和桂林花得已经差不多了，到了广州，几乎罄尽。

何利华赶紧给家里打电话，让先汇些钱过来。事情就是这么不凑巧，适逢周末下午，银行关门早。这样一来，他们被生生困在了广州。

真是一分钱难倒英雄汉，没有钱的窘迫无异于蹲了班房，在宾馆里坐等的日子是很无聊的。吃完方便面，大家东拉西扯地闲谝着，老王甩手出门上了街。不一会儿老王兴冲冲回来，手里拎着一个崭新的旅行包。黄校长问：“凑钱的时候不是说你已经身无分文了，怎么还有钱买旅行包？”

老王说：“大钱没有了几个小钱还抠不出来？”

黄校长说：“小钱？这么好的包是几个小钱能买来的？”

老王举起包问大家：“那好，我就让你们猜猜，谁能猜出这包的价格我输给他50块钱。”

众人的目光齐聚在那包上。那是一只海蓝色的旅行包，合成材料的面料，款式很一般。

宁奇首先开了口："顶多30。"

"不对。"老王的头摇得拨浪鼓一般，看上去很得意。

"25。"何利华说。

"再往下降。"老王仍然得意地摇着头。

几个人七嘴八舌依次下降，老王一次又一次地得意着，这是宁奇与他几十年相处中难得一见的表情。价钱一直降到10块钱的时候，老王的得意看来已经有些按捺不住，他突然伸出大拇指和食指，爆发一声："8块！"

他开始眉飞色舞地对人们描述起他如何走出宾馆如何走到立交桥下，如何遇到了一个卖包的小商贩，如何抓住小商贩急于用钱忙于脱手的紧迫心理，如何一次又一次地往下砍价，如何引得路人围观且如何被观众们由衷赞扬他的精明的全过程。老王喜形于色，一脸的自豪，这种自豪同样是宁奇几十年间不曾见到的。

老王美美开心一番，甩着包回到自己的房间。进屋以后，老王仍然沉浸在购物的欢乐和战胜商贩的自豪中。他的嘴里嘟嘟哝哝，一遍又一遍地盘算着，他要在广州给两个女儿好好买几件时髦的衣服，满满地装他一包。直到此时宁奇方才明白他要买包的目的。从他的神态中可以看出，他的身上肯定隐瞒了一笔没有上交的相当数量的现金。

情况如此紧急，他为什么不交出来呢？宁奇有些不太明白。

老王开始盘点资金。突然间他慌乱起来，手忙脚乱地将满身的兜布全部翻了个底儿朝天。他像疯了一般，又翻铺盖又翻包，连枕头下面、床垫子下面都翻了。宁奇问了他几声"怎么了"，他都没有回答。

老王疯狂地折腾了一气，猛然坐到床上，他的目光呆滞，突然大汗淋漓。他不断用手掌揩着脸上的汗，几乎坐立不住。

宁奇扶住他的双肩问："老王你怎么了？哪儿不舒服？"

老王有气无力地说："没……没……"

宁奇扶他慢慢躺下，说道："你先躺下歇会儿，我赶紧找何局长，咱们给你请医生或者送医院。"说着就要往外走。

老王紧紧抓住他的手说："千万别去，今天的事千万不能让任何人知道。"

“为什么？你都成了这个样子，出了问题怎么办？”宁奇仍然坚持找人。

老王近乎于哀求地说道：“千万不能，就算你帮我一次，行不行？我求求你了。”

看着老王的样子，事情一定非同小可。现在首要的问题是先把事情搞清楚。宁奇想了想说：“那行，我可以听你的，今天的事我可以为你保密，但是你必须告诉我发生了什么事，为什么不能让他们知道。”

老王已经一脸老泪，呜咽道：“出事了，出大事了，钱丢了。”

宁奇边安慰边说：“你别急，慢慢说。”

老王认真地回忆并向他讲述了买包的全过程，他们两人冷静分析一番，事情的真相渐渐明晰起来。

可以肯定，立交桥下卖包的那个商贩和后来的那些围观者实际上是一个盗窃团伙，他们用卖包做掩护，用低廉的价格做诱饵吸引路人，以达到行窃的目的。在一次又一次的讨价还价中卖方一次又一次的让步，他们采取这样的方法完全是为了吸引购买者的注意力，这样，围观的同伙便可以乘机下手。

老王今天就吃了这亏，而且损失惨重，整整5000！

事情如此严重，不向组织报告是不行的。何利华得知出了这么大的事，急得团团转。他们唯一能做的就是先报案，报了案之后，开始打劝老王。

此时的老王已经彻底崩溃，哭成了一摊泥。

宁奇静静地思索着，总算理出些头绪。老王的失态和崩溃是因为丢了一大笔钱但又不完全在于丢了钱，他是觉得自己不但丢了钱还丢了人，而且丢了大人。在团队被困广州期间，他居然不愿意拿出钱来救急！如果说能找出一点理由为他开脱的话，那就是他的不交出自己的私房钱是对何利华这次“公费周游中国”行动的一种抵制，否则找不出任何理由可以原谅他。

宁奇拍拍老王说：“俗话说死了别想丢了别找，只要人洪全，丢点钱没啥大不了的。有何局长在，回去以后想办法处理一下就完了。”

这句话本来是用来安慰老王的，没想到后来成了老王的“罪证”。

因为老王的情绪，杭州和上海的旅游都很潦草。

考察回来时间不长，上面组织部门派人下来考察干部。考察组分成两组，一组搞面上的考察，考察范围是全县各中小学，考察对象主要是何利华；另一组搞定点考察,考察组进驻河阳中学,考察对象是老王。那个阶段整个教育系统的气氛特别紧张,被调查的人一个个提心吊胆,生怕讲了什么不该讲的话,留下后遗症。后来据知情人士透露,老王和何利华的考察结果都不错。一周以后大家见到了报纸上的公示,副县长是王学礼!

看了报纸宁奇真为他高兴,理由还是那个理由,这下两个女儿有办法了。他积极筹备着,他要在老王走马上任的那一天为他设一桌庆功酒,好好祝贺一番。

公示的时限是一周,前几天都风平浪静,没想到到了第六天风云突变,老王出事了。宁奇得到的可靠消息是,公示期间有人举报,说老王在赴云南考察期间不能以一个共产党员的标准严格要求自己,第一看“裸体”舞,有道德品质问题;第二与贩毒集团有过交易,有违法嫌疑;第三丢了钱用公款处理,有违纪嫌疑。

那个阶段宁奇的脑子纷乱一团,同程考察的人里面,除却他本人和老王以外的另外 4 个人整天整夜盘踞在他的脑子里,赶都赶不走。毫无疑问,举报人肯定出自 4 人之中,但是到底是谁举报了老王?他挨个儿地怀疑着又挨个儿地排除着,似乎谁都有可能又谁都不可能,理由是,凭老王的工作业绩凭老王的人品,不至于和谁结下这么大的冤仇。还有一个重要理由,那就是 4 个人不仅治校有方成绩突出,道德品质堪称一流,他们是绝对不会使用这种诬陷好人的下三烂手段的。但是事实活生生摆在面前,让他无法解释。他非常愤慨,愤慨举报人的阴险,愤慨举报人的缺德,愤慨他为了整倒老王而不择手段,甚至于歪曲实事,捏造罪名。

半个月以后,何利华走马上任,当上了副县长。

直到此时,宁奇的怀疑似乎有了一些眉目。但是他无论如何不敢相信老王的被举报与何利华有任何关系。

打死他都不信。

但是他又无法不信。

然而老王的事并没有了结,组织部的人刚走,纪检委的人来了,接下来便是对老王没完没了的调查,让他把举报的事讲清楚。老王一遍又一遍地解释,人家一遍又一遍地讯问,在无休止的调查中他气急交加,突然病倒了,一头扎进医院再也没有起来。

那天宁奇去医院看望他,看见病历上赫然写着四个字:肝癌晚期。看来老王已然知道了自己的病情，因为他对宁奇说的全是些临终遗言之类的话。他拉住宁奇的手，满含热泪说："兄弟，看来我是不行了。"

宁奇强忍着心酸，劝说道："有病治病，别想那么多。现如今医疗技术那么发达，治你这点小病算不了什么。"

老王一阵喘息，说道："兄弟你是不知道，身上的病好治，心上的病难医啊！这些日子，我的心就像让人捅了一刀，一直在流血。"说完又是一阵喘息。

宁奇知道他说的是什么，但是面对老王，自己又能说什么呢？

老王紧紧攥住宁奇的手，生怕他挣脱一般，两只热切的眼睛一刻也没有离开他的脸。宁奇强忍住顶上鼻腔的一股酸楚，说道："老哥，有啥话你就说吧。"

老王说："有一件事看来只能拜托你了，你应该是知道的。我死了不足惜，就是两个女儿的事……"

他说得很伤心，说到这里已经泣不成声。宁奇终于忍耐不住，他的眼泪也滴了下来。他说不出话来，只能郑重地对他点点头。

没过百天老王便去了，他去得很凄凉。他是睁着两眼离开这个世界的，无神的眼睛里留给世人的全是猜不透的谜。

王校长走了，河阳中学笼罩在一片悲痛之中。

校园里庄严肃穆，哀乐低回，全体师生默立于办公楼前开追悼会。追悼会由县教育局局长主持，主管教育的副县长何利华致悼词。何利华的悼词写得很感人，抚今追昔，极尽溢美之词，在这盖棺定论的庄严时刻，他代表组织，给了王校长以很高的评价。能够听得出，写这篇悼词是动了心思的。悼词很煽情，读到动情处，何局长已泣不成声。

宁奇默默地站在后排，他并未被何利华的伤感所打动，他也没有流一滴眼泪，只是咬紧牙关在听。在他眼里，何利华的赞誉无异于装腔作势，何利华的悲伤无异于鳄鱼的眼泪。

老王的死让宁奇十分悲痛，但是有一点他很欣慰，就是在老王临终之前他把他的两女儿都安排到了自己的学校，一个当食堂管理员，一个当学生宿舍管理员。他清楚地记得，当他向弥留之际的老王报告这个消息的时候，他居然高兴得一挺身从病床上坐起来，眼睛放射出铿亮的光。那天，他当着宁奇的面吃了不少东西。他在想，这可能就是人们所说的回光返照吧。那几日他的精神突然出奇得好，没过两天便去了。

最后很有必要把安置老王两个女儿的事交代清楚。

这件事宁奇是动了一番脑筋的，他既要为老王排忧解难，又要保证自己不犯错误；他既要为两个孩子考虑眼前，又要为她们考虑永远。因此他要把她们办成计划内临时工，要让她们的工资纳入财政预算。经过一番深思熟虑他觉得他不能也没有必要自作主张，他向已经上任的副县长何利华汇报了此事而且写了请示报告。何利华思索良久，很原则地答应了，并且亲自出面将此事办成。

宁奇心里很清楚，他之所以敢找何副县长，私下里是有几分胜算的。除了摆在桌面上同情和照顾老王这条理由之外，还有一条摆不上桌面的理由，就是他们这帮随同他考察的几个弟兄在组织上考察他的时候是卖了大力气的。这一点，大家都心知肚明，心照不宣。还有，他要用这件事给何利华提供一个赎罪的机会，或者说是一个试探。

一个星期天，宁奇来到老王的墓地。他久久地伫立着，心里默默地祈祷：一路走好，老王。他默默地在心中劝慰：安息吧，老王，世界本来就是这个样子。

第十二章

这些天，宁奇一直沉浸在对老王的怀念之中。老王去世以后，本来何利华安排了他来写悼词的，但是被他婉言推辞。不得已，何利华只好亲自操刀。宁奇的婉拒绝不是无话可说亦非无情可言，而是出于他对何利华的鄙夷使然。一个多月过去了，他对老王的一片深情一直憋在心里，让他的心情无法平静。今天是老王七七的日子，他去看望了老王的家人，回来后摊开稿纸，准备写一篇纪念老王的文章。

忽然电话响了，他接起电话刚问了一声：“你好”，对方就急不可耐地喊：“恭喜你啊宁大校长，你的校报办得不错啊！”

电话里是普通话。

宁奇有些莫名其妙，惴惴地问：“请问你是哪位？”

“我的声音你都听不出来，看来你现在事业搞大了，真是目中无人啊！哈哈哈哈……”对方的语言不无调侃。

宁奇更加紧张，追问道：“实在对不起，我真的没有听出来。”

“敝人何利华！”对方大声说。

这次说的是当地方言。

宁奇赶紧站起身来，毕恭毕敬对着电话说：“是何县长啊，失敬失敬。”

他接着问：“请问何县长有何指示？”

何利华说：“指示谈不上，想法嘛倒是有一点。”

“请领导指示。”宁奇说。

何利华说：“电话里说不清楚，这样，你在学校等着，我马上到。”

宁奇小心翼翼地说：“不用不用，哪里敢劳领导的大驾。要不这样，你在办公室等着，我马上过去？”

何利华说：“怎么，不欢迎啊？”

从内心讲，何利华真的说出了宁奇的心里话。自从他把他拉到河阳中学去看望了王校长，敲定了考察的事以及后来发生的一系列事件，以致让老王抱憾而终，他对何利华产生了一种厌恶，所以，他一直都躲着他。他发现，何利华似乎也有意识地躲着他。偶尔也有见面的时候，但是双方的眼神是飘忽不定的，双方的谈话已经没有了推心置腹，取而代之的是虚伪的客套和言不由衷。

宁奇赶紧说：“岂敢岂敢，领导亲自深入基层指导我们的工作，是对我们的极大关怀和鞭策，请都请不来，哪能不欢迎呢。”

何利华说：“那好，你等着。”

宁奇挂了电话，半天没有坐下来。他的心惴惴的，他不知道何利华的到来是凶是吉。一想起老王，他的心中不寒而栗。他忽然想起何利华电话中提到校报的事，会不会是校报出了问题？尽管何利华传过来的是笑声是赞扬声，但是如今的他已经习惯于用逆向思维去看待官场，形势逼迫得他不得不学会自保学会揣测领导的心思，今天，他总觉得那笑声里隐含着危机。

他顺手抄起校报认真翻阅起来，边看边开始审视他和他主办的校报是否存在着失误。

他办校报是有渊源的。

宁奇上中学的时候作文比赛得过一等奖，后来回乡劳动就没有停过笔，他有一个心愿，就是能靠着笔杆子作为敲门砖，敲开公家的大门谋一份差事，永久地端上一个铁饭碗。后来的发展证明，他虽然屡屡受挫，但最终如愿以偿。因为，当初他报考教师的时候只比录取分数线高了两分，而他的作文一枝独秀，几乎得了满分。当了教师后他把学生的作文抓得很紧，当了校长之后他抓得更紧。为了培养学生的写作兴趣和提高他们的写作能力，他在黄龙中学创立了一个文学社，还创办了一张叫《乡土》的文学小报作为校报，他亲任主编。

几年来，《乡土》越办越红火，文学社的社员发展得越来越多，稿件质量逐年提高。为了扩大影响，他把这小报加大了印数，除校内交流之外，还扩大到全县进行校际交流；由原先只在教育系统交流，扩大到全社会交流。在这个尚没有文学报刊的小县城里，小报的影响力越来越大。

何利华电话里说的正是这件事情，他现在分管着文化和教育。

说话间何利华来到学校。

何利华一进门，手里高扬着一张小报对宁奇说："老宁，你的《乡土》办得不错啊！"

宁奇笑着说："区区小报，何足挂齿，让何县长见笑了。"

何利华说："哪里哪里，真的不错，社会上的反响很大。"

宁奇说："谢谢领导夸奖，那是我们应尽的职责。不过，还要请领导多提意见，多多指导。"

何利华说："我说宁大校长，你不要张口领导闭口领导好不好，你不要忘了，咱们是同乡是老同学是老同事，咱们是哥们。"

宁奇心里骂一句："当今社会，算计的就是哥们。"但是他还是端起一副笑脸说："此一时彼一时嘛，领导啥时候都是领导。"

客套已毕分宾主坐定，何利华说："你们的小报不但办得好，而且非常好，产生了良好的社会效益。最近下面有不少读者反映，有不少业余文学爱好者纷纷要求，都想加盟进你们的文学社，都想在你们的报纸上投稿发表。我想了想，文化和教育本来就是一家，现在两家联姻未尝不是一件好事。办好了，一举两得，功德无量，不知道你这大校长能否恩准。"

宁奇笑着说："能办不能办本来是你们领导一句话的事，既然领导有这个想法，我有啥资格说三道四呢。"

何利华正色说："我这是在跟你谈正事，你可不要给我踢皮球噢。"

宁奇说："这事来得这么突然，我连一点思想准备都没有，领导能否给我点时间，容我再考虑考虑。"

何利华说："你考虑是可以的，但是你只能考虑如何去办，如何办好，其他没有考虑的余地。"

宁奇没有说什么，他有些疑虑。

何利华坐在那里静静地抽烟，一言不发。宁奇觉得有一种无形的压力压着他，压得他喘不过气来。他慢慢说："事情嘛，绝对是件好事，问题是……"

何利华说："问题是什么？有什么顾虑尽管说出来。"

宁奇沉吟片刻，吞吞吐吐地说："我是担心，我担心不在一个系统，没有统一的管理，恐怕操作起来有些困难吧。"

何利华问："那你说说看，你觉得操作起来最大的困难在哪里？"

宁奇想了想说："吸收大家入社发展会员不是大问题，只是面向社会征稿，稿件就多了，而我们的小报容量很有限，每期发表不了多少作品。这样一来，好多稿子上不去，我怕挫伤了投稿人的积极性，反而对办报不利。"

何利华说："我有个初步设想，说出来供你参考。你不是担心报纸容量小吗？那好，报纸容量小了咱们办刊物，刊物的容量大。这样一来，投稿的问题不就迎刃而解了？"

宁奇笑了笑说："领导说得不无道理。但是你想过没有，办刊物果真不错，那样一来，何县长的问题是解决了，宁校长的问题来了。"

何利华说："你说的问题我想到了，是经费问题对不对？"

宁奇笑而不答。

何利华说："这样，你搞一个预算报告给政府报上来。我的手里有专项经费，我们上政府常务会研究，估计经费很快就会批下来。"

宁奇还是笑而不答。

何利华问："还有什么问题？"

宁奇笑问："人呢？"

何利华哈哈大笑："原来是这事。人嘛，我早就想好了。"

"谁？"宁奇问。

何利华笑得很神秘:“远在天边,近在眼前。”

宁奇惴惴地问:“张瞎子的鸡,你不会看到我的麦垛上吧?”

何利华说:“办好刊物,舍你其谁?有你老兄在,那就是最佳的人选。”

宁奇问:“果真是我?”

何利华说:“非你莫属,你就辛苦辛苦吧。其实我也不忍心给你加重工作负担,我们琢磨了好长时间,确实找不出更合适的人选。”

宁奇笑着说:“你这真的应了那句话:鞭打的快牛,多犁几个回头。看来领导这是早就设好了套儿让我往里钻啊,你就不怕把我累死,跟着老王走了。”

何利华微微皱一下眉头,随口说:“能者多劳嘛。”

说完,匆匆告辞。

宁奇猛然发现自己的话很不得体,很可能触到了何利华的哪一根神经,让他郁郁而去。

何利华走了之后,宁奇一直沉浸在创办刊物的喜悦与心中无底的惶惶不安之中。他似乎有些困惑,他忽然觉得这件事有点狗吃刺猬无法下爪。但是他还是无比自豪的,因为他感到他所从事的事业是多么的光荣又多么的责任重大,他将要在当地从事一项前人未曾从事的事业。他有一种“天将降大任于斯人”的感觉。

这几天他不得不将工作的重心转移到文学期刊上来。何利华是个说话算话的人,打上去的报告一点儿也没打折扣,经费如期到账。现在的问题是看他如何起步。他努力地整理着自己的思路,他必须先理出一个头绪来。编刊的首要问题是组稿,他要做的第一件事是必须组建一支相对稳定的创作队伍,以保证刊物的稿源。他找到所有和他有过私交的文友,但是数量极其有限。他苦思冥想不得要领,整天愁眉苦脸,一直将这愁苦的脸面带到了饭桌上。他爹宁老先生问明事由轻松一笑。宁奇撂下饭碗认真地向他请教。

宁先生问宁奇:“‘文化大革命’时期最响亮的口号是啥?”

宁奇说:“革命无罪,造反有理。”

宁先生摇摇头:“不对。”

“抓革命,促生产。”

宁先生仍然摇着头。

宁奇一口气说出了许多口号,他都摇头。看着宁奇近乎山穷水尽的时候,他吐出四个字:“发动群众。”

“对呀！我怎么没想到呢。”宁奇如梦方醒。

宁先生说:“毛主席说,群众是真正的英雄,这话非常有道理。啥时候都别忘了,群众当中可是个藏龙卧虎的地方。”

第二天宁奇印了一沓子告示,派了几路人马,骑着自行车跑完了全县所有的公社和大队,在公社大门口和村队墙头交通要道都张贴了。县城内的单位一律发了通知,内容是举办文学创作学习班的有关事宜。

学习班如期举办,来了不少人。会场就设在学校的会议室里,所有的人都坐在会议桌前,只有最后一排靠墙孤零零坐着一个小姑娘。她的身材很单薄,两个发黄的小辫和身子一样单薄,看上去好像严重地营养不良。宁奇走过去说:“坐到桌子前面来。”

她显得很局促,连忙说:“行了行了,这里就挺好的。”

宁奇说:“学习班就得有个学习班的样子,我的意思是坐得正规一些。再说,桌子上倒着水,边听边喝水。”

她仍然坚持说:“行了行了,我就坐在这里,我算不得正规的学习班学员,你就把我当作一个旁听生吧。”

她这么一坚持,闹得宁奇反而尴尬起来。

因为请不到更合适的人,宁奇只好连打带踢。今天的学习班他既是组织者又是主讲人,看看人到得差不多了,学习班正式开讲。

平心而论,那次学习班办得很仓促,准备得也不充分,所以办得不是很成功。宁奇给学员们讲了一番关于设计故事情节和塑造人物形象一类不痛不痒的套话,之后便开始了他的政治动员,主题是动员大家拿起笔来热情写稿踊跃投稿,共同把《乡土》办好。学习班只办了一个上午到12点准时结束。宁奇宣布:“凡是带了稿子的把稿子都交上来,咱们择优编发,争取创刊号早日和大家见面。”

有几个人交了稿子,但是不多。宁奇注意到,后排坐的那位姑娘屁股动了几次,但是最终没有站起来。他最后通知大家:“现在跟随我到饭馆吃个便饭,有些问题还可以在饭桌上共同交流。”

宁奇交代完毕,大家起身离座,坐在后排的那位小姑娘起身,匆匆走出会场,头也不回地去了。

宁奇喊住她问:"你要到哪里去?"

她回答说:"我得赶紧回家。"

宁奇说:"事情再当紧也得吃饭呀,吃完饭再回。"

姑娘说:"不行。水已经下来了,我得赶紧回去薅草赶紧撒化肥,田里的活一大堆。饭我就不吃了,多谢老师。"

宁奇还要挽留她,她已经走出老远。他摇摇头转身往回走。这时那姑娘慌慌张张跑回来将几页稿纸送到宁奇面前,很忸怩地说:"这是我写的几篇稿子,胡乱写的,老师你千万别笑话。"

宁奇说:"能写出东西来就说明你有能力有理想,对于一个农村姑娘来说,这是很难能可贵的。这么好的事,我怎么会笑话呢?"

姑娘说:"我知道我写的东西很差劲,刚才几次想交给你都没有勇气。离开后我想,好不容易来了,为啥不拿出来呢?我知道我的文章达不到发表水平,但是咱丑媳妇不怕见公婆,请老师看看总可以吧。今天带过来,就是想请老师给看看,多提提意见。"

宁奇接过稿纸还没来得及说话,她早已经跑了。

宁奇打开稿纸扫了一眼,文章的标题是《马兰花赞》,下面的署名是于秀玲。

宁奇这才知道,她叫于秀玲。

回到学校之后宁奇将《马兰花赞》翻来覆去地读,这篇短文真的就像一只鸡肋,让他吃也不是扔也不是,内心十分纠结。不过他觉得将其比作鸡肋也不十分恰当,因为这篇文章确实写得不怎么样,严格地讲,充其量是一篇练笔的习作,是无法发表的。他之所以舍不得扔掉,无非是感情在起作用。面对文稿,他的脑海里不时会浮现出这位瘦弱的农村姑娘听讲时的认真、离开时的匆忙和投稿时的羞怯。他可以判断,她的去而复回绝对不是一个简单的往复,也不是一句"丑媳妇不怕见公婆"那么轻描淡写,她肯定是经过一番激烈的思想斗争才返回身来将文稿交到他手上的。

一想起她单瘦的身体和等待着她的繁重的农活,他的心里很不平静。他不忍心打破这个身处农村的文学青年的文学梦,于是又 次将目光落在稿纸上。这篇短文他已经读了许多遍,文章赞美的全是马兰花的精神,什么出身卑贱什么不畏干旱什么不讲条件什么不计环境，文章尤其推崇的是马兰花的不慕群艳而孤芳自赏的清高情操。

写文章的人爱说这么两句话，一是文为心声，一是文如其人。因此，宁奇在反复阅读文章的同时，也反复琢磨起这个很不起眼又很打眼的于秀玲来。他觉得她的文章写得很粗也很浅，确实无法达到发表水平，尽管像他们这样较低水平的刊物也上不去。可是他真的舍不得就这么随随便便“枪毙”了这篇稚嫩的文章，那样做不啻从庄稼地里铲掉一株刚出土的嫩苗，眼睁睁看着它发蔫，最终夭折。回想起来，自己不也是从她这个阶段闯荡过来的吗?他永远不会忘记自己的第一篇文章发表以后的那个不眠之夜，他深知当第一篇文稿变成铅字的时候对她今后的文学之路会有多么重要的影响。

于是宁奇决定帮她一把，他开始给她的文稿动手术。经过一个晚上的增删调整，终于将这篇《马兰花赞》改得像那么回事儿了。放下笔他又读了两遍，虽说文从字顺，但是越看越觉得不对劲，总有一种差强人意的遗憾。几天以后，他还是带着这样一种遗憾将这篇文章编发了，署名是于秀玲。

于秀玲收到刊物以后马上来找宁奇，她说了许多感谢的话。临走时他把一个小布袋交给他说：“我们乡下人也拿不出啥像样的东西感谢宁老师，这是我们自家种的黄豆我带了些，请宁老师不要嫌弃，一定收下。”

宁奇说：“感谢的话就不必说了，这是我的责任也是我的义务。其实我能为你修改稿子使其日臻完善，我也挺有成就感的。小于我告诉你，你很有前途，今后一定要坚持不懈地写下去。文章不成熟不要紧，你尽管拿过来，有不妥当的地方我会为你修改的，你千万不要不好意思。”

于秀玲想说什么，欲言又止。

她从包里拿出一沓稿纸交给宁奇说：“这是我最近写的几篇稿子，还是想请宁老师多多指教。”

宁奇正准备说些鼓励的话，可是她没有给他说话的机会，说完竟自回头走了。

宁奇摇摇头，目光落在那一小袋黄豆上。

这会儿他的心情很不平静，他庆幸自己的正确决策，心中油然生出一种从未有过的崇高与伟大。顺着这条思路想下去，他想象着有朝一日于秀玲一旦成名成家之后，他将会如何的荣耀与光彩。

当宁奇沸腾的热血冷却下来之后，开始打开稿纸读这些稿子。这时从稿纸里掉下一块折叠成麻花状的纸条。他轻轻打开,发现这是一封短信。

信是这样写的:

尊敬的宁老师:

非常感谢您对我的关心和帮助,您是我文学之路上的第一个引路人,您的恩情我今生今世不会忘记。我一直认为,命运对我太不公平,让我降生在贪(贫)困农村一个贪(贫)困的家庭里。自从认识了您,我觉得我遇上了好人,从这个意义上讲,命运对我又是公平的。从今以后,您这个宁老师我跟定了,请您不要嫌气(弃)。文学道路我是走定了,不管有多少困难。

读到这里宁奇又一次热血沸腾,眼睛有些湿润。

他接着往下看。

尊敬的宁老师,请原谅我的冒妹(昧),我斗胆向您提个意见。您知道吗?您花了那么大力气为我修改稿子,那文章好是好,但那已经不能算作是我的东西。述(恕)我直言,您那样做不是在帮我,是在伤害我。您知道吗?看到我的文章发表了我又高兴又激动,但是更多的是羞愧难当。我的心里很不安,因为那不是我写的文章,署的却是我的名字。

宁老师我有一个请求,请您今后多给我一些指导,再不要动手修改我的文章好吗?

致以

崇高的敬礼

学生　于秀玲

宁奇木然地面对那封信,呆坐了足足一个时辰。他的脑子像冒着骨朵儿的滚开水,一个劲地翻腾着。他很想提起笔来写一封回信表达自己的认真与疏忽,以及无意识中对她造成了伤害并求得她的谅解,然而几次拿起笔均没有勇气写出一个字来。他在想,应该对她说些什么呢?应该怎样对她说呢?如果说了,自己的表白会不会将这件事越描越黑对她造成更大的伤害?

经过一番思考，宁奇终究静下心来。他决定先读完她送来的作品，然后再作选择不迟。

宁奇认真地读她的作品。

可以说，这次送来的几篇东西与《马兰花赞》基本处于同一个水平，并无太大的长进。到目前为止，从几篇文稿和一封短信中让他对于秀玲有了以下的认识：其一是她读的书不多。这里面有两层意思，一是她学历不高，最多上完初中，这一点是他依据过多的错别字和语病判断的。二是她看的书太少，这会儿让他看她的文章像是没根的荒草，漫天飘舞的那种感觉，也没有深度。其二是她对文学只是一种爱好和兴趣，或者说具备了一种锲而不舍的精神，仅此而已，至于创作手法与创作技巧几乎无从谈起。

宁奇犯难了。

面对文稿他不知道后面自己该做些什么。如果不改，这些文章肯定发表不了；如果改，那么由谁来改呢？他是断然再不可能动手修改的，可是让她自己改，从内心说他很难相信她有改好的能力。宁奇将稿纸收拢起来，看着脚下的废纸篓。

忽然电话响了。宁奇抓起电话问："请问哪位？"

对方问："人家都下班了你还钻在办公室里，装的什么假积极？"

宁奇一看表，果然过了下班时间。他赶紧堆起笑脸对着电话说："领导息怒，我马上就回。"

白兰芳在电话那头说："七叔在家等着呢，爱回不回！"

宁奇慌忙收拾起东西，就要出门。他看了看桌上那一沓稿纸，随手将它扔进桌下的纸篓子里。

走在回家的路上，宁奇的心情十分矛盾，他的脚像踩在海绵垫子上一样，无论如何走不出那种实实落落的感觉。他总觉得有一种很奇怪的东西牵缠着他，让他无法释怀。其实他自己心里明白，他的心思就像于秀玲不放弃文学一样，他不愿意放弃于秀玲。前面就是他家的小区，走到小区门口他停住了脚步。他站在小区门口，遥望自家的窗户，这会儿白兰芳应该备好了晚饭，等待着他的归来。他又回过头来，看一眼刚刚走来的路。

他转回身，顺着原路返了回去。

回到办公室，他第一眼看到的是那一沓稿纸原封不动地躺在篓子里。他像捡回丢失的钱夹一样捡起稿纸，带着满脸的惊喜一页一页地盘点着。不差，一页也不差。他的心中一阵激动。这会儿连他自己也想不明白，仅仅离开了几十分钟，他对同一样东西为何会发生如此强烈的情感反差。他手捧稿纸，大脑急速地转动着，他要想出一个万全的办法，挽救这几篇文章，顺便让于秀玲明白并且处理好爱好与写好、执着与执拗之间的关系，要善于面对现实从基础做起，引导她一步一个脚印往前走。

可是办法何在？忽然他想起一件事情，他记得她上次曾经对他说过她的家离宁家梁子不远。他虽然不认识她，但是她的父亲他很熟。宁奇忽然想回一趟老家，专门去看看于秀玲，有可能的话，他要和她进行一次推心置腹的长谈。

除了谈这几篇文稿，他有许多话要对她说。

第十三章

星期天是个晴朗的天气，宁奇骑着自行车，兴致勃勃地行进在乡间小路上。路是土路，不算宽阔，但是路面被车轮碾压得光洁而瓷实，走在上面舒服极了。当然这种舒服不完全是路的恩赐，还有满眼绿色的波涛和迎面而来的绿色的和风。眼下正是小麦抽穗的时节，纤细的麦芒齐刷刷铺满整个世界，在阳光下泛着青亮的光。麦田里撒珍珠般散布着许多拔燕麦的女人，她们的衣服很鲜亮——红绿蓝黄，各种颜色的围巾点缀在这绿色的海洋里，显得格外鲜艳。远处，散落着不少房舍村庄，那里有很多树。这些村舍包裹着无垠的绿又被无垠的绿包裹着，显得宁静而安详。

走在乡间的小路上，
牧归的老牛是我同伴。
…………

宁奇不由自主地哼起歌，一路欣赏着美景怀揣着满腔怀旧的心情向前走。随着目的地的逐渐临近，他蹬车的速度不知不觉中加快。车子好像要飞起来，敞开的衣襟被风吹得在身后飘扬，他觉得自己好像正驾着一辆摩托艇，穿行在万顷碧波之间。

走过一块田边的时候，一个围着黄头巾的女人走出麦田，将肩背上搭着的一捆燕麦扔在路边的架子车上。她的围巾把脸围得很严实，只露出两只眼睛，根本看不到容貌。他走过她的时候，她止住脚步，愣在那里，两只眼睛透过围巾的缝隙直直地看着他。路很窄又有架子车挡在中间，宁奇不得不下了车推着车子慢慢地挤过去。当他再一次跨上车子以后，那女人忽然从后面喊了一声："宁老师！"

宁奇跳下车来对着她看："你是……？"

她忽然掀开围巾说："宁老师原来真的是你呀！"

宁奇一看，原来是于秀玲。

于秀玲扔下手里的活，拉起车子就要带着他回家。他一看她忙成这个样子，自觉来的不是时候。

宁奇看一眼茫茫的麦地，对于秀玲说："地里的活这么忙，我看家里就不去了。你休息休息，咱们就在这里聊聊。"

于秀玲坚持说："老师好不容易来一次，不到家里怎么能行呢？"

他问道："现在人都下了地，这会儿你家里还有人吗？"

于秀玲轻声说："家里一个人都没有。"

宁奇问："你们家的人呢？"

于秀玲说："我妈病了在市医院住院，我爹在那里侍候我妈。"

宁奇问："你家里再没有其他人？"

她说："人倒是有，有了跟没有一样。"

"此话怎讲？"宁奇有些听不明白。

于秀玲说："家里还有两个哥哥，娶一个老婆分一个家，分的比外人都生疏。我妈住院的事人家问都不问，农田里的事管都不管，全靠给我一个人了。"

宁奇轻轻叹口气："哦，原来是这样！"

于秀玲也叹一口气："不这样还能咋样呢？我本来书念得好好的，妈一得病，家里没人不行，刚上完初中就辍学回家了。唉！"

随着这一声叹息，宁奇原本一颗火热的心已经有些降温。

他想了想说:“既然这样我们就用不着回家了,我也跟着你拔拔燕麦,咱们边干边聊,我看这样也挺好的。”

于秀玲说:“那怎么行,老师轻易不上门,上了门还帮我干活,你让我心里怎么过意得去。”

宁奇说:“小于你可千万不要见外。我告诉你,我们认识了就是缘分,有了共同的追求就是朋友,朋友之间有什么过意得去过意不去之分呢?”

她默默地看着宁奇,试探着问:“你说什么?我们是朋友?”

宁奇诚恳地说:“是的,我们是朋友,是志同道合的文友。”

她的脸上掠过一丝自豪,但是稍纵即逝。

和于秀玲一起走下麦田的那一刻,宁奇有一种进入诗的波涛画的海洋的感觉。青翠的麦田、湛蓝的马莲花、紫红的刺蓟芥花、嫩黄的向日葵花加上潺潺流水,蓝天白云,再加上花红柳绿的田姐村姑,真的是满目诗情画意。尽管有于秀玲在跟前,他还是张开双臂大声呼唤:“大自然啊,我的母亲!故乡啊,我的母亲!”

于秀玲用诧异的眼光看着他,周围田里的女人停下手中的活,掀起围巾向这边张望。

宁奇学着于秀玲的样子拔燕麦,脚下的地淌过水,很潮湿很松软,踩上去十分舒服。他抓住一撮高耸的燕麦使劲一提,便拔了起来。原来拔燕麦居然如此简单如此轻而易举,成功的感觉真好。宁奇学着于秀玲的样子将那带着一坨泥巴的麦秧子甩上肩头,潮湿的田土贴在衬衣上,顿时觉得脊背凉丝丝的。这是一种十分奇特的凉爽,热天的清凉让人惬意极了。

太阳悄悄升高,日光从头顶直射下来,天上地下开始一起升温,一股股热气从脚下升起,顺着麦秆直往上蹿。宁奇的身上开始出汗,出了汗之后裤子好像直往肉上贴,大腿和裆部潮湿得让人难受。麦秧子很密,麦叶麦秆上有许多灰尘,每迈一步都会浪得灰尘飞扬,只往鼻孔里钻。在这种密不通风的环境里干活就像置身于蒸笼之中,没干多大工夫便闷了宁奇满身的大汗。

于秀玲从头上拉下围巾递给他说:“老师你擦擦汗。”

宁奇没有接她的围巾,用衣袖在脸上胡乱抹了一把。最让人不能容忍的是那些该死的蚊子,它们好像早已经蛰伏在麦田里专门等着他这个城里人的到来,脚每向前伸一步，它们都会“哄”的一声从麦棵子里升腾而起，在他的头上脸上手上肆无忌惮地叮咬。那些蚊子很大也很结实，拍一巴掌除了留下一斑血迹，似乎还能感觉到蚊骨“叭叭”的断裂声。

宁奇虽然是在农村出生田地里长大，但是今天是他进城以后第一次下田第一次重新当了一回农民，就是这一回，让他已经饱尝了早已久违了的农民劳作的艰辛。这个农民他只当了一个小时便借着放燕麦的机会狼狈地逃了上来。他站在田埂上，两手叉腰直喘粗气，再也没有下田的勇气。

这会儿他的诗情画意早已经荡然无存，就连先前准备好了的一次极富浪漫色彩的文友长谈也被一身的臭汗冲刷得一干二净，居然连一句得体的话也说不出来。于秀玲看着他满脸的尘污忍不住地笑，笑完了用围巾给他仔仔细细擦了一遍。他将带来的一本新华字典、两本书和几本文学杂志交到于秀玲的手上，潦草地嘱咐了几句多查字典、多看名著、多吸收营养、多阅读杂志、多了解文学动态之类的话便匆匆告别。

他就是这样逃离了于秀玲。

从后来的接触中宁奇了解到，于秀玲是这个村子普通得再不能普通的一个女孩子。她家里很穷，正如她之所言，家庭的窘迫让她初中毕业以后就回了家，一头扎在农田里再也没有离开。看着别人家的女孩子纷纷进城去学理发，端盘子去学打字，找个能混口饭吃的活，当一回城里人，她始终没有动心。于秀玲不进城倒不是她不想进城，而是她放不下有病的父母和家里的庄稼。她时常自己写点文章，但是从不示人，聊以自娱自乐。直到那一天她看到一则约稿的通知，才让她的心翻腾了起来。

自从拔燕麦之后很长一段时间宁奇再也没有见到于秀玲，也没有收到她的稿件。他有时候会想起她，心中很是怅然。

他以为她不堪生活的重压抛弃了理想。

他以为她自惭形秽已然放弃了文学。

时间不知不觉过去了3年。

忽然一个早晨，收发室的老张给宁奇送来一封信，发信人没有地址，信封的右下角写着“内详”二字。宁奇急忙打开信封，第一眼看到的是于秀玲的名字。

他迫不及待地读那封信。

尊敬的宁老师：

3年没有和您联系，确实很想念您，同时也很感谢您。您是我真正的良师益友。自从读了您送的书和杂志，在我面前打开了一扇敞亮的窗户。您让我明白了一个道理，那就是要想写好自己的文章，首先要读好别人的文章。那个阶段我如饥似渴，搜读了我所有能搜索到的书籍，从那些名人的名作中我吸取了营养，逐渐悟出了文学创作的真谛。宁老师您知道吗？越读的书多我的危机感越强烈，我知道写作不仅仅靠热情靠激情，更重要的是靠实力。而这种实力的具备，必须一步一个脚印地打好基础。

我还想向您汇报的是，我妈的病好了之后，我在省城找到一份工作，在做保姆。宁老师您猜我在谁家？我在大名鼎鼎的大作家马志良先生家里。

事情是这样的，我在您送来的杂志上读了马老师的文章后感动不已，于是很冒昧地提笔给他写了一封信。没想到他回信了，字里行间饱含着关爱和同情，一点架子也没有。后来我们通信多了，我得知他有一个卧床不起的妻子，需要雇一个保姆，于是我就毛遂自荐了一回，他立即回信让我去了。

马老师两口子待我很好，也很信任我，这让我很感动。为了报答他们，我不怕苦不怕累，像侍奉我的父兄一样侍奉他们，我们亲密得像一家人。有空闲的时候我就读书，马老师的家就像一个图书馆，书多得不得了，他的书房完全对我开放。马老师为了培养我，在我的写作上给了很大的帮助和指导，我的信心也很足。我相信，不久的将来，我一定会拿出好作品来报答你们这些好心人的。

但是有一件事我想了很久，我很踌躇，不知道后面的路该怎么走。彷徨中我想到了您，请您一定为我拿拿主意，因为你是我最可信赖的人……

已经深夜12点多了，马志良还在写作。于秀玲煮了一杯热牛奶端过来轻轻放在书桌上，马志良抬起头来，报以感谢的微笑。

马志良问："这么晚了还没睡呀？"

于秀玲说："睡不着。"

马志良又问："那你干什么呢？"

"看书呢。"于秀玲答。

马志良不无关爱地说："累了一天了，洗一洗早点歇着吧。"

于秀玲莞尔一笑:“在你们家干活,一点儿也不觉得累。”

马志良从稿纸筐里抽出一份稿子说:“这篇稿子我看过了,很不错的,明天上班带到杂志社去,让他们编发了。”

于秀玲不无感激,深情地看着他。她端起牛奶送到马志良手上说:“趁热喝了吧,喝完了你也早点休息,明天还要上班呢。”

马志良接过牛奶,没有马上就喝。他双手捧着杯子,杯子的热量温暖着他略显冰凉的手,顿觉心里暖暖的。他又一次用感激的目光看着于秀玲,眼前的她已经不再是3年前那个瘦小体弱的农村姑娘。她的个子长高了,身子丰满了,一头乌亮的黑发替代了因为缺乏营养而略显焦黄的头发。柔和的灯光下,她是那么的眉清目秀,亭亭玉立,恰似出水芙蓉。

他忽然觉得心头一热,紧接着脸也有些发热。

他催促于秀玲:“秀玲你先去睡吧,我写完这一章就睡。”

于秀玲看着他,慢慢转身去了,回头叮嘱一声说:“不要熬的时间太长了。”

于秀玲走后,马志良一个字也写不出来,他双手握住杯子发呆。他开始问自己,马志良你今天是怎么了,3年多的时间你一直把于秀玲当做学生、当做小妹妹、当做家人对待,今天怎么变得魂不守舍起来。我知道你自从妻子瘫痪之后就分床另睡了,你的生活里缺了女人你需要女人,但是马志良我警告你,你必须给我坚守住,千万不可以在秀玲的身上有非分之想。

可是这姑娘太迷人了。她的迷人之处不仅仅是姣好的容貌和窈窕的身材,还有那颗金子般的心。3年来,她早就把这个家当成了自己的家,把我们当成了她的亲人。她每天从早到晚忙碌着,勤快得像一架从来不知停歇的永动机。她性格由刚来时的略带忧郁变得活泼开朗,整天欢乐得像只小鸟。白天我不在家的时候她不嫌脏不嫌累,为老婆端屎端尿,洗身擦背,她还会变着法子地调解老婆的情绪,让她永远开心。晚上无论我写到多晚她都陪伴着我,要么看书要么写文章,有时还帮我抄写手稿,夜深了会给我煮些牛奶咖啡,做点夜宵什么的,是那么的温馨。奇怪的是,无论她送来什么都是那么可口,而且每次送来的时间恰到好处。是的,她最迷人的地方,可能就是她的善解人意。

然而理智的闸门一旦被感情的波涛冲击起来,一旦被汹涌的巨浪冲出一个缺口而最终冲垮防线,一切将变成另外一个样子。这会儿马志良早已经心潮澎湃心猿意马了，他的感情已经不能自已。他不知道自己什么时候离开书房，什么时候来到于秀玲门口，也不知道自己究竟在门口站了多长时间，他不知道自己要来干什么。他几次伸出手去推那扇门，又几次慢慢缩了回来。当马志良实在无法忍受这伸伸缩缩的折磨的时候，终于轻轻地推了一把门。

门开了，原来那扇门虚掩着，并没有上锁。

马志良站在门口，看见于秀玲腿上盖了被子倚在床头上看书。

于秀玲见他站在门口，一个机灵坐起来，本能地用被子围住身子，用惊异的目光看着他。马志良两眼直勾勾地看着她，一句话也不说。他轻挪着脚步迈进房门，一步一步来到床前。于秀玲怯生生地问："你，你，你有事吗？"

他轻轻坐在床沿上说："秀玲你别害怕，我没有事，就是想跟你说说话，没有别的意思。"

于秀玲的脸在极短的瞬间完全放开了，她给了他一个神秘的笑，说："想说啥你说吧，我听着。"

马志良猛地抓住于秀玲的手，声音颤抖着说："我……我……我……"他的眼里闪动着泪光。

于秀玲看着马志良，四目相视，目光里燃烧着火焰。

马志良剧烈地喘息着，他一个劲地呼唤："秀玲……秀玲……"却一句话也说不出来。

于秀玲的胸脯剧烈地起伏着，她没有抽回被握住的双手，也没有回答他的呼唤，她猛然掀开被子，扑在马志良身上。两个人紧紧纠缠在一起，疯狂的吻几乎摧垮了颤抖的床板……

又是一个不眠之夜，马志良走进于秀玲的房间。于秀玲没有像往常那样激情的迎合，脸上挂着一丝淡淡的忧郁。

马志良拉过她的手问："秀玲你今天怎么了，告诉我，是不是哪里不舒服？"

于秀玲轻轻抽出手，低头不语。

马志良伸手摸摸她的头："是不是感冒了？我给你拿药去。"

于秀玲淡淡地说："不用，没什么的。"

马志良说："我看你好像有什么心事。"

于秀玲说："没，没什么心事。"

马志良有些动情："秀玲你有什么事一定要告诉我，我会帮你解决的，我给你说过多少遍了，在我这里，不会让你受一点儿委屈的。"

于秀玲说："真的没什么事，你就别问了。"

她越说没事、马志良追问得越紧："有啥事你得说出来，你要急死人啊！"

于秀玲琢磨半天，轻声说："我想回家。"

说完低声抽泣起来。

马志良更急了："到底怎么了？难道是我对你不好，还是遇到了什么麻烦？"

于秀玲说："都不是的。"

"那是啥原因？"马志良急切地问。

于秀玲只静静地抹眼泪，并不回答。

马志良说："是不是家里有了什么为难的事？如果是那样的话你说出来，我会鼎力相助的。无论是什么事你都说出来，我马志良一定尽全力帮你解决。"

他使劲摇着她的手，一句接着一句催促着。

于秀玲终于开了口："我，我怀孕了。"

于秀玲轻轻一句话像一个炸雷，炸得马志良顿时六神无主，这阵儿他的脑子一片空白，一句话都说不出来。他突然觉得自己已经弱智到了极限，而且骤然间身心憔悴，憔悴到了无力支撑的程度。他软软地坐上床沿，斜倚在床头上。他双手抱住后脑勺，双眼直勾勾地看着房顶上的吊灯。

于秀玲擦干了眼泪，十分平静地对他说："老师你不必犯愁，既然有了事我们就得面对，我已经想好了。"

马志良眼巴巴地看着她，问道："你打算怎么办？"

于秀玲说："这件事只有一条路，我回了家就会烟消云散一了百了，因此我只能回家。"

马志良问："你为什么要这样做？难道再没有更好的办法了？"

于秀玲说："很简单，所有的事我担着。我是一个农村姑娘，别人怎么看怎么说无所谓，我不愿意为了这孩子的事让你的家庭你的事业你的声望受到丝毫的影响。"

马志良抓住她的手说："你这个样子回家我怎么能放心？不行，你绝对不能回。要回，也得把事情处理完了再说。”

于秀玲问：“事已至此，还有什么好处理的？”

马志良说：“至少先堕了胎然后把你的身体调养好了再说吧，挺着个大肚子回家，你跟家里人怎么交代？”

于秀玲想了想，坚定地说：“我不堕胎，我要这个孩子。”

马志良问：“秀玲你想没想过，你一个未婚先孕的黄花闺女，将来孩子出生了怎样面对这个世界，你又怎样面对世人的鄙视。”

于秀玲说：“我是孩子的母亲，一切都由我来面对。世人的卑视是必然的，无非是这一辈子嫁不了人，没有什么大不了的。我想，我们母子二人相依为命，没有什么翻不过的山趟不过的河。”

马志良将双手插进头发里，又一次陷入困顿之中。

忽然他用巴掌左右开弓扇自己耳光，哭骂着：“马志良你不是人，你是畜生……”

于秀玲抓住他的手，把他揽在怀里，轻轻抚摸着他的头发他的耳朵，说：“老师你不必过于自责。事情既然已经发生了，我们就应该冷静面对。我想过了，这件事不全是你的错，是我们两个人同时越过了感情的防线。所以，如果说责任应该是咱俩的责任，属于我的那一半我能承担得起，属于你的那一半也愿意承担。”

马志良渐渐冷静了下来。他双目微闭，然而胸脯在不停地起伏着。他忽然睁开眼睛，抬起脸问于秀玲：“秀玲，没想到你一个农村姑娘居然有如此宽广的胸怀和担当的勇气，我非常感谢你。但是你不能走，我一刻也离不开你。还有，还有……”

“还有什么？”

“还有就是，就是……”马志良一个劲地支吾着。

于秀玲催促道：“你就痛痛快快说出来吧。”

马志良说：“还有就是我需要这个孩子。”

于秀玲猛地跳起来：“这怎么可能呢？”

马志良说：“秀玲我求求你了，请你无论如何答应我。我的情况你是知道的，已经四十多岁的人了，膝下没有一男半女，而且，今后也不会有生育的可能性。”

于秀玲一屁股坐在床上，一句话也说不出来。

屋里的空气像凝固了一样，凝固得让人胸闷。

马志良说:“你如果愿意的话，我可以在外面租一套房子，雇一个保姆侍候你,让你把孩子平平安安生下来。”

“然后呢？”于秀玲问。

“然后嘛,”马志良想了想说:“然后我就以领养的名义把孩子领过来,你继续以保姆的身份回到我家,你看怎么样？”

于秀玲听完,断然拒绝:“那不行！”

“为什么？”马志良问。

于秀玲说:“很简单,我不能让我的孩子受一点儿委屈。”

两个人谁也不说话,长久地对恃着。

一阵沉默之后马志良问:“秀玲我问你，你还记得那个常来我们家的周红军吗？”

于秀玲说:“记得呀,怎么了。”

马志良又问:“你对他印象怎么样？”

于秀玲说:“小伙子挺不错的。虽然是个农村人,但是人长得精干,又很诚实。他挺有文学修养,文章写得也不错。”

马志良下床,“扑通”一声跪在于秀玲面前说:“秀玲我求你一件事,从明天开始我撮合你和周红军的婚姻,完了赶快张罗你们结婚,钱全部由我来出,请你一定答应我。”

于秀玲赶紧下床扶起他说:“老师你别这样,有啥事先起来咱们好好商量。”

马志良长跪在地:“你不答应我就永远不起来。”

于秀玲跌坐在床沿上吼:“你不要逼我好不好!马老师我问你,你算得上文学大师,你说,感情是可以转嫁的吗？”

马志良跪爬到于秀玲脚前,紧握住她的手说:“秀玲你听我解释。你以为我是铁石心肠?你以为我愿意把这个孩子活生生地堕了胎?我是事出无奈啊!你是知道的,我都扔掉四十数五十的人了,至今没有一男半女,所以,你更应该清楚这孩子对我有多重要。但是我想不出更好的办法让他合理合法地来到这个世界上,只能出此下策。你说,我一旦失去这孩子,我活在这个世上还有何意义？”

于秀玲泪如雨下，泪水滴湿了马志良的头发。马志良眼巴巴地看看于秀玲说:“秀玲我求求你,答应我吧。”

于秀玲抹一把眼泪说:“好吧我答应你,但是有两件事你必须答应我。”

马志良说:“只要你答应和周红军结婚,答应生下这个孩子,别说两件,二十件我都答应你。”

于秀玲说:“第一,无论发生什么事情,这孩子将来必须跟随着我。”

“没问题。”马志良说。

“第二,”于秀玲说:“一旦我和周红军结婚,这孩子必须姓周。”

马志良站起来说:“这个嘛……我们是不是可以再商量。”

于秀玲的态度十分坚决:“因为这将牵涉到周红军的人格和尊严, 所以丝毫没有商量的余地。”

马志良想了想说:“行,我答应你。但是……”

“但是什么? ”于秀玲问。

“将来孩子的抚养费由我全部负责。”马志良说。

于秀玲说:“不,坚决不行!我有能力生下这孩子,我就有能力抚养这孩子,直到把他培养成人。”

一个月之内马志良做了两件大事,第一是为于秀玲他们租下一套房子,办完了他们的婚事, 第二是把周红军和于秀玲都安排在省文联下属的一个印刷厂里干合同工。

第十四章

此后的几年里,宁奇再也没见到于秀玲和她的来信,只是在省内的一些文学期刊上频频看到她的文章。她的文章早已经褪去了先前的稚嫩,显得那样老到而沉稳。她的文风隽秀而清丽,多写农村的题材,读她的文章就像在品味一个纯情的少女,很耐人寻味。宁奇真的很为她高兴,也为有这样一位文友而自豪,说老实话,他很想念她。自从她上次写了那封信,宁奇能做的,只是一些安慰。他想,既然生米已经做成了熟饭,尽管那是一锅夹生饭,但是她还得一口一口地吃下去。

然而他一直牵挂着她。

忽然有一天，宁奇接到她一封来信，信写得很短。

尊敬的宁老师：

您好！好长时间没有给您写信，请原谅。但是不写信不等于忘了您，您是我的恩师和亲密文友，我一直都很想念您。至于为什么没写信固然与事情多有关，但这不是理由。我现在有一肚子的话要对您说，可是有些话信里一句两句也说不清楚，等到我们见面时细谈。

我已经有了一个千金，她今年7岁，上了小学。现在虽然有了家但是很乱，一直不好意思请您来做客。不过不要紧，我准备回乡下去生活，到时候一定请您来家。

顺祝

安好

学生　于秀玲

读完这封短信宁奇感到十分突然，他无论从哪个角度都无法诠释她这个将要回乡定居的决定。进城之后她有了一份很好的工作，她得到了名师的指点且有一个十分理想的读书和写作环境，她虽然出现了感情波折但建立了一个幸福美满的家庭，她已步入创作佳境，在城市发展前途无量。

到底是为什么？

当所有的一切无法做出合情合理的解释的时候，冥冥中他有一种不祥的预感。会不会是她发生了什么问题？抑或遇到了什么麻烦？

果然，在后来的交谈中他得知她家确实发生了变故。

台灯下，于秀玲伏案疾书，她的头发散乱，一脸倦容。她不时打一个哈欠，摇摇头定定神接着再写。当她实在挤不出一个文字的时候，索性停下笔站了起来，对着案头的稿纸出神。里屋传出一声响动，她轻手轻脚走了进去，来到女儿床前。孩子已经睡了，她给孩子掖好被角，重新回到案前。“嘭”的一声门开了，周红军挟着一股酒风走了进来。他来到于秀玲身边，嘴里嘟嘟哝哝道：“写什么写，一个家庭妇女，把家操心好把大人孩子侍候好就行了。写作顶多是个兴趣爱好，你还想成名成家不成！”

于秀玲脱去他的外衣，并没有责怪他。

她说："红军，咱们不是都说好了吗，如果说过去咱们做的是一个文学梦，那么现在我们已经成家立业已经有了孩子，我们就得回到现实中来。我不想成名成家也不可能成名成家，我只想用手中的笔来养家糊口。红军你是知道的，每月咱俩的稿酬虽然不多，但对于我们这个三口之家而言那可是解决了大问题的。你说，我不写能行吗？"

周红军说："反正我已经看透了……"

于秀玲问："你看透什么了？"

周红军说："你别问了，有一天你会明白的。"

于秀玲看了看他，倒了一杯水放在桌子上说："好了好了，喝点水早点休息。"

这时候有人敲门，于秀玲开了门，是马志良。

马志良没有丝毫的客气，像进自己家门一样很大方地跨了进来。他把一包小食品放在桌子上问："甜甜睡了吗？"

马志良说着就要往里屋走。

于秀玲挡在面前说："甜甜刚刚睡着，别把她弄醒了。"

马志良还在坚持："我轻轻进去轻轻出来，我只是看看她，不会吵醒她的。"

于秀玲看一眼周红军，对马志良说："马老师，你就别看了。另外我正好想求你一件事，能请你答应我。"

马志良说："你说，我一定答应你。"

周红军用诧异的眼光看着她。

于秀玲说："我请你以后再不要给甜甜买任何东西，没有什么事也不要再到我们家里来，好吗？"

马志良问："为什么？"

于秀玲说："第一，甜甜有我和红军，我们像宝贝一样呵护着她，她什么也不缺；第二，我们这个家很脏很乱，像你这样的名人进进出出我怕失了你的身份。以后有事咱们到单位上谈，行吗？"

马志良一句话也不说，用一种十分奇异的眼神打量着她，好像从来都不曾见过她一样。于秀玲做一个送客的手势："马老师，话我都说完了，你请回吧。"

马志良还在纠缠："你让我看一眼就走，我保证，只看一眼。"

周红军提着一瓶酒走过来，夹在两个人中间说："马老师，咱，咱们喝两杯。"

马志良说:“我不会喝酒,这你是知道的。”

周红军又递上一支烟,没等马志良叼稳当便打着火机凑了上去,燎得马志良直往后退。突然周红军惊呼:“哎呀,马老师有白头发了！别动别动。”

没等马志良反应过来,一根头发已经揪在周红军的手中。

马志良很不悦:“红军你不能这样,你是一个文学爱好者,我们都是为了圆一个文学梦才走到一起成为朋友的。你说你,文化程度不低,文学底子不薄,过去你的文章写得多好。自从沾上酒之后,成天醉生梦死,就像掉进酒缸里一样,烟和酒成了你生活的全部。一个男人抽点烟喝点酒这很正常,但是咱不能喝得因酒误事。”

周红军醉眼蒙眬地说:“对酒当,当歌,人,人生几何……”

马志良接着说:“红军不是我说你,你自己看看,你现在堕落成什么样子。文章不写这算是你的业余爱好,不写也就罢了,本职工作你总得做好吧。我费了九牛二虎之力给你求了一份工作,还升了职,你倒好,当的好好的车间主任,因为喝酒误事让人家撸了;当个技术工人,又因为喝酒违章操作让人家开除了。你自己说,你们今后的日子怎么过？”

于秀玲说:“马老师你说得对,红军因酒误事确实不对。我向你保证,以后他再也不胡喝了。”

周红军猛然抓起酒瓶向地上砸去:“够了!少来这一套,能过活就过活不能过活就散伙,别动不动唠唠叨叨教训人。”

马志良指着周红军的鼻子说:“周红军我告诉你,你要对自己说出的话负责任。你记清楚了,不想和秀玲过可是你先提出来的,你要为自己的话后悔一辈子的！”

于秀玲赶紧推马志良:“他在说醉话,老师你先回吧。”

送走了马志良,于秀玲把摔碎的酒瓶扫出去,打来一盆热水放在地上说:“洗脚吧,洗完早点睡。”

周红军睡了。

于秀玲再也写不下去了,她伏在书桌上,低声抽泣着。

最近发生的事情让她心力交瘁,每一件事都让她寝食难安。先是马志良的老婆去世,后来是马志良对她和甜甜无休止的纠缠,再后来便是周红军稿件的屡屡被莫名其妙地“枪毙”,让他陷入极度的苦恼之中而不能自拔。他终于自暴自弃,整日借酒浇愁，一蹶不振。

不可否认，周红军的被印刷厂撤职以及被开除不排除因酒违章的因素，但是小题大做是全厂的公论，借题发挥是不争的事实。这其中恐怕只有她于秀玲一个人心知肚明，这一切，无一不是马志良作的梗。经过这一切之后，她心中的马志良再也不是那个温文尔雅，让她敬佩得五体投地的谦谦君子，而是一个狰狞的恶魔。她现在终于明白过来，他早已经为他们设下了圈套，现在，正在把魔爪伸向这个幸福美满的小家庭。

自打和周红军结了婚之后，她发现他一直深爱着她，更加深爱着宝贝女儿甜甜。她暗自庆幸，庆幸甜甜的身世一直为世人所不知，也为周红军所不知。严格的计划生育政策让他失去得到自己亲生骨肉的机会，她一直怀着负疚的心情陪伴着他。尽管他们恩恩爱爱相敬如宾，但是他的酒后失态是常有的事，这些她能理解也能忍受，有时候她甚至希望他在愤怒的时候能痛打她一顿，那样她会觉得自己更舒服一些，心里也许会有一点安慰。

她觉得他很可怜也很悲哀，最大的悲哀就在于被人算计了还一无所知，而自己，于有意无意之间充当了算计周红军的帮凶。她最担心的事情只有一件，那就是一旦甜甜的事被马志良挑破，周红军将会怎样面对她和甜甜，她又如何面对红军。而马志良捅破这层窗户纸，那将是迟早的事。

于秀玲关了灯，轻轻走进甜甜的房间。周红军没有到他们的床上去睡，他搂着甜甜和衣而卧，脸上浮着一层薄薄的笑。她久久地伫立床前，不忍心打扰也不忍心离去，直到泪珠挂满两腮。

又是一个初夏季节，窗外绿树婆娑，槐花的清香穿透窗纱钻了进来，弥漫了整个房间。看着窗外的绿闻着室内的香，让宁奇一时触景生情，他的思绪早已展开翅膀，飞向那片刚抽穗的麦田和那次令人难以忘怀的拔燕麦的场景。好长时间没有了于秀玲的音讯，他不知道她现在怎么样了。他随手拉过一沓稿子，有一搭无一搭地翻阅起来。

门被轻轻敲了两下，没等他喊“请进”门便被推开了。宁奇抬头看时，进来的是一个很时尚的女人，那人毫无拘束，径直向他走来。她一直走到宁奇的对面，对着他神秘地微笑。宁奇有些愕然，慢慢站起身来，惴惴地问：“请问你是？”

她突然伸出手：“宁老师您好，怎么，连我都认不出来了？”

宁奇伸出手，轻轻握了一下她的指尖随即松开，从圈起的办公桌里走了出来。她开始细细打量她：圆脸盘、披肩发、连衣裙、高跟鞋、长筒袜……

想不起来，真的想不起来。

看宁奇一直愣在那里，她上来拉住他的手说："看来老师的官当大了，连朋友都不认识了？我是小于！"

宁奇还是惴惴的："小于，小于……"

她大声喊："我是于——秀——玲！"

"于秀玲？"宁奇怔怔地看着她的脸，想努力从那张漂亮的脸上找到当初留给他的印象。但是没有，除了那一双明亮的眼睛，似乎已经完全脱胎换骨，什么都变了。

她向同来的小伙子招招手说："快过来，我给你介绍。"

小伙子有些腼腆，走到于秀玲身边。

于秀玲说："这就是我经常对你说起的宁老师。"

年轻人谦恭一笑："宁老师好。"

宁奇握住他的手说："如果我没有猜错的话，你应该是周红军。"

年轻人说："是的，我叫周红军，是秀玲的爱人。"

宁奇说："好你个周红军。我看过你的文章，很棒的。"

周红军说："宁老师过奖了。"

于秀玲又拉过小女孩介绍："这是我们的女儿甜甜。甜甜，快问宁爷爷好。"

甜甜甜甜地问一声："宁爷爷好。"

宁奇赶紧走到甜甜跟前，蹲下身子，轻轻抚摸着甜甜的脸蛋："甜甜真漂亮。"

宁奇站起身来看了他们很久，说了一声："请坐吧。"

他们浅浅谈了些文学创作的话题很快转入宁奇最关注的问题，就是他们一家目前的处境。宁奇问："你信上说你们准备回到乡下定居，是说说而已，还是确有其事？"

于秀玲说："没做决定的事，我敢在老师面前随便说吗？"

宁奇接着问："人家现在都往城市转移，你们好不容易在城里安了家立了业，为什么还要回来？"

于秀玲看看周红军，只回答了四个字："一言难尽。"

宁奇知道他们肯定有自己的苦衷，不便追问下去。

他转一个话题问："现在回来了吗？定居下来了吗？"

于秀玲叹一口气说："怎么说呢？人是回来了，可是计划没有变化快，定居成了问题。"

宁奇有些不解，急切地问："到底是怎么回事？"

于秀玲正襟危坐，像汇报工作一样给宁奇讲了起来。

她说："我们成了家以后，原本有在城里打拼的雄心壮志，但是时间久了我才发现，城市并不适合我们，我们也不适合城市。"

宁奇问："现在农民工进城已经成为时代潮流，你们既有基础又有能力，怎么就不适合了呢？"

于秀玲的回答很简单："原因纵有千条万条，但是归纳起来只有一条，那就是乡下人太单纯，城里人太复杂，累。"

"那么说你们果然回了农村？"宁奇追问。

于秀玲微微一笑："怎么说呢？回倒是回来了，但是没有事做，所以回不回农村还很难说呢。"

"种田呀！你本身就是一个种田的好手。是不是城里闯荡了几年受不下田地里那种苦了？"宁奇问她。

于秀玲说："哪里呀。本来是打算回家种田的，但是回来以后发现，形势已经发生了变化。农村实行土地流转，农民的土地全都承包给了集团公司，现在已经无地可种了。"

"那你们今后打算怎么办？"宁奇问。

"看来，大城市不适合我们，现在只能跑到小县城里谋生了。"于秀玲说："今天来一是看望老师您，二是请老师帮助我俩联系一个干活挣钱的地方，三是帮助我们租一个住处。最要紧的事情是落实甜甜的上学问题，这是重中之重。"

于秀玲很健谈，健谈的别人插不上嘴。

一直没有说话的周红军开口了："你别光在这里高谈阔论，忘了咱们干什么来了。"

于秀玲猛然醒悟，赶紧说："快下班了，中午请老师吃个便饭。"

宁奇说："你们到了我这里，理应由我来尽地主之谊，怎么能让你们破费呢。"

于秀玲说："这顿饭我准备了10年，老师你就别争了。"

她上来架起宁奇的胳膊，不由分说将他拉出办公室，一直拉进了饭馆。

几杯酒下肚，宁奇急不可耐又提起前面的话题。

他说："看来你们回来的正是时候，找工作的事嘛，最近正好有一个机会。"

"什么机会？"于秀玲问。

"是这么回事，"宁奇说："最近县上启动了县志编纂工作，正在招聘编纂人员。前两天县志编办公室主任找到我，请我为他们物色推荐两个修志人员，我答应了。既然你们准备求职，我看你俩就是最合适的人选，一说准能敲定。"

于秀玲看看周红军，没有表态。

"我想，"宁奇接着说："那里一来是个正规的行政单位，二来工资待遇不错，又不存在拖欠问题，机不可失。你们二位正好有写作能力，他们求之不得，回头我把你们带过去见见面，你们看如何。"

周红军和于秀玲对视良久，谁也没说话。

于秀玲斟满一杯酒敬给宁奇喝了，她说："敬老师一杯，先感谢恩师的美意。不过我觉得修志这件事我们恐怕不能干。"

"为什么？"于秀玲的回答大大出乎他的意料。

于秀玲说："我想这份工作不一定适合我俩。"

宁奇说："你是不是听了'修志不得志，得志不修志'的闲话，怕影响你们将来的发展？"

于秀玲连连摇头："不是不是，老师你想到哪里去了。"

宁奇很惊讶："那是什么原因，怕不胜任？"

于秀玲说："那倒不是。可以毫不含糊地说，拿下文字编纂的活一点儿问题都没有，但是……"于秀玲欲言又止。

宁奇有些不耐烦："你这个于秀玲，要说你就把话说完，不要吞吞吐吐的。"

于秀玲费了很大的劲，才嗫嗫嚅嚅地说："我们，我们不愿意和那些政府官员打交道。"

宁奇追问："为什么？"

于秀玲说："是这样的。我们虽然出身卑微，但是见不得那些官员的做派。或者把话说得更直白一些，我们无法忍受那些不学无术的人装腔作势指手画脚。"

宁奇暗暗吃了一惊。

“他当他的官，你做你的民，你们井水不犯河水，这和你修志有什么关系？”宁奇十分纳闷。

于秀玲说：“其实老师你是个明白人。现如今的官场，长官意志就是所有人的意志，那是无法抗拒的。在编纂县志的问题上，他们的长官意志和不顾客观实际的夸大成绩不但会歪曲事实，有时候甚至会篡改历史。他们的做法不仅是对文人的不尊重，也是对历史的不负责任和对文学的亵渎。宁老师你最清楚，编纂地方志是一项神圣而严肃的工作，来不得半点虚假，掺不得丝毫的主观意识。所以我想，在编纂过程中难免会遇到这些问题，那么我们和他们之间不可避免地会发生分歧和争论。这种争论的最终结果是，轻则争得面红耳赤不欢而散，重则不是他们炒了我们，便是我们炒了他们。所以，与其将来愤然离去，不如现在一拒了之。”

于秀玲的一番话让宁奇十分震惊，他想不明白，一个涉世未深的女孩子怎么会把问题看得如此之深如此之透，而且讲得如此精辟。他之所以为之震惊，就是她所谈到的问题，正是他这个所谓的御用文人多年以来深有体会又不敢言喻的切肤之痛。没想到，今天竟然让她淋漓尽致地抖搂出来，不能不令人刮目相看。

宁奇静静地看着她，想从她脸上寻找文牍生活的艰辛留给她的沧桑烙印。但是没有，她的脸像刚刚被微风吹拂过的湖水，涟漪过后，平静如初。

于秀玲说：“我和红军都很年轻，身体也很好，别的没有，力气有的是。其实我们的要求并不高，只是希望寻求一份打工的活就行，再苦再累不怕。”

宁奇沉思良久，说道：“试试看吧。”

后来的事情办得很顺利。

依照他们的意愿，宁奇通过她的表妹——县医院的护士长给予秀玲找到一份医院护工的工作；通过他的堂弟——县印刷厂的副厂长将周红军安排在印刷厂上班。甜甜的学是宁奇亲自出面帮助入的，在城关一小。宁奇刚搬进新楼不久，平房尚未出售，先让他们住了。

定居县城以后再没有见到省刊和市刊上发过于秀玲和周红军的文章，他们偶尔向宁奇这里送一份稿子，那稿子必是《乡土》的头条。他们对文学的淡漠和近乎辍笔让宁奇大为不解，但是当有一天他到医院了解了丁秀玲繁忙而繁琐的工作，到印刷厂领略了周红军繁杂而繁重的劳动，他完全理解了他们。护工的活很脏很累，最要命的是要没日没夜地守在那里，根本回不了家。印刷厂的活也很紧很苦，这样繁重的劳动，想必一天下来已经身心疲惫，他们哪里有那么多精力和时间去搞文学创作。

宁奇这样想。

宁奇他们居住的这个县城虽然小，但是生活环境不错。西望有巍巍大山，气势雄伟；东看是万亩平畴，郁郁葱葱。有大山做天然屏障，既观了景致又挡了风沙，不能不说是风水宝地。有稻麦林莽拥青围翠，小城独显风姿，堪称人间胜景。但是，小城有小城的局限，其他关乎民生的基础设施尚可正常运转，唯独美中不足的是供暖条件很差。每当冬季来临，小城的居民早早就怯乎那难熬的严寒，每当夜幕降临，大都开了电褥子熄了电灯，早早睡了。

当又一个严冬到来的时候，宁奇和小城的居民一样，恪守着早睡早起的生活习惯。这天夜晚天气出奇得冷，寒冷钻入被窝侵袭着体肤，让他难以入睡。他一次又一次地裹紧被子，将身体蜷缩在被窝里企盼早晨的阳光。忽然，电话铃尖利地响起来，他接起电话，先听到对方嘿嘿笑了两声："不好意思，我是小于。"

宁奇感到不可思议，问道："半夜三更，有什么当紧事？"

她又嘿嘿一笑："宁老师，请教你一个问题。"

宁奇先裹一下被窝，问道："明天不行吗？"

于秀玲还是嘿嘿一笑："今日事今日毕，现在不说，我也睡不着，你也睡不踏实，你说是吧？嘿嘿！"

宁奇听完，吐出两个字："你说。"

于秀玲问："母猪的怀孕期应该是几个月？"

于秀玲的问题真的把他问住了。是啊，母猪的怀孕期到底是几个月？他想下去查查资料，但是屋子冷得让他无法离开被窝。他想认真思考一下，但是这会儿正在迷糊之中，哪里有思考的能力。他支吾一句："明天告诉你。"

宁奇将电话挂了，一看手表，是五点零一分。

冬天的五点正是五更，这个于秀玲是不是得了癔症。

于秀玲的半夜来电给宁奇出了一道难题，然而给他留下一个更大的问号。这个问号无关于老母猪怀孕的事，而是于秀玲为什么要问这样的问题，而且选择了这样的时间。宁奇大睁着两只眼睛，一直躺到大天四亮。

第二天，宁奇专门来到于秀玲的家回答她关于母猪怀孕的问题，其实主要目的是质询半夜来电话的事。他问于秀玲："你怎么想起半夜三更给我打电话？"

于秀玲笑答："看来老师兴师问罪来了。"

没等于秀玲把话说完，周红军先说了："人家每天三点钟就起来写作了，五点钟打电话那都是晚的。"

每天三点起来写作，作品在哪里？宁奇一头雾水。

他问："写什么呢？"

于秀玲说："也说不上写什么，反正冻得睡不着，想到哪里写到哪里，瞎写。"

宁奇看着于秀玲，他发现她的微笑中隐含着一丝狡黠。

第十五章

那是端阳节的第二天，于秀玲打来电话，请宁奇下了班到她家去吃饭。宁奇准时赴约，一进门首先看见桌子上放着一个漂亮的生日蛋糕。宁奇问甜甜："今天是谁的生日呀？"

甜甜说："是妈妈的生日。妈妈说她从来没有过过生日，今天请宁爷爷过来高高兴兴过一个快乐的生日。"

宁奇开始埋怨起来："你说你这个于秀玲，请人的时候为什么不把话说清楚？"

于秀玲嬉皮笑脸地说："怎么没说清楚，时间、地点，说得够清楚了。"

宁奇说："你应该告诉我今天是你的生日，第一次过生日，我应该送你一个生日礼物才是。"

于秀玲笑着说："送什么礼物啊，人来了就是最好的礼物。不过宁老师我告诉你，我倒是给你准备了一份礼物。"

宁奇惊喜："是吗？快拿来看看。"

于秀玲诡秘一笑："先吃肉喝酒，吃饱喝足了自然送给你。"

今天的生日宴会简朴而热烈，宁奇和周红军喝了不少酒，于秀玲也喝了。酒后的她表现出难得的兴奋，她拉着甜甜又唱又跳，真格一个快乐的生日。酒足饭饱之后宁奇一直惦记着那件礼物，几次催促于秀玲。好不容易等到她乐够了，才从书桌底下抱出一个盛纯牛奶的箱子，郑重其事地放在他的面前。

于秀玲说："请老师接受学生的礼物。"

宁奇失望极了："你说你这个于秀玲，给我送的哪门子的纯牛奶。"

于秀玲对着他一个劲地笑，周红军附和着笑。

宁奇随手将纯牛奶推在一边："我不要，留给甜甜喝去。"

于秀玲说："怎么着你也得打开看一眼呀！就这么不给面子。"

宁奇无奈，慢慢打开那箱子。

箱子里的东西让宁奇大吃一惊，那是一箱装订整齐的长篇小说的手稿！他一本一本地翻阅着，工整的书写，隽秀的字体，让人能体味到沁人心脾的墨香。从页数上看，大约 50 多万字；从字迹的工整程度看，这绝对不是初稿，或者也不是二稿，这清秀的抄写肯定是不知道修改了多少遍的定稿。看着眼前的这一箱手稿，他突然心疼起这个于秀玲，他真的不敢想象，她是经过多少个日日夜夜才折腾到目前这个程度。

宁奇的心里一阵激动。

宁奇提了手稿，迫不及待地往回赶。他要马上阅读，一口气将它读完。

打拳的人有一句行话："只要一出手，便知有没有。"长年审稿的人也有这种体会，无论长稿短稿，大致翻一翻，或者看上一两段，便能掂出文稿的分量。宁奇一边读一边冷静地审视书稿，足足看了 3 天。他发现，于秀玲犯了一个致命的错误，就是重故事轻人物，尽管有些故事情节很精彩，但是人物形象立不起来。

这让他很失望。

当宁奇将书稿送还于秀玲的时候，她一直用热辣辣的眼光看着他，他知道她在期待什么。但是朋友的良心和编审的责任告诉他，他不能说违心的话，对于她这样一个初涉长篇小说创作领域的人而言，他必须实话实说。但是，他不知道该怎么开口。

宁奇想了想说："我是个眼高手低的人，我虽然没有写过长篇小说，但是里面的路数还是能看出一些。"

于秀玲迫不及待地说："那你赶紧说说。"

宁奇把他的看法和盘托出，她在认真地聆听。

最后她问宁奇:“宁老师你说,下面该怎么做。”

宁奇手托下巴沉吟良久,然后告诉她:“写长篇不是一件轻而易举的事,是要以丰富的生活经历、深厚的文字功底、扎实的文艺理论基础以及出色的统篇驾驭能力做支撑的。”

宁奇戛然而止。

于秀玲两眼热辣辣地期盼着他的下文。她问:“老师的意思是?”

“我建议你,我必须说明,仅仅是建议,”宁奇说:“你不如暂时放弃长篇小说的创作先好好写写短篇或者中篇,把基础打实落了再写也不迟。”

于秀玲没说话。

周红军没说话。

宁奇没再说话。

屋子里的气氛顿时沉闷起来。

以后的几年中宁奇和于秀玲各忙各的,他们很少见面也很少谈及文学创作的话题。《乡土》上再也不见了于秀玲的稿子,宁奇一直有一个悬念,那就是小于对于文学创作的态度。是放弃了?是彷徨了?还是别的什么原因。

在此期间,宁奇已经退居二线,离开黄龙中学校长的岗位。退下来之前组织部找他有过一次长谈,组织上考虑他还能干,决定让他发挥余热,具体的安排是让他继续担任《乡土》的主编,并且让他负责筹备县文联成立的事宜。

那天宁奇下班刚一进门,白兰芳说:“书房里有小于送来的礼物。”

宁奇问:“不过年不过节的,送的什么礼物?”

白兰芳说:“我也不知道,她特此嘱咐,说是让你亲自打开。”

宁奇嘟哝一声:“这个于秀玲,又在搞什么名堂。”

话虽然这么说,他还是急匆匆走进书房。他第一眼看见的是书桌上放着一个盛纯牛奶的纸箱子,他急忙打开箱子,首先跃入眼帘的是一封信。

宁奇撕开信封读信。

尊敬的老师:

您好!首先,请原谅我用这种不太礼貌的方式将书稿送到您的手上,学生失礼了。

说老实话，我很想当面交到您的手上聆听您的赐教，但是我没有勇气面对您，因为我没有按照您的指导意见去做。我用了五年时间六易其稿，将我的长篇小说《马兰草》整成如今这个样子。我知道我这样做很可笑，我这不叫执着，应该称之为执拗；我这不叫锲而不舍，应该称之为不自量力。老师我干脆实话实说了吧，修改完这部长篇小说，我在惴惴不安中尚存一丝宽慰，那就是不管怎么说，我总算了却了自己的一番心愿。是故乡养育了我，我对故乡要有所回报，我要用自己的拙笔，去描绘家乡的美好风光，去展示家乡的风土人情，去歌颂家乡的父老乡亲，去书写那些流传于民间的可歌可泣的传奇故事。事情做完了，我如释重负，至于成败优劣，只能请老师批评斧正。

其实不敢面对您还有一层意思，那就是不好意思。书稿已经呈送您的案头，请您定夺。若不成功，就算一堆废纸，只当作我练了一回笔，弃之不惜；书稿若有可用价值，我也不会欣喜若狂，因为，对我而言，无非是一件既喜且忧的事。喜的是我经过一番艰苦努力，终于获得了成功，忧的是囊中羞涩，拿不出昂贵的出版经费，暂时只能束之高阁。我们的情况您是知道的，我和红军起早摸黑省吃俭用，手底下是有点积蓄，但是我们得有一套属于自己的住房，不能永久地住您那套不收房租的房子。还有，甜甜马上要上高中，用钱的地方太多了。所以说，如果书稿属于后者，那么我确实没有能力自费出版，所以出版的事只有拜托您了。借钱也好贷款也罢求人找关系，等等，一切用度都由我来承担，但是路得您跑话得您说，因为您有路子也有面子。

不过老师您也不要太为难，实在不好办，可以先放放。

您的学生　于秀玲

看完信宁奇一刻也没有停留，打开书稿阅读起来。

书稿给他的第一印象是，书写还是那样工整，文字还是那样隽秀。平心而论，他对书稿并没有产生多大兴趣，所以也就没有抱多大希望。但是他还是决定看看，就像当年不放弃《马兰花赞》一样，他不愿意放弃《马兰草》。他原本是想粗粗浏览一下，等有了时间再细细品读，然而翻了两页之后，他便完全被拉进故事情节之中而不能自拔。他从日出看到黄昏，从日落西山看到灯火通明。其间白兰芳叫了几遍饭又是啥时候将饭端到书桌上来的他全然不知，等到读完最后一个字，天色已经大亮。

不可否认，地点还是原来的地点，故事还是原来的故事，人物还是原来的人物，但是于秀玲似乎借助了神的力量，将风光描写得更加秀美而苍凉，将故事演绎得更加曲折而动人，最感人处是将一组人物写得有血有肉性格迥异，将一组活生生的农民众生相展现于读者面前。

太阳出来了，柔和的阳光泻在书桌上，铺在稿纸上，一行行文字闪烁着光芒。宁奇激动不已，起身在地上急促地踱着步。他直觉得浑身发热，血液好像在胸中汹涌激荡。他拿起那封信又读了一遍，沉思良久。他又将目光落在书稿上，他开始筹划书稿。不行，我要全力以赴促成这本书的出版。他开始翻箱倒柜，盘点他所能操纵的全部现金。

白兰芳走进屋来，宁奇突然问："我们家还能拿出多少钱？"

白兰芳问："大清早的，你问钱干什么？"

宁奇说："问钱自然有用，你就别问了。"

白兰芳有些疑惑："你不说清楚我不给你。"

宁奇说："是小于用钱。"

"什么？小于用钱？"白兰芳用狐疑的眼神看着他。

宁奇拍着书稿说："小于出书差钱，我们得帮帮她。"

白兰芳想了想，问道："得多少钱？"

宁奇说："最少得四五万。"

白兰芳一听，将头摇得拨浪鼓一般："你现在简直成了外人了，家里的锅大碗小你又不是不知道，你让我给你偷四五万去！"

宁奇再没敢多问，对着稿纸直发愣。突然他想起一件事，急忙提起手提包向门外跑去。白兰芳追出屋门喊："不吃饭了？"

"不吃了！"他头也不回，翻上车子跑了。

宁奇来到办公室，急急忙忙从文件夹里面取出一份文件。那是一份省委宣传部征集出版《金麦穗系列丛书》的通知，文件规定，在本省范围内，只要是以农村生活为题材的长篇小说均可参评，一旦入选，即可免费出版。

宁奇将那文件细细读了一遍，急急出门。他回家提起那个装着稿件的纯牛奶箱子，跳上公共汽车上了省城。

投稿完成之后，日复一日的等待和翘首期盼让他度日如年。他不止一次地劝慰于秀玲，谁知人家反倒显得比他淡定，她照常做她的护工，跟没事人似的。

接下来的好消息一个接着一个，先是《马兰草》的成功入选《金麦穗系列丛书》，紧接着便是顺利出版。

《马兰草》的顺利出版是宁奇梦寐以求的事，但是当这个梦想一旦变为现实，又让他觉得不可思议，出版所产生的轰动效应更让他始料不及。因为这是他们这个县有史以来出版的第一部长篇小说，引起了当地政府和新闻媒体的极大关注，一时间，各家新闻单位蜂拥而至。更大的轰动来自于民间也就是读者群，有慕名求书的，有上门交流的，有发短信的，有的夜半三更打来电话一表读后的激动心情的。于秀玲热情接待着来自各方的祝贺，但是她没有忘了几乎天天都给宁奇讲几个感人的故事，她要和老师分享成功的喜悦。宁奇时常被这些故事感动着并且激动着，他想，这可能就是文艺理论上所说的"共鸣"。

一夜之间，于秀玲成了名人。

然而于秀玲很平静。

于秀玲多次礼貌而委婉地谢绝了所有的采访，一如既往兢兢业业干她的护工。有一天县委宣传部派了一个戴着眼镜的干部来到医院，找到了于秀玲。他通知她："打算下个月请省市的专家和文学评论家到县上来开《马兰草》的作品研讨会，根据会议安排，请你提前做好准备，到时候作一个主题发言。"

于秀玲很客气地回答："对不起，这个研讨会我不能参加。"

干部十分意外，问道："为什么？"

于秀玲说："我们医院的工作很忙，一个萝卜一个坑，我走了病人交给谁。我没有时间，走不开。"

干部说："这你不用操心，医院里的领导由我们来打招呼。"

于秀玲顿了顿说："这个招呼你就别打了，我是不会去的。"

干部问："为什么？"

于秀玲说："其实也不全是时间问题。"

"还有什么问题？"干部跟着问。

于秀玲说："我的作品不想参加这样的研讨。"

干部愕然："开你的作品研讨会是为了宣传你的作品也就是宣传你，是为了扩大影响提高你的知名度，这样的好事人家求之不得，你却不愿参加，你真是……”他把没说完的话咽了回去。

“我真是个傻瓜，总行了吧。”于秀玲说得十分轻松。

干部点燃一支烟，狠狠抽了两口，然后问于秀玲：“能讲讲理由吗？”

于秀玲侃侃而谈：“我认为，对于一部作品而言，写了也就写了，出版了也就出版了，无非是做完了一件自己愿意做的事罢了，没有什么大惊小怪的。此其一。当然，作品问世以后肯定会引起社会上的评论，会有反响。这些评论无非出自两个群体，一个是专业的文学评论家，一个是热心的读者群。如果让我在专家和读者中选择评论的话，我宁愿选择后者。”

干部又问：“为什么？”

于秀玲说：“很简单，老百姓说的都是真话。”

干部扔了烟屁股，狠狠踩了一脚，转身走了。

整个夏天，于秀玲被笼罩在一种灿烂而神秘的光环里。医院里的大夫护士们经常会用一种异样的眼光看着她，院长将她叫到办公室，和她进行了一次推心置腹的长谈。

院长的谈话很客气：“小于同志，你在医院干了几年，有些照顾不周的地方还望多多包涵。”

于秀玲很诧异：“医院对我很好啊，没有什么不周的地方。”

院长说：“你一直在干护工，这活又脏又累，真是委屈你了。”

于秀玲说：“院长你看你把话说到哪里去了，医院能给我一份工作让我干我感谢还来不及呢，哪里有什么委屈？”

院长说：“即便你不觉得委屈，我们至少感到屈了才。谁也没有想到，我们医院里会出一个大作家。”

于秀玲恭谦一笑：“什么作家不作家的，我还是我。”

院长说：“昨天我们开了个会，研究决定调整一下你的工作。”

于秀玲问：“调整工作？让我干什么？”

院长说：“准备让你到办公室工作。”

“具体工作是？”于秀玲惴惴地问。

“具体工作嘛，”院长慢条斯理地说：“没事的时候你可以看看报纸写点东西，主要是写点宣传我们医院的文章。上面来人的时候你就负责接待，做好服务工作。”

于秀玲连连摆手：“院长实在对不起，这工作我做不了，我还是当我的护工吧。”

于秀玲的答复让院长很失望也很意外，他问：“这是你的真心话？”

于秀玲十分肯定地说：“是真心话。”

第二天，医院的人开始交头接耳，对着于秀玲指指画画。

这些日子，于秀玲陷入一种莫名的烦恼。她无处倾诉，只能将心中的话对宁奇讲。她不止一次对宁奇说她觉得自己很孤独，她对今后的路很茫然。她说在这个小县城里，他已经成了她唯一的亲人和唯一可以信赖的人。她也经常对宁奇提起感恩之类的话，说有朝一日定当报答。每次说这话的时候都会遭到宁奇善意的打击。

十几年的文学经营让宁奇也混出了一点名堂，今天是县文联成立的日子，组织上任命宁奇担任县文联主席。组织上同时交给他两项任务，一是为了展现近几年来本县生态环境治理的重大成果，由县文联牵头编写一本报告文学集，书名定为《红牛湖》。第二是划拨给文联一个事业编制，授权他选聘一名有能力有影响力的文化人作为他的助手，调进文联工作。

宁奇首先想到了于秀玲，理由如下：其一，于秀玲的家乡就在红牛湖边，五婶新开发的红牛湖旅游区就在那里，那里她最熟悉。其二，于秀玲代表着本县文学创作的最高水平，编写书稿非她莫属。其三，于秀玲的艰苦生活环境始终是他的一块心病，只要能完成书稿，进文联则是板上钉钉的事。

会议结束后，宁奇草草做了些应酬便迫不及待地来到于秀玲的家，进得门来，于秀玲正在做饭。宁奇二话没说将煤气灶关了将她拉出厨房，她用惊诧的目光看着他。

宁奇兴冲冲地说：“好消息，天大的好消息。”

于秀玲举着两把面手问：“什么好消息？看把你急成这个样子。”

宁奇一口气把所有的好消息一股脑儿地倾泻出来，等待着于秀玲的反应。让他没想到的是，于秀玲听完他的陈述什么话也没说，返身要进厨房。

宁奇挡在她面前说:“秀玲你怎么回事?死活你得给个话呀!”

于秀玲说:“宁老师谢谢你,那样的文章我恐怕写不了。”

宁奇问:“为什么?”

于秀玲说:“不为什么。”

这一下宁奇真的发怒了:“于秀玲你什么意思,出了一本书你把谁也不放在眼里,你以为你是谁!好!就算我热脸贴在冷屁股上了,行不行?你不领我的情,我不敢在这里死皮赖脸强求你这个大名人,我倒要看看离开你于秀玲我们的文章能不能写出来!”

于秀玲拉住他说:“老师你听我解释。”

宁奇一甩手:“做你的饭去吧!”

宁奇说完,转身出门。

于秀玲慌忙出门,把他拦了回来。她把宁奇按在凳子上,沏了一杯茶,然后坐在他对面说:“老师你消消气,都怨我没把话说清楚。”

宁奇还是气呼呼的。

“事情是这样的,”于秀玲说:“你也知道,我们红牛湖地处引黄灌区梢段,灌水十分困难,当地的老百姓把水看得比金子都金贵。近几年,从上到下兴起一股挖湖造景的热潮,上行下效,成为政风。”

“那又怎么了?不好吗?”宁奇发问。

于秀玲说:“挖湖好不好?改变生态治理环境,确实是好事。但是,凡事得有度,更要注重因地制宜。自从开发了红牛湖旅游区之后,由于蒸发和渗漏湖里得经常补水,不补水就成了干湖。这样一来,让本来十分紧张的灌水更加紧缺,湖区和农民争水的现实让老百姓苦不堪言也苦不敢言。老师你说,这种宣扬政绩的文章我能昧着良心去写吗?”

宁奇无言以对。

于秀玲接着说:“当然,我不写不等于别人不写。既然上面决定要写,既然您已经坐到了文联主席这个位子上,你就得认真组织认真编写。我不参与是我自己的事,我并不反对别人去做,因为我即便反对那也是徒劳。”

听完于秀玲的话宁奇久久地陷入沉思。猛然间,他有一种自惭形秽的感觉。不可否认,于秀玲提出的问题是有些尖锐,但是又千真万确,可是自己为什么丝毫没有意识到呢？早年当农民的时候，为了争水抢水自己没少受苦没少受气，乡亲们为了淌水而骂仗打架成了家常便饭。近几年来，农民对湖田争水的抱怨也不绝于耳，自己不是没有听到，但为什么变得如此麻木呢？

宁奇喝一口茶，问道："秀玲你说，这些问题我为什么没想到呢？"

于秀玲笑着说："这个问题非常简单。"

"怎么个简单法？说来让我听听。"宁奇一脸真诚。

于秀玲说："因为我是农民，你是国家干部。"

宁奇又喝了一口茶，细细地品味着。

这时候门外走进一个人来，宁奇认得他，是今天出席文联成立大会请来的特邀嘉宾，是本省著名作家马志良先生。

于秀玲和周红军用惊异的目光看着他。

宁奇正要上前打招呼，于秀玲走上前问："你怎么来了？"

没等马志良回答，周红军也站在了他的面前问："你来这里干什么？"

马志良说："今天到这里参加文联成立大会，顺便过来看看。"

周红军说："原来是这样。那好，现在该看的你已经看到了，你可以走了。"

马志良说："红军你听我说，我，我想看看甜甜。"

周红军说："甜甜上学去了，还没有回来。"

马志良说："那我等等她好吧。"说着就要坐下来。

周红军干脆推着他往外走："她住校，不到星期天不回来，你还是趁早走吧。"

马志良显得很无奈。站了半天他从兜里掏出一个信封说："听说甜甜要上高中了，这是我的一点心意，请你们收下。"

周红军吐出三个字："用——不——着！"

马志良瞪着周红军问："红军你这是怎么了？"

"你说我怎么了？"周红军反问。

马志良说："你怎么这么不通情理呢？"

周红军走到马志良面前，几乎走到脸对脸："马老师，念你曾经对我有知遇之恩，我叫你一声老师。过去发生的事情，可以一笔勾销，今天我啥话也不说，现在你可以体体面面从我这里离开，否则……"

"否则你怎么着？"马志良毫不示弱。

周红军的脸憋得通红，太阳穴上的血管突突直跳。宁奇看见，他的两只手已经攥成了拳头。

对视良久周红军说话了："姓马的，既然你死皮赖脸不愿意离开，那咱们干脆把话挑明了。"

于秀玲上来拉住周红军："红军，你就别说了。"

周红军一把推开于秀玲："不行，今天这话我必须得说。"

他再一次将脸对上马志良的脸："姓马的我告诉你，自从甜甜出生的那一刻起我就知道她不是我的孩子，因为按时间推算秀玲应该是早产而大夫却确定为足月。为此我和大夫大吵大闹了一番，最终大夫以确凿的证据证明了自己的诊断。接下来我开始暗中调查这孩子究竟是谁的，我首先怀疑的就是你，但是我没有证据。我也曾多次否定过你，我认为我心目中的马老师是做不出那样的事情来的。"

周红军的胸脯剧烈地起伏着。

马志良指着周红军："你不要血口喷人，拿不出证据我告你诬陷！"

周红军努力平静一下自己，然后说："你不要着急，我会拿出证据的。还记得我从你头上拔下来的那根头发吧，我用那根头发和甜甜的头发做了 DNA 鉴定，最终证明甜甜确实是你的。"

马志良用手纸擦着额头上的汗。

"问题搞清楚了，我如释重负，"周红军接着说："我一如既往地深爱着秀玲，一如既往地深爱着甜甜。今天我可以负责任地告诉你，甜甜就是我的亲生女儿，她，就是我生命的全部。"

这时候甜甜回来了，所有的目光都聚焦到她的身上。甜甜扫视一圈，忽然惊呼："妈！妈！你怎么了？"

众人回头，于秀玲瘫倒在地上，脸色煞白。

一辆救护车鸣着警笛闪着警灯，飞驰在大街上。

华灯初上，霓虹闪耀，小城笼罩在一片七彩的光辉里。

第十六章

新学期开学的时候，黄龙中学骤然红火起来。新生的匆忙入学，家长的跟随关照，交费的，领书的，铺床的，买饭票的，学生以及家长穿梭一般地在校园内外奔忙着。最忙的莫过于老师，报名分班排课备课，大家为了一个共同的目标：早日进入正常的教学活动之中，以结束这种有秩序的无序状态。

作为一校之长，宁奇应该是一个更忙的人。别看他安坐在办公室里，但是他的心一刻也没有闲下来，大脑时刻处于高速运转的状态之下。就在他安坐的时候，不时会有教学上的总务上的政教上的以及财务上的保卫上的负责同志进来请示和汇报，他必须一一作出明确的答复。因为凡是找他请示的人带来的都是一些棘手的又亟待解决的问题，这让他每答复一件事都得做认真思考。他感到十分头疼。

但是，最头疼的事不是这些面对面看得见摸得着的人，而是办公桌上的那部红色的电话。每年开学，他的电话无一例外地是热线，刺耳的铃声不时打断他的工作，而让他毕恭毕敬地接起电话，客客气气地和电话里的人说话。因为大凡这个时候打来电话的大都是级别高于他这个校长的领导，或是对他们学校具有审查资格的有关部门的负责人。领导们提出的问题大都是给他出的难题，他们大都是介绍学生入学，然而他们介绍的学生大都是既没有上分数线又明打亮腔地要求不交任何费用或者免除部分费用，而且，还必须给他们安排在重点班里。

他烦透了。

他索性走出办公室，走出校门，径直走上高高的黄龙渠塀。

眼下正是灌水季节，浑浊的渠水放满一渠眼看着挂着了渠沿，奔流不息。黄龙渠的两边林荫夹道，硕大的树冠眼看就要合拢一处，整条大渠像一条悠长的开了天窗的流动的隧道，展示着一种奔腾的气韵，川流不息。不时有几片落叶飘落在水面上，随波逐流向下游漂去。

突然从校门口传来一阵争吵声，那声音越来越大，似乎有些不可开交。宁奇回身望去，是门卫和一个老头在吵闹，从架势上看，那老头很可能是学生的家长。

他走下渠塀，急急忙忙向校门口走来。

只听那老头吼道："当个烂㞞门卫，说白了不就是条看门狗吗，有啥牛皮拉哄的？我告诉你，你少他妈的在爹们面前耍威风，爹们是城墙上的麻雀——大炮震下来的。爹们是见过大世面的人，爹们尿都不尿你！”

门卫还在耐心地解释着：“你尿我也行，不尿我也罢，这是你的自由，我管不了。说一千道一万，反正没有录取通知书我就是不能让你进，说破大天也不行，因为这是学校的规定。”

老头双手叉腰质问道：“没有录取通知书咋了？没有录取通知书就不是人了？我告诉你，就连你们校长当年还是放驴的呢，你去问问他，谁给他发过录取通知书了？”

门卫一听急了：“我说老大爷你是怎么说话的？说事就说事，不准你随便污辱我们领导！”

老头说：“谁污辱他了？不信把你们校长拉出来问问！如果我有半句假话你提起腿子把我扔到黄龙渠里去。敢问不敢问？我怕你没那个胆量！”

门卫终于失去了耐心，他用警棍指着老头说：“老家伙我告诉你，你不要不识抬举，在这里胡搅蛮缠。我最后一次警告你，有录取通知书，你理直气壮地往进走，没有录取通知书，请你马上离开，不要扰乱学校秩序。不然的话……”

“不然你能怎么着？”老头双手叉腰，向前迈着步子。

门卫说：“再胡闹我就打110，把你抓到派出所里去你信不信？”

没想到门卫的举动和一番威胁非但没有吓退老头，反而给他的火头浇了一瓢油。他上前抓住门卫的衣领说：“抓呀？抓呀？老子大狱都蹲了无其数，怕了你个派出所不成？”

门卫举起警棍就要制裁老头，突然，宁奇出现在他们面前。

宁奇对门卫说：“松开手，干你的事去。”

门卫瞪一眼老头，气咻咻地去了。

宁奇回过头对老头说：“这位老大爷你也消消气，有话好好说嘛！有什么事？说来我听听。”

老头正待发火，猛然间怔在那里。他对着他看了半天，忽然说：“你是大哥？”

宁奇细细打量着他，试探着问：“请问你是？”

老头狠狠在他肩膀上拍了一掌：“怎么，当了官就六亲不认了？认不得别人不会连我也认不得了？”

宁奇还是有些疑惑:“你到底是?”

“我是宁长命,宁臊头!”老头说。

“你是长命?”宁奇怎么也不敢相信,面前站着的这个人就是那个曾经和自己朝夕相处的宁长命。

他知道他的年龄,他今年应该是四十多不到五十岁,他搞不明白,他怎么会老成这个样子。

宁奇说:“我说长命,不是大哥说你,老都老了,脾气还是不改。有话就不知道好好说,喊什么喊,影响多不好。”

宁长命说:“话我会好好说,我就是看不惯那种大小掌点权就牛皮拉哄的人。”

“谁牛皮拉哄了?”宁奇问。

宁长命说:“你看你们那看门的,手里提了个丧棒他以为他是门神,他也不打听打听,我宁臊头是干啥的。”

宁奇说:“那是人家的职责,你就不要讲你的歪脖子理了。说吧,今天到学校干啥来了?”

宁长命说:“插起招兵旗,就有吃粮的,你管上这么大一个学校,自然是念书来了。”

宁奇看了看周围,问道:“念书?谁念书?”

宁长命向远处树下站的一个姑娘喊:“丫头,赶紧过来!”

姑娘慢慢腾腾走了过来。

宁长命对那姑娘说:“这就是我经常给你说起的校长大爹。快叫大爹,快叫。”

姑娘有些羞涩,低头站在那里,一直没有叫出口来。

宁奇说:“快不要难为孩子了,有事说事。”

宁长命说:“丫头这不是考高中没考上嘛,以我的意思,没考上也好,女娃娃,识几个字能睁开眼睛就行。可是人家不行,哭着闹着非念书不可,没办法,我就想着找找你。我想,咱们‘衙门有人好办事,朝廷有人好做官’,你说对吧。没想到遇上这么个看门狗,死活不让进。”

宁奇看着渐渐围拢的人群,推一把宁长命说:“走吧,有啥事到办公室说去。”

宁长命高兴死了,拉起女儿就走。经过门卫的时候,他狠狠地剜了那保安一眼。

宁长命的到来，还真的给宁奇出了一道难题。要收，他不敢开这个口子；不收，宁长命肯定不依不饶死缠乱搅，不会轻易罢手。退一步讲，即便宁长命不闹，他自己的心里也过不去。因为，他和宁长命除却家族关系之外，还有另外一层异乎寻常的关系。

宁奇和宁长命都是老宁家的后人，辈分是平辈。如果向上追溯的话，他们应该是同一个太爷。这样，虽然都是宁氏家族里的人，已经有些远了。在宁奇的人生历程中，有过一段很不光彩的经历。20岁那年，还是生活在宁家梁子的时候，他曾经蹲过一次班房。这次蹲班房还有一个伴儿，就是这个宁长命。因此，他们两个人不仅仅是同乡发小和同门兄弟的关系，单从蹲班房这个经历上讲，两人的关系便增加了患难之交的成分，那就很不一般。

宁长命的小名字叫宁长命，官名字也叫宁长命，之所以起这个名字据说他爹他妈就生了他一个，独根独苗怕夭折了。可是从小就没有听人叫过他宁长命，大人娃娃都喊他宁臊头。宁长命小的时候是一头乌黑的头发，变成臊头纯粹是一个意外，或者叫乐极生悲。

宁长命12岁那年的正月二十三，天刚麻麻黑，宁家梁子的大人娃娃便吆吆喝喝来到村头的打麦场上。大人们先将随身揣来的黑面馍馍供在青石磙子上，堆垒得像一座宝塔。这是向上天敬供，企求风调雨顺，当年有个好收成。这里面有个说法，就是馍馍垒得越高年成越好。于是便留下一句民谚：“正月二十三，黑馍馍垒上天。”

说话中间人们抱来一堆干柴，宁长命他爹摸出一根洋火，在那石头磙子上轻轻一擦，火着了。他点燃柴堆，刹那间火光冲天而起，把个打麦场照耀得一片光亮。待那火着稳了，他大喊一声：“燎骚干了！”

随着声音他先从火堆上跳了过去。有了这个开头，所有的人都争先恐后跳将开来。他们满怀着一个共同的心愿，就是让这熊熊烈火把上一年遗留在身上的灾啊病啊烦啊愁啊以及晦气的事情统统烧燎干净，落得个一身轻松，痛痛快快度过这新的一年。

今天是宁长命最高兴的日子，他手舞足蹈，来来回回没了命地跳。又一个回合开始的时候，他向后退了几步，猛然疾跑冲向火堆，纵身一跃。只听得“啊呀”一声，他和一个叫余福顺的男孩撞在了一起，两个人双双跌进火堆里。余福顺一个翻滚滚出火堆，宁长命被撞昏了头，在火堆里乱叫乱爬。他爹冲入火堆将他拉了出来，他的头上身上全着了火。众人上来一阵拍打，火才被拍灭。他爹看着他问：“咋样？不碍事吧？”

宁长命疼得哇哇地哭。

他爹一手将他推给他妈，说了一声：“你先领回去吧。”

他妈说：“娃娃都烧成这样了，你不赶紧想办法疗治，还有心思燎骚干啊？”

他爹说：“烧已经烧了，我回去也顶不了啥事，你先领回去包一包。一年就燎一次骚干，这么重要的事情，总得让我干完吧。”

说完，一纵身又跳过了火堆。

要说宁长命他爹真是个热心人，他率领着人们不住气地跳跃，一直跳到最后一缕火苗熄灭。他喝退众人，顺手抄起一把铁锨，端起柴草的余烬向天空扬去。只见夜空中火星飞扬，像满天的礼花。他每扬一锨都喊一种作物的名字。他喊：“麦子花！”

众人跟着他喊：“麦子花！”

他喊：“糜子花！”

众人跟着他喊：“糜子花！”

…………

他们一直将豌豆花、玉米花、荞麦花、黑豆花这些花都喊了个遍。人们高昂着头看望天空，他们要通过这些花的灿烂程度来预测哪种作物成收，哪种作物不成收，以此作为安排今年庄稼的重要依据。

火的余烬终于都扬完了，打麦场顿时一片黑暗。这时候宁长命的爹端过调料碗，将盐、醋、油、茶挨个地泼洒了。他高喊一声：“踏蚂蚱了！”

一群人再次走入火场，将柴灰中尚存的火星挨个地踩灭。这是燎骚干的最后一道程序，也是不可忽视的一个重要环节，其重要性不仅仅是熄灭余烬怕发生火灾，更为重要的是，在他们的心目中，他们踩灭的不仅仅是火星，而是踩灭了当年的虫灾。

打麦场上的人渐渐散去，直到这时宁长命的爹才想起烧伤了的宁长命来。他赶紧往回跑。进门一看，宁长命的头发几乎被烧光，有几块烧得很厉害，起了水泡。后来伤口开始化脓，再后来开始满头满脸淌黄水，像一泡稀屎拉在头上。伤好了之后掉了头发，成了臊头。

13岁那年，宁臊头正好赶上低标准。他爹先是水肿，后来便卧炕不起，娘儿俩眼睁睁地看着他水肿而死。他爹死后半年，他妈找了个能吃饱肚子的男人走了。他妈改嫁的时候要带他走他死活不去，于是他妈撇下他跑了，他成了孤儿。没人供养的宁臊头辍了学，不得不去给队里放牲口。每天，看着人家娃娃成群搭伙背着书包高高兴兴上学，他都眼热死了。但是他是个放驴的，他不能靠近他们，只能站在远处瞭望。这些孩子也日怪得很，只要宁臊头被他们挂了眼，这帮人便追着他的屁股齐声喊："臊头面瓜脸，越看越巴怜。臊头面瓜脸，越看越巴怜……"

他们就这么喊着，一直喊到他逃离他们，再也听不见为止。

这种屈辱强烈地刺激着他，让他无法容忍。随着年龄的增长，敌视和仇恨的种子开始在他幼小的心灵中萌生，终于有一天他有了一个古怪的想法，他要报复他们。那个领头喊的也是喊得最凶的就是余福顺，他决定先从这小子的身上下手。

他做的第一件事是趁着夜色偷偷爬上房去，抱了一团胡麻柴塞了余福顺家的烟囱，他躲在一边偷着看他家的门窗一个劲地冒烟，一家人怎样烟冒火着鼻囊涎水地烧炕。回到家中，他睡在自家的热炕上，高高地架起二郎腿，想象着他们全家睡在冰凉的炕上缩在被窝里发抖的惬意。他做的第二件事是趁着夜深人静把余福顺家的猪偷偷放出来，赶到生产队的田里去拱庄稼。第二天余福顺的爹发现，自家的猪已经被赶到生产队的猪圈里，算是没收。当天晚上全队社员开大会，定了他一个破坏生产的罪名，批斗了半夜。第三件事是他瞄准了余福顺家的鸡窝，隔三差五偷他一只，夜里偷偷煮了吃。没过一个月，鸡窝里的公鸡母鸡被他偷得精光。但是余福顺始终蒙在鼓里，一如既往地喊他的"臊头面瓜脸"。

报复成功的喜悦在宁臊头的胸中激荡着澎湃着，这让他的报复心迅速地膨胀起来，他从开始偷盗到开始出口伤人到动手打架，一直打到不怕死不要命的地步，他用自己的无畏很快统治了放牲口的领地，不久便成了放驴娃的头儿。在宁家梁子，宁臊头的名号首先是从放牲口的娃娃嘴里叫响的。每天牲口一上河滩，他便开始君临天下、颐指气使、发号施令，把一帮放牲口的娃娃整治得顺毛驴一般。后来可能是觉得整治放驴的娃娃不咋过瘾，于是开始报复人人，只要谁敢骂他宁臊头，他就会想出一些怪点子来，整得那些人叫苦连天。

忽然有一天,余福顺赶着队里的牛也来到了河滩。这让宁臊头很是诧异。走上河滩的余福顺已然没有了丝毫的优越感,他不但不敢喊什么“臊头面瓜脸”,而且低眉顺眼看着宁臊头,连大气都不敢出,以示臣服。尽管他比宁臊头大两岁零三个月。

宁臊头似乎不计前嫌,跟没事人似的,显得很大度。他走到余福顺面前拍拍他肩膀问:“我说老余家大少爷,书念得好好的怎么也放起牲口来了?”

余福顺只轻声回了两个字:“没钱。”

宁臊头以君主的威仪问他:“钱呢?钱哪里去了?”

余福顺思谋半天说:“钱丢了。”

宁臊头觉得很有意思,一路慢慢盘问下去,最终把事情的原委搞了个水落石出。原来余福顺上学的费用全靠的是家里卖鸡蛋的钱供养的,没有了鸡便没有了蛋,没有了蛋便没有了钱,没有了钱便没有了书,没有了本子,没有了书和本子笔墨纸张便上不成学。鸡被人偷了就等于钱被人偷了,事情就这么简单。

这时候早有讨好君王的主儿走上前来,问宁臊头:“要不要给新上滩的这小子施点王法,先给他来个下马威?”

各行有各行的规矩,放牲口的也不例外。按照他们放牲口行的规矩,新入伙的人必须手里提着棒嘴里叼了驴粪蛋子围着头领跑,头领啥时候高兴了,喊了停才可以停下来,否则就是一顿棍棒。这个规矩谁也躲不过,一无例外。

然而今天的宁臊头却很奇怪,他没有发命令,一直阴沉着脸。那讨好的主儿又问了一声:“头儿,开始吗?”

宁臊头没吭声,猛然抬手狠狠给了那献好的家伙一棒,怒骂一声:“夹住!”骂完,就要去打那家伙。那主儿见势不妙,拔腿就跑,宁臊头没有去追,扔了棒径自向远处走去。一群放牲口的孩子看着他远去的背影,心里一阵阵发毛。

宁臊头来到一片长满牛毛毡的地方,倒身躺在草滩上。他架起二郎腿,顺手掐一根草苗儿衔在嘴里,将双手枕在后脑勺下,看那蓝天上飘浮的白云。这一天他再没有说一句话,也没有任何的发号施令,这让他的“臣民们”很不适应也很纳闷。

有了这个教训,谁也不敢再提余福顺便不敢惹余福顺,因为他们渐渐发现,虽然宁臊头嘴上不说什么,暗地里却处处护着这个新来的家伙。

宁臊头18岁那年干了一件惊天动地的事。

那一年知识青年上山下乡，宁家梁子分下来4个知识青年，3个男的，1个女的。那些人是响应了上面的号召下来的，是宁家梁子的男女老少敲锣打鼓，给他们戴了大红花迎进村来的。这些从城里下来的学生们一个个都很牛，乡下人没见过也没人敢惹，像宝贝一样供着。刚下来那会儿他们满身的优越感，满腔的热血豪情，天不怕地不怕。但是农活是很残酷的，这些细皮嫩肉的年轻人本来是要下了决心磨两手老茧炼一颗红心的，谁料想没干上几天便败下阵来，一个个呼爹喊娘，叫苦连天。还有，农村的粗茶淡饭清汤寡水对于这些城里人也是一个严峻的考验，每天收工回来他们无心搭锅无意做饭，做好了饭又对着没油没菜只撒了一把咸盐的面疙瘩汤发呆，小屋里传出的是一声声叹息，间或能听得见那女的哭泣声。

忽然有一天小屋里有了欢笑有了歌声：

让我们荡起双桨，
小船儿推开波浪。
海面倒映着美丽的白塔，
四周环绕着绿树红墙。
小船儿轻轻，
漂荡在水中，
迎面吹来了凉爽的风。
…………

这歌声一经唱出便经久不息，天天都能听到欢快的歌声。伴随着歌声村里发生了一件奇怪的事情：最近开始丢鸡，从村东头丢到村西头，已经丢了十几只。这件事很快在村子里传开，也引起了人们的高度重视，于是有人开始暗中观察宁家梁子所有的人。最终人们将怀疑的目光聚焦到宁臊头的身上，原因是他有偷鸡摸狗的前科。

为了这件事五婶专门找宁臊头谈了一次话："最近村了里丢鸡的事你听说了？"

“听说了。”

“那么你能提供一点线索吗？”五婶接着问。

“没线索。”

五婶说:“可是有好多人反映说这事是你干的。这屋里就你和五婶两个人,你给五婶说句实话,如果是你干的再不要干了就行,五婶保证,既不会给你处分也不会告诉任何人。”

“我没偷！”

说完,宁臊头摔了门走了。

除了宁臊头之外，还有一个疑点同样引起了人们的高度重视，有人放出话来,说闻见从知识青年的屋里飘出炖鸡的香味,也有人从他们的灰堆里刨出了鸡毛。这个发现一阵风似的在村子里传开了,很快便产生出两种截然不同的观点。一部分人对知识青年的光荣性与革命性坚信不疑，赌咒发誓说知识青年干不出这没眉眼的事情来;另一部分人却拿出鸡毛与鸡味作为证据据理力争,说人不可貌相水不可斗量,没准是他们干的。

争论的结果是人们先是对知识青年的光荣性与革命性产生了怀疑，后来是各家锁好自家的鸡窝守好自家的院门。再后来是丢了鸡的家户策划着抓贼的办法,但是谁也不敢动。这是一个两难的选择:抓不住,一场徒劳,闹不好打狐子不行惹酸屁——惹来一堆麻烦;抓住了,因为知识青年是上头派下来的,谁也把他们怎样不了,闹不好是要犯政策的。宁家梁子的人此时多么希望村里有一只狗,哪怕是一只小哈巴狗也行,不管有多小但至少它能狂声,能把偷鸡的贼吓跑。

可是养狗也犯政策。

在众多丢鸡的人家里，丢得最惨的首数李枢密家，让人家三天一只五天两只,硬是把七八只鸡给搞了个连窝端。李枢密和婆姨绕着村子找鸡串着巷子骂那挨千刀的偷鸡贼,但是一只鸡也骂不回来。忽然有一天,李枢密嬉皮笑脸凑到五婶跟前说:“五婶求你个事。”

五婶带搭不理地说:“别求我,求也没用。”

李枢密拦在她面前说:“五婶你也太绝情了，还没等我把事情说出来就当头一棒挡了回来,你得听清楚我说的是好事还是坏事再拦挡我也不迟。”

五婶看都不看他一眼,说道:“狗嘴里还能吐出象牙？”

李枢密一脸的冤枉，说道："最近我的鸡都丢光了……"

五婶打断他："你的鸡丢光了和我有什么关系？不会是怀疑我偷的吧？"

李枢密连忙说："怀疑谁也怀疑不到你五婶的头上，五婶是啥人？那是咱们的领导，领导哪里会干出偷鸡摸狗的事？"

"那你找我干啥？"五婶正色问。

李枢密说："说小事也算小事，说大事也算大事。你不是会唱《王婆骂鸡》吗？我想请你满庄摺巷地骂上他 3 天，我就不信那偷鸡贼还能沉得住气？"

五婶一听笑了个满面桃花，掂着指头数落开了："李枢密呀李枢密，努了半天我以为努出来个啥屁，原来是这么回事。我告诉你，《王婆骂鸡》那都是封建社会的旧东西，现在什么时代，还敢搬弄那些东西，亏你想得出来。要想抓贼，要想为宁家梁子的父老乡亲们铲除一害，下点辛苦亲手抓一个试试，也不枉你在世上活了一趟。"

五婶说完，一扭屁股走了。

李枢密听完，呆呆地定在那里。

两个人说这番话的时候，宁臊头正好手握一个烧熟了的山芋蛋边吃边从他们身边经过。他对着李枢密不凉不热地说："怎么样？又把热脸贴在冷屁股上了吧？"

李枢密狠狠瞪了他一眼，骂道："热山芋烫不住个冷屁眼，夹住！"

夜色朦胧，天上挂着一弯新月。宁臊头睡了一觉醒来，穿衣出门，朝着月亮撒了一泡尿。他返身回屋，走了几步停了下来，他踌躇了一下，又回过身来。他没有进屋，稀里糊涂往村里走去，走了几步又踅了回来，往家里走。他就这么来来回回地走，像个没长脑袋的夜游神一般。最后他走出百步开外，来到一棵大毛头树跟前停了下来。他定了定神，向树头望了望，又转身往回走。

走了几步他又返回身来站在树下，就那么呆呆地站着。猛然间他向手心啐一口唾沫，两手搓了搓，噌噌几下上了树。他稳稳地蹲在树丫杈上，茂密的柳树秧子把他的身子遮得严严实实。

宁臊头蹲在树上，总觉得心里慌慌的。树丛里哪里来的那么多蚊虫，围住他的臊头他的全身疯狂地叮咬着。他想去拍打，但是那样就会闹出动静来。他被蚊子叮咬得十分难受，几次想跳下树来回家接着睡他的觉，几次又把自己按在原地定定地蹲着。可是这会儿他连自己也搞不明白自己深更半夜究竟蹲在这树秧子里要干什么,更不知道后面将会发生怎样的事情。

第十七章

宁臊头就这么漫无目的地蹲了不知多长时间，蚊虫的叮咬似乎也让他开始麻木了,他居然有些迷糊。忽然间听见一阵窸窸窣窣的脚步声,那脚步声越来越近,直向大柳树走了过来。同来的一共有 3 个人,直到 3 个黑影从树下经过,他才猛地一个机灵回过神来。

一个声音问:“今天从哪家下手?”

另一个声音说:“我看从老余家下手。”

还有一个声音说:“老余的瞌睡轻,万一听见了咋办?”

“那你说咋办?”

“反正我觉着心里不踏实。要不,要不咱们别去了,回吧。”

“不行!等我们回去,高晓雯在家里已经把水都烧开了,就等着烫鸡呢,我们空着手回去,你让她有多失望啊。”

柳树底下一阵沉默。

忽然一个声音说:“走!”他一招手,两个人尾随而去。

宁臊头悄然溜下树来,凝神敛气漫着前面的人跟了过去。

3 个人猫着腰一路走去,一直溜到余福顺家的院门前停了下来,他们扫视一圈周围的动静,翻过院墙直向鸡窝前走去。他们蹲在鸡窝前先听了一会儿,觉得确实没有什么动静,才开始下手。有一个人拉开鸡窝门将手伸了进去,他很麻利地抓出一只鸡,那鸡居然没有发出丝毫的叫声。他又伸手抓出一只鸡,将鸡交给第二个人。然而,当第二只鸡抓出来之后,去接那鸡的是另外一只手。接鸡的人先拿了鸡,用另一只手一把抓住他的手腕子说:“咱们走公社保卫部吧。”

只到这时候偷鸡的人才发现,他们的队伍里多了一个人。那两个人扔下鸡拔腿就跑,偷鸡的人也奋力地挣扎着。宁臊头死死抓住他的手腕子说:“哪里跑?乖乖跟我走！”

已经跑远的两个看见被抓死了一个，每人提一根木棍踅了回来，直向宁臊头扑了过来。他们高举棍棒，威胁着他。宁臊头死死抓住手中的人，一直没有撒手。两个人一步步向前靠近，突然挥棍便打，没等到宁臊头招架，一个头上一棍一个腿上一棍，将他打倒在地。

宁臊头只觉得一阵天旋地转，晕了过去。

当宁臊头醒过来的时候，月亮牙儿已经向了西，天色蒙蒙亮了。他只觉得头懵懵的，像压着一块石头，十分沉重。他用手摸一下疼处，是一个软晃晃的大包。他试着翻身起来，可是腿疼得厉害，他想回家，但是几次都没有站起来。他摸摸腿，有一块肉皮顶得高高的，他估摸着腿已经断了，那高起的地方很可能是骨头的断碴。

现在他有点害怕了，他本来是打算悄悄地来悄悄地走，干一件神不知鬼不觉的事情，一来为乡亲们除害，二来为自己正名。现在看来不行了。他不得不扒着咽喉大声喊："来人呀！救命呀！"

听见喊声，余福顺一家人慌忙跑出来，不知道院子里发生了什么事情。他们来到宁臊头跟前，看他疼成这副模样，赶紧将他抬进屋里。

宁臊头的腿确实被打断了。

余福顺问他："你到我们家鸡窝前干啥来了？说！"

他摇摇头。

余福顺提起地上的两只死鸡说："我看你是来偷鸡的，对不对？"

宁臊头不承认也不辩解。

他又问他："你们一共几个人？头上的包是谁打的？"

他还是摇摇头。

余福顺问："腿是谁打断的？腿断了咋办？"

他的目光很茫然。

余家的人被搞糊涂了。

让余福顺一家人搞不明白的是，这些打他的人跟宁臊头是什么关系？他们之间究竟有多深的冤仇？他们为啥要对他下死手。虽然问死问活都没问出个名堂来，可是有一点他们一家人的看法是一致的，他们坚信，宁臊头绝对不是来偷鸡的。

看看天已经大亮，余福顺只好推来架子车把宁臊头拉到医院。他的腿膑骨骨折，接骨以后，打了一腿的石膏。

从此以后，宁家梁子再也没有丢一只鸡。

过了不长的时间宁臊头出院了。虽然他的牙口咬得很紧，自始至终没有向外人透露一丁点儿关于偷鸡的事情的消息，但是宁家梁子的人并不傻，他们根据知识青年的屋里再也没有了歌声再也没有了欢笑声，很快便做出了一个准确的判断。但是他们没有拿着鸡毛去证明，也没有当面锣对面鼓地去指责那些知识青年，他们装得跟没事儿似的。他们用农民特有的狡猾和合理的方式暗中对知识青年们进行报复，每次干活的时候，他们都会暗地里给这些不谙农活的新型农民们加重分量或者给他们制造出许多看似合情合理的麻烦，十分得意地躲在一旁看他们在那里叫苦连天。

等到事情的来龙去脉大致捋出一些头绪的时候，宁家梁子的人开始对宁臊头刮目相看。他们不但佩服他为民除害的仗义，更佩服他好汉做事好汉当的侠肝义胆。他们第一次把宁臊头当人地看待了一回，他们把鸡蛋煮了或者炒了端来让宁臊头吃，也有人宰了鸡炖了鸡汤连锅端过来让他喝让他吃。一天夜里，宁臊头的门被敲开了，进来的是 3 个知识青年，他们什么话也没说，把从家里带来的饼干、奶粉和面包放在炕上，转身走了。

这些日子，宁臊头生活在一种前所未有的激动和感动之中。而最让他感动的，是余老栓家的丫头小改子，也就是余福顺的妹妹。

自打宁臊头挨了打之后，村里到底有多少人来看过他已经记不大清了，但是他能记清的是，小改子是第一个迈进他家门的人，而这一进，便成了永久。她每天都来，刮风下雨挡不住，每次来都不空着手，哪怕裹两个焦糊的玉米棒子揣两个热乎乎的山药蛋。她给他煮饭，她给他熬茶，她给他烧炕，她给他铺被。她挨家逐户地跑，几乎收完了全村的蒜辫子，天天晚上过来用那东西熬了水给他洗腿洗脚。这让宁臊头羞愧难当，但是架不住小改子不依不饶，他只能顺从了她。

蒜辫子这东西虽然是个土方子，但是治疗腿脚上的伤痛十分见效，而且简便实用。在小改子的悉心照料下，宁臊头的腿脚一天天利索起来，到了最后几乎看不出跛瘸的痕迹。

自从宁臊头能够下地走路以后，小改子就再也没有来。这几天他突然觉得屋里空落落的，由不住地拄了根棍转到余老栓的家里来。他没有直接进那院门，站在院墙外面伸着头向院里看。院子里屋里静悄悄的，没有一点儿声息。他再走几步，转到大门口从门缝里向里瞄。忽然，他的屁股上挨了一脚，回头一看是余老栓。

余老栓问："贼眉溜眼的趴在门缝上溜啥呢？"

宁臊头说："不，不溜啥。"

余老栓说："屁股撅得跟枪眼一样，还说不溜啥，谁信呢？"

宁臊头问："我看看小改子，她去了哪里？"

余老栓说："大改子小改子关你屁事，赶快给我滚蛋！"

宁臊头再也没有争辩，悻悻地回了家。

一进家门，他觉得自己好像受了天大的侮辱，心里愤愤地，但又无处发泄。他无聊极了，站也不是坐也不是，干脆一身子躺在光炕上眼睛不挪窝地看着房梁，一直看到日头落山星星上天。忽然门被推开了，小改子破门而入。后面紧追着余老栓，余老栓手里提着一根棍子。宁臊头赶紧下地拦在两人中间，小改子躲在他身后，两手抓住他的胳膊直发抖。

宁臊头问："这是怎么了？"

余老栓根本不去理会宁臊头，他用棍头点着小改子，破口大骂："我把你个不要脸的东西，宁臊头腿坏了你来侍候他我不拦你，他是咱宁家梁子的功臣，现在人家好了，你还要往这里跑，大男大女成天鬼混在一起成啥样子，你不怕人说闲话，我这老脸还挂不住呢！"

宁臊头说："大叔你别生气，小改子也就是过来看看我，我宁臊头虽然是个不干不净的人，可是我向来不干那种不干不净的事。这一点请你放心。"

余老栓将棍头往地上一捣，大声吼道："说的比唱的还好听，我告诉你，她和你在一起，我不放心！"

"你不放心啥？当着我俩的面你把话说明白。"宁臊头盯住问。

余老栓气咻咻地说："这不是秃头上的虱子——明摆着的事吗，装得倒像，等把生米做成熟饭就迟了。"

宁臊头很想和他表白，话到嘴边又咽了回去，平心静气地说："大叔要不你先回去，让小改子在这里待一会儿我把她送回去就行了。"

余老栓将那棍棒往地下又是狠狠一跺："不行！马上跟我回家。"

这时候小改子开口了："我就不回，打死我都不回！"

余老栓二话不说，举棍就打，宁臊头举手护住小改子，胳膊上重重挨了一棍。余老栓举棍再打，第二棍正好打在小改子头上，顿时将她打坐在地上，额头上鲜血直流。

这一来宁臊头彻底发怒了。

他指着余老栓的鼻子尖说："余老栓我告诉你，从现在开始你再敢动小改子一指头，我让你吃不了兜着走，你信不信？"

说着话，从门背后拉出一根顶门棍掂在手里。

余老栓一看这架势，立马住了手，但是嘴里还在说："我养的丫头打死也由得我，这谁也管不着。"

宁臊头一句话也不说，用棍头对着他的头，两眼的凶光死死逼住他。余老栓心里开始发虚，他慢慢向后退，一不小心退在门槛上摔了个仰面朝天，慌忙翻起身来回了家。

从那以后余老栓把小改子锁在了屋里，宁臊头去了几次都有余老栓和老伴二鬼把门似的看着，用尽了所有的办法都不管用。小改子也试图跑过几次，都被余老栓追打了回去。

宁臊头愤怒已极。

这一天宁臊头来到余老栓家，他踹开院门，站在院子里吼："余老栓我告诉你，再不开门放出小改子来我就一把火点了你的房子，你信不信？"

余老栓走出门来对着他吼："爹们不吃你那一套，少来爹们面前撒野。你那是吓唬3岁的娃娃呢，借你个胆子你也不敢！"

宁臊头二话没说点着一把柴扔在院墙边的草堆上，顿时，余家院子火光冲天，直惊得全队的人提着水桶端着脸盆吼吼喊喊赶来救火。

这一次余老栓真的害怕了，救灭了火之后，乖乖放出了小改子。

小改子虽然放了出来，但是紧接着宁臊头被公社保卫部的人带走，关了起来。宁奇正是那一次和宁臊头关在一个房子里的，他先宁臊头一步进来。他的罪行是上房泥的时候一锹泥扔斜了甩在语录牌上,不偏不倚盖住了字。这样一来便有人上纲上线,让人家抓了个现行,送进了保卫部。

那个年代里公社一级是没有派出所的,保卫部就是司法机关,履行着近似于当今派出所的全部职能,所以,一旦被关进保卫部那将是一件很严重的事情。所有进了保卫部的人都会胆战心惊魂不守舍,他们都无法预知自己的命运,包括宁奇。然而宁臊头很坦然,人家吃了睡睡了吃跟没事人似的。但是有一个问题他必须面对,那就是饥饿。

关进保卫部的"犯人",当时就这么称呼——另立了一个灶房,每日虽然可以保证三餐,但是那饭清汤寡水,米稀面少菜当庄的伙食,让这些人吃不饱也饿不死,他们给这种伙食起了一个名字,暗地里称之为连命饭。宁奇的家人和其他的家人一样,隔三差五会送点麸面饼子、玉米窝头、煮熟的糖萝卜、烧熟的山药蛋之类以资补贴,宁臊头没人送,别人吃东西的时候他只能眼巴巴地看着他们咽唾沫。但是他向来不向任何人乞讨不向任何人伸手,坚定不移地看着别人一口一口地咀嚼,再一口一口地吞咽下去。宁奇虽然身陷囹圄且重罪在身,然而宁臊头的处境让他很揪心。于是他开始分他些吃头,他居然用感激的眼光和畏缩的双手接受了。自此之后只要宁奇有了吃的必然会一分为二,送给宁臊头一份。

宁臊头曾经被提出来过了几次堂,人家问他放火的动机和政治目的是啥,他嬉皮笑脸就仨字:吓唬他。后来再提审他的时候他闭口不谈自己的问题,竟然向保卫部提开了条件,让人家先把宁奇放了他才会彻底交代。宁臊头近乎无理的要求让部长很意外,他不得不一路追问下去。宁臊头的理由很简单:扔泥又不是打靶,谁能保证十拿九稳,人家那是无意间的事,又不是故意的。所以,宁奇根本无罪。不知是宁臊头的要挟还是保卫部的幡然醒悟,后来宁奇做了一番深刻的检查之后果真被放了回来。

这件事大大出乎宁奇的意料,这让他十分地感激宁臊头。出来的时候他特别关照一句:"兄弟,以后有事一定找我。"

宁臊头在保卫部关了一个多月之后让关押他的人们突然有了一个发现,发现宁臊头的不深刻检查不老实交代是别有用心的,他玩的是老鼠耍猫的游戏,他是在故意拖延关押的时间。为了证实自己的判断,部长面对无法结案的宁臊头准备进行一次试探。

有一天他忽然对宁臊头说:“宁臊头,你的问题不再追究,你可以回家了。”

宁臊头一脸惊讶:“我的问题都没有交代清楚回的什么家呀?”

他越是这样部长的态度越坚定:“第一你没有明确的作案动机,属于一时冲动;第二虽然放火但没有造成太大损失;第三你是贫下中农,不会反党反社会主义。所以,你没什么大问题,必须回!”

宁臊头第一次在部长面前软了下来也正儿八经起来。他近乎哀求地对部长说:“部长你就把我留下来吧,从明天开始我给你们干活,扫院子掏茅房干啥都行。”

部长问:“其他人盼都盼不出去,你为什么不愿意走?”

宁臊头苦笑一下说:“其实我宁臊头那点花花肠子早让部长捋清楚了,我也就直说了吧,我不想回。”

部长故意问:“为什么?”

宁臊头笑着说:“这不是我宁臊头头上的虱子——明摆着吗?我回到队上就得上工就得干活,回到家里还得洗锅还得做饭。在这里我一人吃饱全家不饿,哪里也是干活,蹲在家里还不如待在这里滋润呢,部长你就行行好吧。”

事已至此,部长反倒犯上了难。保卫部长的权力是有限的,他虽然同情宁臊头但他无法满足他的要求,他只好通知了李枢密把宁臊头领了回去。

现在李枢密当了队长。

回家路上李枢密对宁臊头说:“以后要老老实实规规矩矩的,这次的事多亏了我,要不是爹们到公社要人你婊子儿还得蹲上半年。”

宁臊头没说半句感谢的话,只用鼻孔“嗤嗤”了两下。

宁臊头出来的第一件事就是开始报答宁奇。

怎么报答呢?他无从入手。

那天晚上队里又开批斗会,斗争的对象还是宁先生。斗争会开完之后宁臊头的脑子里萌生了一个计划,今天晚上贫协主席斗得最凶,而且平时还专门找宁奇他爹和宁奇的麻烦,就从他下手,给他一个下马威。过了两天他纠集几个人,在一个漆黑的夜晚将贫协主席头上套了麻袋暴打了一顿之后扔进了水沟。

事后的几天里再也没有开批斗会。

又过了几天宁臊头问宁奇:“你看贫协主席老实了没?”

一句话问得宁奇丈二和尚摸不着头脑。他说:“人家老实不老实关我什么事。”

宁臊头喜滋滋地向他描述了为他报仇的全过程,吓了宁奇一身的冷汗。他觉得此事非同小可。当时便严正告诉宁臊头:“你给我听好了,第一,那件事情是你们的事,和我和我爹毫不相干;第二,你今后有事无事再不要往我这里跑,免得引起怀疑;第三,从今以后,我和我们家的事不许你管!”

宁臊头没想到一番好心得到的是这样的回报,怔怔地站在那里。

宁臊头释放没几天,余福顺就过来了。他问了一些浮皮潦草的事,开始数落他爹。他讲了他爹的许多不是,中心思想是让宁臊头谅解,以后大家和睦相处,再不要闹出什么事情来。

余福顺前脚出了门小改子后脚进了屋,她像进了自家的门一样帮宁臊头扫地抹灰生火做饭,吃完饭已经到了上灯时候。小改子洗完锅还没有走,坐在宁臊头对面直直地看着他。宁臊头被她看得十分地不自然,说道:“时候不早了,你该回家了。”

小改子说:“我今天不回了。”

宁臊头说:“你不回家怎么行,又惹得你爹提了棒来打你。”

小改子嘿嘿一笑说:“我爹让你给整怕了,他已经发了话,说同意我们两个找对象。”

宁臊头惊得一个蹦子跳到地当中问:“什么什么?咱俩找对象?谁对你说咱俩要找对象了?”

小改子一脸困惑,问他:“你不是为了和我找对象你为啥那样护着我,还为了我被抓到保卫部?”

小改子目光灼灼,脸庞通红。

宁臊头无言以对,两手抱了头蹲在地上。

小改子拿笤帚扫了炕,拉开被窝摆好枕头就要睡觉。宁臊头走到炕边拉住她的手说:“小改子你听我说,我确实很喜欢你,可是我保护你只是不想让你受委屈,根本没敢在你的身上打任何主意。”

小改子说:“你嘴上说的不是心里的话,我不信。”

宁臊头说:“小改了你听我说,我宁臊头生来就是一个臊头,丑得看都看不成。在宁家梁子,一来我的名声不好听,二来我的光阴过得和讨吃差不多。你看我现在这个样子，进了窑门看见窑底，我连自己这张嘴都养活不住，怎么养活婆姨，怎么养活娃娃？所以找对象的事我想都不敢想。”

小改子跪在炕上淌开了眼泪，甩手将笤帚扔到地下说：“我不管！我就是不回。”

这一刻，宁臊头突然觉得他第一次有了人的尊严，第一次有了男人的尊严。他有些热血沸腾，但是他极力地克制着自己。他只是用感激的目光看着小改子，看着她哭得伤心的样子。他想为她擦去腮边的泪水，但是他没敢动。他只觉得心里痒酥酥的，这是一种很奇特的感觉，也是他人生的第一次。

他咽一口唾沫，郑重其事地对小改子说：“小改子，多谢你不嫌弃我这个让人嫌弃的人。我现在虽然不能娶你，但是我可以向你发誓，为了你，我宁臊头从现在开始要好好做人，我要好好干活多多挣工分多多攒钱，等到我有了钱的时候先给你买花衣裳再给你买自行车再给你买收音机，把房子和铺盖置办得漂漂亮亮的娶你。你看咋样。”

小改子终于笑了，紧紧搂住宁臊头的脖子亲了一口。

从那以后宁臊头果真变了，小改子看在眼里，全宁家梁子的人也都看在眼里。他的变化无法一一表述，反正后来记工簿上和年终分红的大红榜上居然出现了宁长命的名字，虽然人们都知道这人是谁，但总觉得这名字很扎眼。

这一年天大旱，整个一春半夏没丢一点点雨，地旱得眼看着要冒烟。地里的麦苗被强烈的阳光烤晒着，叶梢烤得发黄，庄稼全都蔫巴拉叽像得了黄疸病。已经进入老历五月，麦子拔了节还没淌头水，直旱得地里的麦子像 15 岁的丫头怀上了身孕，身段不够尺寸却眼看着要旱得抽穗了。遇上这样的年景上头着急下头更着急，全力以赴抗旱夺丰收成了最大的政治。宁家梁子的老百姓看了庄稼看天气，看了天气看庄稼，最后将所有的目光集中到队长身上。生产队长李枢密成天上蹿下跳想办法，已经急了满嘴的燎泡。

宁家梁子村边是排水沟，沟里排下来的水很大，但全是盐碱水。眼看着一年的收成就要泡汤，情急之下，于是有人将目光投向了排水沟。按说这沟水是不能灌溉的，但是这会儿也顾不了那么许多，形势逼迫得人不得不打这沟水的主意。于是李枢密召集开了个队委会提出用沟水灌田的想法，最后举手表决，一致通过。

现在面临的问题是需要紧急架设一条电缆线把电送过来，然后紧急架设两台大口径的水泵抽水，还得新开挖一条倒灌渠将水引到田里去。挖渠的问题自己可以解决，调动全队的劳动力就可以完成，然而要解决架设电缆和水泵的问题必须求助于县水电局。李枢密一连跑了三趟水电局总算有了结果，第三天上午，局长坐着一辆吉普车来到架水泵的地方进行实地考察。他前前后后转了一通对李枢密说："这里的情况我都知道了，架电架泵的事是大事，还得回去再研究研究。"说着就要上车。

李枢密急忙扳住车门子说："局长你先别急着走啊，饭都给你准备好了，你辛辛苦苦下乡来，再忙也得吃了饭再走嘛。"

局长说："饭就不吃了，我先走吧。"

李枢密拉着他的手说："局长你看你，你这么大老远来到这里为老百姓解决实际困难，打着灯笼也找不到像你这样的好干部好领导。如果真地能解决了我们的灌水问题，你就是我们宁家梁子的大救星，就是我们的救命恩人。"

局长赶紧打断说："话千万不敢这么说，这是要犯原则的。"

李枢密说："那好，犯原则的话咱们可以不说，吃一顿家常便饭总不会犯原则吧？乡下没啥好吃的，也就是一顿随便饭，不管米汤调和，表表我们的心意，不吃不该是嫌弃我们吧。再说了，这也是你们领导干部联系群众的好机会，你说是吧。"

看着李枢密执意挽留，局长只好说："好吧。"

第十八章

局长随即被队委会一帮人前呼后拥请到李枢密家。

李枢密为了能顺利架起水泵大动了一番脑筋，今天请局长吃饭可是着实准备了一番，家里早已经宰了鸡、杀了羊、炸了油饼子、提了烧酒候在那里。这顿饭，光是那上锅的婆姨就找了三四个，一起陪吃的人七八个。待局长一落座，一桌人推杯换盏，转着车轱辘地给局长夹菜敬酒。当陪餐的人们眼巴巴看着局长举起筷子夹起一块块肉放进嘴里，端起一杯杯酒喝下肚去以后，大家的心这才落了地。

心诚所至，金石为开，李枢密的良苦用心果然打动了局长，酒场上当即把借泵架线的事答应得十分痛快，再也不提研究二字。因为上级领导和基层群众心想到了一起劲使到了一起，所以这顿酒大家都喝得十分痛快，十分酣畅淋漓。酒足饭饱之后，众人打着酒嗝簇拥着局长出来，千恩万谢和局长告辞，局长准备上车。一伙人来到车跟前，猛抬头看见吉普车的引擎盖上坐着一个人，再一看，那人手里握着一块砖头，虎视眈眈瞪着这些人。李枢密见状上前问道："我说宁臊头你这是要干什么？"

车上坐的是宁臊头。

宁臊头说："不干什么，就是想给宁家梁子的人讨个公道。"

李枢密指着宁臊头问："你给爹们说清楚，爹们哪点不公道了？我看驴最公道，到谁的田里也啃一嘴。"

宁臊头说："你少给我打马虎眼。你说你公道，那我问你，你们一伙人吃公家的喝公家的，你们掏钱了吗？吃了饭掏饭钱，喝了酒掏酒钱，这是天经地义的事，吃饱了喝足了，掏完钱再走。"

李枢密急了："我看你小子是不是臊头当的不过瘾又想当臊狗呀？你就不能改改你那驴脾气？你也不尿泡尿照照，在宁家梁子你算老几，哪有你管闲事的份儿？你再看看你那德性，20多的人还是光棍一条，你就积点德吧。"

宁臊头不急不恼，心平气和地说："我算不了老几，但是今天这事我是管定了，这与我打光棍没有关系。我宁臊头打光棍那是我命穷，这和你用众人的血汗钱大吃大喝是两码事，你不要把事情往别处引。"

这时候村里的人陆陆续续走了过来，把汽车围在当中。李枢密一看有些心虚，话也软了："我说宁臊头你还算人不算人，你就一点人情事理都不通？人家局长是请都请不来的活菩萨，是来给咱们办大事的，只要架了泵灌上水，庄稼就有救了，吃一顿饭算个啥嘛！"

宁臊头正色问："他办的啥大事？"

李枢密说："人家答应借给咱们水泵和电缆，还要派技术员来帮助安装，你说，解决了灌水问题算不算为咱们办了大事？"

宁臊头问："电缆和水泵是他家的？"

李枢密说："当然不是。"

“那是谁的？”宁臊头追着问。

“当然是公家的。”李枢密答。

宁臊头反问：“既然是公家的，拿着公家的东西给老百姓办点事，他怎么成了活菩萨了？”

李枢密无言以对。

宁臊头又问：“我再问你，他当局长管的是啥事？”

李枢密说：“水电局长自然是管水利和电力啊。”

宁臊头接着问：“田里淌不上水该不该他管？”

李枢密说：“当然归他管。”

宁臊头再问：“他今天来看水拿不拿国家的工资？”

李枢密说：“人家是国家干部，凭啥不拿，当然拿了。”

问答至此有一段沉默，村里的社员已经围起了一大群，将局长和李枢密围在中心，众人七嘴八舌，乱哄哄的。局长满脸通红，几次想钻进车里，但始终没有进去。

李枢密十分着急，开口骂道：“宁臊头我把你个没家教的野种，三千蛮子拉稀屎，有个带里带众，全队的人啥意见都没有，就你婊子养的众人吃饭一人嫌稀，爹们没有工夫和你闲磨嘴皮子，你给爹们滚下来！”

宁臊头纹丝不动。

李枢密招呼身边的几个人：“上去把宁臊头给我拉下来！”

他又对局长说：“局长你别在意，这个人有神经病，在我们村是出了名的刁民。你走你的，别理他。”

宁臊头举起手中的砖头说：“谁敢上来我就把汽车玻璃砸烂，不信上来试试！”

众人愕然。

他指着李枢密说：“李枢密我告诉你，原先我看你人模狗样还有点人形，今天一看也不咋的。你不是要把我拉下来吗？从现在开始我敲明了说，我要把你拉下来，让你当不成这个只贪嘴不干正事的油嘴狗队长，你信不信？”

李枢密问：“就凭你那颗臊头，你能把我咋的？”

“我要把你从队长的位子上拉下来！”宁臊头的声音很洪亮。

围观的人一阵起哄。

李枢密彻底软了。

他走到宁臊头跟前用近乎哀求的口气说:“我说宁家兄弟,咱们都乡里乡亲的,抬头不见低头见,咱们前世无冤后世无愁,你这是何苦呢。今天的事都是为了公家的事,你就给我个面子吧,就算老哥求你了还不行。”

宁臊头说:“面子可以给你,但是你得当着乡亲们的面有个交代。”

李枢密抠了抠头说:“你看这样行不行,人家局长是大忙人,你让人家先走,完了咱们再商量好吧?”

“不行!”宁臊头的回答很坚决。

李枢密一跺脚:“这顿饭钱算我的总行了吧。”

宁臊头想了想说:“那也行,但是你和局长必须得留下字据。”

李枢密问:“这事还需要留字据?你让我们留啥字据?”

宁臊头说:“局长要给乡亲们留个字据,明天太阳落山之前必须把两台水泵架好,耽搁了时间我就不是拦小车的事了,我要到县里告他,告他个骗吃骗喝搜刮民脂民膏,让他也下台。”

李枢密一脸苦笑:“兄弟你看有这个必要吗?”

宁臊头说:“有啊,怎么没有?非常有!”

李枢密说:“你就不能通融通融?”

宁臊头问:“怎么通融?你睁开眼睛看看,麦子旱得眼看没了收成,老百姓急得火上了房,作为水电局长,水放不下来本来就是他的失职,按道理早就应该撤职,还有心思在这里花天酒地地喝酒,还有人当活菩萨的供着。对于这样的领导就得一步一打条子,不这样的话吃完喝完嘴一抹走了,架泵的事还不知道要拖到猴年马月呢。”

人群里有人吼了一嗓子:“说得好!”

宁臊头接着说:“李枢密你也得打个欠条。鸡是你家的,酒是你家的,白面香油是你家的,咱就不算了,算你做了贡献。但是,那只羊是队里的,你当着乡亲们的面作个价,自己写个欠条,到秋后从你的总分里把羊钱扣除。”

事情闹到这步田地还有什么好说的呢,宁臊头掏出早已经备好的纸和笔交给他,眼瞅着一个队长一个局长爬在引擎盖上写了字据,方才了事。

吉普车刚一离开,众人呼地一下围了上来,呼喊着跳跃着,把宁臊头抬将起来抛得老高。

自从那次宁奇对宁臊头说了不许他再去找他的话以后，他果真再没有去找过宁奇。说来巧得很，说完这话以后宁奇倒是真的遇到过几件很麻烦的事情，他的第一反应想到的就是请宁臊头帮忙，但是最后还是忍了，原因是怕他给他帮了忙也添了乱，事后惹来更大的麻烦。

忽然有一天，宁臊头抱了一个六七岁大的小男孩来到宁奇家里，这让宁奇十分惊奇。他问宁臊头："你抱人家的孩子干什么？"

宁臊头神秘兮兮地说："自家娶不了婆姨生不了孩子，领了别人家的孩子玩玩还不行啊！"

宁奇总感觉不对劲，问道："到底是怎么回事，你得给我说清楚。"

宁臊头说："大哥你就别问了，事情完了我会告诉你的。现在我只求你一件事，你能答应吗？"

"啥事？"宁奇问。

宁臊头说："今天下午你就别上工了，在家里给我看一下午孩子，我到前村办点事，回来就领回去。"

那孩子宁奇认得，是本村老会计的孙子。

看来那孩子和宁臊头的关系十分密切，这会儿被他哄的一个劲地笑。宁臊头抓了两把糖撒在炕上，那孩子便兴高采烈地去捡糖。

宁臊头对孩子说："你先在这里乖乖地吃糖，别哭也别闹，叔叔出去再给你买好吃的，好不好？"

孩子十分开心，说道："叔叔真好。"

宁奇问他："你把这孩子带到我这里干什么？"

他说："你把孩子给我看好就行，剩下的事你就别管了。"

宁奇说："那不行，你不说清楚我不干，赶快给我领走。"

宁臊头没办法，只好对他附耳低语一番。只是这一番言语，吓得宁奇出了一身冷汗。

宁奇连声说："不行不行，你赶紧领走交给人家，这是犯法的事，不但我不能干，你也不能干。"

宁臊头说:“大哥,事已至此,早已经没了退路,送回去和在这里是同样的性质,要说犯罪我已经把罪犯下了,而且咱俩已经成了同案犯。一旦论起罪来,我宁臊头死猪不怕开水烫,你的麻烦可就大了。”

宁奇问:“那你的意思是?”

“我想,”宁臊头说:“开弓没有回头箭,咱们一不做二不休,为全村人冒一次险,只要能把全村的害根挖掉,我看冒这个险也值得,即便再被他们抓进去我也认了。这事我想过了,关键全在孩子身上,只要孩子洪全,啥事也没有,事情办成之后把孩子交还他们,满天的云子都散了。”

宁奇无言以对,他把孩子抱在怀中,算是默许。

宁臊头走出门去又踅了回来,对着宁奇千叮咛万嘱咐:“记住,第一要搞乖,不能让他哭出声来,第二是千万不能出门,不能让任何人知道。”

宁奇说:“你快走吧,快去快回。”

就在宁奇和宁臊头交接完孩子以后的一段时间里,宁家梁子炸了锅——老会计王福龙的宝贝孙子毛蛋丢了!

王福龙今年52岁,虽然只读过几天私塾,却是宁家梁子最早的文化人。他从互助合作社到公社化都在队里当会计,一来德高望重二来办事仔细认真,所以会计一直当到现在。

这会儿王福龙全家人满庄撂巷地找人,王福龙见人就问见人就说:“吃晌午饭的时候还耍得好好的,转了个屁股就不见了。”声音拖着长长的哭腔。

后来他干脆挨家挨户的排查,每到一家除了看屋里,鸡窝羊圈也得找个遍。全村的家户都找遍了,没有。如果说有所遗漏的话,那么全村唯一没有找到的只有宁奇的家。这不是王福龙的疏忽,这是因为那年代有一条不成文的规定,谁进了四类分子的家门,谁就是没站稳阶级立场,没画清界线,随之而来的便会牵扯进政治问题。还有一条至关重要,就是在当时的形势下,借给他宁先生和宁奇100个胆子,他们也不敢私藏王福龙的孙子。

宁臊头走后,宁奇一直提心吊胆,如坐针毡。但是他越来越冷静,因为他很佩服他,他的伸张正义他的侠肝义胆,让他愿意心甘情愿地为他当一回同案犯。他同时佩服宁臊头的智慧和良苦用心,只是觉得这手段大缺德也太阴损了一些。

找到上灯时候王福龙来到最后一家,这阵儿他已经完全失望了,他不相信一个连自己吃饭都成问题的人会偷了他的孙子。他站在宁臊头的家门口，考虑着自己是否有必要进去。这时候宁臊头迎出来问："老会计来了，孙子找到了吗？"

王福龙说："天都黑下来了，到哪里找呀？"说着蹲在地上呜呜地哭开了。

宁臊头上前拉一把说："老叔你先别哭也别着急，你先进屋里来，咱们一起商量商量，看能不能想想办法。"

王福龙迟迟疑疑进了屋坐定，宁臊头给他倒了一碗白开水。他一直看着王福龙，王福龙也一直看着他，两个人就这么看着。王福龙忽然觉得宁臊头的眼神怪怪的，突然抓住他的手问："大侄子，莫非你有毛蛋的消息？"

宁臊头模棱两可地说："这个嘛，说知道呢，也知道一点，说不知道吧，一点也不知道。"

王福龙像在大海里抓住了一根稻草，紧紧攥住宁臊头的手，声音开始颤抖："大侄子，要是有毛蛋的消息赶紧告诉我，你提啥条件我都答应，你要多少钱都行。"

宁臊头丝毫没有提钱的事，他说："我也是刚刚从一个朋友那里得来的一点小道消息，人家说好像知道毛蛋的下落。"

王福龙火烧火燎地拉起宁臊头说："那就赶紧带着我找你的朋友去，还等啥呢？"

宁臊头说："老叔你先别着急，听我把话说完。"

王福龙催道："赶紧说，还有啥话。"

宁臊头说："人家说了，要想知道毛蛋的消息那是有条件的。"

王福龙急忙问："什么条件？快说。"

宁臊头坐而不语。

王福龙更着急："他要多少钱？你报个数字。"

宁臊头慢慢说："先别说钱不钱的事，你得首先答应人家几个条件，人家才肯告诉你。"

王福龙说："你说，只要能找到毛蛋，别说几个条件，几十个条件我都答应。"

宁臊头想了想说："那你听好了。第一，今天的事不许报案；第二，今天的事不许对任何人说起，包括你的家人；第三，人家不直接和你见面，但是要你一件东西，你必须满足人家。这三件事做到了，今天晚上你就能见到你的宝贝孙子，如果有一件做不到,不但孙子见不着,你们家从今以后将会后患无穷。"

直到这时王福龙方才意识到问题的严重性,他已经汗流似水。

他试探着问:"不要钱?那人家想要我的啥东西?"

宁臊头不紧不慢地说:"是一本账。"

"一本账?什么账?"王福龙问。

宁臊头说:"是一本宁家梁子的吃喝账。"

王福龙惊得瞪大了眼睛,半天才说:"村里哪里有吃喝账?"

"真的没有?"宁臊头问。

"真的没有!"王福龙答。

宁臊头站起身来说:"那好,看来你是不想见孙子了,我现在就去给人家回复。"说着就要往外走。

王福龙猛然抱住宁臊头说:"大侄子你千万不能去,你等着,我这就回家给你取。"

不大工夫,王福龙再次走进宁臊头的家门,将一个小本子递到宁臊头手上。他翻开看了看,脸上露出一丝奸狎的冷笑。

他告诉王福龙:"你先回去,我现在给我的朋友送东西去,一个小时以后到我家来领你的毛蛋。"

王福龙诺诺连声。

宁臊头再一次告诫王福龙:"如果领回孙子有了反悔,那下次你的孙子可能永远也见不着了。"

"不敢不敢。"王福龙唯唯诺诺、战战兢兢离开了宁臊头的家。

电灯泡子孤零零地吊在房梁上,灯泡常年不擦,蒙上一层灰尘,所以那灯放出来的是昏黄的光。整个屋子被这层昏黄的光笼罩着,一切都那么沉闷。灯光照着两张年轻的脸,四目相向,看着面前的东西不发一言。两人对坐在炕上,炕中间是一块用砖头支起来的案板,案板上面放着几张红纸,一瓶墨汁,墨汁瓶里插着一支毛笔。炉子上坐着一把茶壶,那茶壶早就开了,在那里咕嘟咕嘟地死熬,壶嘴里冒出缕缕热气,氤氲得灯光更加昏暗。

宁臊头催余福顺:"顺子你就写吧,有啥可为难的。"

余福顺说:"写这东西倒是没啥为难的,只是……"

“只是什么？”宁臊头有些很不耐烦。

余福顺说：“这事如果成功了，也算咱哥俩为宁家梁子除去了一个大害，万一人家官官相护拉不下来，那李枢密反过手来还不把咱们踩在泥里头。”

宁臊头想了想说：“要不这样，这张告示你只管写，下面就写我一个人的名字，我去贴，这样有了事我一个人顶着，这总行了吧。”

余福顺久久地看着他，说道：“我还是不想让你去捣这个马蜂窝。”

宁臊头两眼看着那被热气顶得“扑扑”跳动的壶盖，粗粗地吐出一口气。一句话也说不出来。

余福顺虽然这样劝说着宁臊头，然而此时他的心情一点儿也不平静，就像那滚开的茶壶，剧烈地翻腾着。自打那一年偷鸡挨打到前几天拦车挡人，他觉得宁臊头早已经不是早年的宁臊头，他长大了，他懂事了，他是一条顶天立地的好汉。一想到他的好，他甚至觉得他在他们家放的那把火也英勇无比。现在，他要做一件大事情，为全村人做事而不顾个人的安危，人家把事情都已经做到了这个份上，自己还有啥说的呢？

他轻轻摊开纸，蘸了墨就要落笔。

宁臊头拦住他说：“你先住手，我还有话对你说。”

余福顺又一次看着他，等待他的下文。

宁臊头说：“顺子我告诉你，这次的事我敢冒这么大的风险去做，你知道为啥吗？”

余福顺说：“你不就是想着为民除害吗？”

宁臊头说：“顺子你错了。我做这件事情不完全是和李枢密殴气，也不光是把他从队长的位子上拉下来，我有更大的目的。”

“什么目的？”余福顺问。

宁臊头说：“第一，我是要为宁家梁子的乡亲们出口气。李枢密这家伙平时看着嬉皮笑脸，装出一副大善人的模样，其实是个吃肉喝血不吐骨头的歹虫。宁家梁子的人都知道他是个脏人，但是谁也抓不住他的把柄。这次我的做法是下三烂了一些，可是终于拿到了证据抓住了把柄。让我万万没想到的是，这老小子这么大胆子，当了5年队长连吃带拿糟蹋了两千块钱！两千块呀顺子！两千块是个啥数字？上一年全队社员大干了一年总分才分了两千三百块。你说，这样的人不扳倒他能行吗？”

余福顺怔怔地听着。见宁臊头气呼呼的喘气，他轻声问：“你还有第二呢？”

宁臊头回过神来说：“这第二嘛，就该说说你了。”

余福顺问：“怎么又扯到我身上了，说我的什么？”

宁臊头说：“生产队不能没有队长，因此扳倒一个就得抬上去一个，这一次如果真的能把李枢密赶下台，我要把你抬上去，你好好带领宁家梁子的人干他一场。”

余福顺连连摆手：“我不行我不行，千万别打我的主意。”

宁臊头问：“你怎么不行？”

余福顺说：“你是知道的，我是个树叶子落下来都怕砸着头的人，哪里敢担这么大的责任。再说了，像我这号人，连鸡都哄不动，怎么能领导一个生产队？不行不行，真的不行。”

宁臊头问：“那你说，你不行谁行？”

余福顺说：“这次要是真的扳倒了李枢密，你就是咱宁家梁子的第一大功臣，大家肯定拥护你，这个队长你来当最合适不过了。”

宁臊头说：“我不行。”

余福顺问：“你为啥不行？”

宁臊头说：“我这个人不光是长相不行，主要是德行不行，德行不行就不能服众。第二是我的政治条件不行。我虽然出身贫农，可是你也知道，我进过保卫部，属于有前科的人。再说了，我这人一身的坏毛病，对下还能凑合，对上就不行了。现在大小的干部要学会看眼色行事，要学会按领导的指示办事，丝毫不能反驳。光就这一点，别人能做到我宁臊头做不到。你想想，一个讨不了领导的好的生产队长，即便当上也是三天半，迟早要让人家撸下来。”

两人又陷入一阵沉默。

宁臊头开口说：“顺子我告诉你，我要抬你当队长不光是为了宁家梁子，也是为了你为了我自己。”

余福顺说：“你为我好，对小改子好，我心里很明白，不过我得问你一句，我爹早就同意了，你和小改子的婚事咋还不办呢？”

宁臊头说：“你把我的意思完全理解错了。我说的为了我自己不是为了打小改子的主意,我是要为我自己还一笔良心债。”

“你欠了谁的良心债?”余福顺问。

“欠你的。”宁臊头答。

余福顺一脸惊异:“你欠我的啥良心债了?”

宁臊头两眼茫然地看着壶嘴冒出的白气,缓缓道来:“千不该万不该,我宁臊头应该干多少坏事,都不应该去偷你们家的鸡。”

余福顺更加惊异,问道:“我们家的鸡不是知识青年偷的吗,怎么会是你偷的?”

宁臊头说:“我说的不是那一次,是最早的那一次。”

余福顺口中喃喃道:“最早的那一次?那是你干的?”

宁臊头说:“是的,是我干的。”

余福顺问:“这么多年过去了,你为什么现在要把这件事告诉我?”

宁臊头说:“这件事在我的心里窝的时间太长了,不说出来我憋得难受。”

余福顺很大度:“不就是几只鸡嘛,又不是多大的事。再说了,那都是小年纪不懂事的时候做下的事,年轻时候谁还不做些偷鸡摸狗偷瓜摸枣的事,所以叫我说,这件事不值得老憋在心里头。”

宁臊头说:“事情根本不像你说得那么简单。”

余福顺问:“芝麻绿豆大点事,已经过去多少年了,不简单能有多复杂?”

宁臊头说:“我真不知道怎么对你说。”

余福顺说:“不好说就别说了。”

宁臊头长长叹了一口气。

第十九章

宁臊头长长叹一口气道:“鸡丢了,蛋没了,你一个好生生的学生逼到河滩上当了放牛娃。我宁臊头念不成书那是因为我就这穷命,你念不成书完全是因为我造成的。你看看和我们一起长大的人,当工人的当工人、当老师的当老师、当干部的当干部,偏偏就把你扔在了农业社受这没完没了的苦。这么多年我总觉得对不住你，总想找个机会了却我这个心愿。这次我觉得机会来了，生产队长也是官，大小当个官，强似卖水烟。我宁臊头也就这么大点本事，听兄弟一句话，干吧。”

宁臊头说得很动情，眼角里闪着泪光。

面对宁臊头的一片真诚，余福顺一句话也说不出来。

第二天早晨上工的时候，社员们发现队房子门前的语录牌上贴了一张大红榜，大家齐围了过去看着，指手画脚嚷成一片。李枢密走过来派工，一看这阵势扯开嗓子骂：“日头几杆子高了还不出工看那烂㞞干啥，那又不是年终总分的红榜，有啥好看的！”

他就这么骂骂咧咧向人群走来，人们用异样的眼神看着他。他走到红榜前先往那纸上扫了一眼，然后俩眼珠子便盯死在那张红纸上，再然后他拨开人群冲上前去便要撕那张红榜。

这时候宁臊头走过来，一把抓住他的手腕子说：“李队长你也太没肚量了，你心里没疾病就不怕冷年糕，你心虚个啥吗？你看清楚了，这是一张你拿了老百姓的血汗钱大吃二喝的吃喝账，只要你没做他爱咋写咋写，你这一撕就等于不打自招，你说是不是？”

李枢密噎住了。他脸膛憋得紫红，额头的血管突突直跳，眼看着里面的血液要冲破出来。

他对着众人吼：“是谁干的？有胆量站出来！”

宁臊头很平静地答：“你不认得字啊？下面明明写着我的大名，是我干的，怎么了？”

李枢密手指头掂着宁臊头的鼻子尖吼：“宁臊头我告诉你，你这是诬陷革命干部，性质十分恶劣，情节十分严重，定你个现行反革命一点都不为过！”

宁臊头若无其事：“那就定呗。”

李枢密一个劲地用指头掂宁臊头，却一句话也说不出来。憋了半天他放下指头也放缓了口气说：“宁臊头我告诉你，现在你如果把这红榜撤了，我大人不计小人过，我可以不追究你的责任，如果你一意孤行和我对抗到底的话，后面有你的好果子吃。我已经做到了仁至义尽，何去何从，你自己选吧。”

宁臊头嬉皮笑脸地说：“我想吃你的好果子。”

李枢密一听，气得手在发抖嘴也发抖：“那好，你给我等着，我现在就到大队告你，还要到公社告你，让保卫部来抓你！”

宁臊头轻蔑一笑：“我哪里也不去，等着呢。”

李枢密工也不派，风风火火去了大队。

李枢密来到大队，大队没有人，只有一个看门的老汉。他一眼看见，院子中间的语录牌上贴着一张红纸，和队房子那一张一模一样。他上前撕下红纸，向老汉借了一辆自行车，扭头朝着公社跑去。

没等走进公社院子，首先跃入他眼帘的是大门墩子上贴的那张大红告示。他向那告示扫了一眼脚都没停满头大汗走进保卫部，见了部长扑面一句话：“王部长我要报案！”

王部长说：“是李队长啊，你来得正好。”

李枢密问：“王部长有事找我？”

王部长说：“不是我要找你，刚才高书记说让我派人去找你，你来了就不用找了，咱们就一起过高书记那儿去吧。”

李枢密跟着王部长去了。

李枢密这一去再没有回来。

李枢密住进了保卫部。

接下来是保卫部派了工作组到宁家梁子调查核实，宁臊头交出了那本吃喝账。保卫部又进行了全面调查，调查的结果是宁臊头反映的问题完全属实。

再接下来便是改选队长。宁家梁子的人意见出奇地一致，齐声推举宁臊头当队长。

工作组组长宣布完任命，对宁臊头说：“宁队长你讲两句吧。”

宁臊头慢慢站起来说：“各位父老乡亲们，我宁臊头从来没让人抬举过，今天你们这么看得起我，我先给你们鞠一躬。”

他向四方深深鞠了 4 个躬。

“可是现在我告诉你们，”他接着说：“我当不了这个队长。第一我没德性，从小到大坏事干得太多；第二我没文化，想事不周全；这第三嘛是最当紧的，就是我宁臊头没啥都行就是不能没人形。这次把李枢密拉下来是我挑的头，如果我当了这个队长会让你们咋看我？可能有人会说我为了当队长变着法儿整人呢。所以我不愿意背这个黑锅。”

会场鸦雀无声。

宁臊头接着说:“如果大家还信得过我宁臊头的话，我想推举一个最合适的人选,希望你们认真地考虑一下我的意见。”

工作组组长问:“你想推举谁？”

宁臊头郑重其事地说:“我现在就给你们推举一个人选,这个人就是余福顺。他比我大,比我稳重,人家有文化,脑子也活络。最关键是人家品行好,人家见了老是老见了小是小,待人接物有礼貌,在村子里人缘特别好。管一个生产队和管一个家一样,大家和气了才会有好日子过,所以我觉得余福顺当队长最合适。”

宁臊头的态度很诚恳也很坚决,工作组经过重新研究,最后决定由余福顺担任队长。

李枢密的问题搞清楚之后被放了回来。出来之后他要做的第一件事就是找老会计。他问:“那账本是怎么到的宁臊头手里？”

老会计只是摇头说:“你就别问了,问我也不会告诉你的。”

李枢密说:“那好,你如果告诉我了,天大的事我姓李的一个人担着;你要不告诉我,我就把你也牵扯进来,咱们一个蚂蚱六条腿,一个下水都下水。你好好想想。”

老会计权衡再三,最终将真相告诉了李枢密。

李枢密以绑架罪将宁臊头告到保卫部。

保卫部来人将宁臊头带走。

在保卫部里,宁臊头什么都承认,就是死活不肯供出同案犯。这样一来,让本来是一起反贪官为百姓且未造成任何后果的，通过批评教育就可以放人的简单案件变得复杂起来。保卫部先从老会计那儿调查起，得知他把孩子藏匿于朋友家,然后又对宁臊头的朋友挨个儿进行排查,排除了远处的,最后查到宁奇这里。

面对保卫部的问讯,宁奇对为宁臊头带孩子一事供认不讳。于是宁奇又一次被带到保卫部接受全面审讯,审完和宁臊头关在一起。

见宁奇进来宁臊头先是一怔,随即问道:“你怎么也进来了？”

宁奇没有回答。

宁臊头追问:“到底怎么了？”

宁奇说:“还不是老会计孙子的事。”

“他们是怎么知道的？”宁朦头一脸迷茫。

“谁知道呢。”宁奇漫不经心地回答。

宁朦头暴怒,吼叫谩骂砸窗踢门,一时间把保卫部闹了个天翻地覆,公社干部全围在门口看。保卫部长问:“宁朦头你想干什么？”

宁朦头吼道:“我宁朦头一人做事一人当,你们凭什么把人家宁奇也抓进来?我告诉你们,如果不放了我大哥,我就立马一头撞死在墙上。我宁朦头向来说到做到,不信咱们试试。”

保卫部长好言安抚:“你先不要激动,有话好好说。我们可以考虑你的要求,不过这得有个程序,等把问题搞清楚,证明宁奇确实无罪我们就马上放人。”

这次宁奇和宁朦头算名副其实的二进宫,地方依旧人员依旧,但是和前一次的情形大不一样。首先是宁朦头的表现,他不再那样坦然那样无所谓,而是显得极其暴躁而焦虑。宁奇知道自己的问题，因为他是在不知情的情况下收留了毛蛋,算不得主谋,顶多算个从犯,或者连从犯也算不上。最重要的是没有造成后果,反而挖出了一个贪官,所以他反倒显得很坦然。其次是生活待遇也有了很大改观,宁家梁子的乡亲们把那么多好吃的索索不断地送到保卫部来,宁朦头吃都吃不完。有这么多好吃头,宁奇对家里人说:“再不要带东西了,有长命呢。”

宁朦头没有丝毫地欣慰,回了他一句:“快别说那些没用的话。”

宁奇不无调侃地说:“我说得没错呀,上次你吃我的这次我吃你的,咱们这是驴啃痒一替一还。”

宁朦头面无表情。

余福顺没有辜负宁朦头的期望,也没有辜负宁家梁子人的信任,他带领全队社员把生产搞得很好副业搞得更好,宁家梁子这几年每年分红劳动日值是全大队最高的。这让宁家梁子的人开始尊重和拥戴,也让周围各队的人眼热得不得了。

后来的事很突然,村长李大虎在那场大火中殉职,上面决定让余福顺当了村长。当了村长大家才发现,余福顺天生是当村长的料,把村级集体经济搞得红红火火。

宁朦头还是宁朦头,所不同的是他和小改子结了婚,日子过得很和睦。他们生了个女儿，已经上了小学。

余福顺是个有恩必报的人，这些年他一直没忘了宁臊头这个看似貌不惊人但是感情真诚的人。那个写红榜的晚上他说的那一番推心置腹的话把他感动得想了好长时间，至今仍然铭刻在他的心里。他有一个心愿，有朝一日光阴好过了，一定不能忘了这个情深义重的妹夫。他要报恩。

这天晚上，宁臊头把余福顺叫过来，小改子炒了一盘子鸡蛋撬开了两瓶罐头端上桌子，宁臊头提了一瓶烧酒两人对饮起来。这些年来，这种场合在他俩是三六九的事，所不同的是这次在我家下次在你家，已经形成一种默契。

喝完一瓶余福顺就要告辞，宁臊头顺手又抄出一瓶，啃开瓶盖将两个玻璃杯各倒了半杯。他端起自己的杯子大大喝了一口，将杯底墩在桌子上。余福顺一直看着他，也抿了一口。

他问他："我看你今天好像有啥话要说。"

宁臊头沉默。

余福顺又催："有啥话你就说，咱哥俩有啥不好说的。"

宁臊头看了他许久问他："大哥你给我说说红牛湖那 120 亩鱼池是怎么回事？"

余福顺一愣："鱼池？鱼池正常养殖，没听说出啥事呀!"

宁臊头一句话也不说，只是喝闷酒。

余福顺有些坐不住，他催问："你是不是听到了啥闲话？"

宁臊头还是不答。

半天他问："关于红牛湖鱼池承包的说法你真的啥也没听见？"

余福顺摇摇头："没听见。"

"真没听见？"

"真没听见！"

宁臊头说："不管你听见没听见，我今天就是想把这事问个清楚。如果真的没有问题的话，你好我好大家都好，一旦有什么出入的话……"他突然打住了话头。

余福顺问："你到底想干什么？"

宁臊头说："我想追查红牛湖鱼池承包费的事。"

余福顺说："我说你呀，怎么还改不了那爱管闲事、爱惹是非的毛病。现在的你跟过去不一样了，过去一个人独来独往无牵无挂，现在娶了老婆生了孩子，一家人眼巴巴看着你过日子呢。你想，一旦惹出个好歹，你让小改子娘儿俩怎么办。”

宁臊头说：“大哥你就别劝我了。山难移性难改，我这个人说白了就这狗改不了吃屎的毛病，这件事我是管定了。”

余福顺问：“你打算怎么管？”

宁臊头说：“其实我也不想把事情闹大，或者说我是不愿意让你和这件事有啥牵连。我的意思是这里面如果与你有关系，咱们关起门来把它说清楚，然后想个法子解决了，给乡亲们一个说法。如果与你没关系，那我就着手查，一旦让我查出什么问题来牵扯上你，那我可是司务长打老子——公事公办了。到时候我六亲不认，你别说我这个妹夫不给你这妻哥留面子。”

余福顺说：“红牛湖鱼池承包那都是多少年的事了，这么多年都没事，现在会有啥事？不是大哥我说你，老百姓嘴里说那些无故杂乱的闲淡话，那是眼热，那是仇富，那些话你也信啊？我说你是不是看着人家鱼池的生意好了嫉妒的不行？哪天想吃鱼了吭一声，咱们去捞两条。”

宁臊头目光炯炯死盯住余福顺，一直盯得他低下头。

他问：“红牛湖那 120 亩湖滩水地是咱们队的土地，原来是承包给养鱼户的，当年鱼老板只交了一年的承包费，现在为啥不交了？为啥问谁也问不响了？”

余福顺说：“原来你说的这件事啊。是这样的：刚开始承包的时候老板找过我，说开挖鱼池前期投资太大，要求我们给些优惠政策，否则他就开不下去了。”

“那你是怎么答复的？”宁臊头问。

余福顺说：“为了鼓励人家继续干下去，我答应过人家可以减缓一些。我之所以这么决定，还不是为了把荒滩野水变废为宝，为父老乡亲们多创些收入。人家也说了，等效益好了一定交，并不是不交。”

宁臊头问：“他现在的效益这么好，为啥还不交？”

余福顺有些支吾，说道：“土地承包问题是个政策性很强的问题，尤其像这样大面积的承包，得向上一级土地主管部门汇报，由乡上和县土地部门负责管理和审批，这里面路路道道多得很，一句两句也给你说不清楚。我就这么给你说吧，反正这件事村上乡上跟上头有关部门都处理好了，你就别操这心了。来，喝酒。”

宁臊头说："这心我是操到底了，现在我最后问你一句，这件事到底和你有没有关系？"

余福顺说："公事公办，跟我有什么关系。"

宁臊头问："真的没有？"

余福顺说："真的没有。"

宁臊头仰起脖子一口将杯中酒喝干，撂下杯子一句话也不说。他拉下被窝枕头，说了一声："睡觉。"

第二天一大早，宁臊头就来到了鱼池。

这里曾经是一片水草荒滩，方圆足有五六里大，湖水中生长着许多芦苇丛，湖边滩地长满了水草和碱蒿。湖里有许多水鸟，这些水鸟在水中游弋觅食，戏嬉求偶，之后专门选了湖中心的芦苇丛做窝下蛋。湖中有鱼，这里的鱼既为鸟类提供了充足美味的食物，又吸引着湖边的人用各种方法和工具捕捞。宁臊头小时候放驴的时候，会经常把牲口赶到这里来放，牲口吃稳以后，一群孩子下到湖里摸鱼，钻进芦苇丛中掏鸟蛋。大家把收获的东西放到一起，将鱼和蛋统统用泥糊了，然后扔到火堆里去烧，鲜嫩的鱼肉和鲜美的蛋散发着野地里特有的清香，味道美极了。不过湖正中有一个地方谁也不敢去，那里的水很深，究竟有多深谁也说不清楚，而且下面的水阴森冰冷。

前些年有一个鱼老板看中了这片水域，和村上协商承包红牛湖开挖了鱼池。双方达成协议后，老板投资在水边荒地开挖了十几个鱼池，修房建屋，一直经营到现在。

鱼老板两口子正忙着给鱼喂饲料。见有人来了，老板放下手中的活迎了上来问："这位大哥是来买鱼的吧，买多少？"

宁臊头冷冷地说："我不是买鱼的。"

老板问："你不买鱼到鱼池干啥来了？真是的。"说完回身便走。

宁臊头大喝一声："你站住！"

老板面露惊异之色，乖乖地站在那里。

宁臊头说："我不买你的鱼，我是来向你讨账的。"

老板啧啧连声："我见过多少不要脸的，还没见过你这么不要脸的。我问你，我向来不认识你，没跟你打过任何交道，我啥时候欠了你的账？你这不是大天白日讹人吗？”

宁臊头说："你说得不错，你确实不欠我的账，但是你欠宁家梁子的账。我今天是为宁家梁子的父老乡亲们讨账的。"

老板问："我欠宁家梁子啥账了？你给我说清楚。"

宁臊头说："你承包了宁家梁子的土地挖了鱼池养鱼，凭什么不交承包费？"

老板好像方才明白过来。

老板双手叉腰站定，然后拿出一只手点着宁臊头说："承包鱼池的事是有这回事，可是这事千个有头万个有尾，那是我和领导之间的事，与你有啥相干？"

宁臊头毫不示弱："我就是宁家梁子的老丁老户，你这承包费里本身就有我的一份子，怎么与我不相干？"

鱼老板说："老丁老户咋了？老丁老户就想来敲诈？小子我告诉你，别说我不欠宁家梁子的账，即便欠了，也轮不到你来要。也不尿上一泡尿照照你那颗脑袋，你算个什么东西！"

宁臊头上前一步一巴掌将他的手拍下去，抬起自己的手点着他说："小子你也给我听着，我限你今天把欠宁家梁子的承包费给我交清，交不清也得给全村的父老乡亲一个说法，如果不按我说的去做，我就让你的鱼养不成，让你的财发不成！你信不信？"

鱼老板梗着脖子说："现在我就给你个说法，我一分钱都不欠！"

"真的不欠？"

"真的不欠！"

宁臊头说："那好，你等着。"说完扭头走了。

鱼老板痴痴站在那里，一句话也说不出来。

老板的媳妇走过来问："这人是干啥的？"

老板没好气地说："要账的。"

媳妇问："他问我们要的哪门子账？"

老板说："鱼池的承包费呗。"

媳妇急忙问："他是干什么的，怎么猛然想起要承包费的事？"

老板气哼哼地说："这号仇富的穷鬼我见得多了，纯粹是见不得别人好过，见不得米汤起皮的下三烂。"

媳妇忧心忡忡地说："叫我看，既然他敢找上门来那就不是善茬。你看咋办呢？总得想个对付的办法吧。"

老板说："不管他，尿都不尿他！只要上头一屁股压住，看看他能掀起什么大浪来。"

第二个早晨来临的时候，太阳照得鱼池一片灿烂。鱼儿们醒了，开始觅食，性急的鱼们跃出水面，平静的水面激起点点水花。

鱼老板夫妇起了个大早喂鱼。来到鱼池边，眼前的景象把两个人惊呆了。最边上的池子里，水面上漂浮着一层白花花的鱼，死鱼全部鱼肚朝天，覆盖了水面。女人趴在池沿上呼天抢地地号哭，男的顾不得女的，围着池子疯跑了一圈，一屁股坐在地上喘气。他忽然想起了什么，飞一般地向房子跑去，抄起手机急忙拨打电话。

警车很快来了。

警察围绕着鱼池侦察了一圈，拍了许多照片。他们取了水样捡了几条死鱼拿回去化验，最后确定为一起恶性投毒案件。当警察将这个结论告诉老板夫妇之后，他们惊得一句话都说不出来。警察向老板夫妇详细进行问讯："最近和什么人交往过，或者和什么人发生过什么冲突没有？"

鱼老板说："没有。"

警察又问："那你想想，和别人有什么债务纠纷没有？"

鱼老板说："没有。"

媳妇插嘴道："就是昨天早晨来了一个人，说是要账的。"

"要什么账？"警察问。

鱼老板赶紧接上话茬："你别听她胡说，那不是要账的，是想来捞两条鱼吃。都是熟人，关系也不错。"

警察又问了些情况，安慰了他们一番，开车走了。

警察前脚离开，媳妇便质问老板："明明是要账的，你非得说成要鱼的。我就琢磨着，鱼肯定是那小子毒死的，刚才为啥不报告给警察把他抓起来？"

老板说："你傻呀！你以为我不知道鱼是那小子下的毒？可是你就不想想，把那小子抓起来能有咱们的好果子吃吗？因为他的案子一旦把承包费的事翻腾出来，人家就得另外立案调查。你算算看，赔鱼和补交承包费，哪边多哪边少？"

媳妇哑口无言。

但是她还是不理解,问道:“既然是这样,那你还报警干啥?”

老板说:“出了这么大的事,不报个警能行吗?案子破了破不了放在其后,他们至少得测算一下经济损失。”

“那又怎么样?”媳妇还是不解。

“你傻呀!现在的政策是鼓励发展民营经济,万一社企部门或者民政部门能给咱们补助一些,也是好事嘛。”

媳妇若有所悟,不住气地点着头。

晚上,夫妻俩对坐在饭桌前,桌子上的饭菜凉凉地放着,谁也不动筷子。女的不时擦一把眼泪,男的一个劲地抽烟。忽然有人敲门,俩人对视一会儿,男的慢慢开了门。那人站在门口,并没有马上迈进来,他站在原地对着夫妻二人一个劲阴冷地笑。室内的灯光穿过屋门照在他的脸上,投下一脸奇怪的阴影,显得恐怖而狰狞。

两个人惊恐地望着他,一句话也说不出来。

第二十章

宁臊头并不客气,拉一把椅子坐定,开门见山地问:“怎么样,损失了多少?”

两个人愤怒地盯着他,看他那一脸得意的表情。

宁臊头顺手抄起桌子上的计算器说:“怎么,算不出来?说说数字,我帮你算。”

男人叹一口气,说道:“不用你算,至少两三万。”

宁臊头说:“我看你是个精明人,现在你应该好好算算账了,到底交承包费合算呢还是受损失合算?”

老板一听这话,问道:“这么说我的鱼是你毒死的?”

宁臊头笑笑说:“咱向来好汉做事好汉当,是我干的又怎么样。我今天来不光是告诉你这个,我还要告诉你,昨天我干的小池子,对你是个警告;今天你要是再不给我个说法,明天干的就是大池子,而且再干就不是一个池子。如果不信,咱们走着瞧。”

“你敢！你就不怕王法？”鱼老板问

宁臊头笑着说：“我有什么不敢的？不错，毒死你的鱼我确实犯了王法，可是我问你，你不交承包费这里面肯定有鬼扯钻，你们就没犯王法吗？我虽然是个平头百姓，但是有些事我还是懂的，那就是现在不光是抓受贿的，连行贿的一起抓。”

屋里静得让人喘不上气来，鱼老板夹烟的手静止在那里，直到烟火烧疼了手指，方才惊跳一下将烟扔了。女人泪眼婆娑地看着丈夫说：“事情已经到了这步田地，你就把实情对这位大哥说了吧。”

男人仍然沉默着。

宁臊头起身说：“要不你们先想着，我先走一步。不过你们要有个思想准备，明天早晨等着捞死鱼吧。”

老板猛地站起来说：“大哥你别走，你听我说。开挖鱼池的头两年，我确实每年上交了一万元的承包费。”

“那后来呢？”宁臊头问。

老板很为难地说：“也是我这人鬼迷了心窍，开始打余队长也就是现在余村长的主意。”

宁臊头欠过身问：“你说的是余福顺？”

“正是他。”老板答。

宁臊头口中喃喃道：“果然是他！”

老板问：“这么说你都知道了？”

宁臊头猛然惊醒：“你，你先别问这些，你慢慢说。”

老板说：“起先是请他吃肉喝酒，后来我们混熟了，每年过年我给他送五千块礼金，承包费的事也就不了了之。”

宁臊头长长叹一口气：“原来是这样！”

老板一阵感叹：“这件事虽然我和他没有说破，但是我们都心知肚明，有钱大家挣嘛！没想到贪小便宜吃了大亏，现在惹来了这么大的麻烦。唉！真是大头鲶鱼吃了眼小的亏了。”

宁臊头想了想，问道：“这几年你一共给他送了多少钱？”

老板用失神的眼睛看着媳妇。

那女人一阵沉思，突然一咬牙，拉开抽屉取出一个小本子。她拿过计算器算起来，算完她报道：“里七外八一共 48500 元。”

宁臊头问：“他给你们打条子了吗？”

老板说：“没打。”

宁臊头想了想说：“既然这样，你把这个小本子交给我，我保证再也不会找你的麻烦。还有，今天的事只有我们 3 个人知道，一不能外传，二不能报警，听清楚了？”

老板说：“清……清楚了。”

宁臊头说：“我警告你们，如果不按我说的办，我既然能给鱼下毒，也会给人下毒，你们掂量着办吧。”

老板夫妇唯唯诺诺将他送出家门。

回家的路上，宁臊头心里翻腾得很厉害。他虽然听到过关于余福顺和承包费的风言风语，但是没想到闲话成了真事。让他更没有想到的是，竟然有这么大的数字！他一时不知道该怎么办。现在，他真想把那小本子扔进鱼池里让它永远消失，但是他不能那样做。他心里很明白，这小本子对他和余福顺太重要了。如果将它上交，余福顺就得蹲监狱；如果扔了，那他宁臊头就得蹲监狱。

今天天上没有月亮，只从云缝里钻出几颗星星，泛着冷弱的光。周围漆黑一片，黑暗中似乎有无数只手向他伸过来，他不由得一阵战粟。现在，宁臊头一点儿也没有为自己的得手而庆幸，反而把他带进了无边的恐惧与烦恼之中。他似乎有生以来第一次尝到害怕的滋味，第一次发现世上还有这么难解的疙瘩。

送走了宁臊头，鱼老板的心中一刻都没能平静。他把小本子交给要账的人，纯属事逼无奈，这是下策中的下策。他之所以这么做，无非是解决燃眉之急，可是一旦那些证据落到公安局的手里，落到法院的手里，他很难想象会是什么结果。余福顺承担法律责任是肯定的，那么他自己呢?他还能指望姓余的把吞进去的钱吐出来?他还能指望抵赖掉好几年的承包费?最要命的是，正如要账人说的，最近出台的法律法规写得明明白白，行贿者同样要追究法律责任。

他像一只热锅上的蚂蚁，走也不是坐也不是。媳妇问：“账本子都交出去了，所有的事情都摆平了，你还怕啥呢？”

老板说：“事情哪里像你想的那么简单，闹不好是要蹲监狱的。”

媳妇一听着了忙，拉着哭腔说：“那得赶紧想办法呀，不能伸长了脖子等着挨刀啊！”

老板铁青着脸，一抹凶光从眼中喷射出来。他咬牙切齿道：“奶奶个熊，他不仁老子也不义，大不了鱼死网破！”

媳妇问：“你想干什么？”

老板说：“我要争取主动，我要报警！”

老板说完，抓起了电话。

宁臊头在漫天的黑暗中跌跌撞撞走着。此刻他的脑子乱得像一团麻，怎么理都理不出个头绪。烦乱与恐惧一直袭击着他的心头，让他的心跳得很厉害，这种感觉随着离家的距离的逐步缩短而与时俱增。他在心里一遍又一遍地念叨着：“不行，我得想个办法，我得想办法”。

快到家门的时候，他的办法想出来了，唯一能救余福顺的，就是他自己。他必须把吃进去的原原本本吐出来交到鱼老板的手上，当堂对面烧了这账本。然后，再让鱼老板安分守己的交清承包费，满天的云子便都散了。眼下最要紧的是，一是要快办，以防夜长梦多；二是要办得严丝合缝，不能露出一点儿风声。

他决定现在就去找余福顺，把事情原原本本给他说清楚，让他把该做的事做了。他开始盘算自家的存款，他不但得帮余福顺渡过难关，他还得赔偿人家鱼池的损失费。

突然身后传来一阵警车刺耳的尖叫声，警灯闪烁，大灯照得路上一片雪白。紧接着一辆警车从他身边飞驰而过，突然一个急刹车停在他前面。车灯依然一片雪白，警灯依然急促地闪烁着，从车上下来三个警察。

领头的问：“你叫什么名字？”

他回答道：“我叫宁臊头，咋了？”

警察说：“报你的大名！”

宁臊头回答：“我叫宁长命，咋了？”

警察问：“黑天半夜的，你去哪里了？”

他回答道：“我一不偷人二不抢人，我去哪里你管得着吗？”

警车上下来一个人，是鱼老板。

警察问：“是不是他？”

老板说：“就是他。”

警察给宁臊头戴上手铐，将他推上警车，调转车头跑了。

审讯室里灯火通明，审讯连夜进行。

警察问：“鱼池的毒是你投的？”

宁臊头说：“是我投的。”

警察问：“你为啥要投毒？作案动机是什么？”

宁臊头说：“我没有什么动机，就是想吓唬吓唬他。”

警察问：“你为什么采取这么极端的手段？”

宁臊头说：“不为什么，就是想为宁家梁子的父老乡亲讨个公道。”

警察问：“有什么问题你完全可以通过正当渠道去解决，你这是犯罪，你知道不知道？”

宁臊头说：“不知道。我只知道群众反映的问题上面总是踢皮球，几年没有结果。我不用这种办法，问题得不到解决。”

警察说：“这么多年的法制教育，难道你的脑海里就没有一点点法制观念？”

宁臊头说：“我有。”

警察问：“有你还能做出这种事来？”

宁臊头说：“我脑海里的法制观念就是当官的说了算。”

警察无语。

警察说：“把你身上的小本子交出来。”

宁臊头没有动。

警察又说：“把你身上的小本子交出来！”

宁臊头说：“我……我没有什么大本子小本子。”

审讯的警察使一个眼色，两个警察上来，从衣兜里搜走了那个小本子。

宁臊头为了讨承包费毒死鱼的事很快传开了。宁家梁子炸了锅，村民们自发地集了资，天天围在公安局门口集体上访，他们要求心甘情愿替宁臊头赔偿鱼款，强烈要求释放宁臊头。村民们不顾公安干警的劝解，执拗地坚持着。

两个月后的一天，法庭正式审理宁臊头的案子。法庭里坐满了人，宁家梁子的人几乎都来了。审判的过程很混乱，激动的村民多次不顾法警的制止喧嚣法庭，以至于几次休庭。最终判决——以投毒罪判处宁臊头有期徒刑 1 年。

同庭审理的还有一个案子，案犯是余福顺。余福顺以贪污受贿罪判处有期徒刑3年。

宁臊头服刑期间宁奇去监狱看过他。他和余福顺同在一个监区服刑,他们成了名副其实的难兄难弟。宁臊头见了宁奇还是摆出那副玩世不恭的样子,看上去十分的无所谓。但是宁奇发现这种无所谓与他俩当年蹲保卫部那会儿已经大不一样了,他的眼里流露出一丝无法掩饰的忧伤。

宁臊头刑满释放之后,发生了两个重大变化。一个变化是宁家梁子的人不再有人称他宁臊头,一律地称呼那几乎被遗忘殆尽的大名——宁长命。第二个变化是宁长命本人,他变得沉默寡言,一副天塌下来都与己无关的样子。

宁长命最大的变化是,每天以酒为伴,醉生梦死。

其实宁长命的喝酒是有来头的,只不过经济困难时期没钱买酒也没处买酒喝不起来,压抑了他的嗜好罢了。

记不清是哪一年的冬天,宁家梁子的宁老憨家宰猪,那天来的人很多,几乎请了全村所有的男人。宁家堂屋里炕上坐的、地下坐的、靠墙根儿蹲的,还有地当中站的塞了满满一屋,直忙得宁老憨的婆姨和几个妯娌端了大锅搭小锅端上熟肉切生肉,忙了个不亦乐乎。这种麻烦事不只老宁一家这般大方这般排场,再穷的农户,凡是宰猪的家家都会这样做,谁家都会为之乐此不疲。

这是当地的乡俗。

这一天宰猪的主家早早烧开一大锅水,请来的人们七手八脚地帮忙把猪按倒绑了,杀猪的人将猪杀了,众人吆吆喝喝地把猪抬进大锅里烫了,然后一齐上手拔猪毛。杀猪的案子前热气腾腾、人声鼎沸,人人都在忙活,猪的嘶叫声和人的吆喝声、欢笑声响成一片,那阵势不亚于过年过节。猪洗干刮净第一件要做的事是先把头蹄卸了,然后将粗大的猪脖子那一圈肉全部割将下来,交与早已等候在案子前的家庭主妇。她提了肉先去下锅,男人们再消消停停将猪肉以及内脏按照步骤渐次收拾干净。

猪脖子这一圈肉有个名字,叫颃圈肉,因此乡下人便把宰猪请客称之为吃颃圈肉。等到宰猪的人干完了活洗完了手,宁老憨的婆姨已经把猪颃圈大烩菜端上了桌子。庄户人说,同样是咸菜烩猪肉,啥时候吃都没有这一天的肉美气,猪身上任何地方的肉都没有颃圈肉香,因为那是杀口上的肉,还有,大锅烩出来的肉香。

这乡俗里面还有一个不成文的约定，就是一般的食客吃饱了喝足了给主家道声“多谢”便自动离席各自散了，只有地当中那张八仙桌子上的人暂且不动，因为那上面坐的全是宁家梁子的长者尊者，也夹杂着些非尊非长的谁都惹不起者，一般人是没有资格上那桌子的。待众人散去，主人会重新上菜，这时候的菜样数多了，有猪肝、猪心、猪腰子，还有摊好的猪血。菜上齐了提上酒来，众人推杯换盏吆五喝六，酒菜管饱管醉。这叫正桌。

宁老憨请客那天，众人散了之后，除了正桌的宾客之外，还有两个人没散，那是两个八九岁的小男孩。他们围着桌子转悠着，不时看着大人们的眼色，有时也会爬在桌角上，眼睛巴碌碌看着大人们把一块块肥肉送进嘴里，听着他们把酒盅咂得“吱吱”响。喝到高兴处他们会端起酒杯让这两个孩子喝，他们自然不敢，于是大人们用筷子头蘸了酒说，只要你把这酒舔了，我就给你一块肉吃，于是孩子在肉的诱惑下去舔那酒。乡下的肉切得很大，一块足有火柴盒大小，能得到一块肉是很令孩儿们高兴的事情。一次，两次，大人们渐渐调教得那两个孩子开始抿酒，不知道吃了多少肉抿了多少酒，食客们眼睁睁看着俩娃娃软绵绵躺倒在地上。他们将孩子抱上炕睡了，一伙人笑着闹着散了。

那两个孩子里有一个是宁奇，另外一个就是宁长命。

前面说了，宁奇和宁长命不仅是同乡同族关系，又算得上一起蹲过班房的难友，所以虽说一文一俗，关系却一直没有断过，常有来往。这种没有间断的交往除去人际关系，还有一个重要的纽带，那就是酒，是酒把他们紧紧连在一起。这么多年来，他们时刻不会忘记把手里仅能属于自己支配的钱拿了去买酒，他们经常在一起把酒论古今，借酒浇忧愁，所以，他们连接得最紧密的还算是酒的关系。完全可以这么说，在他们两人之间，饮酒高于一切。

毫不夸张地说，宁奇的酒量大很可能是继承了他爷爷的基因，据说他爷爷的酒量大得惊人，曾经得过一个“扳倒缸”的绰号。但是宁长命的酒量也不含糊，至于他得了谁的遗传基因则不得而知，很可能也是他爷爷的基因。在宁家梁子的这一代人中，大家公认的是，他们两个都特别爱喝酒，也特别能喝酒。宁长命虽然没系统地上过学，但是毕竟念过书，平素也捡了几个零碎字，尚能半生不熟地看书。他虽然文化水平不高，可是特别爱看书，尤其爱看古典名著和武侠小说，因此肚子里存了很多故事。而宁奇呢，又是个文学爱好者，所以他们之间便有一点共通的是，酒话能说到一起，这便为他们提供了边饮边聊的资本。在以后相当长的一段历史时期内，经济的拮据和酒品的限量供应让他们少了许多喝酒的机会，也少喝了许多酒，他们真正甩开膀子喝酒是改革开放以后的事。

农村实行联产承包责任制以后的某一个周末，宁奇和往常一样提了两瓶酒，早早地坐在宁长命家的炕头上。一切好像已经成为习惯抑或成为规定，小改子很麻利地先沏了茶然后捞上一盘酸菜来，说了一句："你们先喝着。"不大工夫便端上一盘炒鸡蛋来。

不过今天有一点宁奇是破了规矩的，一是提来的酒不是他们一直在喝的当地酒厂生产的一块两毛三的白干酒，而是上了档次的大曲酒，二是往常来他只带一瓶酒，今天却带了两瓶。宁长命很有些意外但宁奇能从他的眼神里看出他很惬意。他很做作地问："今天怎么拿了这么多？还上了档次，是不是想和我撕破卵子扯破肚子大干一场？"

宁奇解释说："这不是上个星期忙没回来吗，今天把少喝的那一瓶一并补上还不行。"

他们之间有一条不成文的君子协议，就是每个星期天宁奇回到家之后，他们必须喝酒。每次喝酒的时候，酒由宁奇来提供，菜由宁长命来负责。他家有两只下蛋的母鸡，鸡蛋不准卖也不准其他人吃，专门留做下酒用的。这一点，是他们家最严厉的规定，多少年来小改子一直严格地恪守着，连孩子也没有吃过。

不过今天宁奇当着宁长命的面撒了谎，这酒不是他掏钱买的更不是补什么上个礼拜没有回来的缺，这两瓶酒是他的同学周晓林送的。

事情是这样的。

今天下午快下班的时候周晓林走进他的办公室，手里拎着两瓶酒。宁奇赶快迎了上去："乡长大人光临，有失远迎，你可是稀客啊！"

周晓林并不和他打哈哈，说："少来这一套，快坐下，有正经事和你说。"

宁奇抬腕看看手表说："怎么，专门捡了下班时间来，看来乡长大人今天是请我喝酒呀，遇上啥高兴事了？"

周晓林说："老同学你就饶了我吧，愁都快把人愁死了。"

宁奇好奇怪，问周晓林："如今的乡长也算得一方诸侯，整天呼风唤雨的，官当得这么风光，愁个啥劲？"

周晓林说："别提了，刚刚开完会，让领导在大会上点着名地批评了一顿，窝囊死了。"

宁奇问："领导为啥批评你？是不是闯下啥麻达了？大事小事？"

周晓林说："说大事算是大事，说小事也是小事，总而言之，是一件难事。"

宁奇说："可不可以说来听听。"

周晓林深深地叹一口气，说："是这么回事。全县各乡镇的三项提留五项统筹款都收齐了，就剩下我们乡还有缺口，拉了全县的后腿，领导一发怒，不挨批评才怪呢。"

宁奇不以为然："我以为你戳下了天大的窟窿，这么点事，就把你愁成这个样子。没收齐抓紧收呀，这有什么好愁的？"

周晓林狠狠瞪了宁奇一眼说："拉屎松动放屁利索，你小子话说得真轻巧。穷山恶水出刁民，说句话就收上来了？和农民打交道，那得讲究方法讲究策略，深不得的浅不得，软不得的硬不得。你以为农村工作是好做的。"

周晓林说完，坐在那里抽起烟来。

因为宁奇对农村工作不太熟悉，所以很难找出一句合适的话来安慰他。他正想找个话题，忽然看见桌子上那两瓶酒，问他："说了半天你还没告诉我提来这两瓶酒是干什么的？"

周晓林把半截剩烟狠狠砸在地上说："溜尻子呗，还能干什么？"

宁奇问："你准备溜谁的尻子？总不会来溜我的尻子吧？"

周晓林说："老母猪溜墙根，你算是攮到屎头上了。"

"这么说你真的是溜我的尻子了？"宁奇很意外。

周晓林说："来这里就是溜你的尻子，还能溜谁的尻子。"

宁奇以为他在开玩笑，说道："提了两瓶烂干酒还卖上那么大的关子，快说实话，到底准备干什么勾当？"

周晓林一本正经地说："真的要溜你的尻子，骗你是孙子！"

宁奇十分惊异。

他问他："为啥要溜我的尻子？我有什么值得溜的？是不是有什么事求我？"

周晓林稍稍平息一下情绪说："是这么回事。其实我们乡所有村的三提五统都交齐了，就差你们宁家梁子了。实际上宁家梁子周围的其他队也都交齐了，就是你老家的那个队扛住不交。据乡上派下去的驻村干部回来说，挑头抗税抗费的是个叫宁长命的家伙，见谁骂谁。我还打听了，宁长命和你的关系不一般，经常和你在一起喝酒，所以买了两瓶酒来溜老同学的尻子。”

话说到这里宁奇基本上领会了周晓林的意图，但是他还是追加了一句：“说吧，需要老同学上刀山还是下火海？”

周晓林说：“既不让你上刀山也不让你下火海，你把这两瓶酒提过去跟他喝，喝酒中间你把这件事提起来，看看他怎么说。”

宁奇问：“那说完了怎么办？”

他说：“你先探探他的口气，看看这些刁民的病到底害在哪里，把底细摸清了我们也好对症下药。”

宁奇说：“遵命。”

一瓶酒很快喝完了，宁奇试探着问：“还喝吗？”

宁长命说：“喝，为啥不喝。今日有酒今日醉，明日无酒喝凉水。”

其实宁奇也想喝，因为他喝别人的酒得为别人办事，只有酒喝多了才能套出实话来。为了不引起宁长命的怀疑，宁奇故意卖个关子说：“要不留下一瓶你明天消消停停喝去咋样？”

宁长命一把抓过酒瓶，很麻利地将瓶盖咬开很麻利地把酒斟上，然后才说：“你又不是不知道，我这个人从小到大就是个抄伙子[①]搁不住隔夜食的讨吃根，这瓶酒不喝完，今天一夜也睡不着。”

宁奇问：“你就不怕喝醉了？”

宁长命说：“醉了好啊，醉了比醒着强。”

宁奇再问：“你这话从何说起？”

宁长命说：“我们这些屎肚子百姓和你们这些吃皇粮的不一样，你们有国家发工资，干不干都旱涝保收。我们不行，东山的日头送西山，一个汗珠子摔八瓣，顾了外头顾家里，顾了大人顾娃娃，时不时还得受那些当官的窝囊气。叫我说，醉了最好，酒喝醉了一睡，天塌下来都不管。你说，我们如果再不图这么点乐和还有啥指望呢？这不是喝酒，这是吃上坷垃喝渠水，解解心上的迷气。”

①抄伙子：宁夏方言，泛指穷人。

宁奇说:“你说得不对,还是清醒了好。不过你说图个乐和我爱听,人活在世上,谁有谁的难处,就得生着方子找点乐和。”

宁长命长叹一声:“命苦不怨天,这就叫黄连树下弹琴——苦中作乐呢。”

宁奇说:“反正都是你的歪理。”说完,“吱溜”一声喝了一口。

第二瓶酒快要见底的时候宁奇问:“喝得咋样?”

宁长命说:“不咋样,二不鲁苏,再提一瓶照样能喝。”

宁奇知道他说的是酒话,因为他眼睛的明亮程度和舌头的灵活程度都说明,他已经喝到八成或者九成。这时候宁长命要出门尿尿,一下炕一个趔趄,跌倒在地上。

第二十一章

见宁长命跌在地上,宁奇着了忙,赶紧拉起他说:“不能喝了,一口也不能喝了。”

宁长命若无其事地说:“啥事都没有,接着喝。”

宁长命从外面进来以后,宁奇觉得到了该谈正事的时候了,但是他得想好一个合适的话题,要不露声色地把他们的谈话引到缴纳税费的事情上来。

宁奇喝了一口酒,漫不经心地问:“我看你今年庄稼不错,估计一定有个好收成。”

宁长命漫不经心地说:“一年盼着一年富,年年穿个没裆裤。就那样。”

“下来总能收个一两万块钱吧?”宁奇问。

宁长命说:“差屎不多。”

宁奇又问:“如果把需要上缴的三提五统刨掉,纯收入能收多少钱?”

宁长命说:“不缴能过两万,缴完也就剩个一万七八。”

宁奇顿一顿问:“那你的税费缴了没有?”

宁长命说:“没缴。”

宁奇问:“你为啥不缴?”

宁长命叹一口气说:“我就是不想交。”

宁奇正要追问，宁长命接着说："不过躲过初一躲不过十五，缴那是迟早的事。"

宁奇追问："早缴也是缴，迟缴也是缴，既然躲不过去，为啥还不缴？"

宁长命说："我就是不缴。不但我不缴，我还鼓动了全村的人都抗住不缴。"

宁奇好奇怪，问道："这是为啥？"

宁长命说："即便要缴，我也要号召众人抗他一抗，我就是要给那些当官的使个绊子，让他们知道知道老百姓不是好欺负的，更不是好吓唬的。"

宁奇试探着问："这么说你是暂时不打算缴了？"

宁长命喝完一杯酒，慢慢低下了头，好像这杯酒一下子将先前的豪气全部浇灭了一般。

宁长命说："怎么能不缴呢？从前朝古代到当今社会，自古以来就立下了缴皇粮纳国税的规矩，谁抗也抗不住。其实我的钱早就准备好了。"说完，拉开抽屉拿出一沓子钱，拍在桌面上。

"那你为啥不缴呢？"宁奇感到很纳闷。

宁长命说："我不缴是我看不惯那些当官的做派。"

宁奇问："当官的怎么了？"

宁长命说："当官的太牛了，动不动拿着上头的红头文件到乡下来吆三喝四耀武扬威，对着老百姓呼气哈气，把老百姓根本不放在眼里。俗话说得好，家有一万还有个来时不便呢，稍微迟缴几天就骂我们是刁民，是土条，说我们没文化没教养，天生就是受穷的骨头，反正啥话难听骂啥话。所以我想，你既然说我们是刁民我们就专门刁难刁难你，让你有钱收不上，有功报不上，有官升不上，让你们尝尝刁民的滋味。"

宁奇长长出了一口气，原来如此。

宁长命得意洋洋地说："今天听村长说，乡长在全县大会上让县长狠狠训了一顿，训得好，活该！"

宁奇故意问一句："有这回事？"

宁长命赌咒发誓地说："谁哄你就是狗，就是驴！"

摸清了底细，下面的问题是如何帮助周晓林解开这个扣。

于是宁奇再一次试探着问："看来你的气已经出了，那你打算啥时候缴？"

没想到宁奇这一问又激发了宁长命的豪气，他挺直了腰板说:“不说吹牛皮的话,整个宁家梁子谁人不知道我宁臊头,我是不上榔头不出油,不见兔子不撒鹰,不见真佛不烧香的人。啥时候缴得看他们咋待承我,待承好了早缴,待承不好照样抗着。”

宁奇问:“说了半天你到底是啥意思?”

宁长命说:“黑馍馍有气白馍馍有气,人活得就是一口气,啥时候那些官老爷把我们当人抬举了,啥时候立马给他们缴。”

“那你想让他们怎么抬举?”宁奇问。

宁长命想了想说:“除非乡长请我喝顿酒,我就缴。不但我缴,我还让乡亲们一起缴。你信不信,我宁臊头虽然长得其貌不扬,但是在宁家梁子说句话比他村长管用。”

宁奇心中一阵窃喜,但是他还是不露声色地说:“你估计乡长会请你吗?”

宁长命很艰难地笑了笑,说道:“天下哪里有鼻子往眼窝里流的道理,那也就是我随口那么一说,除非日头从西边出来,那是根本不可能的事。”

宁长命醉意蒙胧,渐渐有些支持不住。话刚说完,倒头躺在铺上,不大工夫便扯开了呼。

第二天上午村长用摩托车驮着乡长来到宁长命家,车到门口,正好遇上宁长命刚从田里回来。

周晓林迎上去问了一声:“老宁,忙着呢?”

听到有人叫“老宁”,宁长命先是吃了一惊。等他反应过来之后,只淡淡应答一声:“不忙吃啥呢。”

村长介绍说:“这是周乡长,今天专门看你来了。”

他抬起头,一个劲地看着天。

村长问:“看天干啥?”

宁长命说道:“我是想看看,今天是不是日头从西边出来了。”

村长问:“你这话什么意思?”

宁长命说:“其实也没什么意思。你想,我一个屎肚子百姓,住的是寒窑要的是相府的牌子,哪里敢劳乡长人人的大驾来看望。”

村长说:“你不要不识抬举。”

宁长命不加反驳,围着摩托车转了一圈,只瞅着车看。

村长问:“你看啥呢?”

宁长命说:“人家都说‘乡长下乡捎个羊,村村都有丈母娘……’”

他还要往下说,村长赶紧制止说:“打住!打住!乡长好心好意来看望你,你看你那副德行。”

宁长命说:“我的德性我知道。”

村长说:“知道你那副德行就行,快别说仄棱子话①了,还不赶紧把乡长往屋里请。”

宁长命说:“麻烦二位领导在外面等一等。”

村长问:“有啥好等的?”

宁长命说:“老百姓的房子,就跟猪窝没有两样,我先进去把我的土房子打扫打扫,别弄脏了领导的衣服。”

村长一听,一把将他推进屋里说:“我说你就别摆活了,说你胖你还真的喘起来了。”

村长从摩托车的后备箱里取出一个塑料袋提进屋来，然后从里面取出两块熟肉两瓶白酒摆放在桌子上。

宁长命问:“这是干啥?”

村长说:“乡长说,今天来想和你这大名鼎鼎的酒神仙喝喝酒。”

宁长命连连摇头说:“不行不行,今天忙着呢,没时间。”

村长还要说什么,周晓林制止了他自己说:“是这么回事。今天我们专门到下面转转,没有别的意思,就是想听听群众的呼声,征求一下群众的意见,以利于今后改进我们的工作。你看也到了吃中午饭的时间,再忙也得吃饭不是?我们自带伙食在你们家入个伙,咱们边吃边聊不耽搁你干活,你看怎么样?”

话说到这个份上，宁长命似乎再也找不出什么推辞的理由，摆好三个凳子说:“请坐。”

说话间村长已经将宁长命的婆姨切好了的肉端了上来,村长就要开酒瓶。宁长命拦住说:“既然父母官肯放下架子光临我这寒窑,那就是看得起我宁长命,我

①仄棱子话:宁夏方言,指不中听的话。

陪领导喝两杯。不过，我不能和你们一起喝。”

村长问：“为什么？”

宁长命说：“我和你们的身份不同。俗话说，贵人吃贵物，日囊屃吃豆腐，你们吃你们的肉喝你们的好酒，我喝我一块两毛三的老白干，值钱的酒曲味太大，我喝不惯。”

村长说：“人都说有肉不吃豆腐，你说你这是何苦呢？”

宁长命不管他说什么，拉开五斗橱提出两瓶酒墩在桌子上。他对着婆姨喊：“炒两个菜！”

周晓林一看这架势说：“那行，我们都喝幺二三。”

宁长命好奇地看了看他，随手取出3个玻璃杯将酒斟满。他端起一杯递给周晓林说：“乡长大人今天是来和我扯磨的，我这嘴笨得就跟棉裤腰一样，说不了个周到话。我看磨就不扯了，咱们喝酒。酒喝好了，磨就扯通了，话都在酒里头呢。”

3人举杯，宁长命先将酒干了。

村长看看乡长，见乡长一口干了，自己只好也干了。

宁长命家没有小酒杯，这种玻璃杯盛一两多酒，能一口干了的人为数不多，宁长命就是这为数不多中的一个。乡长和村长显然喝不了猛酒，一杯酒下肚两人立马都成了关公脸。宁长命伸出大拇指说：“能把这杯酒一口喝下去，看来咱们村长和乡长都是一心一意为老百姓办好事办实事的好官。”

他又将3个酒杯斟满说：“俗话说得好，好事成双。今天二位领导光临寒舍，我高兴得很，咱们再来一杯。”

村长又看看乡长，见乡长端起杯子，赶紧将酒干了。

宁长命边斟酒边说：“其实我宁长命不傻，领导心里想啥我都知道，我不是那种领导多给我4两豆腐吃了我就说领导认不得秤的人。老百姓确实辛苦，可是领导也没闲着，群众心里有杆秤。我觉着，啥时候干部和群众都能结成一条心，能忙到一条道上就好了。所以，我斟满这第三杯酒，算是同心酒。不过我得说明，这杯酒谁想喝就喝，不想喝绝不勉强。”

宁长命刚把话说完，乡长首先举起杯子说：“干！”

3杯酒下肚，周晓林已经不胜酒力。他说：“老宁我看这样，先吃吃菜，咱们边聊边喝好吗。”

宁长命说："人有上中下，货有三等价，你俩吃菜喝水，我和你们不一样，一喝起来就放不下杯子，我还得喝。"

说完他只给自己斟了酒说："这第四杯酒是四季发财酒。说句心里话，我老宁能过上今天的好日子全靠党的富民政策好，全靠上级领导得好啊！春栽果林夏收麦，秋育肥羊冬棚菜，哪一样我都没少下。发展种植业养殖业上头给了那么大的扶持，又是资金扶持又是技术指导，老百姓虽然不说，可是嘴里吃馍馍心里有数呢。"

乡长和村长一眼不眨地听着，好像听宁长命在做报告。

宁长命端起酒杯说："这杯酒同时也感谢你们这些领导，我先干为敬，算是感谢酒。"

他正要喝酒，周晓林拦住说："等一等。"

只见他自己提过酒瓶给自己和村长斟满说："只要你们致富了，我们比你们还高兴，干！"

干完酒乡长已经彻底瘫软了。

宁长命把他扶到炕上躺好，让村长好好侍候，他披了衣裳向外面走。村长问："你到哪里去？"

宁长命回答："屋里闷得慌，出去转转。"

约摸一个多小时他回到家里，见乡长和村长已经睡得一塌糊涂。

他对婆姨说："你不要打扰他们，让他们安心睡着，啥时候睡醒啥时候吃饭，吃完饭再让他们回去。你记住告诉他们，就说我们队的三提五统明天全部交清，请他们放心。"

第二个星期，宁奇毫无例外地到宁长命家去喝酒，他和宁长命谈起周晓林喝酒的事。宁奇问："你们的税费都缴了？"

宁长命说："人家乡长都喝成那样了，我们能不交吗？"

宁奇有些感慨："当个基层领导真不容易。"

没想到宁长命冷不丁冒出这么一句话："有时候看起来，当官的真不如老百姓活得自在。"

宁奇问："老弟何出此言。"

宁长命说："这几天我的心里很不自在，那天我有些过分，把乡长和村长灌得太惨了。”

宁奇说:“你也是你,人家给你个面子你伸手接住也就算了,非得把人家整得那么挖苦。”

宁长命说:“其实我也不是有意整他们,我就是想找回咱老百姓的尊严。”

宁奇说:“不管咋说你还算有点良心,号召全队的人把提留款都交清了。”

宁长命说:“人心换人心,八两换半斤,你有一碟子,我有一盘子,你敬我一尺,我敬你一丈,人家乡长最后那两杯酒喝得仗义,那我就得把事情做得比他还仗义。”

宁奇怀着一种极其复杂的心情,久久审视着宁长命。

实行联产承包责任制的日子里宁长命苦熬了十几年总算熬出了头，他的小日子过得很滋润,他有自家的果园自家的温棚还有自家的奶牛栈羊,房顶上还养了一群鸽子。日子好过了酒桌上的吃头也发生了变化,每次喝酒的时候已经不再是酸菜罐头和炒鸡蛋，小改子会变着法儿地给他整几个像模像样的菜，煮上羊肉,熬上牛奶,凉拌了西红柿,拍几个黄瓜一古脑儿地端了上来。但是有一样没变,那就是酒仍然是当地出产的老白干。

这期间宁奇的情况也发生了一些变化,他已经办了城市户口,举家搬迁进县城里,成为了名副其实的城里人。这样一来他便不能像过去那样每个星期都回宁家梁子,每个星期都去出席那一次约定俗成的酒局。和宁长命喝酒的机会少了许多,这使宁奇闲下来的时候会时常想念他的这位酒友,也很向往那种盘坐在热炕上边喝着小酒边海阔天空的神聊,享受那种闲云野鹤般的美妙意境。

一天下午,下了班宁奇回到家中,刚端起饭碗,电话响了。白兰芳接完电话神色慌张地说:“是公安局打来的,找你的。”

宁奇扔下饭碗抓起电话问:“请问有什么事?”

对方问了宁奇的姓名之后说:“请你立刻到局里来一趟。”

宁奇又问:“到底有什么事?你得把事情给我说清楚。”

对方说:“事情不大,但是电话里一句两句又说不清楚,你来了便知道了。”

宁奇心中一阵紧张。

他努力地回忆着近期内自己的所作所为，搜肠刮肚地盘点着自己有无什么不良的行为。当他认为自己确实没做什么违法乱纪的事情之后,又有了另外一种胆心，是不是学校里的学生闯了什么祸？他怀着惴惴不安的心迈进公安局的大门,向值班民警报上姓名。他开门见山便问:“找我有什么事？”

民警看了看他,说道:“你跟我来。”

民警把宁奇带到楼道走廊的尽头，那里是一排铁栅栏，里面是一个临时监室。民警打开门锁说:“你进去吧。”

宁奇一头雾水,两眼直瞅着民警,一句话也说不出来。

民警看出了他的疑虑笑着说:“对不起,没给你说清楚,请你过来是让你把里面羁押的人带回去,进去吧。”

宁奇仍然迟疑着,民警将作案人和案情大致给他做了一番交代,最后说:“好在没有造成什么严重后果,经过批评教育就可以放人。据他说你们是叔伯兄弟,回去以后你再给他好好开导开导,千万不敢再干这种目无法纪的事。”

宁奇忐忐忑忑迈进这所准牢房。

屋子里很乱,一股带着酒气的酸臭味扑面而来。屋里没有床,地上铺着两条编织袋子,编织袋子上蜷卧着一个人。

随同进来的民警喊道:“宁长命快起来,有人接你来了。”

宁长命懒洋洋坐起来,眼睛都不睁对着进来的人直嚷嚷:“我没醉,拿酒来,我还要喝！”

宁奇上前拉他一把说:“怎么整成这副德行,这都到了啥地方了还要喝！”

他睁开惺忪的眼睛看着,一见是宁奇,先是一愣,随即问道:“你怎么来了？”

宁奇反问:“你先别管我,我问你,你怎么会被带到这种地方？”

宁长命傻乎乎地看了他一会儿,耷拉下头。

民警将鞋子和裤带扔过来说:“赶快穿好,有啥话回去再说。”

直到这时宁奇才发现,他光着脚,两只手提着裤子。

宁奇费了好大的劲才把他带到家里。一进家门屁股还没坐稳,宁长命就开始嚷嚷:“拿酒来！”手拍得茶几直晃悠。

宁奇说:“老弟你先喝口水,酒有的是。喝完水我们先吃饭,吃完饭再喝也不迟。”

宁长命说:“只要咱哥俩到了一起,就没有不喝酒的道理,上酒！”

宁奇的老婆将一碗干捞面墩在他面前，气冲冲地说："日囊！"

日囊是一句很俗的方言，意思就是让他吃饭。

喝了这么多年的酒，宁奇了解宁长命，宁长命也了解宁奇，同样，他俩的老婆他们也互相了解。她们从来没有反对过他们喝酒，并且给予了很大的支持和配合。只要摆起酒场，喝多长时间她们会陪多长时间，先不说做菜续水，光是陪着他俩半夜半夜地熬眼，就令他们虽然嘴上硬着但是心里感动得无以言表。所以他们这种马拉松式的喝酒每每都会在内人的呵斥声中收场，那个时候他们无论醉到何种程度都会言听计从，不会有丝毫的反驳。

这会儿白兰芳亮出了杀手锏，宁长命软了。

宁长命顺从地拿起筷子，一声不吭吃起饭来。宁奇坐在他的对面，看着他苍白的头发单薄的身体，不由自主地摇了摇头。一想起刚才蜷缩在公安局里的那一幕，他的心里一阵酸楚。辛苦劳累了一辈子，三番五次蹲班房进劳改队，到了老年又让人家抓进公安局蹲了看守所，到底图啥呢？

民警给他介绍的情况是这样的。

时下农村正在轰轰烈烈搞新农村建设，过去一些未经统一规划和年久失修的民房民居全部拆除，由乡政府统一规划统一标准建设新农村居民点，村民们集中搬迁入住新居。宁家梁子的房屋全部在拆迁范围之内，眼下所有农户都拆迁完了，就剩下宁长命一家孤岛一样坚守在那里。乡上村上的干部上门做过好多次工作，其中不乏使用了酒肉兼攻的手段，但是宁长命软硬不吃、刀枪不入。上头把新农村建设的试点定在了宁家梁子，眼看着现场会的日期一天天迫近，事情迫在眉睫。于是乡上做出一个重大决策：带上拆迁补助款，开上铲车，强行拆除，把钉子户统统拔掉。铲车开来的时候，宁长命正一个人窝在家里喝闷酒，也是酒壮英雄胆，他抄起一把镢头，直向铲车砸去。

后来有人打了110。

后来警车来了，将他带到公安局。

白兰芳不知道啥时候备好的酒菜，宁长命的饭还没吃完，她已经把菜端上桌子。见酒菜上来，宁长命几大口喝完面汤，赶紧放下饭碗。

宁奇和宁长命当了几十年的酒友，已经喝出了一套较为固定的模式，那就是一碰二划三闲谝。入场二人先碰掉三杯这叫一碰，然后开始划拳这叫二划。他们划拳的路数很多酒令也很多，什么尕老汉什么数蛤蟆什么打垒堆什么一条扁担软溜溜，挨着个地划一遍，变着法儿地唱一遍，还得有动作。每当进入划拳阶段，便是他们最开心最忘我的时候。高潮过后进入自由状态，随意喝酒随口说话，海阔天空地闲谝。每次喝到这个阶段，基本上是宁长命占据着主导地位，他总爱讲三国说列国，宁奇得耐着性子听他讲那些他早已烂熟于心的前朝古代的故事，不时提出一些修正。

今天的酒破了规矩，一开始便跨越前两个阶段直接进入第三阶段。宁奇满上酒并没有去督促宁长命，自己端起杯子先喝了一口。他说："老弟不是我说你，今天的事你确实是做错了。"

他梗着脖子问："没经过我的同意强行拆我的房子，我不砸他们砸谁，我哪里做错了？"

宁奇说："你真的是猪脑子啊！人家广播电视天天讲与时俱进，天天讲顺应时代潮流，建设社会主义新农村那是大政方针，全村的人都能搬迁，怎么就你非得当这钉子户不成？你觉得你能抵挡得住吗？你觉得你能顽抗到底吗？"

宁长命说："我不管什么时代潮流，我就认准一个死理，丢了老祖宗留下的基业那就是败家子。你是最清楚不过的，在我们这个村子里我们老宁家一直都是人丁兴旺，户子大气势也大，可是现在让全部搬迁，如果我再不坚守这最后一寸土地，我们这个村子就要从地图上抹掉了你知不知道？"

"抹掉了又怎么样？全中国不知道抹掉了多少村庄，又不是你一个宁家梁子。现在全国走的是城镇化的路子，这是社会发展的必然，是社会进步的标志。"宁奇耐心地做着解释。

宁长命一挥手："少给我摆这些大道理，我不听。"

宁奇微微一笑说："老弟呀，不是大哥说你，你这人啥都好，就是一件不好。"

宁长命问他："我哪里不好了？"

宁奇说："你思想太僵化，乡土观念太严重。按说乡土观念人皆有之，这并不是什么坏事，但是凡事得有个度，做得过头了便不合时宜。今天的事，你就吃了这个亏。"

宁长命静静地听着。

"你还记不记得前几年你在村里闹的那些件事？"宁奇问。

宁长命没好气地说："我这一辈子坏事做了千千万，我能知道你说的是哪件事？"

宁奇说："有一次为了30厘米宽的一点点宅基地差点闹出人命来，你总不会忘记吧？"

"没忘记，怎么了？"宁长命盯着他问。

"当初我给你念的那首诗还记得吗？"宁奇又问。

宁长命说："我记那干啥，忘了。"

宁奇说："你忘了我没忘，我再给你念一遍。"

宁奇念道：

邻里之间一堵墙，
让你三分又何妨？
万里长城今犹在，
唯独不见秦始皇。

宁长命喝了一杯酒，陷入沉思。

宁奇说："听大哥一句话，这次回去再不要固守了，早搬早另干。"

宁长命陷入极度的懊丧之中。

第二十二章

宁长命苦苦思索了一阵，他给自己斟了一杯酒，端起酒杯一口喝干，说道："古人说得好，胳膊啥时候也拗不过大腿，不搬又能怎么样呢。去他妈的，鸭子能过鹅（我）能过，孙子能过爷能过，哼！"说完他起身要回。

宁奇说："一进门就嚷嚷着要喝酒，酒都没喝好，着急慌忙回去干啥，明天再回也不迟。"

宁长命说："那不行，蹲在这里我不放心。"

宁奇问："事到如今，你还有啥不放心的？"

宁长命说:“我得回去看看那帮龟孙子们把我的庄台子做害成啥样子了。”

宁奇看看门外,说道:“天都黑了,黑灯瞎火咋走呀?”

宁长命说:“长着两条腿,还愁走不到家?”

宁奇说:“几十里路,那得走到啥时候?”

宁长命说:“走到天亮总能到家吧。”

看他执意要走,宁奇只好用单位的车把他送了回去。

回家后宁长命面对推倒的废墟大哭了一场。小改子把新房钥匙交到他手上,他一甩手扔得无影无踪。口中骂道:“谁想住谁住,爹们不住!”

后来有关于宁长命的消息便陆续传到宁奇的耳朵里。

他果真没去住那新房。老伴带着儿女们去了,他夹了一卷铺盖住进了果园中那间看果园的小屋。

这一住就是三四年。

新农村建设的标准并不低,一色的红砖红顶大门大窗,房间宽畅明亮。这里除了有电灯电话闭路电视,还有自来水太阳能,生活设施先进便捷。全村的人聚集到一个地方,平地生出一个小镇。这小镇街道整齐,巷道畅通,沿街门市部医疗站,还有菜店肉店棋牌室歌舞厅一应俱全,没有一个人不说好。

可是宁长命没说过一声好,他执拗地坚守着果园小屋,谁劝都不管用。每日里他以酒为友以狗为伴,整天处于一种迷迷糊糊的状态之中。据说他每天起床的第一件事是撬开酒瓶先大大地喝上一口,然后才去倒夜壶、撒尿、喂狗,最后抹一把脸。

现在的宁长命年龄还没上60,但是人已经显得很是苍老,掉落得稀疏的牙齿再也无法承担啃酒瓶的重任,不事修理的毛发把整个头颅和脸面续得像一只蓬乱的刺球。据说他每天早晨打开一瓶酒,到了晚上便会喝得一干二净。起初宁奇对这种据说尚有些怀疑,只到后来他专门去了一趟果园,方才确信那种据说是真实可信的。

小屋不大,占地不足3米见方,高度也不到3米。宁奇除了发现他对于酒的近乎于维系生命的依赖,还有一个重大发现是宁长命正在完成一项宏大的工程,一项前无古人或许也是后无来者的工程。这么多年来他喝了多少瓶酒腾出了多少空瓶连他自己也数不清,但是每天喝完的空酒瓶他一只也没卖一只也没扔,每喝完一个空瓶他都会和一锹黄泥，把酒瓶牢牢粘贴在小屋的墙面上。宁奇去的时候他已经粘贴完了两边的侧墙和后墙，前墙刚贴了3行。

面对着这座熠熠生辉水晶宫般的玻璃小屋，宁奇感叹不已，他不明白他这样做的动机和目的。他猜想，这可能是他对自己光辉酒史的一个展示或者炫耀？是表达自己一生以酒为乐、以酒为自豪的一种精神寄托？他不得而知。但是有一点是肯定的，直要他活下去，他一定会矢志不渝地把这项工程进行到底。

宁长命把宁奇让进小屋坐在低矮的土炕上，顺手从炕边的纸箱子里提出一瓶酒，又从里面摸出两根火腿肠一包榨菜，就要和他喝酒。宁奇一看这架势，赶紧拦住说："老弟实在对不起，我现在已经不喝酒了。"

宁长命瞪大眼睛，用惊异的眼光看着他。半天才说："你说的啥？你再说一遍。"

宁奇爬在他耳朵上说："我现在不喝酒了！"

宁长命气哼哼地说："你不喝酒了？你不喝酒狗都不吃屎了！"

宁奇打着哈哈说："时代变了，现如今的狗早就不吃屎了。"

宁长命瞪着愤怒的眼睛，一句话也说不出来。

宁奇接着说："是这么回事，平时不觉气，上次单位组织体检，一检查全身都是毛病。"

宁长命用异样的眼神打量着他，说道："活蹦蹦一个人，哪里来的毛病？过去你在农村驴天马地地受苦，怎么啥病都没有呢？"

宁奇说："我真的有病。我现在是三高，心脏还不太好，前面住过几次院，大夫嘱咐了又嘱咐，今后再也不许喝酒，否则会有生命危险。"

宁长命问："啥叫三高？"

宁奇说："三高就是高血压高血脂高血糖。"

宁长命很不以为然："你们这些人，一进城马上娇贵了，苍蝇弹上一爪子都是病。整天没事干就爱听医生瞎咧咧，我告诉你，听了医生的话，你啥也不能吃啥也不能喝，一天都活不成。"

宁奇说："人家说的那都是有科学根据的，不听怎么能行？"

宁长命说："俗话说，造死的㞗朝天，不造死的活了一年又一年。叫我说，人就得糊里糊涂活着，喝！"说着就要撬酒瓶。

宁奇夺过酒瓶放回箱子里说："老弟我真的不能喝。"

“真不喝？”他问。

“真不喝。”宁奇答。

宁长命扔过一句话：“不喝酒你跑来干啥？滚蛋！”说完下了炕，扔下宁奇独自进了果园。

宁奇十分尴尬，站了一会儿，闷闷不乐离开这座果园小屋。

他们不欢而散。

几十年来，这是两个酒友之间的第一次。

后来宁奇再也没有去过果园。

从去年开始，宁家梁子实行土地流转，全村以及全乡的土地全部被农丰公司承包。公司的承包经费出得很可观，每亩地五六百元，最让宁家梁子的人高兴的是这家公司签完合同便付了承包费，一切进行得非常顺利。承包工作即将收尾的时候公司遇到了一个难题，有两家农户死活不愿意签承包合同。这两家都是宁姓人家，说是要固守老先人创下的基业。公司费了好大的劲做通了另外一家的工作，宁长命的土地却一亩也不外包，人家要自己种。

农丰公司下了大力气承包这两家的土地倒不是少了几十亩田会减少多少利润，关键在于公司是大型的国有企业，使用的全是先进技术和先进的农机设备，实行的是大面积的机械化作业，宁长命的十几亩田像一个楔子一样楔在大片土地的正当中，给机械化作业带来诸多不便。

公司负责人走访了群众之后，提了些酒肉，礼贤下士般来到果园里的玻璃小屋里。宁长命知道他们是来干什么的，连推带搡把他们推到门外。他直截了当地说：“赶快把你们的酒肉提走，走得越远越好。实话告诉你们，我也不吃你的蜜，你也别叮我的嘴，我宁长命再爱喝酒，也不差你那两口。”

来人说：“宁大爷你先别封门，听我们把话说完总可以吧。”

宁长命说：“说也是五八，不说也是四十，有啥好说的。叫我说，你们这是瞎子点灯白费蜡，快别下那辛苦了。我知道你们财大气粗，出手大方，但是我告诉你们，你们就是在我面前堆起一座金山，也休想包走我的一寸土地。”

一行 3 人面面相觑。

领头的高经理递过一根烟说：“宁大爷你把我们误解了，我们根本不是谈承包土地的事,我们是专程来看望您老人家的。"

宁长命根本不领情,他说:"我和你们素不相识非亲非故,用不着你八月十五献茄子,少献你那黑心。"

高经理并不气恼,他笑着说:"你认识我不认识我并不重要,关键的是我们既然要在这里扎根要在这里发展事业,我们必须得认识您老人家。"

"认识我做啥?"宁长命问。

高经理说:"我们初来乍到人地两生,刚起步面临着许多困难。人生不要紧,我们可以一家一户去拜访,地生这是大事,我们必须尽快了解这里的土质、水系,摸清当地土壤气候对农作物的适应性,等等。我们调查过了,您老人家在当地德高望重,又是种田的能手,今天我们特意登门拜访,请您老帮帮我们。"

宁长命似乎放松了绷紧的神经,长长呼出一口气。高经理不失时机地"叭"的一声打着火送了过来,宁长命点着烟,狠狠抽了两口。

宁长命问:"我一个死老汉,能帮你们什么忙?"

高经理说:"那我就直说了吧,今天来想聘请您老当我们的顾问,帮助我们出出主意操操心,为我们把把关,希望您老能够答应。"

宁长命一句话也不说,一个劲地抽烟。

高经理又说:"当然,这种操心不会让你白操心,是有偿服务。"

"啥叫有偿服务?"宁长命问。

高经理说:"有偿服务就是你为我们出力了费心了我们就得付给你报酬。"

"还给报酬?"宁长命问。

高经理说:"当然给了。每月给你 1000 块钱您看怎么样?嫌少的话我们还可以再商量。"

宁长命先是一惊,猛然将烟屁股砸在地上说:"你们把我宁长命看成什么人了?在你们眼里,我们农民难道都成了见钱眼开的小人不成?古人还讲个君子爱财取之有道呢,我老宁替你们指指画画说两句话就非得拿你们的钱?你们也太小看人了吧。"

一行 3 人又一次面面相觑。

宁长命说:"俗话说,人抬人高人踩人低,就凭你们这么抬举我,我老宁也不能当那种不通事理不识抬举的人。这样,这个顾问我答应了,以后有啥事尽管来找我就是了。但是有一条，什么有偿服务费什么工钱我一分都不要。”

高经理紧紧握住他的手说：“宁大爷，我这里先代表公司代表全体员工感谢您！”

他对随从说：“开酒！”

金色的秋天随着气候的变化一天天改变着颜色，大地由绿变黄再由黄变成赭色的时候，意味着收获的结束和新一轮耕作的开始。

农丰公司雷厉风行，农户们的最后一车玉米棒子拉上场院的时候，他们的拖拉机已经挺立在田间地头。宁家梁子的农民怀着极其复杂的心情伫立田头，眼睁睁看着这帮外乡人将五铧犁插进自己的田地里，翻起一垄一垄泥土的波浪。

宁长命这些天有些心神不定，每天虽然仍然在喝酒，但是总觉得心里悬悬的，怎么喝也喝不踏实。他时不时手拄一根棍子到地里转转，有时候尾随着耕地的拖拉机走上一程，用手中的棍子探探犁沟的深浅。更多的时间，他会围着自家的田埂一圈又一圈地转悠，眼看着拖拉机的犁铧一天天靠近过来，他的眼中不时会流露出一丝焦虑与不安。

这一天终于来了，公司的拖拉机终于犁到了他的地边。宁长命手中紧握着棍子，一刻不离地守候在自家地头。当拖拉机从远处开过来的时候，他看见那庞然大物并没有要拐弯的意思，反而加大了油门冒着黑烟直对着他的地冲了过来。他眼睁睁地看着犁铧在他的田里翻起一垄新土，他急了，手中挥舞着棍子高喊：“停下！停下！给我停下！”

司机一加油门，他的声音便被淹没在巨大的轰鸣中。他追上去用棍子打那五铧犁，没等棍子落下人先摔爬在犁沟里了。

不知啥时候高经理来到他身边。

高经理扶起他坐在田埂上说：“宁大爷您这是怎么了？有气您冲我撒，打那铁家伙您哪里能占到便宜，小心伤着您的身子骨。”

宁长命缓过一口气来，厉声质问他：“没经过我签字画押你们凭什么犁我的地？你们要搞强行承包不成？我告诉你，骆驼进鸡窝，门都没有，要想占我的地，除非你把拖拉机从我身上开过去！”

说着他站起来，提了棍又去追那拖拉机。追了半截他突然停在那里，一滚身子睡在犁沟里。

高经理走过来，一把拉住他说："宁大爷您先起来，听我把话说完了，说得不对您再拦挡也不迟嘛。"

宁长命慢慢翻身起来，坐在那里直喘气。高经理掏出一根烟递给他，给他点上，然后说："昨天晚上我们开了个会研究了一下，决定您的田由我们为你代耕。"

"代耕？啥叫代耕？"宁长命问。

高经理说："代耕就是代替你耕地，你的地再不用你犁了。"

宁长命说："说来讲去你们还是在变着法子打我的主意。我问你，犁完我的田收多少钱？"

高经理说："一分钱也不收。"

"为啥？"宁长命满脸疑云。

"为了省钱。"高经理回答得很平静。

"省钱？省谁的钱？"宁长命有些糊涂。

高经理笑着说："自然是省我们的钱啊！当然，也省您的钱。"

宁长命不再追问，他的脑子已经成了一锅粥，这会儿他很想回去大大地喝上两口酒。根据他的经验，只有喝了酒脑子才会活络。

高经理真诚地说："这是真的。"

宁长命仍然满脸疑云。

"我给您算一笔账您就明白了，"高经理接着说："您的田正处在我们大片土地的中心地带，如果隔过您的地，我们就得分为两块去耕，这样一来我们每耕一犁就得悬了铧多走两个回头。这么干，既浪费了时间浪费了油料，最关键的是降低了耕地质量。如果我们从你的田里直穿而过，我们不但降低了油耗，既把地耕得又平又整，又稍带着把你的问题也解决了，岂不是一举三得？所以，这件事是我们心甘情愿的，我们不但今年为你代耕，今后还会一直为你代耕下去。"

看着宁长命不吭声，高经理说："您老先缓着，我到那边看看。"说完起身便走。

忽然宁长命喊了一声："你站住！"

高经理一愣，返身踅了回来。

他问："宁大爷还有什么事吗？"

宁长命说："我，我，我和你们签。"

"签什么？"高经理蹲下身子问。

“签合同，签土地承包合同。”宁长命说。

高经理笑着问：“怎么，想通了？”

宁长命摆摆手说：“啥都别说了。”

高经理看见，他用手背偷偷抹了一下眼泪。

高经理从包里取出合同逐项填了，交给他过目之后，将红色的印泥盒子端在他面前。他指了指签名的地方说：“请你在这里按个手印。”

宁长命将指头蘸了印泥，放在纸上，却迟迟没有按下去。他又将面前的土地深情地看了一会儿，一咬牙，将手印重重按在合同上。

签完合同，宁长命的脸上有些怅然若失。

高经理说：“这回好了，这回你可以一门心思地务育你的果园了。”

宁长命说：“不那样还能怎么样呢？”

高经理说：“不过我有个建议，不知您愿意听不愿意听？”

“啥建议？”他问。

高经理说：“我建议你下个狠心把那果园毁了。”

“毁了？”宁长命猛然跳起来。

高经理说：“我说的毁了没有别的意思，是想让它获取更大的经济效益，要么改种其他作物，要么重新栽植果树。”

“为啥？”宁长命感到很惊奇。

高经理说：“承包之初，我们的技术人员对宁家梁子的土质和作物都做了承包前的测算和评估，当然也包括你的土地和果园。评估报告显示，你的果园已经失去了存在价值。”

宁长命说：“好生生的果园，咋就没有价值了？”

高经理说：“这里面有两个主要原因。其一，树龄太大。园子里的果树早已经过了盛果期，所以每年的挂果率和成果率很有限，直接影响产量。其二，因为栽植时间早，品种落后，这种品种早已经被淘汰。这种苹果上市价格低没人买，直接影响产值。”

宁长命默默听着，微微点着头。

高经理接着说：“如果您老同意的话，我们愿意在靠近新村的地方选一块土地和您置换，并且给您栽成果园。挂果之前，每年按标准给您付土地承包费，您看怎么样？”

宁长命老眼里转着泪花，他拉住高经理的手说：“我知道，你们都是好人，你们到宁家梁子是诚心实意种庄稼来了，你们不是皮包公司。你讲的话都有道理，处处事事都在为我着想，多谢你了。我也知道这果园一年没有多大出产，可是我舍不得毁这园子，舍不得毁了我这小屋。经理你知道这是为啥吗？”

“为啥？”高经理问。

宁长命说：“因为这是宁家梁子保留下来的最后一间房子，这是宁家梁子唯一的念想，为了老祖先，为了子孙后代，我得守住啊！”

他的眼泪最终没能忍住，几滴泪珠滚落下来。

有一天，宁长命的女儿忽然到宁奇家里来，他说：“我爹整天像丢了魂似的，没完没了地喝酒。过去每天喝一瓶，现在已经上升到两瓶。他的饭量减得很厉害，心跳气喘，走路很不稳定，摔倒过好几次。我们带他去过几次医院，医生说他已经是酒精中毒，由此引发了许多疾病。医生特别叮嘱，立即强制戒酒，否则有生命危险。”

宁奇说：“那你们一定得按医生的话做啊！”

女儿说：“谁说都不听，没了办法我才来找你。”

宁奇说：“你先回，下个星期天我去看他。”

他认真嘱咐一番，女儿去了。

宁长命的女儿第二次来到宁奇家的时候，是来报丧，说她爹已经去了。那天早上她去送饭，发现她爹躺在炕上早已浑身冰凉，手中握着一个没有喝完的酒瓶。

宁奇参加了宁长命的葬礼，入殓的时候他按照他早先的嘱托特意在他的两个腋窝下各夹了一瓶酒。他女儿拿出一纸遗嘱让宁奇看，并且征求他的意见。那是一张让人难以想象也无法理解的遗嘱，他要求把他安葬在他精心建造的那间玻璃房子里。

天啊！这就是他精心建造那座玻璃房子的目的！

死去的人的一纸遗嘱给活着的人出了一道天大的难题，让他们既不愿意违背死者的心愿又不可能违反活人的政策。经过再三权衡，宁奇谈出了自己的意见：“把那房子扒了，就地掩埋，将拆下的酒瓶码放整齐覆盖在坟堆上。”

宁长命的女儿问宁奇：“将来上面让迁坟咋办呢？”

宁奇含糊其辞地说:“走一步算一步,到时候再说吧。”

宁家梁子的田角上,增添了一座光辉灿烂的新坟。

安葬了宁长命,宁其有些怅然若失。可以说,宁长命在他的一生中特别是他的奋斗历程中没有起到什么作用,也没有对他的人生产生什么影响,但是他总觉得他是他一生中不可或缺的人。过去的往事一桩桩一件件浮现在他的眼前,像刚刚发生的一般。他哀其不幸,怒其不争;他忿其鲁莽,却也佩服他的侠肝义胆。说老实话,有多少次,他都暗地里赞慕他是个真正顶天立地的男子汉,与他相比,自己谨小慎微窝窝囊囊一辈子,狗屁不是。宁长命走了,他的心里空落落的。虽然他已经不再喝酒,但是他还是因为失去了一位兄弟,一位患难一生以酒为友的友人感到难过。他同时为他的命运感到难过。

送葬的人都走了,宁奇一个人伫立在这座玻璃坟前,久久地注视着。回想起他简单而复杂的一生,宁奇突然有了一种感悟,这个被牢笼禁锢了一辈子的人,到了老回家的时候居然为自己设计了一个特殊的牢笼,将自己的躯体和灵魂一起禁锢在这个透明的坟墓里面。

这样也好,宁奇想。

离开坟地,宁奇没有心思回到宁长命家去赶那顿素斋。他独自一人信步地走着,无意选择前行的方向。他沿着那些熟悉而陌生的田间小路沟渠田埂漫无目的地走着,不知不觉来到他家老房子的旧址上。这里曾经给他带来过温暖,曾经让他感受到温馨;这里曾经给他留下过艰辛,也曾经给他带来过欢乐。现在,已经见不到房舍的影子,一个世代聚居的村庄早就夷为平地,放眼四望,一马平川,全都变成了良田。

他在旧址上徘徊着,努力地回忆着、寻找着。对了,这里是我的鸡窝,这里是我的猪圈,这里栽着一棵果树,这里曾经栽过电视天线杆……因为当时他是全村第一个买了一台 14 寸黑白电视机的人,所以那天栽天线杆的时候院子里站满了人,大家都翘首盼望着从高高的天线里能传出怎样的图像来。他不时蹲下身子抓一把土,总觉得任何地方都那么亲切。

看够了自家的房址他跨过那道无形的院墙,来到邻居李秀秀家的地界上。那里他依然十分熟悉,哪里是鸡窝,哪里是狗窝,哪里是驴圈,哪里是煤棚,他能指得分毫不差。自从他盖了新房就在这居民点上和她家规划到了一排，房连着房，一住就是十几年，一直住到他进城。十几年来，邻里之间发生的那些事历历在目，如昨如前。

他站在那道隐形的院墙上，浮想联翩。

第二十三章

触景生情，许多往事由不得他不想，因为这道隔在两家之间的院墙在十几年的时间里曾经是他们两家关系发展的见证。随着邻里关系的变化这堵墙曾经三起三落，三立三破，今天终于永远地消失了。回想起来，其实两家并没有什么大不了的事情，全是些鸡毛蒜皮的小事，更多的是误会。比方说，李秀秀家的鸡蛋下丢了，会怀疑下在他家的院子里，那么李秀秀就会高声大嗓子地骂，一骂就是一晌午；再比方说，李秀秀家的鸡飞过墙吃了他家猪槽的食，那么白兰芳不但打了鸡还要比鸡骂狗地浪上半天的闲话。她的声音并不比李秀秀的声音低，一定是要把那些脏话扔过墙去的。但是说来讲去，既然房子盖到了一起，绝对没有再搬走的道理，日子还得往下过，邻居还得往下处。这些年，两家的关系全凭着他和李秀秀的老公爹从中调停，两个女人才没有闹出什么大的事端来。

现在虽然物去人非，但是邻里之间的那些往事，一桩桩一件件浮现在眼前。他忽然向规划点的农民新村走去，他要去看望他的邻居李秀秀，他更应该去看望李秀秀的老公爹。

从内心里讲，他很想念他们。

李秀秀的男人姓张，她公爹自然姓张。张老汉是个木匠，叫张福成，那年头已经70多岁了；李秀秀的爹也是木匠，李木匠叫李长庚，时年60多也奔了70。张福成是宁家梁子的老丁老户，李长庚是前村李家庄子的人。

张木匠和李木匠是同门师兄弟，出徒以后正赶上大跃进，两人一起进了县木器厂，又成了工友。后来木器厂下马关了门，两个人各自背着工具箱回了家，一边种田务农，顺带做些零星的木活。张木匠和李木匠师出名门，是黄龙川一带最有名气的简木匠的高徒，但是两个人又各有专攻，各自练就一手绝活。

张木匠的绝活是擅长制作窍道活，比方说制作犁耧车耙，比方说打风箱安木锨做水刮子，这些活全要形状和角度，角度不对，做出来的犁要么不入土，要么一头扎进地里让牛拉不动。做耧更讲究，因为耧有3条腿，首先要让3只耧铧尖处在同一个平面上，其次是让3条腿都能以最佳的角度入土，再次是轻摇耧把的时候，种子能均匀地耧进3条耧腿里。这些活，什么也难不倒张木匠，谁也做不过张木匠。

然而张木匠最绝的活计远不止这些，他最绝的活是打风箱。

那时候过光阴，人们无论穷富离不开两种风箱，一种是铁匠扇火用的风箱，一种是碾米扇糠用的风箱。做打铁的风箱难是难了些，但是只要上了心做，能让它在一来一往的拉动中扇出风来就算得上是好手艺。有风火就会旺，火旺铁就会红。但是扇糠的风箱便不会那样简单，这种风箱不但身高体大结构复杂，还很讲究形制，更讲究角度，尤其讲究风扇叶子的大小和角度。这些方面直接影响着风的速度和力度，风太大，会把米和糠一起扇出去；风太小，会让米和糠同时落下来。所以民间流传着这么一句话：“米是米，糠是糠，木匠最怕打风箱。”木匠行里也流行着一句话：“两年能学个好木匠，五年打不出个好风箱。”太难了。可是张木匠做这活最拿手，黄龙川一带的碾房里，绝大多数风箱出自张木匠之手。

李木匠的绝活是缝子活。啥叫缝子活？就是用胶去黏接那些木头缝子，要黏得严丝合缝，要黏得牢不可破。

要做好缝子活首要的是刨子上的功夫，首要的问题是必须把对接的两个平面刨得平整光滑。这平整光滑是有标准的，就是两块木板放在一起要看不到一丝光线。然后是熬胶。将驴皮胶置于胶锅之中，然后添水，水多了不行，水少了也不行。添水以后点火熬，火大了不行，火小了也不行。熬好以后起锅，胶水稠了不行，稀了也不行。出锅以后得趁热抹胶，抹薄了不行，抹厚了也不行。最后将两块抹了胶的板子对在一起搓几下，力度轻了不行，力度重了也不行。而这一套程序，李木匠每每能拿捏得恰到好处。他黏的板子，干了以后摔不破，刨平以后找不出接缝，整块木板像一个整体。

黏缝子的功夫在木匠行里至关重要，应用十分广泛，像打箱子打柜子，做桌子打棺材，几乎无处不用。所以木匠行里还有这么一句话：“10年挣了个金锭子，黏不出一条好缝子。”李木匠黏缝子的功夫在其他活计上吃香自不必说，单说这做棺材，就了不得。

黄龙川的人把做棺材叫拢棺材，也叫拢寿器，所有的人都把这件事看得十分重要。因为，作为老人，这物件是他们最终的归宿，也是最后的享受，自然马虎不得。作为后人，棺材的好坏不仅关系着老人的心情，更主要的是将这死人用的物件做给活人看的，因为这棺材的质量直接体现着敬老孝终的程度，世人对此颇多议论，因此更是不敢马虎。

拢棺材有很多讲究，首先是木头与木头的连接，单是这一点就难倒了多少木匠。拢棺材有一条严格的规定，不但所有的缝子只能用胶粘，而且棺材全部木制，套铆拉拴，全身不得有一根铁钉。有了这个讲究，黏缝子的功夫便显得尤为重要，于是单凭这一点，李木匠的手艺便先占了 3 分。

第二个讲究是材质的搭配和使用。拢棺材有一个说法，叫“铜帮铁底黄金盖，纸糊的合头朽得快。”这句话的意思很简单，就是棺材的底要结实，帮要精贵，盖要出彩，而合头，也就是堵在前后两头的板子，则是最薄的。然而还有一种说法，叫“铜帮铁底黄金盖，开花的合头人人爱。”这句话的意思是，合头的概念绝不仅限于这两块护头挡足的木板，它包括了整个棺材前后两头的整个大截面。所以，粘底粘盖粘两帮对李木匠来讲那是小菜一碟，真正见功夫的，是他黏合头的绝技。

李木匠会把一根根粗细不等的椽子檩条锯成一截一截五寸左右的段子，再把这些圆木段子砍出平面来，一根挨着一根，严丝合缝地粘起来。待到胶缝干了，然后将截面锯平，然后将截面刨光，合头上便会显现出一个个漂亮的年轮。这些年轮一个挤着一个，一个挨着一个，大圈套着小圈，组成一个宽厚的整体，除却美观之外，透出一股非凡的气势。

几十年来，张木匠和李木匠两个人好得就像亲兄弟似的，两个人的生活经历也十分相似，就像老天爷有意安排的一样。先是张木匠死了老伴，撇下一个没成家的儿子，没过几年李木匠的老伴也去了，留下一女一男，都没有婚配。相比之下，李木匠的日子稍微好过一些，张木匠两个光棍爬锅爬灶，真的苦了爷父俩。于是李木匠慈心大发，连哄带逼把女儿嫁给张家，这样一来师兄弟又成了两亲家。

天刚麻麻亮，李秀秀就从屋里走出来。她伸个懒腰再打个哈欠，准备上茅房办那当紧的事。忽然，从鸡窝中传出一声雄鸡的长鸣，嘹亮而且沉闷。那是大红公鸡的啼鸣。大红公鸡的嗓子在全村的公鸡里那是数第一的，李秀秀为此很自豪，这会儿这洪亮的嗓音闷在鸡窝里亮不出来，她觉得憋屈了它。于是她先来到鸡窝跟前，开了锁，拉开鸡窝的小门，一群鸡便从鸡窝里蜂拥而出，簇拥在她的脚边，对着她"咕咕嘎嘎"地叫。大红公鸡拍打着翅膀振了振羽就势跳上鸡窝的顶棚，伸长脖子痛痛快快亮了一嗓子。李秀秀把鸡挨个地看了一遍，回身抓一把土粮食撒出去，鸡们就争先恐后地啄起食来。

李秀秀年纪不算大，二十五六的人，麻利能干，持家是一把好手，这是宁家梁子的人公认的。男人在外面搞副业挣的钱一分不少地交给她，她经管得很紧，正应了那句"男人是耙子女人是匣子"的老话。李秀秀也不是只等着男人挣钱的人，其实她不光是当匣子，也算得上是个好耙子，也会变着法儿往她那匣子里耧钱。男人不在的日子里责任田里的活全靠她一个人，虽然是女人种田，她的庄稼在村里那是上等的庄稼。家里的事也不消停，她会变着法子搞零花钱，今天她可以卖几棵葱卖几头蒜，明天也可以捣几只鸡贩几只蛋，坚持不懈，乐此不疲。前几年为这事她没少受罪，动不动让人家抓住资本主义尾巴割一顿。在这件事上她表现得很豁达，她不怕惹来麻烦，抓住了豁出来挨批，抓不住改了再犯、犯了再改，她就是这样一个人。那几年，她家的光阴很巴怜，在别人没醒过来的时候她首先想到养鸡，柴米油盐全靠她那些鸡，每天她的眼睛都死死盯住那些鸡屁股，只要下一个蛋，她会看得比金子都精贵。

这两年日子好过了，可是鸡蛋的收入在她家仍然占据着相当重要的地位。对于她来讲，这既是一笔收入，也是一个传统；既是一种劳作，也是一种快乐。所以每当她听到母鸡报蛋的叫鸣总觉得那鸡不是在叫，那是鸡在笑，在唱，唱的是一支支好听的曲子，听得让人心醉让她心花怒放。每当她从鸡窝里捡出一只热乎乎的鸡蛋总要先掂量掂量，用手搓摩着美美地看上几眼，于是她的心又醉了一回。每次收鸡蛋的时候，她那丰腴的脸上准会溢出甜甜的笑。她笑起来的时候很漂亮。天长日久李秀秀居然练出一套本领来，她能随便拿起一个蛋来，准准说出是哪只鸡下的，百验百灵，屡试不爽。

就这么着她和她的鸡结下了不解之缘，鸡和蛋天天都能给她带来欢乐，那些鸡和那些蛋几乎成了她生活的全部。

世上的事情往往就是这样，啥东西都会变，当然鸡蛋的事情也不例外。这里所说的不是鸡下蛋、蛋蛋变鸡那种先有鸡还是先有蛋的变化，说的是鸡蛋之于李秀秀而言，在她眼里，鸡蛋一直是个好东西，可是最近她的心情很糟糕，细细思谋起来全是让鸡蛋闹的。所以当她心绪不好的时候又觉得，鸡蛋这玩意儿有时候也是个坏东西。

因为她遇上了一件烦心的事。

这几天，李秀秀的鸡蛋突然收不够了。5 只下蛋的母鸡，每天只能收两三个蛋。鸡蛋丢了，对于李秀秀来说那可是天大的不幸。于是这件事便成了她的一块心病，也成了她家的一个重大事件。她没有心思干田里的活也没有心思做家里的事，她的心思全部放到了蛋上。她没日没夜地在寻思：鸡每天她喂得最虔心，人不吃饭可以，得先把鸡喂得饱饱的，从来没少过一顿。鸡呢，也很报答她，向来不会少下一个蛋，一切都没有改变可是蛋无端地少了，这到底是咋了？

李秀秀开始认真分析。

她首先想到的是鸡。她细细地回忆了喂鸡的每一个环节，最终她坚信，她的鸡不会少下蛋，这是向来没有发生过的事。

既然鸡不会少下蛋，剩下的问题便是鸡的去向，也就是蛋的去向问题。几年天气所有的母鸡都被那只大红公鸡死死地统治着霸占着，外面的公鸡进不来家里的母鸡出不去，公鸡踩绒能把母鸡膀根子的毛踩得精光，露出肉来。既然母鸡从来不出院子也不串庄子，那么鸡蛋是绝对不会下在外面的。这是铁定的事实。

最后的问题是人。李秀秀一家 4 口人，丈夫张存占在外面搞副业，长年不回家，先将他排除在外。家里就剩下老公公、儿子毛蛋和她。问题绝不会出在自己身上，她自然也要排除在外。还剩下两个人，儿子毛蛋不满周岁，更应该排除。最后剩下老公爹。人老了眼馋嘴馋，会不会是他呢？她最终把怀疑的目光锁定在老公爹的身上。可是细细琢磨又好像不对，自从她嫁到张家的几年间，老汉从来不是那种挑吃抢喝的人。每天三顿饭，煮啥吃啥而且向来不上桌子，无论面条还是米饭，只要盛给他一捞碗，他便会端出门去，或者端回自己屋里吃了，或者蹲在墙根吃了。吃完放了碗，一声不吭走了。

这样的人怎么会偷吃鸡蛋呢？

李秀秀脑子一转,忽然有了一个想法。自家的人一个个排除了,偷鸡蛋的会不会是外人呢?

一想到外人,她第一个怀疑的就是隔壁的白兰芳。可是怀疑仅仅是怀疑,拿不出丝毫的证据。有了这个想法她没有跟白兰芳商量,自己动手,在两家之间砌了一道隔墙。这道院墙虽然只有一米多高,但那毕竟是个界限,谁想跨过那个界限就意味着一种不轨行为。自从砌起这道墙以后,她时常将目光关注那道矮墙,并且将院门一步一锁。她想,家里经常有老公公和那条黄狗看着,况且外人又不多来,外人偷蛋似乎已经没可能。

可是,砌了隔墙鸡蛋仍然日复一日地丢。

于是她不得不将怀疑的目光再一次转向那群鸡。她开始怀疑,会不会是哪一只鸡背叛了她,尽干那只吃食不下蛋的勾当。如果真是那样,我就宰了吃它的肉。李秀秀不愧是养鸡的老手,她自有她的办法。每天太阳落山、鸡蹲架之后,她会把手伸进鸡窝,把那些下蛋的鸡抓出来,挨个儿地将手指头伸进鸡屁股去探蛋。接连三四天的探查,该下蛋的鸡都怀着蛋。

然而,鸡蛋依然日复一日地丢。

日怪,难道这蛋会飞上天不成?思来想去,她把脑子又折回来想,还得想自己家里的人。一个人独处的时候,她会自言自语的嘟哝:“男人不在不会拿,儿子太小不会拿,自己收蛋不用说……”每次嘟哝到这里便不再往下嘟哝。现在,就剩下那个70多岁的老公公,她实在拿不出强硬的理由去排除。于是她最后定论:他天天在家照看着,这鸡蛋丢了,他是唯一值得怀疑的人,如果讲嫌疑,那么他的嫌疑最大。

李秀秀心里有了这样的怀疑,眼光也随之开始发生转变。这几天,她便看着公爹一走一站、一言一行都很鬼祟,便怎么看着怎么不顺眼,十分像个偷鸡蛋的贼。如果说过去觉得老公公在家里是个累赘,让她心上一直不快的话,那么现在随着这种怀疑的步步坚定,她已经到了忍无可忍的程度。她真的想站在他的对面用那软颠颠的指头点着他的鼻子将他臭骂一顿,但是她毕竟没有证据。她开始偷偷摸摸地挖公爹的灰堆、偷偷摸摸地翻公爹的炉坑、偷偷摸摸地扒公爹的炕洞,想从那里找到藏匿蛋壳的蛛丝马迹,然而一无所获。

这使李秀秀很苦恼。

可是这口气出不去老憋在腔子里十分难受,她得找一个机会发泄出去。

李秀秀想骂人。

这会儿她手叉腰怒视着老公公的门对着门喊:"太阳多高了,还不起,不怕硌折肋巴!"

从屋子里传出一阵咳喘声,东墙旮旯那扇门推开了。那门龇牙咧嘴裂了很宽的缝,门缝都用水泥袋子糊了。张老汉披着破棉袄,趿拉着鞋走出来,随身带出一股柴烟味。他脚上的鞋很破旧,那是一双黑条绒鞋,鞋面发着光,早已看不出条绒粗壮的纹理和鞋面的本色。

李秀秀挂着脸子说:"水缸里一点点水都没有,干炒着吃呀?"

张老汉一句话也没说,提着夜壶径直往茅房去了。

李秀秀朝着张老汉的背影狠狠吐了一口唾沫,扭头拌些麸皮,将拌好的饲料倒进鸡食槽。鸡们呼啦一下围了过来,叮叮当当疯吃起来,转眼工夫将饲料吃得精光。当鸡们挺着胸脯离开食槽的时候,觊觎已久的黄狗迫不及待地跑过来舔那食槽,这是它天天例行的公事,等于喂它的早餐。因为主人向来只喂鸡只喂猪从来不喂狗,它只能舔鸡槽舔猪盆,吃些残羹剩汁。尽管它对主人这种不公平的待遇很有些愤愤不平,但是随着时间的推移它渐渐习惯了也接受了。它想得很开,谁让自己不能下蛋呢?

李秀秀看着那狗微笑,她对它的忠诚十分满意。

张老汉倒完夜壶撒完尿返回来,李秀秀盯他一眼,嘴唇动了一下好像又把要说的词忘了,情急之下冷不丁抬脚狠狠踢了那黄狗一脚,对着黄狗高声骂:"死不下的货,成天就知道死吃,一漏空还要偷嘴。给鸡吃了能下蛋,给猪吃了能宰肉,给你吃了纯粹是瞎饭胀死狗,滚!"

黄狗莫名其妙地受了惩罚,一声惨叫,哀号着逃开去,蹲在远远的地方莫名其妙地觑着主人。张老汉对着那条狗看了看,满脸的无奈。他一句话也没说,进屋担出两只水桶,迈着蹒跚的步伐颤颤巍巍向井台走去。

李秀秀做这一切的时候白兰芳正好站在墙的那边,看着张老汉远去的身影,她隔墙扔过一句话:"秀秀不是我说你,这就是你的不对了。将一心比一理,人人都有老的时候,清巴赶早你比鸡骂狗的数落老人,你让他心里难受不难受?"

李秀秀把嘴一撇道:"哟哟哟,松木桌子柳木腿,隔裤裆伸出来个嘴。真是猪没食了狗愁呢,我们家的事,你插个啥嘴?”

白兰芳本来一片好心,万万没想到她会用这样的话来顶撞她侮辱她,直气得浑身发抖。

她对着李秀秀说道:“俗话说得好:‘宁给好汉子牵马拽镫，不给日囊尿主谋定计’。好了好了,今天的事算我嘴长惹是非,裤子长了刷露水。你们家的事我可以不管,不过你记住一句话,善有善报,恶有恶报,若要不报,时候不到。你也有老的那一天,你就等着遭报应吧。”

李秀秀哪里容得她这般数落,手提笤帚直向隔墙扑来,口中骂道:“祖奶奶今天非撕了你这张不值钱的臭嘴不可,你咒谁呢?”

白兰芳毫不示弱:“祖奶奶咒的就是你,怎么了?像你这种坏了天良的人,迟早会遭天打五雷轰!”

宁奇听见吵闹声赶紧走了出来,二话没说,拉起白兰芳就往屋里推。李秀秀一个人站在院子里跳骂了一气，最后将那把秃笤帚扔进宁奇家的院子，大声喝道:“姓白的丫头,你给我等着!”

骂完,拍拍屁股进了屋。

自此之后,李秀秀和白兰芳再也没说过一句话。

像黄狗每天要舔鸡槽一样,担水则是张老汉每天必做的事情。做这件事张老汉本人虽然有些力不从心不是十分情愿,却也没有像黄狗那样愤愤不平,谁让我每天要端人家的饭碗呢?后来也像黄狗那样想开了,竟自变得心甘情愿起来。让张老汉没有想到的是,他的心甘情愿居然成了全村人热议的一件大事,反而把他闹得十分难堪。张老汉常常一个人琢磨:真是骆驼的脖子长,吃了隔埂的草了,这些人管的闲事也太宽了!因此,他反而对那些为了他而愤愤不平的人有些愤愤不平起来。

其实村里人都看不惯这件事都是为他鸣不平。你说你李秀秀,大手大脚粗胳膊壮腿不去挑水,让一个70多岁的老汉上井台挑水。每到冬天,井台上结着厚厚的冰,你就不怕把老人摔出个三长两短来。这些年轻人啊,真是良心让狗吃了。你就知道成天刷把身子,雪花膏把脸搽得能往下掉渣,就像驴粪蛋子下了霜,别人看了恶心你自觉美得不行。你李秀秀拾掇得再亮堂也不会招人喜欢,你就好似那驴粪蛋子——面子光。

第二十四章

好话不出门坏话行千里，再有了加油添醋的成分，可惜了李秀秀那么俊的一个女人那么好的一身本事却没有落下一个好名声。这些话李秀秀不是没听到耳朵里，但是她不在乎别人怎么说，依然我行我素。她认为那些说她不上井台的人都是家里没有个担水的人，那是嫉妒；那些说她驴粪蛋子下上霜的人都是些只知道抹凡士林只配润蚌壳油的臭女人，她们没钱她们买不起，那是他们眼热得不行。

谁会想到，看不惯李秀秀的不仅仅是乡邻，还有她的亲爹。

就为担水这件事，张老汉的老亲家李木匠没少骂过自己的女儿。可是李秀秀有人家的老主意，挨起爹的骂来不顶不撞跟顺毛驴一般，就是从来没把脚踪送到那井台边边上。她对她爹说："爹你别把那些闲话当回事，只要我把家里的光阴熬好了，剩下的事那都是些鸡坐月的事——蛋事。"

张老汉从小是受苦出身，磨就了一副大心肠，也压就了一把硬骨头，如今虽然是年过古稀的人，但是担一担水还能将就。至于井台上听到的那些闲话，他左耳朵进右耳朵出，或者装做根本就没听进去一样，留给众人的印象是皇上不急太监急，人家挑水的老汉压根儿没有往心里去，咱们这才是咸吃萝卜淡操心呢。

可是挑水的人日复一日地挑着，说闲话的人日复一日地说着，李秀秀不知道啥样的感受，反而让张老汉心里很不自在。最近他的思想有了负担，他觉得是他无意中损害了儿媳妇的名声也就等于损害了他老张家的名声，因此肩上的担子也就感觉格外沉重起来。至于别人怎么对待他，张老汉这一辈子抱定一个做人的规矩，谁行的是谁的，自个儿做的事对得住自个儿的良心就行了，别人怎么干那是他们的事。

可是今天一大早遇上的这桩烦心事，他感到太窝心。他一路走着一路心里头问自己：清巴赶早的，一白眼仁子我招谁惹谁了？他怎么想都想不通，很想找儿媳妇问个所以然。转念一想算了，不问则已问起来难免一顿争吵，那会让左邻右舍看了笑话。她小襟盖大襟盖不住，咱大襟盖小襟还是盖得住的，多少窝囊气都受了，今天也就揉个肚子痛，忍了。

他这样打劝着自己，但是心里的疙瘩总是解不开，在他无法解释又无法排遣的时候，他想起了一句话，那就是善有善报，恶有恶报，若要不报，时候不到。后来一想又不对，让谁恶报？恶报谁呢？她是自己的儿媳妇又不是外人。他开始谴责自己，老了几十岁了，她小不知事我不能老不知事，和那些屎疙瘩治气划不着。我不能有那恶有恶报的想法，那样想哪里像个做老人的想的事。

老亲家骂儿媳妇的事张老汉是知道的，有时候还当着他的面骂。他不在乎，既不去感激也不去计较更不加劝解，任凭他们去，他认为那是他们李家的事，似乎与他毫无关系。在儿媳妇对公公不孝的问题上，两亲家的心上不隔梁子，李木匠从来不给女儿护短。因为有了这份情意，儿媳妇平素有些什么磕磕碰碰的，弄得心里不舒坦的时候，他就和老亲家蹲在一起，老哥俩抽着烟，拉呱上一气互相打劝打劝，也都就心平气静了。今天，大清早让儿媳妇比鸡骂狗胀了一肚子气，心里总觉得不是个滋味。来到井台放下担子，他没有马上去打水，他木然地站在那里，两眼失神地向村头老亲家来的路上瞭望。

十来天了，李木匠一直没到女儿家来，要是平常，三趟怕也来过了。李木匠不见来，不但张老汉盼着，李秀秀更惦记。昨天，听娘家队上的人说老汉病了，担心得她一夜没睡好觉，吃过早饭，李秀秀便心急火燎地拾掇起来。临出门前撂给公爹一句话："把毛蛋看好！"说完，风风火火地走了。

李木匠住的房子比张老汉那屋子好不到哪里去，正房给儿子娶了媳妇，他住的是早年留下的磨坊。李秀秀一进门，看见她爹焐个被趴卧在炕上，长一声短一声地哼喘。屋里冰凉阴冷，炉子的火是灭的，门缝里的贼风直往进灌。她不由得一阵心疼一阵心酸。

李秀秀边找柴火生火边嘟嘟囔囔地骂："二尕子这没良心的东西不是个好东西，爹病成这样他就甩手走了。老爹苦了一辈子攒下的钱全都拿出来给他娶了媳妇，他倒好，娶了婆姨当成娘，耳朵根子软得就跟面条条一样，只听婆姨的话，把爹撇下不管了。这号儿子养他不多，不养也不少，一看就是个灰鬼，头号灰鬼！"

李木匠有气无力地说："快别叨叨了，要干你就停下嘴悄悄干，不想干你就放下。他们又不是闲人，这阵子不是也在田里忙着吗。"

李秀秀听不惯，顶了她爹一句："人家都对你这样了，还向着人家说话呢。我看二尕子媳妇就不是个好东西。"

李木匠说："丫头你快别说那没用的话，娶进家门就是咱老李家的人，好东西能咋样，坏东西又能咋样？叫我说，啥话也别说了，你把火生着了出去把猪喂了是正事。他们早晨走得急，猪还没喂呢。”

李秀秀一听就来气：“爹不是我说你，你人从早晨到现在水米还没沾牙呢，把他们的猪有多么当紧。难道猪比人还重要？我看你是让儿媳妇整怕了。”

李木匠无心再跟她理论，拉被蒙了头睡了。

李秀秀生着了火又把屋子拾掇一番，十分不情愿地出去喂猪。不一会儿她高高兴兴地回来了，两只手里拿着四个鸡蛋举给她爹说：“爹你看这是啥？”

李木匠从被窝里探出头来问道：“哪里来的鸡蛋？”

李秀秀神秘一笑说：“你猜。”

李木匠说：“我懒得猜，哪里拿的放到哪里去？”

李秀秀说了实话：“我去麸皮缸里挖麸皮，一碗下去，挖出一个鸡蛋来，用手一刨，原来鸡蛋全埋在里面。我顺手拿了几个，这就给你荷包了吃。”

李木匠连忙说：“我不吃我不吃，快给放回去吧，鸡蛋是卖钱的，吃了怪可惜了的。再说……”

李木匠没有把“再说”再说出来，李秀秀接上话茬：“再说什么，你无非是怕儿媳妇知道了浪闲话对吧。爹你放心，不要紧的，我把麸皮都整平了，啥也看不出来。吃完了把鸡蛋壳掩埋好，她知道个屁，你就安安心心吃吧。”

李秀秀说完，拿着鸡蛋往伙房去了。

李木匠长长叹了口气，摇了摇头。

不大的工夫，李秀秀把鸡蛋荷包好了端过来，立盯住她爹吃。李木匠看那4个肥白的蛋卧在碗里，汤面上漂了一层密密的油花。他看看鸡蛋，再看看女儿。李秀秀正冲着他得意地笑。她说：“吃吧。”

李木匠把碗端到嘴边，轻轻吹开浮头的油先喝了一口汤，那汤香香的。他夹起一个蛋在边边上咬了一口，软软的绵绵的。他抬头看了 李秀秀一眼，说道：“丫头你也吃一个。”

李秀秀说：“我不吃，你快吃吧，热热乎乎都吃上。”

李木匠吃完两个鸡蛋放下碗说：“我不想吃了。”

李秀秀将碗塞到他手上说：“一锹是动土两锹也是动土，谁也别怕，啥也别想，放心吃，往完吃！”

李木匠无可奈何地说:“丫头我实在吃不下去了。”

李秀秀有些恼火，向着他爹枪枪炮炮一通发泄:“人说狗肚子盛不下二两酥油,我看你就是这号人,天生吃糠咽菜的命。你的儿媳妇回来讲不依有我顶着,你吃!”

李木匠一脸苦相,那表情近乎向女儿求饶。

李秀秀威逼道:“你到底吃不吃?你不吃我就立马回家,是死是活再也不管你了。”

李木匠挨了女儿一顿数落,十分艰难地把4个鸡蛋吃了下去,把碗里的油汤喝得精光。李秀秀把碗筷洗了放好,又把鸡蛋壳挖个坑埋了,看看没有什么破绽,才去了医院买药。

李秀秀买药回来,一进门看见她爹爬在炕沿上,正大口大口地呕吐。她赶紧问:“爹你这是咋了?”

她爹只是艰难地喘息,没有回答。她仔细一看,地上吐出来的全是鸡蛋。

现在她什么都明白了。

她明白自己做了一件不明白的事,她只知道好不容易逮住机会,拿了这么好吃的东西孝敬老人,却忽视了她爹的身体情况。她明明知道肚子里缺了油水的人是不能猛然进食过多的油水的,可是她偏偏这么做了,现在正应了前头抱怨她爹的那句话。看来这世上的话真是说啥有啥,这阵儿她似乎彻底明白了。

李秀秀二话没说,将李木匠扶上架子车,拉起车就往医院跑。从医院出来她没有将她爹送回去,直接拉着回了她的家。

李秀秀走了以后,张老汉抱着小孙子在院子里晒开了太阳。这半天,他的心情一直都很郁闷,按他这一辈子总结的经验:早晨受了气,一天不顺利。

看来今天的事很应验。自从早晨无端地受了媳妇一顿数落开始,这一天的事他总觉着处处别扭,事事好像有意跟他过不去似的。儿媳妇前脚离了家门,小孙子就开始撒泼打滚地哭,怎么哄也哄不住。他实在拿不出什么好办法来,只好抱着孩子边抖边哼一首古老的催眠曲:“噢,噢,毛蛋睡觉觉,大山来了个老道道,脚穿花鞋鞋,头戴花帽帽……”

他一遍接着一遍地哼,好不容易将毛蛋捂在袄襟里拍着了。天气又冷嗖嗖地刮起了呲毛风，他把衣襟裹紧了一些。

他不止一次地向老亲家的方向瞭望，连个人影儿都不见。对于他们家来说，儿媳妇住娘家那是三六九的事，早已经习以为常。可是李秀秀往日去看看她爹就回，今天怎么长等不见短等不见，莫不是出啥事了？他抬头看看天，太阳已经下了滑溜坡，渐渐向西山头滑下去，天气也变得冷起来。他的眼睛了望着西山头，看着山头飘着的被阳光烤红的云彩，心里便有些埋怨那日头。

一阵料峭的清风吹来，张老汉情不自禁打了个寒战，挂在胸前的银白色胡须也随着飘抖了几下。怀里的孙子也可能感到了寒冷，两个小肩耸了耸，小腿一蹬，“哇”的一声哭开了。张家院子少有的平静又一次被打破，老汉哄孩子的声音，孩子的哭声时不时地夹杂着几声鸡叫，简直把这个小院子抬翻了。孩子的嗓子嘶哑了，张老汉知道，这孩子是饿了。他一次又一次走出院门，站在土堆上向亲家的方向张望，那里还是连个人影影都没有。他折回来在屋里转，想着应该给孩子弄点什么吃，但儿媳妇不回来，他一点办法都想不出来。

白兰芳从田里回来，看见张老汉无可奈何的样子，隔着墙对他说：“要不你把孩子领到我家来我给整点吃的，看把娃娃饿得不当活的。”

张老汉抱着孩子走过来。走到墙边他像想起了什么，说道：“行了，不麻烦你了。”

白兰芳本想着翻过墙去帮张老汉搞搞那孩子，一想起早晨和李秀秀发生的那件不愉快的事，把蹬在墙上的脚拿了下来。

鸡窝里“咯咯咯”叫了几声，那只雪白的来杭鸡昂头挺胸，迈着矫健的步伐走出鸡窝来，又跳到鸡窝的顶棚上叫个不停。突然，老汉黯然的眼睛里闪出一丝亮光。他慢慢走到鸡窝前，先向院里院外扫视一圈，然后慢慢蹲下身子，将手伸向鸡窝。突然他像被什么东西叮咬了一下，猛地缩回手，复又站起身来，准备离去。

他摸到了一个热乎乎的鸡蛋。

这时怀里孩子又是一阵声嘶力竭的哭，他无可奈何地哄着孩子，在原地不停地抖动着。孩子并没有因为他的努力停止啼哭，而且越哭越凶。他踌躇再三，又一次艰难地蹲下身子。他用左臂夹稳了孩子，伸出枯树枝似的右手，在鸡窝里摸索一阵，从里面掏出两个鸡蛋来。

张老汉兴冲冲进了屋，将毛蛋放在炕上，把两个鸡蛋放在他眼前边晃边说：

"毛蛋乖，毛蛋乖乖睡着，爷爷给你冲鸡蛋喝。"

张老汉开始忙活着烧开水冲鸡蛋，他把所有的希望都寄托在这灵丹妙药般的鸡蛋上。

鸡蛋冲好了，张老汉先尝一口，然后将蛋汤慢慢送到孙子嘴边，他预料中的孙子应该是迫不及待或者如饥似渴。然而事情并不像他想象的那样简单，原因是他忽视了一个很重要的问题，这孩子生来吃奶长大，根本不吃这些在他眼里看似精贵的东西。孩子又摇头又乱抓，半碗蛋汤被泼洒了一桌子，差点儿把碗摔在地上。

孩子仍然声嘶力竭地哭，最终连哭的力气都没有了。他看着这可怜的小东西，将他放在炕上轻轻拍打着，小家伙眼角汪着两滴晶莹的泪水，小嘴吮吸了几下，总算睡着了。老汉长长地叹了一口气，心疼地望望炕上的孙子，又心疼地望着桌子上的蛋汤。他将碗放在桌沿下，用指头捋那桌面上的蛋汤，一丝不剩地全都归到碗里。他端起汤碗，慢慢送到嘴边，喝了一口。

这时候门开了，李秀秀已经迈进屋门，站在他的面前。她向屋内扫视了一眼，然后将目光定格在那半碗鸡蛋汤上。然后便是4只眼睛长时间的对视，然后便是老公公的眼光被儿媳妇那利剑似的眼光逼了回去。他像做了贼一样，啥也没说，慢慢地低下了头。

李秀秀满面通红，两手叉腰，狠狠地吐了口唾沫开腔吼道："我说这几天的鸡蛋怎么丢了，原来是你在家里偷嘴，真格是外贼好捉，家贼难防，你就不怕吃多了得噎食病？"

张老汉结结巴巴地回一句："我……我没有……"

没容得老汉把话说完，李秀秀一把夺过碗来举到老汉面前再吼："真是背着猪头不认赃，当场抓住了还不认账！"

李秀秀将汤碗向地下砸了，气咻咻瞪着老公公。

老汉的嘴张了两张，嘴上的胡须一个劲儿地抖动着，一句话也说不出来。李秀秀突然想起什么，腾腾几步来到麸子缸前，她揭开缸盖，看见麸皮上面画的那个圆圈还在，这才放心地盖了缸。她狠狠剜了老汉一眼，气哼哼走了出去。

要说李木匠这次害的病不算太重，可已经过了十几天了，心口窝子老觉得堵得慌，总不那么舒坦。他的病因李秀秀问过张老汉也问过，按他的话说，是让气给装下的病。前几年他和儿子过,虽说是老光棍带着小光棍,二尕子孝顺李木匠勤快,日子还算过得安然。自打给儿子娶了媳妇,家里的情形大不一样了,儿子有心孝顺,却当不了媳妇的家,为了他小两口隔三差五地闹仗。人家年轻人白天闹仗不记仇,晚上一个被窝枕枕头,闹完算完,他反而觉得自己成了这个家里的罪人。前两天因为二尕子提出荷包俩鸡蛋给老爹补补身子的事,小两口又大闹了一场。结果儿媳妇把儿子闹败了,儿子灰悻悻蹲在那里不吭声。儿媳妇气没出尽,又瞪住老公公骂,骂他是家里的累赘,骂他是搅家不闲,人家小两口不和他就是祸根。李木匠无端地落了个累赘、落了个搅家不闲、落了个祸根的罪名心里憋屈得不得了,可是有话说不出有苦没处诉,生生憋出病来。

李木匠比张老汉小个四五岁,那几年,他靠着自己的一把好手艺,周围生产队常请他去修修犁耧钉耙之类的农具,更多的人请他打一副好棺材,日久天长,手头上攒了几个钱。3 年前,老伴得病住院,久治不愈,回了老家;去年给儿子娶了媳妇,手头上的钱花了个精光。如今活也干不动了,家里是媳妇当家,手里经常紧得连个烟火钱也没有,过几天就到女儿家来转转,好在女儿孝顺,亲家就更没啥可说了,每次来,总不会让他空手回去。这次害病,多亏女儿照料,那 4 个鸡蛋整得他上吐下拉好几天,越发地没有了精神。

说来这李木匠也有个怪脾气,女儿屋里收拾得干干净净他不去,每次来,偏要蹲在老亲家这间寒窑破屋里, 在那黑咕隆咚的狭小空间里闻那烟熏火燎的味道。张老汉这屋子很黑,不只光线黑,墙是黑的,房顶是黑的,炕上的毡和被全是黑的。进了这间房子就像钻进了炕洞,不但黑得一塌糊涂,还让那柴烟味、煤烟味、旱烟味以及乱七八糟的酸臭味充斥着,熏得人气都喘不过来。

不过屋里唯独有一件白色的物件,放在黑屋里的白颜色十分扎眼,那就是顺着墙放的那口棺材。这是一口柳木棺材,是李木匠前年给张老汉做的,木材虽然不是很好,但李木匠下了大苦,几乎把一辈子攒下的手艺都使到这棺材上。没事的时候张老汉就对着那棺材看,高高的合头、鼓鼓的帮墙、棱棱的上盖咋看咋顺眼,特别是那用碎木截面拼黏的合头,花挤着花花套着花,这都是多少年见不着的绝活。他无数次地满怀对亲家的感激之情欣赏这件寿器,他十分满足十分称心如意,因为那物件便是他余年全部的寄托,是他最终的归宿。有了这物件,受多少苦受多少气都不在乎,单凭这件寿器,他张老汉没有白来这世上一趟。

屋子里，传出两亲家絮絮叨叨的拉呱声，间或夹杂着一两声叹息。老李使劲吸了口烟，像是说给亲家听，又像是在说给自己听："唉！你说人活在世上，生儿育女到底图个啥呢？还不是到头一场空。"

张老汉说："可不是嘛。"

李木匠说："细想起来，还是老婆子主意正，早死了早安生，免得扎在世上活受罪。"

张老汉说："可不是嘛。"

李木匠又说："就像我，要不是有个女儿在跟前，就是死了，这把老骨头还不知道寄埋在哪里呢？"

"可不是嘛，"老张颇有感触地接上了话茬："我老婆子临咽气的时候，给我安顿了又安顿，嘱托了又嘱托，打锅卖铁也要给娃娃娶个媳妇。这阵子媳妇娶进来了，气也受上了。"

李木匠附和道："可不是嘛，都不是好东西。"

张老汉说："人家都说，早养儿子早得吉，早娶媳妇早受气，过去没娶媳妇的时候我还不服气，现在看来，真是说啥有啥。"

李木匠说："可不是嘛。"

张老汉叹一口长气："这些窝心的事咋就偏偏让我赶上了呢？早知道，唉……"

知道老亲家不会多心，老张也就直言不讳地发泄开了。

李木匠说："谁说让你赶上了，我也不比你强。要是早几年，背起我的工具箱，哪里没有吃饭的地方？哪里的黄土不埋人？"

张老汉说："我也时常这么想，可是想又有啥办法呢？人老干尿蛋，别说那几年，认了。"

李木匠说："如今活也干不动了，儿女也见不得了……"

说到这里，老李捏起破了边的袄袖，擦掉滚到唇边的泪水。

屋里死一般沉寂，只有老张死一下活一下的吸着他的烟袋，不时发出"嘶嘶"的声音。

这样的对话几乎已经成了两个老汉固定的话题，要说的话基本也就那几句固定的话，每次坐到一起就说这些，说完了便没了说的。不过他们愿意说这种车轱辘话，虽然儿女听不见也解决不了啥问题，但是每次诉说完之后，两个人都好像咳了一口浓痰吐了出去，觉得浑身舒服了许多。

吃过饭李老汉就要动身回家，张老汉和李秀秀送了出来。已经走出了院子，张老汉猛地想起一件事喊住亲家："先等等，房上有我晒好的烟叶子，你这几天不是正没有烟抽吗，带上两把子回去抽吧！"

李老汉驻了脚，踅了回来。

话是这么说，拿烟叶子就得上房，两个老汉望着高高的房檐子，一个劲地在地下徘徊着，都很怯乎。听说给自己的亲爹拿烟叶子，李秀秀像个吹了气的皮娃娃，蹦蹦达达跑了过来。她几步跨到西墙根，扛来高腿梯子架好，蹭蹭蹭向房上爬去，看她那麻利劲儿，好小伙子也不一定能比得上。刚上到半中腰，不料脚下一滑，李秀秀从梯子上重重摔了下来。她坐在地上，双手抱住腿哭开了："妈呀，活活疼死我了！"

李木匠赶紧跑过来，捋起裤腿捏一捏，李秀秀叫喊得更厉害。看情形多半是骨折。

李木匠没了主意，一个劲地念叨："这可咋办呢？这可咋办呢？"

张老汉说："赶紧送医院，还能咋办呢。"

李木匠说："那就赶紧送吧。"

紧接着他又问："谁送呢？"

问完觉着不妥，又说："要不你去请个人送送。"

张老汉说："人都忙忙的，请谁呢？再说……"

李木匠知道张老汉舌头根子底下压的啥话。就因为不孝顺老人这一点，全村的人都见不得李秀秀，迎个头子碰都要绕开了走，这阵子去请人拉她，纯粹是临死打哈欠——妄张口呢。

第二十五章

两个老汉你看着我我看着你，两个人最终把目光齐聚在李秀秀身上，看着她爹一声妈一声地哭。李木匠蹲下身子，摸着女儿的脚掉眼泪。张老汉在院子里转了一圈，慢慢将目光转向宁奇家的院子。

张老汉想去请白兰芳，他不是请她拉车送人，他是想请她给照看着毛蛋。他犹犹豫豫将步子迈到墙边，张嘴要喊的那一瞬间，他又将嘴合了回来。

近一年以来，两家之间，准确地讲应该是白兰芳和李秀秀之间发生的一些事情张老汉都看在眼里，明在心里。先是李秀秀从头到脚换了穿戴：的确良的褂子、哔叽裤子、尼龙袜子、白塑料底子的黑平绒拉带鞋。她有事没事会在院子里拍拍打打，好像专门拍给人看。白兰芳哪里容得她如此显摆，她不但换了穿戴，还买了一辆崭新的锰钢自行车：卡圈、细胎、凹梁、翻把，链盒是包着的，那车子不但车把上镀了光，后衣架和支架也都镀了光，银灿灿的。整个白天，她把车子都放在院子里，没事的时候白兰芳就擦车，嘴里哼着小曲，还故意把那车铃铛按得“叮呤叮呤”地响。没过几天，李秀秀买回一台缝纫机，是蜜蜂牌的。她把缝纫机抬在院子里，天天无偿地给村里的人扎鞋垫子。缝纫机嗒嗒地响，李秀秀嘴里也哼着小曲。到收秋以后，白兰芳买了一架红灯牌的收音机。她在院子里摆了一张桌子，把收音放在桌子上。除了下地的时候，只要她回到家，第一件事就是打开收音机，把声音拧得很大。

忽然有一天，李秀秀请了周世宝来在她家的房头上栽了一个很高的杆，杆的顶端绑了一个大铁漏勺一样的东西，说是天线。周世宝吃饱喝足之后满庄撂巷传扬开了：李秀秀准备买电视了，大家有电视看了！买电视要花一大笔钱，李秀秀一咬牙，豁出今年过个素年，她要把那头大肥猪卖了。为了多挂些重量，那天一早她煮了一大锅玉米面糊糊，全部倒进猪槽里。那头大白猪自从扔进这猪圈就没有吃过这么好的食，这会儿它不抬头地吃，一口气把猪食吃了个精光。

现在该是抓猪捆猪的时候，李秀秀和周世宝你看看我我看看你，两人面对这个大家伙犯了愁。周世宝想了想说：“我有办法了。”

李秀秀问：“啥办法？”

周世宝问：“家里有酒吗？”

李秀秀迟迟疑疑说：“有，怎么了？”

“拿来。”周世宝用命令的口气说。

李秀秀进屋提出一瓶酒，周世宝接过来先“咕咚咕咚”喝了几口，然后让李秀秀再端些玉米面糊糊倒进猪槽，他把瓶中的酒也全部倒了进去，用猪食板子搅和匀了。猪这东西原来是个不知饥饱的畜生，见食就吃，又把猪食吃得精光。大白猪吃饱了喝足了，像个醉汉一样躺在那里，一动不动，任由他们捆绑了，然后抬上架子车。

周世宝拉起车刚走了两步，忽然李秀秀喊道："站住站住。"

周世宝停了车，问道："又出啥事了？"

李秀秀指着猪说："你看这个死猪拉屎了，咋办呢？"

周世宝放下车走过来一看，笑着说："我还以为出了啥大事呢，大惊小怪的。猪拉屎怕啥，用锨铲掉就得了呗。"说完去拿铁锨。

李秀秀吼道："我说你是猪脑子啊！你以为那是拉的猪粪，那是拉的钱。猪拉一泡粪，就少卖几十块钱，等拉到收购站，我估摸着百儿八十就拉没了。"

周世宝问："那你的意思是？"

李秀秀说："我能有啥意思，还不是靠你想办法。"

周世宝一脸无奈："我能想出啥办法来？总不能把猪屁股缝住吧。"

一句话提醒了李秀秀，她看了看猪屁股，说道："不能缝咱就不能堵吗？"

周世宝似乎开了窍，随手捡起一个玉米芯子，用水蘸湿了，生生地从猪屁股塞了进去。

到收购站抬下猪来，那猪一动不动。周世宝踢了一脚，一点反应都没有。收购员翻开猪眼看了看，又摸了摸口鼻说："怎么拉了头死猪来了？"

二贫协说："不会吧？"

他再摸摸猪，最后把目光停留在李秀秀脸上。此时李秀秀的脸已经憋得通红，一句话也说不出来。忽然，李秀秀一屁股坐在地上，爹一声妈一声地大哭起来。

现在她明白了，千不该万不该，不该为了多卖几个钱给猪喂了那么多的食，又将它捆得那么死，更不该堵住这畜生的屁眼，连胀带憋，生生把一头猪做害了。猪死了有肉在，关键的关键是这样一来不但丢了猪，还丢了人。电视天线立起来买不到电视机，村里人说闲话事小，还不得让白兰芳当了小曲子满庄摺巷地唱。

思来想去，李秀秀觉得杀了这头死猪请客，请来全村的人吃颃圈肉，先把众人的嘴堵上。果然，李秀秀杀了猪把全村的人请了个遍，就是没请白兰芳。白兰芳也不是省油的灯，李秀秀请客的时候，她把收音机对着李秀秀家院子放着，把音量拧到最大。那收音机便像大喇叭 样喊起来：

今日痛饮庆功酒，
壮志未酬誓不休。
来日方长显身手，
甘洒热血写春秋。
…………

不知啥时候张老汉已经把架子车拉了过来，对李木匠说："往车上抬。"

李木匠问："没人拉车，抬到车上顶啥用呢？"

"马号里没马，拉上驴也能当差。我拉吧，还能有谁呢。"张老汉很有主见地说。

李秀秀只管长一声短一声地哭，看见老公公拉了车来戛然住了声。听完他说的话，她惊奇地看着他，她难以置信这是真的。

见李木匠没有反应，张老汉催一声："抬呀！"

李木匠这才回过神来，两个人将李秀秀抬上车。

张老汉拉起车便走，李木匠拴条绳要帮着拉。张老汉说："我一个人能拉动，你有病就别去了，在家里把娃娃看好。"

说完，拉着车向医院走去。

就在张家院子里手忙脚乱的时候，白兰芳一直站在隔墙的那一边，幸灾乐祸地看完了整个过程。一直看着张老汉拉着车走了，她才哼着小曲进了屋，心里便萌生出一种说不出的痛快。她暗地里解着恨：腿折了才好呢。不一会儿宁奇回来了，见白兰芳哼哼唧唧的样子，问道："今天这是遇上啥高兴事了，看把你乐呵的。"

白兰芳反问道："你是不是看着我哭鼻子你就高兴啊？"

宁奇说："人家好心好意问你，尽说那些不上串的话。"

看着宁奇有些不悦，白兰芳走到他面前，神秘兮兮地说："今天出了个稀罕事。"

"啥稀罕事？"

"李秀秀出事了！"

宁奇问："出啥事了？"

白兰芳说:“踩着梯子上房,从梯子上摔下来了。”

“是吗?”宁奇十分震惊。

白兰芳说:“怎么不是。像这号人,摔死活该!”

宁奇急忙问:“伤得轻重?人呢?”

白兰芳说:“人让她老公爹用架子车拉到医院去了。”

“他老公爹?”宁奇问:“70多的人能拉动车?”

白兰芳说:“月大月小是赶下的,坏事干多了是攒下的。老公爹不拉谁拉?我敢说,全村子的人没有一个愿意拉她的……”

白兰芳还在那里絮絮叨叨说着解恨的话,宁奇再没有往下问,在屋里兜开了圈子。突然,他向门外走去。白兰芳问:“饭都没吃,又到哪里野去?”

宁奇说:“我忽然想起一件事,必须回一趟学校。”

白兰芳说:“明天去不行吗?”

宁奇没有回答,翻身上车,箭一般射了出去。

去公社卫生院的路紧靠着红牛湖边修建,那是一条刚铺好的石子路。没经过汽车碾压的路面上驴卵子石头满路滚,张老汉佝偻着腰,吃力地拉着车。他张大嘴巴,大口大口喘着气,不时停下来咳嗽一阵,等那咳喘平息了再继续往前走。该死的咳喘病折磨了他一辈子还嫌不够,偏偏在这个节骨眼上来了劲。张老汉心中暗自诅咒,又一次艰难地迈开了脚步。

一路上,李秀秀的眼泪一直没干。一开始那是疼出来的眼泪,她的脚确实疼得厉害,这种疼不像割伤的那种疼法,是那种铭心刻骨的疼,疼得直往心里头钻。现在,随着路程的延长,她的伤痛已然不仅仅是脚疼,心也开始疼起来,而且疼得厉害。

她发现自己第一次心疼起老公爹来。

看着老人吃力地拉着车的背影,她不由得一阵心酸,她觉得他太可怜了。人生的可怜是命里注定的事,而他如今的可怜,多半是自己造成的。她一直以为,公爹的心里肯定把她恨死了。在她突然出事疼痛难忍又万般无奈的那一瞬间,她首先想到的是他会在那里看她的笑话会在暗地里解恨,这会儿他的心里一定在骂,摔死才好呢。然而,她怎么也不会想到就是这样一位70多岁的身患咳喘病的、让她剜眼眼见不得的、备受她责难的、弯腰驼背的老人会在她最困难的时候挺身而出,推来架子车拉她上了医院。

她后悔极了,最后悔莫过于前几天那一碗鸡蛋汤的事。这会儿想起来太不应该,做得也太过头。你说人老了都有眼馋嘴馋的毛病,背过人摸两个鸡蛋吃那也是很正常的事。吃就吃了呗,不就是两个鸡蛋嘛,为两个鸡蛋让他那么下不了台,何苦呢!

张老汉再一次停下来,使劲地咳喘着。李秀秀能从车辕传递过来的颤抖中体会出他此时此刻会有多么地痛苦。她忍不住喊了一声:"爹!不咋的吧?"

张老汉咳出一口痰吐了,回眼四顾,好像在找什么人。

李秀秀问:"你找啥呢?"

他问她:"你爹来了?在哪里?"

"没有呀!"李秀秀好奇怪。

张老汉又问:"那你刚才喊谁呢?"

李秀秀一想刚才那话,脸猛然红了。她这是怎么了,从来不曾喊过爹今天咋随口就喊出来了?一想到这里,她居然自己对着自己不好意思起来。

自打进了张家的门,她就没对老公公叫过一声爹,在家喊他的时候是"哎",或者干脆啥也不叫冒搭话。对男人张存占称呼是"你们爹",对外人称呼是"张存占他爹"。后来有了毛蛋她略微尊重一些,称呼为"他爷爷"。无论称呼不称呼或者怎么称呼,张老汉全都不在乎,倒是刚才这一声"爹",着实让他吃了一惊。

看着公爹吃力地拉车,李秀秀真想跳下车自己走,或者她拉起车让他坐在上面。她猛然想起他爹,她猛然觉得那拉车的就是她爹。她的眼泪又一次涌流出来。她坐在车上如坐针毡,他突然感觉红牛湖边的这条路为何如此漫长?她的心情无法平静,心里一直盘算着,这次出了院回去,第一件要做的事就是给公爹热热乎乎煎一盘鸡蛋吃。还有,以后的鸡蛋再也不卖钱了,就留着自个儿吃,她要给公爹多吃点。

张老汉实在迈不动步子,终于停了下来。他坐在红牛湖边,一声接着一声地咳喘。一口浓痰总算咳了上来,他使劲一吐,那痰吐入湖中,他眼瞅着那东西随着风波向湖的中心漾去,渐渐消失在他的视线中。他的目光并没有就此收回来,他一直茫然地看着湖中的芦丛,和芦丛周围上下翻飞的鸟儿。

张老汉艰难地立起腰来,忽然觉得一阵眩晕。他的眼前直冒金星,刚一挪动脚步，一个踉跄仆倒在湖坡上。李秀秀见状，急忙呼喊：“爹你怎么了？”

张老汉一动不动，一句话也没有。

李秀秀着了急，哭喊着：“爹你到底怎么了?你千万不能吓唬我呀!”她哭着喊着，一骨碌从车上滚落下来。

正在公公媳妇十分危急的时候，宁奇骑着自行车风风火火追了上来。他一看眼前的情况，大吃一惊。他把车子扔在一边赶紧扶起张老汉，连声地喊：“老叔你醒醒，你醒醒……”

张老汉睁开眼睛，问道：“你咋来了？”

宁奇说：“先不说这个，治病要紧。”

张老汉再没有多问，回头看车。一见李秀秀爬在路上哭，推一把宁奇说：“快去，快去！”

宁奇来到李秀秀面前，扶她坐了起来。他问：“不咋的吧？”

李秀秀一个劲地哭。

宁奇说：“咬咬牙坚持一下。”说着，将她抱上车。

他又问张老汉：“老叔你怎么样，我看你也上车，到医院看看。”

张老汉问：“这又不是汽车，我上了车它能自己走啊？”

宁奇说：“你们都上车，我来拉车。”

张老汉用疑惑的眼光看着他，问道：“你拉？”

“是的，我拉。”他说：“我听白兰芳说了秀秀的事，专门赶过来拉车的。”

李秀秀脱口而出：“真的？”

“可不真的，还是她让我来的。”宁奇回答得很平淡。

张老汉想了想说：“既然你来了，那就麻烦你了。这样，你把她拉到医院去，我得回去。家里的鸡猪都得人照管，还有毛蛋，他外爷爷根本领不住。”

宁奇问：“你一个人能回去吗？”

张老汉反问：“我不回去又咋办呢？”

宁奇说：“那也好。你如果不碍事的话，缓一阵你先回去，我送秀秀。你放心，一会儿到医院就有办法了。”

李秀秀擦一把眼泪，不无歉意地说：“真是太麻烦你了。”

宁奇说：“快别说那见外的话，远亲不如近邻，近邻不如门连门，乡里乡亲的，有啥麻烦不麻烦的。”

李秀秀脸红红的，慢慢低下了头。

宁奇把车子扶起来，交到张老汉手上说：“这样，大叔你把车子推回去，好好照看毛蛋，去医院的事你就别操心了，有我在，你老就放心吧。”

张老汉嘴角抖动，却没有说出一句话来。

宁奇打发张老汉回了，套起绳子拉了车便走。

张老汉推着自行车，径直来到宁奇家。白兰芳看见张老汉推着自己家的车子，先是一个惊奇。她问他：“老叔你怎么推着我们家的车子，谁给你的？”

张老汉说：“你们家宁奇给的。”

白兰芳追着问：“他人呢？怎么会和你走到一起？”

张老汉说：“这还得多谢你啊！”

白兰芳更奇怪，问道：“谢我什么？”

张老汉说：“你们这些嫁给书理人的人就是看得开，我们家秀秀那样对你你都不记仇，看见她腿摔坏了，赶紧使了自己的男人追了去。宁奇让我把车子推回来，他拉着秀秀去了医院。”

原来是这么回事！

送走了张老汉，白兰芳心中一团怒火直往上升腾。她从张老汉手中接过自行车，真想追到医院去问问宁奇的岁数。她暗自思量，越想越觉得宁奇这事做得不地道。她开始盘点自己男人的行为。第一，听了李秀秀腿摔坏的消息他为什么那么着急上火？第二，想送李秀秀上医院为啥不明说，非要编出走学校办事的谎话来骗她？这第三嘛，就是今天晚上的事。如果李秀秀一旦住了院，两个人待在一个病房里，谁知道他们会干出什么事情来。

有了这一通盘点，勾起了她对往昔一些事情的回忆。是的，李秀秀遇上什么干不了的事，总爱甜甜地喊宁大哥，而宁奇呢？总是随叫随到，从不推辞。每次干完李秀秀总是挽留他吃饭，有时候还会炒上一盘鸡蛋，提出一瓶酒和他对饮。这还不算，让白兰芳最气恼的是，每次她和李秀秀闹矛盾的时候，只要他在场，他都会不分青红皂白把她推进屋去，让她有话没处骂，有气没处撒。

不行，绝对不能让这一对狗男女在医院里过夜！

想到这里，白兰芳推起车子就要出门。这时候孩子醒了，在那里大哭大喊起来。她返身进屋，只好先给孩子喂奶。

忽然门开了，进来的是张老汉。张老汉怀里抱着毛蛋，毛蛋蹬着腿子一个劲地哭。张老汉一看白兰芳在喂奶，调转头就要出门。白兰芳喊住他说："老叔你别走，有啥事你说。"

张老汉停住脚，但是没有开口。

毛蛋哭得更厉害，张老汉不住气地抖着。突然白兰芳明白了，说道："这孩子肯定是肚子饿了，抱过来，我给他喂。"

张老汉很难为情，白兰芳催道："快抱过来啊！"

张老汉将毛蛋交在白兰芳手上，她坐稳了身子，让两个孩子每人含了一个奶头，看着他们大口大口地吮吸着。

白兰芳轻轻抚摩着孩子们的头，一脸幸福。

吃完奶张老汉就要抱了毛蛋回家，白兰芳说："他妈没在家，要不孩子就放到我这里吧。"

张老汉说："那怎么行呢，尽给你们添麻烦。"

白兰芳说："老叔你快别那么说。我明白你的心，大人是大人的事，孩子又没有错。再说了，娃娃就是吃奶长大的，你抱了回去，今天夜里咋过呢？"

张老汉一听，感动得胡子颤颤地抖，一句话也说不出来。

经过诊断，李秀秀的腿没有摔断，是踝关节错位。医生按摩复位之后，打了石膏。伤虽然治了，疼并没有立马消失，直疼得李秀秀不住气地呻唤。这期间宁奇一步也没有离开病房，看着她疼成那个样子，急得在地上团团转。

太阳落山之后，天不知不觉暗了下来。宁奇拉亮了病房的灯，站在那里直发愣。这会儿他要思考两个问题，他认为这两个问题既迫在眉睫又十分重大：第一个问题是，他是要回家，还是留在医院；与之紧密相关的第二个问题是，如果属于后者，那么他今晚是睡在病房里，还是躺在走廊的条椅上。

医生进来了，看了看吊瓶又看了看脚，嘱咐一番就要离去。宁奇问："医生你看她这病能不能出院，如果可以的话，请你给开点药我们回去慢慢养着。"

医生狠狠瞪了他一眼说："你是心疼钱呢还是心疼人呢？脚肿成那个样子，不消了肿能出院吗？"

宁奇再也不敢吭声。

医生刚一出门，李秀秀说话了："我要尿尿。"

宁奇回过神来，随口说了一句："那就尿呗。"

宁奇走出病房，不大工夫领了一个护士进来，指着李秀秀说："她要尿尿。"

护士用惊讶的眼光看着他，说道："亏你还是个当老师的，亏你还是个教育人的，亏你能说出这样的话来。自己的老婆要尿尿也来找护士，你把我们看成什么人了？我问你，要不要我给她擦屁股？"

宁奇万万没想到护士会说出这样一番话来。他赶紧解释说："请你不要误会，她不是我老婆，我也不是他男人。"

护士问："既然不是她男人，那你为什么又是给她交住院费又是跑前跑后找大夫联系住院？"

没等宁奇回答，护士好像想起了什么，她说："我知道了，你们是相好的对不对？既然好都好了，侍候人家尿个尿既不丢人也不低气，还装得什么正人君子。名副其实的臭老九，酸！"

宁奇说："你怎么越说越不像话了，我们是邻居。"

护士歪着头问："那人家男人咋没来，非得你来？"

宁奇理直气壮地说："男人搞副业去了，不在家，咋啦？"

护士一脸奸笑："别说了，一切全明白了。"

宁奇问："明白什么了？你给我说清楚！"

护士说："不——打——自——招！"

护士说完，摔了门走了。

宁奇和李秀秀面面相觑。

宁奇十分恼怒，他很想追上护士去和她好好理论理论，至少要把今天的事情向她解释清楚，最终达到必须让她帮助李秀秀把尿尿了的目的，否则我就去找他们的院长评理。然而一想起护士那极具怀疑的目光和尖酸刻薄的话语，他的心又凉了下来。是啊，今天的事那才真叫秀才遇上兵有理说不清，如果一旦在医院里嚷嚷开了，那他浑身长满了嘴恐怕也无法说得清楚。退一步讲，即便说清楚了，那又能怎么样呢？

他真想把李秀秀拉回家去。但是一看床前挂着的吊瓶，他为难了。

这时候李秀秀又催:“实在憋得不行了,你想憋死人啊。”

宁奇现在真的有些束手无策。忽然他对她说:“要不我把吊瓶举着,背着你到厕所去。”

李秀秀拉着哭腔说:“你把我背到厕所又能咋样呢?我又不像你们男人,能站着尿啊?”

宁奇想了想,从床底下拉出个尿盆,两个人对着尿盆发呆。待了一会儿宁奇说:“我先出去,你想办法尿吧。”说完就要出门。

李秀秀大喊一声:“你站住!”

宁奇站定,问道:“怎么了?”

李秀秀说:“你走了我怎么尿?”

宁奇摊开两手说:“我在这里也帮不上你啊!”

李秀秀说:“猪脑子,你就不会掂着我尿。”

宁奇吃了一惊:“掂着尿?怎么掂?”

李秀秀说:“怎么掂,就像掂你们家娃娃尿尿一样掂。”

宁奇连连摇头:“不行不行,说啥也不行。”

“这也不行那也不行,你让我尿到裤裆里啊!”李秀秀哭了。

宁奇摇了摇头,慢慢走到床前。李秀秀解开裤带,将裤子退了下来。宁奇像被黄蜂蜇了一下,陡然转过身去。李秀秀叫道:“来呀!愣着干啥?”

宁奇没有动。

李秀秀又喊:“我是老虎,能把你吃了不成?”

宁奇伸手拉灭了灯,这才回过身来,慢慢抱起了李秀秀。

第二十六章

当宁奇再次将灯拉亮的时候,天已经完全黑了。折腾了大半天,两个人的肚子都饿得沉不住气。宁奇在这个公社所在地的小街上转了一圈,供销社早就关了门,一点儿吃的也买不到。他敲开医院伙房的门,说了几箩筐的好话,给了伙夫一块钱,总算买到两块死面饼子。他和李秀秀喝点开水吃完饼子就要出门,李秀秀问:“你要去哪里?”

宁奇说:“我到外面条椅上躺一会儿,你也睡吧。”

李秀秀说:“你不能走,你得和我一起睡。”

宁奇惊呼:“天啊!你不会是昏了头吧?”

李秀秀拖着哭腔:“我害怕。”

宁奇问:“我就睡在走廊的条椅上,你怕啥?”

李秀秀说:“我总觉着这个床上死过人。”

宁奇说:“谁对你说这个床上死过人?再说了,医院里死人那是很正常的事,别人都不怕,你怕个啥劲嘛。”

宁奇说完,又要往外走。李秀秀呼地一下掀开被子说:“你走,你走我也走,咱们都睡条椅!”

宁奇怔在那里。

李秀秀伸手拉灭了灯,病房里一片黑暗。

李秀秀出院之后,经过一个阶段的休养,腿脚完全好了。伤好之后她没忘记做两件事,第一件事就是给老公爹炒了一盘子鸡蛋,还提了一瓶酒,将他请到自己的屋里,让他盘坐在炕上,眼瞅着他一口一口地吃菜,一盅一盅地喝酒。她做的第二件事是拆了张宁两家的隔墙,两家一路畅通。她时不时端点吃头过来让宁奇他们吃,算是答谢。

李秀秀的病好了,宁奇家里不安生了。正是因为宁奇侍候李秀秀看病这件事,在宁奇家里掀起了不小的波澜。白兰芳一次又一次地质问宁奇:“她李秀秀的腿断了那是活该那是报应,你为啥那么着急?你送她到医院也就罢了,为啥陪着她在医院里过夜?她的医疗费不够那是她的事,你为啥给她垫钱?你必须给我说清楚,你俩在医院里干了啥?你俩到底是啥关系?”

宁奇不急不恼,总是一副嬉皮笑脸的样子:“你说你这个人,按说本来是个通情达理的人,怎么也变得小心眼子了。邻里之间谁家没有个难处?遇到难处就不该帮一把?钱交不够人家不给看病我就不应该给垫上?人都伤得动不成了,回不来总得有个人照应对不对?你问我们干啥了,我可以告诉你,我在医院的条椅上睡了一夜怎么了?你问我俩是什么关系我也可以告诉你,我是男的她是女的,无非是男女关系，你说，还能是啥关系？”

白兰芳一屁股坐在炕上，呼哧呼哧直喘气。

宁奇说：“人之初，性本善。李秀秀住院的时候，毛蛋还不是全靠你给照应着吗？我知道你这个人就是个刀子嘴豆腐心，李秀秀呢，也是个有口无心的人。人家主动拆了墙又给咱们端吃的又给咱们端喝的，虽然嘴上没说出来，本身就是向我们表示感谢特别是向你表示道歉的，你就领了这个情吧。”

白兰芳长长叹了一口气，什么话也没说。

然而这次住院的事在白兰芳的心里已经挽了一个死疙瘩，她虽然没有对宁奇再严加审问，但是心中的疑团始终没有解开。偏偏李秀秀把两家的隔墙拆了，两个人可以畅通无阻，这让白兰芳的疑虑加重了许多。这些天，只要宁奇一回到家里，她就会把他看得死死的，上茅房都跟着他。这让宁奇哭笑不得。不仅如此，白兰芳和了一堆泥，把两家的隔墙重新砌了起来。

这一天是星期天，宁奇正好在家。李秀秀忽然走进她的家门，拉着白兰芳的手说：“今天我宰了个鸡，请宁大哥和嫂子过去吃个饭。”

白兰芳好诧异，一时竟然一句话也说不出来。

李秀秀的脸红扑扑的。她说：“过去的事你别往心里去，我这个人有口无心，尽为了一些鸡毛蒜皮的事伤损人，嫂子你大人不见小人怪，多多搁个原谅。这次住院你们两口子一个在家里操心孩子一个在医院操心大人，把我都感动死了。我没有别的意思，就是想请你们吃个饭表示个心意，也算给嫂子你赔个不是，请嫂子无论如何给我这个面子。”

李秀秀一脸诚恳，两眼直视着白兰芳。

宁奇也看着白兰芳说：“秀秀也是一片诚意，要不我们过去？”

白兰芳说：“要去你去，我不去。”

宁奇说：“得饶人处且饶人，人家都登门赔了不是，你还不依不饶的，两家房连房，有啥过不去的。”

白兰芳对李秀秀说：“我不去不是气你，我是和孩子在家里吃，要过就让他过去吧。”

李秀秀问：“你真的不气我了？”

白兰芳说：“话说开了就行了，我还气个啥劲，你嫂子就那么不通情理？”

李秀秀和宁奇走了,不大功夫她端过一碗鸡肉,笑盈盈地放在那里。她说:“嫂子我想对你说件事,不知道你爱听不爱听。”

白兰芳说:“你说吧。”

李秀秀说:“我们两家中间那道墙拆了行吗?”

白兰芳想了想说:“想拆就拆吧。”

李秀秀笑着去了。

李秀秀腿脚好了之后,再也没有让老公公担水,她提起水桶要自己去挑。张老汉自有自己的主意,从她手里接过水桶,说了一声:“缓着去”,挑着水桶上井台。李秀秀还在坚持,但是不管她怎么说,他每天照常按时按节去挑他的水,一次也不会耽误。有几次,李秀秀已经将扁担挑在肩上,还是被老汉接到自己肩头,颤颤巍巍朝井台走去。李秀秀为了担水的事没少费口舌,说得当紧了,老汉只扔下一句话:“想挑也得等到脚好好了。”

李秀秀感动极了。她必须用真心去报答老公爹。每天,她都拿两个鸡蛋送过去,对张老汉说:“你用茶缸子煮了吃,啥时候想吃啥时候煮。”

张老汉似乎对鸡蛋并不感兴趣,头也不抬说:“放那里吧。”

李秀秀的脚虽然好了,但是毕竟伤后初愈,还是不担劲,走远路不行。自从摔伤之后他爹便回了家,她不知道二尕子那个灰鬼给她爹治病了没有?这几天她一直惦记着她爹的病,每天一次又一次地爬上鸡窝的顶棚,向娘家的方向瞭望。

这一天,李秀秀又伸长了脖子看,张老汉走过来说:“下来,别望了,你在家待着,我去看看。”

李秀秀又是一阵感激,赶紧收拾了些吃喝,打发张老汉走了。

自从张老汉说了去看亲家的话,从那天开始他一天去一趟亲家的家,而且每次去了一待就是一整天,每天一直到晚上才回来。他回家的第一件事就是对着李秀秀一次又一次地把平安报回来。

李秀秀又一次一次地被他感动着。

李秀秀能够报答老公爹的唯一方法,就是坚持不懈地给他送鸡蛋,除了每天法定的那两个,她又给公爹多送了一个鸡蛋。但是她有些奇怪,她发现公爹对于她送去的鸡蛋总是显得很木然,既不推辞也不欢迎,还是只说那一句:“放那儿吧”,脸上没有一丝丝感谢的表情。而且,她一直没有看见他拿茶缸子煮鸡蛋吃。

他该不会在晚上吃吧？她这么想，便又多了一层疑问。

这些天老公爹的所作所为一直让李秀秀沉浸在感激之中，但是感激归感激，那件闹心的事仍然搅得她心神不宁。那件事就是她虽然已经用感激之情排除了对老公爹的怀疑，但是她的鸡蛋并没有因为她的排除而增加，还是一如既往地丢失。她懵了，她实在想不出鸡蛋会丢到哪里去，谁又是偷这鸡蛋的贼？

有时候她想，不就是两个鸡蛋嘛，丢就丢了。可是翻个身再想，难道这鸡蛋就这么长年累月地丢下去不成？日积月累，那可是个大数目。思来想去，她还是觉得很有必要把这件事搞个明白。于是李秀秀忍不住怀着一颗感激的心偷偷趴在公爹的门缝上窥视他的一举一动，在他离去的时候她曾经挖过他的炉坑扒过他的炕洞。结果没有找到一点儿能够说明偷了鸡蛋的证据。

但是她也不是一无所获。这些明察暗访让她有了一个重大发现，就是她每天送给老公爹的鸡蛋一个都不见了。于是她的脑海中又萌生了一个重大思考，蛋不见了就是吃了，可是蛋壳到哪里去了？还有，我是允许他吃的，他吃鸡蛋的时候为啥要背着我？她突然有了一个模糊的判断，也许那些鸡蛋他压根儿没吃，也许他把鸡蛋拿出去卖了，兴许他在攒钱。

她开始搜寻用以证明自己判断的证据。她终于想起了那句话："人老三件宝，爱钱怕死瞌睡少。"是的，爱钱是第一位的，至于说什么怕死什么瞌睡少无关紧要。有了这个证据，她敢肯定，他是把鸡蛋拿去卖了钱了。

可是新的问题又纠缠着她：如果真的把鸡蛋卖了这不奇怪，反正是已经给了人的东西，也可以不去追究，问题是如果卖鸡蛋是真的，那么每天出去看我爹那就是假的。这样一来，她不单单要追寻鸡蛋的事，她爹是死是活都是个问号。如果他每天报回来的平安是假的……她再也不敢顺着这个思路往下想，她一咬牙，决定准备跟他一次踪，她要彻底解开这个鸡蛋之谜。

吃完早饭张老汉收拾好又要出门，李秀秀锅没洗碗没收，穿了件衣服也准备出门。张老汉突然对李秀秀说："你把娃娃抱上，跟我一起过去看看你爹去。"

李秀秀没有想到他会约她，问道："我爹他怎么了？"

张老汉说："他的病重了。"

李秀秀大吃了一惊问："重到啥程度？不咋吧？"

张老汉叹一口气说："难说。"

李秀秀问:“你这些天一直都说好着,怎么打猛子重了?”

张老汉说:“我就给你说实话吧。你爹得的病不是好底子,本身就是治不好的病。这些天二尕子一直在看,病不但不朝前头来,一天比一天重了。医生已经推了手,让准备后事。”

李秀秀一听,直惊得目瞪口呆。她问他:“那你这些天怎么不对我说实话?”

张老汉说:“治不好的病,对你说了又能怎么样呢?我怕你来回跑把脚跑坏了,有我天天陪着就行了,所以一直没对你说实话。”

张老汉和李秀秀来到李木匠的炕头上,李木匠已经不会说话,奄奄一息。他的眼里滚动着泪水,看看张老汉又看看李秀秀,嘴唇颤颤地嚅动。李秀秀握紧她爹的手哭着说:“爹你有啥话就说。”

李木匠一句话也说不出来,两颗死鱼一样的眼睛死死盯住炕边上的那口旧箱子。李秀秀明白了他的意思,她过去打开箱子,里面没有别的东西,只放着一篮子鸡蛋。

这让她很是意外。

她把篮子提出来,把鸡蛋拿在手上仔细地看。这一看让她更加吃惊,她分明看出那紫皮的蛋是她那黄芦花母鸡下的,那粗皮的蛋是她那只黑母鸡下的,那些个又白又细的蛋是那只白色的来杭鸡下的。

她把篮子拿到她爹面前问:“爹你快说,这鸡蛋到底是咋回事?”

李木匠拉住张老汉的手,眼里滚出一串老泪。

现在,李秀秀把一切都搞明白了。这些鸡蛋全是她送给老公爹的鸡蛋,是张老汉舍不得吃送给李木匠,李木匠又舍不得吃留给张老汉的。李秀秀左手握住李木匠,右手握住张老汉,泪如雨下。

李木匠死了。当紧要办的事情是安葬,而安葬死人,最当紧要解决的问题是急需一口棺材。现钱是没有的,即便借了钱也买不到木头,木头是要指标的;即便有了木头也不是三天两后晌就能把棺材做起来的。李秀秀和二尕子为难死了。李秀秀身披重孝爬在她爹头前呼天抢地地哭,哭她爹活得太可怜死得也太可怜,哭她爹为别人做了一辈子棺材到头来没给自己做一副棺材,哭自己命太苦为何遇上这么为难的事情。

举丧期间张老汉一直没有离开李家，没人守灵的时候他就坐在李木匠身旁嘟嘟囔囔和他说话。听着李家儿女撕心裂肺的哭声他的心都碎了，他心疼这些娃娃，他心疼他的老亲家。对于老亲家的辞世他难过是难过但是没有多少遗憾，鹿活千岁有一死，人总是要死的嘛。但是，有一件事在他的心里挽了个死疙瘩，怎么解也解不开。正如李秀秀一遍又一遍哭诉的那样，让他想不通的是，为别人做了一辈子棺材的人，到头来自己没了棺材，真是太悲惨了。

张老汉翻身出门，回到自己家里。进了屋，他对着那口棺材不转眼地看。他拍拍棺材盖又拍拍棺材帮，然后去抚摸那厚厚的花花的合头。他突然在棺材盖上狠狠拍了一巴掌，一扭头走出屋门。

张老汉又一次来到李木匠家，他先在院子里转了半天才进了屋。灵前，李秀秀还跪在那里爹一声妈一声地哭，二尕子抹着眼泪在那里抽泣。他来到李秀秀和二尕子跟前说："娃娃，快别哭了，别哭坏了身子。"

李秀秀突然抱住张老汉的腿，大哭一声："爹呀……"突然断了气。

张老汉急忙掐住她的人中，二尕子哭喊："姐姐，姐姐……你醒醒啊！"

李秀秀慢慢睁开眼睛，发现自己躺在炕上。她就要挣扎着坐起来，张老汉说："娃娃你别动，你听我说。没有钻不透的木头没有过不去的河，不嫌柳木棺材的话，把我那口棺材抬来先用上，入土为安，埋人要紧。"

李秀秀抬起泪眼看着公爹，猛然翻身起来拉一把二尕子说："还不赶紧给恩人磕头？"

姐弟俩一阵紧磕，张老汉说："行了行了快起来，说起来这棺材还是他上了心做的，他用了大家心里都舒坦。"

李秀秀说："爹你什么都别说了，办完丧事我第一件事就是给你做棺材，砸锅卖铁也要做个松木的，做个比原来的还好的。"

张老汉长叹一声："你爹这一走，不管有多好的木头，谁也做不出这么好的棺材了。"

他有些怅然。

安葬了李木匠，张老汉一家收拾起来回家。二尕子两口子千恩万谢，要给老人多拿些吃头。张老汉啥都不要，只要他的那一篮了鸡蛋。

李秀秀说："爹这个就不拿了，家里有的是鸡蛋，以后我们家的鸡蛋你啥时候想吃啥时候拿,吃多少拿多少。”

张老汉只看了她一眼,一句话也没说,还是提着那一篮子鸡蛋,头前走了。

李木匠死后,李秀秀心里愧疚得很。想当初,千不该万不该,她不应该用“狗肚子盛不住二两酥油”那样恶毒的话说她公爹,她更不应该硬逼着她爹吃那 4 个鸡蛋,还逼着他喝完了所有的油汤。她后悔在她爹病重期间因为脚伤而没能好好服侍他。现在说什么都晚了,能为他尽尽孝道的唯一方法是,她决定在服丧的日子里给她爹好好烧烧纸,最少要烧完三七,让他爹在这边受了穷,到了那边多有些钱花。

每天烧纸的时候,张老汉总会准时来到李秀秀身边,他碗里端着 3 个煮熟的鸡蛋,默默站在那里。他一直看着她烧完了纸磕完了头,才将那煮熟的鸡蛋一个一个剥开,全部掐碎了泼撒了。他的嘴里不住地念叨着:“老兄弟,吃一口吧。”

每到这时,李秀秀边磕头边哭,哭得好伤心。

有一天烧纸的时候,张老汉忽然想起了一件事,他对李秀秀说:“你爹上次说拿点旱烟叶子回去,因为你摔伤了到底没拿成,今天烧纸给他烧点烟叶子吧。”

李秀秀一听赶紧扛起梯子上了房。

当李秀秀走到压着旱烟叶的谷草堆前的时候,眼前的情景把她惊呆了:谷草堆中央,像经过精心修理的一般,让鸡圆圆地旋了一个窝,窝里实实落落地下着一窝鸡蛋,足足有一篮子。

看到这些,她什么都明白了。

李秀秀呆呆地站在房上,只觉得脑子发木,什么都想不起来,一下子不知道该做什么?她看着那一窝鸡蛋,那些蛋渐渐模糊起来,最后溶为一团。

此时此刻,她觉得她做的事太对不起公爹。她无法原谅自己,她李秀秀就不算个人。她慢慢走到房边,俯视地下站着的那个瘦弱的老人。现在他显得更加瘦小,只有一颗硕大的苍白如麻的头,突兀地挺立在那里。看着公爹那褴褛的衣裳在冷风里抖索,她的心跳得很厉害。她的脸红得发烫,嗓子眼一股热辣辣的滋味直向上顶来。终于,她鼻子一酸,滴下两行心酸的泪水。

张老汉在地下长等不见短等也不见,不知道房上的人出了什么事情。他顺着梯子往上爬,一直爬到房檐口。让他不明白的是,他看见李秀秀坐在谷草堆上哭。

他问道:“咋啦?出啥事了?”说着就要上房。

李秀秀赶紧跑过来，双膝跪在房檐上说："爹你就别问了，我给你磕头了，从今往后你就是我的亲爹。"说完鸡啄米般磕起头来。

张老汉一头雾水。

第二天天刚亮，张老汉刚出房门就看见李秀秀担了一担水回来。李秀秀很麻利地将水倒进缸里，放下水桶便出了门。她胳膊上挎一篮子鸡蛋，步子走得很轻盈。她对张老汉说："爹你把毛蛋看好，我出去办点事，办完事就回来。"

张老汉惴惴地问："你去哪里？"

李秀秀回答："去公社。"

张老汉又问："去公社办啥事？"

李秀秀回答："办木头指标。"

张老汉再问："办木头指标提鸡蛋干啥？"

李秀秀只是笑。

张老汉有些糊涂。

李秀秀咯咯地笑着走了，笑得很脆很甜。

在旧宅地上回味完过去的往事，宁奇最终还是去了李秀秀家。

他今天到李秀秀家，正好张存占也在。李秀秀见宁奇来了，稀罕得不得了。她手脚麻利地炒了几个菜，非让宁奇喝酒不可。她和张存占作陪，还牵来老公爹坐了上座。张老汉已经 80 多岁，一副老态龙钟的样子。席间李秀秀又是夹菜又是斟酒，把老公爹侍候得十分当紧。他们的儿子毛蛋已经上了学，一家人其乐融融。

在李秀秀家，宁奇一直沉浸在一家人热情招待的感动之中，让他最欣慰的是，李秀秀家的日子富裕了，张家老叔的身子骨仍然那么硬朗。李秀秀专门拉着他去看了张老汉的棺材，正如她所说的那样，一口漂亮的松木打制的花头棺材摆放在张老汉的屋里，老汉看一眼笑一次，笑得十分开心。临告别的时候，李秀秀装了一塑料袋枸杞子交给宁奇让他带上。宁奇推辞道："吃了喝了再拿东西，我这又不是日本鬼子进村了。东西我就不带了。"

李秀秀说："自己田地里出产的东西，又不是啥稀罕物件。不过这东西泡着喝对身体有好处，你们城里人用得着，你就别推辞了。"

宁奇说："这我知道。可是你们种这些东西挺辛苦的，收一点不容易，留着卖钱吧。”

李秀秀飞了他一眼说:“这又不是给你的。”

宁奇笑着问:“不给我你放到我手上干啥?”

李秀秀说:“这东西喝了养颜,我是给嫂子带的。”

宁奇用指头点着她:“你呀……”

走出农民新村,回过头再看夕阳夕照下的农民新居,一切是那么新颖,那么祥和,又那般地静谧。看看当今农民的生活,回想当初务农的艰辛,宁奇一阵感慨。

从李秀秀家出来,日头已经向了西。

忽然一辆小轿车戛然停在他的身旁。车门打开,从车上走下一个人来。宁奇一看,是景万荣。

现在,景万荣的事业做得很大,他现在已经是一位拥有雄厚资产的企业老板。他算得上是宁家梁子最先富起来的人。两个人各忙各的,他们平时见面的机会很少,但这些年他们一直保持着密切的关系。

宁奇上前问道:“景大老板回来了?”

景万荣说:“什么大老板小老板的,哪里有工夫和你谝闲话。费了好大的劲,一直从你的家里找到这里才把你找到。”

宁奇问:“找我有什么事吗?”

景万荣说:“没有事找你干啥。赶紧上车,有当紧的事。”

宁奇问:“什么当紧的事?看你那火烧屁股的样子。”

景万荣一把将宁奇推上车,车飞一样地开跑了。

景万荣神情一直很凝重,宁奇估计肯定出了大事。

宁奇问:“到底发生了什么事情?”

景万荣低沉地说:“慧清法师圆寂了!”

宁奇一听,悬着的心放了下来。

他问他:“寺庙里的和尚死了,这和你我有什么关系?值得这么大惊小怪的吗。”

景万荣有些着急:“什么寺庙里的和尚?是小莲子,是赵小莲!”

“你说什么?赵小莲死了?怎么死的?啥时候死的?”宁奇提出一连串的问题。

“阿弥陀佛!”景万荣没有立即作答。

宁奇同在新中国成立的那一年出生。

赵小莲和宁奇同住在宁家梁子。

赵小莲的家和宁奇的家同住在一个庄台子上。

小时候他们一起挑苦苦菜一起跳圈圈一起抓子子，就连吃饭也会端了碗各走一段路到同一片树荫底下。赵小莲是一个非常开朗的女孩，开朗得像个男孩子，宁奇是一个有点内向的男孩，内向得像个女孩子，两人的性格混在一起便有些掺和，无意中忽略了性别的隔阂，关系好得跟一个人似的。

再大一些的时候，他们又一起上了学，同一个班又分在同一张桌子上。儿时的事很多很杂但都是些不值得一提的鸡毛蒜皮的事，能留在宁奇脑海中印象较深的是那几次她的泪眼涟涟，以及宁奇对那几个胆敢欺负她的坏小子酣畅淋漓的教训。挑头的是个嘴唇上堆着鼻涕的家伙，让宁奇打出鼻血来抹了个满脸花。从那以后再也没有人敢欺负赵小莲，她无忧无虑快乐得像个小天使。

赵小莲的开朗不是对所有的人，她只对宁奇开朗；同样，宁奇的内向也不是对所有的人，他只是和赵小莲在一起的时候有些内向甚至腼腆，见了别人尤其是见了那些总爱以欺负他人为乐的人他还是会释放出男子汉的阳刚，该出手时就出手。赵小莲是个不太和群的孩子，她喜欢一个人玩，而且最不愿意和男孩子玩。但是她有一个例外，就是只要和宁奇到了一起，她便有说不完的话唱不完的歌，因为这是她最开心的时刻。

赵小莲最爱玩一种叫做抓子子的游戏。正宗的子子应该是用羊腿关节处的骨节做的，要凑足 5 个可为一副。可是赵小莲家里不宰羊，她只能用黄泥捏了 5 个小泥块，晒干了以后用锅灰染成黑色玩。这种子子玩起来是没有问题的，关键是泥捏的玩艺容易碎，因此，她家的窗台上经常会晒上一溜这种小泥块，以做备用。还有一个问题是锅灰容易褪色，因此赵小莲的手经常会被染成黑色，不小心涂抹到脸上，整得像个小花猫。

这一切宁奇都看在眼里，他决定为她收集一副羊腿骨子子。但是当他有了这个决定之后方才发现，原来宁家梁子的庄户人一年都宰不了几只羊，只是家家到了腊月里会宰猪。于是他不得不改变主意，决定为她做一副永久而美丽的子子。他找来一块打破了的缸的瓦片，用斧子将瓦片砸成了了大小的瓦块。他拿着这些瓦块到打麦场上去，骑在石磙子上磨啊磨，整整磨了两天。他的手上磨起了血泡，裤裆也磨了一个洞，一直磨到那些瓦块棱角平整，碴口光滑方才罢手。

宁奇喊来赵小莲，将手背在身后说："小莲子我要送你一样东西。"

赵小莲问："啥东西？"

宁奇说："你猜。"

赵小莲想了半天说："人家猜不着。"

宁奇故意说："猜不着我就不给你。"

赵小莲开始撒娇，两只小拳头在宁奇的胸脯上锤打着，嘴里一个劲地嚷嚷："你坏你坏，到底是啥东西，你快告诉我！"

宁奇说："保证是你最喜欢的东西。你先说，如果送给你你果真喜欢，你怎么感谢我？"

他停住话头，可能是等着他。赵小莲想了想说："如果我真的喜欢，我就让你在我的脸蛋上亲一口。"

宁奇问："当真？"

赵小莲答："当真！"

当宁奇将5个油光锃亮的子子放在赵小莲手心的时候，她简直惊呆了。那些子子的釉面光滑润泽，发着黑亮的光，再看那一圈碴口，也被磨得光洁如玉，黄里透白，白中蕴黄，和那黑色的釉面配在一起，简直就是五颗珍宝。

赵小莲喜欢死了，她看看子子再看看宁奇，看看宁奇再看看子子，半天说出一句话："来呀！"

宁奇问："干什么？"

赵小莲说："过来办我答应你的事。"说着，将脸蛋送了过去。

宁奇连连后退，说道："说个笑话，你还来真的啊！"

赵小莲走了过去，一把抱住他的脖子，在他的脸上狠狠嘬了一口。

第二十七章

赵小莲有个毛病，每天上学回家不喜欢和同学们走大路，就爱走渠边田埂。早晨吃完饭她会早早等在宁奇家里，约上他一起上学；下午放了学她会早早等在校门口的桥边，约上他一起回家。春暖花开的日子里，他们一路上掐那些盛开在田间地畔的野花，赵小莲最喜欢马莲花，她会把那些醉蓝的花朵采下来，让宁奇给她插在头上。柳树抽条和麦熟季节，他们会折下一枝柳条或掐下一颗青稞的麦杆做成精致的咪咪子，两个人坐在田埂上比着赛地吹。赵小莲先用两只手捂住咪咪子，然后边吹边有节奏地开合手指，便会吹奏出美妙的音乐。

眼下是收完麦子淌伏水的时候，放学后两个人走在田间小路上。赵小莲忽闪着两支小辫子忽前忽后跳跃着，用一根芦草花撩拨着宁奇，像一只漂亮的花蝴蝶。田边小渠里关了口，渠底的积水只有不到一尺深，水有些浑浊。忽然有一条一尺多长的鲤鱼摇头摆尾在水中游，青黑的脊背和红色的尾巴扭动着，看上去游得十分吃力。宁奇一见鱼，丢了书包挽起裤腿跳下水渠，向那条鱼扑了过去。虽然水不深但是鱼太滑，他几次抓到手又几次脱手，眼睁睁看着那鱼一步一步向深水中游去。赵小莲一看有些着急，挽起裤腿也下了水。

这条狡猾的鱼似逃似戏，已经挑逗得他们性起，以至到了忘乎所以的境地。眼瞅着鱼离深水越来越近，宁奇急了，跳上岸脱光了衣服，一屁股坐在渠里，叉开两腿，将渠道挡了个严严实实。这样一来，便堵住了鱼往深水逃窜的去路。赵小莲见状，也脱光了衣服，面对着宁奇坐在渠的另一端。这是农村最原始也最实用的一种抓鱼方式，现在再看那条鱼，已然置身于他俩的掌股之间。

他们用手撑着渠底的淤泥，压稳屁股一点一点向前移动，他俩之间的距离在一步一步缩小。鱼已经到了危急关头，在浑浊的积水里慌乱地冲突着，鱼头不时顶在他们的腿上脚上或裆部，顶得人生疼。返身的时候它会猛甩一尾，尾巴拍打在大腿上同样的生疼，俩人的腿上都被拍出红红的印记。当他俩的 4 只脚对在一起的时候，鱼已经放弃了挣扎，4 只手将它紧紧按住。

一切结束之后他们洗了身子开始穿衣服，直到这时候他们才有机会看一眼对方，那一瞬间宁奇的脸红了，赵小莲赶紧用衣服捂住下边，两人慌忙转过身去。

宁奇和赵小莲换着手地提着鱼兴高采烈地往回走，全然不顾溅上满身的泥水。到了家门口他们都站住了，宁奇很爷们了一把，说道："这鱼你拿回去，让婶子炖了好好吃一顿。"

赵小莲说："这条鱼是你抓住的，还是你拿回去。"

宁奇说："没有你我哪里能抓住，怕是早跑了。这条鱼是咱俩抓住的，我大让小，让给你了。”

一番推让之后赵小莲说：“我拿回去也行，等鱼做好了你来我们家吃。”

赵小莲的爹是个半农半商的生意人，他的生意是在家里开了个绳匠铺，黄龙川一带的人都称他赵绳匠。做绳首先得有麻，而麻是必须要种的。种麻就得有田地，赵绳匠继承着祖业又瞅中了红牛湖边上的一块较为平整的荒滩，开出一片荒地来。经过几年的精耕细作灌水洗碱，生田种成了熟地，地里的麻杆子能长到一人多高。每到秋后收麻的季节，各种鸟儿像集合一般飞进麻田落上麻梢，叽叽喳喳鸣唱着婉转的歌，啄食着成熟的麻籽。每年的这个季节，赵小莲总会拉着宁奇到麻田里来，看那些小鸟美丽的羽毛，听它们唱美妙的歌。

赵绳匠之所以将麻田选在红牛湖畔还有一个重要原因，就是这里熟麻特别方便。麻长成之后就要收割，割麻不叫割麻，叫杀麻。杀下来的麻是生麻，生麻用不成，一是麻皮从麻杆上剥不下来，二是纤维脆弱，经不得力量。因此，生麻必须得熟。熟麻看似简单其实是个技术活，每年熟麻的时候，赵绳匠请来全村的男人，将麻捆扛到红牛湖里，码放成一个个麻筏子。麻筏子漂浮在水面上，他们得捞起湖泥压在筏子上面，将筏子重压下沉，让麻杆全部淹没在水中。麻筏子在水中沤泡大约半月 20 天的时间，麻基本熟了。这期间赵绳匠天天要下到水里去，一次又一次地验麻，生了不行，熟过头了麻就会全部烂掉。

一待麻熟了就得立即出麻。每年到出麻的时候特别隆重，赵绳匠要打了肉买了酒招待帮助出麻的乡亲们。这一天很热闹，大人娃娃都来到红牛湖边，干活的干活、看热闹的看热闹，像赶集一般。等到湖里的麻捆都扛上岸来，在湖滩上支起一个个三角形的麻篷，剩下的事便交给了老天爷。麻杆子要晾晒很长一段时间，等到麻杆子晾干晒透，就算彻底熟了。所以说，赵绳匠既是合绳的高手，又是熟麻的行家。

赵小莲的妈患了绝症，不久就去世了。她妈去世后的一段日子里，赵小莲很悲痛，人一下子变得沉默寡言起来。宁奇看在眼里，但是一时间找不出什么合适的办法帮助她。他唯一能够做的，就是一有时间就过去陪着她。可是当两个人坐在一起的时候，她却一句话也没有。那些日子宁奇总爱抬头看天，以致于让他养成了一个习惯。他爱看湛蓝湛蓝的天空飘浮着的如棉如絮的流云，他羡慕和向往那些流云的悠闲自得和自由自在。然而他最爱看的天象是雨后乌云尚未完全退尽，从云缝里钻出来的那一缕阳光。所以他天天盼望的是飘着白云的晴朗的天空，还有那穿云破雾的光芒。

天刚亮，宁家梁子传出一个惊天的消息：赵绳匠掉进红牛湖淹死了！从赵绳匠留下的痕迹看，那天晚上他去了红牛湖。他先围着麻田转悠了几圈，然后来到湖边，脱了鞋下湖，上了麻筏子。他是不小心滑落湖中的。

湖边，留下一双新鞋。

宁奇无法想象赵小莲的爹去世之后的一个多月里她是怎样煎熬过来的。这期间他天天都会到赵小莲家去，接踵而来的打击如何让一个女孩子去承受？他真的很不放心。他劝说赵小莲："家里就剩下你一个人了，一个姑娘家，太不安全了，暂时先搬到我们家来住吧。"

赵小莲坚辞不受。她说："不行。"

秋雨连绵，雨从天刚亮下起一直下了一天，到傍晚还没有要停的意思。宁奇已经在赵小莲家待了整整一个下午，他一直盼望着雨快些停下来，能从云缝里钻出一束阳光来。但是云层很厚，那乌云压得很低，压得让人有些喘不过气来。宁奇一次又一次了望西山头，他盼望着日头能在落山之前透出哪怕是一丝丝光亮来。

赵小莲家的房子漏得很厉害，他们俩不住气地接漏雨倒积水，马不停蹄地折腾着。他们在繁忙的间隙中草草地吃完了晚饭，赵小莲催促宁奇："天都黑了，你也该回去歇着了。"

宁奇抬头看着滴滴嗒嗒的漏水说："屋漏成这个样子，我怎么能回去呢。我回去了，你一个人咋办？"

赵小莲说："你走你的，这里你就别管了。"

宁奇说："我不放心。"

赵小莲说："天都黑了，咱们待在一起，会让人说三道四的。"

宁奇说："可是……"

宁奇还要说什么，赵小莲硬是将他推出了门外。

天色黑沉沉的，西山头上最后一抹余光被黑暗吞噬以后，雨陡然大了起来。宁奇离去之后赵小莲突然觉得内心一阵空虚，她实在无法承受人祸天灾加在一个柔弱女子身上的巨大压力。她有些想不明白，自己为什么执意要把宁奇推出门外。她有些后悔，她真的希望宁奇能够返回身来，再一次来到她的身边。

赵小莲心力交瘁，近乎崩溃。

雨越下越大，风越刮越紧，风不时将门吹开。赵小莲对天长叹一声，然后索性开大屋门，让风裹挟着雨直泻进来。

赵小莲站在风雨中放声大哭。

突然从雨地里"呱唧呱唧"跑进一个人来，直愣愣站在地当中。那人头上顶着一条麻袋，看不清面容。赵小莲心中一阵激动，自己盼望的人终于回来了。她正要去掀他的麻袋，那人跺一跺脚，自己掀去麻袋，赵小莲一看，大吃一惊。

进来的人是周世宝。

赵小莲收住哭问："你怎么来了？"

说着往外推他就要关门。

周世宝说："你先别忙着推我，你听我说。"

赵小莲说："我不听我不听，你给我出去。"

周世宝摆出一副无赖的样子说："赵小莲你给我听着，我既然来了，就不走了。"

赵小莲怔怔站在那里。

周世宝说："赵小莲我告诉你，我是关心你来的。"

他慢慢凑近赵小莲，摸着她湿漉漉的衣服说："快把湿衣服脱了，换一身干的，别冻下病。"

赵小莲猛地甩开他的手说："冻死也不用你管。"

周世宝围着屋子转了一圈说："房子漏成这个样子，今天晚上你怎么过夜？"

赵小莲说："没地方过夜我蹲在滩里总行吧，难道这也要你操心？"

周世宝换上一脸笑容："小莲你就不要说赌气的话了。我看这样，不如今天晚上你先住到我家，等天晴了我带些人来给你上上房泥，房子修好了你再搬回来，你看怎么样？"

赵小莲轻蔑地问一声："你先看看你的讨吃日子过的怎么样，反倒关心起别人来了。"

赵小莲说得不错，周世宝爹死娘嫁人，一人吃饱全家不饿，是个游手好闲的无儿鬼。

周世宝走到赵小莲跟前，话语又一次变得温柔起来："小莲你看，你现在孤身一人，又遇到了这么大的难处，我看你怪可怜的。要不这样……"他把声音拖得很长。

赵小莲没吱声，只送过去一瞥不屑的眼神。

"你看这样好不好？"他说。

赵小莲还是不吱声。

周世宝干咳一声说："只要，只要你答应嫁给我……"

没等周世宝说完，赵小莲说："周世宝你给我听好了，我赵小莲就是嫁牛嫁马嫁猪嫁狗嫁给讨吃，也不会嫁到你的名下，死了你的心吧。你给我滚！"

赵小莲说完，又推着他出门。

周世宝威胁道："赵小莲你不要不识抬举。我把丑话说在前头，你如果答应了我，咱们恩恩爱爱好好过日子，你如果不答应我，后面会有你的好果子吃。"

"我走得端立得正，你能把我怎么样？"赵小莲质问。

现在周世宝已然丢掉脸面，嘻皮笑脸向赵小莲凑了过来，臭哄哄的嘴眼看要挨到赵小莲的脸上。他乜斜着眼睛说："你说我能把你怎样？你就过来吧。"说着就要搂抱。

猛然，赵小莲抡圆胳膊，一个耳光扇了过去，扇得周世宝向后打了一个趔趄。

周世宝恼了："好你个赵小莲，你敢动手打我？看来不给你来点霸王硬上弓，你不知道马王爷爷长着三只眼。"

说着他向赵小莲扑了过来，一把将赵小莲按倒在炕上。他开始撕扯赵小莲的衣服，赵小莲奋力地挣扎着。她使出浑身的力气，在他的身上脸上猛抓，霎时间抓出满脸满手的血口子。突然，周世宝从针线笸箩里抓起一把剪子，对准赵小莲的喉咙说："你必须老老实实给我躺着，不然的话，我就一剪子捅死你。我是说到做到的。"

说完，周世宝将剪子在自己的胳膊上划了一下，立马鲜血直流。

见了血赵小莲彻底瘫软了，再也没有反抗的力气。她只能用惊恐的目光看着他，看着他怎样从容不迫地脱掉她的鞋子，怎样从容不迫地脱下她的裤子，连上衣都扒得精光。

外面的雨下得更大。

屋里的漏雨滴得更急。

宁奇还是一如既往地每天都到赵小莲家里来，一如既往地帮她干这干那。不久他发现赵小莲莫名其妙地变了，变得呆滞而沉默，变得离他越来越远。他怀揣着这疑问一如既往地呵护着她，只到有一天，赵小莲对他说："以后你再不要来我们家了。"

宁奇问："为什么？"

赵小莲回答："不为什么。"

宁奇又问："小莲我看你最近有些不对劲，是不是发生了什么事？如果真的有什么事，你一定要告诉我，千万别一个人撑着。"

赵小莲说："没啥事。"

宁奇被莫名其妙地推了出来，赵小莲返身插了门，趴在炕上号啕大哭了一场。

几个月以后赵小莲的肚子一天天大起来，大兜襟的布衫已经无法掩饰铁定的事实，她不敢见人。但是躲避是无用的，人言可畏，爱翻腾事情的女人们专门打探她的动静。紧接着村子里风声四起：赵小莲当丫头怀上了！更糟糕的是，人们开始揣测这野种是谁的，于是大家很自然地把怀疑的目光投向了宁奇。等到宁奇发现赵小莲出了问题的时候，问题已经发展到了不可收拾的地步，而且直接殃及自己。宁奇十分焦急也十分苦恼，他无法辩解也不敢辩解，只能眼睁睁看着赵小莲的肚子一天天膨胀起来，只能忍气吞声地暂且背起这口黑锅。

但是他不敢辩解不等于不想这事，他没日没夜地在想一个问题，就是赵小莲究竟和谁到了一起。他把队里的男人挨着个地捋了一遍，觉得谁也不可能。他很想去问她，但是他没有那个勇气。他只能每天远远地瞄着她的一举一动，他想从中查得一些蛛丝马迹。

那天晚上宁奇很烦躁，翻来覆去睡不着。这样的事在他身上已经不是第一次，自从赵小莲出了事，他几乎天天在烦躁中煎熬。他悄悄翻身下炕，又悄悄出了门，鬼使神差地走出院子。天气已经很凉了，风吹着门前的榆树沙沙地响。月亮被乌云遮挡住，周围一片黑暗，他觉得黑暗中好像有无数双眼睛和无数只手正隐藏在那里，侍机伸向这个世界。他不由得打一个冷战。

他习惯性地向赵小莲家张望了一眼，她家的院子里一片漆黑，周围十分安静。宁奇张望了一阵就要返身回屋，忽然赵小莲家的灯亮了。不大的工夫灯又灭了，只听见屋门轻轻开了，从屋里走出一个人来。宁奇本能地蹲下身子，眼睛死死地盯住那个越走越近的人影。一步、两步，宁奇的心跳得很厉害。一想到马上就要揭开庐山真面目，马上就会洗刷他的不白之冤，他的心中一阵激动。

人影终于来到宁奇面前，就着依稀的月光，来人让他看得一清二楚。这人不是别人，是赵小莲。

这让宁奇既失望又吃惊。深更半夜，她一个人跑出来要到哪里去？她要去干什么？或者说，她要去找谁？一连串的问号在宁奇的脑子里翻腾。他再也顾不得多想，瞄着赵小莲的身影，远远地跟着她。

出了村子，赵小莲上了大路，向红牛湖的方向走去。走到红牛湖，她忽然拐下大路，急步来到湖边。她站在那里，面向一湖寒水。宁奇悄悄爬在田埂下面，一眼不眨地观望着她。只见她双膝跪地，对着湖面磕了3个头，口中说道："爹，妈，我找你们来了。"

宁奇一听方知道事情不妙，跳起来紧跑几步跑到她面前抱住她说："小莲，你可不能想不开啊！"

赵小莲先是吃了一惊，紧接着用尽全身的力气挣扎，试图挣脱宁奇的束缚。宁奇死死地抱住她，一个劲地说："小莲你听我说，你不能这样，你不能这样啊！"

赵小莲哭喊着挣扎着，几近歇斯底里。忽然，她低头咬住了宁奇的手，宁奇只觉得一阵钻心地疼痛，一声惨叫。但是他并没有松手，赵小莲也不松口，两个人就这么僵持着。宁奇只觉得一种湿漉漉的东西在手背上流淌，赵小莲松了口。她瘫软地倒在宁奇怀里哭诉："你为什么要救我？你为什么不让我死？我不想活了！"

宁奇仍然紧紧地抱住她，生怕她从手中挣脱一般。他说："小莲你千万不要有这样的念头。有什么问题我们解决什么问题，我就不信多么难的事非逼得让你走这条路。你应该把眼光放远一些，年轻轻的，好日子还等着我们呢。"

赵小莲喃喃道："好日子，好日子，好日子不会来了。"

宁奇说："小莲你好好想想，你这一寻短见，死的可是两条命。你想活不想活那是你的事，可是肚子里的孩子怎么办？我问你，一个小小的生命，你就忍心把他这么作践了？”

赵小莲双手拍打着宁奇的胸脯，声嘶力竭地号哭。

宁奇任凭她渲泄着。等到她稍微安静一些的时候，他问赵小莲：“小莲你能告诉我这到底是怎么回事吗？”

赵小莲双眼失神地看着湖水，一句话都不说。

救回了赵小莲宁奇不但没有些许的安宁，他的思想负担反而越来越沉重。他下了狠心，一定要查他个水落石出，让事情有一个定论，否则赵小莲的事永远是他的一块心病。他曾经多少次向她问过孩子的事，她都以沉默回应了他。终于有一天宁奇实在无法克制，问她：“小莲我告诉你，既然孩子的事你不愿意告诉我，我可以不再追问，但是有一件事你必须给我一个答复。”

赵小莲问：“你让我答复什么？”

宁奇说：“你今后跟谁过？”

赵小莲开口了：“你等着，我会给你一个交待的。”

她的声音十分平静，眼睛里放射着坚毅的光。

周世宝做完孽之后并没有就此罢手，他对赵小莲仍然无休止地纠缠。他像一个打伤了兔子的猎人，耐着性子等待着，等待着猎物力不能支的那一刻；他又像一个下米做饭的厨娘，静听着锅内咕嘟咕嘟嘟的熬煮声，等待着生米做成的熟饭将要揭开锅盖的那一刻。周世宝有自己的盘算，到了孩子生下来的时候，他会名正言顺地将赵小莲娶回家中，让赵小莲永远做他的老婆。

但是他也有他的烦恼，就是每次来到赵小莲家都看不到好脸色，有两次是赵小莲提着擀面杖把他赶出门去的。然而周世宝并不死心，他依然死皮赖脸地纠缠。当他又一次来到赵小莲家的时候，情况大大出乎他的意料。今天赵小莲一点儿都不嫌弃他，对他一点儿也不反感，说话做事都很温顺，温顺得他有些无所适从甚至有些心花怒放。他不由得热血沸腾起来，浑身十分地不自在。当他动手动脚要亲热赵小莲的时候，赵小莲居然媚了他一眼说：“急什么，迟早还不是你的人，还不是你的东西，谁也抢不走。”

一句话说得周世宝神魂颠倒，傻乎乎直围着赵小莲转。在他的催促下赵小莲顺从地脱衣解带，顺从地躺在炕上。周世宝像一头饿急了的野狼见到了羔羊，迫不及待地扑上前去，口角的涎水淌了赵小莲一脸。这会儿他只觉得世界的美妙赵小莲的美妙还有他自己的美妙，他几乎进入一种梦幻的世界，他已然进入忘乎所以的梦境。突然，周世宝一声尖叫，双手捂住耳朵在炕上跳起来，鲜红的血顺着手缝淌下来，洒了满炕。

赵小莲是事先有了准备的，赵小莲早已将剪子压在枕头下边，单等着周世宝高兴到近乎神志昏迷的那一刻，对准耳朵下了剪子。

那一剪子剪得很重，将周世宝的左耳朵全部剪了下来。

周世宝捂住耳朵跑了，赵小莲穿好衣服下了炕，梳理了头发整洁了衣裤，对着镜子照了起来。当她觉得满意了之后，从水缸后面提起半瓶敌敌畏喝了下去，然后复又上炕，平平地躺在炕上。

幸亏周世宝杀猪般的喊声惊动了宁家梁子的人也惊动了宁奇，宁奇赶到赵小莲家的时候，她已经口吐白沫神志昏迷。宁奇赶紧将她抱上架子车，一路紧跑送进医院。医院刚为赵小莲洗了胃，周世宝也送了进来。这次事故两败俱伤，最终的结果是周世宝失去一只耳朵，成了残疾人。宁家梁子的人在暗中解恨的同时没忘了送他一个新的绰号——秃耳朵驴。赵小莲虽然保住了性命，但是胎儿受到直接影响，造成痴呆。

后面的事对赵小莲十分不利，她以伤害罪判了 3 年徒刑，等待她的将是漫长的牢狱生涯。不过入狱的时间一直推迟到孩子出生，孩子出生半年之后她才进了监狱。赵小莲生了个儿子。看上去她对服刑很坦然，然而，儿子却成了她的一件最苦恼的事。周世宝伤愈之后曾经不止一次找过赵小莲，愿意不记前嫌抚养孩子，但是赵小莲坚决不答应。她所面临的最大的难题是监狱里不允许带孩子，于是经过几次协商，赵小莲答应让宁奇承担起抚养喜顺子——也就是赵小莲儿子的义务。

又是一年春暖花开的时节，宁奇带着喜顺子去探监。现在喜顺子已经长到三岁多，会走路但是语言很迟钝。赵小莲把儿子足足亲了一袋烟的工夫，似乎还没有亲够。她转向宁奇，不无感激地说："太麻烦你了，太感谢你们全家人了，出去以后我一要定好好报答你们。"

宁奇说："快别那么说，那么说多生分。我们虽然没有确定关系，但是我和我们全家早都把你当作自家人了。小莲我告诉你，喜顺子就是我的儿子，就是我爹妈的孙子。"

宁奇抱起喜顺子说："来，儿子，叫爸爸。"

喜顺子搂住宁奇的脖子，嘴里“啊啊”几声，算是叫了。

赵小莲的脸上露出幸福的笑容，好像此时她并非身陷囹圄，而是已经走进宁奇的家里，盘腿席坐在温馨的热炕头上。

告别宁奇，赵小莲回到牢房。一进门，只听得吆喝声不断，再一看，几个女囚正在踢打一个老女人。赵小莲冲了过去，几把拉开众人，双手叉腰吼道：“谁让你们欺负人了？”

一个留了寸头的女人走到她面前说：“她一个新来乍到的下三烂，不懂得给姑奶奶上供，让她懂些规矩长点记性不应该啊？”

赵小莲说：“再怎么说你们也不应该打人啊！”

寸头女人说：“这号老顽固，打死她都活该。”

赵小莲说：“你们眼睛瞎了总得伸了手摸摸，她都病成那样了你们还欺负她，你们是想要她的命是咋的？”

寸头女人推了她一把说：“烂婊子你说谁眼睛瞎了？在这个牢房里姑奶奶说了算，哪里有你插嘴的份。”

她向身后一招手：“都给我上，好好给她松松皮，今天我要让她知道马王爷爷长着3只眼！”

几个女人呼啦一下围了上来，虎视眈眈地瞪着赵小莲。赵小莲怒目相向，一字一顿地说：“来吧，祖奶奶是杀过人见过血的人，今天敲死一个够本，敲死两个赚一个，不要命的都上来吧！”

赵小莲一席话，直镇得几个女人扎了根一般站在那里，一动也不敢动弹。

第二十八章

赵小莲镇住了撒野的牢头狱霸，走过去扶起那个老女人，拍拍她身上的土，端过一碗水来放在她的手上。她侍候着老女人喝了水，然后向着监舍门外喊：“报告政府，这里出事了！”

一个狱警闻讯走了过来，隔着门问：“出什么事了？大惊小怪的。”

赵小莲说：“有人病了，要马上送医院。”

狱警问:“有那么严重吗？就会小题大作。”

赵小莲说:“大作小作你看看就知道了。反正我已经向你报告了,出了问题由你负责。”

狱警向屋里瞅了瞅,然后开了门走进监舍。赵小莲将他带到老女人跟前说:“她已经病了好几天了,不吃不喝的,再不看恐怕放大了。”

狱警看了看说:“那行,我去把狱医叫来,给开点药。”

赵小莲说:“光开药恐怕不行,她这是传染病,闹不好我们都传染上就麻烦了。”

狱警问:“那你说怎么办？总不能保外就医吧。”

赵小莲说:“依我看，你先把她带到医务室查一查，怎么治病那是下一步的事。在这之前,至少要把她隔离起来。”

狱警想了想说:“那好,你牵着她,跟我来吧。”

老女人果然走出集体牢房,单独隔离治疗了。监狱安排了专人陪伴,陪伴她的,就是赵小莲。

老女人是个老尼姑,她的罪行是因为拜佛念经给人看病,被打成牛鬼蛇神获罪入狱。这一次的出手相助,让她对赵小莲感激涕零。她一心想着要报答她,但是苦于身处绝地,无以为报。忽然有一天,她无意中发现赵小莲有一串佛珠,眼里立刻放射出异样的光采。她问她:“你这佛珠是哪里来的？”

赵小莲说:“是我妈留给我的。”

老尼姑问:“这么说你妈也信佛？”

赵小莲长叹一声:“可怜她吃斋念佛一辈子，一心行善积德，最后却落了个……”赵小莲再没有说下去。

“阿弥陀佛！”老尼古轻诵一声,不再发问。

她对赵小莲说:“从我第一眼见到你,我就发现你是个有佛缘的人,今天听了你的身世又见到这串佛珠,果然如此。阿弥陀佛,真是个好人啊！”

赵小莲说:“好人没有好报,也是枉然。”

老尼姑说:“阿弥陀佛!佛家讲的就是因果报应。善有善报,恶有恶报,若要不报,时机不到。等着吧,你会得到善报的。”

赵小莲叹一口气说:“我也没有那种念想，我只求佛祖能保佑我的儿子平安无事我就天天念阿弥陀佛。”

老尼姑问了她儿子的情况，十分肯定地说：“佛祖一定会保佑他的。”

赵小莲说：“但愿如此。”

老尼姑忽然拉住她的手说：“我想把你带进佛门，圆你一个莲花梦，不知道你愿意不愿意。”

赵小莲看了看破烂的监舍，笑着说：“即便是有拜佛之缘有向佛之心，这种环境也不合适啊。再说了，万一被狱警发现，还不得罪加一等。”

老尼古说：“不会的。只要佛在心中，其他形式都是次要的。咱们又不设经案又不做道场，只在心里诵经，他狱警能发现吗？”

赵小莲问：“不设经堂怎么拜佛念经？”

老尼古说：“好办得很。”

赵小莲看着老尼姑，不知道她会讲出什么话来。

老尼姑起身走到监舍门口，仔细听了听动静，返回来对赵小莲说：“办法倒是有，不知道你愿意干不愿意干？”

“干什么？”赵小莲问。

老尼姑说：“这样，现在我就教你念经你念不念？”

赵小莲问：“念经？现在就念？”

老尼姑说：“念经是进入佛门必修的功课。念经既可以为别人超度，也可以拔了自身的苦楚。最要紧的是，它能让身处逆境的人静下心来，坦然面对一切。”

赵小莲很不以为然：“我们都苦成这样了，只靠念经就能脱了苦难？远的不说，就说你和我妈，念了一辈子的经，结果呢？该挨斗的挨斗，该坐牢的坐牢，谁保佑你们了？”

老尼姑说：“你是不知道啊。要想把这些事情说清楚，一句两句恐怕不行。”

赵小莲说：“那就不说了呗。”

老尼姑想了想说：“不说不行，你对我这么好，我必须对你说清楚，让你有个好修行。”

赵小莲看她这么真诚，再也不好推辞。

“人有三世，”老尼姑说：“今生的苦楚都是前世的因缘，并不是我们现在做错了什么。现在念经一是赎前世的罪过，二是修来世的福音，功德无量。你还年轻，应该好好想想，前半生已经这样了，我们就该好好修后半生；今生已经这样了，为啥不好好修修来世呢？来世得好好活人，你说对不对？”

赵小莲将信将疑，说道：“真要像你说的那样就好了。”

老尼姑说：“这些话本来是说给佛家弟子的，你们佛外之人可以听也可以不听，可以信也可以不信。不过我奉劝你一句，信不信由你，请你不要排斥它。”

赵小莲说：“你放心，我认真听着呢。”

老尼姑说：“说一千道一万，我还是希望你跟着我学学。咱们先把修来世的事放一放，咱们就说眼前。”

赵小莲问：“眼前怎么了？”

老尼姑说：“眼前，念了经至少可以让你的心静了下来，像我们这些受困牢狱之人，真是度日如年，如果心静了，日子也好打发了你说对不对？”

赵小莲有些动心，但是并没有表态。

老尼姑说：“要不咱们先试试，我念你跟着念，实在不想念你可以不念，耳音灌满了自然就会了。”

赵小莲面有难色。

老尼姑说：“那咱们就先念《大悲咒》。”

赵小莲点点头。

那年秋天，宁奇带着喜顺子又去看望赵小莲，顺便给她送几件衣服。可能是天气乍冷的缘故，宁奇发现赵小莲脸色有些发青，人也没有先前那般精神。赵小莲对喜顺子一如既往地热爱，看了又看、亲了又亲，反而长时间地将宁奇冷落在一旁。宁奇不在赵小莲的意，因为母子深情是可以理解的。然而让他不能理解的是，一直到分手赵小莲都没有和宁奇说一句热乎话，先前好多次探监时的甜言蜜语以及对未来的美好憧憬丝毫没有。

这让宁奇感到很意外。

分手的时候赵小莲忽然说：“我想请你给我办一件事。”

宁奇说：“完全可以。啥事？你说。”

赵小莲压低声音说：“下次来的时候为我带几本有关佛教的书，行吗？”

宁奇不加思索地说：“没问题。”

以后的几年里，中国大地上发生了翻天覆地的变化。中央一个大会开完之后，土地承包给了农户，农民的手里又一次得到了土地。农民分到土地的那一刻就像鱼见到了水孩子见到了娘，农村立马红火起来。更让农民高兴的是，上头的政策鼓励人们发家致富，谁富谁光荣，谁懒谁受穷。地主富农的帽子全部摘了，再也不提什么阶级斗争，而且允许雇工。还有一个重大变化就是，允许回民建寺汉民盖庙基督徒修教堂，阿訇可以心安理得地进清真寺讲经礼拜，和尚居士可以堂而皇之地进庙院烧香拜佛，神甫可以大大方方地进教堂做弥撒唱赞歌。

这期间宁奇一直耐心地等待着赵小莲。宁奇无数次地探监无数次地向赵小莲坦露他的心扉，赵小莲始终没有给他一个明确的答复。随着赵小莲刑满释放的日子一天天临近，宁奇的心情也随之迫切起来。伴随着这种迫切，他的心里有些忐忑不安。

当又一个春暖花开的时节来临的时候，赵小莲刑满释放，宁奇一大早便动了身，领着喜顺子到监狱去接她。

赵小莲从监狱里走了出来，径直向喜顺子走去。她的变化很大，他发现她表情有些呆滞语言有些木讷，只有那两个迷人的酒窝仍然留在脸上。赵小莲从宁奇手中拉过喜顺子，将他紧紧搂在怀里。此时的喜顺子已经 6 岁，他的头出奇得大，跟整个身体不成比例。他总是把手指头含在嘴里，口角流下的口水把衣胸浸得透湿。

赵小莲站在监狱门口仰望蓝天，天上的浮云好自在。她好久好久没有将头低下来，好像要随着那浮云飘向远方。

宁奇说："一切都过去了，现在好了，咱们回家。"

赵小莲好诧异："回家？家在哪里？回哪个家？"

宁奇更诧异："家在宁家梁子，你难道连家都忘了？"

赵小莲说："我怎么会忘了呢？但是今生今世，我再也不会回到那个让我终生难忘的地方。"

宁奇说："不管怎么说，总得先回到我家咱们再做计议吧。"

赵小莲站在原地没动。

他们就这样僵持着。

宁奇问："不想回家，那你今后有什么打算？"

赵小莲忽然说出四个字："我要出家。"

宁奇惊呆了："你说什么？你再说一遍。"

赵小莲说："我——要——出——家！"

听了赵小莲的话宁奇一句话也说不出来。他无论如何不会想到她会生出这样的念头来。他问道："小莲你告诉我，这是你的真心话还是随口说说，你可别吓唬我。"

赵小莲说："我可以告诉你。在这个世界上，我已经四大皆空，唯一割舍不下的，就是我的儿子。现在，我已经心如死灰，没有任何念想，只想着把喜顺子拉扯大，母子二人相依为命，了此一生。"

她双手合十，念一声："阿弥陀佛。"

她的举动让宁奇大大吃了一惊。他说："小莲我就不明白了，过去那么苦的日子都熬过来了，现在政策变了条件好了，好不容易出了监狱，你为啥反而有了这样的想法？"

赵小莲说："这都是前世的因缘，改变不了。"

宁奇急得直跺脚，情绪有些激动："小莲你听我一句劝，现在就跟我回家，咱们结了婚，守住咱们的责任田安安稳稳过日子。咱们不图荣华富贵，咱们就图个安乐和美，你说，那该多好。"

赵小莲说："我心意已决，你就不必多费口舌了。你现在虽然是个农民，但是你是一个聪明人也是一个有本事的人，一定会找到一个好姑娘的。过去的事我非常感谢你，从小到大你一直照顾我，现在你又帮我照顾喜顺子，你的恩情我一定会报答的。"

宁奇说："快别说那些报答不报答的事。"

赵小莲说："佛家讲的是知恩报恩，不说怎么行呢？你放心，你好人自有好报，我会在佛祖面前为你祷告的。"

她双手合十，念了一声："阿弥陀佛！"

宁奇有些无可奈何，轻轻摇了摇头。

赵小莲说："我还要告诉你，我的这个决定并非心血来潮，而是蓄谋已久。在监狱服刑的日子里，我虽然身没进佛门，心已经皈依佛祖。几年的监狱生活，我已经念完了不少的佛经，每天默默作着功课。对于我来讲，现在跨进佛门只是个仪式和形式的问题,一旦剃了度受了三规五戒,我就是一个名副其实的佛教徒。”

到现在宁奇开始后悔了,后悔他当初不该为了赵小莲的一句嘱托,冒着挨斗挨批甚至接受改造的危险,从民间偷偷摸摸给她找到几本佛经以及有关佛教的书籍,后悔他不该一次次提心吊胆欺瞒狱警把这些书巧妙地带进监狱。他只知道监狱是一个忏悔罪恶的地方,劳动改造是一个净化灵魂的过程,他却万万想不到这里会把赵小莲的灵魂改造到如此的地步。

自从赵小莲说出:“我要出家”这 4 个字来,宁奇使尽了浑身解数也没能把她拽回来。无奈之下,他只能眼睁睁地看着她走进寺庙焚香礼佛受三规五戒削发为尼。因为佛教界有僧尼不同居一寺的讲究,因此,他只能眼睁睁地看着赵小莲住进一座废弃的破庙整天面对黄卷青灯打发时光。

赵小莲进住的是临山的一座寺庙,建筑年代不详已无法考证,经年的风吹雨淋,使这座无人照管的破庙破损得已经不成样子。原先供奉的泥像早已经被砸碎,只剩下空落落的莲台。墙角裂了很宽的缝,窗户支离破碎,无法遮挡风雨。赵小莲每天手捧钵盂拉着喜顺子下山化缘,风雨无阻。她对施舍的众生许下誓言,她要用化来的善款重修庙宇,再造金身,求佛祖保一方风调雨顺,人寿年丰。

然而这仅仅是一个美好的心愿,路却无边的漫长。

宁奇伫立庙前,久久不忍离去。他想,既然她已经一心向佛,他得帮助她营造一个适于生存的环境,至少让她有一个安全而温暖的栖身之所。然而那场惊心动魄史无前例的运动刚刚结束,至今心有余悸,不敢造次。另外,修庙宇需要一笔可观的经费,如今的他最多也就解决了温饱,出资修庙则苦于无能为力。

他绞尽脑汁地想,他忽然想到了景万荣。

这些年,景万荣致力于发家致富卓有成效,属于先富起来的那一类人,景万荣被周围的人所羡慕所嫉妒所不服,他们称他为暴发户。景万荣的发迹是他最早认清形势,最早领会了上级精神,最早成立了一个搞建筑的包工队,他就是包工头。景万荣不止一次对宁奇说过,他的目的很单纯,一是想挣了钱,用金钱弥补失缺知识的缺憾,二是娶一个好媳妇,和和美美过日子。第三是一旦手头宽裕,他要报答曾经帮助过他的人,报答社会。

宁奇找到景万荣,开门见山地说:“景老板,有件事想求你帮个忙,不知老弟愿不愿意?”

景万荣说:“只要我能办到的,没问题。”

宁奇说:“那我先谢谢你了。”

景万荣说:“你我弟兄之间,有啥你就直说,何必那么客气呢。”

宁奇说:“其实也不完全是我的事,你帮帮忙也算理所当然。”

景万荣有些不解:“你就别绕弯子了,快说。”

宁奇说:“说出来有点不好意思。我的意思是,你能不能拿出几万块钱做点善事?”

景万荣感到十分突然,他问道:“你怎么打猛子想到这上头去了?做啥善事?为谁做善事?”

宁奇说:“往大里讲是为老佛爷做善事,往小里讲是为咱们的老同学赵小莲帮上一把,帮她渡过难关。”

景万荣一听说赵小莲,拍一把脑门说:“都怪我,只知道她刑满释放了,一直没有时间去看她。她在哪里?她现在怎么样了?”

宁奇说:“出狱以后她执意要出家,现在已经削发为尼,安身在一座破庙里,生活十分艰难。”

景万荣非常震惊:“她怎么会走了这条路?不行,你带我去,咱俩一定要把她拉回来。”

宁奇说:“她已经受了三规五戒剃了度,想拉回来显然不可能了。所以我有一个想法,既然她心意已决,就得想办法为她创造一个比较安稳的生活环境。具体地讲,就是帮她把那座破庙进行修缮或者重建,否则她真是太可怜了。”

“建寺庙?你是不是也入了佛教?”景万荣简直不可思议。

宁奇说:“是的,是建寺庙。我没有入佛教,但是我要和你共同帮一个虔心跨入佛门的人。她要实现一心向佛的心愿,咱们就成全她,要达到这个目的,必须得到你的帮助和支持。”

景万荣恍然大悟。

他问道:“在哪里建?”

宁奇说:“你跟我来,到了地方就知道了。”

景万荣再没有问下去,两个人上了车,向人山的方向飞驰而去。

和宁奇一样,当景万荣见到赵小莲以后他对她的处境大为吃惊,他无法想象，一个柔弱的女子带着一个年幼的孩子是如何在这所破庙里度过一个个日日夜夜的。赵小莲的境况让他十分纠结，他同样割舍不下。

宁奇问："怎么样？"

他对宁奇说："什么也别说了，这事交给我吧。"

景万荣是个急性子人，他要做的第一件事就是带上他的建工队拉上砖石水泥去修建那座破庙。他在原有的基础上加固了庙墙、修复了门窗，另外在下首盖了两间厢房，专供赵小莲住宿。他又请来了工匠，在莲台上塑了三尊佛像。

完工以后建工队都撤了，景万荣跟赵小莲告辞。

景万荣说："房子盖好了你先住着，以后我还会来看你的。有什么难处找我，别一个人硬撑着。"

赵小莲双手合十念一声："阿弥陀佛"，对景万荣说："施主此言差矣。你的善举慧清先替佛祖谢过，你的功德只会记在你的功德簿上，你是在为你自己种福田，别人谁抢也抢不去的。"

赵小莲的法号叫慧清。

赵小莲接着说："如果单纯为了帮我，施主大可不必。我们这些人既然选择了出家，就是选择了吃苦，想必苦行僧的说法你是知道的，一只钵盂一口斋饭一领僧衫一双僧鞋足矣。我们之所以选择受苦，其实就是选择了赎罪。"

景万荣问赵小莲："你是受害之人，你有啥罪？"

赵小莲再念一声："阿弥陀佛"，说："我之所以落到今天这个地步，不是我今生做错了什么，我的所作所为你最清楚。原因是什么？全是前世造下的孽。我必须寡欲清心苦度修行，才能赎清罪过，落得个来世安生。至于说踏莲西去驾鹤西归步入西方极乐世界，贫尼不敢有此奢望。不过施主你不一样，你今天种下的福田来世定有福报，来世你就是菩萨。"

景万荣傻乎乎地听着，一句话也插不进去。

赵小莲接着说："出家人四大皆空，讲的是舍得、放下、看破、自在。其实这些东西放在你们俗家同样适用。今天你出了力舍了财，今后你会进更多的财，这叫什么？这叫有舍必有得，这就是因果报应。报应这东西可迟可早，迟的留在下世，早的应在今生。今生的报应叫什么？这叫现世报。好事现世报，坏事也现世报。所谓善有善报，恶有恶报，若要不报，时机不到，讲的就是这个道理。"

景万荣被赵小莲的一番话说得云里雾里。

赵小莲的一番话大大出乎景万荣的意料之外，修建寺庙这件事与景万荣的初衷也大相径庭。本来是他和宁奇对赵小莲的一份关爱，却让赵小莲把他拉进了佛教的王国，什么种福田什么现世报，还给景万荣封的是菩萨。

不过后来的事让景万荣对赵小莲的话产生了很大兴趣，因为景万荣能感觉到他无论家庭还是事业一顺百顺。先是娶了一个漂亮妻子，一年以后生了一个大胖小子。最重要的是，景万荣确实发了大财，然而他不知道这些事跟修寺庙有没有必然联系。景万荣干了这样一件事，他瞅准了一个机会，在当地率先干起了煤炭开采。这件事投资大风险也很大，但是利润之丰厚大大超出了他的想象。可以毫不夸张地说，每天的煤款是用编织袋子装的。

这期间景万荣的思想不知不觉中发生着变化，他每年都会心甘情愿拿出百八十万元投在寺庙里。原来的旧庙拆除了，先后建起了一座大雄宝殿、一座观音殿、一座地藏殿，寺院裹了围墙，建了山门。现在的寺院有了名字，叫福源寺，寺内女尼 8 人，赵小莲是住持。

新修建的福源寺气势雄伟，香火旺盛，慧清常带领弟子们下山做些道场，为人家超度亡灵。她们和别的佛家班子不同，她们念经只吃供养，分文不收。

自从景万荣介入佛教之后思想观念在不知不觉中发生着变化，发了财之后，他的善举已经不仅仅局限于寺院，而是想拿出自己的钱做更多的善事，将救助的范围扩展到社会上的弱势群体和贫困的人。

他首先想到的是周世宝。

这些年，宁家梁子的人都富了，唯独周世宝成了最穷的人成了讨人嫌。他的游手好闲和好吃懒做让人们不仅看不起他，而且像躲瘟疫一样躲着他。更多的人在看他的笑话，看他这穷酸落魄的样子。

当年他遭蹋赵小莲那会儿，景万荣义愤填膺，几次想拿镢头刨了那小子。现在，当他发了财又看他那可怜兮兮的样子，他的心软了。每年他都会从自己的煤矿上拉一车煤无偿地送给周世宝，时不时给他几个零花钱。这样一来，周世宝反而像一贴膏药一样黏上了他，每次只要看到景万荣回家，他都会蹭到他家来，蹭了饭蹭了烟，景万荣还得掏给他 100 块钱，好像他欠着他似的。

麦子开镰的时候景万荣抽时间回了一趟家。他开着小车驶过红牛湖，行驶在高高的排水沟塄上。地里的麦穗一片金黄，整个村庄像一个绿色的小岛，踞于麦浪铺成的海洋之上，又像一艘远航的巨轮，正乘风破浪，行驶在金色的波涛之中。他感到惬意极了，索性摇下车窗，尽情欣赏着眼前的美景。透过车窗吹进的和风，一股麦熟的香味扑面而来，让他倍感亲切。

前面就是宁家梁子，车拐下大路，走上乡间道路。刚开过村前的小桥，突然从一堵圈墙后面冲出一个人来，这人伸开双臂，站成一个“大”字形横拦在路上。景万荣吃了一惊，急忙停车。他跳下车来看时，原来是周世宝。

周世宝一看是景万荣，忽然有些不好意思起来。

景万荣问他：“眼下正是收黄田的季节，你不忙着收麦子，在这里干什么？”

周世宝说：“我走乡上。”

景万荣问：“你走乡上不好好走你的路，拦我的车干什么？”

周世宝有些忸捏：“我，我，我还以为是乡长的车呢。”

景万荣说：“乡长的车你也不应该拦啊！”

周世宝顿时语塞。

“你到乡上干什么？”景万荣又问。

周世宝说：“我要去找当官的。”

景万荣好奇怪：“找当官的干啥？”

“我去问问他们，我一个残疾人又是困难户，麦子收不上来他们管不管？”周世宝有些理直气壮。

景万荣问：“你的田不是包给宁老七了吗？”

周世宝说：“我嫌他给的钱少，已经收回来了。”

景万荣说：“你虽然算个残疾人，可是你耳朵残了手不残啊，收麦子碍啥事了？我看你的懒毛病又犯了。”

周世宝说：“人家都用收割机收，让我用手工割，割了得拉、拉了得打、打了还得扬，我一个人还不活活苦死。”

景万荣说：“那你也让收割机收呀！”

周世宝说：“没钱！”话说得更加理直气壮。

景万荣又气又笑，真的是有些恨铁不成钢。他想了想说：“算了，谁也别找了，别丢人败姓了。一会儿我租的收割机来了把你的一起割了。”

周世宝千恩万谢："我就知道景大老板是大善人，是活菩萨。"

看着周世宝屁颠屁颠地走了，景万荣无奈地摇摇头。这一刻，他忽然对他产生了怜悯之心。他想总拿着钱救济他也不是长远之计，他打算给他指一条谋生之路。

麦收完之后景万荣把周世宝带到自己的煤矿上，给他安排了一个开卷扬机的活计，一月开1000多块钱。没成想干了一个月领了工资人家跑了，临走时撂下话说，煤矿上的活太脏太苦太累，人不自在。

第二十九章

福源寺临山而建，倚山面河，气势不凡。从山中流出一股清泉沿山而下，绕寺而流，泉水清彻见底，潺潺淙淙。泉流两侧地气潮湿，湿地上长满了各种山树野蓬，远远望去，似一条绿色的飘带蜿蜒而下绕寺而舞，给这座古庙新寺增添了许多灵光之气。

慧清带领众僧尼在泉边开出一方佛田，正在侍种菜地。忽然从山下走上一个人来。那人越走越近，慧清以为是前来上香的香客，连忙放下手中锄头迎了上去。等到那人走到跟前，慧清首先看到的是此人蓬乱的头发和一身邋遢的穿戴。再用心看，似乎有些面熟。

莫非是他？她先是一惊。

慧清走近那人再仔细辨认，发现缺了一只耳朵。

是他，果然是周世宝。

慧清微微定一定神，随即上前合掌躬身道一声："阿弥陀佛。"

周世宝很窘迫也很畏缩，站也不是走也不是，居然不知该说什么。

这时候寺上的梆子响了，到了供午斋的时候。慧清说："施主来到山野小寺，不知有何贵干？"

周世宝上前一步说："赵小莲，我是专门来看你的。"

慧清说："赵小莲已经死了，施主请回吧。"

说完返身要回寺院。

周世宝急忙拦在她面前说："小莲你不能这样无情无义啊！过去的事都是我

的错，你现在是吃斋念佛行善积德的人，我请你原谅我。不管怎么说，我们有过一段交情，而且有了共同的孩子。人说一日夫妻百日恩……”

慧清打断他说：“谁跟你一日夫妻你找谁去吧。”

周世宝说：“那行，就算不是夫妻，可是我跑了这么远的路，就是专门来看你和孩子的，你总不能这么薄情寡义吧。”

慧清看着他可怜巴巴的样子，念一声：“阿弥陀佛”，说道：“你跟我来吧。”

她将他带进寺院，先带领众尼诵经供斋已毕，然后留他在寺院里用了斋饭。吃完饭周世宝没有即便要走的意思，两眼直勾勾盯住那傻儿子没完没了地看。他去拉他的手：“孩子，过来。”

喜顺子躲得远远的。

现在的喜顺子已经长成大人，慧清也给他剃了度，入了佛门。喜顺子虽然不会念经，但是“阿弥陀佛”总不离口，烧香拜佛很是虔心。

慧清对周世宝说：“孩子你看见了，斋饭也用了，吃饱了肚子你就走吧，我们该做功课了。”

周世宝嗫嗫嚅嚅地说：“我想……我想……”

慧清问：“你想干什么？”

周世宝说：“我想把喜顺子领回去。”

慧清先是一愣，随即说道：“那不可能！”

周世宝“扑通”一声跪在地上说：“我已经说过了，过去的事都是我的错。虽然我已经被你整残废了，但是我不记恨你，这是我自作自受，活该！可是，看在他是我的骨血的份上，看在我孤苦一人的份上，看在我们周家就要断子绝孙的份上，你就可怜可怜我让我把他领回去吧。”

他的眼泪“唰”地一下涌了出来。

慧清转过身去再念一声：“阿弥陀佛”，对他说：“树有根水有源，断子绝孙的源头不在别人，全在自己。你不要跪我，要跪就应该跪佛；你不用求我，要求就应该去求佛。”

周世宝一听赶紧站起身问：“我拜，我求，我拜了佛求了佛，你能答应我吗？”

慧清说：“我让你求佛拜佛是劝你一心向善，求佛祖饶恕你的罪孽。我希望你能够良心发现，改恶从善，勤劳耕作，或许还能娶妻生子续了香火，安然度过你的后半生。至于喜顺子,你就死了这条心吧。”

周世宝说:“你说的话我一定照办。不过,那都是后话,我现在就要把他领回去。”

慧清说:“喜顺子就是我的命根子。我告诉你,当初若不是为了这孩子,我恐怕早都不在人世了。他现在之所以脱胎成这个样子,全是前世的孽障,我要让他今生礼佛修善修成正果,来世有一个好的转生。跟了你去你会把他怎么样?他除了跟着你受罪还能有啥作为?别打孩子的主意,你快走吧。”

周世宝“卟腾”一下坐在地上撒开了赖:“你今天让我领儿子,我就离开寺院,不让我领,我就不走。”

众僧尼围了上来,就要动手强行将周世宝拖出寺院,慧清做个手势,制止了众人。她口中念念有词,手中急速地捻动佛珠。最后她拿出 100 元钱递到他手上说:“阿弥陀佛,拿去买点吃的,早些回吧。”

一看见钱,周世宝一骨碌从地上站起来,忙不迭地接了过来,二话没说离开了寺院。

真格是吃惯的嘴跑惯的腿,让慧清没想到的是,有了这个开头,周世宝隔三插五跑到寺院来,先是蹭饭,接着便要儿子,直到拿钱打发了方才离开。慧清的心里像吃进了一只苍蝇,见了周世宝就恶心,可是他就像一个幽灵一样缠着她,让她坐卧不安。自从周世宝的出现,慧清平添了一块心病。

这一天景万荣来到寺院,慧清把周世宝的事全都对他说了,最后叹道:“清静之地不得清静,真不知道他能把孽做到什么时候?”

景万荣说:“大师不必烦心,这件事交给我,我一定会想办法把他摆平的。”

慧清双手合十:“阿弥陀佛!那就拜托了。”

这一天景万荣抽了个空,一个人驾了车到福源寺来。今天他的心情很好,所以眼前的景致虽然还是原先的景致,但是看上去好像倒比往日好了许多。景万荣没有直接进寺院,而是把车停在离寺院不远的地方,他登上一个石垒的高台。山风凉嗖嗖的,吹得人舒畅极了。回首来路,烟波辽阔,一片苍茫;返身远眺,大山巍然,山林苍翠。山脚下的寺院白墙青瓦,绿树环抱,殿堂檐牙高挑,错落有致,树影绰绰,殿宇层层,动静相宜,如沐仙风。看着眼前的一切,景万荣油然生出一种成就感。他的心中一阵激动,这种感觉带来的激动,丝毫不亚于事业成功时的激动心情。

然而景万荣更佩服慧清。

虽然说这座宏伟的寺院有他景万荣的布施，但是能从一座行将坍塌的破庙经营到如此规模,全靠了慧清的坚守,全都是她的心血。一想起她带着喜顺子挨门逐户的化缘,走乡上县的审批,求能拜贤的设计施工以及搬砖运石的辛劳,景万荣不由得对慧清肃然起敬起来。有时候他会产生一个奇怪的念头:她还是那个儿时和他一起读书一起玩耍的赵小莲吗?

景万荣今天来不为别的,就是为了慧清而来。他要为她彻底解除周世宝无休止的骚扰,他要为她了却对喜顺子无时无刻的牵挂。因为慧清对景万荣不止一次地讲到,她现在四大皆空,已无所求,今生最大的心病是有朝一日自己离开人世以后,喜顺子该怎么办?

走进寺院，景万荣按照惯例先上大雄宝殿焚香拜佛，和慧清一起来到念佛堂。慧清给景万荣上了茶,眼睛深深地看着他。景万荣的心怦然一动,这是多少年都不曾看到的眼光。

景万荣被慧清看得有些不好意思，问道:“大师今天怎么用这样的眼神看着我,看我怎么了？”

慧清笑着说:“我看你一脸的福态相,越看越像一尊菩萨。”

景万荣赶紧说:“大师过奖了。像我景万荣一庸人,我有何德何能,敢与菩萨相提并论。”

慧清说:“施主所言差矣,既有菩萨之心,便有菩萨之行,心行合一,便是菩萨。施主是心行合一的典范,功德无量啊！这一点,不光俗家很难做到,就是我们这些佛家弟子,在你面前也自叹不如。”

景万荣说:“实际上我并没有大师所说那么好的修行,像我们这些佛外之人,不懂佛规不接佛缘,充其量也就是想做些善事罢了,况且做得也不是尽善尽美。”

慧清忽然将话锋一转:“其实你早就接上了佛缘,只不过差一种形式而已。这几年我不止一次想过你的事情,你如果能脱却凡尘受了三规五戒进了佛门,那你的功德就大得很了。到了来世,你就是莲花座上的菩萨。”

这种话慧清过去也没少在景万荣耳边吹过风，他听完之后都付之一笑或搪塞过去,但是正儿八经提了出来,这还是头一回。看来,今天他必须得给她一个明确的答复。

景万荣呷一口茶，郑重其事地说："首先我得感谢大师的美意，但是我要说的是，我只能做善事不能进佛门。"

"为什么？"慧清问。

景万荣说："其一，我修行不到。佛门是清静之地神圣之所，讲得是四大皆空，我们这些人混迹于这个世面上，酒色财气无一不沾，所以说，我不够资格。其二，佛门有三规五戒，只要踏进佛门，就不能破戒。我现在经营着这么大一片事业，成天要跟各色各样的人打交道，没有请客送礼，没有吃喝玩乐，没有溜尻子拍马屁什么事都办不成。我们干的那些事说好听了叫顺应时代潮流，说不好听尽干的是些下三烂的营生，与佛规格格不入。所以，与其入了佛门再去违反佛规，不如置身佛外不去亵渎的好。其三，我很赞同大师刚才所说心行合一的观点。我承认，我是个既有佛缘又有佛心并且行了些佛行的人，我觉得这就足够了。我认为，礼佛重行而不必重形。说到这里，有句话我不知当讲不当讲？"

慧清说："有话尽管讲。"

景万荣说："我发现有不少佛家弟子，嘴里整天念的是阿弥陀佛，行的却是有悖佛规之事。我不愿意做那样的人。"

慧清屏住呼吸在听。

"我给你举一个简单的例子，"景万荣接着说："自古和尚居士做道场法事只吃些供养，金钱是分文不收的。现在的道场如何?吃了湿的拿干的，而且随着市场行情在不断抬升。这样做的后果是什么？对富人而言是一种炫耀，对穷人而言那就是一种灾难，对佛祖而言那便是一种亵渎。难怪乡下人说，佛家的行规像这样发展下去，人都已经死不起了。"

慧清长叹一声："阿弥陀佛！"

景万荣接着说："我说的不入佛门或者对佛教徒有不同看法绝对不是排斥佛教或者贬低佛教，相反，这正是我敬重佛教的所在。我承认我是个有佛缘的人，在我心里，我只想做一个不入佛门的莲友，不知大师你同不同意我的这个观点？"

慧清的目光长时间停留在景万荣的脸上，她有些激动："在我的心目中，我们早就是莲友了，而且是真诚的莲友。"

景万荣由衷一笑说："我说我昨天晚上做了一个梦，梦见满眼的莲花围在我周围,天上地下全是。我在莲花丛中笑醒了,所以今天一早就上了寺。”

“阿弥陀佛!”慧清的眼中放射着异样的光彩。

她又一次深深地看着景万荣,似有什么想说的话。

景万荣说:“今后如果寺院有什么需要我做的事情,尽管开口就是了。我说了,佛事我会做到底的,而且心甘情愿,不遗余力。”

慧清慢声细语地说:“我啊,我一直有一个心愿……”

景万荣等待下文,慧清沉默着。

景万荣说:“你有什么心愿,能说出来让我也听听吗?”

慧清说:“唉,不说也罢。”

景万荣看她有难言之隐,开导说:“大师你这是怎么了,刚才还说我们是莲友,这会儿就不敢直言了。没事的,说吧。”

慧清站起身来走到上堂,先向三尊佛祖的画像深深做了一个揖,然后鼓了好大的劲才说:“你看这念佛堂,是我每天作功课的地方,按说啥都不差,可是我心里总觉得缺一样东西。”

景万荣将屋内扫视一圈,追问:“差啥东西?”

慧请对着上堂供奉的西方三圣的画像说:“我一心想请三尊西方三圣的铜佛像,把这画像代替了,庄严地供在那里。”

说完以后她轻轻摇摇头:“只能是个想法,说说而已。钱太多了,钱太多了。”

佛教最尊佛祖当推释迦牟尼,景万荣不知道她为什么对西方三圣如此情有独钟。此时他对着画像认真审视起来。

没等景万荣发问慧清先说话了:“你看这西方三圣,中间的阿弥陀佛一脸慈祥,包容众生;左手观世音菩萨解救苍生,慈悲为怀;右手大世智菩萨大智大悟,广布慧根。如果得了他们的正果,那将是何等的灵光。”

景万荣说:“我相信,大师一定会虔心礼佛,修成正果。”

慧清念一声:“阿弥陀佛”,说:“多谢施主抬举。我和喜顺子的正果,虽然要全靠自己修行,但是,最重要的是仰仗菩萨的大慈大悲和大智大慧。我要求观世音菩萨为我拔了苦楚,做个平常人,求大世智菩萨为喜顺子栽植慧根,让他做个聪明人。”

原来是这样。

景万荣想了想说："既然大师有如此的美意，我来帮你了却这个心愿，你看如何？"

"阿弥陀佛！多谢施主。"慧清长念一声，再一次深深地看着景万荣。

景万荣说："那就这么定了。"

忽然想起他今天要办的正事，对慧清说："我最近正在准备做一件善事，今天特此来向大师通禀。"

慧清问："怎么，是不是又想建寺院了？"

景万荣说："不是。自从上次你说了周世宝纠缠喜顺子的事，我一直在想办法。最近我想，一人也是帮十人也是帮，不如投资建一所残疾人福利院，把当地的一些无依无靠的孤寡老人和残疾人都收了进去，全都养活起来。"

"阿弥陀佛，真是大慈大悲的观世音菩萨显灵了！"慧清激动不已，眼睛里闪着泪光。

景万荣说："到时候我想让喜顺子也去。还有，我准备让周世宝去参与福利院的管理，这样一来，喜顺子再也不用你操心，周世宝再也不会来纠缠你，你就可以安安心心地念你的佛了。"

景万荣等待她的惊喜。

慧清的手快速捻动着佛珠，然后用奇异的眼光看着景万荣，半天淡淡地说："再说吧。"

景万荣有些着急："大师你到底啥意思？你得表个态啊。"

慧清依然平淡地说："其实也没啥意思。你如果一定要我表态，那我告诉你，你的好心我领了，我就是不愿意让喜顺子离开我。看不到喜顺子我不放心。"

景万荣说："大师我刚才已经把话说得很明白了，我之所以要开办福利院，发端就是要彻底解决喜顺子的问题，当然还有周世宝，最终目的，就是要把你解脱出来。否则……"

慧清依然未表态，她把话题叉开："这话以后慢慢说，你既然来了，我带你去看看我们的寺田吧。"

景万荣快快地跟在后面。

他们走出寺院，来到慧清她们开垦的山地里。山地面积不大，却让她们整治的沟是沟垄是垄，方方正正、平平整整。地里各色蔬菜红绿相间，是荒山下难得的景致。慧清随手摘下一颗红透了的西红柿递给景万荣，他在衣襟上擦了擦便啃了一口，味道鲜美而且纯正，这是一口多年都不曾找到的真味。慧清又摘下一根黄瓜，放在他的手上。景万荣正吃得津津有味，忽然手上一阵奇痒，他发现一只蚊子落在他的手背上，便使劲去拍，蚊子拍死了，手背上留下几滴血。

慧清见状，站在景万荣面前，双手合十念一声："阿弥陀佛"，连连说："罪过啊，罪过！"

景万荣很不以为然："它叮了我的肉喝了我的血我拍死它理所当然，大师为何说出罪过的话来？"

慧清问景万荣："请问施主，你一生做过错事没有？"

景万荣答："人非圣贤，孰能无过？谁都得犯错误。"

慧清问："难道你做了错事就该拍死吗？"

景万荣无言以对。

慧清接着说："刚才喝茶的时候你找苍蝇拍子要打苍蝇我就想告诉你，那东西是打不得的。苍蝇蚊子虽然惹人讨厌，但是既然已经来到这个世上，那都是上天的造化。它们也是一条生命，打死它们那就是杀生。佛家只有放生的慈悲，万万不能起杀生的邪念。你既然已是我的莲友，请施主一定听我一句忠告，再不要杀生了。杀生多了，既残害了生灵，又做下了孽障。"

阿弥陀佛！

打内心深处说，景万荣无法接受慧清的这个观点。苍蝇蚊子对人的伤害是显而易见的，严重的还会危及生命。但是此时他不想和她理论什么，于是违心地说了一句："以后注意就是了。"

回去以后景万荣把请铜佛像的事当作一件头等大事。他亲自出马，先后跑了好几个省份走了许多厂家，最终选定一家，没用上一个月的时间，人货一起到家。

铜佛的迎接仪式十分隆重。慧清约请了四乡八镇大约四五十个莲友然后携众僧尼行三叩九拜之礼，然后他们分两路走成夹道护车诵经而行。车缓缓前进，足足用了两个小时才将铜佛迎进寺院。

景万荣被他们的虔诚深深打动了，这一刻，与他一路相伴当作货物运回来的3尊铜佛在他的心目中骤然神圣起来。

自从请回铜佛像慧清就像变了一个人，虽然仍然每日面对黄卷青灯作那没完没了的功课，但是精神为之一振，气色出奇得好。她的脸上有了笑容，她的口中有了笑声，走路的步子也变得十分轻盈。她利用一切可以利用的时间一遍又一遍地擦那些铜佛像，而且每次必须带领喜顺子一起擦。每次擦完都浑身大汗，每次擦完都一无例外地焚香叩拜，然后长跪不起，双目深情凝视佛尊。

自从请回铜佛景万荣也像变了一个人，他的腿好像被一条无形的绳子牵扯着，一有机会总爱往寺院跑。每去一次，他首先走进念佛堂拜那3尊佛像，每次都会发现3尊佛像的颜色会有明显的变化。当景万荣第五次走进念佛堂的时候，3尊佛像已经被慧清母子二人擦得锃明透亮，一片金光，就连佛像的指甲缝和双眼皮都纤尘不存，包括铜铸的莲台。

这天景万荣又来到寺院，慧清一见面就说："施主你来得正好，我要当紧告诉你一件事。"

景万荣问："啥事？"

慧清说："昨天晚上我做了一个梦，和你做的梦一模一样，梦见我的周围全是莲花，我在花丛中笑醒了。"她一脸的喜色。

景万荣说："祝愿大师早日修成正果。"

"阿弥陀佛！"慧清眼里闪着泪光。

景万荣说："福利院已经竣工，喜顺子进福利院的事你考虑得怎么样了？如果你同意的话，今天我就可以把他带走。"

慧清说："不去了，说啥也不去了。"

景万荣说："我给你讲过的，我建福利院的发端就是为喜顺子着想也是为你着想的，不让他去不是白费了我一番心思。"

慧清说："多谢施主的善心。有了这3尊佛像，我一定要带着喜顺子虔心礼佛，修成正果。铜佛像是你请回来的，喜顺子得到的还是你的恩惠，他一定会报答你的。再说，喜顺子不去福利院只是他一个人，还有许多残疾人需要你帮助，你的心思不会白费的，你的善举必有善报。"

景万荣知道再说什么也是徒劳，只好告辞回家。

景万荣前脚离开，周世宝后脚来到了寺院。

这一次慧清很开朗也很大方，她主动招呼周世宝吃完喝完，给了他300块钱，打发他尽快离开。

周世宝没有走，他还是两眼直盯着喜顺子。

慧清说："不是有人给你安排了去当福利院领导的美差你应该去呀，还跑到这里干什么？"

周世宝说："我才没有那么傻呢，放着在手的鹞子不要去要那满天飞的鹰。我今天专门来告诉你，这次上头有了政策，要给残疾人发放养老保险金，一家有两个以上的残疾人还有特补。我今天来就是领喜顺子的，到时候我们爷俩都是残疾人，养老金加上特补足够我们吃香的喝辣的了，谁愿意到福利院去侍候那些缺胳膊少腿的人。"

慧清的态度一如既往地坚决："快死了你的心吧，想都别想！"

周世宝也下了决心："今天不带走喜顺子我绝不离开！"

两个人就这么僵持着。

周世宝放缓了语气说："要不这样，你先让我把儿子带走，等我办好了养老金的手续再把他还给你，你看怎么样？"

慧清说："坚决不行，他一步也不能离开我。"

周世宝突然翻了脸，跳起身来双手叉腰骂道："秃驴我告诉你，我来和你商量那是抬举你，你不要给脸不要脸。喜顺子是我的种，天经地义那是我的儿子，今天你答应我也带走，不答应我也得带走。喜顺子，走！"说着拉起喜顺子的手就往外拽。

慧清扑上前去抓住喜顺子的另一条胳膊，使劲往怀里拉。周世宝急了，抬起脚向她猛力踹去，将她踹出好几步远。只听"啊呀"一声，慧清重重跌坐在莲台下。霎那间，头上的血如泉水般喷射出来，染红了莲台。

慧清的头正好撞在莲台的铜花瓣上，因为用力过猛，锐利的瓣尖深深扎进她的颅骨。

慧清倒了，鲜血溅满佛堂。

周世宝呆了，他发现自己闯了大祸。

他来到慧清跟前，蹲下身子边摇边喊："醒醒，醒醒，你快醒醒！"

好半天慧清才微微睁开眼睛，她用失神的双眼搜寻喜顺子。慧清看见，喜顺子还在，他还被周世宝紧紧攥在手上。突然，她双目圆睁，猛地伸出右手，紧紧攥住了周世宝的下身……

慧清死了，她是撞在莲花上死的。

周世宝也死了，他是被慧清活活攥死的。

据办案的人员说，周世宝死得很惨，面目非常难看。办案人员还说，慧清的手攥得非常紧，几个警察费了好大的劲才把她的手掰开。

慧清被埋在福源寺后的山岗上。宁奇和景万荣带着喜顺子来到慧清的墓前，喜顺子跪地烧纸，两人双手合十，向着远方的苍茫祈祷。

景万荣口中念念有词，祈求佛祖保佑。

保佑慧清一路走好，早日了却自己的心愿。

第三十章

赵小莲走了，宁奇的心里空落落的，像是差了什么物件。近些天来，他上班无精打采，回家闷闷不乐，白兰芳问死都没问出个原因。看着他这副模样，白兰芳心里很难受也很着急，居然着急上火急出满嘴的泡。

这天下了班，宁奇一进门，白兰芳迎上来说："你看谁来了。"

宁奇问："谁来了？"

白兰芳说："你猜。"

宁奇无精打采地说："来就来了呗，我才懒得猜呢。"

说完，将包扔在一边。

白兰芳拉住他说："家里来了客人你总得打个招呼吧。"

宁奇很不情愿地跨进客厅，看见沙发上坐着一个人。宁奇一见又惊又喜，喊道："原来是七叔来了，好稀罕！"

那个被称作七叔的人只对着他看，再看看白兰芳，半天才说："这不是好生生的吗？"

宁奇从上到下检点一番，问道："我本来就好生生的，怎么了？"

七叔说："可是兰芳说你……"

白兰芳走过来，一把将他按在沙发上说："不怎么，不怎么。"

他看着七叔和白兰芳怪怪的样子，口中嘟哝一句："莫名其妙。"

她对着白兰芳喊:“赶紧炒几个菜,今天我破个例,陪七叔好好喝两盅。”

白兰芳说:“这些事还用得着你操心,早都准备好了。”

七叔对宁奇解释说:“我这是老太婆吃面条——有(油)言(盐)在先。我今天来可是嘴上抹石灰——白吃。

宁奇笑着说:“我们又没问你要饭钱。”

七叔继续解释:“我给你说清楚,我不是专门来的,我到市场上买菜碰上了兰芳,是她死拉活拽把我请过来的。她让我来就是陪你喝酒的。兰芳说了,喝完酒还让我和你下方呢。”

宁奇用疑惑的眼神看着白兰芳。

白兰芳问:“看什么看,自打七叔进了城都没有来咱们家坐坐,我就不能请过来喝个酒拉个家常?”

白兰芳一顿抢白,宁奇反而被她噎得无话可说。他干脆挥挥手说:“准备好了就往上端,就像个下了蛋的母鸡,喳喳个啥!”

酒菜端上桌子,七叔并不忙着端杯。他问宁奇:“听兰芳说,你最近心情不好,有啥不痛快的事,给七叔摆活摆活。”

宁奇说:“我挺好的,啥事也没有,你别听她胡咧咧。”

七叔用审视的眼光看着他。

七叔看了他半天,开口说道:“我就知道,你们当干部的嘴把得都很严实,不说也罢。不过我告诉你,七叔虽然没当过官,可是当官这事也略知一二。说白了,在上头你要会演戏,在下头你要能受气;该当爷爷的时候当爷爷,该当孙子的时候当孙子,只有这样你的官才能当稳当,才能一步一步往上爬。一时半会不顺心不要紧,日月长在,何必忙坏,把心放得宽宽的。来,咱们喝酒。”

宁奇把酒斟上,说道:“七叔,我根本就不是你想的那样。你想,我一个中学校长,充其量他就是个大头老师,根本算不得官。所以,我压根儿就不想那当官的事,我只想着好好教书就行了。”

“那你是为啥?”七叔追问了一句。

宁奇很想把赵小莲的事以实相告,看着白兰芳陪在旁边又觉得不太合适。赵小莲的死他一直瞒着白兰芳,但是他以前和哪些姑娘好过,白兰芳却了解得一清二楚,其中就包括赵小莲。尽管现在那些人都已经各有所属,他们也已经结婚生子，但是他发现她对这些人仍然很在意，对他和她们之间的交往更在意。所以他在这方面特别注意，他不愿意为了这些事让她心存疑虑，更不愿意无端地闹出些家庭矛盾来。

想到这里他岔开话题，问道："七叔进城以后还好吧？"

不问不打紧，这一问把七叔的话匣子拉开了："筐筐子没系再别提了，软床睡上腰疼呢，拉屎尿尿憋人呢，放个屁得出门呢，汽车把天都吵红呢。水泥楼上的全是铁栏杆，就像个监狱，把人快圈疯了。"

白兰芳说："七叔你可能是来的时间短住不习惯，时间长了就好了。乡下人乍一进了城确实会有些不习惯，可是城里的条件比乡下不知道要强多少倍呢。不管咋说，城里的商品多，物资丰富，最起码比乡下的吃头多这总是个事实吧。"

"多是多，可是那都是水盆里的影子，中看不中用，啥也吃不成。"

白兰芳问："怎么吃不成了？"

七叔说："吃咸盐人家说血压高呢，吃猪肉人家说血脂高呢，喝糖茶人家说血糖高呢，吃鸡蛋人家说胆固醇高呢，想抽烟喝酒吧，人家说各项指标都超了标了。"

宁奇说："这些事情确实都很重要，谁也马虎不得。一旦高起来，后面的麻烦事就来了。"

七叔说："我看也没有那么悬。你就像我们家，每天吃饭看着七碟子八碗，纯粹是抄伙子睡碾盘，穷牌子要了个圆，啥意思都没有。饭里不放盐，菜里不放油，茶里不放糖，叫我说，不如在家里吃我的面叶子调和实在。"

看着七叔气呼呼的样子，白兰芳开始耐心劝说。原打算请他来让宁奇开开心的，没想到他先带来了一肚子的牢骚。

宁奇的七叔其实排行并不是老七，也不是他的亲七叔，至少出了五福。宁家梁子最东头有一个独庄子，当家的叫宁老七，宁奇这一辈的宁姓人氏都比他晚一辈，全都称他七叔。

他们虽然从辈分上讲是两代人，但年龄相差并不悬殊。小时候他们都放过驴，在一群放驴的孩子中宁奇和七叔有一种特殊关系。这种关系不仅仅是亲属关系，他们两代人的关系被一种荒滩野地的游戏维系着，后来居然越来越紧密，反而将亲属关系似乎有些淡化，两代人混得就跟哥们儿似的。放驴的时候他们都下过一种随处可下的野棋，乡下人把这种野棋叫“下方”。这种游戏本来是荒滩野地里的玩意，现如今这种不登大雅之堂的东西被开发成一种民间体育项目，官方称之为“方棋”。

七叔是这一带下方的高手，他不但技压那个时代的牧童，直到现在他仍然在宁家梁子坐着第一把交椅，无人匹敌。有了这个地位，下方便成了他的唯一嗜好。后来宁奇成了他们那一代放牲口孩子中的棋王，他跃跃欲试，不自量力地找七叔交了几次手，全部以失败告终。但是他有一种屡败屡战、坚持不懈的精神，一有工夫就拉着他玩，七叔最爱干这事，一点儿都不嫌日厌（讨厌）。后来下得多了，七叔干脆不称他的大名，叫宁奇为“方尕子”。

方和围棋很相似，不同的是它横竖各只有6条线，这样棋盘便被画成25个方格。棋盘随处画，棋子随处找，什么柴棍子、什么土坷垃、什么羊粪咩咩、什么野草叶子都行，只要双方的棋子有所区别就能玩。下的时候每人一次，各投其子，占了方格的四角叫占方，可以提掉对方一个棋子；占了一条线的叫占溜，占了最边上一条线的叫占一溜，一溜提掉一个；占第二条线叫占二溜，提掉两个，三溜提掉三个。多次的失败让宁奇终于看出一点门道，他之所以经常失败是他只注重了“方”而忽视了“溜”，而七叔正好与他相反，因为溜的杀伤力比方的杀伤力大得多。有了这个顿悟，后来再下他特别注意卡他的溜，居然有了胜局。后来不是宁奇拉他下而是他拉着宁奇下，再后来宁奇上学又参加工作忙得一塌糊涂，再也见不着七叔，下方的兴趣随之淡漠。

白兰芳给七叔斟上酒，端起酒杯敬七叔说：“自从进了城，也没请七叔七婶过来坐坐，也没有上门去看你们，真是做晚辈的不孝。今天七叔是第一次上门，来，我敬你一杯，就算给七叔赔个不是。”

七叔接过酒杯把酒喝了，说：“大家都忙忙的，我才不见你们的怪呢。今天请了七叔，你就不怕七叔吃惯了嘴跑惯了腿？你没听人说嘛，油嘴狗，打不走，吃了一口想两口。”

白兰芳说：“七叔快别那么说。”

七叔说：“那好，以后七叔天天来你们家蹭吃蹭喝，到时候能烦死你。”

白兰芳说：“我不怕，你天天来才好呢。”

宁奇说："尽说废话，七叔能天天来吗？"

七叔没吭声，低着头喝他的酒。

今天七叔喝得很痛快，喝得差不多了他想起了下方的事。对宁奇说："把酒菜收下去，七叔和你下方。"

说着话他站起身来，得意洋洋地吆喝一声："吃饱了，喝胀了，和有钱的娃娃一样了！"

不料他脚下一软摔坐在地板上，惊得宁奇赶紧去扶。他推开宁奇的手，若无其事地说："盐是精，醋是滑，吃上香油撂尕尕，喝上烧酒跌爬爬。"

宁奇说："都喝成这样了，还说笑话。"

七叔说："跌跤就对了，不跌一跤就说明你没给七叔喝好。"

宁奇说："七叔不会是喝醉了吧？"

七叔说："娶上老婆图睡呢，喝上烧酒图醉呢，不醉喝的啥酒。"

宁奇扶住他说："要不这样，我先扶你上床躺一会儿。"

七叔有些生气："你把七叔看成啥人了，几杯小酒就能让我躺下？那不是败你七叔的姓吗？七叔喝酒的时候，你的裤裆还没缝住呢。"

宁奇赶紧解释："七叔我不是那个意思。"

"不是那个意思是哪个意思？"七叔的眼睛瞪得铜铃一般。

他一挥手："酒也不喝了，方也不下了，回家！"

白兰芳给宁奇使个眼色，宁奇说："我叫个车送你回去吧。"

七叔说："不用不用。黄萝卜拌菜，啥事都不碍。"

说完，摇摇晃晃出了门。

没过多长时间宁奇被纳入县文明委，成为文明委的成员。有一天，文明委组织检查城市绿化工作，一大早他们先到光明小区转了一圈，算是对小区绿化视察的开始。小区里晨练的人很多，有做健身操的，有跳健美舞的，还有许多人在健身器材上锻炼。忽然，宁奇发现了一个熟悉的身影，便慢慢走了过去。那人没有随大伙儿锻炼，而是独自一个人走下楼来，就地蹲在楼墙根下栽盹儿。他屁股下坐着两块厚厚的砖，确切地讲，是两块方方正正的木头。这木砖每块有两块红砖那么厚，面积也比红砖大了许多，两块摞在一起，刚好是一条没有腿的小板凳。他双眼迷糊着，好像还没有睡醒。刺蓬一般灰白而杂乱的头发，好似悬悬顶在脑袋上的一个鸟窝，那颗支棱在脖子上的脑袋好像已经无力支撑，不大的工夫便鸡啄米般磕点起来。他的头磕下去又抬起来再磕下去再抬起来，咋看咋像那石油井的磕头机。

宁奇在他面前站了好大一会儿他居然没有发现他的存在，直到他确认了他之后在那人的肩上轻轻推了一把，他才陡然抬起头，怯生生打量着宁奇。

宁奇问："七叔你怎么坐在这里？"

七叔瞪了半天反问道："清巴赶早的你怎么到了这里？"

宁奇说："我们文明办视察，顺便到小区看看绿化。"

他使劲地看了看宁奇，半天才问："你是不是调工作了？"

没等宁奇回答，他急着问："这么说我们小区里的草和树木都归你管了？"

宁奇含糊其词地说："可以这么说，也不可以完全这么说。"

七叔问："你这话什么意思？"

宁奇说："这么给你说吧。我是县文明委的成员，文明委要管好多事情，包括城市绿化。但是……"

"你就不要在我这里㞞事蛋事了，"七叔打断他的话："你就直截了当说，这些事统统归你管不就完了吗，还绕上那么大的弯子。"

宁奇耐心地向他解释："这里的草和树归城市建设局管，具体由小区物业负责，我们起的是监督作用。"

七叔好像有话要说，嘴唇动了两下一个字也没说出来。他尾随着宁奇他们走了一段路，看看没有插嘴的机会，只好停下脚步，眼睁睁地看着他们一帮人指手画脚，越走越远。

城市的早晨并不像宁老七那般悠闲，晨练的人们陆陆续续从楼里走出来，在楼前的草坪上锻炼一阵又陆陆续续回到楼里去，慢条斯理地进行着各自的事情。大家从宁老七身边走过来再从他身边走过去，一向爱聚着堆看热闹的城里人似乎全然没有注意这个蹲居于楼墙根下的怪人的存在，没有谁跟他打一声招呼，甚至于连一个驻下足来看看稀罕的人也没有。这不能怪小区人的木然或者缺少人情味儿，几个月的天气，宁老七几乎天天如此，大家井水不犯河水相安无事，他习惯了他们，他们也习惯了他。

左邻右舍不理宁老七，宁老七呢，更不尿他们。自打一开春从乡下搬过来住进这小区，住进儿子的家，他就一直看不起城里人。他从内心深处用眼旮旯瞧这些人，他看不上他们虚头巴脑的做派，更看不上他们循规蹈矩的生活方式和生活习惯。远的不提，就说眼前，好生生一块地，足有十来八亩大小，全是种啥长啥的好田地，说浪费就浪费了。这些地种哪样庄稼不行，既看了景致又收了粮食。可是人家不那么想，花马白头拗天行事，非得种上一田的野草。

一看这草坪他便自然而然地会想起他那 10 亩田，一想起过去他家那 10 亩地的出产他就心疼。他不止一次动过一个念头，如果让咱弄几只羊放在草地上喂养着，那是再美气不过的事。他曾经几次试探过物业的口气，结果是骆驼进鸡窝——门儿都没有。人家说了，上面有规定，城里不许养动物，更不能破坏草坪。宁老七边走边骂，说这纯粹是狗咬卵子——胡扯蛋呢。他们养狗养猫就行，我宁老七一养羊就犯了王法？更让他想不通的是，即便是长也不让这些小草好好生生地长，不等长高就用割草机割了，将成袋子的青草倒进垃圾池，然后让垃圾车拉走，怪可惜了的。

宁老七是个经历过世事沧桑的人，虽然现时已经算一把年纪的人了，可是经过的许多事情却历历在目，有的能让他刻骨铭心。就说这种草的事，早些年搞运动的时候就有一句很响亮的口号，叫什么“宁要社会主义的草不要资本主义的苗”，就是这么一句昏话，硬是把庄户人糊弄了多少年，闹得不但没钱花连肚子都吃不饱。他还记得，他爹对着这句口号说了几句不上串的话，让人家抓了个现行，直斗得九死一生，幸好留得一条瘦命。所以，眼面前的事再怎么看不惯，也只能睁一眼闭一眼，或者干脆像现在这样双眼一闭，装作什么也没看见。这叫眼不见心不烦。

可是嘴上不言喘不等于心里不思谋，他听说那些草籽都是从外国进口的，如果这个说法不打折扣的话，那么这草从阶级根源上追踪便是资本主义的草。世道的变化真的让人琢磨不透，当年连资本主义的苗都不要，现如今居然拿了好地种起资本主义的草来了。这个世界到底是怎么了？

他好像掉进了糨糊缸，被彻底地闹糊涂了。

可能是种过庄稼的人对那些从土地里长出来的东西有一种本能的爱怜，因此这些尽管是从外国进来的草但它毕竟是草，他便对这些草格外怜悯起来。最让他看不惯的是，种草也就种了呗，让它好好长着就是了，偏偏让这些个贱男人贱女人一清早就来这里出贱气，蹬腿扬手扭屁股甩头的，放开音乐跳舞的，男的女的拉拉扯扯搂搂抱抱成何体统，羞都不知道。这叫啥？这就叫饭饱生余事。

可是他什么话也不能说，所以他觉得憋闷得慌。

宁老七对地里生长出来的东西这种十分亲切的感情是与生俱来的，而且根深蒂固。草也是生命，一出世让这帮人这么变着方子做践，你说这些人是疯了还是邪了。他虽然进城的时间不长，但是他知道这些人的根底，他们大部分都是从农村上来的，论起先人都是农民，难道你们就不知道你们吃的全是从地里长出来的这个道理吗?因此，这帮人倒腾多长时间，他的心里就会难受多长时间，他不愿意看但是也不愿意离开，他似乎要看看这帮人到底能把这草坪作践成什么样子。

其实说宁老七闭上双眼不看这些令人烦心的事并不完全准确，因为他利用栽盹的间歇也偶然偷偷眯开眼缝向草坪上瞄上一眼。这一眼瞄得很隐蔽，他不愿意让任何一个人看见他对他们的作为表现出任何感兴趣或者不感兴趣的地方。这种举动的目的到底是什么，连他自己也说不清楚，但是他懂得一个事理，就是人们越是不愿意看的东西越是想看，越是不愿意想的事情越是去想，至少他现在就是这样。蒲松龄写狼的时候用了一个词叫“假寐”，这会儿，这个词用在宁老七身上是再合适不过的，因为除了形似，他还有狼一般的狡黠。

宁老七并非生来不合群，生来不尿人，相反，他有一个很实际的生活准则，就是与人为善，向来不和人争高斗低。过去在宁家梁子住的时候，庄子上倒是有几个日赖人，自己穷到无米下锅的境地，总是见不得别人家米汤起皮，见谁的日子好过了，他们总能生着方子整出点事来，让你不得安生。宁老七常骂这些无赖：“婊子养的，爹们吃西瓜他想舔个水水子，爹们吃虱子他要劈个腿腿子。”

这种行径乡下人叫搅屎棍，听了很恶心的，人家城里人叫的巧妙，叫仇富。二贫协就是众多搅屎棍里挑头的一个。宁老七这些年确实发了点小财，自然会碰上这类麻烦人和这类日厌事。对这种事他的心态摆得很正，咱好脚不踏臭狗屎，惹不起躲得起，咱绕着走就是了。实在绕不过去，扔几个小钱让那帮灰鬼抽几包烟喝几瓶酒也就罢了，这叫破财免灾。

有这么精明的处世理念，按说宁老七进了城这也见不得那也看不惯，清巴赶早在家里窝着也就是了，非得跑出来看这些不愿意看的事情，这不明摆着一个贱溜皮吗？可是家家都有一本难念的经，宁老七自有宁老七的苦衷，只不过家丑不可外扬，对外人无法诉说罢了。每天早晨，只要儿媳妇一起床，家里就顿时红火起来。拍打孙子起床的呵斥声，孙子赖床的哭闹声，锅碗盆瓢的撞击声，给孙子劝饭的唠叨声全都搅和在一起，让人不得安宁。更让他不能容忍的是，儿媳妇起来不穿裤子不穿袜子，浑身只穿一件睡衣趿拉个拖鞋，敞襟拉怀精片赤脚还涂的什么红脚指甲，在屋里扇过来扇过去，没有半点做媳妇的规矩，怎么看怎么不顺眼。

他从家里跑出来，纯粹事逼无奈，和绕开庄子上的灰鬼没有二致。

日头升到三杆子高，已经冒过楼顶。阳光越来越强，晒得身上暖洋洋的。草坪上的人基本走光了。宁老七这才睁开双眼，眼前猛然清净了也亮堂了。他美美气气伸了个懒腰，觉得浑身上下舒服极了。他对早晨的阳光十分留恋。他真的希望日头就定在那个地方别动，让他一个人另另干干[①]地享受一番。

宁老七的名字叫宁家锁，出生在一个还算殷实的农户家庭。多少年来，没有谁喊宁家锁这个名字，都喊他宁老七，有的干脆喊宁七。这里面便有了一个问题，他们家从他爷爷开始三代单传，何以将他排行老七？这事要怪就怪他爹，或者说怪他爹那张嘴。他爹排行老六，是从宁家大户子排过来的，人们都称他宁陆。宁陆很开朗，是个爱溜寡嘴、爱闹笑话的主儿，与人交谈很少正言正语，离了笑话、离了串话好像说不成话。这些话时常能把人撩得捧腹大笑，笑得撒泼打滚，所以人送外号陆稀屎头。可能是觉得只挂个陆稀屎头的名讳还不够过瘾，一时又找不到合适的笑料，于是便殃及他的儿子宁家锁，从他会放牛的时候起村人就送了他一个宁七的雅号，一直叫到如今。

宁陆逗着大家乐，大家也没忘了逗逗他，生生地把父子俩整成了哥俩，好在老宁家都是很豁达的人，任凭他们编腾去，反正咱身上又掉不了一疙瘩肉。后来宁陆死了，宁七一年年长大，随着年龄的增长，人们好像觉得宁七也到了该尊重的时候，于是宁七的中间不知道让什么人在什么时间给塞进一个“老”字，遂称宁老七。

宁陆起初是给地主当长工的，社会地位是低了一些，但是生活的艰辛并没有泯灭他乐观豁达的性情和苦熬光阴的信心。就在人们用不屑的眼光看着成天嘻嘻哈哈，好似没心没肺地宁陆要当一辈子长工要打一辈子光棍的时候，人家宁陆心底里早就暗暗埋下了一颗种子，而且要让这颗种子发芽、生根、开花、结果。这

①另另干干：方言，清静的意思。

颗将要收获的果实只有他宁陆知道，就是“10 亩地，两头牛，老婆孩子热炕头。”

因为宁陆的标准定得很识时务又不是很高，所以经过十几年努力便一步一步实现了。终于有一天，宁陆凭着一身好力气和一手种庄稼的好把式，硬是在红牛湖畔的盐碱滩上开出一片地来，有了属于自己的 10 亩田，有了两头牛，有了一挂车，有了一张犁，娶了婆姨刘桂兰，养了儿子宁家锁。每年，10 亩田的庄稼交完官差之后，一家 3 口吃个年对年虽不算宽绰，但是也能对付。

宁陆对这样的日子满足极了，所以没有农活的时间，他就会和村里的闲人凑在暖墙根下晒日头。人晒着嘴不闲着，大家伙张天子李霸王天上地下乱谝一气，直谝得口干舌燥、力竭汗干还不愿散伙。谝到高兴处竟然能忘了吃肚子，直到谁家的婆姨喊着回家日囊饭的时候，众人才悻悻散去。那会儿宁老七还小，常常跟着他爹。那时候他稀罕的不但是温暖的阳光，他更喜欢的是大人们讲的古书，特别是他爹，讲得比谁都多，比谁都好听。

第三十一章

宁老七正晒得滋润，冷不丁从三楼窗口落下一片菜叶，不偏不斜款款砸在他的头上。他抬头一看，原来是老伴爬在窗口往下瞧。他嘴里嘟嘟囔囔骂了一句：“老婊子，我看你是楼里呆腻烦了，出的哪门子贱气。”

只听得窗口一声吼：“还不上来日囊，坐在那里等谁呢，揪面片子都晒成卷卷子了！”

宁老七回头顶了一句：“吃饭就是吃饭，怎么还说日囊?进了城了你还以为在农村，想说啥就说啥，你也不怕人家笑话咱们。土条！”

老伴骂道：“叫你日囊都算抬举你了，不叫饿死你个老东西。”

宁老七骂：“我看你是不出贱气心慌呢，不骂男人嘴痒呢。”

他摇了摇头，很不情愿地起身，弯下腰去捡起那两块砖头提在手里，一步一晃上了楼。

进得门来，他径直走进卫生间，从里面提出一个盛垃圾的篓子，塞到老伴手上说：“你先倒垃圾去，我尿泡尿就吃饭。”

老伴瞪着眼睛嚷:“眼睛瞎了你总得伸手摸一摸吧,早晨我刚清理完垃圾,这阵子又倒的是哪门子垃圾?我就不明白,像你这号猪疙瘩人也知道讲卫生了,让你洗一回脚抠头摸脖子、割头掉脑袋一样难,让你刷一回牙如同要了你的命,今天这是怎么了,不会是日头从西边出来了。”

宁老七忽然堆起满脸的笑容说:“不下田不走路,脚比手都干净,天天洗脚,费那事干啥?刷牙无非是图的牙好牙瓷实对吧?你看对门的老谢,他倒刷得勤,吃三顿饭刷三回不说,早晨起来晚上睡觉还要各刷一次,结果怎么样?”

老伴问:“人家怎么了?”

宁老七说:“怎么了?才50多岁的人一嘴牙全给倒腾完了,安了满嘴的假牙。你再看看咱们,一辈子不刷牙,50多奔60的人一颗牙都不缺。牙好,胃口就好,身体倍儿棒,吃嘛嘛香!”

宁老七最后一句说的是普通话,说毕,学着李嘉存的样子来了个动作,气得老伴一句话也说不出来,直拿眼睛挖恨他。

其实老伴也就是那么一说,最终还是嘟哝一句:“自己养的驴还能不知道驴的啥毛病?一撅尾巴我就知道想拉啥粪。想打发我出门你明着说呀,非得编腾出个理由来。”

宁老七嬉皮笑脸地说:“你说得对着呢,我就是瘸驴瞎马拉破车,懒驴懒马尿屎多。你先出去转转,我消消停停把这事办了你再回来。”

老伴嘟哝道:“人不值钱架子倒不小,头号下三烂。”

宁老七说:“不是本老汉架子大,实实在在没办法。过去在乡下,咱穿大鞋,放响屁,打喷嚏,出长气,要多舒服有多舒服,现在倒好,干啥都受限制。你说,你不理解我谁理解我。”

说完,推着老伴出了门。

是这么回事。自从老两口进城住了楼房,对于宁老七来说最要命的事就是拉屎尿尿。你说这城里人也就日怪得很,所有的公共设施都搞得很齐全,唯独不建公共厕所。人是要吃饭的是要喝水的,吃上五谷杂粮不让人拉撒要憋死人咋的。刚进城那阵子,每当宁老七锁死了卫生间的门,站在比和面盆还要白细还要干净的马桶面前的时候,一顶愁帽了便戴到了他的头上。不知道是舍不得用这精贵的瓷器还是怕弄出什么动静来,反正双手托着那尿尿的玩意儿对着那精贵的玩意儿站上个把钟头，只觉得尿孢憋得一阵紧似一阵，但是人家连个尿点点都滴不出来。他曾经试图鼓鼓劲用点力，岂不知越鼓劲越没劲，反倒鼓出一身的臭汗来。拉屎更难，蹲着拉了一辈子屎，用土坷垃揩了一辈子屁股的人猛然间让他坐下拉，让他用擦嘴的纸擦屁股，他有一种坐在炕上、坐在板凳上、坐在桌子上，抑或坐在地上拉屎的潜意识，尽管马桶是空的。这种潜意识挥之不去，牢牢占据着他的大脑并支配着他的神经，让那精贵的污物无论如何都排泄不出来。

活人岂能让尿憋死，宁老七本身就是个有心计的人，自然不会天天提着裤子受这份洋罪。他偷偷到商店买了个尿盆，又到木器厂找了那两块木砖一起偷偷藏在自己的床底下。每当儿媳妇上班孙子上学以后，他便开始实施他的排泄行动。不过光这样还不行，他得找个理由将老伴支使出去，让这家里成为他一个人的世界，只有这样他才能痛痛快快把事情办了。

发明了这样的设施有了这样的安排，每次办完了事情之后除了感到浑身的轻松之外让他还有几分得意，他很欣赏自己的聪明才智和自创的杰作。

一看到大便他就想他的田。

宁老七他爹侍弄那十亩田的时候几乎倾注了所有的心血。那是一个好像刚从刀耕火种时代进化过来的人类社会，生产方式十分落后而且十分粗放，许多田地禾草不分，产出自然很低。宁陆的田地因为是新开垦的荒地，地力更加瘠薄。但是就是在这样的荒田薄地里，宁陆硬是创造了奇迹，他的庄稼一枝独秀与众不同。人家田里的蒿草长得可以淹没了牛脊梁，宁陆田里的杂草却除得一干二净。人家的田只犁 1 遍，他家的地至少要犁 3 遍，他要让那些犁翻了的黄土块翻着身调着个地晒，这样才能增加地力。

是的，宁陆最看重的是培养地力。长年累月，他出门少不得两样东西，一是肩上的粪背斗，一是手里的粪叉子。这东西他置办了两套，除了他宁陆，宁七也有一套。自打宁老七懂事起，他便和粪便有了一种无法割舍的情感，什么牛粪坨坨驴粪蛋蛋猪粪棒棒骆粪球球，就连那撒成满天星似蚕豆般细碎的羊粪咩咩，只要让他挂了眼，非得想方设法收拾了回去不可。

这么多年来，上面不知发了多少口号不知写了多少标语，他都是随风扬场，伸伸胳膊张张嘴，喊过口号便撂到脑勺子后面，唯独那“庄稼一枝花，全靠肥当家”，那“一个驴粪蛋，一碗黄米饭”以及“猪多肥多，肥多粮多”这几条口号让他像刻在脑子里一般,一直严格地遵循着。什么是真理?这就是真理。虽然现如今种庄稼早已经是化肥当家的时代,这也是他宁老七不得不认可的事实,但是他对拾野粪积农家肥的那份感情啥时候都没有削弱。

接下来就是土改运动和互助组合作化运动,没过几年又公社化了。一个接着一个的运动,将宁陆一马当先发家致富的美梦一次又一次被击得粉碎。他对时局的发展很是窝心,心里不快难免发几句牢骚,那一年应民工,他说了一句:“入了互助组,肚子气成鼓;进了合作社,只想跳黄河;搞了公社化,吹牛说大话”,让人家以反党言论定了罪,着实批斗了好长时间。让宁老七终身不能忘怀的是他爹那样一个嬉笑豁达的人居然在一个漆黑的夜晚带着他来到红牛湖边,拉着他来到自家地头,叭在田地里呼天抢地撕心裂肺地号啕大哭了一场。

那年头人们像疯了一样,没死没活地向土地要产量,最高提出要树立亩产万斤粮的样板田,说是要放卫星。树样板田就得选最好的田,宁老七家的地首当其冲,这让宁陆着实自豪了一番。整整一个冬天,全队的人手握大锤手握钢钎挥舞着洋镐大搞深翻田,说是田翻得越深产量就翻得越高。滴水成冰的日子,硬是将三尺多厚的冻土块翻腾了个底儿朝天。

宁陆心疼啊!他将种田的道理一遍又一遍讲给众人听:“人有血脉,田有地脉,血脉生津,地脉生根。阳土下沉,阴土上升,阴阳颠倒,寸草不生。”

就为这句话,人家又定了他一个宣传封建迷信反对放卫星的罪名,着实批斗了一番。第二年春天播种以后,宁陆天天来到地头看庄稼,一直看到大田里的麦子抽了穗,样板田里的麦苗仍然像得了干血痨的瘦弱女人,细瘦的麦秆顶着灰黄的叶子在风中摇摆,根本没有孕育麦穗的精神。

样板田的失败并没有浇灭创高产的热情,却让宁陆大病了一场。

一个月色朦胧的夜晚,宁陆扛着铁锹带着宁七,宁七怀抱 4 根木桩随着宁陆来到自家的地头上。宁陆让宁七放哨,自己在田的四角各挖了一个深深的坑,然后将 4 根木桩埋了进去。

宁陆猛然间变得沉默寡言起来,像换了一个人。几年来,他被一种说不出的痛苦压抑着,直到病入膏肓,卧床不起。宁陆本想着将自己的田产留给儿子,但是时事的变化让他的心愿已经变得没有可能,能留下的,是让儿子终身不能忘怀的嘱咐。

在宁陆弥留的日子里，看着他痛苦的样子宁老七想让他高兴起来。他说："爹你给我们讲个笑话吧，好长时间没有听你说笑话了，怪闷得慌。"

他爹苦笑一下说："讲啥笑话呢，讲了一辈子笑话，惹了一辈子麻烦，现在爹给你讲几句实话吧。"

宁老七向前凑了凑说："爹你赶紧说，我听着呢。"

宁陆说："儿子你给我听着，田和人一样，人有血脉，田有地脉，不论穷到啥地步，地脉一定要守住。"

宁老七问："啥叫地脉？"

宁陆说："地脉虽然是看不见摸不着的东西，可是它就是咱庄户人的根，是千万丢不得的。"

宁老七还要问下去，宁陆说："别问了，一句两句说不清楚，等你到了我这岁数就知道了。"

宁老七听得很茫然。

宁陆又说："当今世道，一个运动接着一个运动，每个人都有可能是整人的又有可能是被整的，所以防身最为当紧。你爹不成事，就吃了这不值钱的臭嘴的亏。人说嘴长惹是非裤子长了刷露水，此话一点不假。"

宁老七这回听懂了，轻轻点点头。

宁陆接着说："你记着，今后最要紧的是要管住嘴，不能由着性子胡嘴溜。还有，每说一句话都要掂量掂量，最要紧的是跟着上头的口气说。人家说熟透的西瓜不甜，你就说是酸的；人家说十五的月亮不圆，你就说是弯的；人家说黄河里没水，你就说是干的；人家说山里不出石头，你就说是搬的。记住了？"

宁老七一脸茫然，稀里糊涂连连点着头："记住了，记住了。"

宁老七打开电视，心不在焉地扫视着。他不停地变换着频道，竟然找不到一个愿意看的节目。他索性将遥控扔在沙发上，任凭那些出了名的人没完没了地重复着一串接着一串的广告词。沙发上好像埋了针，他正坐着不是斜躺着也不是，反正怎么都不自在。忽然楼外传来一阵"嗡嗡"的割草机的声音，他"腾"地一下从沙发上弹了起来，拉起衣服就要出门。

忽听得老伴一声断喝："站住！"

宁老七稳稳站住，慢慢转过身来，嬉皮笑脸道："我给你老老实实站住了，请问领导有啥指示？"

老伴一脸正色问："是不是一听见割草机响，魂又被勾走了？我可告诉你，今天你给我老老实实待着，不许你跨出家门半步。"

宁老七急了："为啥？"

老伴看都不看他一眼："为啥不为啥你心里明镜镜一般，少给我鞋里头着火，脚(觉)不着。"

宁老七更急了："嘿！我把你个老东西，说你胖了你开始喘起来了，让你登着鼻子想上脸了。我怎么魂被勾走了？我的魂让谁勾走了？今天不把话说明白了我跟你没完！"

老伴比他更急："不做亏心事，不怕鬼敲门，心里没疾病，就不怕冷年糕。一听见割草机你坐不住了，一听说不让你出门你急了眼了，我看你就是做贼心虚。"

宁老七手叉着腰问："我怎么做贼心虚了？"

老伴说："宁老七我问你，人家割草，与你有啥相干？每次人家一来，你就像丢了魂一样赶紧跑下去献殷勤，又是帮着割草，又是帮着收草，你说你不图人家个啥东西鬼才相信呢。"

宁老七瞪她一眼，摆出一副不屑回答的架势。

老伴接着嚷："我已经打听了，那割草的女人可是个寡妇，你说，你一进城是不是心花了？你跟那女人到底咋回事？今天说不清楚你就别想走出这个门。"

不错，割草的女人确实是个寡妇。前年丈夫出了车祸，撇下她母子去了。一时间，家里的天塌了。好在政府出手救助，让她吃了低保，还给她安排了一份绿化管理的工作。儿子已经读到高中，母子俩就靠这点钱相依为命养家糊口。

这些情况都是宁老七和她扯闲磨中得知的。

自打知道了她的处境，宁老七便产生了帮她一把的念头。帮什么呢？眼下能做的只是帮她推着割草机割割草，让她疲惫的身心得到些许的休息。后来他和她商量将割下的草收集起来存放一个地方，晒干了以后卖到养殖户那里可以变成钱。他们找了一个不打眼的闲地方，把每次割下来的草都收到那里晒着。宁老七过去养羊的时候认识一些养殖户，晒干的草卖得很顺利，当他将200元草钱交到她手上的时候，她感动得热泪盈眶。但是他俩压根儿也不知道，就在他俩交接钱的那一瞬间,正好被站在窗前的老伴看在眼里。为了这事,宁老七费了 3 天的口舌都没给老伴说个明白。

宁老七换上一副笑脸,打着哈哈道:“我说领导,你干啥事我什么话都不说,我一干啥你管这管那的,烦不烦啊!”

老伴质问:“我咋了?”

宁老七一脸坏相:“你咋了?你看你,老了几十岁了,还整的黑鞋白袜袜,心红辣尕尕,身穿花褂褂,头扎毛刷刷。你都收拾成这样了,就像跟相好的约会一样,我说你啥了?”

老伴说:“我怎么穿心也没坏,不像你,见个寡妇就把你的魂给勾走了。”

这会儿看着老伴不依不饶地纠缠,宁老七觉得一句两句也解释不清楚。他狠狠剜了她一眼道:“狗走油,羊打羔,公鸡踩绒猪跑劁,畜生办那事还得等到节令熬到了火候,我和人家一认识就有那事,你把我宁老七看得连畜生都不如了是不是?寡妇咋了?你以为寡妇那东西长在大腿上,想挨就挨上了想碰就碰上了?人家寡妇失业的,你就没有一点点同情心,把事情尽往歪道道上想。我不跟你解释,爱咋想你咋想去。”

说完,一咬牙冲出门去。

背后传来老伴的叫骂声:“宁老七,我把你个丧尽天良的,你不得好死。你滚!有本事永远别进这个家门,跟你的贼妈过去!我和你分家……”

楼下,割草机响得正欢。

实行了家庭联产承包责任制, 宁老七对土地又燃起了新的希望。分田的时候,宁老七给已经当了队长的李枢密买了两条子黄金叶香烟,提了两瓶白干酒,如愿以偿地分到了原来属于自家的土地。美中不足的是,他家原先那 10 亩地没有全部分到手。他家 3 口人,每人二亩八分,他只分到了八亩四分,还有一亩六分归了周世宝。和周世宝成了田连田的邻居让宁老七心里很不痛快,一是天天眼瞅着别人种自己家的田很不是滋味,二是周世宝不在田里下工夫,专门翻田埂劈田路,生着方子扩大自己的面积。他眼睁睁看着那灰鬼将宽路劈成窄路,将窄路劈成细埂,还把土一个劲地往他的田里翻,不断蚕食着他的土地。终于有一天,宁老七忍无可忍,对着翻田埂的周世宝吼:“说你勤,你真勤,偷偷摸摸翻田埂。说你懒，你真懒，好地种成蒿子田。大田里不下工夫，光翻田埂顶屁用。你看看你种的庄稼，种一葫芦收一瓢，收成倒比种子少，丢人不丢人。”

周世宝没有反驳，扛起锹灰悻悻走了。

重新得到土地的宁老七像上足了发条的钟表，没日没夜地跳动着。但是周世宝并没有中止翻田埂的行为，这成了他的一块心病。忽然有一天，他产生了一个奇怪的想法，他要把周世宝那一亩六分田也搞到手，断了他翻田的后路。还有一个原因，就是周世宝至今也不知道，自己的地头上有他宁老七埋下的木桩。宁老七找到周世宝，先绕了个弯子问：“上次救济你的几只羊下了几个羔？”

周世宝先是一愣，然后支吾道：“噢，羊，羊都死了。”

“好好的羊，怎么就死了呢？”宁老七追问。

周世宝说：“丧门神病死了。”

其实宁老七这是明知故问，专门拿这个问题臊周世宝的毛。为了发展养殖业，政府出面从外地调来了优质种羊，除了分散给农户饲养，还无偿救济困难户，把羊送给他们，让他们通过养羊致富，脱掉贫穷的帽子。这一举措果真奏效，不少农户确实发了羊财，他宁老七便是最典型的一个。可是周世宝不然，他嫌喂羊太辛苦，过一段时间宰一个，把几只羊全都吃了。

宁老七说：“我看你是心强命不强，一心要养羊。锅盔砌了个圈，烟囱来了个狼。”

周世宝巴不得他说这样的话，赶紧接上话茬：“可不是嘛。”

宁老七说：“我看你这田也种的不咋的，干脆包给我种吧。”

周世宝巴不得有人替他种田，问道：“你给多少钱？”

“你开个价。”宁老七显得很大度。

周世宝狮子大开口，说道：“每年给我 1000 块钱！”

宁老七一咬牙，狠狠地大气了一把，说道：“每年给你 800 斤麦子，干不干？”

周世宝满意了，两个人写了一纸文书，那田便到了手。

论种庄稼，宁家梁子的人谁也种不过他宁老七，这里面除了继承了他爹能吃苦耐劳的优良基因之外，就是他的脑子比他爹活泛。他并非是个只知道死卖力气的庄户人，他种庄稼爱动脑子，只要动起脑子来就和别人不一般。记得那一年时兴种葱，因为葱比麦子卖得钱多，看着种葱的人很多他也种了一亩。那一年葱的价格出奇得好，然而到了挖葱卖钱的时候他忽然改了主意，葱不挖了。看着那么好的葱那么好的价，不少人催他赶紧挖了葱、卖了钱、犁了田，再安置别的庄稼，他笑答："俗话说得好，种庄稼这事，又要勤理又要懒，又要耖犁又要板，我这是懒人种的懒庄稼，再说吧。"

后来他的葱一直没挖，全村的人眼睁睁看着一亩葱不但起了苔开了花而且打了籽。葱长到这个程度已经挖不成也就卖不了钱，一茬庄稼就这么糟践了。宁家梁子的人谁也看不懂，宁老七怎么会让到手的钱打了水漂呢。到第二年种葱的时候，葱籽奇缺，这时候宁老七的葱籽上了市，一上市就卖上了好价钱。卖完葱籽一算账，宁老七 1 亩葱籽比他们 3 亩葱卖的钱都多。

从葱籽的事情上他得到一个启发，就是如今的世道变了。过去说庄户人世世代代面向黄土背朝天，现在面向黄土吃不开了，得面向市场，庄稼得算计着种。后来他发现，世代作为当家作物的小麦再不能闷着头种了，因为麦子种得再好，有产量限着有价格限着，一年下来闹不了多少钱。于是他开始盘算，他要在这有限的 10 亩田上做一篇大文章。

宁老七忽然打起了养羊的主意。

从那一年起，他的 10 亩田全部种了玉米，这让宁家梁子的人大吃了一惊。当年打下 16000 斤玉米，收了三大垛玉米秸秆。有了这些草料，那一年他养了 120 只羊，第二年，不但羊增加了，光羊绒一项就卖了 3 万块钱。在那个人们极力向万元户的目标奋斗的年代，这个数字无异于一个震天雷，把宁家梁子的庄户人彻底炸醒了。他们在眼热宁老七的同时好像一下子明白了一个道理，重要的不是地里产出了多少粮食，而是从地里收入了多少钱。

那一年宁老七受了政府的表彰，树立成了全乡的致富带头人。

人上一百，五谷乱杂，面对宁老七发家致富这件事，说啥话的人都有。政府说他是致富带头人，乡亲们说他是种田能手，当然也少不了说风凉话的，说他是马无夜草不肥人无横财不富。还有的人成天盯着他的一举一动做文章，他宁老七走路胸脯挺得高腰板立得直，居然也有了毛病，人家说他是穷汉乍富挺胸挺肚，纯粹是个烧包。宁老七什么也听到了什么也看到了，他对此只是报以淡然一笑，调子压得很低："人走时，马走膘，背锅子走时立起腰。我也就是瘦狗碰了个烂骨头，吃一嘴是一嘴。"

当然也有那追问得当紧的主儿，他也会给人家一句宽心话："三十年河东，三十年河西，风水轮流转，来年到你家。"

宁老七算了一笔账，按照土地承包 30 年不变的政策，他不用再干别的，光是养羊赚的钱就够儿子孙子们花的。但是也有一件令他十分烦心的事情，就是那个不听话的儿子宁保成。

宁陆临死之前给他留下过话，说是咱们老宁家世世代代没文化，就知道谝闲传溜寡嘴，写不到书上登不到报上，啥时候都没出息。一定要让保成念书，砸锅卖铁也要让娃娃念出个功名。这些他都向他爹做过保证。现在的问题是形势变了，咱家有这么好的产业得有人继承。再说了，现时书念成的大学生不少，参加工作挣的那仨瓜俩子够干啥的？最难说服的是宁保成，这小子生下来就是个拗天行事，你让他向东他偏要向西，你让他劁猫他偏要阉鸡，大事小事总跟你对着干。他的意思是让宁保成念完高中回来跟着他养羊，这话用棒槌都塞不到人家耳朵里。没办法，他只有顺着人家来，让人家把书念下去。

真格是到了宁老七时来运转的时候，这几年宁老七一顺百顺，好事一件接着一件进了门。事业发达自不必说，如今的宁老七早已经是远近闻名的几十万元户了。接下来是宁保成大学毕业，分配到县政府工作，体面得很。宁保成的工作让宁老七在宁家梁子很风光了一阵子，他心里暗暗佩服儿子，人家的眼光就是比他看得远。再后来宁保成说他有了对象，要买楼房准备结婚。宁老七高兴极了，这正是他求之不得的事情。

第三十二章

这一天宁老七心血来潮，把儿子叫回家来。他问宁保成："你说你已经谈对象了，怎么不领回家来让爹们看看。"

宁保成瞪了他一眼，回道："我找对象，你看个啥劲。"

一句话，顶得宁老七只翻白眼。半天他缓过气来，接着问："女方是干啥的？"

宁保成答："护士。"

宁老七很奇怪:“我看你小子是鬼迷了心窍了，你现在是堂堂正正的国家干部,放着那么多国家干部不找,为啥要找个护士？”

宁保成说:“不为啥。”

宁老七更奇怪:“不为啥到底为啥？肯定有啥鬼扯钻。”

宁保成没好气地说:“你为啥总爱把事情往坏处想，正常交往一到你这里就有了鬼扯钻,我看你有毛病。”

宁老七还是追着问:“正常交往？怎么正常交往了？”

宁保成扔过一句话:“同窗。”

这次宁老七真的急了,质问道:“你说的啥？八字还没见一撇,你们已经同床了？我就说嘛,这里头肯定有啥鬼扯钻。”

宁保成也急了,顶了一句:“太没素质了！真是不可理喻。”一甩手出了门。

后面的事就是商量买房的事,为这事父子俩没少抬杠。

宁保成说:“咱们买的面积大一些,一次到位,以后再也用不着为房子的事操心了。”

宁老七不同意,问他:“一共两口人将来顶多三口人,买那么大的房子要的啥排场？买大房子就得掏大价钱,花那冤枉钱干啥？你以为老子的钱是好来的！”

宁保成说:“爹你只知道攮着头种田养羊,也不抬头看看形势。”

宁老七梗着脖子说:“你让老子看什么形势，老子看准的形势就是土地承包30年不变,二轮承包还是30年。别看你是国家干部,一天学的是红头文件,老子把形势看得比你透彻。”

宁保成说:“你那已经是老皇历了。将来的发展趋势是农村的土地集约化经营,土地要实行流转的。”

宁老七说:“土地流转？那都是牛年马月的事。现在刚开始宣传,将来流动流不动还难说呢。”

宁保成说:“中央文件都发了,你还怀疑啊。”

“那又能怎么样？”宁老七根本没把他的话当回事。

宁保成说:“实行了土地流转,农民进城那是迟早的事,现在房子买大一点,将来你们进了城就不用再买房子了。”

宁老七头摇得拨浪鼓一般:“让我进城？门都没有。我宁老七生是宁家梁子的人，死是宁家梁子的鬼，将来死了你就把我埋在咱家的田拐子上，我要守着咱老宁家的地脉。”

宁保成说：“要不这样，你把钱给我，算我借你的总行吧。我现在就给你打借条，到时候一定还你。”

宁老七用审视的眼光看着他，问道：“还我？你拿什么还？小子，别看你穿得光，走得慌，身上背着紧饥荒；别看老子穿得烂，走得慢，羊肉扁食是家常饭。想打老子的主意，门都没有！”

别看宁老七话虽然说得这么硬朗，然而找对象和买房子的事最终没有拗过儿子，宁保成如愿以偿和护士结了婚住进了宁老七掏钱买的大房子里。这两件事虽然办了，但是宁老七总觉得很不顺心。

不顺心的事远远不止这一件。

没过两年，宁保成的媳妇生了孩子。就在宁老七一家庆贺喜添人丁的时候，他家将要面临一个重要的选择，就是新出生的孙子怎么办？很显然，唯一的办法是宁保成他妈进城，因为让孙子下乡是断不可行的。那么宁老七将面临这样两个问题：他的饭谁来做？他的家务谁来操持？最要紧的是他的羊谁来喂？这些年来，名义上是宁老七养羊，其实真正的饲养员是宁保成他妈。宁老七主要操心买进卖出市场交易上的事情，喂养的事全靠老伴。

为了这件事宁保成两口子专门回了一趟宁家梁子。一进门宁保成就说：“爹你都这把年纪了，苦了一辈子，干脆和我妈一起来城里享享清福得了。”

宁老七两眼瞪得铜铃当一般：“让我俩一起进城？那我问你，田呢？田扔给谁？交给山神还是靠给土地？”

宁保成说：“其实田的问题很好解决，实在种不成咱们不种了。土地的所有权在国家不在你，你有的只是承包权和使用权，所以你没有必要把它看得那么重。还有钱，钱这东西够花就行了，生不带来死不带去，要那么多干啥？”

宁老七用惊异的眼光盯着儿子，一句话也说不出来。

宁保成满以为不反对就是一种认同，说道：“爹你要是没啥意见的话这事就这么定了。”

宁老七突然提起赶羊的鞭子就要抽宁保成，让老伴将鞭子夺了下来。他口中骂道：“打死你这个忘宗灭祖的败家子！你以为光阴是好熬的，10 亩田那是你爷爷苦了一辈子的家产，那是咱家的根，那是咱家的脉，说撂就撂了？败家子，头号败家子！”

宁保成长这么大第一次惹他爹发这么大的火，他知道这一把火的分量。自此之后进城的事只字不敢再提，只能由他去了。

宁老七总说女人是男人身上的一件衣裳，穿也过不穿也过。离开老伴的日子，他才知道女人在家中是多么的重要。喂羊的事已经搞得他手忙脚乱马顾不住驹，吃饭的事只能将就。他把成箱子的方便面批了回来，闲了用开水泡着吃，忙了干嚼。时间长了他发现，自己有些身子发软，总提不起精神来。更要命的是胃出了毛病，先是泛酸后来开始胀疼，一见方便面就发恶心。他心里明白是怎么回事，但他这是木匠做枷——自作自受，对谁也不能诉说。

宁老七就这么硬扛着，终于病倒了，直到有一天救护车将他拉进了医院。医生说他得的是急性胃炎、萎缩性胃炎，还有胃下垂什么的说了一大堆的病，还说这病治起来很麻烦，如果得不到根治，时间长了会发生癌变。

宁老七彻底被击倒了，不是为了生命，而是为了事业。然而，在生命与事业之间，他必须做出明智的选择。经过一番痛苦的思考，他不得不决定弃羊保田。他认为，弃羊是暂时的，病好了以后还可以复养，田是万万不能丢的，丢了老命也不能丢了田。

躺在病床上，他无时无刻不在惦记着他的田产，尽管宁保成说他早已雇了人给照看好了，让他放心治病，他就是不放心。他两眼失神地盯着从吊瓶里下滴的药水下意识地数着，一滴、两滴、三滴……他心里算计着，那不停下滴的是他的血汗钱呀！滴的是他的玉米，是他的羊毛。他心疼极了，但是没办法，他只能接受这无奈的煎熬。

宁保成的媳妇叫米慧芳，是这个医院的护士长。宁老七住院的日子里，吃喝拉撒全由她照料。米慧芳照顾得虔心细致而且周到，把那些和他一起住院的老头老太太羡慕得不得了，夸这样的儿媳妇比亲闺女还亲。宁老七只能对这些赞誉投以淡然一笑，一句话也说不出来。

说什么呢？你们光捡着好听的说捡着顺口的吃，你们谁能理会我宁老七的苦楚？一睁眼，她打好洗脸水挤好牙膏立看着让你洗漱，一辈子不刷牙的人打猛子讲究起来，这不是成心折腾人吗？紧接着早饭送来了，什么牛奶什么豆浆什么油条还有什么馄饨，乱七八糟摆上一堆，没有一样是可口的，可是人家说这些食品好消化，养胃。他觉得根本没这个必要，与其这么破费，还不如拌一碗拌汤或者熬一碗米汤顺口。可是买来了就得吃下去，庄户人不能糟蹋五谷更不能糟蹋钱。不光早饭，午饭、晚饭也是如此，所以每日三餐对于他宁老七来说不是一种享受，反倒成了一种负担。

最近米慧芳将自己的班都调成夜班。十点以后，查完病房她会准时来到宁老七的病房，先问候一番，然后拉开旁边床上的被窝便睡了。她这是公私兼顾，既值班又陪床。没想到，米慧芳的一番孝心带给宁老七的却是彻夜不眠。他无法入睡，他无法接受公公媳妇同居一室的现实。然而他又无法将她唤醒无法让她离去。听着她均匀的鼻息声，他只能悄悄起身，蹑手蹑脚像个贼一样溜出房门找个僻静的地方栽盹，还得算计着她快醒的时候潜回病房，以免露出马脚。

忽然有一天，米慧芳提了一身秋衣秋裤和一个裤衩来让他换了，要去给他洗内衣，这把宁老七差一点没为难死。天哪！老公爹的内衣让儿媳妇洗，那不活活羞死人吗？他一脸的苦难之相，用了许多的理由支吾着。可是米慧芳不依，非得让他换下来。看着他难为的样子，米慧芳干脆上了手来解他的纽扣。这一下宁老七慌了，赶紧拦挡说："我自己脱我自己脱。"说着慢慢动作着。

米慧芳催促道："快点呀！"

宁老七一脸苦笑："你先出去，脱完了你再进来。"

他的举动让米慧芳哭笑不得。

几年以后宁老七家的情况发生了根本性的变化。

首先是政策的变化，前30年的承包关系结束，开始二轮承包。因为宁保成属于城市户又是国家工作人员，他的那份土地自然被扣了回去，这次只分到了5亩地。第二是人的变化。等到土地二轮承包的时候宁老七已经老了，加上病痛的折磨，他没有经营养殖业的精力也没有了那种雄心壮志。那5亩地他只种玉米，受的苦少操的心少，只图个另干。这时候孙子也上学了，没有了孙子的牵缠，老伴还是回来侍候他，也算相安无事。

可是有两件事仍然是他的心病。

第一件事是宁保成的事。这龟孙子本来在机关干得好好的，据传言列入第二梯队是副县长的材料,猛然间不知道抽得哪股子筋,非要下企业当了老总。他打听了,那是一个连工资都发不出的厂子,你宁保成有多日能,你去了就能给人家扭亏为盈、起死回生?你说你放着铁饭碗不端,偏要接上一个要饭吃的泥饭碗。宁老七知道了这事胀了一肚子的气,这龟孙子真是翅膀长硬了,这么大的事也不跟家里的人吭一声自己便当了家做了主,根本不把他这个老子放在眼里。不过,他听说这小子去了厂子有些起色,但是搞企业不比种庄稼,咱这是旱涝保收,企业一旦倒了灶,神仙也救不活。

还有一件事就是田的事。眼看着 10 亩变成 8 亩,8 亩变成 5 亩,他又心急又心疼。但是有什么办法呢? 政策那是板上钉钉的事,谁也改变不了。宁老七一面观望着形势的发展,一面努力调整自己的心态。现在他已经把自己的码子放到最低,就是只要这 5 亩田能永久地保持下去,他也就心满意足了。

接下来发生的事情是宁老七始料不及的, 轰轰烈烈的社会主义新农村建设全面铺开。上面的指示是,破旧的农舍全部拆除,农户一部分进城,一部分搬入新居。他宁老七有儿子在城里,住房自然不成问题。但是有一点,就是他的老房子已经画上了拆除的白圈,啥时候拆只是个时间问题。他天天对着那白圈出神,那个用白色涂料画成的圈像一个白色的绳套正等着他往进钻, 一想到这里他的心就会出现一阵不由自主的悸动。

最要命的是外地来了个什么公司,口气大得很,说是先承包他们这个乡的土地,逐步还要承包全县的土地,上面还给安了个好听的名字,叫什么土地流转。凭借多年的经验,一开始吹风的时候宁老七死活不信。他不信有两个理由,一是从土地一轮承包这件事情上看,政府说话向来是算数的,人家说 30 年不变就是 30 年不变,这么长的时间都没坐蜡,二轮承包这才多长时间就坐蜡了? 这是不可能的事。二是那个什么公司说要承包几个乡镇还要逐步承包全县的土地,宁老七看那纯粹是在吹牛皮说大话。这些年的经验证明,越是那些派头大的老板们越是些说大话使小钱的货,如果真有此事,大半是个空手套白狼的主儿,闹不好是个皮包公司。这么一想,他又将砰砰乱跳的心装进了肚子里,他现在要考虑的中心问题是进城还是进居民点。

但是只要牵涉到土地的事,他的心里毕竟不得安生。就在他心间口口问心揣度着事态发展的时候,忽然有一天,村长带着一帮人提着测绳开始丈量田亩登记造册,紧接着便是召开村民大会,紧接着便是公司与农户签订土地转让合同。看来这公司不是人们所说的那种皮包公司,人家边签合同边从皮包里掏出现金,把承包费的大部兑现给了村民,这让宁老七和宁家梁子所有的人吃了一颗定心丸。土地承包的原则是村民自愿,宁老七成了全村不自愿的村民之一。所有的合同都签完了,只剩下他的田和宁长命的田像两个孤岛一样夹在承包地的中间,让公司十分头疼,也让他本人寝食难安。眼看着宁长命和人家签了合同,宁老七这颗钉子终于松动了,最终无可奈何地也和公司签了合同。

领取了承包费之后,宁老七的心这会儿像是猫抠,痛不是痛痒不是痒。他有了一年收成不用自己劳作而轻易到手的安慰,更有一种离开土地失却土地的失意,尽管他知道那 5 亩地始终属于他。

第二天一整天,他几乎将所有的时间都用在了转田埂上,他一圈又一圈地转,不觉乏也不觉累。他捡起一块块田土,深情地端详着、揉搓着。他对于它们太熟悉了,它们对于他太重要了,它们就是他的命根子。他猛然坐在田埂上,对着手上的土块老泪纵横。

那天晚上,就着半明的月光他又一次来到地头,他用铁锹挖开田角的四根木桩,挨个抚摸一番,又挨个埋上。从他爹带着他埋桩算起,这桩他已经埋了 3 次,他寻思着,一定要找个合适的机会把这桩告诉宁保成知道,他觉得这比交给他存折更重要。

进城以后的宁老七有些魂不守舍,他不止一次回过家。他亲眼看见现代化的机器怎样将分割的田块整成条田、怎样自动起垄、怎样自动覆膜、怎样自动点穴下种、怎样自动除草、怎样自动采摘那些爬在地垄上的番茄,而且红绿分得极清。他还亲眼看见成车成车的番茄拉进现代化加工厂加工成产品,再一车接着一车运了出去。这是科学,咱承认咱不懂,最不可思议的是,他亲眼看到人家穿西装的人种出来的庄稼比他们这些老农的产量高,卖的钱比他们的产值更高,这让他很是纳闷。

这一切宁保成看在眼里急在心里,生怕他爹憋出什么毛病来。有一天,他试探着问他爹:“爹我听说五婶正在开发红牛湖,搞得挺不错,要不我去跟五婶说一声,给你安排个合适的活计干干。咱不图挣钱,就图个打发日子,你看怎么样?”

没想到宁老七头摇得拨浪鼓一般:“不去不去!”

宁保成问:“为啥?”

宁老七说:“跟着狼吃肉,跟着狗吃屎,让我跟着她混?”

宁保成问:“人家五婶怎么了?”

宁老七说:“婆姨当家驴犁地,娃娃干活屎出气,一个妇道人家,她能干出啥名堂来?红牛湖那是个啥地方,围着一个臭水坑能搞出啥结果,纯粹是胡日鬼呢。跟了她我那是瞎驴拉了个干碾子,自个儿找不自在呢。”

宁保成又说:“要不到我的厂子里看大门去,干不干?”

“让老子成天听着你指东画西,看你的眉高眼低,想都别想!”宁老七说完,甩了门走了出去。

今天是县城物资交流大会的第三天。交流会的会场在农贸市场,离他们这个小区很近。宁老七是个不爱赶红火的人,平日里也是那样,有需要买的就买,没有要买的从来不逛市场。刚才和儿子的一番谈话搞得他心里很不舒服,再加上屋里很闷热,他觉得很烦躁。他出了门走下楼来,随着那大喇叭的声音信步遛达了过去。

这阵儿是交流会最热闹的时候,各路游艺场所的高音喇叭扒着咽喉喊,使出各种招数招徕着顾客。天完全黑了,宁老七寻着路灯,寻着喇叭的喊叫声不知不觉来到了农贸市场。交流会场灯火通明,除了各类小吃的叫卖声,天车、转马、蹦蹦床、碰碰车各自圈了地盘忙火各自的生意,还有三四个硕大的帐篷围得严严实实,只听得里面音乐嘈杂,不知道在表演什么。

第三十三章

宁老七病了,看来病得不轻。

住了几天院他坚持要回家,谁拦都拦不住。家里人都在的时候,他窝在自己屋里睡觉,家里人走了以后,他坐在沙发上栽盹。他一句话也不说,也不看电视,几天来没迈出楼门一步。他的饭量减得很厉害,人瘦了,眼看着两个眼窝塌了下去。这么一来全家人着了忙,让他再上医院查查,他扎着窝子不动弹。米慧芳几乎问遍了院里所有的大夫，有说内分泌失调的，有说美尼尔氏综合征的，有说老年痴呆的，因为没见病人，谁也无法定论。

家里出了这么大的事，宁保成不得不扔下厂子里的事赶了回来，给他安慰给他开导，但是无济于事。一筹莫展的时候他忽然想起了宁奇，径直找到他对他说：“看来我爹身上的病没治好心上的病又加重了，我把能想的办法都想了，没用，要解决我爹的问题，大哥还得你出马。”

宁奇一听，扔下手头的活匆匆来看七叔。

他进屋坐定，闲聊了几句之后便在茶几上画了一个方盘，掏出随身带来的围棋拉着七叔就要下方。宁老七瞥一眼棋子说：“拿远点，不下。”

宁奇问：“为啥不下？七叔该不会是怕输吧。”宁奇激他。

宁老七瞪大眼睛：“你说什么，我怕输？”

眼看着宁老七的熊熊烈火点燃了起来，宁奇心中一阵窃喜。他又用一句更富挑衅性的话加了一把柴：“现在不当过去，七叔你老了，不中用了。”

宁老七很不服气地瞪了他一眼。

宁奇的目光更富挑战性：“不怕试试？”

按照惯例，宁老七准会迎风而上，但是他的火焰瞬间便熄灭殆尽。他看了看围棋说：“自古以来下方有下方的规矩：土坷垃，柴棍棍，羊粪咩咩杂混混，你拿出这么精贵的东西来，我不会下。”

宁奇赶紧说：“那行，我下楼去找。”

宁老七摆摆手说：“别找了，我没那个心思。”

宁奇随口说：“连下方的心思都没有你有啥心思？要不我带着你回趟老家，到五婶的红牛湖开发区转转，再顺便好好吃他一顿。你看咋样？”

宁老七说：“十里路上赶嘴，不如家里喝口凉水。”

宁奇又激了他一将：“七叔一向对五婶的事业不支持，不会是不好意思吧。”

宁老七梗着脖子说：“她走她的阳关道，我过我的独木桥，我有啥不好意思的。”

宁奇问：“那你为啥不去？”

宁老七说：“我是说，陕西的鸽子飞宁夏，吃不胖倒跑瘦了。要去你去，我不去！”

宁奇有些着急：“这也不干那也不干，你到底想干啥吗？七叔你给我说句实话，你说你到底想要啥？”

宁老七不屑一顾:“我想要的东西多了,你能答应?”

宁奇说:“只要我有的,你就是要天,我也许你半边。你说。”

宁老七说:“除非……”他突然打住。

宁奇说:“七叔你说,只要能办到的我们一定想办法帮你办。”

宁老七不言喘。

宁保成催:“爹你赶紧说,大哥又不是外人。”

宁老七抠抠头说:“除非你把楼下的草坪划给我一块让我种菜。”

宁奇和宁保成四目相识,无言以对。

宁保成说:“爹你就别尽给人出难题了,草坪那是公家的地,大哥他能做了主啊!今天我专门回来解决你的问题,我要把你身上的病和心上的病彻底给你治好。可是你也得配合我们啊。”

宁老七狠狠瞪了宁保成一眼说:“我知道我老了,成了个讨人嫌。我这是娃娃不哭娘不奶,老子不病儿不来,两腿一蹬你一埋,后面的事情,你就看着办吧。”

事情已经到了非解决不可的时候,接下来全家人开了一天会做了一天的工作,最后决定,星期一由宁保成护送他爹到市里的大医院做一次全面彻底的检查,根据检查结果确定下一步的行动方案。

星期一吃完早饭,宁老七蹒跚下楼,一出楼门,像贼一样赶紧钻进了宁保成的车。宁保成开动汽车,直向市医院驶去。刚走出几公里,宁保成的手机响了,是厂里办公室主任打来的。电话里说,天津的客商提前到了,急等着他回厂签一份订单。宁保成长叹一声,调转车头向厂里奔去。

宁老七问:“你这是把我往哪里拉?不会拉到火葬场吧?”

他对他爹说:“爹你看你说的啥话。我先到厂里处理一件事,你别着急,到了厂里你喝点水休息休息,我去办事,谈好的业务,签个字就行,用不了多长时间。”

宁老七一听说走厂里,立马坐直了身子说:“老子正想到你的厂子里看看呢。”

宁保成松了一口气:“有这个想法你早说呀,这么简单的事情,非得攥着个拳头让人猜。”

一进厂门,宁保成将他爹先安顿在一个豪华的休息室里,紧跟着一个漂亮的姑娘走了进来。姑娘为他沏了杯茶,作了一个很礼貌的手势:“大爷,您慢用。”

姑娘转身而去。他看着豪华的休息室和姑娘的背影,只觉得眼前茫然一片。

这难道就是儿子的工厂？怎么看怎么像个宾馆。他觉得这不是他坐的地方，他抬起屁股在房子里转悠起来。这房子窗户很大，属于落地窗的那种，站在窗前就像置身于室外，宁老七不由自主摸了摸宽大的玻璃，再摸一摸垂吊的窗帘。站在窗前，外面的景况一目了然。远处，是一片厂房，那里烟囱林立；近处，是办公楼，楼房一点也不比街面上的差，玻璃装成的墙面闪耀着光芒。猛然间，他发现厂区有一帮男女职工在浇树，铲草，种花，放眼看去，厂区的绿地委实不少。

宁保成的业务办得很快，一纸订单签完以后，他匆匆来到休息室。休息室里，只有一杯未动的清茶，宁老七不见了。他赶紧出门四处寻找，这么大的厂区到哪里去找呢？他发动办公室的工作人员撒开了找，半个小时之后，还是先前倒水的那位姑娘找到了。

宁保成问："人呢？"

姑娘回答："在那边，叫他他不过来。"

顺着姑娘手指的方向看去，宁老七正和那帮栽花种草的人干得热火朝天。

宁保成走过去说："爹你不要干了，咱们赶紧走医院。"

宁老七头也不抬："不去了不去了，哪里也不去了！"

宁保成说："有病就得看病，不去怎么行呢？"

宁老七站起身来说："老东人有一句话说得好：真孝顺，假孝顺，听话才是好后生。你小子要是真的孝顺老子，就让老子在这里干上一辈子，老子的病自然好了。"

职工们一片哄笑。宁保成拗不过他爹，只好由他去了。

吃中午饭的时候，父子俩坐在一起边吃饭边拉呱。宁老七冷不丁问一句："保成你告诉老子，这厂子算不算你的？"

宁保成想一想说："这么给你说吧，也算也不算。"

宁老七有些不快："有话就直说有屁就痛痛快快放，少给老子绕弯子。"

宁保成说："是这么回事。咱们这个企业属于股份制企业，说厂子算我的，是因为我控有大头股，我是董事长；说厂子不算我的，是因为全体员工都有股份，厂子应该属于大家的。"

宁老七似乎明白了什么，又问："比方说把你那院子里种花种草的地划给我一块种菜，你说话算数不算数？"

宁保成笑了笑说："这不是算数不算数的问题，厂区生态绿地那是专门按环保要求规划出来的，怎么能种菜呢？”

宁老七指着宁保成说：“我看你小子真是狗屎糊不上墙，放屁扬不了场，还充的什么董事长？”

宁保成问：“我怎么就狗屎糊不上墙了？”

宁老七轻蔑地看了他一眼，说道：“名义上你是个什么董事长，其实我看你连指甲盖子大的一块块地都当不了家，成天吹吹打打的，也不嫌害臊。”

宁保成说：“爹你这叫胡搅蛮缠，我懒得跟你说。”

听宁保成这么说，他又陷入一片茫然。

他扔下饭碗，一个劲地抽烟。思谋一会儿他向儿子提出一个问题：“保成我有个想法。”

宁保成说：“你说。”

宁老七说：“你上次不是让我到你的厂子里干吗，我今天来就不走了，我就和你们绿化队的人一起干，你看行不行？”

宁老七一句话，让宁保成心里有了底。从他爹进厂这一阵子的变化看，他已经知道他的病害在哪里。

宁保成说：“我看绿化队你就别干了。”

宁老七将烟头砸在地上，瞪着眼睛问：“怎么？怕老子给你丢人现眼对吧？我告诉你宁保成，别看老子上了年纪，如果下了田地，你 3 个人也顶不住我 1 个！”

宁保成说：“爹你误会了，我不是那个意思。”

宁老七问：“不是那个意思那是哪个意思？”

宁保成说：“我的意思是说，我的厂子后面有一片 20 多亩的果园，你想不想过去看看？”

宁老七猛地瞪大眼睛，上下打量了一遍自己的儿子。半天他问：“那园子算你的？”

宁保成说：“只要我控股，那片土地的使用权永远属于我。”

“那么说那片土地姓宁？”宁老七紧问。

宁保成没有正面回答他，只说了一句：“先休息吧。”

宁老七哪里有什么心思休息，猴急猴急地催着他，要立时三刻看那园子。

宁保成把他爹带到果园的时候，已是果收叶落的季节，由于缺乏妥善的管理，果园里杂草蔓生，一片荒芜。果树显然缺了肥料，树龄虽然不算大，全都一副病态的样子。这会儿，宁老七真的像进了自家的果园，摸摸这边的树，拔拔那边的草，边拔边嘟哝着："看看看看，怎么能把地种成这个样子？"

转了一圈，宁保成说："爹咱们先回吧。"

宁老七好诧异："回？回哪里？"

宁保成说："不管有啥想法总得先回家再做计划呀！"

宁老七说："既然来了我就得下手干，不管姓宁不姓宁，这果园从现在开始我就接手了。"

他指着不远处的一所破房子说："从今天开始我就住在那房子里面，你派人收拾收拾支上块床板，给我抱一床铺盖就行了。"

宁保成看他决心已定，便都答应下来。他说："开花结果还在明年，现在着的哪门子急吗？"

宁老七骂道："你连一年庄稼两年做的道理都不懂，还当的什么狗屁董事长。"

宁保成又气又笑，一句富余话也不敢说。

一个月以后，果园里盖起一套裹着围墙的红砖房，房顶的烟囱里冒着缕缕炊烟。院里院外散落着几只鸡，正悠闲地觅食，院门口拴了一条黄狗，将头埋在胯下窝盘在那里做着美梦。果园里，七八只白山羊穿梭树间，似吃似游，好不惬意。果园里的蒿草不见了，一个老人正不遗余力地挖地，他敞开衣襟摘了帽子，头顶冒着腾腾热气。

远处开过来一辆车，那车一直开进果园，停在宁老七身边。宁奇和保成走下车来，宁奇问道："七叔还好吧？一个人不寂寞？"

宁老七就像变了一个人，指着羊呀狗呀笑呵呵说："不寂寞，不寂寞，有这么多的伴，寂寞个啥？"

宁奇又问："你就不想我七婶？"

宁老七看一眼保成，用指头掂着宁奇说："说你是个知识分子，尽问的是没知识的问题。"

他一把拉住他说："方尕子来了，来了就陪七叔下方。"

宁奇说："先别忙着下方，你先看看谁来了。"

宁奇拉开车门，保成他妈从车里走出来。宁老七有些吃惊，问道："你怎么来了？”

老伴说：“我怎么不能来？我不来不放心，怕你干坏事。”

宁老七笑着说：“黄萝卜，包饺子，不要你这个老婊子。”

老伴一撇嘴说：“你不要我，我还不要你呢。你以为我愿意来，要不是宁奇和保成三番五次给我做工作，我才不稀罕来这鬼地方呢。”

宁老七嬉皮笑脸地说：“既来之，则安之，既住之，则管之，咱们这园子正好缺个领导，我这人没个领导管着也不行。”

说完，4 个人哈哈大笑。

夕阳西下，山头燃起一片橘红色的光辉，霎时间，那树，那房，那狗，那羊还有那些人，全都沐浴在这灿烂的光辉里。

安顿了七叔，宁奇总算心里的一块石头落了地。离开果园他仍然在想七叔的事，让他想不明白的是，七叔怎么会把心上的疙瘩挽得那么死呢？而打开这把心锁的钥匙，原来就攥在自家人的手里。说老实话，这些天他的心思全在七叔身上，从明天开始，他得赶紧去抓抓自己的本职工作了。

宁奇的本职工作一心一意地干了 3 年，3 年间，七叔家的事接连不断。先是七叔一病不起，后来确诊为胃癌晚期，医院给了准备后事的通知。受金融危机的波及，保成的厂子步履艰难，处于半停产状态。两件事情垒到一起，把个宁保成搞得焦头烂额。没办法的时候，还得找来宁奇给拿主意。

七叔最终去了，按照他生前的嘱托，宁保成花钱买下已不属于自己的那块埋桩的田地的一个地角，将他安葬了。安葬了七叔新的问题又来了，七婶非要回家不可，说是回去守男人的坟，怕他孤单。宁奇和宁保成苦口婆心地劝说，根本没用，劝着劝着竟然把气劝了上来，最后大放悲声哭起来：“你个没良心的，你一伸腿走了，撇下我怎么活啊……”宁奇万万没有想到，平时看上去钉子来錾子去说话就抬杠的老两口，原来心底里居然埋着如此深厚的感情。宁家的老房子已经拆了，宁保成只好租了邻居家的一套房子将老人安顿下来。事已至此，宁奇长长呼出一口气。

第三十四章

一个夏日的傍晚，宁奇下班刚跨进房门，宁保成像掐着钟点一样后脚跟了进来。一进门二话不说，先长长叹了一声。白兰芳把茶端过来放在面前问：“怎么了？”

“气死人了！”宁保成没头没脑地回答。

宁奇走过来：“又发生啥事了？”

宁保成气呼呼地说：“龟孙子不念书了！”

宁奇有些好奇：“你说的是小宝吧？这孩子书念得好好的，怎么突然不念了？”

“不知道！”宁保成说完，耷拉下头。

自从七婶回乡以后，小宝每个星期天都骑着自行车去乡下看奶奶，每次玩到很晚才回来。保成怕他路上出事故，不得不陪着他去。奶奶住的是两间旧屋，墙壁和房顶薰得黑乎乎的。她做饭烧炕全用柴火，屋里散发着浓烈的柴烟味。小宝有时好像故意问奶奶，你为啥不烧煤、为啥不用煤气灶、为啥不用电炉子、为啥不用电饭锅，奶奶说煤炉子费钱、煤气灶没人换、煤气电炉子电饭锅容易坏也怕触电，然后长长叹了一口气。他再看着爸，爸的头低下了。第二个星期看奶奶的时候，保成带来了一车煤。

暑假终于盼来了。校园里圈疯了的小宝家都没回径直到奶奶家，对奶奶说我要在这里住上一个假期。奶奶一听高兴死了，给他做好了饭，她没顾得吃便走了出去。她找出一块皮子，将一大把红柳棍子削成一个个尖尖的红柳钉，然后将这些木钉缝在那块皮子上，皮子的四角缝了 4 个带子。她来到羊圈，把那块皮子系在白山羊的肚皮上，盖住了羊的奶盘，只将奶头露在外面，红柳钉的尖一律朝外。小宝诧异地看着奶奶，奶奶狡黠地朝着他笑。奶奶刚离开，那只可爱的小羊羔来到母羊肚子下面，不由分说便跪下去顶乳。跪乳和顶乳是羊羔的习惯动作，只有用头顶了奶盘母羊的奶水才旺，所以羊羔跪乳是边吃边顶，边顶边吃的。可能是锋利的红柳锥扎疼了羊羔，只听得它惨叫一声，惊恐地跳到了一边。小宝问：“奶奶你为啥要这么做？”

奶奶点了点他的脑门说：“还不是为了你。”

“为我什么？”小宝一脸疑惑。

奶奶笑答：“不断了它的奶，哪有你喝的奶啊！”

奶奶怜惜地看着可怜巴巴的小羊羔,自言自语地说:“谁让俺孙子比你亲呢?”

小宝怀着对小羊羔的歉疚喝着它妈的也就是本应属于它的那份羊奶，那奶真甜真香,比什么酸牛奶甜牛奶纯牛奶特仑苏不知要强多少倍。奶奶每天将羊奶变着方儿地做给他吃,用奶熬的茶香香的甜甜的,用奶和了面烙的馍里面暄暄的外皮脆脆的,用奶煮的面条筋筋的滑滑的,喝那汤水比肉面都香。到后来他居然对羊奶有些依恋，一天不吃就像缺了什么似的。两周以后保成两口子再来看小宝,他们都说儿子胖了许多。

那天,奶奶刚挤完羊奶进屋,隔壁高奶奶前脚跟着后脚进来串门。她一脸喜色,手里举着一个红本本,直在奶奶面前晃。她不住嘴地说:“这下好了这下真的好了,这一辈子的问题彻底解决了。”

奶奶问:“啥事把你高兴成这个样子?”

高奶奶说:“我的养老保险办下来了，从今以后再也用不着看别人的眉高眼低了。老姊妹我告诉你,花自己的钱心里滋润,儿女的钱虽然也能花上,可是难啊!”

奶奶颇有同感,一个劲地说:“对着呢！对着呢！巴眼子钱不好花啊!”

高奶奶摸着小宝的头说:“回去赶紧给你爸你妈说，让他们把你奶奶的养老保险也办了。”

高奶奶眉飞色舞的表白并没有感染到奶奶。她看上去很淡定，只淡淡说了句:“谁的福谁享。”就端起料盆去了羊圈。

中考结束后,小宝觉得自己突然长大了,他似乎开始了刻意的叛逆,处处事事总跟爸妈作对。终于有一天他向爸妈提出辍学打工的事。很自然,迎接他的是一顿劈头盖脸的臭骂。保成骂完了正色质问他:“为什么不念书?”

小宝答:“我要打工挣钱!”

保成问:“为什么要挣钱?”

小宝答:“我要养活奶奶!”

“难道奶奶没人养活吗?”保成愤怒地问。

这句话问完之后他稍微迟疑了一下,转而指着满墙的奖状,将语气放舒缓了说:“你从小学到中学一直是品学兼优的好学生,爸妈指望你考重点大学呢。听大人的话,好好念书。”

无论爸妈说什么，小宝一直以沉默对抗。

开学一周了，小宝赖在家里，和爸妈对峙着，爸妈班也上不成，成天围着他转。他们恩威并用，软硬兼施，该想的办法都想了该说的话都说了，小宝就是不去学校报名。当他们的招数全部用完的时候，他妈崩出一句话："只要你去读高中，什么条件我都答应。"

小宝问："真的？"

"真的！"

小宝去学校报名了，报完名就回了家，斜躺在沙发上。宁保成两口子像迎接功臣一般围了过来，嘘寒问暖端吃端喝。所有的殷勤都献完之后，他们小心翼翼地问："报上了？"

"没有！"

"为什么？"

"没钱！"

"多少钱？"

"3万！"

好半天他们才缓过气来。米慧芳气哼哼地说："我去问问学校，问问你大叔，他们执行哪里的规定，收这么多钱！"

小宝不紧不慢地说："人家把3年的学费放在一起收的。"

宁宝成问："哪有这么干的？"

小宝以少有的耐心向他们解释："现在学生普遍厌学，辍学率很高。辍学率高了巩固率就低了；巩固率低了学校信誉就低了；学校信誉低了校长老师的收入就低了。学校为了拴住学生，把3年的学费一次性收清，中途退学一律不退费的。"

宁保成说："不行！我得去跟大哥理论理论。"

小宝一个鲤鱼打挺跳下沙发，双手叉腰站在地当中说："你们想干什么？你们去质问学校明摆着臊我的毛呢，你让我今后在学校怎么混？出不起这钱就算了，我正好还不想上呢。"

小宝气哼哼地重新躺回到沙发上。

宁保成和米慧芳去卧室嘀咕了一阵，拿了3万块钱出来。

高中是全日制寄宿制，管理十分严格。上学之后，小宝以此为理由经常不回家，实际上每个周末他并不在学校，都偷偷去奶奶家，爸妈一点儿都不知道。又一个星期天到来的时候，小宝走进奶奶的家门。门虚掩着，奶奶爬在炕上呻吟，看样子病得很厉害。小宝问清了情况，赶快跑回家告诉了爸妈。奶奶送进医院，医生说老太太必须住院。爸和妈商量着去交押金，小宝随口说："不用交了。"

爸妈诧异地看着他。

小宝说："奶奶你把那医疗证拿出来。"

奶奶从贴身的口袋里掏出一个绿本本，递到我小宝手上。小宝把本本交给宁保成说："这是奶奶的合作医疗证，有这个不用交押金。"

两口子张着嘴看着小宝，一句话也说不出来。

小宝说："奶奶办了医疗保险和养老保险，这有啥奇怪的。"

两个人的嘴张得更大，同时"啊"出声来。

中秋节到了，奶奶也出院了。宁保成两口子把奶奶接到家里来，一家人团团圆圆赏月。奶奶吃着月饼不住气地夸小宝："我孙子人小心大本事更大，拿着爹妈给的钱就能把奶奶的养老保险办下来。"

她掏出一个红本本递给儿子媳妇看，嘴里不停地絮叨："现在的政策太好了，只要儿女有孝心，身后的事有这一个红本本全妥当了。有了养老保险，今后你们安心上班，再也不用操心妈的事了。"

奶奶一个劲地唠叨着，感谢儿子感谢儿媳感谢孙子的话说了几箩筐。宁保成的眼睛湿润了，低垂着头。他摸着小宝的头说："真是我的好儿子，爸妈错怪你了。"

他这么一说小宝反而不好意思起来，喃喃地说："我也就是想着给奶奶断了奶，让你们少操些心。"

宁保成拉着他的手说："傻孩子，你不是给奶奶断奶，你是给奶奶找了一个最保险的奶头。"

米慧芳拉着奶奶的手叫了一声"妈"，滴下一串眼泪……

米慧芳擦掉眼泪对保成说："起来走！"

宁保成诧异地问："走哪里？"

米慧芳说："回农村！"

全家人愕然。

米慧芳说："回农村搬家。从今以后，把妈搬到家里来住，咱们团团圆圆过日子。"

奶奶的嘴哆嗦着，眼眶里泪花在转，一句话也说不出来。她把小宝揽在怀里，深情地抚摸他的头。

时间不知不觉又过去了 3 年。

宁奇年满花甲，正式退了休。

待在家里的日子并不自在，这让宁奇产生了一种异样的感觉。他曾经记得，上班的时候总是埋怨工作太忙、事情太多，忙得不可开交的时候还会对着空无的对象发几句牢骚，总盼望有朝一日过一过清闲的日子。现在退了休，当清闲日子终于来到身边的时候，他方才发现原来清闲并不比繁忙自在。这种日子无聊之极空虚之极，无所事事无着无落，是很难打发的。

他还有另外一种感觉，那就是退休回家之后，一夜之间罩在身上的光环没有了，失去了前呼后拥的氛围，猛然间似乎人与人也生疏了。他不知道是别人绕开了他走还是他绕开了别人走，反正他与人们之间的距离越来越远。他甚至觉得，自己似乎是干了一件什么不光彩的事，以至于让他羞于见人，所以他整天窝在家里不愿意出门。他不愿意交友，连过去的老朋友都懒得一见。白兰芳忙的时候，有时会让他去菜市场买一次菜，但是他不去，坚决不去。他成天把自己关在书房里，除了写文章便是看书。他为自己制定了一个周密的作息时间表，把每天的时间安排得满满的。白兰芳天天嘟哝天天动员，他依然坚守不出，说他要老有所为，要做点实事，说这样日子才算过得充实。

然而充实的日子没过多久问题便接踵而来，先是颈椎疼，然后是头发晕，然后是眼发花，再然后是食欲减退记忆力减退，总之所有的功能都在明显减退。白兰芳将他死拉硬拽拉到医院，经过检查，结论是三高！医生除了开完一堆药之后特此嘱咐：按时服药，加强锻炼，多做活动，增进健康。

宁奇的坚守被冲垮了，就像嗜烟的人只到抬上手术台的那一刻才被迫戒烟一样，看到化验单方才感到问题的严重性。他丝毫不敢怠慢，开始逐条认真落实。前两条具有很强的可操作性，宁奇落实得很坚决。吃药一丝不苟。他还搜集了许多民间验方，变着法儿地进行了许多食疗的尝试。锻炼健身他抓得很紧，每天早晚各一个小时的快走，雷打不动，风雨无阻。问题出在第三条上，就是多做活动。活动什么呢？到什么地方去活动呢？公园他是断然不去的，那里的熟人太多；遛马路更不能干，他觉得有些丢人现眼。

有一天宁奇在街上闲转悠，猛抬头看见一个“中老年活动室”的牌子。他对着那牌子看了半天，慢慢走了过去。

活动室其实就是麻将馆。

宁奇算不得打麻将的高手，原本也不十分迷恋那玩意儿，偶尔玩玩，现在退下来了，何不进去试试？他迈开试探的步子走了进去，发现里面有好几个退下来的老同志。他们主动地和他打招呼，拉着他坐在了牌桌上。一旦打起来便专心致志，便忘了一切烦恼。有了第一次便有第二次，在日复一日的消遣中，他反而觉得这里是一个非常不错的去处。

后来的发展是他万万没有想到的，谁也不曾料到，小小的麻将竟然会让他沉迷其中，直至陷进毁灭性的泥淖，几乎不能自拔。他悔恨万端，惋叹不已，是麻将毁了他的一世清白，是麻将毁了他的晚节。

说起宁奇之于麻将，不能不说他的麻友。

事情是这样的。在天长日久的堆砌中，让宁奇有幸结识了一位麻友，后来居然发展为铁杆麻友，以至于把他带进麻将的旋涡。或者完全可以这么说，是宁奇将人家带进了这个旋涡。所不同的是，宁奇有幸得以解脱，而那位麻友则被卷进旋涡，酿成灭顶之灾。

那位麻友是个女的，叫乔志芳。

其实宁奇并不是在麻将场上才认识乔志芳，他第一次见到乔志芳应该是十几年前的事。

宁奇来到凉皮摊前要了一盘凉皮，边吃边端详那卖凉皮的姑娘。那姑娘围了围裙套了袖套还顶了一片头巾，但是这些工装类的打扮并没有抹杀她姣好的身材和俊秀的脸庞，她的浑身透出的是青春和靓丽。她很热情，脸面甜甜的嘴巴也甜甜的。调好了凉皮她送到宁奇面前问：“你先尝尝，看看差啥？”

宁奇刚尝了一口，她紧接着问：“差不差辣子？”

宁奇又尝了一口说：“不差。”

她又问：“差不差味精？”

宁奇说:“不差。”

她接着问:“要不要多放点香菜?”

宁奇被她的热情搞得实在有些过意不去,于是很违心地说:“那就加点吧。”

只是这一连串的关照,早已问得宁奇的心里暖洋洋的。

吃完凉皮宁奇给了她 3 块钱,起身离座就走。

她找了 5 毛钱追上来说:“同志慢走,这是找你的钱。”

宁奇推辞说:“5 毛钱,就不用找了。”

她执意将钱塞在宁奇手里说:“不找怎么行,这钱必须找你。我们乡下人到城里做点小生意不容易,全凭着货真价实,全凭着为人厚道,虽然做点小本生意,但是不能占你一分钱的便宜。”

宁奇手里捏着 5 毛钱,一步一回头离开那个凉皮摊。

后来宁奇又去那里吃过几次,渐渐地他们熟了,他知道她叫乔志芳。乔志芳的话很多,属于见面熟的那种。宁奇随口问了一句:“家在县城住吧?”

乔志芳说:“不在县城,在农村。”

宁奇说:“那你天天来来回回的,多不容易啊。”

乔志芳说:“家虽然在农村,但是离县城不太远,有个二三里路。每天起个小五更把凉皮子蒸好,赶紧吃点饭以后将凉皮子装上三轮车蹬到城里来卖。说起来也挺方便的。”说完轻松一笑。

宁奇问:“那说明家里有人给你专门做凉皮子的。”

她笑笑说:“谁给做啊,连打带踢全是我一个人。每天卖完已经到了下午,赶紧收了摊子往回赶,赶到家赶紧吃点东西然后赶紧和面洗面筋水,准备明天的原料,这一切做完已经到了上灯的时候。”

宁奇问:“你天天干这两头见星星的营生累不累?”

她甜甜一笑说:“习惯了,不累。”

宁奇试探着问:“我看你年纪不大,你为啥不念书?”

她很腼腆地笑一笑说:“念完初中打了烂干主意。”

宁奇自言自语说:“太可惜了。”

乔志芳解释说:“女孩子念那么多书没用,不如挣俩钱实惠。”

再后来她的凉皮摊改成了凉皮店,租了一间街面上的房子,挂起“芳芳凉皮店”的招牌。她的生意很火。宁奇和所有的男人一样大多不爱吃凉皮的，然而自打吃了乔志芳的凉皮跟她搭上话之后，隔三差五总爱往那地方去，时间长了居然于不知不觉中对那东西非但不排斥而且逐渐热衷起来。毫不避讳地说，这里面除了她的凉皮做的筋道她的调料配的合口之外，人的因素占据着主导地位。

宁奇自己这样认为，但他又不愿意承认。

5年以后的某一天，县城里新开张了一个服装店，招牌是“芳芳精品服装店”。出于好奇宁奇走了进去，第一眼看见的便是那个卖凉皮的乔志芳。她的装束打扮与凉皮店老板判若两人，高跟鞋连衣裙、红唇皓齿、柳眉翘睫、明眸浅笑、亭亭玉立，怎么看怎么不像个农村姑娘。

这会儿的乔志芳时尚得比城市还城市。

见宁奇进来她满面微笑迎了过来，搭讪几句之后便顺手取下一件枣红色的梦特娇T恤衫，不由分说地在宁奇身上比画起来。她手言并用温柔体贴，用满腔的热情炙烤着宁奇，烤得他不得不掏出1000多元买了那件衣服。她把宁奇拉进她的卧室兼试衣间强行扒了他的衣服强行将新衣套在他身上，没有一点儿生疏的感觉没有一点儿距离，倒像是在侍候自己的男人。穿好之后她后退两步，接下来一个劲地夸：“太合适了，真正穿出了男人的气质！”

乔志芳身前身后欣赏着宁奇像在欣赏着一件艺术品。宁奇怀疑，我真的就会被一件衣服搞得脱胎换骨超凡脱俗，值得她这么欣赏吗？

这一天，宁奇没有去中老年活动室，他鬼使神差地溜达到另一家麻将馆，在麻将馆门前驻了足。开麻将馆的老板和宁奇认识，聊了几句闲话老板说：“里面有一桌正好三缺一，进去玩吧，闲着也是闲着。”

宁奇推辞说：“我是个半瓶子醋打的不精，玩不了那玩意。”

老板说：“一回生二回熟，玩玩就精了，进去吧。”

宁奇没有再推辞，于是便被半推半就连拉带劝请到楼上。

正如老板所言，一台麻将机前已经坐就两男一女，空着一把椅子。宁奇坐了上去，正好和那女的坐个对门。坐稳之后宁奇将三个人打量一番，两个男人是生人，那女的竟然是乔志芳。

他们相视一笑。

按照牌场规矩他们每人得先买锅子,也就是将现金变成筹码。一个男的说:“买500元,怎么样。”

4个人互相对看一番,乔志芳说:“要买就买1000元,500元太少,几把就打干了。”

3人将目光投向了宁奇。

说心里话,宁奇之所以上来也就是为了消遣,有一二百元的锅底已经足够,这是一个输赢都可以承受的限度。现在听他们这样说,如果真的按他们说得这么大的牌,宁奇从来没玩过,也有点难以承受。他想逃离,可是今天偏偏面前坐着个乔志芳,这让他十分为难。不知为什么,在乔志芳面前他不愿意栽这个面子,于是他很违心地爷们了一回,说道:“女士优先,就按女士说的办。”

宁奇原以为乔志芳的麻技与他一样尚处于初级阶段或者说是个二把刀,开打以后他才发现原来她已然是麻坛老将,身手不凡。他不时偷偷地打量她,人家乔志芳每抓一张牌基本不用看,只需用中指搓一下,就能搓出是什么牌。就是说,她的手法很纯熟,达到如此程度,绝非一日之功。单就手法而言,她肯定是一名高手。

但是打麻将不能光靠手法,手气似乎比手法更重要。

宁奇虽然算不得麻坛老将,但是麻将的规律他还是略知一二。他们打麻将的人常说麻将很“犟”,一旦犟起来你越急需的牌它越不上手,急死都没用。相反,一旦顺了,差啥来啥,很快停口很快和牌,如行云流水。用麻场上的行话说这就是所谓的手气。关于这一点,热衷于麻将的有识之士早就做了总结,麻坛的基本规律是三分技巧七分手气。

看来乔志芳今天手气真的不顺,一圈下来没和上一把牌,却点了三炮一杠。第二圈开始她下了鱼。她说:“断幺三条。”

3个男人看了看她,没有反对。

不反对即表示认可。

宁奇知道,她是想用下鱼来改变目前的不利局面,但是他觉得她的赌注太大了,大得有些出乎她的意外。现在,他唯一的办法是咬紧牙关硬着头皮小心翼翼地打每一张牌。他的手心汗津津的。

打了两圈之后乔志芳仍然不和,而且基本把把放炮。她随即改鱼:“改成八叶张，再加三条！”

3个男人抬头看她，目光有些惊诧。

后来的牌打得谨慎而且沉闷，打了两圈她依然不见起色。

宁奇边打边不时偷偷瞟一眼乔志芳，看着她的筹码如水一般流失，他暗自替她着急。然而人家神情自若方寸不乱，一派大家风范。她输得很大方很潇洒，一把一清，不拖不欠，似乎那些送到别人手上的筹码就是一块块供人把玩的塑料片儿，一块钱可以买一大把的那种，与那1000块钱毫无关系似的。

又打了两圈乔志芳向老板喊：“干锅了，买底！”

这就是说，她已经将1000元输得一干二净。

乔志芳从钱夹里掏出一沓钱刷刷刷点了1000元交给老板，老板又点给她一摞筹码，一切照常进行。

一直到散场的时候乔志芳的牌始终没有起色，尽管她使出浑身的解数，一会儿下缺一门，一会儿下独三七，一会儿下三花，一会儿下门清，不管用，下什么鱼都不管用。收场结账，她只剩下200元的筹码。乔志芳整整输了1800块，3个男人都赢了。让宁奇万万没想到的是在这场让他为自己担心又为别人揪心的搏弈中他居然赢了1300块！

乔志芳起身的时候若无其事地笑着说：“三男一女，等于送礼，今天就算本人给你们送礼了。”

那天是宁奇自从打麻将以来赢得最多的一次，他高兴极了但是内心十分不安。出了麻将馆他没有即刻离开，一直等到乔志芳出来。她笑着对宁奇说：“回家呀，还站在这里等什么？”

宁奇很腼腆地说：“我想请你吃个便饭。”

她很大度地一笑说：“我知道你的心思。吃饭就不必了，自古以来立下的规矩，赌博场上无父子，愿赌服输。钱赢了就算你的，没有什么放不下的，把钱装好了，回去吧。”

宁奇正要转身，她突然说：“要不走吧，看来不吃这顿饭你今天晚上恐怕会睡不着觉的。”

宁奇要了3个菜1瓶酒，他们随意倒随意喝，谁也没劝谁。乔志芳的酒量很好，一瓶酒她很主动地喝了大半。看她喝得多了，宁奇有些担心，然而他不好意思劝她少喝点，也不好意思劝她早点回家，更不好意思去打听她的家庭婚姻事业等等。倒是乔志芳喝到脸红耳热的时候讲了许多关于自己的信息。

“我是一个农村姑娘。”乔志芳开始了她的表述：“因为家庭困难初中毕业以后只好辍学，回家种田。但是四道田埂并没有圈住我的心，我一心想开创一片属于我自己的天地。但是我没有立业的根本，于是我向父母要了 300 块钱，开始小打小闹。我到收购站买了一辆破旧的三轮车，修好了之后就蹬着这辆三轮车进城，靠卖凉皮子闯荡自己的事业。”

“那几年我看你真不容易。”宁奇感慨了一句。

“是啊。”乔志芳也很感慨：“每天起早贪黑，风里来雨里去，没少吃苦，也没少受罪。但是我觉得那一段时间苦是苦了些，可是苦得值得。卖凉皮子不但培养了我的商业头脑，也让我有了第一笔原始积累。后来我的心思渐渐大了，我开始瞄准服装生意，从背着大包小包跑西安兰州到开张精品店，历尽艰辛却也获得了成功。”

“你真是不简单。”宁奇又是一番感慨。

“后来我成了家，”乔志芳顿了顿，轻轻叹一口气。

“老公是干啥的？”宁奇终于可以顺理成章的提出这个几次想问但一直无法启齿的问题。

乔志芳并没有正面回答：“结婚之后 5 年来一直没有生育，我的生活从此再也没有平静。我受不了公婆的闲言碎语和男人的白眼，毅然分居分业但是……”

“但是什么？”宁奇问。

“但是没有离婚。”乔志芳答。

宁奇默默地听。

“有时候我想，像我这样没日没夜苦死累活的干究竟图了个啥，不如自己给自己寻点开心哪里好玩走哪里什么好吃吃什么，走到哪步算哪步。现在我想开了，我雇了两个店员看店，没事了出来打打麻将，一上麻将桌子什么烦恼都没了。”乔志芳一脸轻松。

宁奇很想再追问她男人的情况，不料乔志芳讲完这番话以后起身说要到店里看看，宁奇不好再问。但是他一直想搞清楚她的家庭状况和感情状况，他很奇怪自己为啥会关注这些事情。

那天打完麻将宁奇方才发现,钱这东西的诱惑力实在是太大了,有了1次赢就想着10次赢,那颗心就像被一条无形的丝线拴着,只要有了空闲第一个想到的就是麻将。从那以后他天天想往麻将馆跑，所以几乎每天都和乔志芳泡在一起。宁奇还有一个发现,就是他已经不知不觉陷入那136块塑料方块之中,每天都在接受赢钱的喜悦的鼓舞和输钱的沮丧的煎熬，每天都在这喜悦和沮丧的漩涡中周旋。

宁奇还发现,乔志芳最近的手气一直很背,这种久输不赢的局面已经让她的心理上发生了微妙的变化。她输钱的时候已经没有以前那般大方那般痛快,常有拖欠的情况,有时候还会因为债务问题和牌友发生一些口角,有几次推了牌不欢而散。

今天的牌她依然不顺，打完4圈之后宁奇看见她的鼻尖上沁出细密的汗珠。他估计,她的赌资已经触底,他实在担心她再输下去将会出现一个如何尴尬的局面。

宁奇仍然坐她的对门。

一把牌已经打了很长时间,4个人打得都很谨慎,看得出来大家都在尽力地滑水,谁都不愿意担放炮的风险。宁奇已经停口,口很宽,停的是二五八万。就在他努力追求自摸的时候,一伸手摸上来一张红中。他看看河里,河里没有红中,这说明,这张生牌无论如何是不能打出去的。他看见河里有一张二万,便小心翼翼地将他的一张二万滑了出去。

谢天谢地,没有放炮。

这样一来,宁奇的牌既没有放炮却仍然停口,但是已经由三停口变成了一停口——单吊红中。

宁奇的下家抓到一张牌,进入长考。看得出他的心里很矛盾,他必须在机遇和挑战之间做出决择,挺过去就有赢的希望,一旦放炮,满盘皆输。一番思想斗争之后,他狠吸了一口烟,打出一张牌:红中!

乔志芳推倒了牌:单吊红中,和了。

紧接着宁奇的上家也就是乔志芳的下家也推倒了牌:一炮两响,也是单吊红中。

宁奇也是和牌——单吊红中!

就在他准备向外推牌的一刹那间脑子突然闪了一下，于是装出很随意的样子将牌向怀里扳倒,一把将麻将推入洗牌的中洞里。

因为乔志芳抛的是独一张的鱼,而且鱼下得很大,所以这把牌她大胜,赢了550块。有了这把牌,后面她的手气出奇得好,收场盘点,她赢了3000多块。

散场以后她在门口等着,一直等到宁奇出来,她执意要请他吃饭,宁奇看看无法推辞,随她进了饭馆。今天她点的菜很丰盛,还要了一瓶酒。没开吃之前她先掏出500块钱拍在桌子上说:“大哥你把这钱收下。”

这是她第一次称宁奇大哥。

乔志芳的举动让他受宠若惊。然而宁奇面对500块钱一下子反应不过来,问她:“我为啥要收你的钱?”

她笑着说:“不为啥,就算我孝敬你老人家的。”

她的话让宁奇哭笑不得,按年龄她应该称宁奇叔不应该称什么大哥的,既然称了大哥再叫老人家,这不是在耍笑他吧。

这时候她正色问宁奇:“今天那把牌你也单吊红中对不对?”

宁奇看着她的脸,一句话也没说。

“你是不是也准备和牌那你为啥不和呢?”她问。

宁奇只报以深沉地一笑,还是没说话。

乔志芳斟一杯酒敬在宁奇面前说:“大哥我敬你一杯,你今天救了我的场,我谢谢你。”

宁奇接过酒杯准备开口,她做一个制止的手势说:“大哥你什么也别说了,话都在酒中了。”

宁奇不能不佩服乔志芳的机敏与老到，牌场上的一点点蛛丝马迹都逃不过她的眼睛。从她的话里听得出,他那个欲和又推的微妙动作她早已经看在眼里,也早已经看出他打了勾手牌的伎俩。她最清楚不过的是,宁奇在逃避自己输钱的同时挽救了她。

牌场有这样一个规矩:一炮两响,放和的人要输双份钱,两个和牌的人都得打发。然而一旦一炮三响,和牌的三个人就得同时输给放炮的人。今天的牌本来属一炮三响,本来是他们3人要输给那放红中的人,只因为宁奇的暗自推牌让一炮三响变成了一炮两响，逃避了自己，拯救了乔志芳，暗算了那个放红中的倒霉的家伙。

乔志芳留给宁奇的印象由初识时的泼辣热情到后来的贤淑文静，他对她的感觉一直不错。在他眼里，她是属于聪颖、丽质、文雅的淑女型的，无论做生意打牌还是言谈举止都是这样。在他眼里，她虽然没有受过高等教育，但他一直把她看作一个很有修养的女人。

可是后来的一次牌局，让宁奇看到了另外一个乔志芳。

那天下午天气有些闷热，麻将馆里的电风扇不停地旋转着，发出沙沙的声音。室内很热，电风扇无休止地旋转不但没有缓解闷热的气温，反而把那些恣意散发的汗臭味蒜臭味脚臭味扇得满世界都是。麻将馆内烟雾弥漫，空气异常浑浊。乔志芳穿得很薄也很露，丰满的身姿十分性感。乔志芳和宁奇刚坐下便进来两个男人，每人腋下各夹一个皮包，大大咧咧坐了下来。他们随身带进一股热风，还有满身的酒气。宁奇看见乔志芳微微皱一下眉头，不过很快就消失了。

牌局开始还算规矩，没打上两把便开始发生变化。先是宁奇下家的那主儿打了一张白板，口中报道："没毛！"

报完之后他用眯缝眼乜斜着看了乔志芳一眼，之后目光便小驻在乔志芳那大开领口的洁白的胸脯上。宁奇看了看乔志芳，她神态自若，虽然想说什么，但是最终咽了回去。

第二轮过来之后那人打了一张幺饼，随即报道："屌头子！"

他又一次用挑衅的目光扫了乔志芳一眼。

乔志芳略一迟疑，打出一张二饼："乳罩！"

两个人，不，应该是三个男人惊异地看着她。

她显得若无其事。

一局打完，乔志芳加了鱼，下得分量很重。她用挑衅的眼光看着那两个人，反而把人家的豪气看了上来，两个人几乎同时出口："应！"

乔志芳向宁奇使个眼色，宁奇立即明白了她的意思。

麻将这东西偶尔小玩一把是一种娱乐，长年泡在里面大打出手便陷进了赌博的泥淖。宁奇和乔志芳虽然不能说陷得很深但也不算很浅，他们得想长胜或者多赢少输的辄，这么长时间的麻友让他们已经商量好了打勾手牌。他们事先约定了许多暗语和肢体动作，向对方要牌的时候只需咳嗽一声或者摸一下耳朵拍一下桌子则代表着某一张牌，对方便会心领神会打将出来。

刚才乔志芳给宁奇使眼色他已明白了她的意思，她是要用那些淫秽的语言去迎合两个酒鬼色鬼以解除他们的谨慎，而他们两人则互相配合，打一场漂亮的勾手牌。

眯缝眼打出一张三饼："三蛋！"

乔志芳抓一张牌插进去，提出一张三条打了出来："裤头！"

这一下眯缝眼更来了劲，再一次轮到他打牌的时候，抽出一张二条打出来："硬棍！"

乔志芳随即打了一张八万："大叉腿！"

不可否认，麻将场上不乏这种为了追求刺激和娱乐而有意谬报花牌的做法，也不乏一些很荤很下作的报法，但那些大多发生在男人之间，像这样男女之间当面锣对面鼓地疯报狂报，宁奇还是头一次见到。他不能不佩服乔志芳的勇气。

在俩人的调侃中宁奇停了口，停的是幺四条，他窃喜。

这时候宁奇的上家打出一张一万，宁奇的手已经伸出去抓到一只幺鸡，准备自摸，谁知道眯缝眼大喝一声："碰！"

宁奇只好将幺鸡乖乖放回牌垛，眼睁睁看着那只幺鸡被乔志芳抓了过去，插进牌中。

第二轮过来宁奇的上家打了一张四万，宁奇伸手抓牌，又是一张幺鸡，真是天不灭曹，宁奇准备自办。偏偏那倒霉的眯缝眼又是一声大喝："碰！"

和前面一样，宁奇又眼睁睁看着乔志芳将那只小鸡抓走。看来幺四条已经没有指望，宁奇决定拆了这口，重新组合。这里面除了机遇的问题之外，打二条三条是滑水的熟牌，即便不和牌也不致于点炮。

民间有个传说，说麻将是韩信发明的，民间不知是何原因流传着这么一句歇后语：韩信的卵子——短根。谁也没有去考证韩信的卵子到底是长根还是短根，然而由此派生出一个说法，说韩信发明的麻将这东西"短"得很，专门和人作对。宁奇今天的牌果真验证了麻将之短，他刚打完二条三条，偏偏又摸上来一只幺鸡。宁奇懊丧极了，一来懊丧打丢了一个自摸，二来懊丧这张牌是生牌，一时无法处置。忽然他想起乔志芳手里已经有了两只幺鸡，兴许她十分需要碰牌，兴许她的口就停在对幺鸡上，如果是这样的话，他宁愿给乔志芳放和，也不能让那两个家伙和了牌。

这时候乔志芳把垂在眼前的一绺头发向后拉去，口中嘟囔一句："烂毛真是烦死人了。"

猛一听，她似乎在报怨自己的头发遮挡了视线，是一句极普通的话。但是，宁奇却听在耳中记在心中。这是他们定好的暗语："烂毛"就是向他要幺鸡，幺鸡也叫毛鸡。

经过认真考虑之后宁奇把幺鸡打了出去，果然乔志芳要这张牌，不过她不是碰也不是和，是杠——她手里已经有 3 只幺鸡。她伸手在垛后抓起一张牌，使劲拍在桌子上："杠后开花！"

宁奇一看，她从杠后抓了一张一万，她和的是一四万。

天哪，这可是八道毛子的最后一张牌，因为除了眯缝眼碰倒了六张牌，宁奇的手里还有一张四万。

那两个人顿时傻了眼。

宁奇也假装傻了眼。

要知道，杠后开花是要翻三番的，乔志芳的这把牌赢了他们每人 1500 块。因为宁奇放了杠，比他们多输 300 块，宁奇装作很痛苦的样子，把筹码如数点给乔志芳。从那把牌之后那两人的牌一落千丈，直到散场也没有翻过身来。

那天乔志芳赢了 8000 块！

走出麻将馆俩麻友眯缝眼眯缝着眼睛说："我说美女麻友，赢了那么多钱也不请哥们吃顿饭，安慰安慰我们这颗受伤的心？"

乔志芳很大方地说："没问题，跟我来吧。"

她把两人带到一个凉皮摊前扔给摊主 20 块钱说："这是我的两个麻友，好好给我侍候着。"

她又回头对那两人说："实在抱歉，我还有事我先走了，失陪。"

两个人落魄地站在凉皮摊前，一口也没吃，灰悻悻走了。

第三十五章

宁奇回到家正准备吃饭，忽然手机响了，是乔志芳发来的短信："请速到名苑小区二号楼三单元 302。"

宁奇回信："有事吗？"

她回信："必需的。"

宁奇怀着忐忑的心按响了 302 的门铃，乔志芳开门："请进。"

地面是实木地板，擦得油光闪亮，宁奇站在门口没敢迈步。乔志芳提过一双拖鞋扔在宁奇的脚边说："换上吧。"

房间很敞亮，看上去足有一百三四十平方米，装修也很讲究，配上那些豪华的家具和窗帘，俨然一座小型宫殿。屋里显然撒了香水，散发着淡淡的幽香，很诱人的。

乔志芳给宁奇递上一块热毛巾说："擦擦脸，擦完咱们吃饭。"

身处这样豪华的住宅和身处只有一男一女的环境让宁奇很是窘迫，一时不知说些什么干些什么，捧着毛巾愣愣地站在那里。乔志芳接过毛巾不由分说在他脸上擦了起来，搞得宁奇更加不知所措。擦完脸她把他拉到餐桌前说："请坐。"

餐桌上放着一块华丽的蛋糕，上面用红色奶油秀了 4 个字：生日快乐。旁边放着两瓶红酒，还有两只高脚杯。乔志芳坐在宁奇的对面，她的妆化得很浓，非常妩媚。她穿一件素色的裙子，胸开得很低，深深的乳沟毫不掩饰地暴露在那里，十分性感。

乔志芳说："今天是我的生日，请你来祝贺一下，不介意吧？"

宁奇问："就我们两人？"

她说："不是咱两人还能有谁？"

宁奇说："那……"

乔志芳打断宁奇的话说："你就别问了，人家长年在外，一年回不了几次家的。"

她将蜡烛插好说："你帮我点上好吗？"

宁奇的手有些颤抖，将蜡烛点着。

她说："那咱们闭上眼睛，许个愿吧。"

乔志芳许完愿，目光停留在宁奇脸上，宁奇感到很不自在。

她说："你和我一起吹蜡烛好吗？"

宁奇犹豫一下，点了点头。

他们吹灭了蜡烛。

她斟上酒说："你能为我唱支生日快乐歌吗？"

宁奇说："实在对不起，我不会唱。不过我可以祝贺你，祝你生日快乐。"

乔志芳真的很快乐，她频频和宁奇碰杯，还将奶油涂抹在自己脸上，趁宁奇不备给他也抹了一块。她的情绪感染了宁奇，他渐渐地放松，放开，和她开怀痛饮。

喝完一瓶之后宁奇有点发晕，原来红酒这东西也醉人。乔志芳两颊绯红，两眼水汪汪地看着他，他发现，那两汪水里似乎有火苗在燃烧，燎得宁奇心里酥酥的。她要打开第二瓶接着喝，宁奇一把抓住她的手说："别开了，咱们不能再喝了。"

她顺势握住宁奇的手，深情地看着他。她的手在微微发抖，宁奇的心突然颤抖起来。

她猛然转过来，将身子软软地倒在宁奇的怀中。

宁奇的身子软了。

宁奇的理智告诉他这一切再不能向前发展。他轻轻推起她坐好，他自己则离开座位，坐在沙发上。乔志芳走过来坐在他的腿上搂住他的脖子问："我就让你那么讨厌吗？"

宁奇赶紧说："不是不是绝对不是，我是怕万一碰上人会出问题的。"

乔志芳含情脉脉地看着他，并不松手。

宁奇说："小乔，咱们都是正派人，一定要把握好自己，不要因为感情的事影响了我们的声誉和事业。从今往后，我们继续做好朋友，但是不要越过做朋友的底线。所以你听大哥一句话，你还是下来吧。"

乔志芳慢慢松开手，起身端坐在沙发上，一声不语。

乔志芳开始抹眼泪。

宁奇说："小乔你不要这样，心里有啥苦楚说出来，兴许我能为你排解一些呢。"

乔志芳还是哭。

宁奇有些手足无措，说道：“小乔你别哭了，有什么心事对我说说好吗。”

宁奇抽一块纸巾递到她手上，她拿纸巾擦擦眼泪稍事镇定，开始诉说。

“怎么说呢?”她止住眼泪说：“我的婚姻是一桩美满而不幸福的婚姻，我的家庭是一个富有而不幸福的家庭。”

“到底出了什么问题？”宁奇问。

乔志芳说：“我的男人叫牛万成，是我初中的同学。按理说他是一个很不错的人，他这个人头脑灵活志向远大，但是人不走时，在社会上闯荡了几年，结果干啥啥不成，如今一无所有。我几次劝说让他和我一起经营服装店，人家心气高得不行，一来嫌这行业小打小闹赚不了大钱，二来怕落下靠女人做生意的名声。”

“原来是这样。”宁奇轻声说。

乔志芳接着说：“这房子这家俱所有的装修都是我花的钱，就因为这个人家从来不回来住，说依靠女人过日子的男人没脸见人。”

宁奇感叹一声：“夫妻之间，不至于吧！”

“当然，”乔志芳说：“我俩之间还有一个疙瘩，就是结婚七八年了还没有孩子。他怨我我怨他就这么挽在心里，谁也不愿意说出来。你说，这样的婚姻这样的家庭跟守活寡有什么区别？”

说到伤心处，她又轻轻抽泣起来。

她轻轻移动身子，靠在宁奇身上。

这一次宁奇没有推她，轻轻地把她揽在怀里。

那天晚上宁奇在乔志芳家里留宿了，乔志芳将满身心的爱铺天盖地地倾注在宁奇身上，让他在一夜之间仿佛倒退了20年。

她说：“这是我过得最开心的一个生日。”

那个春天的阳光比哪一年都灿烂，那个春天的风雨比哪一年都缠绵，宁奇和乔志芳出双入对，陶醉在赢钱的喜悦中，徜徉在爱情的大河里。宁奇无心顾及家里的琐事和自己未了的余事，什么计划什么安排统统抛在脑后。乔志芳已无心打理她的生意，整天盼望着和宁奇相处的欢乐时刻。甜美的日子里最能勾起人的美好的憧憬，他们不止一次地计划着都市豪宅、豪华轿车和温馨浪漫的自驾游，尽情勾勒着美好的未来。

这样的好日子很快结束了。

随着儿女工作的调动，宁奇和老伴不得不各守一家，带领孙子的任务摆在他们的面前。新学期来临的时候，白兰芳去了儿子家，宁奇也依依不舍地离开那家那小城和那小城里的那家麻将馆，不得不和乔志芳分手去省城接送孙子上学，住那五层高楼过那牢狱一般的生活。对于两个热恋中的情人而言，那真是一段让人揪心的日子。开始他们用每天几十条短信寄托各自的思念，后来渐渐稀少了。再后来乔志芳便不再给宁奇发短信，偶尔宁奇给她发过去，不是一两个字打发了，便是压根儿不回。

国庆节小长假终于到了，宁奇像从酆都城里放出来的野鬼，疯狂地扑向他居家的小城。回家没来得及打扫一下房间，他先上街一趟。

当下最重要的事情就是去找乔志芳。

来到乔志芳的商铺门口，"芳芳精品服装店"的招牌已然不知去向，换上去的是一块"红云副食品超市"的招牌。宁奇在门口伫立良久，揣度乔志芳可能的去向。他走进超市问服务员："请问原来的服装店搬到哪里去了？"

服务员说："不知道。听说是倒闭了。"

"老板到哪里去了？"宁奇再问。

"不知道。"服务员摇摇头。

"那你们现在的老板姓什么？"

"姓姚。怎么了？"服务员有些不耐烦。

宁奇说："不怎么，随便问问。"

他怅怅然赶紧退了出来，在门口站立许久。

她会去哪里呢？

宁奇离开超市，匆匆去了趟麻将馆。麻将馆里面依然红火、依然喧闹、依然烟雾缭绕，电风扇依然永恒地转动着，唯独不见乔志芳。宁奇找到老板，想向他打听乔志芳的去向，没想到老板先问起宁奇来。他说："你们这对黄金搭档怎么好长时间不见了？是不是到别处发大财去了。"

宁奇明白了老板的意思，一是乔志芳好长时间没到这里来了，二是有可能乔志芳去了市里的大牌场。市里有许多茶楼，茶楼里都设赌局，那里的赌头很大，哪个都是带了十来八万进去的，打一局牌输个三万五万赢个两万三万是家常便饭。

中国有一句话叫挥金如土，只有进了赌场才能真真切切体会到这句话的含义。进了赌场那钱就不是钱，是纸，甚至连纸都不如，只有出了赌场这世界才恢复了原样，人才变成了真人，钱才变成了真钱。

她不会去了那些地方吧？宁奇的心猛然悬了起来。

宁奇给乔志芳打了个电话，对方欠费停机。

回到家里面对的首要问题是吃饭，吃饭的首要问题是买菜。宁奇得上市场买菜。他来到一个韭菜摊前蹲下，准备挑一把上好的韭菜。不知什么时候他的身旁立定一双脚，那双脚穿着高跟皮凉鞋，透过极薄的丝袜能看见涂色的红指甲。不用抬头就知道是个阔绰女人。

女人问菜农："韭菜一斤多少钱？"

菜农回答："一块五毛钱。"

女人说："一把烂韭菜死贵死贵，就不能便宜点。"

菜农笑着说："你看好了，我这可是大地韭菜不是温棚韭菜，一分价钱一分货，姐姐你就放心买吧。"

那女人显得很不耐烦，说道："王婆卖瓜自卖自夸，那你给我称一把子吧。"

菜农挑了一把韭菜称完递到她手上说："一斤二两，一块八毛钱。"

女人掏出一块五毛钱扔在菜摊上说："你见哪个卖菜的算过零头？一斤就是一斤，什么一斤二两。"

菜农苦笑着说："你看你那么阔气一个人哪里会差这两个小钱，我们冷一把热一把种点菜也不容易，就算你施舍点还不行吗？"

女人说："我施舍你谁施舍我？"

菜农说："就算不施舍你也得把钱给够呀！看样子挺阔气，原来也是个驴粪蛋子——面子光。"

女人扔了韭菜："你侮辱谁呢？谁是驴粪蛋子？你给我说清楚！"

眼看着一场纠纷不可避免。

宁奇本不打算抬头看这女人，准备买完菜即刻离去，听了他们的一番讨价还价他不由自主地慢慢将目光从最低处往高处看。他首先看到的是她的丝光长筒袜上开了一个洞，尽管她已经用极细的针钱缝了，但是仍然显得很扎眼，看上去极不舒服。现在宁奇终于明白了一个道理：女人为什么爱光着腿光着脚招摇过市，原来丝光袜这东西是新起破不起的，只要有一丁点儿瑕疵，则很有可能损毁了一个女人的光辉形象。

身边这个女人至少是这样。

再往上看是一双丰满的胸再往上看是一张白皙而漂亮的脸，宁奇的目光忽然停留在她脸上。

是她？是乔志芳！

她也认出了宁奇，宁奇发现她的脸突然红了。听见争吵围观的人渐渐聚拢过来，宁奇随手掏出一块钱扔在菜摊上，推着她匆忙离开那个嘈杂的地方。

宁奇把她拉到饭馆门口说："我们一起吃个饭吧。"

她没有响应也没有拒绝。

他们迈进饭馆，面对面坐下。

她一直沉默着。

现在宁奇开始仔细打量她，人还是那么漂亮那么风韵，只是面容有些憔悴。她的眼圈有些发暗，是眼影重了？是熬夜熬的？他不得而知。

这顿饭吃得很沉闷，宁奇无话找话和她聊了几句，像是老师的课堂提问，都是一问一答式的。宁奇点了几个菜要了一瓶酒，乔志芳丝毫没有兴趣，一杯酒一直放在那里，一口也没喝。宁奇自斟自饮了几杯，觉得很是扫兴，喊来服务员买单，草草收场。

吃完饭宁奇说："志芳，我送你回去。"

她说："不用了。"

宁奇坚持说："我一定要送你，这么长时间没见面咱们今天晚上得好好说说话。"

她低声说："有啥好说的。"

宁奇看她对自己如此冷淡，估计她的感情出了问题。他怕再说下去会自讨没趣，便闭口不言。乔志芳出了饭馆径直走了，宁奇呆呆站在那里，目送她走到马路的另一边。

这一刻宁奇怅然若失，心里空落落的。但是他觉得体内有一股烈火在燃烧，这烈火自从见到乔志芳的那一刻便被点燃，现在，那烈火不断升腾，顷刻烧遍全身。不行，我不能就让她这么走了，我要追上去。既使她不理我不再喜欢我，但是我一定要对她表白我的忠贞不二，一定要向她倾诉我的相思之情。

宁奇追过马路，跟着她往前走。她突然转上另一条街，向着与她家相反的方向走去。宁奇感到很意外，她要去哪里？她要干什么？他不得而知。强烈的好奇心驱使他必须把一切搞个明白，他放慢了脚步，远远地瞄着她走。一路上，一个接着一个的问号不断在脑海中翻腾，他的心也在一阵紧似一阵的翻腾。

又穿过两条马路她拐进一个小巷，这里全是平房，这里的居民把这里称作贫民区。

她到这里干什么？

她顺着小巷往前走，一直走到小巷的尽头。那里有一扇门，她停住脚步，从手袋里掏出钥匙，慢慢开了锁。宁奇几步蹿到她面前，推开门推着她进了门迅疾反手将门带上。

她睁着惊讶的眼睛看着宁奇："你跟踪我？"

宁奇没有回答她而是将她一直推进屋里，两个人站在地当间四目相视，长时间地对峙着。

这是一套十分破旧的平房，这房子的历史宁奇知道，是刚建县城时的第一批家属房，足足有30年的历史。顶棚是黑的，顶泥掉落几块，露出里面的苇芭。墙跟顶棚一个颜色，踢脚线破损得斑斑驳驳。靠东墙支一张钢管床，被子散乱地堆在床上。对门还有一个半间，那里面放着一个洗衣机还有一个煤气灶，剩下的是些锅碗瓢盆散乱地摆放在地上。

宁奇扶住她的双肩将她轻轻推坐在床上。

他蹲在她面前问："志芳这到底是怎么回事，你赶快说呀！"

她像一个泥塑的人，任凭宁奇摇动着她的胳膊搓捏着她的手，始终一言不发。

宁奇拉住她的手说："志芳，有什么事你说出来，只要有我在，我不会袖手旁观的。"

乔志芳还是木然地坐在那里。

宁奇说："不管你说不说，我知道你肯定碰到了难处。既然我知道了，我就得管。我不能让你过这样的日子，暂时先到我家去，完了再做商量。好吗？"说完拉着她便走。

乔志芳推开宁奇的手说:“你别拉我,拉也没用。”

宁奇提高了声音问:“志芳你到底怎么了?”

乔志芳跌坐在床上,长叹一声:“我自己种下的恶果我自己尝,这叫罪有应得,我是不会连累你的。你走吧。”

宁奇双手叉腰,气呼呼地说:“今天你不把事情说清楚我就不回家,我就在这里陪你!”

乔志芳用失神的眼光看着宁奇,两行眼泪扑扑簌簌掉下来。

“你走了以后,那些日子我就像丢了魂一样,生意没心思打理,麻将没心思打,人眼看要疯了似的。”乔志芳哭诉。

“那后来呢?”宁奇问。

“后来就去了市里。”乔志芳的声音很低。

“去市里做啥?”宁奇迫不及待地问。

“打麻将呗,还能做啥。”她轻轻叹一口气。

宁奇已经预感到了什么,也轻轻叹了口气。

“刚到茶楼里我的手气一直很好,没有几天我就赢了20多万。”她停顿一会儿,接着说:“唉,那阵子收手该多好啊!”

宁奇伸手抹去她眼角的泪珠,却有更多的泪水流了出来。

“也是我鬼迷心窍,想再赢几把就回,没想到后面的手气臭得连自己也无法相信。几天时间,赢来的钱全部倒了出去,另外又输进去二十几万。”乔志芳一脸懊丧。

“赌场上有输就有赢,有赢就有输,愿赌服输,认输也就完了。”宁奇安慰说。

“谁说不是呢。那阵子认个输调头回家啥事都没有,可是我偏不认输,我要扒本!谁想到后面几天输得更惨,3天输掉50万!”乔志芳的眼泪又流了出来。

“天哪!你这不是疯了吗?”宁奇惊呼。

“那阵子我真的疯了,我先用店铺作抵押借了高利贷,输光了;后来又用楼房作抵押借高利贷,还是血本无归。”她有些哽咽。

“再后来就回到县城住进了这间破房子对不对?”宁奇问。

“这套破房子还是临时租的。”她答。

她再不流眼泪,破屋一片死寂。

宁奇起身坐在她的身旁，将她慢慢搂在怀中。

那天晚上宁奇没有回家，他们在这旧屋破床上度过了一个不眠之夜。

那一夜宁奇为乔志芳想了很多办法，然而纵有千条万条路，到最后只有一个坎儿过不去，那就是钱。他们用叹息送走黑夜，又用叹息迎来黎明。他们叹息世事艰难，叹息那些把金钱不当钱的日子。宁奇很想拿出几万块钱帮她重新立业，但是家庭的财政大权不在他的手里，再说他们背着家人干这苟且之事本身就担着风险，一旦露出蛛丝马迹，家庭将出现危机，岂不毁了一世英名。

天亮时乔志芳穿衣下地，说了声："我要回家！"

宁奇问："你回哪个家？"

她说："嫁鸡随鸡嫁狗随狗，既然是有男人的人，自然是回婆家。"

宁奇说："早不回婆家晚不回婆家，现在混到这步田地，让人家怎么看你？"

"爱怎么看怎么看，我不在乎。"乔志芳显得一脸轻松。

宁奇再问："那你准备回到婆家做什么？"

乔志芳惨然一笑："做什么？家里有我们的责任田，生就的骨头长就的肉，回家种田呗。"

宁奇大吃一惊："你真的要回农村？"

乔志芳好奇地问："怎么了，那地方不是人去的？"

宁奇赶紧支吾道："不是，……我不是那个意思。"

乔志芳问："那你是什么意思？"

宁奇试探着问："我的意思是说，城里干了这么多年，乍回到农村你能适应吗？"

她微微一笑说："有什么不适应的，天底下种庄稼的人有一层，为啥单单我姓乔的丫头就不行呢。"

看来她是经过深思熟虑的。

宁奇从衣兜里掏出所有的钱，大约有 3000 多块。

他说："志芳你先别急着回农村，你先把这点钱拿着做个小本生意，后面我们再一起想办法。你放心，有我吃的就有你吃的，没有翻不过的山，没有过不去的河。"

乔志芳执意不收，她说："我自己做下的孽自己承受，我说过了，我决不会连累别人。"

宁奇问她："我是别人吗？"

乔志芳不语。

宁奇把钱强塞在她手里，她显得很茫然，自言自语道："干什么呢？"

是啊！干什么呢？

宁奇想了想，突然脑子一亮："买几台麻将机，在街面上租个房子，开个麻将馆，哪一天不收个百儿八十块钱。"

宁奇刚把话说完，没想到乔志芳大怒，是从来没见过的那种暴怒："你给我闭嘴，今后少在我面前提麻将，小心我翻脸！"说完将钱狠狠砸在地上。

宁奇赶紧把钱捡起来，硬塞进她的手袋。

看来麻将对她刺激太大，宁奇没再敢多言，匆匆回了家。

第二天宁奇有些不放心，又去了乔志芳家。他一直走到小巷尽头，那扇门锁着。他打手机，关机。回家的时候路过麻将馆，看见麻将馆的老板灰悻悻蹲在那里抽烟。宁奇走过去问："今天怎么这么清闲？"

老板长叹一声说："筐筐子没系再别提了。"

"遇上啥事了？"宁奇问。

老板反问："你是真不知道呢，还是明知故问？"

宁奇被老板问了个大张嘴："你遇上什么事情，我从哪里知道呀？"

"难道乔志芳没告诉你？"老板问。

宁奇说："我根本就没见着她，我还满世界找她呢。"

老板长叹一声："我算是倒了八辈子霉了。"

宁奇忙问："麻将馆开得这么红火倒的是哪门子的霉，倒谁的霉了？"

老板狠狠把烟头搓死说："还能倒谁的霉，谁喂的狗咬谁。"

宁奇让他这没头没尾的话搞懵了，追问事情的原委。

"昨天下午乔志芳来了。"老板说。

宁奇吃了一惊："她不是说过从今以后再也不打麻将了，怎么又来了？"

老板气哼哼地说："狗啥时候都改不了吃屎。她要是能把麻将戒了，我就能把饭戒了。"

"打得怎么样？"宁奇急吼吼地问。

老板说："她身上只有3000块钱，全买了底。他们的牌打的很大，后来她输，输得一个子儿也不剩。”

“那后来呢？”宁奇追问。

“后来的事没法提了，”老板气呼呼地说：“钱输光了她赖着不走，死缠硬磨向我借了1000块。”

“结果呢？”

“结果又输了。”

“再后来呢？”宁奇问得更急。

“再后来，再后来她还是不认输，决心把输掉的钱扒回来，结果越扒越深，后面开始欠账。”老板说。

“最终的结果怎么样了？”宁奇的呼吸有些急促。

老板说：“还能怎么样呢，自古以来杀人偿命欠债还钱，欠了人家的钱人家自然不干了。后来发生纠纷，先是争吵后来跳骂，差点动起手来。乔志芳欠了钱不但不认错，临出门时撂下一句话：你等着！”

“走了？这么说她欠了你1000块钱，我还以为多大的事呢，至于让你生那么大气吗？”宁奇总算松了一口气。

老板气哼哼地说：“要是1000元的事我臭屁都不会放的！”

“那还有什么事？”宁奇刚刚放下的心又悬了起来。

“什么事？大事！”老板说：“20分钟后公安局的警车到了，说有人打了110报警，说这里聚赌。警察没收了所有的赌资查封了麻将馆，把我和打麻将的人全都带到派出所，又是写检查又是交罚款，整整折腾了一夜，今天早晨才放了回来。”

宁奇惊呆了，一句话都说不出来。

第三十六章

乔志芳回到牛家庄的时候，全村的人用惊异的眼光看着她。她从容地走进牛万成的家，在公婆惊疑的目光下从容地走进厨房，走向猪舍羊圈，走下田地，从容地做饭洗锅饲猪喂羊下地干活，似乎这一切都是她一以贯之该干的营生。乔志芳的弃商从耕让婆家的人大大出乎意外且大大喜出望外。公婆都是老实巴交的庄户人,不但没有丝毫的埋怨,还为她说了许多宽心话。不久,丈夫牛万成也结束了他近乎流浪的打工生涯,回到牛家庄。乔志芳的失落并没有让牛万成感到失落,恰恰相反,他似乎从她的失落中找到了夫妻间的平衡,找到了丈夫的尊严。他像久别重逢了日思夜想的媳妇,关爱她呵护她,每天晚上都给她打洗脚水。

乔志芳每次称爹叫妈的时候让老两口倍感亲切,吃饭的时候她问牛老汉说:“爹,妈,我想干点事业。”

牛老汉说:“你是见过世面的人,有啥想法你尽管说,你和万成在前面冲,我和你妈为你们在后面助力。”

牛万成说:“眼下一无资金二无技术,干一件事谈何容易,有啥想法慢慢来吧。”

乔志芳说:“不能慢慢来,说干就干。”

一家人用惊异的眼光看着她。

乔志芳清一清嗓子说:“万成说得不错,我们确实面临不少困难,但是,我们要看清我们的优势,而且要充分发挥自己的优势。”

牛万成用狐疑的眼光看着她:“优势?我们有优势?”

乔志芳的回答十分肯定:“是的。”

全家人的目光注视着她。

乔志芳问牛万成:“我是干什么的?”

“你是摆凉皮摊的,你是开服装店的,怎么了?”牛万成不解。

乔志芳说:“我从经营凉皮摊到经营服装店,虽然干了个身无分文,但是我有一套经营管理的经验。大小事业一个理,只要管理走上正轨,事业一定能够顺利发展。”

一家人静静地听。

“还有,”她转而问牛万成:“你是干什么的?”

牛万成答:“我在脱水厂给人家打工,怎么了?”

乔志芳笑着问:“我听说还混了个什么生产副厂长?”

牛万成有些不好意思:“什么厂长不厂长的,也就是个工头。”

乔志芳说:“你千万别小看了这个工头,你可是掌握着整个生产流程的全部技术,对不对?”

牛万成说:“技术是没问题,可是那又能怎么样?”

“那咱们的技术问题就解决了呗。”乔志芳显得很轻松。

牛万成问:“你的意思是咱们干脱水菜?”

乔志芳对全家人说出了自己的想法:“我认真考察了一下,目前脱水菜的行情是最好的时期,内产外销成龙配套,国内外市场供不应求。所以,我们应该把眼光放在脱水菜上,而且从现在开始就要提前谋划。”

牛万成说:“你说得不错。可是我们这里搞脱水菜的不下几十家,人家经营了多少年,又有实力又有基础,我们新开张,能竞争过人家吗?”

乔志芳说:“这个情况我清楚,你说的情况确实存在。脱水菜企业的确不少,但是他们都属于小打小闹,没有形成规模。还有,他们在生产经营和原料经营上的脱节既制约了产量,也增加了成本,不能产生最大经济效益。而我们跟他们不一样,我们现在谋划的是,不干则已,干咱就干大的。”

“你想搞多大?”牛万成问。

乔志芳说:“咱们搞集约化生产,搞种产供销一条龙经营。”

“怎么个一条龙?”老公爹问。

乔志芳说:“咱们要建一个脱水厂,规模要大、起点要高、技术要最先进。脱水厂建成之后,由万成经营。”

牛万成说:“经营脱水厂没问题。”

“当然,这还远远不够。”乔志芳说。

一家人屏住呼吸听她的下文。

“咱们要把家里的23亩地都种上脱水菜。”乔志芳说。

老公爹说:“这没问题,包在我身上。这样一来,有了厂子有了原料,问题都解决了。”

乔志芳接着说:“咱们要做的事还很多。”

“还要干什么?”老公爹瞪大了眼睛问。

乔志芳说:“咱们要把村里闲置的土地和在外务工人员以及不愿耕种者的土地全部承包过来,搞规模种植,建立自己的原料基地。”

“那可是几百亩啊!”牛老汉惊呼。

“是的，”乔志芳说：“就得种那么多。有了自己的原料基地，少了运费少了菜贩子的中间盘剥，成本就会大幅度降低，利润就会大幅度提高。这个原料基地由我来负责经营。”

乔志芳的一席话说得一家人目瞪口呆。

牛万成觉得可行，只拿眼睛看他的父亲。

牛老汉问乔志芳：“计划倒是不错，问题是你能受下那苦吗？”

乔志芳说：“爹你放心，老乔家人老三辈子都是受苦的，到了我这一辈有啥受不下去的。我现在不担心受苦的事，我担心的是另外一件事。”

牛老汉说：“你担心什么？说出来我们共同想办法。”

乔志芳说：“这些事情干下来，需要一大笔钱。”

牛老汉说：“钱的事我早就想到了，虽然筹集起来有些难度，但是你们只管干你们的事，钱的问题由我来想办法。”

乔志芳不无感激地说：“有你这话我就放心了。我有个初步想法，爹你过去当过生产队长，在村子里德高望重，我想借你的威望用一用。”

“借我的威望？”牛老汉懵了。

“是的，”乔志芳认真地说：“村子里承包土地的事就交给你了。你不但要把土地包到手，还要告诉乡亲们，承包费现在拿不到，必须等到菜款回笼以后。不过你得向人家保证，当年一定付清。”

她看着老公爹：“怎么样？”

“没问题！”牛老汉把胸脯拍得“嘭嘭”响。

牛老汉起身，从柜子里取出一个红布包，放在桌子上：“这是30万，你先拿去用，剩下的钱我再想办法。”

牛万成惊呆了：“爹你哪里来这么多钱？”

牛老汉看着乔志芳说：“都是志芳平时给的。”

乔志芳收起红包放在公爹手上说：“爹，这是我孝敬你二老养老的钱，这钱不能动，你快收起来。”

牛老汉把钱推到她面前说：“眼下当紧用钱，我能不拿出来吗？再说，事业干成了，还差了我们的养老钱不成？”

牛老汉不但拿出自己所有的积蓄，还卖了奶牛、卖了栈羊、卖了下仔的母猪连鸡鸭都卖了个连窝端。他找亲戚找朋友借款找乡里批条子找信用社贷款,再挨门挨户地联系土地承包,写下秋后一定偿还土地承包费的承诺书又按上红手印。乔志芳和牛万成也没闲着,一切在紧锣密鼓地进行。

一个风和日丽的早晨,宁奇去公园晨练已毕返回家中。早春的风虽然尚有些寒意,但是很和煦。然而春天尚未完全脱去冬的外衣,透着丝丝凉气。大街上很冷清,只有扫马路的环卫工人在那里忙碌着。宁奇漫不经心地走着,经过生资公司门前的时候,忽然听到一个声音在叫:“宁老师!”

宁奇停了脚步,举目四望,街面上很空旷,只有生资公司门口停着一辆四轮拖拉机。拖拉机上坐着一个人,穿着一身迷彩服,头上包裹着一块硕大的绿色围巾,那围巾遮挡住脸面,看不出是谁。宁奇犹疑地站在原地,向四处搜寻,那人一把掀下围巾喊:“宁老师,过来呀!不认识了?”说完咯咯地笑。

原来是乔志芳?!

宁奇紧走几步来到她面前问:“一大清早到这里干什么来了?”

乔志芳说:“来生资公司买薄膜和化肥,等人家开门。”

宁奇问:“你买那东西干什么?”

乔志芳把她种脱水菜的全部计划和目前的进展情况都告诉了宁奇,还兴致勃勃地向他描绘了她的宏伟蓝图。

如果说宁奇第一次在凉皮摊上认识的是一个淳朴憨厚的乔志芳,那么在服装店里认识的则是一个精明能干的乔志芳。而如今,淳朴与精明犹存,宁奇却看到了她的另一面——坚毅。他默默地看着她,红里透黑的脸庞上漂浮着沧桑,满是被那利似剪刀般的春风剥刮的痕迹。她的手有些粗糙,手背隐约可见细微的裂纹。宁奇心疼地拉过她的手轻轻抚摸着,她随即抽回手说:“干粗活的手,又脏又糙有啥好摸的。”脸上露出歉然的微笑。

然而从这个细微的动作中宁奇能感受得到,她抽回手并非怕弄脏了他的手并非怕弄糙他的手,而是一种发自内心的拒绝。

后来的事证实了宁奇的判断。

自从乔志芳回了农村之后他们的联系越来越少,仅有的几次通话都是些问答式的辞令,没有了甜言蜜语没有了卿卿我我,以后干脆断了。但是宁奇一直放不下她，一直在打听她的消息，这其中最鼓舞人心的有两条，一条是他们的脱水菜大获成功，当年就赚了100多万；第二条是她和牛万成的关系非常亲密，他们在下了大力气干事业的同时，也下了大力气看病，下了大力气怀孕，乔志芳有了身孕。

第二个春天来临的时候，宁奇坚持锻炼，他既打太极拳又坚持快走，每天往复在生资公司门前的那条大街上，目光不停地搜索着过往的女人和门前停放的车辆。他心里明知这是徒劳，但他仍然日复一日地坚持着，他真心盼望乔志芳的再次出现。

宁奇的徒劳是有原因的，就在他翘首以盼的时候，乔志芳生了。

乔志芳给老牛家生下个大胖小子，给老牛家生下个命蛋蛋。对于牛老汉老两口而言，这孙子的出世比他的脱水菜脱水厂的成功重千万倍，对于牛万成而言，儿子就是他的命根子。

乔志芳一下子被老牛家像先人一样供了起来，不让她上锅不让她下地，家里的事外头的事一概不让她插手，好吃的好喝的堆天拉地放在她面前，好让她有充足的奶水养育出一个肥胖的孩子。尽管这一切让乔志芳很无奈，但是她只能顺从。整个一春一夏，乔志芳像一下子掉进了蜜罐子一般。然而她更像一只被扔进粮仓的母鸡，吃不进去走不出去，养了一身的肥膘。

下午，家里的人都出了门，各自去忙各自的活计，乔志芳喂饱了孩子，看那小东西打一个哈欠放到枕头上拍了几下就睡着了。她拿起遥控准备开电视，想了想又放下，她怕打开电视吵醒孩子。她坐了一壶水，走出屋子轻轻带上门，在院门口看那绿色的田野和摆动的柳枝。枝头上一群麻雀叽叽喳喳地叫，她张开双臂一哄，麻雀们嬉笑着飞向远方。

乔志芳信步走出院门，那是一条宽阔的村庄巷道。她看见两个小媳妇走了过来，和她打个招呼进了邻居的家门。她的邻居开了个小卖部，卖的是些香烟啤酒方便面麻辣条之类的小食品。前些日子从城里拉回一台半新的麻将机，招来村里的闲散妇女消磨时光。是的，这家的麻将只能用消磨时光这个词，因为她们打的是1块钱的麻将，一个下午输赢不会超过10块钱。

这时候小卖部的老板娘走出门来，一眼便看见了乔志芳。她朝着乔志芳喊：“乔姐快来凑个场子，正好三缺一。”

乔志芳说：“不行我不能去，我还得看孩子呢。”

老板娘说:“孩子吃饱了让他睡着去,过一会儿看看就行了。”

乔志芳说:“不行,醒了要哭的。”

老板娘说:“乔姐你也真是的,哭就哭两声呗,哭闹的孩子泼实,哪个孩子不是哭大的。”

乔志芳说:“那怎么能行呢?”

老板娘说:“那怎么不行?你是怕把气卵子哭下来咋的?”

“大妹子你看你说的。”乔志芳有些不好意思。

老板娘说:“我知道了,我们穷人的孩子不值钱,就你们有钱人的孩子娇贵。”

乔志芳说:“大妹子我不是那个意思。”

老板娘说:“哟哟哟还不是那个意思,那是哪个意思,不会是嫌我们人穷还是嫌我们牌小吧,我就知道你们有钱人看不起我们穷人。”

乔志芳走近了说:“大妹子快别那么说,乡里乡亲的,你怎么能这么看呢,你看乔姐是那种人吗?”

老板娘笑着说:“我就知道乔姐不是那种人。这样行不行,你先给我们凑个场子,后面肯定来人,来了人把你替换下去总行吧。”

话说到这个份上,乔志芳无话可说。

坐在麻将桌前,乔志芳的心情十分矛盾,她几次想起身离去,但是她不愿意为这点小事疏远了邻里关系。可是如果玩起来她就算吞食了自己的诺言,因为在与牛万成谋划完事业的那一刻,她曾经当着他的面对天发过毒誓:“这辈子我姓乔的丫头再打麻将就让炸雷劈了!”说到伤心处,她也曾经几次拿起菜刀要跺手指头,都被牛万成将刀夺了下来。

麻将这东西之所以世代相传直至当下达到鼎盛时期,不能不佩服发明这玩意的先人的匠心独运和麻将本身所具有的巨大的诱惑力。乔志芳在极不情愿的情况下玩了一圈已渐入佳境,似乎找回了早先的感觉以至于达到忘我的程度,这会儿什么发誓什么孩子早已经抛在九霄云外,所有的心思全都放在了和牌上。

但是,她疏忽了一件小事,却酿成一个大祸。

临出门的时候她在煤气灶上坐了一壶水,不大的工夫水开了,沸腾的水顶翻了壶盖溢了出来,浇灭了灶火。一个下午,煤气一刻不停地外泄,充斥了整个房间。等到乔志芳散了场匆匆进家的时候,命蛋已经一身青紫,没有了一丝气息。

乔志芳疯了，紧紧抱住孩子不住声的呼唤，谁要也不撒手。

牛万成也疯了。

牛家的人全都疯了。

牛万成手提一把杀猪的尖刀直向小卖部冲去。他第一刀捅向老板娘，第二刀捅倒了另一个，其他的人落荒而逃。

半年以后牛万成被判了死刑，立即执行。

乔志芳真的疯了，她疯得很厉害，整天满世界疯跑，嘴里喊着命蛋的名字。她先是在村子里疯跑后来到城里疯跑，破衣烂衫，全然不顾羞丑。那天在县城里疯跑宁奇上去抱住她，他叫了一辆出租车，要将她送回家去。她惊恐地看着宁奇，像看一个危险的陌生人。突然，她拉起宁奇的右手塞进嘴里，差一点咬掉宁奇的中指。

从那以后乔志芳向外地跑，再后来没有了她的音讯。

宁奇偷偷到外地找过几趟，任何线索也没有，回来后大病一场。

从那以后，宁奇再也没有摸过麻将。

乔志芳失踪了，活不见人死不见尸。

整个一年的时间，宁奇沉浸在一种莫名的悲伤之中。他不敢对任何人表白，只是成天把自己圈在书房里。这也没用，乔志芳似乎占据了他的整个大脑和身心，她那疯疯癫癫的身影无时无刻不在他面前飘动。每天夜不能寐，一直处于一种恍惚的状态之中，时常被噩梦惊醒。他的耳边好像一直回响着一个声音，那就乔志芳呼唤命蛋那凄惨的哭喊声。他整天郁郁寡欢，度日如年，这样的心境下，虽然成天钻在书房里，却直搅得他一个字也读不进去，一个字也写不出来。

老伴已经发现他出了问题，饭量明显减少，人似乎突然变得衰老了许多。但是她不知道问题出在哪里，只能暗地里着急。她不止一次地催促他到医院里作个检查，宁奇死活不去。白兰芳只能变着方儿地调解他的生活，端饭送水，温汤泡脚，无微不至。岂不知老伴越是百般呵护宁奇的状态似乎越差，白兰芳百思不得其解，时间久了，她也被笼罩在一片忧云愁雾之中。

其实白兰芳哪里知道宁奇的心病。

宁奇的心病绝不止乔志芳一个人，他的心里还有一个人，那就是白兰芳。每每想起当年人家顶着那么大的社会压力以一个根红苗正的贫下中农子女下嫁到一个黑五类的家庭;每每想起她跟着他受了那么多苦、受了那么多气、受了那么多罪,又受了那么多年的穷;每每想到她含辛茹苦支撑家庭,抚养子女让他们长大成人并成就了自己的事业;每每看到她端汤送水、悉心照料,相濡以沫、任劳任怨的样子,他的心里便隐隐作痛。是啊!那么艰苦的日子都熬过来了,那么多漂亮女人的爱意痴情都扛过来了,有多少灯红酒绿儿女情长,始终没有撼动他宁奇对老伴的一片真情,没想到到了老年反而不保晚节,鬼使神差地和乔志芳搞到了一起。

他觉得他对不起白兰芳。如果是别的事情，他会怀着一颗忏悔之心对她表白,以求得她的谅解。但是这件事不行,他没有勇气面对她,他只能将这份内疚永远地深埋于心底。他觉得他对不起乔志芳，他总爱把她的沉溺于赌博归罪于自己。他常常用一些假设来自责,如果他不在麻将馆碰到她,如果他没有和她合起伙来打勾手牌,如果他没有和她同床共枕,如果他没有离她而去,如果……如果没有其中任何一个如果,她都不可能走到今天这一步。他已经陷入对两个女人的自责之中而不能自拔,任凭它无休止地折磨自己。

忽然有一天,老伴买菜回来手里拿着一张广告,风风火火直接闯进书房。她把广告往桌子上一拍说:“看看这是啥？”

宁奇朝广告瞟了一眼:“破烂广告,全是骗人的鬼话,捡它干啥?”随手将那广告扔在一边。

白兰芳又一次拿起广告拍在他面前说:“你看都不看怎么知道人家是骗人的？骗人不骗人你起码先得看看再说啊！”

宁奇十分不情愿地拿起广告瞥了一眼,吐出两个字:“不去！”

白兰芳说:“人家旅行社为了活跃老年人的生活，专门组织的老年赴台旅行团,价格这么便宜条件这么优惠,凭啥不去？”

宁奇还是那句话:“再便宜也不去。”

白兰芳一把抓起那广告,气呼呼地说:“我问你,大半年的天气你大门不出二门不迈,成天窝在书房里,你温不温土不土的,问啥都问不出来,你到底干了啥见不得人的事了?你一天就这么死窝着你以为我的心里好受啊?好不容易有这么个机会,想和你出去散散心,你扎着窝子不动弹。我问你,你是缺时间还是缺钱呢?”

白兰芳很激动，边说边抹眼泪。

宁奇一句话也不说，低着头听她数落。

她并没有就此罢休，接着说："老宁不是我说你，你这个人活得太自私了。"

多少年来，白兰芳第一次用这么重的口气和宁奇说活，这让他很吃惊。他抬起头来看着她，认真地问："我自私？我怎么自私了？"

白兰芳将手中的广告抖得哗哗响："你不承认你自私对吧？那么我问你，你整天只知道闷着头想你的事，你想过我的感受吗？你不为你想你也得为我想想吧，我姓白的丫头嫁给你，一辈子除了洗锅就是抹碗，除了洗衣就是做饭。我大门不出二门不迈，别说坐飞机，我连火车都没坐过。过去咱们日子苦孩子也小，我没有向你提过任何要求，现在条件好了，我想随旅行团出去转转你都不答应。我知道，这些年来你天南海北，国内国外，火车飞机轮船坐了个遍，转得没心转了是吧。那好，你不愿意走你在家里待着，我走，我一个人走！"

白兰芳哭着走出书房。

宁奇起身拉住她说："你先别生气，你听我慢慢说。"

白兰芳一甩手："我不听！"

宁奇不松手，拉她坐在椅子上说："兰芳你得听我把话说完。是的，你刚才说的对，我是自私，而且我可以坦诚地告诉你，我的自私超出了你的想象。我之所以敢于在你面前承认，有两层意思，一是求得你的谅解，二是今后的日子里我一定好好陪你。现在我问你，你能原谅我吗？"

宁奇的一席话让白兰芳感到十分突然。她像看一个陌生人一样看着他，问道："你说的可是真心话？"

"是真心话。"宁奇回答得十分诚恳。

"那好，"白兰芳说："过去的事已经过去了，你不愿意对我说肯定有你的难处，我可以不去追问。不管你过去做了什么对不起我的事，我都可以原谅你，我看的是今后。我没有别的要求，我要你从今往后把过去的事抛开，开开心心过日子就行。"

宁奇说："我答应你。"

白兰芳说："那好，我们就从台湾旅行开始。"

宁奇说："我答应你。"

宁奇他们从省城上火车的时间是下午五点十三分。

宁奇他们坐的是几乎站站停的那种绿皮车。

宁奇和老伴的座位是16车的18号包厢的中铺和下铺。

两个人紧张地上了车慌忙地放好行李,面对面坐下刚喘了一口气,这时候上来一男一女拎着箱子挎着包,对照着火车票一路寻过来站在他们的包厢门口不动了。那女的看看车票再看看车号再看看宁奇,眼睛停在他的脸上,那表情很不友好极富挑战性,眼看着将要到来的是面对面的诘责。

宁奇没有动窝,一眼不眨地看着她。

她60岁左右的年龄,脸色红扑扑的皮肤尚平展,看上去气色很好。她很豪华,除了满身高档的服装之外,比较显眼的地方是两只金灿灿的耳环、一条粗大的金项链、两只鸡血红的硕大玛瑙镯子和两只手一共三枚的金戒指。她的衣服虽然穿得很阔绰也很时尚,可是宁奇总觉得好像缺乏合适的搭配或者是别的什么原因,反正感觉不是很舒服,因此这些奢豪的打扮装点得她满身珠光宝气却仍然没有掩盖住自然外溢的土里土气。

于是宁奇产生了一个初步的判断,她肯定是个做生意的而且赚了钱的暴发户,或者是她们的子女发了横财。可是作为她本人而言,肯定是属于那种穷人乍富挺胸腆肚的烧包。她的身后站着的男人比她矮也比她老,腿有些跛,虽然也穿了一身新衣裳,却也没有掩盖住一身的邋遢相。从行为动作上看,他的第二个判断是她是家庭的主宰,他顶多是个附庸。

第三十七章

宁奇暗自揣摸,我什么地方妨碍了这女人。突然明白了她极不友好的目光里深藏的用意,趁着她尚未开口便站起身说:“这是你的铺位,你坐吧。”

宁奇这么一谦让,她反而迟疑起来。

进入包厢之后女人开始对男人发号施令:“一点眼色都没有,还不把箱子放到行李架上!”

男人十分顺从,立刻踩了脚蹬往行李架上放箱子,上了几次都没有成功。宁奇登上脚蹬对他说:“把箱子给我。”

两个人用诧异的眼光看着他。

宁奇接过箱子将其安放于行李架上,下来后提了壶去打开水。

他返回包厢的时候他们已经安顿停当,女人和男人的表情已经很舒缓很放松也很友好。宁奇倒一杯开水放在小桌上顺手拿起他们的杯子也倒好水,他们显得很局促不安抑或有些手忙脚乱。火车开动了,宁奇从包里掏出一本杂志躺倒在铺上随意地翻看,没看几页便迷迷糊糊睡了过去。

车突然“咣当”一声停了,宁奇醒了。起身一看,车窗外灯火通明人头攒动,旅客们正在忙忙碌碌地上车下车。看那站牌,已经到了沙塘车站。宁奇打开包,拿出两桶方便面、两根火腿肠、两包榨菜、一包熟牛肉、两个熟鸡蛋,最后拿出一瓶酒,准备开饭。他按照程序先泡面再剥火腿肠、再剥鸡蛋、再撕开榨菜,然后拧开酒瓶。做完这一切之后他舒出一口气,等待面泡好的那一刻。猛然抬头,他发现他从备饭到泡饭的全过程那女的和男的都很关注,好像他们从来没见过方便面更没吃过这些东西一样。

但是仔细审读他们的目光又似乎不像,从他们眼角的余光里好像流露出一种不甚理解或者不屑一顾的神情。

宁奇他们开始吃饭。老两口在关注的目光里吃完饭,老伴收拾了桌子,桌面上只剩下一瓶酒、一包牛肉、两个鸡蛋。宁奇抓过瓶子喝了一口酒吃了两片牛肉,慢慢地品尝着。当他再一次抬起头的时候,看见 4 只明亮的眼睛直勾勾地看着他,好像他们压根儿就没有吃过这肉喝过这酒一般。看着他们的眼神,宁奇忽然想起他和宁长命小时候爬在桌边向大人讨肉吃讨酒喝的情景。

烟酒不分家,宁奇很随意地将瓶子轻推一下谦让道:“你们也来喝一点?”

那女的没说喝也没说不喝,只是朝那男的看,男的也不发话,一个劲地朝女的看。看看男的没有反应,那女的干脆提起瓶子说:“喝就喝一点。”话音刚落,人嘴对着瓶嘴“咕咚”就是一口。她将酒瓶交给男人,男人也喝了一口。

宁奇一看,好家伙,只是这两口,酒瓶便下去了半截。

他先暗暗吃了一惊。

只因为这样的喝酒,让宁奇对这女人产生了兴趣。

宁奇又将牛肉和鸡蛋向前推一推说:“酒肉酒肉,再尝尝我这五香牛肉,上车前刚买的新鲜牛肉,味道挺不错。”

这一次女人没看男人男人也没看女人,两个人几乎异口同声地说:“不吃。”

宁奇再次谦让:“吃吧,吃点肉好下酒。”

那女人将宁奇的肉和蛋推了回去说:“不吃不吃,你的肉不行,根本吃不成。”

宁奇心里有些不悦,问道:“都是新鲜的,怎么吃不成了?”

女人说:“说句你不爱听的话,你们城里人吃的那是屁那是肉,全是合成饲料喂出来的,又没味道又没营养。我给你说,合成饲料里全是激素,对身体的害处可大呢。”

宁奇开始审视这个令人不悦又让人好感的女人。他把鸡蛋推过去说:“肉不好吃,吃个鸡蛋总行吧。”

女人连连摆手:“鸡蛋更吃不成了。”

“鸡蛋又咋了?”宁奇有些不解。

女人说:“不是鸡蛋不能吃,是你们城里的鸡蛋不能吃。你可能不知道,你们吃的那些鸡蛋全是饲养场里的鸡下的蛋,饲养场里的鸡根本没踩过绒。”

“没踩过绒又怎么了?”宁奇问。

女人很自豪地说:“看你是个读书人,这么简单的道理都不懂。没踩绒的母鸡下的蛋孵不出鸡娃子,蛋清子不清蛋黄子不黄,吃起来啥滋味都没有。我还得告诉你,饲养场的鸡喂的全是膨化饲料,吃多了得胆固醇。”

宁奇开始对这女人刮目相看。

说话间她从床底下拉出旅行包,从里面掏出一个塑料袋。她打开袋子,先拿出几块熟肉放在桌子上,又将一个装熟鸡蛋的小袋子亮出来说:“你尝尝咱们的羊肉,咱们这是正宗的手抓羊肉。羊是咱们自己养的自己的草料喂的,看上哪个宰哪个,现宰现吃,都是不过夜的新鲜肉。肉是咱们自己炖的,是用柴火炖的,柴火炖出来的肉味道跟什么电饭锅、什么高压锅的味道差的码子大了。”

宁奇开始认真地看那正宗的手抓羊肉。

女人拿起一块肉硬塞到宁奇手里说:“若要不信你尝尝。”

宁奇无法推辞,接过肉撕下一块喂进嘴里,慢慢地品味着。

正如女人说的,这肉真香。这种香绝对不是调料香,是地地道道的肉香,好像曾经体验过但又遗忘多年的那种记忆深处的羊肉的香味。

在宁奇吃肉的时候她一直看着他,她问:“怎么样?我没骗你吧。”

宁奇连声说:“真香。真香!”

这时候她已经剥好了一个鸡蛋放到宁奇面前说:“你再尝尝咱们这鸡蛋,你知道这是啥鸡下的?”

宁奇笑着说:“肯定是母鸡下的,绝对不会是公鸡下的吧?”

女人说:“母鸡肯定是母鸡,可是我们这母鸡和他们的母鸡不一样,我们这是果园鸡下的,是菜园鸡下的。”

宁奇问:“啥叫果园鸡?啥叫菜园鸡?”

女人说:“我们家有果园也有菜园,我养的鸡长年钻在园子里不出来,根本不用喂食,光是园子里的花花草草虫虫蚂蚱就够它们吃了,吃的全是天然饲料。你们城里人不是讲绿色食品吗?咱们家吃的全是绿色食品。”

宁奇开始重新打量这个女人。

短暂的交往中,他对她产生了一种神秘感。他很想和她深谈,至少了解一些有关于她的最基本的情况。但是多年出差的经验告诉他,绝对不能和陌生人深谈。然而好奇心一次又一次驱使着他,让他终于破了自立的规矩,开口向她打听。

他问道:“你们家住在什么地方?”

女人说:“住在红牛湖。”

宁奇立马坐正了问:“红牛湖?我的老家就是红牛湖的人,我怎么不认识你们?”

女人说:“是这么回事。我们本来不是红牛湖的人,原先在山里放羊。近几年封山禁牧,羊放不成了。正好新开发的红牛湖旅游区招商,我们在那里开了个农家乐餐馆,一边养羊一边卖肉,生意火得很。”

原来是农家乐的老板。

宁奇问:“红牛湖有个叫五婶的,名字叫薛兰英,你们认识吗?”

女人说:“那是我们的董事长,怎么不认识?”

“她最近好吗?”宁奇问。

女人说:“董事长现在好得很,六七十岁的人,腰不弯气不喘,身板可硬朗了。这几年,红牛湖的事业越来越发达,五婶可风光了。”

说完,她又大大喝了一口酒,然后把酒瓶递给男人。

这瓶酒经过他们老两口这样嘴对嘴一喝，宁奇的嘴再也无法去沾那酒瓶。面对这夫妻二人的直爽他有些窘迫，不知如何是好。好在他俩并不以为然，似乎这瓶酒压根儿就是他们的，全然拿自己不当外人。偶然她也会把酒瓶推过来让宁奇喝，宁奇只好推托说："我的酒量不大，只是旅途寂寞随便喝一口而已，你们能喝就多喝点吧。"

于是她便十分热情地让宁奇吃肉吃蛋，他们十分热情地喝酒。后来宁奇稀里糊涂睡了，第二天早晨醒来，一瓶酒喝得一干二净。

这两个人能和宁奇坐在同一趟车上，而且同在一个包厢里，纯粹是个偶然但也是缘分，是他们都参加了中国国际旅行社组织的老年赴台旅游团，才有了这路遇的机会。旅游团的第一站是西安，西安只安排一天时间。一天的时间只能游览一个景点，这里选择的景点是大唐芙蓉园。

有了一夜之交，他们和宁奇他们忽然近乎得就像旧友故交，几乎寸步不离。进了景点旅友们纷纷取出摄像机拿出照相机拍照，宁奇也开始给老伴拍照。这期间他们从不离开，一直陪着宁奇他们照完，再陪着他们离开，再到一个新的景点看宁奇他们拍照，有几次那女的跃跃欲试，流露出很想上镜头的样子。

宁奇顺便问了一句："你们带相机了吗？"

女的说："没带。怎么了？"

宁奇说："我的意思是，如果带相机了我帮你们拍。"

那女人便极其懊丧极其悲观，说了些大老粗啥也不懂之类的话，听着怪可怜兮兮的，全然没有了昨晚的自信与自豪。宁奇不想让他们过分失望，说道："要不这样吧，你老两口站好我先给你们照，完了洗出来送给你们就行了。"

那女的喜出望外赶紧说："那就多谢你了，花多少钱我们有的是，你尽管照就行了。"

之后凡是给老伴照相的地方都留下了他们的合影，他们的表情也由开始的羞涩、拘谨渐渐变得开朗和开放起来，照到高兴处那男的居然搂住女人的脖子，呲着两颗大门牙傻乎乎地笑，宁奇即刻按动快门，抓拍下这一个个滑稽的瞬间。

大唐芙蓉园很大景致也很美，大家游玩得十分尽兴。

来到一个湖边，只见湖水清澈、岸柳婆娑、繁花似锦，两个女人抓住这绝佳的景色照个不停，忙得宁奇不亦乐乎。忽然听得前边树下有人吵起来，声音由小到大，人们都停下来向那边瞭望。循声望去，是两个男人，一高一矮，其中一个穿着保安的服装，正指手画脚训斥那矮个子男人。只听那女人说了一声："不好"，扔下宁奇老两口朝着那两个人跑了过去，宁奇收起相机跟着她赶了过去。

事情很快弄明白了，那男人尿急找不到厕所，四下瞅瞅没人，找个树丛隐蔽了就要开尿，被保安抓个正着要罚他的款，罚金 200 元。宁奇一看，那男人正是那女人的男人，这会儿正灰悻悻提了裤子站在那里，像个罪犯。听见吵闹声他们团的人几乎都来了，大家将两人围在中心七嘴八舌地嚷嚷着，有的怨男人不懂公共秩序，不该随地大小便，有的帮男人说情念其是个乡下人又是初犯从轻发落。但是保安很尽职尽责，他已经撕了票，就等着男人掏钱。

一群人对一个人僵持着。

女人开始数落男人："长的那是什么烂玩意，到了尿的时候尿不出来，全都淋在鞋帮子上，不到尿的时候立马当时要尿，你就不能咬咬牙大夹一会儿。"

男人只管低着头，一声不吭。

宁奇突然有了一个发现，发现他虽然依旧提着裤子，但是地上并没有尿湿的痕迹，原来他并没有尿出来。也就是说，他虽然有作案动机却无犯罪事实，这便是可以和保安讨价还价的筹码。于是他向前一步对保安说："保安同志你看这样行不行，他虽然准备尿尿，但毕竟没有尿出来，是你及时制止了他的错误行为，又没造成什么严重后果。我的意思是，看在他是个乡下人又没多出过门的份上你就宽恕他一次吧，他今后注意就是了。"

保安梗着脖子说："那不行！"

宁奇的这句求情的话好像一下子提醒了那女人，她突然冲到保安面前指着他的鼻子质问："不行你想怎么样？我问你，你凭什么说他随地大小便了？你的证据在哪里？"

保安急了，说道："你怎么背着牛头不认赃呢？裤子都没系住还要啥证据？这就是证据。"

女人声音更高了："谁给你说的解开裤带就一定要尿尿？我告诉你，我们家男人那东西上头长了个东西，他掏出来抠抠痒犯了哪条王法？你有兴趣你也掏出来抠呀！你掏呀你掏呀！"

女人咄咄逼人,恨不得去解保安的裤带。

保安一步步往后退,边退边说:“你这人怎么不讲理呢？”

女人手指着保安的鼻子尖质问:“你让大家评评理，到底是你不讲理还是我不讲理？你这是猪八戒的耙子,倒打一耙。”

保安显然软了下来:“好吧,念你没造成什么后果,可以从轻处罚,交100元吧。”

女人说:“张三的猫娃子下狗娃子,由着你的嘴里号丧,你想咋着就咋着。想欺负我们乡下人对吧？我告诉你,门儿都没有！”

保安看看无法坚持,说道:“那好吧,念你初犯,不罚你,今后再让我抓住,绝不轻饶。”说完扭头要走。

但是女人根本不领他的情,仍然堵在他面前不依不饶地质问:“罚呀!为啥不罚了？掏呀！为啥不掏了？”

围观的人被这突如其来的质问惊呆了,一待回过神便“噢”的一声笑开了,有几个老娘们笑得前仰后合一个劲地擦眼泪。这一通大笑,直笑得保安面红耳赤,低了头钻出人群,转了个弯便不见了。宁奇扫了一眼那男人,这阵儿虽然系上了裤子,但两个裤腿已经全都湿了。

在多年外出宁奇给自己定的规矩里有两条最重要，一是不打听陌生人的姓名籍贯工作单位,出来何干,从何处来到何处去这些个人资料,二是绝不告诉陌生人自己这一方面的情况。因此,直到下午五点半离开大唐芙蓉园,旅行团又一次登上去往福州的列车,他们4人又一次坐在一个包厢里的时候,宁奇仍然没有将自己的真实身份告诉他们。但是他发现他在不经意间已经对他们产生了兴趣,否则他不会对导游低三下四地去说那么多好话，求他将他们仍然分配在一个包厢里,尽管这是那女人的要求。

一想起绿皮车要慢悠悠地咣当一个通夜,宁奇便有些犯愁,他得想办法打发这漫长而难熬的时光。在登车之前,他便决定今天的夜车正儿八经和他们喝一回酒。为了免去嘴对嘴的尴尬,宁奇在西安火车站候车的时候买了2斤酒,那是二两装的小扁瓶，一共买了10瓶。上车后宁奇发现,他们也有和他相同的想法,而且比他准备得还要充分。他们买了不少东西,一上车便堆了一桌子,尖尖垒垒的和小山一般。那女的不让宁奇掏任何东西，她为他们俩泡好了方便面撕开了榨菜非得让他们吃，怎样推辞都没有用。他暗自揣度，她大概是出于对照相的感谢，抑或是对正确处理那一泡尿的感激。

泡面很快吃完了，她迫不及待地拿出干柴炖的手抓羊肉和踩了绒的鸡蛋，又提出一瓶酒墩在桌子上，要和宁奇对喝。宁奇一看这阵势，用商量的口气说："咱们这样，按咱们乡下的习惯来，公下米伙吃饭，吃你们的肉可以，但是得喝我的酒，怎么样？"

女人问："你啥意思，是不是看不起我们乡下人？"

宁奇赶紧解释说："你把我误解了，我绝对不是那个意思。"

"那你什么意思？"女人问。

宁奇说："我的意思是你们的肉我们的酒，这在城里有个说法，叫AA制。这么安排是再正常不过的事。"说着就要掏酒。

女人死死按住宁奇的手说："不行不行，我不管你什么制，今天必须得喝我的酒。"

宁奇说："又吃你的又喝你的，那多不好意思。"

女人说："你的酒昨天晚上我们已经喝了，照你这么说，我们早已经不好意思了。"

宁奇一时无法应对。

忽然，他想出一个理由，对她说："我看你酒量挺大的，我想跟你比试比试，可是这车上又没壶子又没杯子不好掌握酒量，咱们干脆用瓶子喝咋样？"

女人一听，二话没说从包里又提出一瓶酒墩在宁奇面前说："一人一瓶，嘴对嘴吹，谁干谁的。"

她又提出一瓶酒，塞在男人手里。

宁奇怎么也想不到这句话会引来如此严重的后果，只好谦笑一下说："我这酒量怎么能喝得了这一瓶，喝不到半瓶就醉了。"

女人说："那不要紧，人醉了有酒在，能喝多少喝多少。"

宁奇说："我看这样，大瓶先放下，我这里有小瓶装的，咱们一人一瓶，看看能喝几瓶。"

说着话宁奇已经把小瓶摆到桌子上。她拿起小瓶在手上把玩了半天，眼神很是不屑，说道："饮鸡都饮不醉。"

话虽然这么说但是她并没有表示坚决反对，最终算是默认。

宁奇、女人，还有那男人人手一瓶，碰着瓶喝着，不觉已干完一瓶。忽然那女的提出要和宁奇划拳，又让宁奇大大吃了一惊。

宁奇说："对不起，我不会划拳。"

宁奇这样答复她有两层意思，一是他怀疑她是否真会划拳，二是怕火车上一男一女划拳会引来围观。她可能看出了宁奇的心思，说道："你不要小看我们这些乡下人，不怕你笑话，别的没学下练了一手好拳，左右开弓，我们那里的人都叫我'双枪老太婆'，不信你问他。"

她指着男人让宁奇问，男人一个劲呲着大门牙笑。

对于女的一番话宁奇很有些不服，她根本不知道面前的人是谁，居然敢说如此的大话。想当年在全市三县三区的教育界里，黄龙县的酒和拳是最厉害的，尤其是划拳，这已经成为公论。而代表酒拳最高水平的是县中的酒班子，宁奇当年坐得便是这酒班子中的头一把交椅。遥想当年驰骋酒场，曾夸下拳划西北五省、酒喝黄河两岸的海口，虽说现在年事已高但功夫还在，宝刀未老。面对这不知天高地厚的号称"双枪老太婆"的女人的挑衅，宁奇很想和她比试比试，他得让她知道人外有人、天外有天这个普通得再不能普通的大道理。

然而后来掂量再三，最终理智战胜了冲动，宁奇咽下了这口气。

他们边喝边聊，全听那女人讲述喝酒的威风。每个人喝完两瓶酒之后宁奇的头有些晕人也有些发困，很想早些结束这酒场，但是一看人家两人越喝越来劲，只好硬着头皮支撑。于是宁奇又每人发了一瓶，结果没等喝完他便躺下了。

那女人很得意地笑着说："不行了吧，我就知道你们当官的都是沙土坷垃，一泡就醉。"

宁奇心里暗自思量，她怎么知道我是当官的?

他说："都是老百姓，哪里有什么当官的?"

这时那女人说："你快别瞒我了，一上车我就看出来你是个当官的。不过不是我吹捧你，你确实是个好官，一点架子也没有，对人也热情。"

宁奇谦虚地说："你真是过奖了。"

女人很认真地说："我这个人从来不过奖人，更不会过奖当官的。今天逛公园我问过老妹子,说你们是一路的结发夫妻。现如今的当官的谁带着自己的老婆出门呢,可是你就能做到,就凭这一点就说明你这个当官的没坏良心,说明你是个好人。我就爱和你这种好人喝酒。”

她这样夸宁奇,宁奇真是有点哭笑不得。他看一眼老伴,不由得想起了乔志芳,觉得脸上有些发烫,心里也酸酸的。

那女人接着说:“我告诉你吧,我兰花花虽然是个屎肚子百姓,但是我认识的当官的可多了。不是我吹,啥样的官我都见过。”

原来她叫兰花花,怎么叫了这么个名字?

她又不是组织部长,她怎么会见过那么多当官的?

宁奇心里顿生疑问。

兰花花说:“在我认识的官里头,科长就不说了,像我们家的羊,一赶一群。我还认得不少处长,还有厅长,那一年省里来的头头还在我们家吃过饭呢。前年林业厅的厅长领来一帮人吃饭,还有一个德国专家,不住气地夸我的手抓羊肉,临走的时候还和我照了相,还拥抱了我而且亲了我一口。”

说到这里,她得意地看了自己的矮个子男人一眼。

列车的车轮还在有节奏地敲击着,兰花花谈兴正浓。

“你知道那些当官的为啥爱到我们家吗?”她问宁奇。

宁奇说:“说不上来,大概因为你是开饭馆的吧。”

“不对。”兰花花摇摇头。

宁奇又说:“那就是因为你招待人热情?”

“不对。”兰花花仍然摇摇头。

宁奇问:“那么为啥?”

兰花花说:“你听我给你说吧。一来我们家的手抓羊肉最新鲜最地道,名声传得远。二来我们家不在城里,开发区那地方远离市区特别另干。你们那些当官的爱吃爱喝爱玩还怕人看见对吧,我就摸透了这些人的心思,咱们就选个见不着人的地方开餐馆。再就是我的酒量大拳也划得好,他们不少人到我那里吃饭就是愿意和我这个女人划拳。他们一开始不把我放在眼里,到后来那些当官的让我不知道灌醉了多少。可是日怪得很,你把他们灌得越惨他们来的越勤。”

“难道你就没有喝醉的时候?”宁奇问。

兰花花笑着说:“你没听人说,瓦罐不离井口破,就怕来的次数多。再高的拳也有马失前蹄的时候。有时候他们也合起伙来能把我灌醉,醉了我就唱我就笑我就哭我就骂他们,怎么骂他们都不气,只管对着我笑。”兰花花有些神采飞扬。

宁奇问:“你就不怕得罪人?”

兰花花说:“不怕。对付他们我有一句话是最管用的挡箭牌:‘拉骆驼放羊,一辈子二梁。’我们老两口早先本身就一直在山里放羊,这话又不是瞎编的。不过话又说回来,醉了也是值当的。”

“此话怎讲?”宁奇有些不可思议。

兰花花说:“本来嘛,酒那东西神仙喝上都醉,别说我这肉体凡胎,又是个女人。再说了,要不是吸引了那么多当官的,我的农家乐也不会有现在这么红火。”

宁奇正要发问,兰花花自我介绍道:“其实我的名字不叫兰花花,我有正儿八经的名字,我叫陈兰花。”

她既然挑起这个话头,宁奇不得不问下去:“那怎么不叫陈兰花而叫了兰花花?”

兰花花说:“还不是你们这些当官的乱给人家编,编来编去把真名字编丢了,姓也卖了,兰花花反倒成了我的名字。”

“原来是这样。”宁奇微微一笑。

兰花花说:“不过我不在乎也不后悔。”

“真的?”宁奇很想听她的下文。

“和当官的搅和的时间长了,我也长了些见识。你们不是经常讲什么品牌吗?我兰花花就是个品牌。”兰花花笑得很灿烂。

“是吗?”宁奇听着很新鲜。

“可不是咋的。”兰花花十分得意地说,“在我们那一带问陈兰花没人知道,说起兰花花的手抓肉名气大得很。老汉天天宰羊炖肉我天天做菜熬奶茶,他们每次来都说吃的王元元的肉喝的兰花花的奶,香得不得了。”她越说越得意。

原来他男人叫王元元。

第三十八章

宁奇突然发现，兰花花说话很有技巧，她的话能拴人，拴住你不得不听。她的话密度很大，密得连针都插不进去，所以她说话期间宁奇一句话也没插，只能做些简单的搭讪。看她那架式，即便想插恐怕也是徒劳。

这时候王元元开口了："我们都是老百姓，不像你们，是国家干部，是领导。老百姓说话随便，想到哪里说到哪里，不像你们当领导的，到啥时候嘴都把得很严。"

宁奇说："大家都是国家公民，只不过是分工不同罢了，哪里像你分得那么清呢。"

兰花花接上话："不分清不行啊。人有上中下，货有三等价，即便都是公民，也有个三六九等。就说眼下，我们虽然坐在一个包厢里，但是你们是一等公民，我们就是末等公民。"

宁奇很奇怪，笑问道："我也是老百姓，怎么就成了一等公民了？"

兰花花说："好我的领导呢，又不是丢人的事，你就认了吧。"

王元元说："你没听人家说：一等公民掌大权，点头摇头都来钱。二等公民大盖帽，吃了原告吃被告。三等公民手术刀，拉开肚皮要红包……"

王元元正说在兴头上，兰花花打断他说："你快夹住吧，那都是多少年的老皇历了，早就不兴时了。"

王元元突然被打断，好不服气："怎么不兴时了？"

兰花花说："人家早把新十大公民编出来了，谁听你那一套。"

她问宁奇："人家现在编的新十大公民你想听不想听？"

宁奇说："怎么，还有老十大公民新十大公民？"

兰花花说："当然有了。"

宁奇觉得很好奇，说道："不妨说来听听。"

兰花花摆正了姿势说："你听着。一等公民大老板，吃喝嫖赌都占全。二等公民红歌星，抓着话筒唱假声。三等公民黑社会，横行霸道不犯罪。四等公民打白条，黄世仁求杨白劳。五等公民当三陪，谁掏票子我跟谁。六等公民开网吧，色情淫秽没人抓。七等公民设赌场，输了老婆卖了房。八等公民老上访，公安干警来站岗。九等公民吃低保，白吃白拿还赚少。十等公民嘛……”

兰花花突然止住话头，看着王元元。王元元说：“让我夹住你说呀，怎么也夹住了？要说就说完，说半截留半截，不如不说。”

兰花花翻了他一眼睛：“十等公民就是我们这些人。”

宁奇问：“你们怎么了？”

兰花花说：“开餐厅的是半吊子，现金换成白条子。”

宁奇问：“这是啥意思？”

王元元插进来说：“还能有啥意思呢，欠账掩的呗。”

…………

车轮在有节奏地敲击着铁轨，宁奇的心也随着那节奏“咯噔咯噔”地敲击着，他开始有些后悔，后悔不该喝这么多酒，他真不知道何时能结束这马拉松式的表白。

可能是兰花花的话有太大的吸引力，睡在上铺的一个年轻女子爬下来，和她并肩坐在床沿上，像是要听她的下文。见有了新的听众，兰花花更加来劲，又讲了一通她如何与当官的交往的光彩往事之后，终于放过了宁奇，将话题转向那个女人。

看来她是个见面熟，她问了那女人许多事情，问得很细。

那女人是西安上的车，她是西安人，是去南昌的。男人在南昌做生意赚了些钱有了花花心，和女店员勾搭上了，她这次到南昌去是要算老公的老账。听那女人的口气虽然很硬，但是掩盖不住她的黯然神伤。兰花花很善解人意也很会做思想工作，她将话题很自然地转向男人和女人的事上来。

“娃娃你还小，好多事情你还不懂。我给你说，男人这东西你看着人眉人眼的，可是，好多男人穿上衣服是人，脱了衣服就是驴，有的连驴都不如。”兰花花开始了她的演说。

王元元喝完最后一口酒，悄悄爬上中铺躺下。

兰花花说：“我 17 岁那年就让大人做主包办了嫁给了这个老家伙，结完婚就把我领到山里放羊。当丫头那会儿我长得漂亮身段也好，特别爱演节目，当时还是公社宣传队的。我的眉户和秦腔唱得可好了，学样板戏那阵子我还演过阿庆嫂呢。”

那年轻女子很专注的听讲，不敢插话。

兰花花说："到了山里啥都没有，白天除了放羊就是背石头砌羊圈，晚上没有事干就干那种事，还有就是喝酒，我喝酒划拳就是那时候学会的。"

天啊，她连这个也敢对人讲！

"当时我想，他爱干啥愿意咋干让他干去，既然嫁给人家了那就得顺着人家来。再说了，两个人蹲在山里也没事没情的。"

兰花花一本正经，丝毫没有难为情的意思。那女的反而有些不好意思，慢慢低下头。

兰花花顿了顿问："你猜人家后来干啥了？"

"干啥了？"女人抬起头问。

兰花花向中铺翻了一眼，气哼哼地说："谁知道人家干我干乏了开始嫖风了，嫖了汉人不说还嫖蒙古人，你说日能不日能。"

王元元在上面咳嗽了一声。

"你咳嗽我也要说，你敢说你没有？"兰花对着上面质问。

王元元翻一个身，面朝里睡了。

看王元元没有反驳，兰花花接着说："后来我就跟他闹，人家根本不讲理。你猜人家说的啥？"

"说的啥？"女人问。

兰花花似乎很难启齿，但是还是憋不住说了："人家口口声声说：好汉子占九妻，日囊㞞死守一个啥东西，最后那个字我说不出口来。人家说了，人家总共才嫖了两个人，离 9 九个还差得远着呢。"

"后来呢？"

兰花花说："后来我就和他吵和他闹。"

"结果呢？"

兰花花说："当女人的能有啥好结果，我闹人家就打。我闹得越凶人家打得越凶，有一次把我推倒头碰在石头上，生生把眼眶碰出一个血口子。

"多悬啊！"

兰花花接着说："后来他送我回娘家我妈问起来咋回事，为了不让我妈担心，我说不小心让秃尾巴叫驴踢的。我妈就骂那秃尾巴叫驴不是东西，差一点把眼睛踢瞎，早就该宰着吃肉了。我妈这样骂的时候他一声不吭，我看着他偷着笑。王元元你说，有的事没的事？”

中铺上，王元元已经开始扯呼。

“我算是想通了。”兰花花说：“女人就是男人的一件衣服，想穿了人家穿上，想脱了人家脱掉，看都不看一眼。”

年轻女人问：“女人难道就那么不值钱？”

兰花花开始谈体会：“不是女人不值钱，主要是男人的心坏了。尤其是现在做点生意挣点小钱的男人，哪个屁股后面没有三五个女人跟着。我也想开了，只要有劲，他想和谁干我都不管，我也不揽那闲气，只要不差我的吃、不少我的穿就行。”

年轻女人慢慢抬起头，眼神很茫然。她突然冒出一句话：“不行，我咽不下这口气，这次去了我要跟他闹。”

兰花花用惊异的眼光看着她：“你说什么？你要跟她闹？我想听听，你怎么个闹法？”

女人无言以对。

“你们都还年轻，千万不能那么想。”兰花花拉住她的手说，“我们这都是过来人了，啥样的骚男人骚女人没见过。我年轻的时候难道没闹过？闹过，闹一次挨一次打，到头来打狐子不行惹酸屁，啥事都不顶还惹了一屁股的骚。”

女人说：“你说的是你们那个年代的事。现在时代不同了，他敢动我一指头，我就和他离婚！”

女人眼里露出坚毅的目光。

兰花拍拍她的肩膀说：“看来你真是太年轻了，你虽然嫁给了男人但是你根本不懂得男人。男人是啥？男人的牲口气上来了那就是牲口，他们总想着占更多的女人，占得越多越光彩，占得越多越舒服。如果单看这一方面，10 个男人有 9 个该死。可是闺女你记住，男人也是人，细细想起来他们这么做就跟那猫偷吃案板上的肉一样，他不是馋吗？真要是想得开的女人，只要他碍不了咱的大事，偷个嘴解个馋也不是个啥事。再说了，你离人家这么远，不在人家身边，人家那股劲上来了你还能让人家憋死不成。”

说到这里，女人禁不住“扑哧”一声笑了出来。

兰花花说："人说一日夫妻百日恩，百日夫妻熬干灯，这话一点都不假。男人驴是驴，但是驴气出完了他心里也后悔，也觉着对不起自己的女人，只是嘴里不说罢了。你像我们那个，给我承认过错误，给我下过跪做过保证，给我端水洗脚，尽让我吃好的穿好的。他这么做没有别的意思，无非是觉得和别的女人睡了觉对不起我。"

她向中铺看了一眼，王元元鼾声正浓。

女人喃喃说："要是那样倒也罢了。"

"不那样还会咋样呢？"兰花花开始现身说法："远的不说，你看看我，该穿就穿该戴就戴。我这一对玛瑙镯子就值8000块钱呢，这就是人家给我买的。"

女人端起镯子，轻轻地抚摸着。

兰花花说："男人有外遇你不要怕。俗话说得好，人无千日好，花无百日红，总有他烦的时候。怎么样，像我们这老家伙，这阵子你用棒赶都赶不出去，他迟早会收心的。但是我们这老家伙人没事了贼心不死，现在外头不嫖了又在家里吃我的醋，看着我和那些当官的耍得高兴，把他冷落了人家就不高兴，人走了以后骂我，还找着茬子打我。女人就是这样，没办法。"兰花花的结尾很无奈，她长叹一声。

年轻女人也陪着她长叹一声，说道："有时候我真是想……"

她话到嘴边又咽了回去。

"想干啥？你说。"兰花花催她。

"我真是想，"女人说："我真是想也找一个男人，他能在外面搞女人，我为啥不能在外面跟男人？"

"错了，错了，你全都想错了！"兰花花说，"你好好想想，哪个跟人的女人有好下场。世上的事本来就不公平，男人搞女人，那叫有本事，人家不但不骂还夸呢。女人呢？女人一旦跟了人，那就是婊子那就是娼妇，让人家骂得人甲狗渣都没有。男人搞了女人自己的老婆只能闹腾闹腾，女人跟了人自己的男人还不扒了你的皮，闹不好就是离婚。"

"这么说就没治了？"女人一脸疑惑。

"有治，怎么没治。这次去了你和他好好说，"兰花花开始指点迷津："该和人家睡还得好好睡，还得温柔着点。有一句糟蹋女人的话叫'女人是狗心，谁睡谁亲。'其实男人也是狗心，你和他睡好了，心自然就暖过来了。说完了睡完了好好侍候人家几天，完事了调头就回，千万不要和他闹。你好好想想，你一闹，那不等于把自己的男人彻底推给婊子了，你说对不对？”

女人开始抽泣。

兰花花说：“听人劝，吃饱饭。人活一辈子不容易，找一个好男人更不容易，说句你们年轻人不爱听的话，这都是前世造下的姻缘，认命吧。你们年轻人成天把离婚挂在嘴上，把婚姻大事看得就跟娃娃摆锅锅灶一样，想玩就玩，不想玩一脚蹬了，那怎么能行呢。闺女我给你说，从古到今，啥时候都是光棍好打，寡妇难熬。你细细想想，是不是这么个道理。”

女人不停地抹着眼泪。

宁奇在女人的抽泣声中进入梦乡。

第二天一个上午，那女人一直和兰花花坐在一起说话，她们谈得很投机，情绪一扫昨夜的哀怨，尽说些高兴的事。她们的称呼不知什么时候发生了变化，兰花花开始称她大侄女，她开始称她老姨妈。十二点过几分，车到了南昌站，两个人依依不舍，兰花花一直把女人送下车，方才返回车厢来。忽然她大喊一声，不顾一切地冲下车，追赶女人而去。

列车徐徐开动了，还不见兰花花上车。王元元和宁奇都很着急，他们爬在车窗上看，站台上不见她的身影。王元元就要跳下车去找，宁奇一把拉住他说：“把她的手机号告诉我，我先打她的手机。”

宁奇拨完号，只听得枕头底下手机在响。这一下两个人彻底抓了瞎，王元元眼巴巴地看着宁奇，一个劲地问：“咋办呢吗？咋办呢吗？”

宁奇一时也急昏了头，只能安慰王元元：“先别急，先别急。”

正在两个人一筹莫展的时候，只见兰花花满头大汗气喘吁吁，从后面的车厢走了过来，走进包厢，一屁股瘫坐在床上。

宁奇详细询问了事情的原委。

原来那女人下车的时候，钱夹子滑落在兰花花的铺上，里面有几千块钱。她追下去一直把钱夹子送到女人手上，女人千恩万谢，眼泪都出来了。看着火车就要开动，她跳上后面的车厢上了车。

看着她通红的脸，宁奇不禁对她肃然起敬。

天擦黑的时候，这列绿皮车终于摇摇晃晃驶入终点站福州站。

下车之前兰花花郑重其事地对宁奇说："领导有个事情想请你帮帮忙。"

宁奇问："什么事？你说。"

兰花花说："对你是个小事，对我们是个大事。领导请你给导游说说，以后不管到了哪里，安排房间的时候把我们和你们安排在一起。我们半辈子蹲在山旮旯里，半辈子窝在农村里，没出过远门也没见过世面，离开你们心里总觉得虚虚的，和你们住在一起心里踏实。"

这一路她一直称宁奇为领导，尽管宁奇一再解释说他过去就不是领导，而且现在已经是退休在家的人了，但不知道为什么，她仍然一以贯之地坚持着他领导的身份。

兰花花的心情是可以理解的，宁奇很痛快地答应了她。他找了导游说明情况，请他将这一路所住的宾馆酒店让他们的房号都是连着的。导游也答应得很痛快。

旅行团在福州住了一夜，第二天一早便开始了真正意义上的赴台旅行。他们先从福州乘动车到厦门，又从厦门乘轮渡赴金门，行程和时间都安排得非常紧。海上有风浪，渡轮在波浪中颠簸前进，周围海天一色，灰蒙蒙的。兰花花第一次见大海，显得十分兴奋又十分紧张。她坐在座位上，一直不敢抬头，两只手死死地抓住前面的扶手。渡轮还没有靠岸她便晕了船，呕吐得很厉害。好不容易捱到船靠码头，老伴搀着兰花花，宁奇帮她提着行李，一行人陆续上岸。

走上码头，迈进金门边检大厅，宁奇长长慨叹一声："啊呀！60多年过去了，这就算踏上国民党统治的地盘了！"

让宁奇没想到的是，就是因为这随口一句戏言，使得兰花花和王元元骤然紧张起来。他们紧紧随在宁奇的身后，兰花花轻轻捏住宁奇的衣摆，眼睛里闪着飘忽不定的光。

金门海关的边检是十分严格的，除了例行的安全检查之外，动植物检疫也十分仔细。上岛之前导游再三嘱咐，行李里不能带水果肉类及其他食品，也就是说，食品一律不准通关，一旦检查出这些东西，没收是一定的，除此之外，还有可能会惹来很多麻烦。所以，他们按照导游的吩咐，在上岸之前便将所有的食物都处理得一干二净。

赴台旅行团一共28个人，通关还算顺利。宁奇和兰花花他们排在队伍后面，

3 个人也顺利通过检查。王元元走在最后，在他通过安检口走到检疫口的时候，麻烦来了。那条检疫犬一个劲地围着他嗅，最后叼住他的提包不松口。检疫人员神情严肃地把他带到一边，认真地盘查起来。宁奇他们不得不停下脚步等候，宁奇看见王元元额头上出了汗，两腿有些发抖。兰花花带着哭腔一个劲地问宁奇："领导你看怎么办呢？到底怎么办呢？"

宁奇没有即刻做出答复，他一边安慰兰花花一边静观着事态的发展。这会儿他的脑子飞快地旋转着：下船之前是他帮助他们检查过的，要吃的东西收拾得干干净净，到底是哪里出了问题？忽然他想起了一件事，几步走到边检人员身旁说："这位先生，他的包里曾经装过熟羊肉。"

"那又怎么了？"边检员问。

宁奇说："羊肉和其他肉类不同，那东西味道大，检疫犬可能闻到的是包里残留的遗味。"

边检人员又一次打开包翻腾了一番，虽然没有发现什么违禁的物品，但是仍然没有就要放行的意思。

宁奇问："是否可以放行了？"

边检人员叫来了边检官，边检官又将旅行包翻腾了一遍又放在鼻子上闻了闻说："违禁物品确实没有，但是羊肉有可能会带进疫情，这包不但要没收而且要销毁，连同包里的东西。"

宁奇看看兰花花又看看王元元。这会儿的王元元一句话也没有，早已经是满头大汗。他还发现，他的一条裤腿有了水的痕迹。

宁奇知道边检是很严肃也很严格的事，丝毫没有通融的余地。但是不通融又怎么办呢？总不能为了一个王元元让全团的人困在金门，或者说，至少他们 4 个人寸步难行。他不死心，他必须得想办法。他走过去对那位边检官说："这位长官你听我说，这包里都是他们带的生活必需品，没收了会给他们的旅行带来诸多不便。再说你现在对羊肉是否会带来疫情也仅仅是怀疑，又没有定论。"

边检官看着他，开始思考他的问题。

"要不这样，"宁奇说："包你可以收去，将包里的物品还给他，行不行？"

边检官略加思考说："行吧。"

宁奇把包里的东西掏出来，对边检官说："能给一个塑料袋吗？"

边检官什么也没说，转身进了办公室。不大工夫他从办公室里取出一个手提包交给宁奇，说道：“就用它吧。”

宁奇先是一愣，随即将所有的物品悉数装进包里。新包取代了旧包，王元元放行了，宁奇仔细再看，这包比先前的包洋气了许多。

旅行团在金门没有安排过多的游览，大家走马观花地参观了一下当年和大陆交战的武器以及遗留下来的军事设施，下午五点他们又登上了飞往高雄的飞机。机票的发放连人连号，宁奇和老伴一排，兰花花老两口一排。对号入座之后，兰花花向宁奇提出一个请求：“领导我想和你坐，让王元元换到你的座位上去，你看行吗？”

宁奇明白她的意思，第一次坐飞机她肯定害怕。他看了老伴一眼，老伴说：“过去吧，我没啥。”

宁奇看着老伴此时心态比较平稳，于是向她安顿几句，便和王元元换了座位。

从上了飞机那一刻起兰花花一直在出汗，手里捏着一个花手绢不停地擦着。宁奇替她系好安全带又嘱咐了一番不必紧张的话，便抽出座位前的报纸翻了起来。飞机启动了，滑行到跑道的尽头做短暂停留，忽然一阵轰鸣，风驰电掣般冲了出去。只听得兰花花“妈哟”一声，紧抓住宁奇的手将头靠在他的肩膀上，双眼紧闭。宁奇能感觉得到，她的身体在微微颤抖。

飞机很快离开地面升上天空，由于失重的缘故让人感觉心悬悬的。兰花花突然耸两下肩，宁奇估计她要呕吐，赶紧抽出卫生袋，没等他将袋子放置到嘴边，她已经吐了他一腿。清理完秽物，兰花花抬起头看着宁奇。她的眼角挂着泪珠，满眼的歉意。

旅行团直达高雄，到高雄以后他们由台湾的导游接团。

导游姓许，是一个 30 多岁的年轻男子，讲一口标准流利的普通话。他很敬业，非常认真地介绍着当天的旅游路线和旅游景点。在介绍景点之余不失时机地给游客们介绍当地的风土人情以及注意事项，语言极其幽默诙谐又极具感染力。他不时在自己的讲解中加进一些荤段子，豪华的旅游大巴里不断传出阵阵笑声。

他讲得比较多的是台湾人如何开放的话题，里面有一个细节是讲这里有许多性保健专营店，经销的都是从世界各地进口的高档性模仿产品。他讲那些产品如何如何逼真、如何如何好用，讲那些年轻貌美的女服务员如何如何热情、如何如何专业、如何如何大方；他教给游客们到了专营店如何大大方方进、大大方方出、如何大大方方问、大大方方看、大大方方买，千万不要不好意思。他的话说完之后，车里的人反而有些不好意思起来。

上午游完最后一个景点距离吃饭还有一段时间，导游让大家自由活动，可以转转商场观观街景吃吃台湾的小吃。下车的时候，他特别强调了归队时间。半个小时之后，旅游团的人按时陆续回到车上，导游清点人数，差了一个人。经过核对，差的是王元元。差了人便不能走，大家耐下性子等，车上的人不时发着牢骚。

导游问兰花花："你知道他去了哪里？"

兰花花说："下了车就不见影子，谁知道死到哪里去了。"

10分钟过去了，不见王元元归队。

20分钟过去了，还是不见王元元归队。

半个小时过去了，仍然不见王元元的影子。

导游着急了，兰花花更着急。导游的电话不住气地响，那是餐厅催促用餐的电话。台湾的旅行社日程排得很紧，景点餐厅宾馆一条龙服务，一环紧扣一环，一个环节出了问题便会影响整个行程。

导游最终做出选择，大家先到餐厅用餐，边用餐边等。

兰花花问："那人咋办呢？不等了？"

导游说："再等下去就会影响整个团队的行程，人是不能等了。我问你，发给他的胸牌戴没戴？"

兰花花想了想说："戴了。"

"那就好。"导游说："只要他戴了那个胸牌，那上面有旅行社和导游的电话号码，我们现在能指望的，只有他戴的那块救命的胸牌。"

兰花花恶狠狠骂了句："死到台湾才好呢。"

走进餐厅他们刚端起饭碗，导游的手机响了，电话是从一个性保健专营店打来的。电话里说那里有一个游客离了团找不到车，正在店里着急呢。导游问清了情况立马喜出望外，赶紧请对方就地帮他打个的，送到他们就餐的地方。

他们吃完饭走出餐厅的时候，王元元从一辆出租车里走了下来。司机很礼貌地告诉他，车费是500元新台币。顺便说一下，一元人民币约等于4.5元新台币，王元元得掏100多元的钱。兰花花气呼呼掏出钱付了车费，骂了一声："真是丢人败姓来了。"推他一把上了旅游大巴。

王元元边上边说："别推别推，我还没吃饭呢。"

兰花花骂道："性商店里那么好的东西又是看又是摸，早就看饱了，不比饭香？"

王元元像个没娘鬼，一句话也不敢回，悄悄坐在座位上。这一天，兰花花像呵斥一条狗一样呵斥着王元元，让他寸步不离。

晚上住进宾馆，还没顾上洗涮兰花花就像带犯人一样把王元元带进了宁奇的房间。宁奇很诧异，正待要问，兰花花已经开始了对王元元的审讯。她指着王元元说："当着领导的面你给大家说清楚，今天到底干啥去了？"

到了这会儿王元元也没有什么避巴，汤汤水水说开了："我从街上过，看见人家橱窗里摆着男人和女人的东西，我看着挺稀罕，就闲着脚进去了。"

兰花花骂一句："干头婆姨骚叫驴，啥时候都驴性不改！"

王元元看了她一眼，争辩道："人家导游介绍的，怎么不能看？再说了，人家买的人都有，我看看还不行。"

兰花花还要说什么，宁奇说："行了行了，摆在柜台里的东西，就是让人看的。看已经看了，再不要追究了。"

听了宁奇的话，王元元忽然来了精神："领导不愧是领导，说话就是有水平。"他开始描述性产品："其实那些东西很值得一看。店面很大，货架子柜台里摆的全是那些东西，男的女的都有，各种各样的形状。小姐看我进去了，就把那些东西拿给我看，拿一件给我介绍一件，还让我摸，让我感觉手感。那些东西不知道用啥材料做的怎么做的，和真的一模一样，甚至比真的还真，连毛都长着。用手摸就像摸到了肉上，软软的绵绵的，很有弹性。那些东西每一件都不一样，一件一个样子，我挨着个看了一遍。看到最后我一问价格，男的一万八千元新台币，女的三万元新台币。我一听这么贵，出门就走，出来车已经不见了。没办法，我又折回那家商店向人家说明了情况，服务小姐看了我的胸牌给导游打了电话。就是这些。"

兰花花狠狠指了他一指头，差点把他指倒，骂道："狗啥时候都改不了吃屎。"

第三十九章

离开高雄，旅游团直奔大家向往已久的阿里山，想尽快看到阿里山的神奇景色和那美如水的阿里山姑娘、壮如山的阿里山小伙。山路很陡，因此修成九曲十八弯的盘山道。山道是柏油路，不时会遇到山体滑坡造成的塌方和繁忙抢修的工程队以及来往奔忙的工程车。尽管导游尽量回避谈起前些天发生在花莲公路上的那桩因山体滑坡造成的 20 多人丧生的惨案，但是看到眼前的一切让人很自然地联想起那桩旅游事件来。大家的手紧紧抓着把手，心提得悬悬的，车厢里没人说话更没有笑声，只有王元元指手画脚的，不知道和兰花花说些什么。

上到山顶发现，这里果真是人间仙境，确实名不虚传。山上苍松翠柏，全是茂密的森林。由于地处 2000 多米海拔，又是海洋性气候，海风带过海上的水气，山头上云遮雾罩，缥缥缈缈。流云时不时会丝丝缕缕从腰间飘过，置身其间，恍若走在天上。

游客们在停车场下了车，这里是一个休闲购物的所在，大家稍事休息，导游便率团上山，踏上密林探险的山道。据导游介绍，这个景点是阿里山最美也最好玩的地方，那里有原始森林，有原住民，运气好的话还能看到野生动物，所以，密林探险是一项既神奇又刺激的活动。整个团队士气高昂，有几个性急的游客已经迫不及待地登上了盘山道。

这时候王元元面有难色，想说什么又不好直言，只是一个劲地叹气。宁奇看在眼里，知道他腿脚不便不宜登山，留在山下又怕再一次发生离团的事情，他一定是为这件事情苦恼。他问他："是不是上不了山？"

王元元叹一口气说："上不去也得上，这次如果再离了团让人家扔在山顶上，想打的都打不上。"

宁奇说："那你干脆待在停车场，等我们下来。"

这时候兰花花插上话："已经给导游说了，人家不答应。人家说了，这次再离团，发生任何问题概不负责，而且还要签字画押。"

宁奇有些踌躇，他先问白兰芳："要不我们也别上山了。"

白兰芳明白了他的意思，朝着他点点头。

看到白兰芳的表情，宁奇放心了。他想了想，来到导游面前对导游说："我们这位老同志腿脚不方便，恐怕上不了山。我的意思是你们上吧，我们 4 个在这里等你们，你只要告诉我会合的时间和地点就行了。"

导游说："让我说，你们还是克服一下困难一起走。好不容易来一次台湾，不到密林探险，就等于没上阿里山，这么好的景点你们愿意放弃？"

宁奇微微一笑："这我明白，可这不是没办法的事嘛，不管怎么说，人是最重要的，我们不能让人出了问题啊。"

导游静静地看着宁奇，然后问："请问这位先生退休前是干什么工作的？"

宁奇笑着说："一个穷教书的呗。"

导游头摇得拨浪鼓一般："不像，不像。"

宁奇笑问："那你看我像个干什么的？"

导游在他脸上细细审视一番，说道："肯定是个大领导，至少是县处级干部，要么就是地厅级干部。"

宁奇哈哈大笑道："那好，就请你给我这个大领导一个面子吧。"

导游突然严肃起来："答应你容易，他们的安全你能负责？"

宁奇郑重地回答："能负责。"

导游经过再三斟酌后说："那好，这 3 个人就交给你了。"

宁奇说："你放心，保证不会出问题。"

导游再三叮嘱一番，带着队伍上了山。

宁奇的这个决定是王元元和兰花花始料不及的，他们怎么也不会想到人家会舍弃了这么难得的机会来陪他们两个素不相识的人。面对此情此景，两人眼里又一次流露出感激的光芒。兰花花强拉硬拽把他们俩拉进一个茶座，要了一壶阿里山最有名的乌龙茶，点了十几样茶点果品一个劲地让他们吃，不吃都不行，反而弄得宁奇和老伴不好意思起来。

宁奇说："咱们随便坐坐等团，你不要太破费了。"

兰花花说："喝酒图醉娶老婆图睡，挣了钱就是图的消费，钱花在投心思的人身上心里痛快。你千万别说破费的话，钱我有的是。"

兰花花招手喊服务员，准备还要点些东西，宁奇赶紧起身说："点下的都吃不完，快别点了。这么好的风景，我给你们拍拍照吧。"

一听说拍照兰花花高兴得像个孩子似的，拉起宁奇的老伴马上离开了茶座。

阿里山青山如画处处是景，兰花花早已忘却了渡轮上的苦恼，飞机上的尴尬，与王元元逛性用品商店带来的不快，左拍一张右照一张，把宁奇忙了个不亦乐乎。

下山的时候大家格外轻松，车内人声嘈杂，大家还陶醉在密林探险的兴奋之中，显得意犹未尽。等到声音渐渐安静下来，车内顿时有些冷清。导游开始讲一个故事……

导游刚把故事讲完，大巴车戛然停在路旁一个店面门口。

人们很不情愿地下了车很不情愿地走进专营店，立即遇到了一群穿着民族服装、戴着民族首饰、花枝招展的姑娘们的热情接待。她们为游客表演了收鹿茸切鹿茸的手艺，亲手将一片片带着血丝的鹿茸泡进酒里。她们不厌其烦地介绍着产品，那些语言很荤很露，与她们的性别和年龄很不相称。她们倒出酒来，一杯一杯递到游客们手上。宁奇呷了一口，除了有点腥味，再无别的感觉。

宁奇放下杯子率先走出店门率先上了车，旅友们一个个跟了出来，谁也没买酒。宁奇突然发现导游脸色阴沉很不高兴，完全没有了讲大王饶命时的眉飞色舞。上了车导游开始清点人数，一数差了一个，一核对又是王元元。这时候兰花花说话了，说他上了卫生间，马上就来。果然，不大工夫王元元慌慌张张出了店门，瘸瘸拐拐上了车。

游完阿里山紧接着游日月潭。

如果说阿里山是以松和云著称，那么日月潭则是以山和水取胜了。日潭和月潭是两个彼此相连的高山淡水湖，四周青山环绕，湖水清莹澄碧，山影倒映在湖水中，湖光山色，美不胜收。除了青山绿水，日月潭还有一处名胜叫大佛寺。寺院建在高山之巅，立于寺前，可以俯瞰整个湖面，寺院宏大，游人如织。导游在这里给了半个小时的自由活动时间，大家分散游览。

宁奇和兰花花他们结伴而行，他们先进大雄宝殿烧了高香，据僧人说那香百灵百验，保准可以升官发财，一世平安。从大雄宝殿出来，不见了兰花花和王元元。宁奇和老伴四下里寻找，还是不见踪影。宁奇往车跟前走，忽然在山门旁边发现了他们。他停下脚步看去，他们正肩并肩站在那里，让一个陌生人给他们拍照。见到他们王元元招手喊："赶紧过来照相，人家现拍现取，全是免费的。"

宁奇走过去一看，二话没说，拉起他们就走。

来到一个僻静处宁奇开始指责他俩："你们怎么什么便宜也想占？你以为天

上会掉馅饼吗？人生地不熟的，万一是个陷阱怎么办？”

两个人你看看我我看看你，像两个犯了错误的小学生，规规矩矩站在宁奇面前。兰花花讷讷地说：“不会吧？看着不像。”

宁奇从她手里夺过一张传单吼道：“你睁开眼睛看看，这上面写的什么东西！” 两个人一声不吭。

这是宁奇第一次在他们面前发这么大的脾气。他说：“人家凭什么白给你们拍照？人家是白痴啊？人家是让你们帮着散发传单。你想想，带着这些东西能过海关吗？我看你们是不想回家了！”

兰花花狠狠指了王元元一指头：“都是你！”

离开日月潭天已经渐渐黑了下来。车上有些闷热，宁奇离开老伴，单独坐在了最后排一个空闲的座位上。

这时候导游又开始给他们讲故事。

他说：“台湾有一个很独特的人群，叫‘槟榔西施’。槟榔，就是卖槟榔的；西施，就是很美的女子，就是卖槟榔的美女。美到啥程度？她们全都浓妆艳抹，身上穿得很露很透，花枝招展。她们有自己的专营店，但是更多的时间会来到街面上，或者到旅游大巴上卖槟榔。她们很大方，会上来主动亲你吻你。如果有了这样的艳遇，你们一定要大方，除了接受她的吻之外，给她 50 元或 100 元的小费，她会送给你一袋槟榔。”

宁奇暗自思量，故事讲完之后很可能又该进槟榔店了。

果然，导游刚讲完不久车便停在路边一个店面门口。不过导游没有让大家下车进店，车门打开，走上来一个穿着三点式的女子。她很妖娆地和大家打了招呼，给了集体一个飞吻。然后她开始介绍她的槟榔多么多么的甜，再然后拿出一颗槟榔，轻轻放在暴露的乳沟里，让那导游去吃。导游毫不含糊，他没有用手去拿，而是将脸贴在她的胸脯上，用嘴叼起槟榔，甜甜地嚼着。做完这一切，她扭扭捏捏径直向车的最里边走过来。走过宁奇面前她突然止步，在他毫无思想准备的情况下她的脸已经挨到他的脸上。宁奇僵硬地坐在那里，没有迎合没有表情没有反抗，她吻完站在那里没有离开，他却没有掏钱买她的槟榔。她怔怔地站着，用失望而疑惑的眼光看了他半天，走了。

亲完了宁奇她又亲了后面的 3 个人，这 3 位老兄出手都很大方，每人给了

100 元人民币。返身往回走的时候王元元手里高举着 100 元钱喊:“亲我,亲我!”

槟榔西施款款向他走了过去。不料兰花花一巴掌狠狠打在他的手背上,骂道:“贱骨头,坐定!”

王元元一脸失望,乖乖地坐在那里。

晚上住进酒店,宁奇已经累得不想动弹。洗涮完毕正准备睡觉,王元元兴冲冲走进宁奇的房间,手里拎着一瓶酒。宁奇一看,正是白天尝过的酒。他好生奇怪,没见他买,这酒是从哪里来的。

正待发问,跟进来的兰花花开了腔:“王元元这家伙看着不吭不哈,其实是老骚乎丢盹——心里头谋事呢。今天我们出了店门上了车,你猜人家跑到卫生间干啥去了,人家对我说是尿尿去,其实人家进去从内裤里面取钱去了。取了钱人家花了 200 元人民币偷偷买了一瓶酒,说是今天晚上我们 4 个人都喝,试试到底有没有他们说得那么神奇。真的管用,也不枉我们来了一趟台湾,在这里留个纪念;如果不管用,就算是上当受骗,人家认了。”

还没等宁奇做出反应,王元元已经把一瓶酒均分在 4 个茶杯子里,他端起杯子,和宁奇的杯子碰了一下,“咕咚”先喝了一口。

兰花花看着宁奇,也喝了一口。

这让宁奇很为难。

说老实话,单就喝酒而言,这半缸子酒他是不在话下的,可是一想起王元元的处心积虑竟然能把极其隐秘的事摆在大庭广众之下而毫无遮掩地付诸行动,他真的有些不好意思。

王元元见宁奇迟迟未动,端起缸子送到他面前说:“领导你听我说,人心换人心,八两换半斤,你一路上这么关心我们,我一直想着表达一下我们的心情。想来想去你啥都不差,我也没有什么可感谢的,所以就买了这瓶酒敬奉你,想让你高兴高兴。导游介绍也好小姐推销也罢,话粗理不粗,就是让我们找个高兴。领导你千万别笑话也别推辞,这是我和兰花花的一片真心。”

王元元一脸真诚。

亏他想得出来,这种赤裸裸的敬奉让人太难为情也太无法接受。可是话说到这份上,宁奇已经别无选择,只好端起缸子喝了一口。那酒没有多少度数,喝下去全无发烧或发热的感觉,凉水似的。宁奇的老伴一口也没喝,她的那一份分给了

兰花花和王元元。

因为没啥劲道，宁奇大喝了几口便干了，他俩也喝完了。宁奇举着空缸子对他们说："这回总行了吧。"

他们开心地笑着，心满意足离开了宁奇的房间。

第二天早晨宁奇起得很早，刚起来就听到敲门声。他开了门，兰花花满面春风站在门口。她一句话也不说，一个劲地冲宁奇笑。她走进卫生间，和宁奇的老伴说着什么，一边说一边笑，一开始是窃笑，后来禁不住朗笑，再后来从朗笑变成了开怀大笑。出了卫生间，她神秘地看了宁奇一眼，"咯咯咯"笑着回了她的房间。

宁奇很纳闷，有什么高兴的事会把她笑成这个样子。出于好奇他试探着问老伴，老伴笑而不答。她们越是这样宁奇的好奇心越重，已经到了非得问清楚不可的地步。架不住宁奇再三追问，老伴说了实情。

"兰花花过来的第一件事是打探消息，问我们昨晚上干什么了。"老伴说。

宁奇心里骂：无聊。

倒是老伴笑着问宁奇："你喝了那么多酒，到底有反应没有？"

宁奇骂一句："狗屁！什么反应都没有。"

兰花花的第二件事是自我曝光。

昨天晚上喝完酒睡下，两个人一直等待着热血沸腾的那一刻的到来，已经到了半夜，什么反应也没有。王元元性子急，开始了毫无功效的劳动，直折腾得兰花花苦不堪言。王元元死不甘心，看样子不找回 200 元钱的效益他绝不收兵，然而最终还是一事无成。

老伴还告诉宁奇，折腾半夜，两个人都感冒了。

天啊，事情怎么会是这个样子！

台北是旅游的最后一站，也是这次旅游的重点。

宁奇准备在这里好好游览一番，因为这里有故宫，有亚洲第一高楼 101，有蒋介石的士林官邸，还有著名的台北夜市。临行前他用了相当的时间和精力翻阅了这些资料，台北游成了他此游的重中之重。不巧的是，兰花花老两口感冒得很重，王元元鼻涕像下扯面一般，鼻子揪得红红的，像一个酱缸里捞出的蒜头。兰花花嗓子肿痛，话都说不出来。她咳嗽得很厉害，成天不吃不喝。看着两个人病病怏

快的样子，宁奇又是同情又是怨愤，心里骂一句：活该！

怨愤归怨愤，但是不能见死不救。宁奇让他们把行李归整一下，能装的都装在箱子里，每天由他提上提下，他的箱子只能交给老伴。还有，每到一个景点他们都不能进去，宁奇和老伴只好陪着他们坐在大巴车里，等待旅友的归来。

临行前宁奇备了许多药，这回派上了用场，可是一直到他的感冒药消炎药止咳药吃得精光，他俩的病情仍然没有丝毫好转的迹象，似乎更加沉重了起来。兰花花一副奄奄一息的样子，王元元灰头土脑，走路的力气都没有。宁奇和老伴只好承担了所有的行李，每人手里拉着一个箱子，肩上挎一个旅行包。他们俩分了工，老伴负责侍候兰花花，王元元交给宁奇。

好不容易游完台北，旅行团开始返程。回家的路好像格外漫长，这会儿不知道兰花花老两口什么心情，反正宁奇早已经归心似箭，没有丝毫的游兴。他盼星星盼月亮一般掐算着他们的归程，台北、金门、厦门、福州、西安，终于一站接着一站熬到了省城。

列车快要进站的时候，兰花花用沙哑的声音和宁奇他们告别："领导你是个好人，一路上多亏你们照顾，我都不知道该怎么感谢你们。"

宁奇说："大家都出门在外，谁也保不准有个灾难疾病，遇到这种情况谁都会这么做的，快别说什么感谢的话。"

兰花花说："这次认识了你我的看法改变了，领导干部里的好人大有人在。好人自有好报，我看你一脸福贵相，一定能平安在世，长命百岁。"

宁奇说了声："那就借你的福口，多谢了。"

她转向老伴告别："老妹子你好人有好命，你算嫁着好人了，真是福气呀！你要是不嫌弃，我想和你拜个干姐妹。老大姐是个粗人，不会说太多感谢的话，我送你个礼物，表表我的心。"

说着话，她从腕子上脱下一只镯子，不由分说就往白兰芳手上戴。白兰芳极力躲避着推让着，说："你这个老大姐我认了，可是你千万不能这样，有了心意就行，这么贵重的礼物我怎么敢接收呢。"

正在两人僵持不下的时候，王元元突然"扑通"一声跪在了宁奇老两口面前。兰花花说："你要是再不收，我也给你跪下了。"

老伴看着宁奇，再也没有推让。

面对此情此景，宁奇能说什么呢。

回到家已经好几天了，不知道为什么，宁奇的心里一直牵挂着兰花花，还有王元元。宁奇很羡慕他们，羡慕他们的开朗直爽，羡慕他们的落落大方。他们是那么单纯，单纯得像个玻璃人儿似的，透明透明的。宁奇很羡慕他们的生活，那么充实，那么有滋有味。和他们比起来，他们这些城里人想法太多，顾虑太多，活得太复杂也太累了。

忽然有一天老伴问："你想兰花花吗？"

宁奇好奇怪："你怎么突然问起这么个问题？"

老伴笑着说："你别心虚，我没有别的意思。你就实话实说，想就是想，不想就是不想。"

宁奇说："说心里话，我还真想他们。"

老伴说："我也是。不知道他们病好得怎么样了，怪让人牵挂的。"

宁奇对老伴说："我想去看看兰花花。"

老伴说："和我想到一起了，我和你一起去。"

"那好，咱们明天就走。"

宁奇和白兰芳下了车，站在红牛湖开发区的大门口。

其实开发区并没有大门，有的只是两个象征性的标志性建筑。前面是一头巨大的红牛雕塑，那头牛足有 5 米来长 3 米来高，利角前冲，怒目圆睁，鼻孔大张，四蹄奋力，似能看到飞尘水浪，似能听到鼻息吼声。整座雕塑虎虎生威，栩栩如生，不禁使人联想起红牛力斗蛟龙的动人传说。雕塑后面是一个巨大的屏风墙，全部大理石建筑，上面镶嵌 3 个金铜大字：红牛湖。

走过屏风墙便是一片开阔地，从设计上看，这是一个停车场。停车场实际上就是一个广场，全部用大理石板铺就。站在广场放眼望去，开发区的变化非常大，与宁奇第一次到来时相比，早已经面目全非。宁奇清楚地记得几年前受五婶之邀参加开业盛典的情况，那时有水，有草，有农家乐，有蒙古包，还有穆民家园。今天的景区，湖还是那湖，但是大了，美了；房还是那房，但是多了，矮了。仔细看去，不是房舍矮了，是这些景区建筑全都掩映在绿树丛中，遮遮掩掩，只露出部分。再往

远着，整个景区一片葱茏，过去的盐碱滩已经全部植了树，变成一片森林。湖水被绿树包围着，像一面放置于绿毯上的明镜，闪着粼粼的光。

宁奇简直不敢相信自己的眼睛。他不敢相信，他所置身的地方就是当年那个长年泛着臭水，碱蒿遍地的盐碱滩。他不敢相信，眼前的一切就是那位年过七旬的老太太之所为。他的心里一阵激动。面对眼前的美景，他暂时放弃了先看望兰花花的念头，突然想去见五婶。这种想法一旦形成，他有些急不可耐。

去见五婶，马上就去。

两个人急匆匆来到园区办公室，这里静悄悄的。他准备去敲门，从屋里走出一位姑娘，她来到宁奇面前彬彬有礼地说："二位老人来了，欢迎光临，请屋里坐。"

宁奇说："请问一下，五婶，也就是你们的董事长，她在吗？"

那姑娘突然顿住，两眼直直地看着他。

宁奇好奇怪，只好对着她看。

姑娘迟迟疑疑地问："你是宁校长？"

宁奇问："你怎么认识我？"

姑娘忽然拉住他的手说："真的是宁校长！"

宁奇再问："请问你是？"

"我是哈丽。"姑娘说。

她走过来拉着白兰芳的手说："这一定是大妈吧？"

白兰芳完全被搞糊涂了，她看着宁奇问："这是……"

没等宁奇回答，姑娘抢着说："听我妈说，我刚出生的时候，还吃过你的奶呢。"

白兰芳更糊涂。

宁奇笑笑说："还没听明白，她是阿里子和色旦子的女儿，叫哈丽。"

白兰芳用手轻轻抚摸着哈丽的脸，口中喃喃道："长高了，长大了，长结实了，长成这么漂亮的一个姑娘了。"

宁奇打着哈哈："这就是那个放在保温箱里的小猫娃子，怎么样？想不到吧。"

白兰芳感慨地说："真是想不到啊！"

白兰芳长时间地看着哈丽，医院里发生的事一幕幕浮现在眼前。柔弱的色旦子、羞涩的阿里子，还有这个不足月的奄奄一息的女娃子。她清楚地记得，她把奶头喂进她嘴里的时候，她连嘬奶的力气都没有，她只能将奶水挤到她的嘴里，哈得她哇哇只哭。

想到这里，她的眼角溢出两滴泪珠。

宁奇问哈丽："不是听说你毕业之后在一家国企上班的，怎么到了这里？"

"是这样的，"哈丽说："前年回来探亲，看到红牛湖开发区有这么好的开发前景，就喜欢上了这个地方。父母一年年老了，我爹又是个残疾人，身边没个人也不放心。那一次回来探亲，偏偏遇上个五奶奶，就是我们的董事长，一看见我说啥也不让我走，非得让我给她当助理不可。没办法，我只好辞了职，来到了红牛湖。"

哈丽并无丝毫无奈，反而流露了一脸的自豪。

第四十章

听完哈丽的话，宁奇美美高兴了一阵子，为了哈丽，也为了五婶。

宁奇说："好啊！有了你的加盟，五婶可就省了大心了。"

"可不是嘛，"哈丽说："五奶奶不光是省心，整个成了一个甩手掌柜的，啥事都不管，一天只知道栽树种花，公司里的事管都不管。"

宁奇问："这么说她把公司全都交给你了？"

哈丽说："是这样的。自从红牛湖二期开发规划出来之后，五奶奶邀请了不少当地的著名企业家，讨论将原来的公司改制，变成了股份制企业。五奶奶一呼百应，煤老板景万荣、企业家宁保成等人都加盟进来入了股，成立了红牛湖开发有限责任公司。景万荣控了大头股，现在他是董事长。所以确切地讲，我是景董的助理。他的事情很多，日常业务基本上由我打理。"

"原来是这样。"宁奇恍然大悟。

白兰芳问："这么说你在红牛湖扎根了？"

哈丽说："既来之则安之嘛，就算是扎根了。"

白兰芳拉住她的手问："给大妈说，找对象了吗？"

哈丽说："怎么说呢？"

白兰芳瞅她一眼："该怎么说就怎么说，在大妈面前还有啥抹不开的。"

哈丽想了想说："只能这么说，也算找了，也算没找。"

“你这话是什么意思？”宁奇问。

哈丽并不着急回答，拉着白兰芳的手说：“大妈咱们先进屋喝茶，你们边喝我边给你们汇报。你们今天来得正好，我这里有几个解不开的死疙瘩，说不定你们还能帮我一个忙呢。”

进屋坐定，哈丽沏上茶来。她说：“事情是这样的。我之所以说是找了，是我确确实实处了一个对象。小伙子已经和我相处了3年，我们的感情很好。”

“小伙子在哪里工作？”宁奇迫不及待地问。

哈丽说：“他本来和我在同一个企业工作，我回到红牛湖之后，他下了决心辞了工作也跟我来了。他学的是园林专业，在开发区当技术员。”

“那好啊，怎么又说没找呢？”宁奇追问。

哈丽叹一口气说：“我们的事啥事都好，就是有两道坎儿迈不过去，已经3年了，一直就这么耗着，真不知道将来是个什么结果。”

哈丽情绪陡然低落下来。

宁奇说：“孩子你听我说，精诚所至，金石为开，只要你们真心相爱，就没有迈不过去的坎儿。你别着急慢慢说，我来帮你想想办法。”

“第一道坎在我家，”哈丽说：“我找的对象是个汉民，为了民族和宗教问题我爹我妈死活不同意，态度非常坚决。”

宁奇说：“他们怎么这么死脑筋啊，现在各民族之间通婚已经属于家常便饭，他们也不听听不看看？”他显然有些生气。

哈丽说：“他们的思想确实太顽固了。”

宁奇喝一口水，然后说：“你也不能简单地说他们思想顽固，宗教信仰的力量是不可战胜的，他们的坚持是在坚持一种信仰，不能单纯看成是一个婚姻问题。这种事急不得，得慢慢来。一会儿我先去探探他们的口气，可是有一件事你必须做。”

“什么事？”哈丽问。

宁奇说：“你得做做你对象的工作，看他能不能进教，和你一起信仰伊斯兰教。”

哈丽说：“他早就答应了，可是即使进了教，我父母仍然不同意。”

宁奇口中自言自语：“这个阿里子和色旦子到底是怎么了。”

他对哈丽说："这样，你爹你妈的工作包在我身上。牛头不烂，多费些柴炭，我就不相信说服不了他们。"

哈丽说："那就多谢大爹了。"

宁奇说："这事就这么定了，说说你的第二道坎。"

哈丽说："第二道坎出在他们家里。他的父母离异，现在他爸又想认儿子又想复婚，他和他妈无法接受，家里闹得不可开交。"

"小伙子是哪里人？"宁奇问。

哈丽说："他姓何，红牛湖边上土生土长的当地人。"

"哪个村的？"宁奇问。

哈丽忽然想起了什么，说道："哪个村我说不上，不过他父亲在当地很有名气，说不定你们认识。"

"他父亲叫啥？"宁奇又问。

"他父亲叫何利华，和你的年龄差不多，已经退了休。"哈丽说。

"他是何利华的儿子？"宁奇有些吃惊。

"是的。他叫何国强。"哈丽说。

现在，宁奇什么都清楚了。

何利华当了副县长之后，他们之间一直保持着联系。尽管王校长的死在他的心里蒙上一层阴影，但是作为最起码的礼节，每次何利华请他，他一定有约必到。不知道为什么，那几年他非常厌恶他，甚至于有些鄙视，因此他一直没有主动联系过这位老同学，直至逐渐疏远，很少来往。

后来得到何利华的消息是在一份内部通报上，那是一份对何利华进行党纪处分的通报。通报上列举的罪状是拉拢关系搞不正之风，投机钻营跑官要官，给的处分是撤销副市长人选的公示资格，给予党内警告处分。当时的消息很轰动，除了正式通报之外，小道消息不断飘进宁奇的耳朵，而且传得神乎其神。比较权威的版本是何利华为了跑关系找路子不惜抛出重金勾引女色而无法自拔。据说那女子的靠山很硬，只要跟她结婚，当副市长是十拿九稳的事。何利华利令智昏，只好提出与妻子离婚。没想到，义愤填膺的妻子不但很痛快地跟他在离婚协议书上签了字，而且一纸诉状将他告到了纪检委。

后来得到何利华的消息更是一塌糊涂：其人钱砸了，官丢了，女人跑了，妻子离了，儿子散了。更为糟糕的是妻儿一心同仇敌忾，从此以后不允许他踏进家门半步。当时，听到这些消息宁奇心中一阵轻松，他觉得，像他这种贯用心计的人理应得到如此下场，这是罪有应得。可是细细想来，心中未免有些酸楚。辛辛苦苦奋斗了一辈子，最终落得这么个下场，未免太凄惨了一些。

宁奇长叹一声："人啊！……"

哈丽说："他父亲很后悔，一直在悔过自新，我对你说说吧。"

宁奇喝着茶，静静地听着哈丽的娓娓陈述。

他忽然打断哈丽问："你对象在吗？"

哈丽说："在。怎么了？"

宁奇说："我想见见他，行吗？"

"当然可以。"哈丽拿出手机，拨通了电话。

不大工夫进来一个年轻人。小伙子很精神也很帅气，堪称名副其实的帅哥。哈丽介绍道："这就是何国强。"

她又向何国强介绍："这是我大爹大妈。"

何国强问："大爹大妈好。"

紧接着他疑疑惑惑地问："大爹……大妈……"

宁奇说："我叫宁奇，你就叫我宁伯伯吧。"

"你就是大名鼎鼎的宁校长？"何国强十分惊喜。

宁奇笑着说："过奖了过奖了。你看，我和你父亲既是同乡又是老同学，人家比我有出息多了，人家那才叫大名鼎鼎呢。"

何国强一听，陡然变色道："宁伯伯请你不要提他，好吗？"

"为什么？"宁奇不解。

何国强的胸脯剧烈地起伏着，眼里似乎能喷出火来。他一字一顿地说："何利华，他，他不算人！"

何国强的过激言行是宁奇没有料到的。他已隐隐感觉出问题的严重性。他喝一口茶，努力平静一下自己的情绪。他把何国强拉到身边坐定，语重心长地说："孩子，我知道伯伯第一次见到你就批评你是很不合时宜的，但是伯伯还是要说你，你错了。"

何国强慢慢低下了头。

“俗话说得好，”宁奇接着说，“狗不嫌家穷，儿不嫌母丑。父母再做了什么对不起你们的事，但是他们终归是你的父母，我想，血浓于水的大道理就用不着我讲了。人非圣贤，孰能无过，你父亲犯了错误本身就很难过，他最需要的就是家庭的温暖和家人的安慰体贴，难道你连一次悔过的机会也不愿意给他吗？”

宁奇看着何国强，等待着他的答复。

何国强沉默着。

宁奇说：“我刚才听哈丽说，你父亲现在很后悔，他在努力悔过自新。他在你妈面前下过跪求过情，请求你们母子的宽恕；他在一个人面壁思过，试图通过自己的努力多做些有益的事情，作为忏悔。我们应该活得宽容一些，要允许人犯错误，还要允许人改错误。你能保证你今生今世不犯错误？”

何国强头埋得更低。

哈丽说：“大爹你可能不知道，他父亲退休以后天天都来红牛湖……”

何国强打断哈丽的话：“你就别说他了。”

宁奇说：“孩子听伯伯一句话，原谅你父亲吧。你妈和我们的关系一直不错，请你把我的话带给你妈。你跟她说，改天我要登门拜访。”

宁奇说：“只要把你们母子二人的工作做通，接纳了你父亲，那我的大功就告成了一半。剩下那一半，今天我就拿下，拿不下来我绝不离开红牛湖。”

哈丽说：“太好了。”

何国强傻乎乎地问：“什么太好了？”

宁奇故意卖个关子：“天机不可泄漏，完了问哈丽。”

这时候白兰芳提了个醒：“来了半天，还没见五婶呢。”

宁奇话锋一转，问哈丽道：“听你刚才这么一说，五婶已经不担任任何职务了。”

哈丽说：“也可以这么说。现在她只是公司董事会的董事，挂一个顾问的头衔。按她的话说顾上了问顾不上就不问，让我看，她老人家现在顾上顾不上都不问。”

“不问也罢，有你们操心，那她就闲待着呗。”宁奇随口说。

“她才闲不住呢。”哈丽说：“她整天一心一意栽她的树。她说开发区的事让人家年轻人干，她不插手。”

宁奇问：“五婶现在在哪里？”

哈丽把他们带到门外，指着不远处的一个小土丘说："她在土丘那边种花呢。我带你去。"

宁奇说："你不要带我了，我们自己去。你在这里把我刚才说的话再好好跟国强谈谈，让我看，要想把你们婚事的疙瘩解开，首先得把他心上的疙瘩解开。"

哈丽笑着说："有您老人家说就行了，哪里用得着我？"

宁奇很认真地说："那不一样。"

啥丽问："怎么不一样了？"

宁奇很神秘地说："一把钥匙开一把锁，爱情的力量是无限的。"

一句话，说得两个年轻人不好意思起来。

宁奇和白兰芳告辞了哈丽和何国强，匆匆向五婶走去。近了，更近了，他们终于看清楚了，那是一位白发苍苍的老太太，正把一株株花木栽进花池里，然后吃力地从湖里把水提过来，一瓢一瓢细心地浇灌。她边干活边絮絮叨叨："喝吧，喝足了快快长……"她干得那样认真而专注，面对那些花株树苗，像在悉心侍弄自己的孩子。

宁奇一直走到她的跟前，她丝毫没有发现身边的来人。宁奇蹲下身子，轻轻叫了一声："五婶。"

老人回问一声："谁呀？"两手撑住膝盖，艰难地站立起来。

宁奇赶紧走上前去扶住她说："五婶，是我，我是宁奇。"

五婶对着他看了半天，猛然在他脑门上指了一指头说："我把你个龟孙子，怎么才来呀！我以为你把老娘扔到脑勺子后头了呢。"

宁奇赶紧说："怎么会呢，啥时候也忘不了五婶。"

白兰芳上前问："五婶还好吧？"

五婶拉住白兰芳的手说："好着呢好着呢。真是千年的媳妇熬成婆，当年那么俊的小媳妇，现在也有白头发了。怎么，也抱上孙子了？"

白兰芳笑答："可不是嘛，孙子都领大了，都上了学。"

五婶说："那就好。我说领导，来了就好，今天来了就不要走了，在红牛湖多住几天，好好陪着五婶说说话。"

白兰芳说："多住几天没问题，就是怕给五婶添麻烦。"

五婶嗔怪道："说这话多生分，就不怕五婶多心。前几年你五大走了，撇下五婶一个人，别说嘘寒问暖，连个抬扛吵嘴的人也没了。五婶这一辈子没生养，年轻的时候不觉着，到了老年觉得太孤单了。"五婶的语气有些黯然神伤。

宁奇说："五婶你快不要这么说，我们就是你的儿女。现在我们都退了休，有的是时间，我们会经常过来看你的。"

五婶的脸上忽然一片灿烂，她说："不过这回好了，这回我有女儿有孙子了，再也不孤单了。"

宁奇愕然："有了女儿有了孙子？五婶你快说说，到底是怎么回事？"

五婶说："最近我收养了一对孩子，认了一个女儿也认了一个孙子，今后我们祖孙三代就在一起过日子，谁也不离开谁。"

宁奇急着问："人在哪里？快领我们去看看。"

五婶说："人到远处栽树去了，中午吃饭的时候就回来，今天你们来了，正好见见。"

宁奇问："收养的谁家的孩子？从哪里收养的？"

五婶并不作答，说道："到时候你们就知道了，兴许你们认得。"

会是谁呢？宁奇一头雾水。

五婶问："听兰花花说，你们一起到台湾旅了一趟游？"

宁奇说："有这回事，是凑巧碰到一起的。今天来一来看看你老人家，二来顺便看看他们。"

白兰芳问："她的病好了吗？"

五婶说："再别提了，从台湾回来大病了一场，又是吃药又是吊针，整整折腾了大半个月，总算好了。"

白兰芳一块石头落了地："这就好了！"

五婶说："他们对我说起你们俩，都快把你们夸到天上了。"

一提起兰花花的病宁奇只是想笑，但是他还是强忍住，回答说："出门在外，谁还没有个灾难疾病，互相照应那都是应该的。"

五婶静静地观察着宁奇，似乎若有所悟。宁奇见她眼神怪怪的，问道："我怎么了？你老人家怎么用这种眼神看着我，怪吓人的。"

五婶说："我发现你们这些当官的发财的在台上的时候乍乍呼呼派头挺大

的，一下了台好像都把架子放了下来，而且开始发善心了。”

原来是这么回事。宁奇淡然一笑，算作回应。

他忽然问：“五婶你刚才说‘我们’这些当官的，说明这些年你认识了不少当官的。”

五婶说：“要说认识的也不算少，但是有几个我总觉得怪怪的。”

宁奇很好奇，问道：“怎么个怪法？你能说给我听听吗？”

五婶抬手指着湖里的凉亭说：“想看看吗？那就是一个。”

顺着手指望去，凉亭里坐着一个人，那人头戴一顶长舌凉帽，手握渔竿，正在垂钓。

宁奇朝那人看了看说：“算了，我又不认识人家，就不去了吧。”

“可是人家认识你。”五婶说得十分神秘。

“认识我？那是谁呀？”宁奇问。

五婶说：“是市水务局的何局长，已经退了休，退休时间不长。”

宁奇说：“你说的是何利华？”

五婶说：“正是他。”

“他怎么会到这里来呢？”宁奇有些意外。

五婶说：“他不但来，而且几乎天天来。”

“这个何利华！”宁奇搞不懂了。

五婶看着宁奇那副迷茫的样子，说道：“我看他是和红牛湖有了感情了。”

“这话从何说起？”宁奇问。

五婶说：“说起红牛湖的开发，他应该是最大的功臣。”

“噢？”宁奇不以为然。

五婶说：“我刚开发那阵子，各方面的发展都比较顺利，唯独在补水这一块遇到了大麻烦。湖面大了，水的蒸发量很大，再加上湖底渗漏，每年需要不停地补水。这样一来，就出现了和农田争水的问题。”

宁奇突然想起了于秀玲。

他问五婶：“后来是怎么解决的？”

五婶说：“后来何局长带人下来调研，他围着红牛湖转了3天，提出一个大胆的设想，制订了红牛湖二期开发规划。”

宁奇脱口说:“这家伙还真干了点正经事。”

五婶说:“他可是干了一件大事。按照规划,他们把湖面扩大了3倍,又进行了深挖,搞成一个水库。他们化验了排水沟的水质之后,确认沟水没有太大污染,可以灌溉。随后他们在排水沟边建了一座大型泵站,将沟水抽上来,补进湖中。他们又在黄龙渠梢建了一座分水闸,修了分水渠,把每个灌水季节剩下的余水全部注入湖中。”

宁奇看着浩渺的湖水,感叹道:“这下好了,补水的问题应该全部解决了!”

五婶说:“不光解决了红牛湖的补水问题,还起到了蓄水作用。灌溉紧张缺水的时候,可以把湖里的水引出来灌溉农田,大大缓解了黄龙渠梢段灌水难的问题。”

宁奇面对湖水一阵激动,在原地不停地走动着。忽然他掏出手机,拨通了说道:“是于秀玲吗?请你来一趟红牛湖。”

对方在回话。

宁奇说:“不行!再忙也不行,必须过来,马上!”

关了电话,他扔下五婶,疾步向凉亭走去。

宁奇来到湖边,那里停着一辆黑色的小轿车。他围着轿车转了一圈,注视良久。他缓步走上栈桥,向湖心亭走去。何利华背对着他正专心致志地钓鱼,似乎没有发现他的到来。宁奇轻轻走了过去,生怕惊动了鱼儿,也怕惊动了何利华。走进亭子,他并没有立即和他打招呼,他坐在围栏边的条椅上,默默看着他钓鱼。

今天天气很好,没有一丝儿风,湖水平静如镜,波澜不惊。湖面上游弋着鸭子和水鸟,那些水禽们似乎非常善解人意,它们远远地游着,没有一只游过来,只在远处巡逻着,好像生怕打破了这里的安宁。置身于此,宁奇忽然产生出一种超脱世外的感觉,他已然融入这和谐的氛围中。现在,4只眼睛同时注视着水面上的浮标,耐心地等待浮标沉浮的那一刻。

动了,又动了,第三次跳动之后浮标沉入水中。何利华轻抖渔竿,一条鱼提出水面。他慢慢收回渔线,将鱼拿在手中。那是一条红尾鲤鱼,足有1斤多。他轻轻摘下鱼钩,对着那条鱼说:“记住,贪的多了不好,去吧。”说完,将鱼扔进湖中。

宁奇见他把到手的鱼扔进湖水里,本能地从条椅上弹了起来,突然站在何利华的面前说:“你疯了还是傻了?有你这样钓鱼的吗?我看你的神经肯定是出了问题！”

宁奇的突然出现让何利华微微吃了一惊。他回过头来看着他，十分诧异地问：“原来是老宁，你怎么来了？”

“你都能来，我怎么不能来？请你不要忘了，这可是我的家乡啊！”宁奇说得理直气壮。

何利华很快平静下来，说道：“来了就坐下。”说完又去安鱼食。鱼食挂好之后，他把渔钩又一次抛入水中。

宁奇很好奇，问道：“有你这么钓鱼的吗？我看你这纯粹是在消磨时光。”

何利华淡淡地问：“消磨时光有什么不好吗？”

宁奇说：“好什么好，严重的心理变态。难怪乎人们说我们这些退休干部，在任期间前呼后拥，退下来之后十分失落，失落得找不着北了。”

“是吗？”何利华还是漫不经心的样子。

“怎么不是，”宁奇说：“俗话说，打虎为一张皮，撒网为一条鱼，好不容易钓上一条鱼来，你再把它放回水里，还不如不钓呢。”

何利华收起渔竿，拉着他坐在条椅上。他端起随身带来的水杯喝了一口，问宁奇：“你是知识分子，我来问你，你说姜太公垂钓渭水边，为啥要用直钩？”

“那只是一个传说，谁也没亲眼看见姜太公用直钩钓鱼。可是你今天钓了鱼又把它放掉，那可是我亲眼看见的。”宁奇摆出一副抬杠的架势。

“非也。”何利华说：“传说也好，事实也罢，编故事的人并非刻意追求故事的真实性，而是重在体现姜尚老儿的一种精神境界的修炼，或者叫作韬光养晦。”

宁奇站起身来问：“人家姜子牙修炼也好，韬光养晦也好，那是老有所图，最终老有所为，做了统帅，你现在都是退下来的人了，还在这里韬的什么光养的什么晦？你是不是另有所图啊？”

看来何利华真的被宁奇问住了，一时语塞。

他将目光转向湖面，表情显得十分茫然。

看着何利华茫然的样子，宁奇忽然生出一丝怜悯之心。他说：“不过话又说回来，哪个领导干部从岗位上退下来，总会有一个阶段的不适应，这种感受我经历过。”

何利华从湖面上收回目光，默默地看着他，似有话要说。

宁奇说："老何我看你好像有什么心事。"

何利华说："有则有之，无则无之。总而言之，人活一辈子很不容易。这种感觉年轻时不觉得，随着年龄的增长而与日俱增。"

宁奇问："今天怎么这么悲观，这可不是你何大局长的风格。刚才我听五婶讲，这红牛湖的二期开发工程你可是大功臣啊！"

何利华显得很平淡："拿着政府的钱给老百姓办点事，只要坐在那个位置上谁也会办，讲什么功臣不功臣的。"

宁奇说："好就是好孬就是孬，红牛湖的开发有目共睹，你就不必谦虚了。"

何利华抛开红牛湖的开发，开始谈人生感悟："老同学我告诉你，最近我在红牛湖上钓鱼，还真的悟出些道理来。"

"不吝赐教，讲来听听。"宁奇说。

何利华略加思索，侃侃而谈。

何利华说了许许多多的人生感悟，深入浅出，宁奇频频点头。他说："听君一席话，胜读10年书，你啥时候成了哲学家了。"

何利华说道："小时候盼着吃个饱肚子，长大了盼着娶个好妻子，当官了盼着爬个高位子。回顾走过来的路似乎才发现，人这一生不论干什么，无非是在得失之间较量，而这种较量的结果是，得的越多失去的会越多，失的越多得到的会越多。"

宁奇说："我听明白了，你说的无非是佛教关于舍与得辩证关系的论述。我问你，你是不是想削发为僧讲经论道了？"

何利华说："其实这些道理极其普通，不光是佛教的专利，所以对于任何人都适用。我不会削发为僧，也不会讲经论道，我也不管别人怎么说怎么看，我只谈自己的感悟。我的话可能一时不会为世人所接受，但是我觉得我自己在临死之前能把这些事搞明白就足够了。"

宁奇认真地听。

"远的不讲，"何利华开始举例说明："就说眼前，从表面上看我将到手的鱼扔了是失了，可是你知道吗？正是这一次又一次的得而复失，让我悟出了人生的真谛，让我不断净化着自己的灵魂。"

何利华的声音有些颤抖，他很激动。

宁奇感叹道："难得你有如此的感悟。"

何利华久久地沉默着，宁奇也久久地沉默着。两个沉默的人面对沉默的湖水，各自想着各自的心事。

何利华首先打破了沉默："不过有一点你记住，当世之间，我们犯了不少错误，有些是不可饶恕的错误。我不知道你有没有这样的感悟。"

宁奇心中一颤，他不由得想起了乔志芳。

第四十一章

听完何利华一席话，宁奇委实感悟颇深。但是他并没有去迎合他的观点，他觉得这个话题太沉重。他随口戏言道："何大局长莫不是真的想削发为僧，遁入空门吧？"

何利华接着自己的话题说："不管你有没有，我是悟出来了。所以在职期间我有一个心愿，不管官任何职，一定要扎扎实实为老百姓办一些好事。咱们不图让老百姓歌功颂德、感恩戴德，只求一份心灵的安慰。你刚才讲到佛教，讲到遁入空门。佛教有一门重要的修行是放生，就是把到手的活鱼放入水中，把牢笼里的飞鸟放回空中，让它们重返自然，再获新生。"

宁奇赶紧说："这么说刚才你是在放生？"

"也算是，也算不是。"何利华说。

"此话怎讲？"宁奇追问。

何利华说："如果把它算做放生，那么我压根儿就不该把它们钓上来，与其钓上来再放生，岂不成了假仁义假慈悲。如果不把它算做放生，那么只要我何某将它们提回去，它们将会成为刀俎之肉，成为餐桌上的美味佳肴。你说得不错，我每天来到红牛湖是在消磨时光，但是更多的是在反思。我在让自己想明白的同时也想让这些鱼儿明白一个道理，就是任何时候欲望都不要太强，那样会贻害终生，甚至会丢了性命。"

何利华说完，长叹一声。

宁奇说："我刚才见到你儿子了。"

何利华眼睛一亮："是吗？你们说什么了？"

宁奇没有将他俩的谈话如实相告，只说了一句："问候问候你。"

"他怎么说？"何利华问得很急切。

宁奇说："他说你在这里钓鱼，我就找了过来。"

"他再没说点别的？"

"没有。"

何利华的表情很失望。

他突然问："他是通过谁认识你的？"

宁奇说："通过哈丽。"

"你认识哈丽？"

"认识。"

"啥时候认识的？"

"早了。"

"怎么认识的？"

何利华的紧追不舍没有给宁奇留下丝毫周旋的余地，他只能将如何认识哈丽的父母以及与哈丽的关系以实相告。何利华听完，紧紧抓住他的手说："老同学我告诉你，我这一辈子没请你办过事，今天就算我求你了，你给哈丽的父母好好做做工作，让这一对年轻人早日完婚。只要你答应，我现在给你磕头都行。"

宁奇说："老何不是我说你，这就是你的不对了，同学之间，用得着这么客气吗？"

何利华说："我实话告诉你，过去我已经做了对不起他们母子的事，可能你都听说了。他们母子二人不接纳我、不原谅我，那是我咎由自取罪有应得，这些我都认了。可是我问心有愧啊！"

宁奇说："过去的事就让它过去吧，还提它干啥。咱们从头再来。"

何利华说："你说得轻巧，一根骨头连着一根筋，能过得去吗？你知道我为啥天天要来红牛湖吗？我就是想着天天能看到哈丽，天天能看到国强。我还奢望着，有朝一日能见到我的孙子，抱抱他亲亲他，如果真的有那一天，就是跳进这红牛湖里我都心甘情愿。"

何利华激动万分，泣不成声。

宁奇掏出纸巾递给他说："你也不要过于悲观。行，我答应你，让我试试吧。"

何利华用一双乞求的目光看着宁奇，把手握得更紧。

已经到了正午时分，车声人声嘈杂，旅游区的人骤然多起来。这时候亭子里上来了一帮游人，他们手握渔竿提着鱼桶，各自找了位置开始垂钓。抬眼望去，旅游区的车一辆接着一辆开进来，游人纷纷下车，走向各处景点和饭庄。宁奇抬腕看看手表，已然到了饭点。

宁奇和何利华走下栈桥来到车旁，有一个人早已经等在那里。那人见他们来了，迎上来说："宁大校长大驾光临，也不提前打个招呼，我好在此恭候。我刚一过来就听干妈说你来了，这才急忙前来迎请，还望宁大校长原谅。饭菜已经备齐，怎么样？请吧。"

宁奇一看，原来是景万荣。

他看看何利华说："不愧是生意场上的高手，说出话来一套一套的。"

景万荣连连拱手："过奖了，过奖了！"

宁奇看着何利华说："我看恭敬不如从命，那就走吧。"

走了几步，宁奇突然停住脚步说："万荣我问你个事。"

"问吧。"景万荣也停了下来。

宁奇说："你是做煤炭生意的，怎么猛然想起改行干开发旅游区的事了？"

景万荣说："确切地讲，我这不算改行，顶多算得上是扩大经营范围和经营规模。煤炭生意照常在做，只不过是将那边的利润投到这边来搞开发而已。"

宁奇问："看现在的阵势，你一定在这里已经投资了不小的数目，你能不能给老同学透露透露，几年以后能收回成本？"

景万荣问："你是想听真话还是想听假话？"

宁奇说："自然要听真话了。"

"那我告诉你，"景万荣说："遥遥无期。"

宁奇有些纳闷："你们生意人讲的是无利不起早，那你不是……"

"那我不是做了亏本的买卖了对吧？"景万荣接过话头说。

宁奇有些木讷，等待他的下文。

景万荣扫视了一周开发区，不无感慨地说："当年来到宁家梁子，说白了那是逃荒来的，要不是干妈收留，我都不敢想象我现在会是个什么样子。那时候，一个老光棍领着一个小光棍，冷一顿热一顿，饥一顿饱一顿，叔叔大爷大娘大婶谁见了谁疼我，我景求子是吃百家饭长大的，所以宁家梁子父老乡亲的大恩大德我永世难忘。”

景万荣的眼圈有些湿润。

“我做梦也不会想到，我一个逃荒的山娃子今生今世会发财。有了钱我就想，我要多做善事，报答感恩。后来正巧赶上红牛湖二期开发，干妈找到了我。我就想，钱财这东西，生不带来死不带去，不如做些造福子孙的事，给后代人留些功德。所以我决定投资红牛湖，主要投资方向是植树造林，我要让红牛湖周边方圆几十里的荒滩都变成森林。至于回报，我一直没想过也没算过。不过我有一个明确的经济运行原则，就是以山养滩。”景万荣的语气很坚定。

“什么意思？”宁奇不解。

“意思很简单，就是把从山里开采煤炭赚来的钱拿出来在滩上植树造林，改善生态环境。”景万荣的眼里光彩熠熠。

宁奇感叹道：“真了不起！不过你得算算账，如果把这些湖滩栽满了树，那得花多少劳力，投多少资金啊？”

景万荣指着东方说：“这是一项长效工程，10年，20年，30年都说不上。”

“不会吧！”宁奇有些震惊。

景万荣说：“完了我带你看看我们的总体规划，我们不但要绿化红牛湖，还要一直向东发展。那里有大片的黄河滩地，我的规划是沿黄河一线植出一个人工林带来。当然，要实现这个宏伟目标，离不开政府的支持。”

宁奇怎么也不会想到，小时候蔫拉巴叽的景求子，成人以后竟然有如此之大的胸怀。他油然对他肃然起敬起来。让他更没有想到的是，一个红牛湖居然把众多胸怀各异的人凝聚到一起，共同谋划共同出力，促成了开发区的健康发展。

宁奇忽然想起什么，他问：“刚才听五婶说，她领养了一对孩子，说是你知道这事？”

景万荣长长地“噢”了一声，说道：“原来是这事啊！我给办的事我怎么会不知道呢。”

宁奇接着问：“到底是怎么回事？”

景万荣说：“想听吗？”

宁奇说：“想听。”

景万荣将他和何利华拉到树荫下坐定，娓娓道来。

那是一个风和日丽的早晨，景万荣拉着五婶，开车向福利院而来。福利院建在城郊一个较为幽静的地方，开放式的栅栏围墙、满院的花草树木、院子里还有鸡鸭觅食，一只黑狗蜷卧在墙根下，一派祥和的农家风味。进得室内，情况大不相同，每个房间都装修得十分讲究，既像宾馆又像饭店。除了卧室还有许多娱乐场所，象棋、扑克、花花子、麻将一应俱全。最大的房间要数健身房，里面安放了许多健身器材，专供人们锻炼。五婶跟着景万荣转了一圈，啧啧连声："真了不起！"

开早饭了，人们陆陆续续走出房间，向饭厅走去。饭厅宽畅明亮，打扫得十分干净。服务人员早已经盛好了饭菜，每人两根油条、一碗稀饭、一个鸡蛋，还有一碟小菜。景万荣告诉五婶，这些饭食是不限量的，吃完了可以再取。

吃饭的人坐好之后，服务员将饭菜端到每个人的面前，有两个坐着轮椅的老爷子，由服务员一直推到饭桌边。五婶抬头扫视一圈，大约有30多个人。这里面男女都有，大都是些鳏寡孤独、无人赡养的老头老太太。然而有两个人引起了五婶的注意，一个男的，一个女的。那男的有30岁左右，体格健壮，完全不像个应该到福利院养活的人。那个女的看上去有四五十岁，在这些人里面算是最年轻的。她没有梳头，头发散乱地披在肩上。那男的和那女的坐在一起，那女的不时关照着男的，给他夹菜、盛饭，还用餐巾纸擦去他额头上的汗珠。看得出，她对那男的无比关爱，奇怪的是，他们一直不说话。

五婶指着那男的说："如果我没猜错的话，那男的应该是喜顺子。"

景万荣说："没错，正是喜顺子。"

"那个女的是谁？"五婶问。

"我也不知道她是谁。"景万荣答。

五婶好奇地瞪住他问："你收进来的人你不知道她是谁，你狗日的不会是在这里糊弄老娘吧？"

景万荣笑着说："我怎么敢糊弄干妈呢，借给我一个胆子也不敢。"

"那到底是怎么回事？"五婶问。

"是这么回事，"景万荣说："前年我的煤矿上突然来了一个女人，披头散发，衣衫不整。我问她干什么来了，她不回答。我又问她家在哪里，叫什么名字，她还是不回答。后来我安排人给她洗了澡换了衣服，又安排她吃了饭，然后开车把她送到当地民政部门。”

“那后来呢？”五婶问。

“后来，后来的事不能提了。”景万荣说。

“到底怎么了？”

景万荣说：“还能怎么呢，过了几天她又回到了矿上。我又送了几次，前面送后面回，就像黏在身上的狗皮膏药，怎么甩都甩不掉。”

“再后来呢？”

“再后来我只好把她带到福利院，在这里供养起来。”景万荣指着那女人说：“那个女人正是她。”

“噢……”五婶长长呼出一口气。

说话间人们吃完早饭，陆续离去，餐厅里只剩下喜顺子和那女的。他们的饭也吃完了，女人正用餐纸给喜顺子擦嘴。五婶走过去拉着喜顺子的手问：“喜顺子，还认识奶奶吗？”

喜顺子两眼傻乎乎地看着她，再回头看看那女的，一句话也不说。

五婶又说：“小时候奶奶没少抱过你，不记得了？”

喜顺子一如既往傻乎乎地看着她。

五婶说：“奶奶今天专门接你来了，跟奶奶回家，好吗？”

突然，那女人撕开五婶的手，把喜顺子紧紧搂在怀里。她用愤怒的目光看着五婶，大有拼命的架势。

五婶和景万荣面面相觑。

突如其来的变化是景万荣所始料不及的。他看着五婶，只能用眼神去问：“怎么办？”

五婶也怔在那里。片刻的思索之后，她拉住女人的手说：“闺女，你坐好，大娘给你梳梳头，梳好了大娘就走。你如果爱这孩子，你就带着他，大娘是不会领走的。”

服务员端来一盆水，拿来了梳子。五婶先给女人洗了头，将那锈在一起的头发洗散，然后用毛巾擦干了脸，用梳子轻轻地，轻轻地将那头发梳开了，理顺了。她轻轻抚摸着女人的脸说：“以后每天记着梳头，头梳光了，脸盘就好看了。”

五婶说完，就要起身离去。忽然，那女人猛地扑进五婶怀里，长长地喊了一声:“妈! ……”

在场的人大吃一惊:原来她不是哑巴!

五婶把她紧紧搂在怀里,还有喜顺子。

景万荣讲完了,宁奇若有所思。

半天他问了一句:“这女人现在怎么样了? ”

景万荣感慨万千:“真是一把钥匙开一把锁, 这女人不知道锈了多少年的心锁终于让干妈给打开了。干妈把她和喜顺子一起带回来,对她的关心体贴胜过了亲闺女,开发区所有的人都把她当作亲人。”

“那后来呢? ”宁奇跟着问。

“后来她的话多了,渐渐有了笑声。她的病情转化的很快,基本上能把过去的事情讲清楚。”景万荣说。

“她是怎么落到这步田地的? ”宁奇忍不住问。

景万荣说:“她的命运很坎坷,是一个三起三落的女人。事业上的挫折她都挺了过来,最后一关没有挺住,她是因为失去孩子受了强烈的刺激导致神经错乱的。”

“原来是这样! ”宁奇惋叹一声。

“现在好了,”景万荣说:“现在干妈每天领着她和喜顺子植树,喜顺子叫她叫妈,她叫干妈叫妈。有了喜顺子做她的儿子,她的心慢慢暖和过来,她的脸上经常挂着笑容。”

宁奇轻声问:“她现在知道她的名字吗? ”

景万荣说:“知道,她说她叫乔志芳。”

“你说什么? 乔志芳? ”宁奇惊呼起来。

景万荣问:“怎么,你们认识? ”

宁奇愣一愣神,连连摆手:“不,不,不认识。”

宁奇再也没有问一句话,呆呆地站在那里。他抬头看着蓝天,蓝天上的浮云在悠悠地飘,他突然觉得白云定在那里,自己随着大地游动起来。他赶紧低下头,将目光落在湖面上。他觉得浩渺的湖水也在转悠,似乎要把自己转了进去。

景万荣催促道:“走啊,大家都等着呢,该入席了。”

宁奇问："今天吃饭有那个乔志芳吗？"

景万荣说："怎么没有，你嚷嚷着要看干妈领养的儿女，干妈自然要给你带来了。除了她我让喜顺子也来了，你也顺便看看他。"

宁奇心中一阵紧张。

听到乔志芳的消息，他恨不得马上飞到她的身边。但是他没有那个勇气，他不但没有勇气去同时面对白兰芳和乔志芳，他也没有勇气出现在乔志芳面前，因为他真的不敢想象，乔志芳见到他会受到怎样的刺激，后面将会发生怎样的事情。

宁奇忽然有些支吾："万荣我看这样，要不你先回去陪五婶白兰芳他们吃饭，我呢，一是不饿，二是我回来一趟不容易，刚才又听你讲了那么多关于红牛湖的宏伟规划，我听了激动得不行。我已经约了人，一来我得在这里等人，二来我想现在让老何开着车带着我绕湖转一圈，你看行不行？"

何利华也说："既然这样我也不想去了。"

景万荣有些不悦："你们这是怎么了，一唱一和的，想晾我的台是不是？"

何利华赶紧解释："万荣你听我说，我是考虑有国强和哈丽在场，我怕我去了大家都不愉快。"

景万荣对宁奇说："想转一圈可以，吃完饭我陪你好好转。"

宁奇推辞道："不瞒二位兄弟，昨天晚上拉了一夜肚子，今天一点东西都不想吃也不敢吃，你就饶了我吧。"

景万荣十分不解，说道："刚才还说的好好的恭敬不如从命，怎么说变卦就变卦了？看来今天你是反客为主，我反而得恭敬不如从命了。那好吧，我给他们打个招呼让他们先吃，我也陪你们去。"

景万荣走到一边去打电话。

这时候宁奇的手机响了。

"你好，哪位？"宁奇问。

对方报了家门，宁奇说："那好，你就在园区大门口等着，我马上就到。"

"谁呀？"景万荣问。

宁奇说："见了面你就知道了。"

宁奇催促二人上了车，何万荣开动车子，向园区大门驶去。

园区门口站着一位女士，她头戴凉帽，戴着一副茶色太阳镜。她身穿连衣裙，臂挎一只白色女包，亭亭地站在那里。车子戛然停在她身边，宁奇从车上下来，说道："你来得好快啊！"

女士说："老师的命令就跟圣旨一样，我哪里敢怠慢。"

何利华和景万荣先后下了车，女士摘下眼镜，和他们一一握手。宁奇介绍道："这是我的文友，叫于秀玲。"

何利华问："就是写《马兰草》的那个于秀玲？"

宁奇说："正是此人。"

一听是于秀玲，何利华又一次握住她的手说："久闻大名，未见真人，幸会，幸会。"

景万荣也上前说："《马兰草》我认真拜读过，写得真不错。这些年写咱们农民的作品越来越少了，所以读了你的书觉得格外亲切。"

于秀玲谦然一笑道："二位过奖了，其实我还是有很多不满意的地方。就算有点成绩，也是宁老师指导得好。"

宁奇说："你就别谦虚了，快上车吧。"

"上车？到哪里去？"于秀玲问。

宁奇说："我忘了向你介绍，这一位是原市水务局局长，大名鼎鼎的何利华先生。他既是红牛湖二期开发工程的规划者，又是具体实施者。"

于秀玲伸出手来："何局长好，幸会。"

宁奇又介绍景万荣："这一位是红牛湖旅游开发公司董事长，大富翁景万荣先生。二位都是我的老同学。"

于秀玲伸出手来，欠身一笑："久仰，久仰。"

宁奇对于秀玲说："过去，你对于开发红牛湖的问题谈过你的看法，这很自然。今天，当一个全新的红牛湖展现在你面前的时候，不知道能否改变你固有的成见。"

于秀玲用异样的眼光看着宁奇道："你十万火急把我调了过来就是为了这个？"

宁奇说："今天之所以请你来，就是想让你走走、听听、看看，兴许会激发你的创作激情和创作灵感。我虽然是个平头百姓，但是我觉得，要改变农村贫穷落后的面貌，一是需要何局景董这样的人脚踏实地地干，还需要像你我这样的文化人去书写,去歌颂,去宣传。”

景万荣说:“老宁说得太对了。”

何利华向于秀玲作一个手势:“美女作家,请吧。”

车子缓缓行驶在平坦的环湖大道上,小车像一只黑色的甲壳虫,穿行于碧树绿草之间。于秀玲被眼前的景色感动着,不时向何利华和景万荣提问。两人认真解答着每一个问题,并向她展示着未来的宏伟远景。

车子驶出树林,来到一片开阔地。路旁,一台挖掘机正在作业。于秀玲喊道:“停车!”

车子刚停稳,于秀玲直奔挖掘机而去,3人紧随其后。于秀玲目不转睛地看着那挖掘机巧妙地挖土,送土,整形,挪步,那伸长的大臂和灵巧的铲头配合得像人的胳膊和手一样协调,不大的工夫,一排树坑整整齐齐呈现在面前。

于秀玲问景万荣:“你们植树已经开始机械化作业了?”

景万荣说:“就算是吧,但不全是,栽植覆土必须得人工。”

于秀玲感叹道:“有了机器你们的效率就高喽!”

景万荣打着哈哈道:“不高不行啊!不用机器,我们的计划不知道干到牛年马月呢。”

于秀玲说:“我能和司机说说话吗?”

景万荣说:“当然可以。”

他向挖掘机招招手,司机停了机,从高高的驾驶室跳了下来。他走到景万荣面前说:“董事长好,视察啊!”

景万荣说:“来了几个朋友,随便转转。”

他转向宁奇问:“你认得这小子吗?”

宁奇看了半天说:“不认得。”

景万荣说:“再好好看看。”

宁奇一个劲地摇头。

景万荣说:“真是大水淹了龙王庙了,住了多少年的邻居,居然认不得了。他是毛蛋。”

“毛蛋?哪个毛蛋?”宁奇问。

年轻人说话了:“我爹叫张存占,我妈叫李秀秀。”

他又问景万荣:“请问这位领导是?”

景万荣说:“他是你们家的老邻居,你的宁伯伯。”

年轻人恭恭敬敬地问一声:“宁伯伯好。”

宁奇怎么也不敢想象,这就是当年那个又哭又闹的毛蛋。他问道:“家里人都好吧?”

毛蛋说:“我爷爷已经去世了,我爹我妈都很好。”

宁奇又问:“他们现在干啥呢?”

景万荣接过话头说:“是这样。为了规划能够得以顺利实施,我们的植树造林工程实行承包制。现在,农村实行土地流转,不少农民闲了下来。你比方像张存占这样的家庭,挖掘机由公司提供,他家出技术出劳力承包植树任务。前期只支付部分承包费,等3年以后验收,成活率达标即全部付清承包费。”

宁奇由衷地说一句:“真是个好办法。”

于秀玲没问什么,她走到挖掘机旁,踩上扶梯,登上驾驶楼。她手搭凉棚向四周张望,微风吹拂着她的脸庞,她深情地瞭望着。

离开挖掘机,车子直奔泵站而来。4个人下了车,爬上高高的观测台。站在这里,整个红牛湖尽收眼底,一览无余。远山,近树,碧水,蓝天,来往的车辆,穿梭的游艇,一切是那么悠然而灵动,一切是那般安详而和谐。湖风吹来,吹起了于秀玲的秀发,掀起她的裙裾,她拿出照相机,忘情而投入地拍摄着。

景万荣对工作人员说:“推闸!”

随着电机的轰鸣,4股巨大的水柱自泵口喷涌而出,冲入入水口,水流在入水池里翻腾着旋转着,激起层层浪花,然后滔滔不绝地流入导流渠,直入湖中。

于秀玲的眼睛湿润了,久久地看着何利华和景万荣。

宁奇问:“小于,是不是有话要说?”

于秀玲很激动,但是她努力平静着自己的情绪。

离开泵站,车子顺着排水沟边的大道一直向黄河滩驶去。一路上,拉运树苗的车辆奔忙着,不时扬起阵阵灰尘。道路两旁,新栽植的树苗一排排一行行,已然形成一片幼林,一眼望不到边。车子爬了一段高坡,停在高高的河堤上。这里曾经是古老的防洪堤,现在,一条宽阔的柏油马路展现在眼前。路基提得很高,比原先的防洪堤足足高出两米。路面扩得很宽,六车道设计,比先前的防洪堤宽了一倍。

宁奇感慨万端，脱口而出："好家伙，太雄伟了！"

何利华说："这就是我省最大的沿黄经济带工程。"

于秀玲问："是不是电视上说的黄河金带？"

何利华说："正是这项工程。金带沿黄河而建，贯穿6个县市，全长300多公里。基础工程刚刚完成，不远的将来，这里将建设成为一条集交通、经济、生态、旅游观光为一体的高标准、多功能的综合性产业带，将带动当地经济和社会事业的快速发展。"

眼前的景象让宁奇和于秀玲惊叹不已。远处，黄河像一条水银铺就的带子，泛着银亮的光。河滩上，几十部挖掘机一字摆开，机声隆隆，整个河滩沸腾着。

宁奇回首看着于秀玲问："秀玲，怎么样？"

于秀玲的眼睛有些湿润："老师，你就别问了。"

宁奇一直看着她。

于秀玲说："我要创作。"

宁奇说："太好了！"

于秀玲说："我要写我的第二部长篇，书名我已经想好了，就叫《红牛湖》。"

3个男人用感激的目光看着她。

机声隆隆。

河水滔滔。

尾　声

秋高气爽，红牛湖碧波荡漾，红牛湖的人们洋溢在一片喜庆之中。

湖前的广场上架起两座充气的红色拱门，左手上写"何国强、哈丽新婚庆典"，右手上写"五婶乔志芳母女拜认庆典"。广场周围升腾起6个硕大的气球，气球下面挂吊着长长的祝贺条幅，随风飘荡。红牛湖的人都来了，农民新村的人都来了，广场上人声鼎沸，音响里不停歇地播放着喜庆的音乐。

红牛湖沸腾了。

十点时分，一队豪华轿车从穆民家园驶出，清一色的奥迪，足有十几辆。车队绕湖一周，浩浩荡荡回到穆民家园。宗教礼仪进行完毕，送亲的亲友再次上车，向园区服务中心驶来。

车队刚走出小树林，路中间两个人挡住去路。这两个人不是别人，正是兰花花和王元元。他们身后停着一辆架子车，何利华掌着辕，他老伴拉着套。车辕上披红挂彩，俨然一辆彩车。何国强将哈丽抱下车，轻轻放在架子车上。哈丽身着婚纱，何国强西装革履，手扶车栏站在旁边。他一直看着哈丽笑，哈丽向他报以会心的笑容。

只听得王元元"驾"的一声喊，紧接着在何利华屁股上抽了一鞭，车子拉动，开始向前走。再看何利华，他的脸被涂抹得红一块黑一块，嘴上用羊毛粘了胡子，眼睛画了两个大大的白眼圈。他头戴一顶撕了边的破草帽，两边的耳朵上挂了两串红辣椒，身上穿一身羊倌的服装，腰里系着一根草绳。何利华的老伴也被打扮得花花绿绿，涂了胭脂画了口红，这会儿只管埋头拉车，羞得头也不敢抬。

对于这样的打扮和这份工作何利华显得十分高兴，他努力地拉着车开心地笑着，一点儿也不难为情，反倒十分心甘情愿。王元元这会儿充当了车把式，手提一条鞭子在旁边赶车，不时大声地呵斥着，还用巴掌拍打着拉车人。何利华拉着车一步一步向前走，忽然，兰花花跑过来，将一把秃笤帚和一个烂簸箕挂在他的脖子上。何利华问："挂这些乱七八糟的干啥？"

兰花花在他的脖子上拍了一巴掌说："这是你的劳动工具，新媳妇过了门，要记住每天给媳妇扒灰扫地！"

何利华连连点头："记住了，记住了。"

跟车的一帮人哄的一声笑开了，哈丽在车上"哧哧"地偷笑，送亲的队伍在欢笑声中徐徐前进。

结婚典礼即将开始，来宾入席。阿里子和色旦子坐在左首，何利华老两口坐右首。何利华坐定之后，老伴躲在屋里，迟迟不肯入座。兰花花说："老妹子你听我一句劝，老两口的事，牛皮靴子没反正，看在娃娃们和亲戚朋友们的面子上，你就原谅了他吧。"

五婶也说："听话，再不要治气了。"

乔志芳拉着她的手说："走吧嫂子，这么喜庆的日子，一定要高高兴兴的。"

乔志芳今天精心打扮了一番，她容光焕发，看上去那么亮丽。

国强妈长叹一声："唉！要不是为了娃娃，要不是老宁几次上门苦口婆心地打劝我，我才不原谅他呢。"

直到这时候五婶才反应过来，她问身边的人："宁奇呢？"

人们开始口口相传："老宁呢？"

"老宁呢？"

"老宁呢？"

五婶开始骂："这龟孙子一到要紧三关的时候就掉链子，到了用他的时候不见他的面了。哈丽结婚他要当证婚人，我和志芳的仪式上他还要认这个新妹妹，他不来这事咋办。"

景万荣说："干妈你别着急，说定了的事他一定会来的。"

这时从远处开来一辆小轿车，兰花花喊："来了，来了，老宁来了！"

小车越来越近，停在红地毯的边上。车门开了，从车上走下一个人，是于秀玲。五婶几步走到车前问："宁奇呢？"

于秀玲说："宁老师来不了了。"

五婶问："怎么来不了了？"

于秀玲说："昨天他告诉我，说他老两口要到省城儿子家去，可能要长住。"

"真的假的？"五婶问。

于秀玲说："是真的。"

五婶狠狠地骂了一句："早不走迟不走，偏偏到了这节骨眼上走，这龟孙子到底啥意思？"

于秀玲从包里取出一封信，交到五婶手上说："这是他让我带给你的。"

五婶拆开信，重新交到于秀玲手上："念！"

"亲爱的哈丽、志芳："于秀玲看一眼哈丽和乔志芳，接着念："你们好！在你们读这封信的时候，我已经登上了去往省城的班车。请原谅我的不辞而别，此时此刻，我的心中有千言万语，但是无法表达。我虽然不能参加你们的庆典，但是我会在心里祝福你们：祝你们幸福。宁奇遥祝。"

这时候景万荣高喊："典礼开始！"

喜顺子点燃了鞭炮。

霎时间，硝烟弥漫，炮声震天。

一阵敲门声，宁奇开了门。一个陌生人站在门口问："请问您是宁奇先生吗？"

"是我。"宁奇答。

"这是您的快递，请签收。"

宁奇签了字，急匆匆打开邮包。邮包里装着一本书，封面上3个赫然大字："红牛湖"。书一定是刚出版的，拿在手上，能够闻到一股淡淡的墨香。书名下的一行小字是"于秀玲著"。他端望着这部沉甸甸的书喃喃道："这丫头真厉害。"

他端坐于书桌前，急切地打开书，书中滑落一张照片，还有一封信。那张照片很像一张全家福，背景是红牛湖。五婶坐在正中间，左边坐的是何利华老两口，右边坐着景万荣和乔志芳，喜顺子站在乔志芳身旁，傻乎乎地憨笑。阿里子坐着轮椅在最左边，色旦子站在他的身后。后排站着何国强和哈丽，他们中间夹着一个胖乎乎的小男孩。旁边站的是于秀玲和周红军，中间是一个亭亭玉立的漂亮姑娘，和于秀玲好像是一个模子脱出来的。很显然，那是甜甜。照片上的人虽然各有姿态，但有一点是共同的，那就是每个人的脸上都洋溢着甜蜜的笑容。宁奇深情地看着照片，用手轻轻抚摩着。

他打开信笺，是于秀玲隽秀的笔迹。

宁老师您好：

不知不觉，一别就是3年，十分想念。我的《红牛湖》近期出版，第一个想到的，就是给您寄去一本，敬请雅正。3年来，红牛湖的变化太大了，快回来看看吧。这里的人变化也挺大，看到照片您已经知道了大概。五婶还是那么硬朗，何局长老两口和好如初，成天抱着孙子笑得合不拢嘴。孙子成了老两口的宝贝疙瘩，他们和阿里子两家抢着领。我们家甜甜已经大学毕业，也加盟了红牛湖集团，现在是乔志芳总经理的副手，干得很出色。顺便告诉您，乔志芳的病完全好了。还得告诉您，景万荣的爱人前年得了癌症不幸去世，不久前他和乔志芳组成了一个新的家庭，领养着喜顺子，一家人其乐融融……

宁奇的眼睛模糊了，他的心跳得很厉害。不行，我得回去，马上！

汽车飞驰，宁奇的心在飞驰。